# NUEVO TESTAMENTO

# NUEVO TESTAMENTO

3.ª edición

SAN PABLO

Con la aprobación de la Conferencia Episcopal Española
(11 de febrero de 1988)


Tel. 917 425 113 - Fax 917 425 723 - E-mail: secretaria.edit@sanpablo-ssp.es

*Diseño de portada e ilustración interior:* Elia Manero

*Distribución:* SAN PABLO. División Comercial
Resina, 1.28021 Madrid * Tel. 917 987 375 - Fax 915 052 050
E- mail:ventas@sanpablo.ssp.es
ISBN: 84-285-2410-6 (Plástico)
ISBN: 84-285-2418-1 (Primera Comunión)
Déposito legal: M - 5.551 - 2005 (Plástico)
Déposito legal: M - 5.552 - 2005 (Primera Comunión)
Impreso en Artes Gráficas Carasa, S.A.
Polígono Ind. Cobo Calleja - Brañuelas, 1 BIS - Fuenlabrada (Madrid)
Printed in Spain. Impreso en Espana.

# SIGLAS BÍBLICAS

| | |
|---|---|
| Abd | Abdías |
| Ag | Ageo |
| Am | Amós |
| Ap | Apocalipsis |
| Bar | Baruc |
| Cant | Cantar de los Cantares |
| Col | Colosenses |
| Cor | Corintios |
| Crón | Crónicas |
| Dan | Daniel |
| Dt | Deuteronomio |
| Ef | Efesios |
| Esd | Esdras |
| Est | Ester |
| Éx | Éxodo |
| Ez | Ezequiel |
| Flm | Filemón |
| *Flp* | *Filipenses* |
| Gál | Gálatas |
| Gén | Génesis |
| Hab | Habacuc |
| He | Hechos |
| Heb | Hebreos |
| Is | Isaías |
| Job | Job |
| Jds | Judas |
| Jdt | Judit |
| Jer | Jeremías |
| Jl | Joel |
| Jn | Juan |
| Jon | Jonás |
| Jos | Josué |
| Jue | Jueces |
| Lam | Lamentaciones |
| Lc | Lucas |
| Lev | Levítico |
| Mac | Macabeos |
| Mal | Malaquías |
| Mc | Marcos |
| Miq | Miqueas |
| Mt | Mateo |
| Nah | Nahún |
| Neh | Nehemías |
| Núm | Números |
| Os | Oseas |
| Pe | Pedro |
| Prov | Proverbios |
| Qo | Qohélet (o Eclesiastés) |
| Re | Reyes |
| *Rom* | *Romanos* |
| Rut | Rut |
| Sab | Sabiduría |
| Sal | Salmos |
| Sam | Samuel |
| Sant | Santiago |
| Si | Sirácida (o Eclesiástico) |
| Sof | Sofonías |
| Tes | Tesalonicenses |
| Tim | Timoteo |
| Tit | Tito |
| Tob | Tobías |
| Zac | Zacarías |

# Evangelio según san Mateo

*Se os quitará a vosotros el reino de Dios para dárselo a un pueblo que pague sus frutos* (Mt 21,43).

Hoy sabemos distinguir la fe judía de la cristiana y marcar sus diferencias. Esto que es fácil para nosotros fue tarea ardua en los inicios del cristianismo. ¿Qué suponía para un judío creer en Jesús? ¿Cómo debían vivir su pertenencia a la Iglesia, una vez separados de la Sinagoga? ¿Cuáles eran las nuevas normas que debían observar los creyentes? El evangelio de Mateo tiene como trasfondo un ambiente judeocristiano y busca dar respuesta a los judíos que confiesan a Jesús como Señor. Esto supone, por una parte, que es un evangelio que nace en la *polémica;* fue sin duda una experiencia tensa y dolorosa la separación definitiva de la comunidad de los creyentes en Jesús de los judíos que permanecen fieles a la Sinagoga; por eso no nos deben extrañar en su lectura las palabras tan duras que dirigirá tanto a los fariseos como a los representantes del pueblo judío (23). Por otra parte se explica el uso repetido que hace de la Sagrada Escritura para ver cómo prepara el camino y anuncia la llegada de Jesús, que no sólo forma parte del pueblo de Dios sino que es el enviado (Mesías) prometido por Dios. Una tercera característica es la importancia de la figura de Pedro; si bien los orígenes son judíos, poco a poco fueron tomando fuerza los paganos. Muchos piensan que Mateo escribe en Antioquía de Siria, ciudad compuesta por una comunidad mixta, estrechamente ligada a la figura de Pedro y cuya función es servir a la comunión en la Iglesia naciente.

Comúnmente se considera que fue redactado en torno a los años 80-90, que conoció el evangelio de Marcos, unos años anterior a él y que se sirvió también de unas colecciones de enseñanzas y dichos de Jesús que se conocen como *fuente Q*, además de las aportaciones propias que nos ofrece el evangelista. El mensaje de Mateo tiene tres ejes:

1) Jesús es el Mesías, el hijo de David. Esta profesión de fe le unía a la tradición judía; sin embargo no es un Mesías triunfante, sino que retoma los cánticos del Siervo Sufriente del profeta Jeremías y nos presenta a Jesús como Mesías crucificado. Pero el título de Mesías se le queda corto: Jesús es el Hijo de Dios; con esta designación se expresa toda la vida de Jesús entendida como obediencia al Padre hasta el final.

2) La Iglesia es el verdadero pueblo de Dios. Israel ha rechazado durante su historia la salvación de Dios; es más, ha rechazado a su Mesías. Jesús convoca un nuevo pueblo, el verdadero Israel, que dará los frutos a su tiempo y cuya misión se extiende a todos los pueblos.

3) Los que pertenecen a este Nuevo Pueblo tienen que seguir un nuevo estilo de vida. Como Moisés fue el intermediario de Dios para transmitir al pueblo la Ley (cinco libros del Pentateuco), así Mateo propone las nuevas enseñanzas de los cristianos en cinco grandes discursos.

# I. INFANCIA Y VIDA OCULTA
# (1,1–4,11)

1 **Los ascendientes de Jesús.** [1]Genealogía de Jesucristo, hijo
de David, hijo de Abrahán:
[2]Abrahán fue padre de Isaac; Isaac de Jacob; Jacob de Judá
y sus hermanos; [3]Judá tuvo de Tamar a Fares y a Zéraj; Fares
fue padre de Jesrón; Jesrón de Arán; [4]Arán de Aminadab;
Aminadab de Nasón; Nasón de Salmón; [5]Salmón tuvo de Rajab
a Booz; Booz tuvo de Rut a Obed; Obed fue padre de Jesé;
[6]Jesé, del rey David.
David, de la mujer de Urías, tuvo a Salomón. [7]Salomón fue
padre de Roboán; Roboán de Abías; Abías de Asá; [8]Asá de
Josafat; Josafat de Jorán; Jorán de Ozías; [9]Ozías de Joatán;
Joatán de Acaz; Acaz de Ezequías; [10]Ezequías de Manasés;
Manasés de Amón; Amón de Josías; [11]Josías de Jeconías y sus
hermanos, cuando la deportación a Babilonia.
[12]Después de la deportación, Jeconías fue padre de Salatiel;
Salatiel de Zorobabel; [13]Zorobabel de Abiud; Abiud de
Eliaquín; Eliaquín de Azor; [14]Azor de Sadoc; Sadoc de Aquín;
Aquín de Eliud; [15]Eliud de Eleazar; Eleazar de Matán; Matán
de Jacob; [16]Jacob de José, el esposo de María, de la cual nació Jesús, que es el mesías.
[17]Por tanto, las generaciones desde Abrahán hasta David son
en total catorce; desde David hasta la deportación a Babilonia, catorce, y desde la deportación hasta el mesías, catorce.

**Concepción virginal y nacimiento de Jesús.** [18]El nacimiento
de Jesucristo fue así: María, su madre, estaba desposada con José, y, antes de que vivieran juntos, se encontró encinta por
virtud del Espíritu Santo. [19]José, su marido, que era un hom-
bre justo y no quería denunciarla, decidió dejarla en secreto.
[20]Estaba pensando en esto, cuando un ángel del Señor se le
apareció en sueños y le dijo: «José, hijo de David, no tengas ningún reparo en recibir en tu casa a María, tu mujer, pues el

hijo que ha concebido viene del Espíritu Santo. 21Dará a luz
un hijo, y le pondrás el nombre de Jesús, porque él salvará a
su pueblo de sus pecados».
22Todo esto sucedió para que se cumpliese lo que el Señor
había dicho por medio del profeta:

23*La Virgen concebirá*
*y dará a luz un hijo,*
*y le pondrán por nombre Emanuel,*
que significa «Dios con nosotros» (Is 7,14).

24Cuando José despertó del sueño, hizo lo que le había man-
dado el ángel del Señor y recibió en su casa a su mujer. 25Y sin
haber tenido relaciones, María dio a luz un hijo, al que él puso
por nombre Jesús.

2 **La adoración de los magos.** 1Jesús nació en Belén de Judea,
en tiempo del rey Herodes. Unos magos de oriente se pre-
sentaron en Jerusalén 2preguntando: «¿Dónde está el que ha
nacido, el rey de los judíos? Porque hemos visto su estrella en
el oriente y venimos a adorarlo». 3Al oír esto el rey Herodes,
se inquietó, y con él toda Jerusalén; 4convocó a todos los su-
mos sacerdotes y a los maestros de la ley y les preguntó por el
lugar de nacimiento del mesías. 5Ellos le contestaron: En Be-
lén de Judá, pues así está escrito por el profeta:

6*Y tú, Belén, tierra de Judá,*
*de ningún modo eres la menor*
*entre las principales ciudades de Judá,*
*porque de ti saldrá un jefe*
*que será el pastor*
*de mi pueblo Israel* (Miq 5,2).

7Entonces Herodes llamó en secreto a los magos y se infor-
mó cuidadosamente de ellos sobre el tiempo en que había apa-

recido la estrella; [8]luego los envió a Belén, y les dijo: «Id y ave-
riguad todo lo que podáis sobre ese niño, y, cuando lo encon-
tréis, avisadme, para que vaya yo también a adorarlo». [9]Ellos,
después de oír al rey, se marcharon; y la estrella que habían visto
en oriente iba delante de ellos, hasta que fue a posarse sobre el
lugar donde estaba el niño. [10]Al ver la estrella experimentaron
una grandísima alegría. [11]Entraron en la casa y vieron al niño
con María, su madre; se pusieron de rodillas y lo adoraron;
abrieron sus tesoros y le ofrecieron regalos: oro, incienso y mi-
rra. [12]Luego regresaron a su país por otro camino, pues les ha-
bían dicho en sueños que no volvieran a donde estaba Herodes.

**La huida a Egipto. Matanza de los inocentes y regreso a
Nazaret.** [13]Tan pronto como se marcharon, un ángel del Se-
ñor se apareció en sueños a José y le dijo: «Levántate, toma al
niño y a su madre, huye a Egipto y estáte allí hasta que yo te
avise, porque Herodes va a buscar al niño para matarlo». [14]Él
se levantó, tomó al niño y a su madre de noche, se fue a Egip-
to [15]y estuvo allí hasta la muerte de Herodes, para que se cum-
pliera lo que había dicho el Señor por medio del profeta: *De
Egipto llamé a mi hijo* (Os 11,1).

[16]Entonces Herodes, al ver que los magos se habían burla-
do de él, montó en cólera y mandó matar a todos los niños de
Belén y de todo su territorio, de dos años para abajo, según el
tiempo que había calculado por los magos. [17]Y se cumplió lo
que había dicho el profeta Jeremías:

[18]*Una voz se oyó en Ramá,*
*llanto y lamento grande.*
*Es Raquel que llora a sus hijos*
*y no quiere ser consolada,*
*porque ya no existen* (Jer 31,15).

[19]Al morir Herodes, un ángel del Señor se apareció en sue-
ños a José en Egipto [20]y le dijo: «Levántate, toma al niño y a

su madre y vuelve a la tierra de Israel, porque han muerto los
que atentaban contra la vida del niño». 21Él se levantó, tomó
al niño y a su madre y se fue a la tierra de Israel. 22Pero, al
enterarse de que Arquelao reinaba en Judea en lugar de su pa-
dre Herodes, tuvo miedo de ir allí y, avisado en sueños, se re-
tiró a la región de Galilea. 23Y fue a vivir a una ciudad llama-
da Nazaret, para que se cumpliera lo que habían anunciado
los profetas, que sería nazareno (Jue 13,5.7).

3 **Predicación de Juan.** 1Por aquellos días apareció Juan el
Bautista predicando en el desierto de Judea 2y diciendo:
«Convertíos, porque está cerca el reino de Dios». 3Éste es aquel
que el profeta Isaías había anunciado cuando dijo: *Voz que grita
en el desierto: Preparad el camino al Señor, allanad sus sende-
ros* (Is 40,3).

4Juan tenía un vestido de pelo de camello y un cinturón de
cuero a la cintura, y se alimentaba de saltamontes y miel silves-
tre. 5Acudían a él de Jerusalén, de toda Judea y de toda la re-
gión del Jordán; 6ellos confesaban sus pecados, y él los bautiza-
ba en el Jordán. 7Al ver venir a su bautismo a muchos de los
fariseos y saduceos, les dijo: «Raza de víboras, ¿quién os ha en-
señado a huir de la ira que os amenaza? 8Dad frutos dignos de
conversión, 9y no os ilusionéis con decir en vuestro interior: Te-
nemos por padre a Abrahán, porque os digo que Dios puede
suscitar hijos a Abrahán hasta de estas piedras. 10Ya está el ha-
cha puesta a la raíz de los árboles, y todo árbol que no dé buen
fruto será cortado y arrojado al fuego. 11Yo os bautizo en agua
para que os arrepintáis; pero el que viene detrás de mí es más
fuerte que yo, y yo no soy digno de descalzarle las sandalias. Él
os bautizará con Espíritu Santo y fuego. 12Tiene en su mano el
bieldo, limpiará su era y recogerá su trigo en el granero; pero
quemará la paja con fuego que no se apaga nunca».

**Bautismo de Jesús.** 13Entonces Jesús fue de Galilea al Jordán
para que Juan lo bautizara. 14Pero Juan quería impedirlo, di-

ciendo: «Soy yo el que necesito ser bautizado por ti, ¿y tú vie-
nes a mí?». 15Jesús le respondió: «¡Déjame ahora, pues con-
viene que se cumpla así toda justicia!». 16Entonces Juan acce-
dió a ello. Una vez bautizado, Jesús salió del agua; y en esto
los cielos se abrieron y vio al Espíritu de Dios descender en
forma de paloma y posarse sobre él. 17Y se oyó una voz del
cielo: «Éste es mi hijo amado, mi predilecto».

4 **Las tentaciones de Jesús.** 1Luego el Espíritu llevó a Jesús
al desierto para ser tentado por el diablo. 2Y después de
haber ayunado cuarenta días y cuarenta noches, al final tuvo
hambre. 3El tentador se acercó y le dijo: «Si eres hijo de Dios,
di que estas piedras se conviertan en panes». 4Pero él respon-
dió: «Está escrito: *No sólo de pan vive el hombre, sino de toda
palabra que sale de la boca de Dios*» (Dt 8,3).
5Luego el diablo lo llevó a la ciudad santa, lo subió al alero
del templo y 6le dijo: «Si eres hijo de Dios, tírate de aquí aba-
jo, porque está escrito: *Ordenará a sus ángeles que cuiden de
ti, que te lleven en las manos para que no tropiece tu pie con
ninguna piedra*» (Sal 91,11-12).
7Jesús le dijo: «También está escrito:
*No tentarás al Señor tu Dios*» (Dt 6,16).
8De nuevo el diablo lo llevó a un monte muy alto, le mos-
tró todos los reinos del mundo y su esplendor, 9y le dijo: «Todo
esto te daré si te pones de rodillas y me adoras». 10Jesús le dijo:
«Retírate, Satanás, porque está escrito: *Al Señor tu Dios ado-
rarás y a él solo servirás*» (Dt 6,13). 11Entonces el diablo lo
dejó, y los ángeles llegaron y se pusieron a servirle.

## II. MINISTERIO EN GALILEA (4,12–15,20)

**Jesús fija su residencia en Cafarnaún.** 12Cuando oyó que Juan
estaba en la cárcel, Jesús se retiró a Galilea. 13Dejó Nazaret, y

se fue a vivir a Cafarnaún, en la ribera del lago, en los térmi-
nos de Zabulón y Neftalí, 14para que se cumpliese lo que ha-
bía anunciado el profeta Isaías:

15*Tierra de Zabulón y de Neftalí,*
*camino del mar,*
*al otro lado del Jordán,*
*Galilea de los paganos;*
16*el pueblo que yace en las tinieblas*
*ha visto gran luz,*
*y para los que yacen*
*en la región tenebrosa de la muerte*
*ha brillado una luz* (Is 8,23–9,1).

17Desde entonces comenzó Jesús a predicar y decir: «Con-
vertíos, porque el reino de Dios está cerca».

**Llama a cuatro pescadores.** 18Paseando junto al lago de
Galilea, vio a dos hombres: Simón, llamado Pedro, y Andrés,
su hermano, echando la red en el lago, pues eran pescadores.
19Y les dijo: «Venid conmigo y os haré pescadores de hombres».
20Ellos, al instante, dejaron las redes y lo siguieron. 21Fue más
adelante y vio a otros dos hermanos: Santiago, el de Zebedeo,
y Juan, su hermano, en la barca con su padre Zebedeo, re-
mendando las redes; 22y los llamó. Ellos, al instante, dejaron
la barca y a su padre, y lo siguieron.

**Jesús empieza a predicar.** 23Jesús recorría toda Galilea
enseñando en sus sinagogas, predicando el evangelio del rei-
no y curando todas las enfermedades y dolencias del pueblo.
24Su fama se extendió por toda Siria. Le traían todos los que
se sentían mal, aquejados de diversas enfermedades y sufrimien-
tos, endemoniados, lunáticos y paralíticos, y los curaba. 25Y lo
siguieron grandes muchedumbres de Galilea, Decápolis, Jeru-
salén y de la Transjordania.

5 **Bienaventuranzas.** [1]Al ver las multitudes subió al monte,
se sentó y se le acercaron sus discípulos; [2]y se puso a en-
señarles así:
[3]«Dichosos los pobres de espíritu, porque de ellos es el reino
de Dios. [4]Dichosos los afables, porque ellos heredarán la tierra.
[5]Dichosos los afligidos, porque ellos serán consolados. [6]Dicho-
sos los que tienen hambre y sed de justicia, porque ellos serán
saciados. [7]Dichosos los misericordiosos, porque ellos alcanza-
rán misericordia. [8]Dichosos los limpios de corazón, porque ellos
verán a Dios. [9]Dichosos los que trabajan por la paz, porque ellos
serán llamados hijos de Dios. [10]Dichosos los perseguidos por ser
justos, porque de ellos es el reino de Dios. [11]Dichosos seréis cuan-
do os injurien, os persigan y digan contra vosotros toda suerte
de calumnias por causa mía. [12]Alegraos y regocijaos, porque
vuestra recompensa será grande en los cielos. Pues también per-
siguieron a los profetas antes que a vosotros».

**Función de los discípulos.** [13]«Vosotros sois la sal de la tie-
rra. Si la sal se desvirtúa, ¿con qué se salará? Para nada vale
ya, sino para tirarla a la calle y que la gente la pise».
[14]«Vosotros sois la luz del mundo. Una ciudad situada en la
cima de un monte no puede ocultarse. [15]No se enciende una
lámpara para ocultarla en una vasija, sino para ponerla en el
candelero y que alumbre a todos los que están en casa. [16]Bri-
lle de tal modo vuestra luz delante de los hombres que vean
vuestras obras buenas y glorifiquen a vuestro Padre, que está
en los cielos».

**Jesús y la ley.** [17]«No penséis que he venido a derogar la ley y
los profetas; no he venido a derogarla, sino a perfeccionarla.
[18]Porque os aseguro que, mientras no pasen el cielo y la tierra,
ni un punto ni una coma desaparecerán de la ley hasta que todo
se cumpla. [19]Por lo tanto, el que quebrante uno solo de estos
preceptos mínimos y lo enseñe así a los hombres será tenido
por el menor en el reino de Dios. Pero el que los cumpla y en-

señe será tenido por grande en el reino de Dios. [20]Porque yo os digo que si vuestra justicia no supera la de los maestros de la ley y la de los fariseos, no entraréis en el reino de Dios».

**Quinto y sexto mandamientos.** [21]«Sabéis que se dijo a los antiguos: *No matarás* (Éx 20,13; Dt 5,17), y el que mate será llevado a juicio. [22]Pero yo os digo que el que se irrite con su hermano será llevado a juicio; el que insulte a su hermano será llevado ante el tribunal supremo, y el que lo injurie gravemente será llevado al fuego. [23]Por tanto, si al llevar tu ofrenda al altar te recuerdas allí que tu hermano tiene algo contra ti, [24]deja tu ofrenda delante del altar y vete antes a reconciliarte con tu hermano; después vuelve y presenta tu ofrenda».

[25]«Ponte a buenas con tu adversario pronto, mientras vas con él por el camino, no sea que te entregue al juez, y el juez al alguacil, y te metan en la cárcel. [26]Te aseguro que no saldrás de allí hasta que pagues el último céntimo».

[27]«Sabéis que se dijo: *No cometerás adulterio* (Éx 20,14; Dt 5,18). [28]Pero yo os digo que todo el que mira a una mujer con mal deseo ya ha cometido con ella adulterio en su corazón. [29]Por tanto, si tu ojo derecho te pone en peligro de pecar, arráncatelo y tíralo, porque te conviene perder uno de tus miembros antes que todo tu cuerpo sea arrojado al fuego. [30]Y si tu mano derecha te pone en peligro de pecar, córtatela y tírala, porque te conviene perder uno de tus miembros antes que todo tu cuerpo vaya al fuego».

**Sobre el divorcio.** [31]«También se dijo: *El que se separe de su mujer, que le dé el acta de divorcio* (Dt 24,1). [32]Pero yo os digo que todo el que se separe de su mujer, excepto en caso de concubinato, la expone a cometer adulterio, y el que se casa con una mujer divorciada comete adulterio».

**Segundo mandamiento.** [33]«También sabéis que se dijo a los antiguos: *No jurarás en falso, sino que cumplirás al Señor tus*

*juramentos* (Éx 20,7; Lev 19,12; Núm 30,3; Dt 23,22). [34]Pero
yo os digo que no juréis de ninguna manera; ni por el cielo,
porque es el trono de Dios; [35]ni por la tierra, porque es el es-
trado de sus pies; ni por Jerusalén, porque es la ciudad del
gran rey (Is 66,1; Sal 48,3); [36]ni por tu cabeza, porque ni un
cabello puedes volver blanco o negro. [37]Decid sencillamente
sí o no. Lo que pasa de esto viene del maligno».

**Amor a los enemigos.** [38]«Sabéis que se dijo: *Ojo por ojo y*
*diente por diente* (Éx 21,24; Lev 24,20; Dt 19,21). [39]Pero yo
os digo que no hagáis frente al que os ataca. Al contrario, al
que te abofetee en la mejilla derecha, preséntale también la
otra; [40]y al que te quiera llevar a juicio para quitarte la túnica,
déjale también el manto; [41]al que te obligue a ir con él un ki-
lómetro, vete con él dos. [42]Da a quien te pida, y no vuelvas la
espalda al que desea que le prestes algo».

[43]«Sabéis que se dijo: *Amarás a tu prójimo* (Lev 19,18) *y*
*odiarás a tu enemigo.* [44]Pero yo os digo: Amad a vuestros ene-
migos y rezad por los que os persiguen, [45]para que seáis hijos
de vuestro Padre celestial, que hace salir el sol sobre buenos y
malos y hace llover sobre justos e injustos. [46]Porque si amáis a
los que os aman, ¿qué mérito tendréis? ¿No hacen eso mismo
los publicanos? [47]Y si saludáis solamente a vuestros hermanos,
¿qué hacéis de especial? ¿No hacen eso también los paganos?
[48]Vosotros sed perfectos, como vuestro Padre celestial es per-
fecto».

6 **Recta intención en la limosna y la oración.** [1]«Guardaos de
practicar vuestra justicia delante de los hombres para que
os vean; de otro modo, no tendréis mérito delante de vuestro
Padre celestial».

[2]«Por tanto, cuando des limosna, no toques la trompeta de-
lante de ti, como hacen los hipócritas en las sinagogas y en las
calles para que los hombres los alaben. Os aseguro que ya re-
cibieron su recompensa. [3]Tú, cuando des limosna, que no sepa

tu mano izquierda lo que hace tu derecha, 4para que tu limos-
na quede en secreto; y tu Padre, que ve lo secreto, te recom-
pensará».

5«Cuando recéis, no seáis como los hipócritas, que prefieren
rezar de pie en las sinagogas y en las esquinas de las plazas para
que los vea todo el mundo. Os aseguro que ya recibieron su
recompensa. 6Tú, cuando reces, entra en tu habitación, cierra
la puerta y reza a tu Padre, que está presente en lo secreto; y tu
Padre, que ve en lo secreto, te recompensará. 7Al rezar, no os
convirtáis en charlatanes como los paganos, que se imaginan que
serán escuchados por su mucha palabrería. 8No hagáis como
ellos, porque vuestro Padre conoce las necesidades que tenéis
antes de que vosotros le pidáis».

9«Vosotros rezad así: Padre nuestro que estás en el cielo, san-
tificado sea tu nombre, 10venga a nosotros tu reino, hágase tu
voluntad en la tierra como en el cielo. 11Danos hoy nuestro
pan de cada día, 12perdona nuestras ofensas como también no-
sotros perdonamos a los que nos ofenden, 13no nos dejes caer
en la tentación y líbranos del mal».

14«Porque si vosotros perdonáis a los hombres sus ofensas,
también os perdonará a vosotros vuestro Padre celestial; 15pero
si no perdonáis a los hombres sus ofensas, tampoco vuestro
Padre perdonará las vuestras».

**Recta intención en el ayuno.** 16«Cuando ayunéis, no estéis
tristes como los hipócritas, que desfiguran su rostro para ha-
cer ver a la gente que ayunan. Os aseguro que ya recibieron
su recompensa. 17Tú, cuando ayunes, perfuma tu cabeza y lá-
vate la cara, 18para que los hombres no se den cuenta de que
ayunas, sino tu Padre, que está en lo secreto; y tu Padre, que
ve en lo secreto, te recompensará».

**Confianza en la providencia.** 19«No atesoréis en la tierra,
donde la polilla y el orín corroen y donde los ladrones soca-
van y roban».

luntad de mi Padre celestial. 22Muchos me dirán en aquel día:
¡Señor! ¡Señor!, ¿no hemos profetizado en tu nombre, y en tu
nombre hemos arrojado a los demonios y hecho muchos mi-
lagros en tu nombre? 23Entonces yo les diré: "Nunca os cono-
cí. Apartaos de mí, agentes de injusticias". 24El que escucha mis
palabras y las pone en práctica se parece a un hombre sensato
que ha construido su casa sobre roca. 25Cayó la lluvia, se des-
bordaron los ríos, soplaron los vientos y se echaron sobre ella;
pero la casa no se cayó, porque estaba cimentada sobre la roca.
26Y todo el que escucha mis palabras y no las pone en práctica
se parece a un hombre insensato que ha construido su casa so-
bre arena. 27Cayó la lluvia, se desbordaron los ríos, soplaron
los vientos y se precipitaron sobre ella, y la casa se cayó y se
arruinó totalmente».

**Impresión de la gente.** 28Cuando acabó Jesús estos discursos,
la gente se quedó atónita de su doctrina, 29porque les enseñaba
como quien tiene autoridad, y no como sus maestros de la ley.

8 **Jesús cura a un leproso.** 1Cuando bajó del monte, lo si-
guieron las multitudes. 2En esto se le acercó un leproso,
se puso de rodillas ante él y le dijo: «Señor, si quieres puedes
limpiarme». 3Jesús extendió la mano, lo tocó y dijo: «Quiero.
Queda limpio». Y al instante quedó limpio de su lepra. 4Jesús
le dijo: «Mira, no se lo digas a nadie; pero anda, muéstrate al
sacerdote y presenta la ofrenda que ordenó Moisés, para que
les conste tu curación».

**Jesús cura al criado del oficial.** 5Al entrar Jesús en Cafarnaún,
se le acercó un oficial suplicándole: 6«Señor, mi criado está pa-
ralítico en casa con unos dolores terribles». 7Jesús le dijo: «Yo
iré a curarlo». 8El oficial respondió: «Señor, no soy digno de
que entres en mi casa; dilo sólo de palabra, y mi criado queda-
rá curado. 9Porque yo, que soy un hombre sujeto al mando, ten-
go bajo mis órdenes soldados, y digo a éste: "Vete", y va; y a

otro: "Ven", y viene; y a mi criado: "Haz esto", y lo hace». 10Je-
sús, al oírlo, quedó admirado y dijo a los que lo seguían: «Os
aseguro que en Israel no he encontrado a nadie con una fe como
ésta. 11Muchos del oriente y del occidente vendrán y se senta-
rán con Abrahán, Isaac y Jacob en el reino de Dios, 12pero los
hijos del reino serán echados a las tinieblas de fuera: allí será el
llanto y el crujir de dientes». 13Y Jesús dijo al oficial: «Anda, y
que suceda como has creído». Y en aquella misma hora el cria-
do se curó.

**Jesús cura a la suegra de Pedro y a otros muchos.** 14Cuando
Jesús llegó a casa de Pedro, vio a la suegra de éste, que estaba
en cama y con fiebre. Él la agarró de la mano 15y desapareció
la fiebre; ella se levantó y se puso a atenderle.

16Al anochecer, le presentaron muchos endemoniados; y con
su palabra echó a los espíritus y curó a todos los enfermos, 17para
que se cumpliera lo que había dicho el profeta Isaías: *Él tomó
nuestras flaquezas y cargó con nuestras enfermedades* (Is 53,4).

**Exigencias para seguir a Jesús.** 18Jesús, al verse rodeado de
tanta gente, mandó que lo llevaran a la otra orilla del lago.
19Entonces llegó un maestro de la ley y le dijo: «Maestro, te
seguiré adondequiera que vayas». 20Jesús le dijo: «Las raposas
tienen madrigueras y las aves del cielo nidos, pero el hijo del
hombre no tiene donde reclinar la cabeza».

21Otro de sus discípulos le dijo: «Señor, déjame ir a ente-
rrar a mi padre». 22Jesús le dijo: «Sígueme y deja que los muer-
tos entierren a sus muertos».

**La tempestad calmada.** 23*Jesús subió a una barca acompaña-
do de sus discípulos.* 24De pronto se alborotó tanto el mar que
las olas saltaban por encima de la barca, y él dormía. 25Se acer-
caron los discípulos y lo despertaron, diciendo: «¡Señor, sálva-
nos, que perecemos!». 26Jesús les dijo: «¿Por qué tembláis, hom-
bres de poca fe?». Entonces se levantó, increpó a los vientos y

al mar y sobrevino una gran calma. 27Los discípulos, asombra-
dos, decían: «¿Quién es éste que hasta el viento y el mar le obe-
decen?».

**Jesús cura a dos endemoniados.** 28Al llegar a la orilla opuesta,
a la región de los gadarenos, fueron a su encuentro dos
endemoniados que salían del cementerio, tan furiosos que na-
die podía pasar por aquel camino. 29Y gritaron: «¡Déjanos en
paz, hijo de Dios! ¿Has venido aquí antes de tiempo para ator-
mentarnos?». 30Pacía no lejos de ellos una gran piara de cer-
dos, 31y los demonios le pidieron: «Si nos echas, envíanos a la
piara de cerdos». 32Jesús les dijo: «Id». Ellos salieron, se me-
tieron en los cerdos y, al instante, toda la piara se lanzó al lago
por un precipicio y se ahogaron. 33Los porqueros huyeron y,
al llegar al pueblo, contaron todo, también lo de los endemo-
niados. 34El pueblo entero salió al encuentro de Jesús y, al verlo,
le rogaron que se fuera de allí.

9 **Cura a un paralítico.** 1Jesús subió a una barca, pasó a la
otra orilla y fue a su ciudad. 2De pronto le llevaron un paralí-
tico tendido en una camilla. Jesús al ver su fe, dijo al paralítico:
«Ánimo, hijo, tus pecados te son perdonados». 3Algunos maes-
tros de la ley se dijeron: «Éste blasfema». 4Jesús, conociendo sus
pensamientos, dijo: «¿Por qué pensáis tan mal? 5¿Qué es más fá-
cil, decir: *Tus pecados te son perdonados*, o decir: *Levántate* y
anda? 6Pues para que veáis que el hijo del hombre tiene poder
en la tierra para perdonar los pecados, dijo al paralítico: "Tú,
levántate, carga con tu camilla y vete a tu casa"». 7Él se levantó y
se fue a su casa. 8Las gentes, al ver esto, quedaron sobrecogidas
y glorificaron a Dios que dio tal poder a los hombres.

**Vocación de Mateo.** 9Al salir de allí, Jesús vio a un hombre,
llamado Mateo, sentado en la oficina de los impuestos, y le
dijo: «Sígueme». Él se levantó y lo siguió.

10Y estando en su casa a la mesa, muchos publicanos y pe-

cadores vinieron y se pusieron a la mesa con Jesús y sus discípulos. [11]Los fariseos, al verlo, decían a los discípulos: «¿Por qué vuestro maestro come con los publicanos y pecadores?».
[12]Jesús los oyó y dijo: «No tienen necesidad de médico los sanos, sino los enfermos. [13]Id y aprended lo que significa: *Misericordia quiero y no sacrificios* (Os 6,6); pues no he venido a llamar a los justos, sino a los pecadores».

**La cuestión sobre el ayuno.** [14]Entonces se le acercaron los discípulos de Juan y le preguntaron: «¿Por qué nosotros y los fariseos ayunamos tantas veces, y tus discípulos no ayunan?».
[15]Jesús les dijo: «¿Es que los compañeros del esposo pueden estar tristes mientras el esposo está con ellos? Pero vendrán días en que les quiten al esposo; entonces ayunarán».
[16]«Nadie remienda con paño nuevo un vestido viejo, pues el remiendo nuevo tirará del vestido y el rasgón se hará mayor. [17]Ni
echan vino nuevo en odres viejos, porque los odres revientan, y se pierden al mismo tiempo el vino y los odres; sino que el vino nuevo se echa en odres nuevos, y así ambos se conservan».

**Jesús cura a una hemorroísa y resucita a la hija de Jairo.**
[18]Les estaba hablando así, cuando llegó un personaje importante, se echó a sus pies y le dijo: «Mi hija acaba de morir; pero anda, pon tu mano sobre ella y vivirá». [19]Jesús se levantó
y fue con él acompañado de sus discípulos.
[20]Una mujer, que padecía hemorragias desde hacía doce años, se acercó por detrás y tocó la orla de su manto, [21]pues se de-
cía: «Con sólo tocar sus vestidos me curo». [22]Jesús se volvió y,
al verla, le dijo: «Ánimo, hija, tu fe te ha curado». Y la mujer quedó curada desde aquel momento.
[23]Jesús llegó a la casa y, al ver a los flautistas y el alboroto
de la gente, les dijo: [24]«Salid, que la niña no está muerta; está
dormida». Ellos se reían de él. [25]Cuando salió la gente, entró,
la agarró de la mano y la niña se levantó. [26]Y la noticia se ex-
tendió por toda la comarca.

**Curación de dos ciegos y un endemoniado mudo.** [27]Cuando salió de allí, le siguieron dos ciegos, gritando: «¡Ten compasión de nosotros, hijo de David!». [28]Al entrar en la casa, se le acercaron los ciegos, y Jesús les dijo: «¿Creéis que puedo hacer esto?». Le dijeron: «¡Sí, Señor!». [29]Entonces les tocó los ojos, diciendo: «Hágase en vosotros según vuestra fe». Y se les abrieron los ojos. [30]Jesús les ordenó severamente: «Mirad, que nadie lo sepa». [31]Pero ellos, nada más salir, lo publicaron por toda la comarca.

[32]Cuando éstos salían, le presentaron un hombre mudo endemoniado; [33]Jesús echó al demonio, y el mudo empezó a hablar. Las gentes decían maravilladas: «Jamás se ha visto cosa semejante en Israel». [34]Pero los fariseos decían: «Echa a los demonios con el poder del príncipe de los demonios».

**Actividad apostólica de Jesús.** [35]Jesús recorría ciudades y aldeas, enseñando en sus sinagogas, predicando el evangelio del reino y curando todas las enfermedades y dolencias.

[36]Y al ver a la gente, se compadecía de ella, porque estaban cansados y decaídos como ovejas sin pastor. [37]Entonces dijo a sus discípulos: «La mies es mucha y los obreros pocos. [38]Pedid al dueño de la mies que mande obreros a su mies».

**10** **Elección de los apóstoles.** [1]Reunió a sus doce apóstoles, y les dio poder de echar los espíritus inmundos y de curar todas las enfermedades y dolencias.

[2]Los nombres de los doce apóstoles son: primero, Simón, llamado Pedro, y su hermano Andrés; Santiago y su hermano Juan, hijos de Zebedeo; [3]Felipe y Bartolomé; Tomás y Mateo el publicano; Santiago, el de Alfeo, y Tadeo; [4]Simón el Cananeo y Judas el Iscariote, el que le traicionó.

**El maestro instruye y envía a sus discípulos.** [5]Jesús envió a estos doce con estas instrucciones: «No vayáis por tierra de paganos, ni entréis en ciudad de samaritanos. [6]Id a las ovejas

perdidas de la casa de Israel. 7Id predicando que el reino de
Dios está cerca. 8Curad a los enfermos, resucitad a los muer-
tos, limpiad a los leprosos, echad a los demonios: gratis lo ha-
béis recibido, dadlo gratis. 9No llevéis oro, ni plata, ni dinero
en vuestras fajas; 10ni alforja para el camino, ni dos túnicas, ni
calzados, ni bastón, porque el obrero merece su salario. 11Cuan-
do entréis en una ciudad, informaos de quién hay allí digno
de confianza, y quedaos en su casa hasta que os vayáis de allí.
12Cuando entréis en la casa, saludadla; 13y si la casa se lo me-
rece, la paz de vuestro saludo descenderá sobre ella; y si no se
lo merece, la paz se volverá a vosotros. 14Si no os reciben ni
os escuchan, al salir de la casa o del pueblo sacudid el polvo
de vuestros pies. 15Os aseguro que el día del juicio habrá más
tolerancia para Sodoma y Gomorra que para esa ciudad».

16«Os envío como ovejas en medio de lobos. Sed prudentes
como las serpientes y sencillos como las palomas. 17Tened cui-
dado con la gente, porque os entregarán a los tribunales y os
azotarán en sus sinagogas. 18Seréis conducidos por mi causa
ante los gobernadores y reyes para dar testimonio ante ellos y
ante los paganos. 19Pero cuando os entreguen, no os preocu-
péis sobre cómo habéis de hablar o qué habéis de decir, por-
que en aquel momento se os sugerirá lo que debéis decir. 20Pues
no sois vosotros los que habláis, es el Espíritu de vuestro Pa-
dre el que habla en vosotros. 21El hermano entregará a su her-
mano a la muerte, y el padre a su hijo. Los hijos se levantarán
contra sus padres y los matarán; 22todos os aborrecerán por
causa mía, pero el que persevere hasta el fin se salvará. 23Cuan-
do os persigan en una ciudad, huid a otra; y si también en ésta
os persiguen, huid a otra. Os aseguro que no se acabarán las
ciudades *de Israel hasta que venga el hijo del* hombre».

24«El discípulo no está por encima de su maestro, ni el cria-
do por encima de su amo. 25Al discípulo le basta ser como su
maestro, y al criado como su amo. Si al amo de la casa le han
llamado Belcebú, ¡qué no dirán de los de la casa! 26No les ten-
gáis miedo, porque no hay nada tan oculto que no se llegue a

brado, decía: «¿No es éste el hijo de David?». [24]Pero los fari-
seos, al oírlo, dijeron: «Éste echa los demonios con el poder
de Belcebú, príncipe de los demonios». [25]Jesús, conociendo su
pensamiento, les dijo: «Todo reino dividido será desolado, y
toda ciudad o casa dividida no puede subsistir. [26]Si Satanás echa
a Satanás, está dividido contra sí mismo; ¿cómo podrá, enton-
ces, subsistir su reino? [27]Si yo echo los demonios con el poder
de Belcebú, ¿con qué poder lo echan vuestros hijos? Por eso
ellos mismos serán vuestros jueces. [28]Pero si echo los demo-
nios con el Espíritu de Dios, es señal de que ha llegado a vo-
sotros el reino de Dios. [29]¿Cómo puede uno entrar en la casa
de un hombre fuerte y arrebatarle sus cosas si antes no lo ata?
Sólo así podrá saquear su casa. [30]El que no está conmigo está
contra mí, y el que no recoge conmigo desparrama».

[31]«Por eso os digo: A los hombres se les perdonarán todos
sus pecados y blasfemias, pero la blasfemia contra el Espíritu
no se les perdonará. [32]Al que hable contra el hijo del hombre
se le perdonará, pero al que hable contra el Espíritu Santo no
se le perdonará ni en esta vida ni en la otra. [33]Decís que el
árbol es bueno si es bueno su fruto; decís que el árbol es malo
si es malo su fruto. Porque el árbol se conoce por su fruto.
[34]¡Raza de víboras! ¿Cómo podéis vosotros hablar de cosas bue-
nas, siendo malvados? Porque de lo que rebosa el corazón ha-
bla la boca. [35]El hombre bueno, de su bondad saca buenas co-
*sas; y el hombre malo, de su maldad* saca cosas malas. [36]Y yo
os digo que de toda palabra ociosa que digan los hombres da-
rán cuenta el día del juicio. [37]Porque por tus palabras serás jus-
tificado y por tus palabras serás condenado».

**Los judíos piden una señal a Jesús.** [38]Entonces algunos maes-
tros de la ley y algunos fariseos le dijeron: «Maestro, quere-
mos verte hacer una señal milagrosa». [39]Él respondió: «Esta
generación malvada y adúltera pide una señal, y no se le dará
otra que la señal del profeta Jonás. [40]De la misma manera que
Jonás *estuvo tres días y tres noches en el vientre del cetáceo*

(Jon 2,1-3), así estará el hijo del hombre tres días y tres no-
ches en el corazón de la tierra. [41]Los hombres de Nínive se
levantarán en el día del juicio con esta generación y la conde-
narán, porque se arrepintieron por la predicación de Jonás; y
aquí hay algo que es más que Jonás. [42]La reina del sur se le-
vantará en el día del juicio con esta generación y la condena-
rá, porque ella vino de los confines de la tierra para escuchar
la sabiduría de Salomón; y aquí hay algo que es más que
Salomón. [43]Cuando el espíritu impuro sale de un hombre, anda
por lugares áridos buscando descanso, y, al no encontrarlo,
[44]dice: Volveré a mi casa de donde salí. Al volver, la encuen-
tra libre, barrida y arreglada. [45]Entonces va y trae consigo otros
siete espíritus peores que él, y entran y se instalan allí. Así el
estado final de aquel hombre resulta peor que el primero. Eso
sucederá también a esta generación malvada».

**La verdadera familia de Jesús.** [46]Mientras él hablaba a la gen-
te, su madre y sus hermanos estaban fuera y querían hablar
con él. [47]Y uno le dijo: «Tu madre y tus hermanos están afuera
y quieren hablar contigo». [48]Él respondió: «¿Quién es mi ma-
dre y quiénes son mis hermanos?». [49]Y extendiendo su mano
hacia sus discípulos, dijo: «Éstos son mi madre y mis herma-
nos. [50]Porque el que hace la voluntad de mi Padre celestial,
ése es mi hermano, mi hermana y mi madre».

13 **El sembrador.** [1]Aquel día, Jesús salió de su casa y se
sentó a la orilla del lago. [2]Acudió a él tanta gente, que
subió a sentarse en una barca, y toda la gente quedó en la pla-
ya. [3]Y les dijo muchas cosas en parábolas: «Salió el sembrador
a sembrar [4]y, al sembrar, parte de la semilla cayó junto al ca-
mino; vinieron las aves y se la comieron. [5]Otra parte cayó en
un pedregal, donde no había mucha tierra, y brotó en seguida
porque la semilla no tenía profundidad en la tierra; [6]pero al
salir el sol la abrasó y, por no tener raíz, se secó. [7]Otra cayó
entre zarzas; las zarzas crecieron y la ahogaron. [8]Otra parte

cayó en tierra buena, y dio frutos; una ciento, otra sesenta,
otra treinta. 9¡El que tenga oídos que oiga!».

**Razón de las parábolas.** 10Los discípulos se le acercaron y
le preguntaron: «¿Por qué les hablas en parábolas?». 11Y él les
respondió: «A vosotros se os ha dado conocer los misterios del
reino de Dios, pero a ellos no. 12Pues al que tiene se le dará
más y tendrá de sobra; pero al que no tiene, aun lo que tiene
se le quitará. 13Por esto les hablo en parábolas, porque miran
y no ven, escuchan y no oyen ni entienden. 14Así se cumple en
ellos la profecía de Isaías:

*Oiréis pero no entenderéis,*
*miraréis pero no veréis.*
15*Porque la mente de este pueblo*
*está embotada,*
*tienen tapados los oídos*
*y los ojos cerrados,*
*para no ver nada con sus ojos*
*ni oír con sus oídos,*
*ni entender con la mente*
*ni convertirse a mí*
*para que yo los cure»* (Is 6,9-10).

16«*¡Dichosos vuestros ojos* porque ven, y vuestros oídos por-
que oyen! 17Os aseguro que muchos profetas y justos desea-
ron ver lo que veis y no lo vieron, y oír lo que oís y no lo
oyeron».

**Explicación de la parábola del sembrador.** 18«Así que voso-
tros entended la parábola del sembrador. 19Si uno oye la pala-
bra del reino y no la entiende, viene el maligno y le arrebata
lo sembrado en el corazón. Éste es lo sembrado junto al cami-
no. 20El pedregal es el que oye la palabra de momento y la
acepta con alegría; 21pero no tiene raíz, es inconstante y, cuan-

do llega la prueba o la persecución a causa de la palabra, inmediatamente se viene abajo. [22]Lo sembrado entre zarzas es el que oye la palabra, pero las preocupaciones de esta vida y la seducción de la riqueza ahogan la palabra y queda sin fruto. [23]Lo sembrado en tierra buena es el que oye la palabra y la entiende y da fruto, ciento, sesenta y treinta por uno».

**La cizaña.** [24]Les propuso otra parábola: «El reino de Dios es semejante a un hombre que sembró buena semilla en un campo. [25]Mientras sus hombres dormían, vino su enemigo, esparció cizaña en medio del trigo y se fue. [26]Pero cuando creció la hierba y llevó fruto, apareció también la cizaña. [27]Los criados fueron a decir a su amo: ¿No sembraste buena semilla en tu campo? ¿Cómo es que tiene cizaña? [28]Él les dijo: Un hombre enemigo hizo esto. Los criados dijeron: ¿Quieres que vayamos a recogerla? [29]Les contestó: ¡No!, no sea que, al recoger la cizaña, arranquéis con ella el trigo. [30]Dejad crecer juntas las dos cosas hasta la siega; en el tiempo de la siega diré a los segadores: Recoged primero la cizaña y atadla en haces para quemarla, pero el trigo recogedlo en mi granero».

**La semilla de mostaza.** [31]Les propuso otra parábola: «El reino de Dios es como un grano de mostaza que toma un hombre y lo siembra en su campo. [32]Es la más pequeña de todas las semillas; pero cuando crece es la mayor de las hortalizas y se hace árbol, de tal suerte que las aves vienen y anidan en sus ramas».

**La levadura.** [33]Les dijo otra parábola: «El reino de Dios es semejante a la levadura que una mujer toma y la mete en tres medidas de harina hasta que fermenta toda la masa».

[34]Jesús decía a la gente todas estas cosas en parábolas, y no les decía nada sin parábolas, [35]para que se cumpliera lo que había anunciado el profeta: *Abriré mi boca para decir parábolas y publicaré lo que estaba oculto desde la creación del mundo* (Sal 78,2).

**Explicación de la parábola de la cizaña.** [36]Jesús dejó a la gen-
te y se fue a casa. Sus discípulos se le acercaron y le dijeron:
«Explícanos la parábola de la cizaña del campo». [37]Él respon-
dió: «El que siembra la buena semilla es el hijo del hombre.
[38]El campo es el mundo. La buena semilla son los hijos del rei-
no, y la cizaña son los hijos del maligno. [39]El enemigo que la
siembra es el diablo. La siega es el fin del mundo, y los sega-
dores los ángeles. [40]Como se recoge la cizaña y se quema en
el fuego, así también será al fin del mundo. [41]El hijo del hom-
bre enviará a sus ángeles, que recogerán de su reino a todos
los que son causa de pecado y a todos los agentes de injusti-
cias [42]y los echarán al horno ardiente: allí será el llanto y el
crujir de dientes. [43]Entonces los justos resplandecerán como el
sol en el reino de su Padre. ¡El que tenga oídos que oiga!».

**El tesoro escondido.** [44]«El reino de Dios es semejante a un
tesoro escondido en el campo. El que lo encuentra lo esconde
y, lleno de alegría va, vende todo lo que tiene y compra aquel
campo».

**El mercader de perlas.** [45]«El reino de Dios es semejante a
un mercader que busca perlas preciosas. [46]Cuando encuentra
una de gran valor, va, vende todo lo que tiene y la compra».

**La red del pescador.** [47]«El reino de Dios es semejante a una
red que se echa al mar y recoge toda clase de peces; [48]cuando
está llena, los pescadores la sacan a la orilla, se sientan, reco-
gen los buenos en cestos y tiran los malos. [49]Así será al fin del
mundo. Vendrán los ángeles, separarán a los malos de los jus-
tos [50]y los echarán al horno ardiente: allí será el llanto y el
crujir de dientes. [51]¿Habéis entendido todo esto?». Le contesta-
ron: «¡Sí!». [52]Y él les dijo: «Por eso, el maestro de la ley que
se ha hecho discípulo del reino de Dios es como el amo de la
casa que saca de su tesoro cosas nuevas y viejas». [53]Cuando
Jesús acabó estas parábolas, se fue de allí.

**Jesús, rechazado en Nazaret.** [54]Se fue a su tierra y se puso a
enseñar en la sinagoga. La gente, asombrada, decía: «¿De dón-
de le viene a éste esa sabiduría y esos prodigios? [55]¿No es éste
el hijo del carpintero? ¿No es su madre María, y sus herma-
nos Santiago, José, Simón y Judas? [56]Y sus hermanas, ¿no vi-
ven con nosotros? ¿De dónde le viene todo esto?». [57]Y aque-
llo les parecía un escándalo. Pero Jesús les dijo: «Sólo en su
tierra y en su casa desprecian al profeta». [58]Y no hizo allí mu-
chos milagros por su falta de fe.

**14** **Opinión de Herodes sobre Jesús.** [1]Por entonces la fama
de Jesús llegó a oídos del virrey Herodes, [2]el cual dijo
a sus cortesanos: «Ése es Juan Bautista, que ha resucitado de
entre los muertos, y por eso tiene poder de obrar milagros».

**Martirio del Bautista.** [3]Y es que Herodes había detenido a
Juan, lo había encadenado y lo había metido en la cárcel por
causa de Herodías, la mujer de su hermano Filipo; [4]pues Juan
le decía: «No te es permitido tenerla». [5]Quiso matarlo; pero
tuvo miedo del pueblo, que lo tenía por profeta. [6]Al llegar el
cumpleaños de Herodes, la hija de Herodías bailó en presen-
cia de todos, y tanto agradó a Herodes, [7]que juró darle lo que
pidiera. [8]Ella, instigada por su madre, le dijo: «Dame ahora
mismo en una bandeja la cabeza de Juan Bautista». [9]El rey se
entristeció, pero por el juramento y por los invitados ordenó
que se la dieran, [10]y envió a cortar la cabeza de Juan en la cár-
cel. [11]Trajeron la cabeza en una bandeja y se la entregaron a la
muchacha, la cual se la llevó a su madre. [12]Sus discípulos fue-
ron, recogieron el cadáver y lo sepultaron. Fueron después a
decírselo a Jesús.

**Primera multiplicación de los panes.** [13]Al saber esto, Jesús
se fue de allí en una barca a un lugar tranquilo y solitario; la
gente, al enterarse, lo siguió a pie desde las ciudades. [14]Al des-
embarcar y ver a tanta gente, se compadeció de ella y curó a

sus enfermos. [15]Al caer el día, se le acercaron sus discípulos y
le dijeron: «Estamos en un descampado y ya es muy tarde; des-
pide a la gente para que vayan a las aldeas a comprarse algo
de comer». [16]Jesús les dijo: «No hace falta que se vayan. Dadles
vosotros de comer». [17]Ellos le dijeron: «Sólo tenemos aquí cin-
co panes y dos peces». [18]Él dijo: «Traédmelos». [19]Mandó que
la gente se echase sobre la hierba, tomó los cinco panes y los
dos peces, alzó los ojos al cielo y los bendijo; partió los panes
y se los dio a los discípulos para que se los distribuyeran a la
gente. [20]Todos comieron y se hartaron; y se recogieron doce
canastos llenos de las sobras. [21]Los que comieron eran unos
cinco mil hombres, sin contar mujeres y niños.

**Jesús camina sobre las aguas.** [22]Después obligó a los discípu-
los a que se embarcaran y se le adelantaran rumbo a la otra ori-
lla, mientras él despedía a la gente. [23]Y una vez que la despidió,
subió al monte, a solas, para orar; al caer la tarde, estaba solo
allí. [24]Mientras, la barca se hallaba ya en medio del lago, batida
por las olas, porque el viento era contrario. [25]Hacia las tres de
la madrugada se dirigió a ellos andando sobre el lago. [26]Los dis-
cípulos, al verlo caminar sobre el lago, se asustaron y decían:
«¡Es un fantasma!», y se pusieron a gritar llenos de miedo. [27]Je-
sús les dijo: «Tranquilizaos. Soy yo, no tengáis miedo».
[28]Pedro le respondió: «Señor, si eres tú, mándame ir a ti
sobre las aguas». [29]Él dijo: «Ven». Pedro saltó de la barca y
fue hacia Jesús andando sobre las aguas. [30]Pero, al ver la fuer-
za del viento, se asustó y, como empezaba a hundirse, gritó:
«¡Sálvame, Señor!». [31]Jesús le tendió la mano, lo agarró y le
dijo: «Hombre de poca fe, ¿por qué has dudado?». [32]Cuan-
do subieron a la barca, el viento se calmó. [33]Y los que esta-
ban en ella se postraron ante él, diciendo: «Verdaderamente
tú eres el hijo de Dios».

**Curaciones en Genesaret.** [34]Acabada la travesía, tomaron tie-
rra en Genesaret. [35]Las gentes del lugar lo reconocieron y pro-

pagaron la noticia por toda la comarca. Le trajeron todos los
enfermos [36]y le suplicaban que les dejase tan sólo tocar la orla
de su manto. Y todos los que lo tocaron se curaron.

**15** **La ley de Dios y las prescripciones farisaicas.** [1]Enton-
ces se acercaron a Jesús unos fariseos y maestros de la
ley de Jerusalén y le dijeron: [2]«¿Por qué tus discípulos que-
brantan las tradiciones de los ancianos, pues no se lavan las
manos al comer?». [3]Él les respondió: «¿Por qué vosotros mis-
mos, por vuestra tradición, quebrantáis el mandato de Dios?
[4]Porque Dios dijo: *Honra a tu padre y a tu madre* (Éx 20,12;
Dt 5,16) *y el que maldiga a su padre y a su madre será conde-
nado a muerte* (Éx 21,17; Lev 20,9). [5]Pero vosotros decís: El
que diga a su padre o a su madre: Lo que tenía para ayudarte
lo he ofrecido al templo, [6]queda libre de la obligación de ayu-
dar a su padre y a su madre. Así habéis anulado el mandato
de Dios con vuestra tradición. [7]¡Hipócritas!, bien profetizó
Isaías de vosotros:

[8]*Este pueblo me honra*
*con sus labios,*
*pero su corazón está lejos de mí;*
[9]*en vano me rinde culto,*
*enseñando doctrinas*
*que son preceptos humanos*» (Is 29,13; Sal 78,36-37).

[10]Llamó a la gente y les dijo: «Oíd y entended: [11]No man-
cha al hombre lo que entra por la boca, sino lo que sale de la
boca; eso es lo que mancha al hombre». [12]Entonces los discí-
pulos se le acercaron y le dijeron: «¿Sabes que los fariseos, al
oír tus palabras, se han escandalizado?». [13]Él respondió: «Toda
planta que no ha plantado mi Padre celestial será arrancada
de raíz. [14]Dejadlos. Son ciegos, guías de ciegos; y si un ciego
guía a otro ciego, ambos caerán en el hoyo».
[15]Pedro tomó la palabra y dijo: «Explícanos esa parábola».

[16]Él dijo: «¿Pero tampoco vosotros entendéis? [17]¿No sabéis que
todo lo que entra por la boca va al vientre y termina en el
retrete? [18]Pero lo que sale de la boca procede del corazón, y
eso es lo que mancha al hombre. [19]Porque del corazón provie-
nen los malos pensamientos, homicidios, adulterios,
fornicaciones, robos, falsos testimonios, blasfemias. [20]Eso es lo
que mancha al hombre; pero comer con las manos sin lavar
no mancha al hombre».

## III. MINISTERIO FUERA DE GALILEA (15,21–18,35)

**Jesús cura a la hija de una cananea.** [21]Jesús salió de allí y se
fue a las regiones de Tiro y Sidón. [22]Y una mujer cananea sa-
lió de aquellos contornos y se puso a gritar: «¡Ten compasión
de mí, Señor, hijo de David! Mi hija está atormentada por un
demonio». [23]Pero él no le respondió nada. Sus discípulos se
acercaron y le dijeron: «Despídela, porque viene gritando de-
trás de nosotros». [24]Él respondió: «No he sido enviado sino a
las ovejas perdidas de la casa de Israel». [25]Pero ella se acercó,
se puso de rodillas ante él y le suplicó: «¡Señor, ayúdame!».
[26]Él respondió: «No está bien quitarle el pan a los hijos para
echárselo a los perros». [27]Ella dijo: «Cierto, Señor; pero tam-
bién los perros comen las migajas que caen de la mesa de sus
amos». [28]Entonces Jesús le dijo: «¡Oh mujer, qué grande es tu
fe! Que te suceda como quieres». Y desde aquel momento su
hija quedó curada.

**Regreso al lago de Galilea.** [29]Jesús salió de allí, llegó a la
costa del lago de Galilea, subió al monte y se sentó. [30]Se le
acercó mucha gente que llevaba cojos, ciegos, sordos, mancos
y otros muchos enfermos, y los pusieron a sus pies. Y él los
curó, [31]de suerte que la gente se maravillaba al ver a los mu-

dos que hablaban, a los mancos sanos, a los cojos andando, a los ciegos que recobraban la vista. Y alabaron al Dios de Israel.

**Segunda multiplicación de los panes.** 32Jesús llamó a sus discípulos y les dijo: «Me da lástima de esta gente, pues ya llevan tres días conmigo y no tienen qué comer. No quiero despedirlos en ayunas, no sea que desfallezcan en el camino». 33Los discípulos le dijeron: «¿De dónde podremos sacar pan para hartar a tanta gente aquí, en un despoblado?». 34Jesús les dijo: «¿Cuántos panes tenéis?». Ellos contestaron: «Siete y algunos peces». 35Mandó a la gente que se sentara en el suelo. 36Tomó los siete panes y los peces, dio gracias, los partió y los dio a los discípulos, y éstos a la gente. 37Comieron todos y se saciaron, y se recogieron siete espuertas de las sobras. 38Los que comieron eran cuatro mil hombres, sin contar las mujeres y los niños. 39Despidió a la gente, subió a la barca y se fue a la región de Magadán.

16 **Piden a Jesús una señal del cielo.** 1Los fariseos y los saduceos se le acercaron para tentarlo, y le pidieron que les mostrase una señal del cielo.

2Él les respondió: «Por la tarde decís: Hará buen tiempo, porque el cielo se enrojece. 3Y por la mañana: Mal tiempo, porque el cielo se enrojece con sombras. Sabéis interpretar el aspecto del cielo, ¿y no sois capaces de interpretar las señales de los tiempos?».

4«Esta generación malvada y adúltera pide una señal, pero no se les dará sino la señal de Jonás». Los dejó y se fue.

**La levadura de los fariseos y saduceos.** 5Al ir los discípulos a la otra orilla, se olvidaron de llevar pan. 6Jesús les dijo: «Tened cuidado y guardaos de la levadura de los fariseos y saduceos». 7Ellos comentaban: «Es que no hemos traído pan». 8Jesús, dándose cuenta, les dijo: «¿Por qué habláis de que no

tenéis pan? ¡Hombres de poca fe! 9¿Aún no entendéis? ¿No
os acordáis ya de cuando repartí cinco panes para cinco mil
hombres? ¿Cuántos cestos recogisteis de las sobras? 10¿Y de
cuando repartí los siete para los cuatro mil? ¿Cuántas espuertas
recogisteis? 11¿Cómo no entendéis que no os hablaba de pa-
nes? Guardaos de la levadura de los fariseos y saduceos». 12En-
tonces comprendieron que no les había dicho que se guarda-
sen del fermento del pan, sino de la doctrina de los fariseos y
saduceos.

**En Cesarea de Filipo. Profesión de fe y primado de Pedro.**
13Al llegar Jesús a la región de Cesarea de Filipo, preguntó a
sus discípulos: «¿Quién dice la gente que es el hijo del hom-
bre?». 14Ellos le dijeron: «Unos, que Juan el Bautista; otros, que
Elías; otros, que Jeremías o uno de los profetas». 15Él les dijo:
«Vosotros, ¿quién decís que soy yo?». 16Simón tomó la palabra
y dijo: «Tú eres el mesías, el hijo del Dios vivo». 17Jesús le res-
pondió: «Dichoso tú, Simón, hijo de Juan, porque eso no te lo
ha revelado la carne ni la sangre, sino mi Padre que está en los
cielos. 18Yo te digo que tú eres Pedro y sobre esta piedra edifi-
caré mi Iglesia, y las puertas del infierno no prevalecerán con-
tra ella. 19Te daré las llaves del reino de Dios; y lo que ates en
la tierra quedará atado en los cielos, y lo que desates en la tie-
rra quedará desatado en los cielos». 20Entonces ordenó a sus dis-
cípulos que no dijesen a nadie que él era el mesías.

**Primer anuncio de la pasión.** 21Desde entonces comenzó Je-
sús a declarar a sus discípulos que él tenía que ir a Jerusalén y
padecer mucho de parte de los ancianos del pueblo, de los su-
mos sacerdotes y de los maestros de la ley, ser matado y resu-
citar al tercer día. 22Pedro se lo llevó aparte y se puso a
reprenderle: «¡Dios te libre, Señor! ¡No te sucederá eso!».
23Pero él, volviéndose, le dijo: «¡Apártate de mí, Satanás!, pues
eres un obstáculo para mí, porque tus sentimientos no son los
de Dios, sino los de los hombres».

**Necesidad de la abnegación.** 24Luego dijo a sus discípulos: «El
que quiera venir en pos de mí, niéguese a sí mismo, tome su cruz
y sígame. 25Porque el que quiera salvar su vida la perderá, pero
el que pierda su vida por mí la encontrará. 26¿Qué le vale al hom-
bre ganar el mundo entero si pierde su vida? ¿Y qué dará el hom-
bre a cambio de su vida? 27Porque el hijo del hombre vendrá en
la gloria de su Padre con sus ángeles, y entonces dará a cada uno
según sus obras. 28Os aseguro que algunos de los presentes no
morirán sin haber visto al hijo del hombre venir como rey».

17 **La transfiguración.** 1Seis días después Jesús tomó consi-
go a Pedro, a Santiago y a Juan, su hermano, y los llevó
a un monte alto a solas. 2Y se transfiguró ante ellos. Su rostro
brilló como el sol y sus vestiduras se volvieron blancas como la
luz. 3Y se le aparecieron Moisés y Elías hablando con él. 4Pedro
tomó la palabra y dijo a Jesús: «Señor, qué bien se está aquí. Si
quieres, hago aquí tres tiendas: una para ti, otra para Moisés y
otra para Elías». 5Aún estaba hablando, cuando una nube lumi-
nosa los cubrió, y una voz desde la nube dijo: «Éste es mi hijo
amado, mi predilecto, escuchadlo». 6Al oírlo, los discípulos ca-
yeron de bruces, aterrados de miedo. 7Jesús se acercó, los tocó
y les dijo: «Levantaos y no tengáis miedo». 8Alzaron ellos sus
ojos y no vieron a nadie, sino sólo a Jesús. 9Y mientras bajaban
del monte, Jesús les ordenó: «No contéis a nadie esta visión hasta
que el hijo del hombre haya resucitado de entre los muertos».
10Los discípulos le preguntaron: «¿Por qué dicen los maestros
de la ley que Elías debe venir antes?». 11Él respondió: «Elías ven-
drá antes a ponerlo todo en orden. 12Pero yo os digo: Elías ha
venido ya y no lo han reconocido, sino que lo han tratado a su
antojo. *Así también el hijo del hombre ha de padecer por parte*
de ellos». 13Entonces entendieron los discípulos que les había
hablado de Juan el Bautista.

**El muchacho epiléptico.** 14Al llegar donde estaba la gente,
se le acercó un hombre, se puso de rodillas ante él y le dijo:

15«Señor, ten compasión de mi hijo, que es epiléptico y está
muy mal. Muchas veces cae en el fuego y otras muchas en el
agua. 16Lo he presentado a tus discípulos y no han podido cu-
rarlo». 17Jesús respondió: «¡Gente incrédula y perversa! ¿Has-
ta cuándo tendré que soportaros? Traédmelo». 18Jesús lo in-
crepó, el demonio salió del muchacho y en aquel momento
quedó curado. 19Entonces los discípulos se acercaron a Jesús
y, a solas con él, le preguntaron: «¿Por qué nosotros no pudi-
mos echarlo?». 20Les dijo: «Por vuestra poca fe; os aseguro que
si tuvierais fe como un grano de mostaza, diríais a este mon-
te: Vete de aquí allá, y se trasladaría; nada os sería imposi-
ble». [21 «Esta clase de demonios sólo se expulsa con la ora-
ción» (Mc 9,29)].

**Segundo anuncio de la pasión.** 22Estando en Galilea, Jesús
les dijo: «El hijo del hombre va a ser entregado en manos de
los hombres, 23lo matarán y al tercer día resucitará». Y ellos
se entristecieron mucho.

**Jesús y Pedro pagan el tributo al templo.** 24Cuando llegaron
a Cafarnaún, los recaudadores de los impuestos se acercaron
a Pedro y le dijeron: «¿Vuestro maestro no paga el impuesto?».
25Respondió: «Sí». Cuando entró en casa, se anticipó Jesús di-
ciéndole: «¿Qué te parece, Simón? Los reyes de la tierra, ¿de
quiénes cobran los impuestos? ¿De sus hijos o de los extra-
ños?». 26Él contestó que de los extraños. Jesús le dijo: «Luego
los hijos están libres. 27Pero, para no escandalizarlos, vete al
mar, echa el anzuelo y al primer pez que suba sácalo, ábrele
la boca y encontrarás en ella la moneda precisa. Tómala y dá-
sela a ellos por mí y por ti».

**18** **Quién es el más grande en el reino de Dios.** 1En aquel
momento se acercaron los discípulos a Jesús y le pre-
guntaron: «¿Quién es, entonces, el más grande en el reino de
Dios?». 2Jesús llamó a un niño, lo puso en el centro 3y dijo:

«Os aseguro que si no cambiáis y os hacéis como niños, no entraréis en el reino de Dios. [4]El que se haga pequeño como este niño, ése es el más grande en el reino de Dios».

**El escándalo.** [5]«El que acoge en mi nombre a un niño como éste, a mí me acoge. [6]Al que escandalice a uno de estos pequeñuelos que creen en mí, más le valdría que le ataran al cuello una piedra de molino y lo tiraran al mar. [7]¡Ay del mundo por los escándalos! Es inevitable que haya escándalos; pero ¡ay del hombre por el que venga el escándalo! [8]Si tu mano o tu pie son para ti ocasión de pecado, córtatelos y tíralos lejos de ti. Más te vale entrar en la vida manco o cojo que con las dos manos o los dos pies ser arrojado al fuego eterno. [9]Y si tu ojo es para ti ocasión de pecado, sácatelo y tíralo lejos de ti. Es mejor entrar con un solo ojo en la vida que con dos ojos ser arrojado al fuego. [10]Guardaos de despreciar a uno de estos pequeñuelos, porque yo os digo que sus ángeles en los cielos están continuamente en la presencia de mi Padre celestial.

[[11]«Porque el hijo del hombre ha venido a salvar lo que estaba perdido» (Lc 19,10)].

**La oveja perdida.** [12]«¿Qué os parece? Si un hombre tiene cien ovejas y se le extravía una de ellas, ¿no dejará en los montes las noventa y nueve e irá a buscar la extraviada? [13]Y si la encuentra, os aseguro que se alegra por ella más que por las noventa y nueve que no se habían extraviado. [14]De la misma manera, vuestro Padre celestial no quiere que se pierda ni uno solo de esos pequeñuelos».

**Corrección fraterna y potestad de la Iglesia.** [15]«Si tu hermano ha pecado contra ti, ve y repréndelo a solas; si te escucha, habrás ganado a tu hermano; [16]pero si no te escucha, toma todavía contigo uno o dos, *para que toda causa sea decidida por la palabra de dos o tres testigos* (Dt 19,15). [17]Si no quiere escucharles, dilo a la comunidad; y si tampoco quiere escuchar

20«Atesorad, más bien, en el cielo, donde ni la polilla ni el
orín corroen, ni los ladrones socavan ni roban; 21porque don-
de está tu tesoro, allí está también tu corazón».
22«La lámpara de tu cuerpo son los ojos; si tus ojos están
sanos, todo tu cuerpo estará iluminado; 23pero si están enfer-
mos, todo tu cuerpo estará oscuro. Y si la luz que hay en ti
está apagada, ¡cuánta será la oscuridad!».
24«Nadie puede servir a dos amos, porque odiará a uno y
amará al otro, o bien despreciará a uno y se apegará al otro».
«No podéis servir a Dios y al dinero. 25Por esto os digo: No
os angustiéis por vuestra vida, qué vais a comer; ni por vuestro
cuerpo, qué vais a vestir. Porque la vida es más que el alimen-
to, y el cuerpo más que el vestido. 26Mirad las aves del cielo;
no siembran, ni siegan, ni recogen en graneros, y vuestro Padre
celestial las alimenta. ¿No valéis vosotros más que ellas? 27¿Quién
de vosotros, por mucho que cavile, puede añadir una sola hora
al tiempo de su vida? 28Y del vestido, ¿por qué os preocupáis?
Mirad cómo crecen los lirios del campo, no se fatigan ni hilan;
29pero yo os digo que ni Salomón en todo su esplendor se vis-
tió como uno de ellos. 30Pues si Dios viste así a la hierba del
campo, que hoy es y mañana se la echa al fuego, ¿no hará más
por vosotros, hombres de poca fe? 31No os inquietéis, dicien-
do: "¿Qué comeremos?" o "¿qué beberemos?" o "¿cómo vestire-
mos?". 32Por todas esas cosas se afanan los paganos. Vuestro Pa-
dre celestial ya sabe que las necesitáis. 33Buscad primero el reino
de Dios y su justicia, y todo eso se os dará por añadidura. 34Así
que no os inquietéis por el día de mañana, que el mañana trae-
rá su inquietud. A cada día le bastan sus problemas».

7 **No juzgar a los demás.** 1«No juzguéis y no seréis juzga-
dos. 2Porque con el juicio con que juzguéis seréis juzga-
dos, y con la medida con que midáis seréis medidos. 3¿Cómo
es que ves la paja en el ojo de tu hermano si no adviertes la
viga en el tuyo? 4¿Cómo puedes decir a tu hermano: Deja que
saque la paja de tu ojo, teniendo una viga en el tuyo? 5¡Hipó-

crita!, quita primero la viga de tu ojo, y entonces verás para
quitar la paja del ojo de tu hermano».

**No profanar las cosas santas.** 6«No deis lo santo a los pe-
rros ni echéis vuestras perlas a los puercos, no sea que las pi-
soteen, se vuelvan contra vosotros y os despedacen».

**La eficacia de la oración.** 7«Pedid y se os dará; buscad y en-
contraréis; llamad y se os abrirá. 8Porque todo el que pide reci-
be, y el que busca encuentra y al que llama se le abre. 9¿O quién
de vosotros si su hijo le pide pan le dará una piedra? 10O si le
pide un pez, ¿le dará una serpiente? 11Pues si vosotros, que sois
malos, sabéis dar a vuestros hijos cosas buenas, ¡cuánto más vues-
tro Padre celestial dará cosas buenas a quien se las pida!».

**Regla de oro de la caridad.** 12«Por tanto, todo lo que que-
ráis que hagan con vosotros los hombres hacedlo también vo-
sotros con ellos, porque en eso consiste la ley y los profetas».

**Discernimiento del bien y del mal.** 13«Entrad por la puerta
estrecha. Que es ancha la puerta y espacioso el camino que
lleva a la perdición, y son muchos los que entran por ella. 14Y
es estrecha la puerta y angosto el camino que lleva a la vida, y
son pocos los que lo encuentran».

15«Guardaos de los falsos profetas, que vienen a vosotros con
vestido de oveja y por dentro son lobos rapaces. 16Por sus fru-
tos los conoceréis. ¿Acaso se cosechan uvas de los espinos o
higos de los cardos? 17Así también, todo árbol bueno da fru-
tos buenos, pero el árbol malo da frutos malos».

18«Un árbol bueno no puede dar frutos malos, ni un árbol
malo frutos buenos. 19Todo árbol que no da buen fruto es cor-
tado y echado al fuego. 20Por sus frutos los conoceréis».

**Necesidad de las obras.** 21«No todo el que me dice: ¡Señor!
¡Señor!, entrará en el reino de Dios, sino el que hace la vo-

**Embajada del Bautista a Jesús.** [2]Juan, que oyó en la cárcel
las obras de Jesús, envió a sus discípulos [3]a preguntarle: «¿Eres
tú el que ha de venir o tenemos que esperar a otro?». [4]Jesús
les respondió: «Id y contad a Juan lo que habéis visto y oído:
[5]los ciegos ven, los cojos andan, los leprosos quedan limpios,
los sordos oyen, los muertos resucitan y se anuncia el evange-
lio a los pobres (Is 26,19; 29,18-19; 35,5-6; 61,1): [6]¡Dichoso
el que no se escandalice de mí!».

**Jesús elogia al Bautista.** [7]Cuando se fueron, Jesús comenzó a
hablar de Juan a las gentes: «¿Qué salisteis a ver en el desierto?
¿Una caña movida por el viento? [8]¿Pues qué salisteis a ver? ¿Un
hombre vestido lujosamente? Los que visten lujosamente están
en los palacios de los reyes. [9]¿Entonces, qué salisteis a ver? ¿Un
profeta? Sí, os lo digo; y más que un profeta. [10]Él es de quien
está escrito: *Yo envío delante de ti a mi mensajero para que te
prepare el camino* (Éx 23,20; Mal 3,1). [11]Os aseguro que no hay
hombre alguno más grande que Juan Bautista, pero el más pe-
queño en el reino de Dios es más grande que él. [12]Desde los
tiempos de Juan Bautista hasta ahora el reino de Dios sufre vio-
lencia, y los violentos lo arrebatan. [13]En efecto, todos los pro-
fetas y la ley anunciaron este reino hasta que vino Juan. [14]Y si
queréis admitirlo, él es Elías, el que había de venir. [15]¡El que
tenga oídos que oiga!».

**Jesús lamenta la terquedad de su pueblo.** [16]«¿A qué compara-
ré esta generación? Se parece a esos chiquillos sentados en las pla-
zas, que se gritan unos a otros: [17]"Os hemos tocado la flauta y
no habéis bailado, hemos cantado lamentaciones y no habéis llo-
rado". [18]Porque vino Juan, que ni comía ni bebía, y dijeron: Tie-
ne un demonio. [19]Ha venido el hijo del hombre, que come y bebe,
y dicen: Éste es un comilón y un borracho, amigo de publicanos
y pecadores. Pero la sabiduría ha sido justificada con sus obras».

**Reprensión de Jesús a las ciudades infieles.** [20]Entonces em-

descubrir, y nada tan secreto que no se llegue a saber. [27]Lo que
os digo en la oscuridad decidlo a plena luz, y lo que oís al
oído predicadlo sobre las terrazas. [28]No tengáis miedo de los
que matan el cuerpo, pero no pueden matar el alma; temed
más bien al que puede perder el alma y el cuerpo en el fuego.
[29]¿No se venden dos pájaros por unos cuartos? Y, sin embar-
go, ninguno de ellos cae en tierra sin el consentimiento de vues-
tro Padre. [30]En cuanto a vosotros, hasta los cabellos de la ca-
beza están contados. [31]Así que no tengáis miedo; vosotros valéis
más que una bandada de pájaros. [32]Al que me confiese delan-
te de los hombres, le confesaré también yo delante de mi Pa-
dre celestial; [33]pero al que me niegue delante de los hombres,
yo también lo negaré delante de mi Padre celestial».

[34]«No penséis que he venido a traer la paz al mundo; no he
venido a traer paz, sino espada. [35]Porque he venido a poner al
hijo en contra de su padre, a la hija en contra de su madre, a
la nuera en contra de su suegra. [36]De suerte que los enemigos
del hombre son los de su propia casa».

[37]«El que ama a su padre o a su madre más que a mí no es
digno de mí, y el que ama a su hijo o a su hija más que a mí
no es digno de mí, [38]y el que no carga con su cruz y me sigue
no es digno de mí. [39]El que encuentre su vida la perderá, y el
que la pierda por mí la encontrará».

**Recompensa a quien lo recibe.** [40]«El que os recibe a voso-
tros me recibe a mí, y quien me recibe a mí recibe a quien me
ha enviado. [41]El que recibe a un profeta como profeta recibi-
rá premio de profeta, y el que recibe a un justo como justo
recibirá premio de justo; [42]el que dé de beber a uno de estos
*pequeñuelos tan sólo* un vaso de agua fresca *porque es mi dis-*
*cípulo*, os aseguro que no perderá su recompensa».

**11** [1]Cuando Jesús acabó de dar estas instrucciones a sus
doce discípulos, se fue de allí para enseñar y predicar
en aquellos pueblos.

pezó a increpar a las ciudades en que había hecho la mayoría
de sus milagros, porque no se habían convertido. 21«¡Ay de ti,
Corozaín! ¡Ay de ti, Betsaida!, porque si en Tiro y en Sidón se
hubieran hecho los milagros que en vosotras, haría ya tiempo
que se hubieran arrepentido cubiertas de saco y ceniza. 22Pero
os digo que en el día del juicio habrá más tolerancia para Tiro
y Sidón que para vosotras. 23Y tú, Cafarnaún, ¿crees que te vas
a elevar hasta el cielo? ¡Hasta el abismo te hundirás! Porque
si en Sodoma se hubieran hecho los milagros realizados en ti,
duraría hasta el día de hoy. 24Pero os digo que el día del juicio
habrá más tolerancia para Sodoma que para ti».

**La gran lección del corazón de Jesús.** 25En aquel tiempo Je-
sús dijo: «Yo te alabo, Padre, Señor del cielo y de la tierra, por-
que has escondido estas cosas a los sabios y a los entendidos, y
se las has manifestado a los sencillos. 26Sí, Padre, porque así lo
has querido. 27Mi Padre me ha confiado todas las cosas; nadie
conoce perfectamente al Hijo sino el Padre, y nadie conoce al
Padre sino el Hijo y aquel a quien el Hijo se lo quiera manifes-
tar. 28Venid a mí todos los que estáis cansados y oprimidos, y
yo os aliviaré. 29Cargad con mi yugo y aprended de mí, que soy
afable y humilde de corazón, y encontraréis descanso para vues-
tras almas. 30Porque mi yugo es llevadero y mi carga ligera».

12 ***La cuestión del sábado.*** 1Por aquel tiempo iba Jesús un
sábado por los sembrados. Sus discípulos tenían ham-
bre, y comenzaron a cortar espigas y a comerlas. 2Los fariseos,
al verlo, le dijeron: «Mira, tus discípulos hacen lo que no está
permitido hacer en sábado». 3Él les respondió: «¿No habéis leí-
do lo que hizo David cuando tuvo hambre él y los suyos, 4cómo
entró en la casa de Dios y comió los panes de la proposición,
de los que no estaba permitido comer ni a él ni a los suyos,
sino sólo a los sacerdotes? 5¿O no habéis leído en la ley que
en día de sábado los sacerdotes en el templo quebrantan el sá-
bado y no son culpables? 6Pues yo os digo que hay aquí algo

más grande que el templo. 7Si hubierais comprendido qué quie-
re decir: *Misericordia quiero y no sacrificios* (Os 6,6; 1Sam
15,22), no condenaríais a los inocentes. 8Porque el hijo del
hombre es Señor del sábado».
9De allí pasó a la sinagoga. 10Había en ella un hombre que
tenía seca una mano, y preguntaron a Jesús para acusarle: «¿Está
permitido curar en sábado?». 11Él les dijo: «¿Quién de vosotros
que tenga una sola oveja, si cae en un hoyo en día de sábado
no le echa una mano y la saca? 12Pues, ¡cuánto más vale un hom-
bre que una oveja! Así que está permitido hacer el bien en sá-
bado». 13Entonces dijo al hombre: «Extiende tu mano». Él la
extendió y quedó sana como la otra. 14Pero los fariseos salieron
y tomaron en consejo la resolución de acabar con él.

**La mansedumbre del mesías.** 15Jesús se enteró y se alejó de
allí. Lo siguieron muchos y los curó a todos, 16encargándoles
severamente que no lo publicasen, 17para que se cumpliera lo
que había anunciado el profeta Isaías:

18*Éste es mi siervo, mi elegido,*
*mi amado, la alegría de mi alma;*
*pondré mi espíritu sobre él*
*para que anuncie*
*la justicia a las naciones.*
19*No disputará ni gritará,*
*nadie oirá su voz en las plazas.*
20*No romperá la caña cascada*
*y no apagará la mecha humeante*
*hasta que haga triunfar la justicia.*
21*En él pondrán las gentes*
*su esperanza* (Is 42,1-4).

**Jesús refuta una calumnia de los fariseos.** 22Entonces le
presentaron un endemoniado ciego y mudo y lo curó, de ma-
nera que el mudo hablaba y veía. 23Y todo el pueblo, asom-

a la comunidad, considéralo como pagano y publicano. [18]Os aseguro que todo lo que atéis en la tierra quedará atado en el cielo, y todo lo que desatéis en la tierra quedará desatado en el cielo».

**Oración en común.** [19]«Os aseguro que, si dos de vosotros se ponen de acuerdo sobre la tierra, cualquier cosa que pidan les será concedida por mi Padre celestial. [20]Porque donde hay dos o tres reunidos en mi nombre, allí estoy yo en medio de ellos».

**El perdón de las injurias. Parábola del siervo despiadado.** [21]Pedro se acercó y le dijo: «Señor, ¿cuántas veces tengo que perdonar a mi hermano las ofensas que me haga? ¿Hasta siete veces?». [22]Jesús le dijo: «No te digo hasta siete veces, sino hasta setenta veces siete».

[23]«El reino de Dios es semejante a un rey que quiso arreglar sus cuentas con sus empleados. [24]Al comenzar a tomarlas, le fue presentado uno que le debía millones. [25]No teniendo con qué pagar, el señor mandó que fuese vendido él, su mujer y sus hijos y todo cuanto tenía, y que le fuera pagada la deuda. [26]El empleado se echó a sus pies y le suplicó: Dame un plazo y te lo pagaré todo. [27]El señor se compadeció de él, lo soltó y le perdonó la deuda. [28]El empleado, al salir, se encontró con uno de sus compañeros que le debía un poco de dinero; lo agarró por el cuello y le dijo: ¡Paga lo que debes! [29]El compañero se echó a sus pies y le suplicó: ¡Dame un plazo y te pagaré! [30]Pero él no quiso, sino que fue y lo metió en la cárcel hasta que pagara la deuda. [31]Al ver sus compañeros lo ocurrido, se disgustaron mucho y fueron a contar a su señor todo lo que había pasado. [32]Entonces su señor lo llamó y le dijo: Malvado, te he perdonado toda aquella deuda porque me lo suplicaste. [33]¿No debías tú también haberte compadecido de tu compañero, como yo me compadecí de ti? [34]Y el señor, irritado, lo entregó a los torturadores, hasta que pagase toda la deu-

da. [35]Así hará mi Padre celestial con vosotros si cada uno de vosotros no perdona de corazón a su hermano».

## IV. MINISTERIO EN JERUSALÉN
## (19,1–23,39)

19 **Jesús va a Judea pasando por Perea.** [1]Cuando acabó de decir estas cosas, Jesús salió de Galilea y se fue a Judea, al otro lado del Jordán. [2]Lo siguió mucha gente, y allí los curó.

**El divorcio.** [3]Se le acercaron unos fariseos y le preguntaron para ponerlo a prueba: «¿Le está permitido al hombre separarse de su mujer por cualquier motivo?». [4]Él respondió: «¿No habéis leído que el creador desde el principio los hizo macho y hembra (Gén 1,27; 5,2), [5]y que dijo: *Por esto el hombre dejará a su padre y a su madre y se unirá a su mujer y serán los dos una sola carne?* (Gén 2,24). [6]De tal manera que ya no son dos, sino una sola carne. Por tanto, lo que Dios ha unido que no lo separe el hombre». [7]Le replicaron: «Entonces, ¿por qué Moisés ordenó darle el acta de divorcio cuando se separa de ella?». [8]Les dijo: «Moisés os permitió separaros de vuestras mujeres por la dureza de vuestro corazón, pero al principio no era así. [9]Por tanto, os digo que el que se separe de su mujer, excepto en el caso de concubinato, y se case con otra, comete adulterio».

**La castidad voluntaria.** [10]Los discípulos le dijeron: «Si tal es la condición del hombre respecto a su mujer, no conviene casarse». [11]Pero él les dijo: «No todos comprenden esta doctrina, sino aquellos a quienes les es concedido. [12]Porque hay eunucos que nacieron así del vientre de su madre, los hay que fueron hechos eunucos por los hombres y los hay que a sí mismos se hicieron tales por el reino de Dios. ¡El que sea capaz de hacer esto que lo haga!».

**Jesús y los niños.** [13]Entonces le presentaron unos niños para
que les impusiera las manos y rezase por ellos. Los discípulos
los regañaban, [14]pero Jesús dijo: «Dejad que los niños se acer-
quen a mí y no se lo impidáis, porque de los que son como
ellos es el reino de Dios». [15]Y después de imponerles las ma-
nos, continuó su camino.

**Peligros de las riquezas.** [16]Se le acercó un hombre y le dijo:
«Maestro, ¿qué tengo que hacer de bueno para alcanzar la vida
eterna?». [17]Él le dijo: «¿Qué me preguntas acerca de lo que es
bueno? El único bueno es Dios. Pero, si quieres entrar en la
vida, guarda los mandamientos». [18]Replicó: «¿Cuáles?». Jesús
dijo: «*No matarás, no cometerás adulterio, no robarás, no le-
vantarás falsos testimonios,* [19]*honra a tu padre y a tu madre y
ama a tu prójimo como a ti mismo*» (Éx 20,12-16; Dt 5,16-
20; Lev 19,18). [20]El joven le dijo: «Todo eso lo he guardado.
¿Qué más hace falta?». [21]Jesús le dijo: «Si quieres ser perfec-
to, anda, vende todo lo que tienes y dáselo a los pobres, y ten-
drás un tesoro en el cielo; después, ven y sígueme». [22]Al oír
esto, el joven se fue muy triste, porque tenía muchos bienes.
[23]Jesús dijo a sus discípulos: «Os aseguro que un rico difícil-
mente entrará en el reino de Dios. [24]Es más fácil que un ca-
mello pase por el ojo de una aguja que un rico entre en el rei-
no de Dios». [25]Al oír esto los discípulos, se quedaron
asombrados y dijeron: «Entonces, ¿quién puede salvarse?». [26]Je-
sús los miró y les dijo: «Para los hombres esto es imposible,
pero para Dios todo es posible».

**Premio a la pobreza evangélica.** [27]Entonces Pedro le dijo:
«Nosotros lo hemos dejado todo y te hemos seguido; ¿qué nos
espera?». [28]Jesús les dijo: «Os aseguro que vosotros, los que
me habéis seguido, en la nueva creación, cuando el hijo del
hombre se siente en el trono de su gloria, os sentaréis tam-
bién sobre doce tronos para juzgar a las doce tribus de Israel.
[29]Y todo el que deje casa, hermanos o hermanas, padre o ma-

dre, o hijos o campos por mi causa recibirá el ciento por uno
y heredará la vida eterna».
30«Muchos primeros serán los últimos, y los últimos los
primeros».

**20** **Parábola de los obreros de la viña.** 1«El reino de Dios
es como un amo que salió muy de mañana a contratar
obreros para su viña. 2Convino con los obreros en un denario
al día, y los envió a su viña. 3Fue también a las nueve de la
mañana, vio a otros que estaban parados en la plaza 4y les dijo:
Id también vosotros a la viña, yo os daré lo que sea justo. 5Y
fueron. De nuevo fue hacia el mediodía, y otra vez a las tres
de la tarde, e hizo lo mismo. 6Volvió por fin hacia las cinco de
la tarde, encontró a otros que estaban parados y les dijo: ¿Por
qué estáis aquí todo el día sin hacer nada? 7Le dijeron: Por-
que nadie nos ha contratado. Él les dijo: Id también vosotros
a la viña. 8Al caer la tarde dijo el dueño de la viña a su admi-
nistrador: Llama a los obreros y págales el jornal, empezando
por los últimos hasta los primeros. 9Vinieron los de las cinco
de la tarde y recibieron un denario cada uno. 10Al llegar los
primeros, pensaron que cobrarían más, pero también ellos re-
cibieron un denario cada uno. 11Y, al tomarlo, murmuraban
contra el amo 12diciendo: Esos últimos han trabajado una sola
hora y los has igualado a nosotros, que hemos soportado el
peso del día y el calor. 13Él respondió a uno de ellos: Amigo,
no te hago ninguna injusticia. ¿No convinimos en un denario?
14Toma lo tuyo y vete. Pero yo quiero dar a este último lo mis-
mo que a ti. 15¿No puedo hacer lo que quiera con lo mío? ¿O
ves con malos ojos el que yo sea bueno? 16Así pues, los últi-
mos serán los primeros, y los primeros los últimos».

**Tercer anuncio de la pasión.** 17Cuando Jesús iba camino de
Jerusalén, llevó aparte a los doce discípulos y les dijo: 18«Mi-
rad, vamos a Jerusalén, y el hijo del hombre será entregado a
los sumos sacerdotes y a los maestros de la ley; lo condenarán

a muerte, [19]lo entregarán a los paganos, se burlarán de él, lo
azotarán y lo crucificarán, pero al tercer día resucitará».

**Jesús corrige la ambición de los apóstoles.** [20]Entonces se le
acercó la madre de los hijos de Zebedeo con ellos y se puso
de rodillas para pedirle algo. [21]Él dijo: «¿Qué quieres?». Ella
dijo: «Di que estos dos hijos míos se sienten uno a tu derecha
y otro a tu izquierda en tu reino». [22]Jesús respondió: «No sa-
béis lo que pedís. ¿Podréis beber el cáliz que yo he de beber?».
Contestaron: «Podemos». [23]Jesús les dijo: «Beberéis, ciertamen-
te, mi cáliz; pero el sentarse a mi derecha o a mi izquierda no
es cosa mía el concederlo; es para quienes ha sido reservado
por mi Padre».
[24]Los otros diez, al oír esto, se indignaron contra los dos her-
manos. [25]Jesús los llamó y les dijo: «Sabéis que los jefes de las
naciones las tiranizan y que los grandes las oprimen con su
poderío. [26]Entre vosotros no debe ser así, sino que si alguno
de vosotros quiere ser grande, que sea vuestro servidor; [27]y el
que de vosotros quiera ser el primero, que sea el servidor de
todos; [28]de la misma manera que el hijo del hombre no ha ve-
nido a ser servido, sino a servir y dar su vida por la liberación
de todos».

**Los dos ciegos de Jericó.** [29]Al salir de Jericó, los siguió mu-
cha gente. [30]Dos ciegos, sentados junto al camino, oyeron que
pasaba Jesús, y gritaron: «¡Señor, hijo de David, ten compa-
sión de nosotros!». [31]La gente los reprendió para que se calla-
sen, pero ellos gritaban con más fuerza: «¡Señor, hijo de Da-
vid, ten compasión de nosotros!». [32]Jesús se detuvo, los llamó
y les dijo: «¿Qué queréis que os haga?». [33]Le dijeron: «¡Señor,
que se abran nuestros ojos!». [34]Jesús se compadeció, tocó sus
ojos, y al punto recobraron la vista y se fueron tras él.

21 **Entrada triunfal en Jerusalén.** [1]Al acercarse a Jerusalén,
llegaron a Betfagé, al monte de los Olivos; Jesús envió

a dos discípulos, [2]diciéndoles: «Id a la aldea de enfrente; a la
entrada encontraréis una borriquilla atada, y con ella un po-
llino; desatadlos y traédmelos. [3]Y si alguien os dice algo,
decidle: "El Señor los necesita, y en seguida los devolverá"».
[4]Esto ocurrió para que se cumpliera lo que había dicho el pro-
feta:

[5]*Decid a la hija de Sión:*
*Mira que tu rey viene a ti*
*humilde y montado en un asno,*
*en un pollino,*
*hijo de animal de carga* (Is 62,11; Zac 9,9).

[6]Los discípulos fueron e hicieron como Jesús les ordenó, [7]y
trajeron la borriquilla y el pollino. Pusieron sobre ellos sus
mantos, y Jesús se montó. [8]Muchos alfombraban el camino con
sus mantos, y otros con ramas que cortaban de los árboles. [9]Los
que iban delante y detrás gritaban:

*¡Viva el hijo de David!*
*Bendito el que viene*
*en nombre del Señor.*
*¡Viva Dios altísimo!* (Sal 118,25-26).

[10]Al entrar él en Jerusalén, toda la ciudad se conmovió; de-
cían: «¿Quién es éste?». [11]Y la gente respondía: «Éste es Jesús,
el profeta de Nazaret de Galilea».

**Expulsa del templo a los mercaderes.** [12]Jesús entró en el tem-
plo y echó a todos los que estaban allí vendiendo y compran-
do. Volcó las mesas de los cambistas y los puestos de los ven-
dedores de palomas, [13]y les dijo: «Está escrito: *Mi casa es casa
de oración;* pero vosotros la habéis convertido *en una cueva
de ladrones*» (Is 56,7; Jer 7,11).
[14]Se llegaron a él en el templo ciegos y cojos, y los curó.

15Pero los sumos sacerdotes y los maestros de la ley, al ver las maravillas que hacía y a los niños que gritaban en el templo «¡Viva el hijo de David!», se indignaron y le dijeron: 16«¿Oyes lo que éstos dicen?». Jesús les contestó: «Sí. ¿Nunca habéis leído: *De la boca de los pequeños y de los niños de pecho te procuraste alabanzas?*» (Sal 8,3).

17Y dejándoles, salió de la ciudad, se fue a Betania y allí pasó la noche.

**Maldice una higuera, y se seca.** 18Cuando volvía muy temprano a la ciudad, sintió hambre. 19Vio una higuera junto al camino, se acercó a ella y no encontró más que hojas. Entonces dijo: «Jamás brote de ti fruto alguno». Y la higuera se secó en aquel mismo instante. 20Al ver esto los discípulos, admirados, decían: «¡Cómo se ha secado de repente la higuera!». 21Jesús les respondió: «Os aseguro que si tuvierais fe y no dudarais, no sólo haríais lo de la higuera, sino que si decís a este monte: Quítate de ahí y échate al mar, así se hará. 22Todo lo que pidáis en oración con fe lo recibiréis».

**La autoridad de Jesús.** 23Entró en el templo y, mientras enseñaba, se le acercaron los sumos sacerdotes y los ancianos del pueblo y le preguntaron: «¿Con qué autoridad haces todo esto? ¿Quién te ha dado esa autoridad?». 24Jesús les respondió: «Yo también os haré una pregunta; y si me contestáis, os diré con qué autoridad hago todo esto. 25El bautismo de Juan, ¿era del cielo o de los hombres?». Ellos se hicieron este razonamiento: «Si decimos que del cielo, nos dirá: Entonces, ¿por qué no creísteis en él? 26Y si decimos que de los hombres, tememos a la gente, porque todos tienen a Juan por profeta». 27Y respondieron a Jesús: «No lo sabemos». Él les replicó: «Tampoco yo os digo con qué autoridad hago todo esto».

**La verdadera obediencia: parábola de los dos hijos.** 28«¿Qué os parece? Un hombre tenía dos hijos; se acercó al primero y

le dijo: Hijo, vete a trabajar hoy a la viña. [29]Y él respondió:
No quiero. Pero después se arrepintió y fue. [30]Se acercó al otro
hijo y le dijo lo mismo, y éste respondió: Voy, señor; pero no
fue. [31]¿Cuál de los dos hizo la voluntad de su padre?». Le con-
testaron: «El primero». Jesús dijo: «Os aseguro que los
publicanos y las prostitutas entrarán en el reino de Dios antes
que vosotros. [32]Porque Juan vino por el camino de la justicia,
y no creísteis en él, mientras que los publicanos y las prostitu-
tas han creído en él. Pero vosotros, aun viendo esto, no os ha-
béis arrepentido ni creído en él».

**Parábola de los viñadores homicidas.** [33]«Oíd otra parábola:
Un hacendado plantó una viña, la cercó con una valla, cavó
en ella un lagar, edificó una torre para guardarla, la arrendó a
unos viñadores y se fue de viaje. [34]Cuando llegó el tiempo de
la vendimia, mandó sus criados a los viñadores para recibir su
parte. [35]Pero los viñadores agarraron a los criados, y a uno le
pegaron, a otro lo mataron y a otro lo apedrearon. [36]Mandó
de nuevo otros criados, más que antes, e hicieron con ellos lo
mismo. [37]Finalmente les mandó a su hijo diciendo: Respeta-
rán a mi hijo. [38]Pero los viñadores, al ver al hijo, se dijeron:
Éste es el heredero. Matémoslo y nos quedaremos con su he-
rencia. [39]Lo agarraron, lo echaron fuera de la viña y lo mata-
ron. [40]Cuando venga el dueño de la viña, ¿qué hará con aque-
llos viñadores?». [41]Le dijeron: «Hará morir de mala muerte a
esos malvados y arrendará la viña a otros viñadores que le pa-
guen los frutos a su tiempo». [42]Jesús les dijo: «¿No habéis leí-
do nunca en las Escrituras:

*La piedra que los constructores*
*desecharon,*
*en piedra angular se ha convertido;*
*esto ha sido obra del Señor,*
*una maravilla a nuestros ojos?»* (Sal 118,22-23).

43«Pues bien, os digo que se os quitará a vosotros el reino
de Dios para dárselo a un pueblo que pague sus frutos. 44El
que caiga sobre esta piedra se estrellará, y sobre el que ella
caiga será triturado». 45Cuando los sumos sacerdotes y los fa-
riseos oyeron estas parábolas, comprendieron que se refería a
ellos 46y querían prenderlo, pero temían a la gente porque lo
tenían por profeta.

22 **Parábola del gran banquete.** 1Y Jesús se puso a hablar
de nuevo en parábolas: 2«El reino de Dios es semejan-
te a un rey que celebró las bodas de su hijo. 3Envió sus cria-
dos a llamar a los invitados a las bodas, y no quisieron venir.
4Mandó de nuevo a otros criados con este encargo: Decid a
los invitados: Mi banquete está preparado, mis terneros y
cebones dispuestos, todo está a punto; venid a las bodas. 5Pero
ellos no hicieron caso y se fueron, unos a su campo y otros a
su negocio; 6los demás echaron mano a los criados, los mal-
trataron y los mataron. 7El rey, entonces, se irritó, mandó sus
tropas a exterminar a aquellos asesinos e incendió su ciudad.
8Luego dijo a sus criados: El banquete de bodas está prepara-
do, pero los invitados no eran dignos. 9Id a las encrucijadas
de los caminos y a todos los que encontréis convidadlos a la
boda. 10Los criados salieron a los caminos y recogieron a to-
dos los que encontraron, malos y buenos, y la sala de bodas
se *llenó* de invitados. 11El rey entró para ver a los invitados,
reparó en un hombre que no *tenía traje* de boda 12y le dijo:
Amigo, ¿cómo has entrado aquí sin tener un traje de boda?
Pero él no contestó. 13Entonces el rey dijo a los camareros:
Atadlo de pies y manos y arrojadlo a las tinieblas exteriores:
allí será el llanto y el crujir de dientes. 14Porque muchos son
los llamados, pero pocos los escogidos».

**El impuesto al césar.** 15Los fariseos se fueron a deliberar y
ver cómo le podrían cazar en alguna palabra. 16Le enviaron
discípulos suyos con los herodianos a decirle: «Maestro, sabe-

mos que eres sincero, que enseñas de verdad el camino de Dios
y que no te importa nada el qué dirán, porque no tienes res-
petos humanos. [17]Dinos tu parecer: ¿Es lícito pagar el impuesto
al césar o no?». [18]Jesús, conociendo su malicia, dijo:
[19]«Enseñadme la moneda del tributo». Ellos le presentaron un
denario. [20]Jesús les dijo: «¿De quién es esta efigie y esta ins-
cripción?». [21]Respondieron: «Del césar». Él les dijo: «Pues dad
al césar lo que es del césar y a Dios lo que es de Dios». [22]Al
oírlo se asombraron, lo dejaron y se fueron.

**La resurrección de los muertos.** [23]El mismo día se le acerca-
ron unos saduceos, que niegan la resurrección, y le pregunta-
ron: [24]«Maestro, Moisés dijo: *Si muere un hombre casado sin
tener hijos, su hermano se casará con la viuda para dar descen-
dencia a su hermano* (Dt 25,5; Gén 38,8). [25]Eran siete herma-
nos; el primero se casó y murió sin dejar hijos, por lo que la
viuda se casó con el hermano siguiente. [26]Igualmente el segun-
do y el tercero, hasta el séptimo. [27]Finalmente murió también
la mujer. [28]En la resurrección, ¿de cuál de los siete será esa mu-
jer? Porque todos la tuvieron por mujer». [29]Jesús les respondió:
«Estáis en un error, porque no entendéis las Escrituras ni el po-
der de Dios. [30]Porque en la resurrección ni los hombres ni las
mujeres se casarán, sino que serán como ángeles en el cielo. [31]Y
acerca de la resurrección de los muertos, ¿no habéis leído lo
que dijo Dios: [32]*Yo soy el Dios de Abrahán, el Dios de Isaac y el
Dios de Jacob?* (Éx 3,6.15.16). No es un Dios de muertos, sino
de vivos». [33]Al oírlo, la gente se admiraba de su doctrina.

**El mandamiento más importante.** [34]Cuando los fariseos oye-
ron que había tapado la boca a los saduceos, se reunieron, [35]y
uno de ellos, doctor en la ley, le preguntó para tentarlo:
[36]«Maestro, ¿cuál es el mandamiento principal de la ley?». [37]Él
le dijo: «*Amarás al Señor, tu Dios, con todo tu corazón, con
toda tu alma y con toda tu mente* (Dt 6,5). [38]Éste es el princi-
pal y primer mandamiento. [39]El segundo es semejante a éste:

*Amarás a tu prójimo como a ti mismo* (Lev 19,18). 40En estos dos mandamientos se resume toda la ley y los profetas».

**La naturaleza divina de Cristo.** 41Jesús preguntó a los fariseos cuando estaban reunidos: 42«¿Qué opináis del mesías? ¿De quién es hijo?». Dijeron: «De David». 43Él les replicó: «Pues, ¿cómo David, inspirado por el Espíritu, le llama Señor cuando dice:

44*El Señor dijo a mi Señor:*
*Siéntate a mi derecha,*
*hasta que ponga a tus enemigos*
*debajo de tus pies?»* (Sal 110,1).

45«Pues si el mismo David le llama Señor, ¿cómo puede ser hijo suyo?». 46Nadie podía responderle; y desde aquel día nadie se atrevió a preguntarle.

23 **Hipocresía de los maestros de la ley y de los fariseos.** 1Entonces Jesús dijo a la gente y a sus discípulos: 2«Los maestros de la ley y los fariseos se sientan en la cátedra de Moisés. 3Haced y guardad lo que os digan, pero no hagáis lo que ellos hacen, porque dicen y no hacen. 4Atan cargas pesadas e insoportables y las echan a los hombros del pueblo, pero ellos *ni con un* dedo quieren moverlas. 5Hacen todas sus obras para que los vean los demás. *Ensanchan sus filacterias* y alargan los flecos del manto. 6Les gusta ocupar los primeros puestos en los banquetes y en las sinagogas, 7ser saludados en las plazas y que los llamen ¡maestros! 8Pero vosotros no os dejéis llamar maestro, porque uno es vuestro maestro y todos vosotros sois hermanos. 9A nadie en la tierra llaméis padre, porque uno solo es vuestro Padre, el celestial. 10Ni os dejéis llamar preceptores, porque uno solo es vuestro preceptor: el mesías. 11El más grande de vosotros que sea vuestro servidor. 12Pues el que se ensalza será humillado y el que se humilla será ensalzado».

**Jesucristo desenmascara a los escribas y fariseos.** 13«¡Ay de
vosotros, maestros de la ley y fariseos hipócritas, que cerráis
el reino de Dios a los hombres! ¡No entráis vosotros ni dejáis
entrar a los que quieren! [14 ¡Ay de vosotros, maestros de la
ley y fariseos hipócritas, que devoráis los bienes de las viudas,
mientras os amparáis tras largas oraciones! Por eso seréis juz-
gados sin compasión (Lc 20,47; Mc 12,40)]. 15¡Ay de vosotros,
maestros de la ley y fariseos hipócritas, que recorréis mares y
tierras para hacer un prosélito y, cuando llega a serlo, lo ha-
céis reo del fuego dos veces más que vosotros! 16¡Ay de voso-
tros, guías ciegos, que decís: Si se jura por el santuario, no es
nada; pero el que jura por el oro del santuario queda obliga-
do! 17¡Necios y ciegos! ¿Qué es más? ¿El oro o el santuario
que santifica el oro? 18Y decís además: Jurar por el altar no es
nada, pero el que jura por lo ofrendado sobre él queda obli-
gado. 19¡Ciegos! ¿Qué es más? ¿La ofrenda o el altar que san-
tifica a la ofrenda? 20El que jura por el altar jura por él y por
todo lo que está sobre él, 21y el que jura por el santuario jura
por él y por quien lo habita, 22y el que jura por el cielo jura
por el trono de Dios y por el que está sentado en él. 23¡Ay de
vosotros, maestros de la ley y fariseos hipócritas, que pagáis
el diezmo de la menta, del anís y del comino, y descuidáis lo
más importante de la ley: la justicia, la misericordia y la fe!
Hay que hacer una cosa sin descuidar la otra. 24¡Guías ciegos,
que coláis un mosquito y os tragáis un camello! 25¡Ay de vo-
sotros, maestros de la ley y fariseos hipócritas, que limpiáis
por fuera el vaso y el plato, pero por dentro están llenos de
rapiña y codicia! 26¡Fariseo ciego, limpia primero el vaso y el
plato por dentro, para que también *por fuera queden* limpios!
27¡Ay de vosotros, maestros de la ley y fariseos hipócritas, que
sois como sepulcros blanqueados, *que* por fuera aparecen her-
mosos, pero por dentro están llenos de huesos de muertos y
de podredumbre! 28Así también vosotros por fuera parecéis jus-
tos ante los hombres, pero por dentro estáis llenos de hipo-
cresía y de crímenes. 29¡Ay de vosotros, maestros de la ley y

fariseos hipócritas, que edificáis sepulcros a los profetas, ador-
náis las tumbas de los justos [30]y decís: Si hubiéramos vivido
en tiempo de nuestros padres, no habríamos participado con
ellos en la sangre de los profetas! [31]Así testificáis contra voso-
tros mismos, que sois hijos de los que mataron a los profetas.
[32]Colmad, pues, la medida de vuestros padres. [33]¡Serpientes,
raza de víboras! ¿Cómo escaparéis de la condenación del fue-
go? Por eso yo os envío profetas, sabios y maestros de la ley;
[34]a unos los mataréis y crucificaréis, y a otros los azotaréis en
vuestras sinagogas y los perseguiréis de ciudad en ciudad, [35]para
que caiga sobre vosotros toda la sangre inocente vertida sobre
la tierra, desde la sangre del justo Abel hasta la sangre de
Zacarías, hijo de Baraquías, a quien asesinasteis entre el san-
tuario y el altar. [36]Os aseguro que todo eso vendrá sobre esta
generación».

**Lamento sobre Jerusalén.** [37]«¡Jerusalén, Jerusalén, que ma-
tas a los profetas y apedreas a los que te son enviados! ¡Cuán-
tas veces he querido reunir a tus hijos como la gallina reúne a
sus polluelos debajo de las alas y no has querido! [38]He aquí
que se queda desierta vuestra casa. [39]Os digo que ya no me
veréis hasta que digáis: *¡Bendito el que viene en nombre del
Señor!*» (Sal 118,26).

## V. *DISCURSO* ESCATOLÓGICO (24,1–25,46)

24 **Ocasión.** [1]Jesús salió del templo e iba caminando, cuan-
do se le acercaron sus discípulos para mostrarle las cons-
trucciones del templo. [2]Pero él les dijo: «¿Veis todo esto? Os ase-
guro que no quedará aquí piedra sobre piedra; todo será destrui-
do». [3]Estando él sentado en el monte de los Olivos, fueron los
discípulos y le preguntaron a solas: «Dinos, ¿cuándo sucederá eso
y cuál será la señal de tu venida y del fin del mundo?».

**Señales precursoras.** [4]Jesús les respondió: «Mirad que na-
die os engañe. [5]Muchos vendrán en mi nombre diciendo: Yo
soy el mesías, y engañarán a muchos. [6]Cuando oigáis hablar
de guerras y noticias de batallas, no os alarméis, porque es ne-
cesario que todo eso ocurra; pero todavía no será el fin. [7]Se
levantarán pueblos contra pueblos y reinos contra reinos; ha-
brá hambre y terremotos en diversos lugares. [8]Eso será sólo el
comienzo de los dolores. [9]Entonces os entregarán a la tortura
y a la muerte. Por mi causa os odiarán todos los pueblos. [10]Mu-
chos se escandalizarán, se traicionarán y odiarán unos a otros.
[11]Surgirán muchos falsos profetas y engañarán a muchos. [12]El
exceso de la maldad enfriará la caridad de mucha gente, [13]pero
el que persevere hasta el fin se salvará. [14]Este evangelio del rei-
no se predicará en el mundo entero en testimonio para todas
las naciones, y luego vendrá el fin».

**Señales de la destrucción de Jerusalén.** [15]«Cuando veáis en
el lugar santo el ídolo repugnante (Dan 9,27; 11,31; 12,11)
anunciado por el profeta Daniel (el que lea que entienda), [16]en-
tonces los que estén en Judea que huyan a los montes, [17]el que
esté en la terraza que no baje a recoger nada de su casa [18]y el
que esté en el campo que no vuelva por su manto. [19]¡Ay de las
que estén encinta y criando en aquellos días! [20]Rezad para que
vuestra huida no caiga en invierno ni en sábado. [21]Porque en-
tonces habrá una angustia tan grande como no la ha habido
desde el principio del mundo hasta ahora ni la habrá jamás.
[22]Si aquellos días no se acortasen, nadie se salvaría; pero, en
atención a los elegidos, aquellos días serán acortados».

**Señales de la segunda venida de Cristo.** [23]«Entonces si algu-
no os dice: El mesías está aquí o allá, no lo creáis. [24]Surgirán
falsos mesías y falsos profetas, y harán grandes señales y pro-
digios para engañar, si fuera posible, aun a los mismos elegi-
dos. [25]Mirad que os lo he dicho todo de antemano. [26]Si os di-
cen que está en el desierto, no salgáis; si en un escondite, no

lo creáis. [27]Porque como el relámpago sale del oriente y brilla
hasta el occidente, así será la venida del hijo del hombre.
[28]Donde esté el cadáver, allí se reunirán los buitres».

**La segunda venida de Cristo.** [29]«En aquellos días, después
de esta angustia, el sol se oscurecerá, la luna no alumbrará,
las estrellas caerán del cielo y las columnas del cielo se
tambalearán. [30]Entonces aparecerá en el cielo la señal del hijo
del hombre; todas las tribus de la tierra se golpearán el pecho
y verán venir al hijo del hombre sobre las nubes del cielo con
gran poder y majestad. [31]Y mandará a sus ángeles con poten-
tes trompetas, y reunirán de los cuatro vientos a los elegidos
desde uno a otro extremo del mundo».

**¿Cuándo será la segunda venida de Cristo?** [32]«Aprended del
ejemplo de la higuera. Cuando sus ramas se ponen tiernas y
echan hojas, conocéis que el verano se acerca. [33]Así también
vosotros, cuando veáis todo esto, sabed que él ya está cerca, a
las puertas. [34]Os aseguro que no pasará esta generación antes
de que suceda todo esto. [35]El cielo y la tierra pasarán, pero
mis palabras no pasarán. [36]Pero aquel día y aquella hora nadie
los conoce, ni los ángeles del cielo, ni el hijo, sino sólo el Pa-
dre».

**Exhortación a la vigilancia.** [37]«Como en los tiempos de Noé,
así será la venida del hijo del hombre. [38]Porque como en los
días que precedieron al diluvio comían, bebían y se casaban
ellos y ellas, hasta el día en que entró Noé en el arca, [39]y no
se dieron cuenta hasta que vino el diluvio y los barrió a to-
dos, así sucederá cuando venga el hijo del hombre. [40]Entonces
estarán dos en el campo; a uno se lo llevarán y a otro lo deja-
rán. [41]Estarán dos mujeres moliendo juntas; a una se la lleva-
rán y a otra la dejarán.

[42]Estad en guardia, porque no sabéis en qué día va a venir
vuestro Señor. [43]Tened en cuenta que si el amo de casa supie-

ra a qué hora de la noche iba a venir el ladrón, estaría en guar-
dia y no dejaría que le asaltaran la casa. 44Estad preparados
también vosotros, porque a la hora que menos penséis vendrá
el hijo del hombre».

**Parábola del criado fiel.** 45«¿Quién es el criado fiel y pruden-
te, puesto por el amo al frente de su servidumbre, para que
les dé la comida a su hora? 46Dichoso ese criado si, al llegar
su amo, lo encuentra cumpliendo con su deber. 47Os aseguro
que lo pondrá al frente de todos sus bienes. 48Pero si ese cria-
do es de mala condición y, pensando que su amo va a tardar
en venir, 49se pone a maltratar a sus compañeros, a comer y a
beber con los borrachos, 50su amo vendrá el día que él menos
lo espere, 51le castigará severamente y le asignará su suerte con
los hipócritas. Allí será el llanto y el crujir de dientes».

25 **Parábola de las diez muchachas.** 1«Entonces el reino
de Dios será semejante a diez muchachas, que toma-
ron sus lámparas y salieron al encuentro del esposo. 2Cinco
de ellas eran necias y cinco sensatas. 3Las necias llevaron sus
lámparas, pero no se proveyeron de aceite, 4mientras que las
sensatas llevaron las lámparas y aceiteras con aceite. 5Como
tardara el esposo, les entró sueño a todas y se durmieron. 6A
medianoche se oyó un grito: Ya está ahí el esposo, salid a su
encuentro. 7Entonces se despertaron todas las muchachas y se
pusieron a aderezar sus lámparas. 8Las necias dijeron a las sen-
satas: Dadnos de vuestro aceite, pues nuestras lámparas se apa-
gan. 9Las sensatas respondieron: No sea que no baste para no-
sotras y vosotras, mejor es que vayáis a los vendedores y lo
compréis. 10Mientras fueron a comprarlo, vino el esposo, y las
que estaban dispuestas entraron con él a las bodas y se cerró
la puerta. 11Más tarde llegaron también las otras muchachas
diciendo: ¡Señor, señor, ábrenos! 12Y él respondió: Os asegu-
ro que no os conozco. 13Por tanto, estad en guardia, porque
no sabéis el día ni la hora».

**Parábola de los millones.** [14]«Porque es como un hombre que,
al irse de viaje, llamó a sus criados y les confió su hacienda.
[15]A uno dio cinco millones, a otro dos y a otro uno, a cada
uno según su capacidad; y se fue. [16]El que había recibido cin-
co se puso en seguida a trabajar con ellos y ganó otros cinco.
[17]Asimismo el de los dos ganó otros dos. [18]Pero el que había
recibido uno solo fue, cavó en la tierra y enterró allí el dinero
de su señor».

[19]«Después de mucho tiempo, volvió el amo de aquellos cria-
dos y les tomó cuenta. [20]Llegó el que había recibido cinco mi-
llones y presentó otros cinco, diciendo: Señor, me diste cinco
millones; aquí tienes otros cinco que he ganado. [21]El amo le
dijo: ¡Bien, criado bueno y fiel!; has sido fiel en lo poco, te
confiaré lo mucho. Entra en el gozo de tu señor. [22]Se presentó
también el de los dos millones, y dijo: Señor, me diste dos mi-
llones; mira, he ganado otros dos. [23]Su amo le dijo: ¡Bien, cria-
do bueno y fiel!; has sido fiel en lo poco, te confiaré lo mu-
cho. Entra en el gozo de tu señor. [24]Se acercó también el que
había recibido un solo millón, y dijo: Señor, sé que eres duro,
que cosechas donde no has sembrado y recoges donde no has
esparcido. [25]Tuve miedo, fui y escondí tu millón en la tierra.
Aquí tienes lo tuyo. [26]Su amo le respondió: Siervo malo y hol-
gazán, ¿sabías que quiero cosechar donde no he sembrado y
recoger donde no he esparcido? [27]Debías, por tanto, haber en-
tregado mi dinero a los banqueros para que, al volver yo, re-
tirase *lo mío con intereses*. [28]Quitadle, pues, el millón y dádselo
al que tiene diez. [29]Porque al que tiene *se le dará y le sobrará*;
pero al que no tiene, aun lo que tiene se le quitará. [30]Y a ese
criado inútil echadlo a las tinieblas exteriores. Allí será el llanto
y el crujir de dientes».

**El juicio final.** [31]«Cuando venga el hijo del hombre en su
gloria con todos sus ángeles se sentará sobre el trono de su
gloria. [32]Todos los pueblos serán llevados a su presencia; y él
separará a unos de otros, como el pastor separa las ovejas de

las cabras. [33]Pondrá las ovejas a su derecha y las cabras a su
izquierda. [34]Entonces el rey dirá a los de su derecha: Venid,
benditos de mi Padre, tomad posesión del reino preparado para
vosotros desde el principio del mundo. [35]Porque tuve hambre
y me disteis de comer, tuve sed y me disteis de beber, fui emi-
grante y me acogisteis, [36]estuve desnudo y me vestisteis, en-
fermo y me visitasteis, preso y fuisteis a estar conmigo. [37]En-
tonces los justos le responderán: Señor, ¿cuándo te vimos
hambriento y te alimentamos, sediento y te dimos de beber?
[38]¿Y cuándo te vimos emigrante y te acogimos, o desnudo y te
vestimos? [39]¿Cuándo te vimos enfermo o en la cárcel y fuimos
a verte? [40]Y el rey les dirá: Os aseguro que cuando lo hicisteis
con uno de estos mis hermanos más pequeños, conmigo lo hi-
cisteis. [41]Luego dirá a los de la izquierda: Apartaos de mí, mal-
ditos, al fuego eterno preparado para el diablo y sus ángeles.
[42]Porque tuve hambre y no me disteis de comer, tuve sed y no
me disteis de beber, [43]fui emigrante y no me acogisteis, estuve
desnudo y no me vestisteis, enfermo y en la cárcel y no me
visitasteis. [44]Entonces responderán también ellos diciendo: Se-
ñor, ¿cuándo te vimos hambriento o sediento o emigrante o
enfermo o en prisión y no te asistimos? [45]Y él les contestará:
Os aseguro que cuando no lo hicisteis con uno de esos
pequeñuelos, tampoco conmigo lo hicisteis. [46]Y éstos irán al
castigo eterno, pero los justos a la vida eterna».

## VI. PASIÓN Y TRIUNFO
## (26,1–28,20)

26 *Conspiración del* **sanedrín.** [1]Cuando Jesús terminó to-
dos estos razonamientos, dijo a sus discípulos: [2]«Sabéis
que dentro de dos días es la pascua, y el hijo del hombre será
entregado para que lo crucifiquen».

[3]Entonces se reunieron los sumos sacerdotes y los ancianos
del pueblo en el palacio del sumo sacerdote, llamado Caifás,

[4]y acordaron prender con engaño a Jesús y quitarle de en medio. [5]Pero decían: «Durante la fiesta no, para que el pueblo no se alborote».

**Unción en Betania.** [6]Estando Jesús en Betania, en casa de Simón el leproso, [7]se acercó a él una mujer con un vaso de alabastro de un perfume muy caro, y lo derramó sobre su cabeza mientras estaba puesto a la mesa. [8]Al ver esto los discípulos, se indignaron y dijeron: «¿A qué viene este derroche? [9]Se pudo vender a gran precio y dárselo a los pobres». [10]Jesús se dio cuenta, y les dijo: «¿Por qué molestáis a esa mujer? Ha hecho una buena obra conmigo. [11]Pues siempre tendréis pobres con vosotros, pero a mí no me tendréis siempre. [12]Al derramar este perfume sobre mi cuerpo, lo ha hecho para mi sepultura. [13]Os aseguro que donde se predique este evangelio, en todo el mundo, se hablará también de lo que ésta ha hecho para recuerdo suyo».

**Traición de Judas.** [14]Entonces Judas Iscariote, uno de los doce, fue a los sumos sacerdotes [15]y les dijo: «¿Qué me queréis dar, y yo os lo entrego?». Ellos le ofrecieron treinta monedas de plata. [16]Desde ese momento buscaba oportunidad para entregarlo.

**Última cena. Institución de la eucaristía.** [17]El primer día de la fiesta de los panes *sin levadura* se acercaron los discípulos a Jesús y le preguntaron: «¿Dónde quieres que te *preparemos* la cena de la pascua?». [18]Él dijo: «Id a la ciudad, a casa de Fulano, y decidle: El maestro dice: Mi hora está cerca; quiero celebrar en tu casa la cena de la pascua con mis discípulos». [19]Ellos hicieron lo que Jesús les ordenó, y prepararon la cena de la pascua. [20]Al atardecer, se puso a la mesa con los doce. [21]Y, mientras comían, les dijo: «Os aseguro que uno de vosotros me entregará». [22]Muy entristecidos, comenzaron a decirle uno por uno: «¿Soy yo, Señor?». [23]Él respondió: «El que

mete la mano conmigo en el plato, ése me entregará. 24El hijo
del hombre se va, según está escrito de él; pero ¡ay de aquel
por quien el hijo del hombre es entregado! ¡Mejor le fuera no
haber nacido!». 25Entonces preguntó Judas, el que lo iba a en-
tregar: «¿Soy yo acaso, maestro?». Jesús le respondió: «Tú lo
has dicho».

26Durante la cena Jesús tomó pan, lo bendijo, lo partió y lo
dio a sus discípulos, diciendo: «Tomad y comed. Esto es mi
cuerpo». 27Después tomó un cáliz, dio gracias y se lo dio, di-
ciendo: «Bebed todos de él, 28porque ésta es mi sangre, la san-
gre de la nueva alianza, que será derramada por todos para
remisión de los pecados. 29Os digo que ya no beberé más de
este fruto de la vid hasta el día en que beba con vosotros un
vino nuevo en el reino de mi Padre».

**Predice el abandono de sus discípulos.** 30Después de haber
cantado los himnos, salieron hacia el monte de los Olivos. 31Je-
sús les dijo: «Yo seré para vosotros esta noche ocasión de caí-
da, pues así lo dice la Escritura: *Heriré al pastor y se dispersa-
rán las ovejas del rebaño* (Zac 13,7). 32Pero después resucitaré
e iré delante de vosotros a Galilea». 33Pedro le dijo: «Aunque
fueras para todos ocasión de caída, para mí no». 34Jesús le dijo:
«Te aseguro que esta misma noche, antes que el gallo cante,
me negarás tres veces». 35Pedro le dijo: «Aunque tenga que
morir contigo, jamás te negaré». Y lo mismo dijeron todos los
demás.

**Agonía en Getsemaní.** 36Jesús fue con ellos a un huerto lla-
mado Getsemaní, y dijo a los discípulos: «*Quedaos aquí mien-
tras voy más allá* a orar». 37Se llevó consigo a Pedro y a los dos
hijos de Zebedeo; y comenzó a sentir tristeza y angustia. 38Y les
dijo: «Me muero de tristeza. Quedaos aquí y velad conmigo».
39Avanzó unos pasos más, cayó de bruces y se puso a orar así:
«Padre mío, si es posible, que pase de mí este cáliz; pero no sea
lo que yo quiero, sino lo que quieres tú». 40Volvió a los discípu-

eva

los, los encontró dormidos y dijo a Pedro: «¿Conque no habéis
podido velar una hora conmigo? [41]Velad y orad para que no cai-
gáis en tentación. El espíritu está dispuesto, pero la carne es dé-
bil». [42]De nuevo, por segunda vez, se fue a orar, diciendo: «Pa-
dre mío, si no es posible que este cáliz pase sin que yo lo beba,
hágase tu voluntad». [43]Volvió y los encontró dormidos, venci-
dos por el sueño. [44]Los dejó y volvió a orar de nuevo, por ter-
cera vez, repitiendo las mismas palabras. [45]Después fue a los dis-
cípulos y les dijo: «¡Dormid ahora y descansad! Ya llega la hora,
y el hijo del hombre va a ser entregado en manos de los peca-
dores. [46]Levantaos, vamos. El que me entrega llega ya».

**Prendimiento de Jesús.** [47]Aún estaba hablando, cuando lle-
gó Judas, uno de los doce, y con él un gran tropel de gente
con espadas y palos, enviados por los sumos sacerdotes y los
ancianos del pueblo. [48]El traidor les había dado esta señal: «Al
que yo bese, ése es; prendedle». [49]Se acercó a Jesús y le salu-
dó: «¡Hola, maestro!», y lo besó. [50]Jesús le dijo: «Amigo, ¡a lo
que vienes!».

Entonces se acercaron a Jesús, le echaron mano y lo pren-
dieron. [51]Uno de los que estaban con Jesús sacó la espada, dio
un golpe al criado del sumo sacerdote y le cortó una oreja.
[52]Jesús le dijo: «Vuelve la espada a su sitio, que todos los que
manejan espada a espada morirán. [53]¿O crees que no puedo
*pedir ayuda a mi* Padre, que me mandaría ahora mismo más
de doce legiones de ángeles? [54]Pero ¿cómo se cumplirían en-
tonces las Escrituras, según las cuales tiene que suceder así?».
[55]Jesús dijo a aquel tropel de gente: «¡Habéis venido a pren-
derme como a un ladrón, con espadas y palos! Todos los días
enseñaba sentado en el templo y no me prendisteis. [56]Pero todo
esto sucede para que se cumpla lo que escribieron los profe-
tas». Entonces todos los discípulos lo abandonaron y huyeron.

**Jesús ante Caifás.** [57]Los que prendieron a Jesús lo llevaron
a casa de Caifás, el sumo sacerdote, donde los maestros de la

ley y los ancianos estaban reunidos. [58]Pedro lo había seguido
de lejos hasta el palacio del sumo sacerdote; entró y se sentó
con los criados para ver el fin.
[59]Los sumos sacerdotes y el tribunal supremo en pleno bus-
caban un falso testimonio contra Jesús para condenarle a
muerte. [60]Pero no lo encontraron, aunque se presentaron mu-
chos testigos falsos. [61]Al fin llegaron dos que dijeron: «Éste
dijo: Puedo derribar el templo de Dios y en tres días
reedificarlo». [62]El sumo sacerdote se levantó y le dijo: «¿No
respondes nada a lo que éstos atestiguan contra ti?». [63]Pero
Jesús permaneció callado. El sumo sacerdote le dijo: «¡Te con-
juro por Dios vivo que nos digas si tú eres el mesías, el hijo
de Dios!». [64]Jesús contestó: «Tú lo has dicho. Y os declaro
que desde ahora veréis *al hijo del hombre sentado a la dies-
tra del Padre y venir sobre las nubes del cielo*» (Sal 110,1; Dan
7,13). [65]Entonces el sumo sacerdote se rasgó las vestiduras y
dijo: «¡Ha blasfemado! ¿Qué necesidad tenemos ya de testi-
gos? Habéis oído la blasfemia. [66]¿Qué os parece?». Ellos res-
pondieron: «¡Que es reo de muerte!». [67]Lo escupieron en la
cara y le dieron bofetadas y puñetazos, [68]mientras le decían:
«Adivina, mesías, quién te dio».

**Triple negación de Pedro.** [69]Pedro estaba fuera sentado en
el atrio. Se le acercó una criada y le dijo: «Tú también estabas
con Jesús, el galileo». [70]Pero él lo negó delante de todos, di-
ciendo: «No sé lo que dices». [71]Al salir hacia el portal, lo vio
otra criada, y dijo a los que estaban allí: «Éste estaba con Je-
sús el Nazareno». [72]Y él de nuevo lo negó con juramento: «No
conozco a ese hombre». [73]Al poco tiempo se acercaron a Pe-
dro los que estaban allí y le dijeron: «Seguro que tú también
eres de ellos, pues tu misma habla te descubre». [74]Entonces él
comenzó a jurar y perjurar: «No conozco a ese hombre». Y
en aquel instante cantó el gallo. [75]Entonces Pedro recordó que
Jesús le había dicho: «Antes de que cante el gallo me negarás
tres veces». Y saliendo fuera, se echó a llorar amargamente.

27 **Jesús ante el tribunal supremo.** 1Al amanecer, los su-
mos sacerdotes y los ancianos del pueblo decidieron
condenar a muerte a Jesús. 2Lo ataron y lo llevaron al gober-
nador Pilato.

**Muerte de Judas.** 3Judas, el traidor, al ver que Jesús había
sido condenado, se arrepintió y devolvió las treinta monedas
de plata a los sumos sacerdotes y a los ancianos, diciendo: 4«He
pecado entregando sangre inocente». Ellos dijeron: «¿A noso-
tros qué? ¡Tú verás!». 5Tiró en el templo las monedas, fue y
se ahorcó. 6Los sumos sacerdotes recogieron las monedas de
plata y dijeron: «No es lícito echarlas en el tesoro del templo,
porque son precio de sangre». 7Decidieron comprar con ellas
el «campo del Alfarero» para sepultura de los extranjeros. 8Por
eso aquel campo se llamó «campo de sangre» hasta el día de
hoy.

9Así se cumplió lo que dijo el profeta Jeremías: *Tomaron las
treinta monedas de plata en que fue tasado aquel a quien pusie-
ron precio los israelitas,* 10*y las dieron por el campo del Alfare-
ro, según lo que me ordenó el Señor* (Jer 32,6-9; Zac 11,12-13).

**Jesús ante Pilato.** 11Jesús compareció ante el gobernador,
quien le preguntó: «¿Eres tú el rey de los judíos?». Jesús res-
pondió: «Tú lo dices». 12Pero nada respondió a las acusacio-
nes que le hacían los sumos sacerdotes y los ancianos. 13Pilato
le dijo: «¿No oyes todo lo que dicen contra ti?». 14Pero él no
le respondió nada, hasta el punto de que el gobernador se que-
dó muy extrañado.

15Por la fiesta el gobernador solía conceder al pueblo la li-
bertad de un preso, el que ellos quisieran. 16Había entonces
un preso famoso, llamado Barrabás. 17Pilato preguntó a todos
los que estaban allí: «¿A quién queréis que os deje en liber-
tad? ¿A Barrabás o a Jesús, a quien llaman el mesías?». 18Pues
sabía que lo habían entregado por envidia.

19Estando en el tribunal, su mujer mandó a decirle: «No

resuelvas nada contra ese justo, porque he sufrido mucho hoy
en sueños por causa de él».

20Pero los sumos sacerdotes y los ancianos convencieron a
la gente de que pidieran la libertad de Barrabás y la muerte
de Jesús. 21Y al decirles el gobernador: «¿A quién de los dos
queréis que os suelte?», ellos respondieron: «A Barrabás».
22Pilato les dijo: «¿Qué haré entonces con Jesús, a quien lla-
man el mesías?». Todos dijeron: «¡Que lo crucifiquen!». 23Él
replicó: «Pues, ¿qué mal ha hecho?». Ellos gritaron más fuer-
te: «¡Que lo crucifiquen!». 24Viendo Pilato que nada conseguía,
sino que aumentaba el alboroto, mandó que le trajeran agua
y se lavó las manos ante el pueblo, diciendo: «Soy inocente
de esta sangre. ¡Vosotros veréis!». 25Y todo el pueblo respon-
dió: «Que su sangre caiga sobre nosotros y sobre nuestros hi-
jos». 26Entonces puso en libertad a Barrabás y les entregó a Je-
sús, después de azotarlo, para que fuera crucificado.

**Coronación de espinas.** 27Luego los soldados del goberna-
dor llevaron a Jesús al pretorio y reunieron en torno de él a
toda la tropa. 28Lo desnudaron, le vistieron una túnica de púr-
pura, 29trenzaron una corona de espinas y se la pusieron en la
cabeza, y una caña en su mano derecha; y, arrodillándose de-
lante, se burlaban de él, diciendo: «¡Viva el rey de los judíos!».
30Le escupían y le pegaban con la caña en la cabeza. 31Después
de haberse burlado de él, le quitaron la túnica, le pusieron sus
ropas y lo llevaron a crucificar.

**Crucifixión.** 32Cuando salían, encontraron a un hombre de
Cirene, llamado Simón, y le *obligaron a llevar la cruz*. 33Al llegar
a un lugar llamado Gólgota (que significa la Calavera) 34dieron
de beber a Jesús vino mezclado con hiel; pero él lo probó y no
lo quiso beber. 35Los que lo crucificaron se repartieron sus vesti-
dos a suertes. 36Y se sentaron allí para custodiarlo. 37Sobre su ca-
beza pusieron la causa de su condena: «Éste es Jesús, el rey de
los judíos». 38Con él crucificaron a dos ladrones, uno a la dere-

cha y otro a la izquierda. 39 Los que pasaban por allí le insultaban moviendo la cabeza 40 y diciendo: «¡Tú que destruías el templo y lo reedificabas en tres días, sálvate a ti mismo si eres hijo de Dios, y baja de la cruz!». 41 Del mismo modo los sumos sacerdotes, los maestros de la ley y los ancianos se burlaban de él y decían: 42 «Ha salvado a otros y no puede salvarse a sí mismo. ¡Es rey de Israel! ¡Que baje de la cruz y creeremos en él! 43 Confiaba en Dios. Que lo libre ahora, si es que lo ama, puesto que ha dicho: Soy hijo de Dios». 44 Los ladrones crucificados con él también lo insultaban.

**Muerte de Jesús.** 45 Desde el mediodía se oscureció toda la tierra hasta las tres de la tarde. 46 Hacia las tres de la tarde Jesús gritó con fuerte voz: *«Elí, Elí, lemá sabactani?»* (que quiere decir: *Dios mío, Dios mío, ¿por qué me has abandonado?)* (Sal 22,2). 47 Algunos de los presentes, al oírlo, decían: «¡Éste llama a Elías!».

48 En aquel momento uno de ellos fue corriendo a buscar una esponja, la empapó en vinagre, la puso en una caña y le dio de beber. 49 Los otros decían: «¡Deja! A ver si viene Elías a salvarlo». 50 Y Jesús, dando de nuevo un fuerte grito, expiró. 51 Entonces el velo del templo se rasgó en dos de arriba abajo; la tierra tembló y las piedras se resquebrajaron; 52 se abrieron los sepulcros y muchos cuerpos de santos que estaban muertos resucitaron 53 y, saliendo de los sepulcros, después de la resurrección de Jesús, entraron en la ciudad santa y se aparecieron a muchos. 54 El centurión, por su parte, y los que con él estaban custodiando a Jesús, al ver el terremoto y las cosas que ocurrían, tuvieron mucho miedo y decían: «Verdaderamente éste era hijo de Dios». 55 Había también allí, mirando desde lejos, muchas mujeres que habían seguido a Jesús desde Galilea para atenderle. 56 Entre ellas estaba María Magdalena, María la madre de Santiago y José, y la madre de los hijos de Zebedeo.

**Sepultura de Jesús.** 57 Al caer la tarde, vino un hombre rico de Arimatea, llamado José, que era también discípulo de Jesús. [58]Se presentó a Pilato, le pidió el cuerpo de Jesús, y Pilato mandó que se lo dieran. [59]José tomó el cuerpo, lo envolvió en una sábana limpia [60]y lo depositó en su propio sepulcro nuevo, que había hecho excavar en la roca. Hizo rodar una losa grande para cerrar la puerta del sepulcro y se fue. [61]Estaban allí María Magdalena y la otra María, sentadas frente al sepulcro.

**Guardia del sepulcro.** [62]Al otro día, el siguiente a la preparación de la pascua, los sumos sacerdotes y los fariseos fueron juntos a Pilato y le dijeron: [63]«Señor, nos hemos acordado de que ese seductor dijo cuando aún vivía: A los tres días resucitaré. [64]Manda asegurar el sepulcro hasta el día tercero, no sea que vengan sus discípulos, lo roben y digan al pueblo: Ha resucitado de entre los muertos, y el último engaño sea peor que el primero». [65]Pilato les dijo: «Tenéis guardias, id y aseguradlo como creáis». [66]Ellos fueron y aseguraron el sepulcro, sellando la piedra y montando la guardia.

28 **Mensaje de la resurrección.** [1]Pasado el sábado, al rayar el alba, el primer día de la semana, fueron María Magdalena y la otra María a ver el sepulcro. [2]De pronto hubo un gran terremoto, pues un ángel del Señor bajó del cielo, se acercó, hizo rodar la losa del sepulcro y se sentó en ella. [3]Su aspecto era como un rayo, y su vestido blanco como la nieve. [4]Los guardias temblaron de miedo y se quedaron como muertos. [5]Pero el ángel, dirigiéndose a las mujeres, les dijo: «No temáis; sé que buscáis a Jesús, el crucificado. [6]No está aquí. Ha resucitado, como dijo. *Venid, ved el sitio donde* estaba. [7]Id en seguida a decir a sus discípulos: Ha resucitado de entre los muertos y va delante de vosotros a Galilea. Allí le veréis. Ya os lo he dicho».

**Aparición a las dos Marías.** [8]Ellas se alejaron a toda prisa del sepulcro, y con miedo y gran alegría corrieron a llevar la noticia a los discípulos. [9]De pronto Jesús salió a su encuentro y les dijo: «Dios os guarde». Ellas se acercaron, se agarraron a sus pies y lo adoraron. [10]Jesús les dijo: «No tengáis miedo; id y decid a mis hermanos que vayan a Galilea, que allí me verán».

**Soborno de los guardias.** [11]Mientras ellas se iban, algunos de los guardias fueron a la ciudad y contaron a los sumos sacerdotes todo lo que había ocurrido. [12]Éstos se reunieron con los ancianos y acordaron en consejo dar bastante dinero a los soldados, [13]advirtiéndoles: «Decid que sus discípulos fueron de noche y lo robaron mientras dormíais. [14]Y si eso llega por casualidad a oídos del gobernador, nosotros le convenceremos y conseguiremos que no os castigue». [15]Ellos tomaron el dinero e hicieron como les habían dicho. Y este rumor se divulgó entre los judíos hasta el día de hoy.

**Aparición en Galilea.** [16]Los once discípulos fueron a Galilea, al monte que Jesús había señalado, [17]y, al verlo, lo adoraron. Algunos habían dudado hasta entonces. [18]Jesús se acercó y les dijo: «Se me ha dado todo poder en el cielo y en la tierra. [19]Id, pues, y haced discípulos míos en todos los pueblos, bautizándolos en el nombre del Padre y del Hijo y del Espíritu Santo, [20]y enseñándoles a guardar todo lo que yo os he mandado. Y sabed que yo estoy con vosotros todos los días hasta el fin del mundo».

# Evangelio según san Marcos

*¿Quién dice la gente que soy yo?... Y vosotros, ¿quién decís que soy yo?* (Mc 8,27-29).

La clave de comprensión del segundo de los cuatro evangelios canónicos está en una pregunta que encontramos en la mitad del relato. La cuestión es vital y va dirigida directamente al lector: ¿Quién es Jesús?

El evangelio de Marcos se escribe en una pequeña comunidad cristiana donde a la dificultad de ser minoría se une la adversidad que acabará en persecución abierta. Para los judíos son una secta que tergiversa las tradiciones de su pueblo; para los paganos son un grupo extraño que cuestiona los fundamentos de su sociedad. En este ambiente de debilidad y de crisis surge la pregunta: ¿Realmente es Jesús el Salvador?; si lo es, ¿dónde está o en qué se manifiesta el poder salvífico de Jesús? Estos datos, unidos a otros importantes, como el que el autor tenga que explicar frecuentemente las costumbres judías (purificarse antes de comer) sitúan su origen en Roma.

Marcos tiene el honor de ser considerado el primero de los cuatro evangelios no sólo en el tiempo (se escribiría en torno al año 70) sino además en dar inicio a una nueva forma de escribir en la que la narración de la vida y obra de Jesús y la llamada al discipulado se entremezclan. Marcos es el iniciador del género literario *evangelio*.

Dos hilos conductores se van entrelazando para formar la trama de la obra. El primero es la *identidad de Jesús;* el segundo el *discipulado*. La pregunta acerca de quién es Jesús, y la consiguiente respuesta provocada en el lector, ocupan el centro del evangelio sirviendo de quicio que la une y a la vez la separa en dos partes. Se hacen esta pregunta los demonios, los discípulos, la gente, el Sumo Sacerdote... en distintas ocasiones: milagros, revelaciones, muerte de Jesús. Pedro responde correctamente, *Tú eres el Mesías* (8,29), pero Mesías es un término ambiguo que puede dar lugar a equívocos, por lo que comienza la instrucción acerca de la suerte de Jesús como Mesías sufriente. Sólo al final, y en boca de un centurión, podemos ver desvelada su identidad: *verdaderamente este hombre era Hijo de Dios* (15,39). ¿Por qué se demora tanto en revelar a Jesús y por qué las continuas advertencias de no decir nada (silencio mesiánico) en la primera parte? Marcos capta la atención del lector a la vez que, teológicamente, indica que una visión parcial o precipitada puede llevarnos a un equívoco. A Jesús sólo se le conoce al final. Es de verdad el Mesías, pero en la debilidad de la cruz; es el Salvador, pero desde el trono de su entrega amorosa. El segundo hilo conductor, el discipulado, se muestra desde el inicio en los relatos de vocación (1,16-20) – elección (3,13-19) – misión (6,7-13). Los discípulos ocupan una situación privilegiada en todo el evangelio, instruyéndoles acerca de las consecuencias de su caminar a Jerusalén, donde le espera la pasión.

El evangelio de Marcos está estructurado en torno a las dos partes indicadas, precedidas por un prólogo (1,1-13), articuladas en tres secciones cada una.

# 1 **Predicación de Juan.** [1]Principio del evangelio de Jesucris-
to, hijo de Dios. [2]Como está escrito en el profeta Isaías:
*Yo envío delante de ti a mi mensajero, para que te prepare
el camino* (Mal 3,1; cf Éx 23,20). [3]*Voz que grita en el desier-
to: Preparad el camino del Señor. Allanad sus sendas* (Is 40,3).
[4]Juan Bautista se presentó en el desierto bautizando y predican-
do un bautismo para la conversión y el perdón de los pecados.
[5]Y acudían a él de la región de Judea y todos los de Jerusalén,
confesaban sus pecados, y él los bautizaba en el río Jordán.
[6]Juan tenía un vestido de pelo de camello con un cinturón
de cuero a la cintura, y se alimentaba de saltamontes y miel
silvestre. [7]Y decía: «Detrás de mí viene el que es más fuerte
que yo, y yo no soy digno de agacharme para desatarle la co-
rrea de sus sandalias. [8]Yo os bautizo con agua, pero él os bau-
tizará en el Espíritu Santo».

**Bautismo y tentaciones de Jesús.** [9]Por aquellos días Jesús vino
desde Nazaret de Galilea y fue bautizado por Juan en el Jordán.
[10]En el momento en que salía del agua, vio los cielos abiertos
y al Espíritu Santo como una paloma bajando sobre él, [11]y se
oyó una voz del cielo: «Tú eres mi hijo amado, mi predilec-
to». [12]Luego el Espíritu lo llevó al desierto. [13]Y estuvo en él
durante cuarenta días, siendo tentado por Satanás; y vivía en-
tre las bestias salvajes, pero los ángeles le servían.

## I. MINISTERIO EN GALILEA (1,14–9,50)

**Jesús llega a Galilea.** [14]Después de ser Juan encarcelado, Je-
sús fue a Galilea a predicar el evangelio de Dios; [15]y decía:
«Se ha cumplido el tiempo y el reino de Dios está cerca. Arre-
pentíos y creed en el evangelio».

**Llama a cuatro pescadores.** [16]Pasando junto al lago de
Galilea, vio a Simón y a Andrés, el hermano de Simón, echando

las redes en el lago, pues eran pescadores. [17]Jesús les dijo: «Ve-
nid conmigo y os haré pescadores de hombres». [18]Al instante
dejaron las redes y lo siguieron. [19]Fue más adelante, y vio a
Santiago, el de Zebedeo, y a su hermano Juan, que estaban
también dentro de la barca, remendando sus redes, [20]y al pun-
to los llamó. Ellos, dejando a su padre Zebedeo en la barca
con los jornaleros, le siguieron.

**Jesús fija su residencia en Cafarnaún.** [21]Entraron en Cafarnaún,
y, el sábado, Jesús fue a la sinagoga y se puso a enseñar. [22]Todos
se maravillaban de su doctrina, porque les enseñaba como quien
tiene autoridad, y no como los maestros de la ley.

**Cura a un endemoniado.** [23]En la sinagoga había un hombre
poseído de un espíritu inmundo, que se puso a gritar: [24]«¿Qué
tenemos que ver contigo, Jesús Nazareno? ¿Has venido a per-
dernos? Sé quién eres: ¡El santo de Dios!». [25]Jesús le increpó:
«Cállate y sal de él». [26]Y el espíritu inmundo, retorciéndole y
gritando, salió de él. [27]Todos quedaron estupefactos y se pre-
guntaban unos a otros: «¿Qué es esto? ¡Una doctrina nueva
con tanta autoridad! ¡Manda a los espíritus inmundos y le obe-
decen!». [28]Y su fama se extendió rápidamente por todas par-
tes en todo el territorio de Galilea.

**Jesús cura a la suegra de Pedro y a otros muchos.** [29]Salie-
ron de la sinagoga y fueron a la casa de Simón y de Andrés,
con Santiago y Juan. [30]Le dijeron que la suegra de Simón esta-
ba en cama con fiebre. [31]Él la agarró de la mano y la levantó.
La fiebre desapareció, y ella se puso a atenderle.
[32]Al anochecer le llevaron todos los enfermos y endemonia-
dos, [33]y toda la ciudad se agolpó a la puerta. [34]Jesús curó a
muchos pacientes de diversas enfermedades y lanzó muchos
demonios; pero no les dejaba hablar, porque lo conocían.

**Jesús recorre Galilea.** [35]Muy de madrugada se levantó, salió
y se fue a un lugar solitario, y allí estuvo rezando. [36]Simón y

sus compañeros lo buscaron, [37]lo encontraron y le dijeron: «To-
dos te están buscando». [38]Él les dijo: «Vamos a otra parte, a
los pueblos vecinos, a predicar también allí, pues para eso he
salido». [39]Y marchó a predicar en las sinagogas por toda
Galilea, y echaba a los demonios.

**Jesús cura a un leproso.** [40]Se acercó a él un leproso, se puso
de rodillas y le dijo: «Si quieres, puedes limpiarme». [41]Él, com-
padecido, extendió la mano, lo tocó y le dijo: «Quiero, queda
limpio». [42]Y al instante quedó limpio de su lepra. [43]Luego lo
despidió, advirtiéndole severamente: [44]«Mira, no se lo digas a
nadie; pero anda, muéstrate al sacerdote y presenta la ofren-
da que ordenó Moisés para que les conste tu curación». [45]Mas
él, en cuanto se retiró, comenzó a divulgar a voces lo ocurri-
do, de manera que ya no podía Jesús entrar públicamente en
ciudad alguna, sino que andaba fuera de poblado, en lugares
solitarios, y acudían a él de todas partes.

2 **Cura a un paralítico.** [1]Entró de nuevo en Cafarnaún des-
pués de algunos días, y se supo que estaba en casa. [2]Acu-
dieron tantos que ni a la puerta cabían; y él les dirigía la pala-
bra. [3]Le trajeron entre cuatro un paralítico. [4]Como había tan-
ta gente, no podían presentárselo. Entonces levantaron la
techumbre donde él estaba, hicieron un boquete y descolga-
ron la camilla con el paralítico. [5]Jesús, al ver su fe, dijo al pa-
ralítico: «Hijo, tus pecados te son perdonados». [6]Algunos de
los maestros de la ley se dijeron: [7]«¿Cómo habla así éste? ¡Blas-
fema! ¿Quién puede perdonar los pecados sino sólo Dios?».
[8]Jesús, conociendo sus pensamientos, les dijo: «¿Por qué pen-
sáis así? [9]¿Qué es más fácil, decir al paralítico: Tus pecados
son perdonados, o decirle: Levántate, carga con tu camilla y
anda? [10]Pues para que veáis que el hijo del hombre tiene po-
der en la tierra para perdonar los pecados, dijo al paralítico:
[11]¡Tú, levántate, carga con tu camilla y vete a tu casa!». [12]El
paralítico se levantó, cargó inmediatamente con la camilla y

salió a la vista de todos. Todos se quedaron sobrecogidos y glo-
rificaron a Dios, diciendo: «Jamás hemos visto cosa igual».

**Vocación de Mateo.** 13Fue de nuevo a la orilla del lago; toda
la gente acudía a él, y él les enseñaba. 14Al pasar, vio a Leví, el
de Alfeo, sentado en la oficina de los impuestos, y le dijo: «Sí-
gueme». Él se levantó y lo siguió.
15Y estando en su casa a la mesa, muchos publicanos y pe-
cadores se pusieron a la mesa con Jesús y sus discípulos, pues
eran muchos los que lo seguían. 16Los maestros de la ley y los
fariseos, al verlo comiendo con los pecadores y publicanos,
decían a sus discípulos: «¿Por qué come con publicanos y pe-
cadores?». 17Jesús lo oyó y les dijo: «No tienen necesidad de
médico los sanos, sino los enfermos; no he venido a llamar a
los justos, sino a los pecadores».

**La cuestión sobre el ayuno.** 18Los discípulos de Juan y los
fariseos estaban ayunando. Se le acercaron y le preguntaron:
«¿Por qué los discípulos de Juan y los discípulos de los fari-
seos ayunan, y en cambio los tuyos no ayunan?». 19Jesús les
dijo: «¿Es que pueden ayunar los invitados a bodas mientras
el esposo está con ellos? Mientras tienen consigo al esposo no
pueden ayunar. 20Pero vendrán días en que les quiten al espo-
so, y entonces ayunarán. 21Nadie remienda con paño nuevo
un vestido viejo, pues el remiendo nuevo tiraría de lo viejo y
el rasgón se haría mayor. 22Ni echa vino nuevo en odres vie-
jos, pues el vino reventaría los odres y se perdería el vino y
los odres, sino que el vino nuevo se echa en odres nuevos».

**La cuestión del sábado.** 23Un sábado iba Jesús por los sem-
brados, y sus discípulos comenzaron a cortar espigas al pasar.
24Los fariseos le dijeron: «¡Mira!, ¿por qué hacen en sábado
lo que no está permitido?». 25Él les respondió: «¿No habéis leí-
do lo que hizo David cuando tuvo necesidad y sintió hambre
él y los suyos? 26¿Cómo entró en la casa de Dios, siendo sumo

sacerdote Abiatar, y comió los panes de la proposición, que sólo pueden comer los sacerdotes, y dio también a los que iban con él?». [27]Y añadió: «El sábado ha sido hecho para el hombre, y no el hombre para el sábado. [28]Así que el hijo del hombre es Señor también del sábado».

3 [1]Entró de nuevo en la sinagoga. Había allí un hombre que tenía una mano seca. [2]Y estaban acechando a ver si Jesús lo curaba en sábado, para acusarlo. [3]Él dijo al hombre que tenía la mano seca: «Levántate y ponte en medio». [4]Luego les dijo: «¿Está permitido en sábado hacer el bien o el mal, salvar una vida o destruirla?». Ellos callaban. [5]Entonces, mirándolos indignado y apenado por la dureza de sus corazones, dijo al hombre: «Extiende tu mano». La extendió y quedó sana. [6]Los fariseos salieron y, con los herodianos, tomaron la resolución de acabar con él.

**Las gentes siguen a Jesús.** [7]Pero Jesús se retiró con sus discípulos hacia el lago, y mucha gente de Galilea lo siguió. [8]Otros muchos de Judea, de Jerusalén, de Idumea, de Transjordania y de los alrededores de Tiro y Sidón, al oír las cosas que hacía, acudieron a él. [9]Dijo entonces a sus discípulos que le reservaran una barca, pues la gente lo estrujaba. [10]Había curado a tantos, que todos los que tenían alguna enfermedad se echaban sobre él para tocarlo. [11]Los espíritus inmundos, cuando lo veían, se postraban ante él y gritaban: «¡Tú eres el hijo de Dios!». [12]Pero él les ordenaba severamente que no lo publicasen.

**Jesús elige a los doce apóstoles.** [13]Después subió al monte, llamó a los que él quiso, y ellos se acercaron a él. [14]Y designó a doce para que estuvieran con él y para enviarlos a predicar [15]con poder de echar los demonios. [16]Designó a estos doce: Simón, a quien llamó Pedro; [17]Santiago y su hermano Juan, hijos de Zebedeo, a quienes llamó Boanerges, que significa hijos del trueno; [18]Andrés y Felipe; Bartolomé y Mateo; Tomás

y Santiago, hijo de Alfeo; Tadeo y Simón el cananeo, [19]y Ju-
das Iscariote, el mismo que le traicionó.

**Los parientes de Jesús se avergüenzan de él.** [20]Cuando vol-
vieron a casa, se reunió de nuevo tanta gente que no podían
comer. [21]Los suyos, al enterarse, salieron para llevárselo con
ellos, pues decían que estaba loco.

**Jesús refuta una calumnia de sus enemigos.** [22]Los maestros
de la ley, que habían venido de Jerusalén, decían: «¡Tiene a
Belcebú!»; y también: «¡Echa a los demonios con el poder del
príncipe de los demonios!». [23]Jesús entonces los llamó y les dijo
en parábolas: [24]«¿Cómo puede ser que Satanás eche a Satanás?
Si un reino está dividido contra sí mismo, ese reino no puede
subsistir. [25]Y si una casa está dividida contra sí misma, esa casa
no puede subsistir. [26]Si Satanás se alza contra sí mismo, está
dividido y no puede subsistir; toca a su fin. [27]Por otra parte,
nadie puede entrar en la casa de un hombre fuerte y arreba-
tarle sus cosas si antes no lo ata; sólo así podrá saquear su
casa».

**La blasfemia contra el Espíritu Santo.** [28]«Os aseguro que a
los hombres se les perdonarán todos los pecados y blasfemias
que digan; [29]pero quien blasfeme contra el Espíritu Santo no
tendrá perdón jamás y cargará con su pecado eternamente».
[30]Y es que los maestros de la ley decían: «Tiene un espíritu in-
mundo».

**La verdadera familia de Jesús.** [31]Llegaron la madre y los
hermanos de Jesús; se quedaron fuera y lo mandaron llamar.
[32]La gente estaba sentada a su alrededor cuando le dijeron:
«Mira, ahí afuera te buscan tu madre y tus hermanos y her-
manas». [33]Él respondió: «¿Quiénes son mi madre y mis her-
manos?». [34]Y mirando a los que estaban sentados a su alre-
dedor, dijo: «Éstos son mi madre y mis hermanos. [35]Porque

el que hace la voluntad de Dios, ése es mi hermano, mi hermana y mi madre».

4 **Parábola del sembrador.** [1]De nuevo comenzó a enseñar a la orilla del lago. Acudió a él tanta gente que subió a sentarse en una barca en el lago, mientras toda la gente se quedó en tierra en la orilla. [2]Les enseñó muchas cosas en parábolas. Les dijo: [3]«Escuchad: Salió el sembrador a sembrar [4]y, al sembrar, parte de la semilla cayó junto al camino, vinieron las aves y se la comieron. [5]Otra parte cayó en un pedregal, donde no había mucha tierra, y brotó en seguida porque la semilla no tenía profundidad en la tierra; [6]pero al salir el sol la abrasó, y por no tener raíz se secó. [7]Otra cayó entre zarzas; las zarzas crecieron, la ahogaron y no dio fruto. [8]Otra parte cayó en tierra buena y dio fruto lozano y crecido, una treinta, otra sesenta y otra ciento». [9]Y añadió: «¡El que tenga oídos que oiga!».

**Razón de las parábolas.** [10]Cuando se quedó a solas, los doce y los que estaban a su alrededor le preguntaron el significado de las parábolas. [11]Y les dijo: «A vosotros se os ha dado conocer los secretos del reino de Dios; pero a los demás, a los que están fuera, todo les llega en parábolas [12]*para que aunque miren no vean y aunque oigan no entiendan, no sea que se conviertan y sean perdonados*» (Is 6,9-10).

**Explicación de la parábola del sembrador.** [13]Y les dijo: «¿No entendéis esta parábola? ¿Cómo, entonces, vais a entender las demás parábolas? [14]El sembrador siembra la palabra. [15]Los de *junto al camino son* aquellos en los que se siembra la palabra, pero que, apenas la han oído, va Satanás y arrebata la palabra sembrada en ellos. [16]Los sembrados en el pedregal son aquellos que oyen la palabra y la aceptan con alegría; [17]pero no tienen raíces, son inconstantes y, en cuanto les sobreviene, a causa de la palabra, una tribulación o persecución, inmediatamente se vienen abajo. [18]Los que reciben la semilla entre zarzas son los que

oyen la palabra; [19]pero en ellos brotan las preocupaciones del
mundo, el engaño de las riquezas y demás ambiciones, y aho-
gan la palabra haciéndola infructuosa. [20]Los que reciben la se-
milla en tierra buena son aquellos que oyen la palabra, la acep-
tan y dan fruto, el treinta, el sesenta o el ciento por uno».

**La luz del reino.** [21]También les dijo: «¿Acaso se trae una lám-
para para ocultarla en una vasija o ponerla debajo de la cama?
¿No es para colocarla en el candelero? [22]Porque nada hay ocul-
to que no sea descubierto, y nada secreto que no sea puesto
en claro. [23]El que tenga oídos para oír que oiga».

**No juzgar a los demás.** [24]Les decía también: «¡Atención a
lo que oís! Con la misma medida con que midáis seréis medi-
dos, y se os dará con creces. [25]Porque al que tiene se le dará, y
al que no tiene, aun lo que tiene se le quitará».

**La semilla que crece sola.** [26]También les dijo: «El reino de
Dios es como un hombre que echa una semilla en la tierra.
[27]Lo mismo si está dormido como si está despierto, si es de
noche como si es de día, la semilla, sin que él sepa cómo, ger-
mina y crece. [28]La tierra por sí misma da el fruto: primero la
hierba, luego la espiga, después el grano gordo en la espiga.
[29]Y cuando el fruto está maduro, el hombre echa la hoz por-
que es el tiempo de la cosecha».

**La semilla de mostaza.** [30]También les dijo: «¿Con qué
compararemos el reino de Dios o con qué parábola lo expli-
caremos? [31]Es como un grano de mostaza, que, cuando se siem-
bra, es la más pequeña de las semillas de la tierra; [32]pero, una
vez sembrada, crece y se hace la más grande entre todas las
hortalizas, y echa ramas tan grandes que las aves pueden ani-
dar a su sombra».

[33]Con muchas parábolas por el estilo les exponía la doctri-
na según ellos podían comprenderla, [34]y no les hablaba sin
parábolas; a sus discípulos se las explicaba a solas.

**La tempestad calmada.** 35Aquel mismo día, ya caída la tar-
de, les dijo: «Pasemos a la otra orilla». 36Y dejando a la gente,
lo llevaron con ellos en la barca tal como se encontraba; y le
acompañaban otras barcas. 37Se levantó entonces una fuerte
borrasca, y las olas saltaban por encima de la barca, de suerte
que estaba a punto de llenarse. 38Jesús estaba durmiendo so-
bre un cabezal en la popa. Ellos lo despertaron y le dijeron:
«Maestro, ¿no te importa que perezcamos?». 39Él se levantó,
increpó al viento y dijo al mar: «¡Calla! ¡Cálmate!». Y el vien-
to cesó y se hizo una gran calma. 40Después les dijo: «¿Por qué
sois tan miedosos? ¿Por qué no tenéis fe?». 41Ellos quedaron
sumamente atemorizados, y se decían unos a otros: «¿Quién
es éste, que hasta el viento y el mar le obedecen?».

5 **Jesús cura a un endemoniado.** 1Llegaron a la orilla opues-
ta, a la región de los gerasenos; 2y, al desembarcar, le salió
al encuentro, del cementerio, un hombre poseído de espíritu
impuro, 3que vivía en el cementerio y al que nadie podía suje-
tar ni siquiera con cadenas, 4pues muchas veces lo habían ata-
do con grillos y cadenas, pero él había roto las cadenas y des-
trozado los grillos y nadie podía sujetarlo. 5Se pasaba el día y
la noche entre los sepulcros y en los montes gritando y gol-
peándose con piedras. 6Al ver desde lejos a Jesús, corrió, se
postró ante él 7y empezó a gritar: «Déjame en paz, Jesús, hijo
del Dios altísimo. ¡Te conjuro por Dios que no me atormen-
tes!». 8Es que Jesús le había ordenado: «¡Espíritu impuro, sal
de ese hombre!». 9Jesús le preguntó: «¿Cómo te llamas?». Él
contestó: «Me llamo legión, pues somos muchos». 10Y se puso
a rogarle insistentemente que no lo echara de aquella región.

11Había por allí, en la ladera del monte, una gran piara de
cerdos paciendo. 12Los espíritus impuros pidieron a Jesús: «En-
víanos a los cerdos para que entremos en ellos». 13Y se lo per-
mitió. Ellos salieron, se metieron en los cerdos; y la piara, de
unos dos mil cerdos, se lanzó al lago por un precipicio y se
ahogaron. 14Los porqueros huyeron y lo contaron en el pue-

blo y en los caseríos. La gente fue a ver lo que había sucedido. [15]Al llegar a Jesús y ver sentado, vestido y en su sano juicio al endemoniado que había tenido la legión, se llenaron de miedo. [16]Los que lo habían visto contaban lo ocurrido con el endemoniado y con los cerdos. [17]Entonces rogaron a Jesús que se fuera de allí. [18]Al subir a la barca Jesús, el endemoniado le pidió que le dejara ir con él. [19]Jesús no le dejó, sino que le dijo: «Vete a tu casa con los tuyos y cuéntales todo lo que el Señor, compadecido de ti, ha hecho contigo». [20]Él se fue y comenzó a publicar por la Decápolis lo que Jesús había hecho con él; y todos se admiraban.

**Jesús cura a una hemorroísa y resucita a la hija de Jairo.** [21]Cuando Jesús regresó en barca a la otra orilla, se reunió con él mucha gente, y se quedó junto al lago. [22]Llegó uno de los jefes de la sinagoga, llamado Jairo, y, al ver a Jesús, se echó a sus pies [23]rogándole con insistencia: «Mi hijita se está muriendo; ven a poner tus manos sobre ella para que se cure y viva». [24]Jesús fue con él. Lo seguía mucha gente, que lo apretujaba.

[25]Y una mujer que padecía hemorragias desde hacía doce años, [26]que había sufrido mucho con muchos médicos y había gastado toda su fortuna sin obtener ninguna mejoría, e incluso había empeorado, [27]al oír hablar de Jesús, se acercó a él por detrás entre la gente y le tocó el manto, [28]pues se decía: «*Con sólo tocar sus vestidos, me curo*». [29]Inmediatamente, la fuente de las hemorragias se secó y sintió que su cuerpo estaba curado de la enfermedad. [30]Jesús, al sentir que había salido de él aquella fuerza, se volvió a la gente y dijo: «¿Quién me ha tocado?». [31]Sus discípulos le contestaron: «Ves que la multitud te apretuja, ¿y dices que quién te ha tocado?». [32]Él seguía mirando alrededor para ver a la que lo había hecho. [33]Entonces la mujer, que sabía lo que había ocurrido en ella, se acercó asustada y temblorosa, se postró ante Jesús y le dijo toda la verdad. [34]Él dijo a la mujer: «Hija, tu fe te ha curado; vete en paz, libre ya de tu enfermedad».

35Todavía estaba hablando, cuando llegaron algunos de casa
del jefe de la sinagoga diciendo: «Tu hija ha muerto. No mo-
lestes ya al maestro». 36Pero Jesús, sin hacer caso de ellos, dijo
al jefe de la sinagoga: «No tengas miedo; tú ten fe, y basta».
37Y no dejó que le acompañaran más que Pedro, Santiago y
Juan, el hermano de Santiago. 38Al llegar a la casa del jefe de
la sinagoga, Jesús vio el alboroto y a la gente que no dejaba
de llorar y gritar. 39Entró y dijo: «¿Por qué lloráis y alborotáis
así? La niña no está muerta, está dormida». 40Y se reían de él.
Jesús echó a todos fuera; se quedó sólo con los padres de la
niña y los que habían ido con él, y entró donde estaba la niña.
41La agarró de la mano y le dijo: «Talitha kumi», que significa:
«Muchacha, yo te digo: ¡Levántate!». 42Inmediatamente la niña
se levantó y echó a andar, pues tenía doce años. 43La gente se
quedó asombrada. Y Jesús les recomendó vivamente que na-
die se enterara. Luego mandó que diesen de comer a la niña.

6 **Jesús, rechazado en Nazaret.** 1Jesús salió de allí y se fue a
su tierra acompañado de sus discípulos. 2El sábado se puso
a enseñar en la sinagoga, y la gente, al oírlo, decía asombra-
da: «¿De dónde le viene a éste todo esto? ¿Cómo tiene tal sa-
biduría y hace tantos milagros? 3¿No es éste el carpintero, el
hijo de María y el hermano de Santiago, de José, de Judas y
de Simón? ¿Y sus hermanas no viven con nosotros?». Y se es-
candalizaban de él. 4Jesús les dijo: «Sólo en su tierra, entre sus
parientes y en su casa desprecian al profeta». 5Y no pudo ha-
cer allí ningún milagro, aparte de curar a algunos enfermos
imponiéndoles las manos. 6Y se quedó sorprendido de su falta
de fe.

**El maestro instruye y envía a sus discípulos.** Recorrió des-
pués las aldeas del contorno enseñando. 7Llamó a los doce y
los envió de dos en dos, dándoles poder sobre los espíritus in-
mundos. 8Les ordenó que, aparte de un bastón, no llevasen
nada para el camino: ni pan, ni alforja, ni dinero en la faja;

9que fueran calzados con sandalias, pero que no llevaran dos
túnicas. 10También les dijo: «Quedaos en la casa en que en-
tréis hasta que dejéis aquel lugar; 11y si no os reciben ni os
escuchan, al salir de allí sacudid el polvo de vuestros pies en
testimonio contra ellos». 12Ellos se fueron a predicar que se
convirtieran; 13echaban muchos demonios, ungían con aceite
a muchos enfermos y los curaban.

**Opinión de Herodes sobre Jesús.** 14La fama de Jesús llegó a
oídos del rey Herodes. Unos decían: «Ése es Juan Bautista, que
ha resucitado y tiene el poder de hacer milagros»; 15otros de-
cían: «Es Elías», y otros: «Es un profeta como los antiguos».
16Pero Herodes, al oír hablar de esto, decía: «Es Juan, a quien
yo mandé cortar la cabeza, que ha resucitado».

**Martirio del Bautista.** 17Y es que Herodes había detenido a
Juan y lo había metido en la cárcel por causa de Herodías, la
mujer de su hermano Filipo, que él tenía como esposa. 18Por-
que Juan le decía: «No te está permitido tener la mujer de tu
hermano». 19Herodías odiaba a Juan y quería matarlo; pero
no podía, 20porque Herodes respetaba a Juan, pues reconocía
que era un hombre justo y santo, y lo protegía; cuando lo oía
quedaba perplejo, pero lo escuchaba con gusto.

21Y llegó el día oportuno. Herodes ofrecía un banquete en su
cumpleaños a los magnates, a los tribunos y a los grandes per-
sonajes de Galilea. 22La hija de Herodías en persona entró, danzó
y agradó a Herodes y a los invitados. Entonces el rey dijo a la
muchacha: «Pídeme lo que quieras y te lo daré». 23Y juró: «Te
daré lo que me pidas, aunque sea la mitad de mi reino». 24Ella
salió y preguntó a su madre: «¿Qué pido?». Su madre contestó:
«La cabeza de Juan el Bautista». 25Corrió de nuevo a donde es-
taba el rey, entró y dijo: «Quiero que me des inmediatamente
la cabeza de Juan el Bautista en una bandeja». 26El rey se entris-
teció mucho, pero no quiso desairarla por el juramento y por
los invitados. 27Inmediatamente el rey mandó a un verdugo que

trajera la cabeza de Juan. Él fue a la cárcel, le cortó la cabeza,
[28]la trajo en una bandeja y se la dio a la muchacha, y la mucha-
cha se la dio a su madre. [29]Sus discípulos, al enterarse, fueron,
recogieron el cadáver y lo sepultaron.

**Regreso de los discípulos.** [30]Se reunieron de nuevo los
apóstoles con Jesús y le contaron lo que habían hecho y ense-
ñado. [31]Él les dijo: «Venid conmigo a un lugar retirado y tran-
quilo y descansad un poco». Porque eran tantos los que iban
y venían, que no tenían tiempo ni para comer. [32]Y se fueron
en la barca a un lugar tranquilo ellos solos. [33]Al ver que se
iban, muchos se dieron cuenta, y de todos los poblados co-
rrieron allá a pie y se les adelantaron. [34]Jesús, al desembarcar
y ver tanta gente, se compadeció de ellos porque eran como
ovejas sin pastor, y se puso a enseñarles muchas cosas.

**Primera multiplicación de los panes.** [35]Como se hiciera ya muy
tarde, se le acercaron sus discípulos y le dijeron: [36]«El lugar está
despoblado y es ya muy tarde; despídelos, para que vayan a las
aldeas y caseríos del contorno a comprarse algo de comer». [37]Je-
sús les respondió: «Dadles vosotros de comer». Ellos le dijeron:
«¿Cómo vamos a comprar nosotros pan suficiente para darles
de comer?». [38]Él les dijo: «¿Cuántos panes tenéis? Id a ver». Lo
averiguaron, y le dijeron: «Cinco panes y dos peces». [39]Les man-
dó que se sentasen todos por grupos sobre la hierba verde. [40]Y
se sentaron en corros de ciento y de cincuenta. [41]Jesús tomó los
cinco panes y los dos peces, alzó los ojos al cielo y los bendijo;
partió los panes, y se los dio a los discípulos para que se los
distribuyeran a la gente. Repartió también a todos los dos pe-
ces. [42]Todos comieron y se hartaron; [43]y se recogieron doce ca-
nastos llenos con las sobras de los panes y de los peces. [44]Los
que comieron fueron cinco mil hombres.

**Jesús camina sobre las aguas.** [45]Después obligó a sus discípu-
los a que se embarcaran y se le adelantaran rumbo a Betsaida,

mientras él despedía a la gente. [46]Y una vez que la despidió, se
fue al monte a orar. [47]Al caer la tarde, la barca estaba en medio
del lago, y Jesús solo en tierra. [48]Al verlos navegar fatigados,
pues tenían viento contrario, hacia la madrugada fue a ellos ca-
minando sobre el lago, e iba ya a pasar de largo; [49]ellos al verlo
andar sobre el lago, dieron gritos creyendo que era un fantas-
ma, [50]pues todos lo vieron y se asustaron. Jesús, en seguida, les
habló y les dijo: «Tranquilizaos; soy yo, no tengáis miedo». [51]Su-
bió a la barca con ellos, y el viento se calmó. [52]Los discípulos
no salían de su asombro, pues no habían entendido lo de los
panes y sus mentes estaban embotadas.

**Curaciones en Genesaret.** [53]Acabada la travesía, tomaron tie-
rra en Genesaret y atracaron. [54]Al desembarcar, fue reconoci-
do en seguida; [55]se pusieron a recorrer toda aquella región, y
las gentes acudían llevando en las camillas todos sus enfermos
a donde oían que Jesús se encontraba. [56]Adonde entraba, al-
deas, ciudades o caseríos, ponían a los enfermos en las plazas
y le pedían que les dejase tocar al menos la orla de su manto,
y todos los que lo tocaban quedaban curados.

7 **La ley de Dios y las prescripciones farisaicas.** [1]Los fari-
seos y algunos maestros de la ley de Jerusalén se acerca-
ron a Jesús, [2]y vieron que algunos de sus discípulos se ponían
a *comer con manos impuras, es decir*, sin habérselas lavado.
[3]Porque los fariseos y todos los judíos, siguiendo la tradición
de sus mayores, no se ponen a comer sin haberse lavado cui-
dadosamente las manos; [4]y si vienen de la plaza, no comen
sin haberse lavado; y tienen otras muchas prácticas que obser-
van por tradición, tales como lavar copas, jarros y bandejas.
[5]Así que los fariseos y los maestros de la ley preguntaron a Je-
sús: «¿Por qué tus discípulos no observan la tradición de los
mayores, sino que comen con las manos impuras?». [6]Él les con-
testó: «Hipócritas, Isaías profetizó muy bien acerca de voso-
tros, según está escrito:

*Este pueblo me honra con los labios,*
*pero su corazón está lejos de mí.*
[7]*En vano me rinden culto*
*enseñando doctrinas*
*que son preceptos humanos* (Is 29,13).

[8]Dejáis el mandamiento de Dios y os aferráis a la tradición
de los hombres».
[9]Y añadió:
«Vosotros, para guardar vuestras tradiciones, quebrantáis el
mandamiento de Dios. [10]Porque Moisés dijo: *Honra a tu pa-*
*dre y a tu madre* (Éx 20,12; Dt 5,16), y *el que maldiga a su*
*padre o a su madre será condenado a muerte* (Éx 21,17; Lev
20,9). [11]Vosotros, en cambio, decís: Al que diga a su padre o
a su madre: "Lo que tenía para ayudarte lo he ofrecido al tem-
plo", [12]ya no le permitís hacer nada por su padre o por su ma-
dre. [13]Así habéis anulado el mandamiento de Dios por una tra-
dición que vosotros mismos os habéis transmitido. Y hacéis
muchas cosas semejantes».
[14]Llamó de nuevo a la gente y les dijo: «Oídme todos y en-
tended bien: [15]Nada que entra de fuera puede manchar al hom-
bre; lo que sale de dentro es lo que puede manchar al hom-
bre. [[16]¡El que tenga oídos para oír que oiga! (Mc 4.9.23)»].
[17]Cuando dejó a la gente y entró en casa, los discípulos le
dijeron que les explicara la parábola. [18]Jesús les dijo: «¿Pero
tampoco vosotros entendéis? ¿No comprendéis que todo lo que
de fuera entra en el hombre no puede mancharlo? [19]Porque
no entra en su corazón, sino en el vientre, y luego va a parar
al retrete». (Así declaraba que todos los alimentos eran puros).
[20]Y continuó: «Lo que sale del hombre es lo que mancha al
hombre; [21]porque del corazón del hombre proceden los ma-
los pensamientos, las fornicaciones, robos, homicidios, [22]adul-
terios, avaricia, maldad, engaño, desenfreno, envidia, blasfe-
mia, soberbia y estupidez. [23]Todas esas cosas malas salen de
dentro y hacen impuro al hombre».

**Jesús cura a la hija de una sirofenicia.** [24]Jesús salió de allí y se fue a las regiones de Tiro y de Sidón. Entró en una casa, y no quería que se supiera; pero no pudo pasar inadvertido, [25]pues en cuanto una mujer, cuya hija tenía un espíritu inmundo, oyó hablar de Jesús, fue y se postró a sus pies. [26]Esta mujer era pagana, sirofenicia de origen, y suplicaba a Jesús que echase de su hija al demonio. [27]Él le respondió: «Deja que se harten antes los hijos, que no está bien tomar el pan de los hijos para echárselo a los perros». [28]Ella dijo: «Cierto, Señor; pero también los perros comen debajo de la mesa las migajas de los hijos». [29]Jesús le dijo: «Vete, pues por tus palabras ya ha salido de tu hija el demonio». [30]Ella se fue a su casa, y encontró a la niña echada en la cama y que el demonio se había ido.

**Curación de un sordo tartamudo.** [31]Salió del territorio de Tiro, fue por Sidón y atravesó la Decápolis hacia el lago de Galilea. [32]Le llevaron un sordo tartamudo y le rogaron que le impusiera sus manos. [33]Jesús lo llevó aparte de la gente, le metió los dedos en los oídos, con su saliva le tocó la lengua, [34]alzó los ojos al cielo, suspiró y le dijo: «¡Epheta!», que quiere decir «¡Ábrete!». [35]Inmediatamente se le abrieron los oídos y se le soltó la atadura de la lengua, de modo que hablaba correctamente. [36]Les encargó que no lo dijeran a nadie; pero cuanto más se lo ordenaba, más lo proclamaban. [37]Y en el colmo de la admiración decían: «Todo lo ha hecho bien, hasta a los sordos hace oír y a los mudos hablar».

8 **Segunda multiplicación de los panes.** [1]Por aquellos días se reunió de nuevo con él mucha gente, y no tenían qué comer. Jesús llamó a sus discípulos y les dijo: [2]«Me da lástima de esta gente, pues ya llevan tres días conmigo y no tienen qué comer. [3]Si los envío en ayunas a sus casas, desfallecerán en el camino, pues algunos han venido desde lejos». [4]Sus discípulos le respondieron: «¿De dónde podremos sacar pan para hartar a tanta gente aquí, en un despoblado?». [5]Jesús les dijo: «¿Cuán-

tos panes tenéis?». Ellos contestaron: «Siete». 6Mandó a la gen-
te que se sentara en el suelo, tomó los siete panes, dio gracias,
los partió y se los entregó a sus discípulos para que los repar-
tieran. Y los repartieron a la gente. 7Tenían también unos pe-
ces; los bendijo y mandó que los repartieran. 8Comieron to-
dos hasta hartarse y se recogieron siete espuertas de las sobras.
9Eran como unos cuatro mil. Luego los despidió.
10A continuación subió con sus discípulos a la barca y se fue
a la región de Dalmanuta.

**Piden a Jesús una señal del cielo.** 11Los fariseos se acerca-
ron y se pusieron a discutir con él. Para tentarlo, le pidieron
una señal del cielo. 12Jesús, dando un profundo suspiro, dijo:
«¿Para qué pedirá esta generación una señal? Os aseguro que
no se dará ninguna señal a esta generación». 13Los dejó y se
embarcó de nuevo rumbo a la otra orilla.

**La levadura de los fariseos y de Herodes.** 14Los discípulos
se habían olvidado de llevar pan, y sólo tenían uno en la bar-
ca. 15Jesús les hizo esta amonestación: «Mirad, guardaos de la
levadura de los fariseos y de la de Herodes». 16Ellos comenta-
ban: «Es que no hemos traído pan». 17Jesús, dándose cuenta,
les dijo: «¿Por qué comentáis que no tenéis pan? ¿Aún no en-
tendéis ni comprendéis? ¿Tenéis encallecido vuestro corazón?
18¿Teniendo ojos no veis, y teniendo oídos no oís? 19¿No os
acordáis ya de cuando repartí cinco panes para cinco mil hom-
bres? ¿Cuántos cestos recogisteis de las sobras?». Ellos respon-
dieron: «Doce». 20«Y cuando repartí los siete para los cuatro
mil, ¿cuántas espuertas recogisteis?». Dijeron: «Siete». 21Y él
*añadió: «¿Todavía no entendéis?».*

**Curación del ciego de Betsaida.** 22Llegaron a Betsaida, le traje-
ron un ciego y le suplicaron que lo tocase. 23Jesús cogió de la
mano al ciego, lo sacó fuera de la aldea, le echó saliva en los ojos,
le impuso las manos y le preguntó: «¿Ves algo?». 24Empezó a ver,

y dijo: «Veo hombres, y los veo andar como si fueran árboles».
[25]Luego le puso otra vez las manos sobre los ojos, y vio clara-
mente; recobró la vista, y veía todo desde lejos. [26]Jesús le mandó
a su casa, diciéndole: «No entres siquiera en la aldea».

**En Cesarea de Filipo. Profesión de fe y primado de Pedro.** [27]Sa-
lió Jesús con sus discípulos hacia las aldeas de Cesarea de Filipo,
y en el camino les preguntó: «¿Quién dice la gente que soy yo?».
[28]Ellos le dijeron: «Unos que Juan el Bautista, otros que Elías y
otros que uno de los profetas». [29]Él les dijo: «Y vosotros, ¿quién
decís que soy?». Pedro tomó la palabra y dijo: «Tú eres el mesías».
[30]Y Jesús les ordenó que no se lo dijeran a nadie.

**Primer anuncio de la pasión.** [31]Desde entonces comenzó a
declararles que el hijo del hombre tenía que padecer mucho,
ser rechazado por los ancianos, los sumos sacerdotes y los
maestros de la ley, morir y resucitar al tercer día. [32]Esto lo de-
cía con toda claridad. Pedro se lo llevó aparte y se puso a re-
prenderle. [33]Jesús se volvió y, mirando a sus discípulos, riñó a
Pedro diciéndole: «¡Apártate de mí, Satanás!, porque tus sen-
timientos no son los de Dios, sino los de los hombres».

**Necesidad de la abnegación.** [34]Llamó a la gente y a sus
discípulos y les dijo: «El que quiera venir en pos de mí, nié-
*guese a sí mismo, tome* su cruz y sígame. [35]Porque el que quiera
salvar su vida la perderá, pero el que pierda su vida por mí y
por el evangelio la salvará. [36]¿De qué le vale al hombre ganar
el mundo entero si pierde su vida? [37]¿Y qué dará el hombre a
cambio de su vida? [38]Porque si alguien se avergüenza de mí y
de mi doctrina ante esta generación adúltera y pecadora, tam-
bién el hijo del hombre se avergonzará de él cuando venga en
la gloria de su Padre con los santos ángeles».

9 [1]Y les decía: «Os aseguro que algunos de los presentes no
morirán sin haber visto venir el reino de Dios con poder».

**La transfiguración.** 2Seis días después Jesús tomó consigo a
Pedro, a Santiago y a Juan, y los llevó a un monte alto a solas.
Y se transfiguró ante ellos. 3Sus vestidos se volvieron de una
blancura resplandeciente, como ningún batanero de la tierra
podría blanquearlos. 4Y se les aparecieron Elías y Moisés ha-
blando con Jesús. 5Pedro tomó la palabra y dijo a Jesús: «Maes-
tro, ¡qué bien se está aquí! Hagamos tres tiendas, una para ti,
otra para Moisés y otra para Elías». 6Es que no sabía lo que
decía, pues estaban asustados. 7Una nube los cubrió con su
sombra; y desde la nube se oyó una voz: «Éste es mi hijo ama-
do. Escuchadlo». 8Miraron inmediatamente alrededor, y ya no
vieron a nadie más que a Jesús solo con ellos.

9Mientras bajaban del monte, Jesús les ordenó que no con-
tasen a nadie lo que habían visto hasta que el hijo del hombre
hubiera resucitado de entre los muertos. 10Ellos guardaron el
secreto, pero discutían qué querría decir con eso de «resucitar
de entre los muertos». 11Y le preguntaron: «¿Por qué dicen los
maestros de la ley que Elías debe venir antes?». 12Él respon-
dió: «Elías vendrá antes a ponerlo todo en orden. Ahora bien,
¿cómo está escrito que el hijo del hombre tendrá que padecer
mucho y ser despreciado? 13Yo os digo que Elías ya ha venido
y lo han tratado a su antojo, como estaba escrito de él».

**El muchacho epiléptico.** 14Al llegar adonde estaban los
discípulos, vio que los rodeaba mucha gente y que unos maes-
tros de la ley discutían con ellos. 15En cuanto la gente vio a
Jesús, todos quedaron sorprendidos y corrieron a saludarlo.
16Y les preguntó: «¿De qué discutíais con ellos?». 17Uno de en-
tre la gente le respondió: «Maestro, te he traído a mi hijo, que
tiene un espíritu mudo; 18*y cuando se apodera de él, lo tira al*
suelo, echa espumarajos, rechina los dientes y se queda tieso.
He pedido a tus discípulos que lo echasen, pero no han podi-
do». 19Jesús respondió: «¡Gente incrédula! ¿Hasta cuándo ten-
dré que estar con vosotros? ¿Hasta cuándo tendré que
soportaros? Traédmelo». 20Y se lo llevaron. Apenas el espíritu

vio a Jesús, retorció violentamente al muchacho, el cual se cayó
al suelo revolcándose y echando espumarajos. 21Jesús pregun-
tó al padre: «¿Cuánto tiempo hace que le sucede esto?». Él
respondió: «Desde la infancia; 22y muchas veces lo tira al fue-
go y al agua para matarlo. Si puedes hacer algo, apiádate de
nosotros y ayúdanos». 23Jesús le dijo: "¡Si puedes...!". Todo es
posible para el que cree». 24Entonces el padre del muchacho
exclamó: «Yo creo. Ayúdame a creer más». 25Jesús, al ver que
acudía más gente, increpó al espíritu inmundo diciendo: «Es-
píritu mudo y sordo, yo te lo ordeno: Sal del muchacho y nun-
ca más vuelvas a entrar en él». 26Y el espíritu, dando gritos y
haciendo que el muchacho se retorciera violentamente, salió
de él, dejándolo como muerto, tanto que muchos decían que
estaba muerto. 27Pero Jesús lo agarró de la mano, lo levantó,
y el muchacho se mantuvo en pie. 28Cuando Jesús entró en
casa, sus discípulos, a solas con él, le preguntaron: «¿Por qué
nosotros no pudimos echarlo?». 29Y él les dijo: «A esa raza sólo
se la puede expulsar con la oración y el ayuno».

**Segundo anuncio de la pasión.** 30Salieron de allí y atravesa-
ron Galilea. Jesús no quería que se supiera, 31porque estaba
enseñando a sus discípulos. Les decía: «El hijo del hombre va
a ser entregado en manos de los hombres; lo matarán y, des-
pués de muerto, a los tres días resucitará». 32Pero ellos no en-
tendían estas palabras y no se atrevían a preguntarle.

**Quién es el más grande.** 33Llegaron a Cafarnaún y, una vez
en casa, les preguntó: «¿Qué discutíais por el camino?». 34Pero
ellos callaban, porque en el camino habían discutido sobre quién
entre ellos sería el más grande. 35Jesús se sentó, llamó a los doce
y les dijo: «El que quiera ser el primero que sea el último y el
servidor de todos». 36Tomó en sus brazos a un niño, lo puso en
medio de ellos y les dijo: 37«El que acoge a uno de estos peque-
ños en mi nombre me acoge a mí; y el que me acoge a mí, no
es a mí a quien acoge, sino al que me ha enviado a mí».

**El discípulo anónimo.** [38]Juan dijo a Jesús: «Maestro, hemos visto a uno que echaba los demonios en tu nombre y no anda con nosotros, y se lo hemos prohibido». [39]Jesús dijo: «No se lo prohibáis, porque nadie que haga un milagro en mi nombre puede después hablar mal de mí; [40]y el que no está en contra de nosotros está a nuestro favor».

[41]«El que os dé de beber un vaso de agua por ser del mesías, os aseguro que no se quedará sin recompensa».

**El escándalo.** [42]«Al que escandalice a uno de estos pequeñuelos que creen en mí, más le valdría que le ataran al cuello una rueda de molino y lo tiraran al mar. [43]Si tu mano es para ti ocasión de pecado, córtatela. Más te vale entrar manco en la vida que ir con las dos manos al fuego que no se apaga. [44]Y si tu pie es para ti ocasión de pecado, córtatelo. [45]Más te vale entrar cojo en la vida que ser arrojado al fuego con los dos pies. [46]Y si tu ojo es para ti ocasión de pecado, sácatelo. [47]Más te vale entrar con un solo ojo en el reino de Dios que ser arrojado con los dos ojos [48]*donde el gusano no muere y el fuego no se apaga* (Is 66,24). [49]Porque todos serán salados con el fuego. [50]La sal es buena; pero si se hace insípida, ¿con qué la salaréis? Tened sal en vosotros y vivid en paz los unos con los otros».

## II. MINISTERIO EN JUDEA
## (10,2–13,37)

**10** **Jesús va a Judea pasando por Perea.** [1]Jesús partió de allí y se fue a Judea y al otro lado del Jordán. La gente volvió a reunirse a su alrededor; y él, según su costumbre, empezó a enseñarles.

**El divorcio.** [2]Se le acercaron unos fariseos y le preguntaron con intención de tentarlo: «¿Le está permitido al hombre se-

pararse de su mujer?». 3Jesús les respondió: «¿Qué os mandó
Moisés?». 4Ellos dijeron: «Moisés mandó escribir un acta de
divorcio y despedirla». 5Jesús les dijo: «Moisés escribió este
precepto por la dureza de vuestros corazones. 6Pero al princi-
pio de la creación Dios *los hizo macho y hembra* (Gén 1,27;
5,2). 7*Por eso el hombre dejará a su padre y a su madre* 8*y se
unirá a su mujer y serán los dos una sola carne* (Gén 2,24).
De manera que ya no son dos, sino una sola carne. 9Por lo
tanto, lo que Dios ha unido, que no lo separe el hombre». 10Ya
en casa, de nuevo los discípulos le preguntaron acerca de esto;
11Jesús les dijo: «El que se separe de su mujer y se case con
otra comete adulterio contra la primera; 12y si la mujer se se-
para de su marido y se casa con otro comete adulterio».

**Jesús y los niños.** 13Le presentaron unos niños para que les
impusiera las manos. Los discípulos los regañaban. 14Pero Je-
sús, al verlo, se indignó y les dijo: «Dejad que los niños se acer-
quen a mí; no se lo impidáis, porque de los que son como ellos
es el reino de Dios. 15Os aseguro que el que no reciba el reino
de Dios como un niño no entrará en él». 16Los tenía en brazos
y los bendecía imponiéndoles las manos.

**Peligros de las riquezas.** 17Al salir Jesús de camino, un hombre
corrió a preguntarle, arrodillándose ante él: «Maestro bueno, ¿qué
tengo que hacer para alcanzar la vida eterna?». 18Jesús le dijo:
«¿Por qué me llamas bueno? El único bueno es Dios. 19Ya cono-
ces los mandamientos: *No matarás, no cometerás adulterio, no
robarás, no levantarás falso testimonio, no estafarás, honra a tu
padre y a tu madre*» (Éx 20,12-16; Dt 5,16-20; 24,14). 20Él dijo:
«Maestro, todo eso lo he guardado desde mi juventud». 21Jesús
lo miró con amor y le dijo: «Te queda una cosa que hacer: Anda,
vende todo lo que tienes, dáselo a los pobres y tendrás un tesoro
en el cielo. Después, ven y sígueme». 22Al oír esto, el joven se fue
muy triste, porque tenía muchos bienes.
23Jesús miró alrededor y dijo a sus discípulos: «¡Qué difícil-

mente entrarán en el reino de Dios los que tienen riquezas!».
[24]Los discípulos se quedaron asombrados ante estas palabras.
Pero Jesús les repitió: «Hijos, ¡qué difícil es entrar en el reino
de Dios! [25]Es más fácil que un camello pase por el ojo de una
aguja que un rico entre en el reino de Dios». [26]Ellos, más asom-
brados todavía, se decían: «Entonces, ¿quién puede salvarse?».
[27]Jesús los miró y les dijo: «Para los hombres esto es imposi-
ble; pero no para Dios, pues para Dios todo es posible».

**Premio a la pobreza evangélica.** [28]Entonces Pedro le dijo:
«Nosotros lo hemos dejado todo y te hemos seguido». [29]Jesús
dijo: «Os aseguro que nadie deja casa, hermanos, hermanas,
padre, madre, hijos o tierras por mí o por el evangelio, [30]que
no reciba el ciento por uno ya en este mundo, en casas, her-
manos, hermanas, madres, hijos y tierras, con persecuciones,
y en el siglo venidero, la vida eterna. [31]«Muchos primeros se-
rán los últimos, y los últimos los primeros».

**Tercer anuncio de la pasión.** [32]Iban camino de Jerusalén, y
Jesús marchaba delante. Los discípulos lo seguían asombrados
y las gentes con miedo. Llevó aparte a los doce y comenzó a
decirles lo que iba a suceder. [33]«Mirad, vamos a Jerusalén, y
el hijo del hombre será entregado a los sumos sacerdotes y a
los maestros de la ley; lo condenarán a muerte y lo entrega-
rán a los paganos, [34]se burlarán de él, lo escupirán, lo azota-
rán y lo matarán, pero a los tres días resucitará».

**Jesús corrige la ambición de los apóstoles.** [35]Santiago y Juan,
los hijos de Zebedeo, se le acercaron y dijeron: «Maestro, que-
remos que hagas lo que te vamos a pedir». [36]Él les dijo: «¿Qué
queréis que haga por vosotros?». [37]Y ellos dijeron: «Que nos
sentemos uno a tu derecha y otro a tu izquierda en tu gloria».
[38]Jesús les dijo: «¡No sabéis lo que pedís! ¿Podéis beber el cá-
liz que yo beberé o ser bautizados con el bautismo con que yo
seré bautizado?». [39]Ellos contestaron: «¡Podemos!». Jesús les

eva

dijo: «Beberéis el cáliz que yo beberé y seréis bautizados con
el bautismo con el que yo seré bautizado, [40]pero el sentarse a
mi derecha o a mi izquierda no es cosa mía el concederlo; es
para quienes ha sido reservado».
[41]Los otros diez, al oír esto, se indignaron contra Santiago
y Juan. [42]Jesús los llamó y les dijo: «Sabéis que los jefes de las
naciones las tiranizan y que los grandes las oprimen con su
poderío. [43]Entre vosotros no debe ser así, sino que si alguno
de vosotros quiere ser grande que sea vuestro servidor, [44]y el
que de vosotros quiera ser el primero que sea el servidor de
todos; [45]de la misma manera que el hijo del hombre no ha ve-
nido a ser servido, sino a servir y a dar su vida como rescate
por todos».

**Bartimeo. El ciego de Jericó.** [46]Fueron a Jericó. Y al salir de
Jericó con sus discípulos y mucha gente, el hijo de Timeo
(Bartimeo), un mendigo ciego, estaba sentado junto al cami-
no. [47]Al oír que pasaba Jesús el nazareno comenzó a gritar:
«¡Jesús, hijo de David, ten compasión de mí!». [48]La gente le
reprendía para que se callase, pero él gritaba con más fuerza:
«¡Hijo de David, ten compasión de mí!». [49]Jesús se detuvo y
dijo: «¡Llamadlo!». Y llamaron al ciego diciéndole: «¡Ánimo!
Levántate, que te llama». [50]Él, tirando su manto, saltó y se acer-
có a Jesús. [51]Jesús le dijo: «¿Qué quieres que te haga?». El cie-
*go respondió*: «Maestro, que vuelva a ver». [52]Jesús le dijo:
«Anda, tu fe te ha curado». Inmediatamente recobró la vista,
y seguía a Jesús en el camino.

11 **Entrada triunfal en Jerusalén.** [1]Al acercarse a Jerusalén,
cerca de Betfagé y Betania, junto al monte de los Oli-
vos, Jesús envió a dos de sus discípulos, diciéndoles: [2]«Id a la
aldea de enfrente, y a la entrada encontraréis un pollino ata-
do, que nadie ha montado aún; soltadlo y traedlo. [3]Y si al-
guien os dice: ¿Por qué hacéis eso?, decidle: El Señor lo nece-
sita, y en seguida os lo devolverá». [4]Ellos fueron, encontraron

el pollino atado a la puerta, afuera, en la calle, y lo desata-
ron. [5]Algunos de los que estaban allí les dijeron: «¿Por qué des-
atáis el pollino?». [6]Ellos respondieron lo que les había dicho
Jesús, y los dejaron.

[7]Llevaron el pollino a Jesús, pusieron encima sus mantos y
Jesús se montó en él. [8]Muchos alfombraban el camino con sus
mantos, y otros con ramas que cortaban en los campos. [9]Los
que iban delante y detrás gritaban:

[10]*¡Bendito el que viene*
*en el nombre del Señor!* (Sal 118,26).
*¡Bendito el reino que llega,*
*de nuestro padre David!*
*¡Viva Dios altísimo!*

[11]Y entró en Jerusalén en el templo y, después de haberlo
visto todo, ya tarde, salió con los doce para Betania.

**Maldice una higuera.** [12]Al día siguiente, al salir de Betania,
Jesús sintió hambre [13]y, viendo desde lejos una higuera que te-
nía hojas, fue a ver si encontraba algo en ella; pero al llegar
sólo encontró hojas, pues no era tiempo de higos. [14]Entonces
dijo a la higuera: «Nadie coma jamás fruto de ti». Y lo oyeron
sus discípulos.

**Expulsa del templo a los mercaderes.** [15]Llegaron a Jerusa-
lén y, entrando en el templo, echó a los que estaban allí ven-
diendo y comprando; volcó las mesas de los cambistas y los
asientos de los vendedores de palomas, [16]y no permitía que
transportaran objetos por el templo. [17]Y les enseñaba dicien-
do: «¿No está escrito que *mi casa es casa de oración para to-
das las naciones*? (Is 56,7; Jer 7,11). Pero vosotros la habéis
convertido en una cueva de ladrones». [18]Los sumos sacerdotes
y los maestros de la ley, al enterarse, buscaron el modo de aca-
bar con él, pues le tenían miedo porque toda la gente estaba

asombrada de su doctrina. [19]Al atardecer, Jesús salió de la ciu-
dad.

**La higuera maldecida se seca. Fe y oración.** [20]Al pasar otra
vez por la mañana cerca de la higuera, la vieron seca de raíz.
[21]Pedro se acordó y dijo a Jesús: «¡Maestro, mira!, la higuera
que maldijiste se ha secado». [22]Y Jesús le respondió: «Tened fe
en Dios. [23]Os aseguro que el que sin dudar interiormente lo
más mínimo, sino creyendo que se cumplirán sus palabras, diga
a ese monte: Quítate de ahí y échate al mar, lo alcanzará. [24]Por
eso os digo: Todo lo que pidáis en la oración creed que lo re-
cibiréis, y lo tendréis. [25]Cuando os pongáis a orar, si tenéis algo
contra alguien, perdonádselo, para que también vuestro Padre
celestial os perdone vuestros pecados. [26]Pues si vosotros no per-
donáis, tampoco vuestro Padre celestial os perdonará vuestras
culpas» (Mt 6,15).

**La autoridad de Jesús.** [27]Llegaron de nuevo a Jerusalén y,
cuando andaba Jesús por el templo, se le acercaron los sumos
sacerdotes, los maestros de la ley y los ancianos del pueblo [28]y
le preguntaron: «¿Con qué autoridad haces todo esto? ¿Quién
te ha dado esa autoridad?». [29]Jesús les respondió: «Yo también
os haré una pregunta, y si me contestáis os diré con qué auto-
ridad hago todo esto. [30]¿El bautismo de Juan era del cielo o
era de los hombres? ¡Respondedme!». [31]Ellos se hicieron este
razonamiento: «Si decimos que del cielo, nos dirá: "Entonces,
¿por qué no creísteis en él?"; [32]y ¿cómo vamos a decir que de
los hombres...?». Temían al pueblo, porque todos tenían a Juan
como verdadero profeta. [33]Y respondieron a Jesús: «No lo sa-
bemos». Y Jesús les dijo: «Tampoco yo os digo con qué autori-
dad hago todo esto».

12 **Parábola de los viñadores homicidas.** [1]Y se puso a ha-
blarles en parábolas: «Un hombre plantó una viña, la
cercó con una valla, cavó en ella un lagar, edificó una torre

para guardarla, la arrendó a unos viñadores y se fue de viaje.
[2]A su debido tiempo mandó un criado a los viñadores para re-
cibir su parte de la vendimia; [3]pero lo agarraron, lo golpea-
ron y lo despidieron con las manos vacías. [4]De nuevo les man-
dó otro criado, y también lo descalabraron y lo insultaron.
[5]Envió a otro, y lo mataron; mandó otros muchos, y a unos
los golpearon y a otros los mataron. [6]Aún le quedaba uno, su
hijo querido. Se lo envió el último, pensando: "Respetarán a
mi hijo". [7]Pero los viñadores se dijeron: "Éste es el heredero.
Matémoslo, y nos quedaremos con su herencia". [8]Lo agarra-
ron, lo mataron y lo echaron fuera de la viña. [9]¿Qué hará el
dueño de la viña? Irá él, acabará con los viñadores y dará la
viña a otros. [10]¿No habéis leído aquello de la Escritura: *La pie-
dra que los constructores desecharon, en piedra angular se ha
convertido;* [11]*esto ha sido obra del Señor, una maravilla a nues-
tros ojos?»* (Sal 118 22-23). [12]Intentaban prenderlo, porque
comprendieron que la parábola iba por ellos; pero temían a
la gente. Lo dejaron, y se fueron.

**El impuesto del césar.** [13]Le enviaron entonces algunos fari-
seos y herodianos para cazarlo en alguna palabra. [14]Llegaron
y le dijeron: «Maestro, sabemos que eres sincero y que no te
importa nada el qué dirán, porque no tienes respetos huma-
nos y enseñas de verdad el camino de Dios. ¿Es lícito pagar el
impuesto al césar o no? ¿Lo debemos dar o no?». [15]Jesús, co-
nociendo su hipocresía, les dijo: «¿Por qué me tentáis? Traedme
una moneda, que la vea». [16]Se la llevaron, y les dijo: «¿De quién
es esta efigie y esta inscripción?». Respondieron: «Del césar».
[17]Él les dijo: «Pues dad al césar lo que es del césar y a Dios lo
que es de Dios». Y quedaron admirados ante esa respuesta.

**La resurrección de los muertos.** [18]Se le acercaron también
unos saduceos, que niegan la resurrección, y le preguntaron:
[19]«Maestro, Moisés nos escribió: *Si el hermano de uno muere
dejando mujer sin hijos, su hermano debe casarse con la viuda*

*y dar descendencia a su hermano* (Dt 25,5; cf Gén 38,8). [20]Eran siete hermanos. El primero se casó, y murió sin dejar hijos. [21]El segundo se casó con la viuda, y murió sin dejar descendencia; e igualmente el tercero. [22]Ninguno de los siete dejó descendencia. Finalmente murió también la mujer. [23]En la resurrección, cuando resuciten, ¿de quién de ellos será mujer? Porque los siete la tuvieron por mujer». [24]Jesús les dijo: «Estáis en un error, porque no entendéis las Escrituras ni el poder de Dios. [25]Porque, en la resurrección, ni los hombres ni las mujeres se casarán, sino que serán como ángeles en los cielos. [26]Y acerca de la resurrección de los muertos, ¿no habéis leído en el libro de Moisés, en lo de la zarza, cómo le dijo Dios: *Yo soy el Dios de Abrahán, el Dios de Isaac y el Dios de Jacob* (Éx 3,6.15-16)? [27]No es un Dios de muertos, sino de vivos. ¡Estáis en un grande error!».

**Los dos mandamientos más importantes.** [28]Un maestro de la ley que había oído la discusión, viendo que les había contestado bien, se le acercó y le preguntó: «¿Cuál es el primero de todos los mandamientos?». [29]Jesús respondió: «El primero es: *Escucha, Israel: el Señor, Dios nuestro, es el único Señor;* [30]*y amarás al Señor tu Dios con todo tu corazón, con toda tu alma, con toda tu mente y con todas tus fuerzas* (Dt 6,4-5). [31]El segundo es éste: *Amarás a tu prójimo como a ti mismo* (Lev 19,18). No hay mandamiento mayor que éstos». [32]El escriba le dijo: «Muy bien, maestro; con razón has dicho que *él es uno solo y que no hay otro fuera de él* (Dt 4,35; 6,4; Is 45,21) „ [33]*y amarlo con todo el corazón, con toda la inteligencia y con todas las fuerzas, y amar al prójimo como a sí mismo* vale mucho más que todos los holocaustos y sacrificios». [34]Jesús, al ver que había respondido tan sabiamente, le dijo: «No estás lejos del reino de Dios». Y ya nadie se atrevió a preguntarle más.

**La naturaleza divina de Cristo.** [35]Jesús, enseñando en el templo, preguntó: «¿Cómo pueden decir los maestros de la ley que

el mesías es hijo de David? 36David mismo, inspirado por el
Espíritu Santo, dice:

*El Señor dijo a mi Señor:*
*Siéntate a mi derecha*
*hasta que ponga a tus enemigos*
*debajo de tus pies* (Sal 110,1).

37Pues si el mismo David le llama Señor, ¿cómo puede ser
hijo suyo?». Y la multitud lo escuchaba con sumo gusto.

**Hipocresía de los maestros de la ley y de los fariseos.** 38Y
en sus enseñanzas decía: «Guardaos de los maestros de la ley,
a los que les gusta pasearse con vestidos ostentosos, ser salu-
dados en las plazas, 39ocupar los primeros asientos en las sina-
gogas y los primeros puestos en los banquetes; 40devoran los
bienes de las viudas pretextando hacer largas oraciones. Ellos
serán juzgados muy severamente».

**El óbolo de la viuda.** 41Sentado frente al tesoro, estaba mi-
rando cómo la gente echaba en las arcas. Muchos ricos echa-
ban mucho. 42Pero llegó una viuda pobre y echó unos cénti-
mos. 43Llamó a sus discípulos y les dijo: «Os aseguro que esa
pobre viuda ha echado más que todos, 44pues todos han echa-
do de lo que les sobra; en cambio, ella ha echado de su indi-
gencia todo lo que tenía para vivir».

## DISCURSO ESCATOLÓGICO

13 **Ocasión del discurso.** 1Al salir Jesús del templo, le dijo
uno de sus discípulos: «¡Maestro, mira qué piedras y
qué edificios!». 2Jesús le dijo: «¿Ves esos grandes edificios? No
quedará aquí piedra sobre piedra; todo será destruido».
3Y estando sentado en el monte de los Olivos, de cara al

templo, le preguntaron a solas Pedro, Santiago, Juan y Andrés:
4«Dinos, ¿cuándo sucederá eso y cuál será la señal de que to-
das esas cosas van a cumplirse?».

**Señales precursoras.** 5Jesús les contestó: «Mirad que nadie
os engañe. 6Muchos vendrán usando mi nombre y diciendo:
"Yo soy", y engañarán a muchos. 7Cuando oigáis hablar de gue-
rras y noticias de batallas, no os alarméis porque es necesario
que eso suceda; pero todavía no será el fin. 8Se levantarán pue-
blos contra pueblos y reinos contra reinos; habrá hambre y te-
rremotos por diversos lugares. Eso será el comienzo de los do-
lores.

**Señales de destrucción de Jerusalén.** 9«Mirad por vosotros
mismos. Os entregarán a los tribunales, os torturarán en las
sinagogas y compareceréis ante los gobernadores y los reyes
por causa mía; daréis testimonio entre ellos. 10Pero antes de
todo, el evangelio será predicado a todos los pueblos. 11Cuan-
do os lleven para entregaros, no os angustiéis por lo que ha-
bréis de decir; decid lo que os sea inspirado en aquella hora,
pues no hablaréis vosotros, sino el Espíritu Santo. 12El herma-
no entregará a la muerte a su hermano, y el padre al hijo, y
los hijos se alzarán contra los padres y los matarán. 13Todos
os odiarán por causa mía; pero el que persevere hasta el fin
se salvará».

**Destrucción de Jerusalén.** 14«Cuando veáis el ídolo repug-
nante puesto donde no debe estar (el que lea que entienda),
entonces los que estén en Judea que huyan a los montes; 15el
que esté en la terraza que no baje a recoger nada de su casa,
16y el que esté en el campo que no vuelva por su manto. 17¡Ay
de las que estén encinta y criando en aquellos días! 18Rezad
para que esto no caiga en invierno. 19Porque en aquellos días
habrá una angustia tan grande como no la ha habido desde el
principio del mundo que Dios creó hasta ahora, ni la habrá

jamás. [20]Y si el Señor no acortase aquellos días, nadie se sal-
varía; pero, en atención a los elegidos que él se escogió, acor-
tará esos días».

**Señales de la segunda venida de Cristo.** [21]«Entonces, si al-
guien os dice: "El mesías está aquí o allá", no lo creáis. [22]Sur-
girán falsos mesías y falsos profetas, y harán señales y prodi-
gios para engañar, si fuera posible, aun a los mismos elegidos.
[23]Tened cuidado, pues os lo he dicho todo de antemano».

**La segunda venida de Cristo.** [24]«En aquellos días, después
de esta angustia, el sol se oscurecerá, la luna no alumbrará,
[25]las estrellas caerán del cielo y las columnas de los cielos se
tambalearán. [26]Entonces se verá venir el hijo del hombre en-
tre nubes con gran poder y majestad. [27]Mandará a sus ángeles
a reunir a sus elegidos de los cuatro vientos, desde uno a otro
extremo del cielo y de la tierra».

**Exhortación a constante vigilancia.** [28]«Aprended del ejem-
plo de la higuera. Cuando sus ramas se ponen tiernas y echan
hojas, conocéis que el verano se acerca. [29]Así también voso-
tros, cuando veáis todo esto, sabed que él ya está cerca, a las
puertas. [30]Os aseguro que no pasará esta generación antes de
que suceda todo esto. [31]El cielo y la tierra pasarán, pero mis
palabras no pasarán. [32]Respecto de aquel día y aquella hora,
nadie los conoce, ni los ángeles del cielo, ni el hijo, sino sólo
el Padre.

[33]Estad alerta; velad, porque ignoráis el momento. [34]Es como
un hombre que marchó de viaje y, al dejar su casa, puso todo
en manos de sus siervos, señalando a cada cual su tarea, y en-
cargó al portero que vigilase. [35]Estad en vela, porque no sa-
béis cuándo viene el dueño de la casa, si por la tarde, si a me-
dianoche, al canto del gallo o de madrugada; [36]no sea que
llegue de repente y os encuentre dormidos. [37]Lo que os digo a
vosotros, se lo digo a todos: ¡Estad en vela!».

## III. PASIÓN Y TRIUNFO (14,1–16,8)

**14** **Conspiración del tribunal supremo.** [1]Faltaban dos días para la fiesta de la pascua y los panes sin levadura. Los sumos sacerdotes y los maestros de la ley andaban buscando el modo de prenderlo con engaño y quitarlo de en medio. [2]Pero decían: «Durante la fiesta no, para que el pueblo no se alborote».

**Unción en Betania.** [3]Estando Jesús en Betania, en casa de Simón el leproso, y puesto a la mesa, llegó una mujer llevando un frasco de alabastro con perfume de nardo auténtico, de mucho valor; rompió el alabastro y lo derramó sobre su cabeza. [4]Algunos se indignaron y dijeron: «¿A qué viene este derroche de perfume? [5]Se pudo vender a gran precio y dárselo a los pobres». Y la criticaban. [6]Jesús dijo: «Dejadla; ¿por qué la molestáis? Ha hecho una obra buena conmigo; [7]porque siempre tenéis pobres entre vosotros, y cuando queráis podéis hacerles bien; pero a mí no me tendréis siempre. [8]Ha hecho lo que ha podido; se ha anticipado a ungir mi cuerpo para la sepultura. [9]Os aseguro que donde se predique el evangelio, en todo el mundo, se hablará también de lo que ésta ha hecho para recuerdo suyo».

***Traición de Judas.*** [10]Entonces Judas Iscariote, uno de los doce, fue a los sumos sacerdotes para poner en sus manos a Jesús. [11]Ellos, al oírlo, se alegraron y prometieron darle dinero. Y él buscaba oportunidad para entregarlo.

**Última cena. Institución de la eucaristía.** [12]El primer día de la fiesta de los panes sin levadura, cuando se sacrificaba el cordero pascual, sus discípulos le preguntaron: «¿Dónde quieres que vayamos a preparar la cena de la pascua?». [13]Mandó entonces a dos de sus discípulos y les dijo: «Id a la ciudad, y os encontraréis con un hombre que lleva un cántaro de agua;

seguidlo 14y, donde entre, decid al dueño: "El maestro dice:
¿Dónde está mi sala, en la que voy a comer con mis discípu-
los la cena de la pascua?". 15Él os mostrará una sala en el piso
de arriba, grande, alfombrada y dispuesta. Preparadla allí».
16Los discípulos fueron, llegaron a la ciudad y encontraron todo
como les había dicho; y prepararon la cena de la pascua.

17Al atardecer, llegó él con los doce. 18Estando a la mesa y
comiendo, Jesús dijo: «Os aseguro que uno de vosotros, que
come conmigo, me entregará». 19Muy entristecidos, comenza-
ron a decirle uno tras otro: «¿Soy yo?». 20Él les dijo: «Es uno
de los doce, el que moja conmigo en el mismo plato. 21El hijo
del hombre se va, según está escrito de él; pero ¡ay de aquel
por quien el hijo del hombre es entregado! ¡Mejor le fuera no
haber nacido!».

22Durante la cena Jesús tomó pan, lo bendijo, lo partió y se
lo dio, diciendo: «Tomad, esto es mi cuerpo». 23Después tomó
un cáliz, dio gracias, se lo pasó a ellos y bebieron de él todos.
24Y les dijo: «Ésta es mi sangre, la sangre de la alianza, que
será derramada por todos. 25Os aseguro que ya no beberé más
de este fruto de la vid hasta el día en que beba un vino nuevo
en el reino de Dios».

**Predice el abandono de sus discípulos.** 26Después de haber
cantado los himnos, salieron hacia el monte de los Olivos. 27Je-
sús les dijo: «Todos tendréis en mí ocasión de caída, porque
está escrito: *Heriré al pastor y las ovejas se dispersarán* (Zac
13,7). 28Pero después resucitaré e iré delante de vosotros a
Galilea». 29Pedro le dijo: «Aunque fueras para todos ocasión
de caída, para mí no». 30Jesús le dijo: «Te aseguro que esta mis-
ma noche, antes de que el gallo cante dos veces, me negarás
tres». 31Pedro insistió: «¡Aunque tenga que morir contigo, ja-
más te negaré!». Y lo mismo dijeron todos los demás.

**Agonía en Getsemaní.** 32Llegaron al huerto llamado
Getsemaní, y dijo a sus discípulos: «Quedaos aquí mientras voy

a orar». 33Tomó consigo a Pedro, a Santiago y a Juan, y comen-
zó a sentir terror y angustia; 34y les dijo: «Me muero de triste-
za; quedaos aquí y velad conmigo». 35Avanzó unos pasos, cayó
de bruces y pidió que, si era posible, pasara lejos de él aquella
hora. 36Decía: «¡Abba, Padre!, todo te es posible; aparta de mí
este cáliz, pero no sea lo que yo quiero, sino lo que quieres tú».
37Volvió, los encontró dormidos, y dijo a Pedro: «¡Simón!, ¿duer-
mes? ¿No has podido velar una hora? 38Velad y orad, para que
no caigáis en tentación. El espíritu está dispuesto, pero la carne
es débil». 39De nuevo se alejó, y oró repitiendo las mismas pa-
labras. 40Volvió otra vez y los encontró dormidos, vencidos por
el sueño; y no sabían qué responder. 41Volvió por tercera vez y
les dijo: «¡Dormid ya y descansad! ¡Se terminó! ¡Ha llegado la
hora! El hijo del hombre va a ser entregado en manos de los
pecadores. 42¡Levantaos, vamos! El que me entrega llega ya».

**Prendimiento de Jesús.** 43Aún estaba hablando, cuando lle-
gó Judas, uno de los doce, y con él un gran tropel de gente
con espadas y palos, enviados por los sumos sacerdotes, los
maestros de la ley y los ancianos. 44El traidor les había dado
esta señal: «Al que yo bese, ése es; prendedlo y conducidlo bien
seguro». 45Llegó, se acercó y dijo: «¡Maestro!», y le besó. 46Ellos
le echaron mano y lo prendieron.

47Pero uno de los que estaban con Jesús sacó la espada, dio
*un golpe al criado del sumo sacerdote y le cortó la oreja.*

48Jesús les dijo: «¡Habéis venido a prenderme como a un la-
drón con espadas y palos! 49¡Todos los días estaba con voso-
tros enseñando en el templo y no me prendisteis! ¡Pero todo
esto sucede para que se cumplan las Escrituras!».

50Todos lo abandonaron y huyeron. 51Un joven, cubierto sólo
con una sábana, seguía a Jesús. Le echaron mano. 52Pero él,
soltando la sábana, se escapó desnudo.

**Jesús ante Caifás.** 53Llevaron a Jesús ante el sumo sacerdo-
te; y se reunieron todos los sumos sacerdotes, los ancianos y

los maestros de la ley. [54]Pedro le había seguido de lejos hasta
el patio del palacio del sumo sacerdote, y se quedó con los
criados calentándose al fuego. [55]Los sumos sacerdotes y el tri-
bunal supremo en pleno buscaban un testimonio contra Jesús
para condenarlo a muerte, y no lo encontraban. [56]Muchos tes-
tificaban en falso contra él, pero no coincidían los testimonios.
[57]Algunos se levantaron para testificar en falso contra él, di-
ciendo: [58]«Nosotros le hemos oído decir: Yo derribaré este tem-
plo hecho por mano de hombre, y en tres días edificaré otro
que no estará hecho por manos humanas». [59]Y ni en esto co-
incidían sus testimonios. [60]Entonces, en medio de la asamblea,
se levantó el sumo sacerdote y preguntó a Jesús: «¿No respon-
des nada a lo que éstos testifican contra ti?». [61]Él permaneció
callado y no respondió nada. De nuevo el sumo sacerdote le
preguntó: «¿Eres tú el mesías, el hijo del Bendito?». [62]Jesús le
dijo: «¡Yo soy!, y *veréis al hijo del hombre sentado a la diestra
del todopoderoso y venir entre las nubes del cielo*» (Dan 7,13).
[63]Entonces el sumo sacerdote se rasgó las vestiduras y dijo:
«¿Qué necesidad tenemos ya de testigos? [64]Habéis oído la
blasfemia. ¿Qué os parece?». Todos lo condenaron a muerte.
[65]Luego se pusieron a escupirlo; le taparon la cara y lo abo-
feteaban diciendo: «¡Adivina! ¡Haz el profeta!». Y los cria-
dos le daban puñetazos.

**Triple negación de Pedro.** [66]Pedro estaba sentado abajo, en
el patio; llegó una de las criadas del sumo sacerdote [67]y, al ver
a Pedro calentándose, lo miró y le dijo: «También tú andabas
con Jesús el nazareno». [68]Él lo negó diciendo: «No sé ni en-
tiendo lo que dices». Salió fuera al vestíbulo, y cantó el gallo.
[69]Al verlo de nuevo la criada, volvió a decir a los presentes:
«Éste es de ellos». [70]Él lo negó otra vez. Y poco después los
presentes decían a Pedro: «Ciertamente eres de ellos, porque
eres galileo». [71]Pero él se puso a maldecir y a perjurar: «No
conozco a ese hombre que decís». [72]Y al instante cantó el ga-
llo por segunda vez. Pedro se acordó de lo que Jesús le había

dicho: «Antes que el gallo cante dos veces, me negarás tres».
Y se echó a llorar.

15 **Jesús ante el tribunal supremo.** 1Al amanecer, celebra-
ron consejo los sumos sacerdotes, los ancianos, y los
maestros de la ley y el tribunal supremo en pleno.

**Jesús ante Pilato.** Ataron a Jesús, lo llevaron y se lo entrega-
ron a Pilato. 2Pilato le preguntó: «¿Eres tú el rey de los ju-
díos?». Y él respondió: «Tú lo dices». 3Y los sumos sacerdotes
le acusaban de muchas cosas. 4Pilato le preguntó de nuevo:
«¿No respondes nada? Mira de cuántas cosas te acusan». 5Pero
Jesús no respondió nada, hasta el punto de que Pilato quedó
muy extrañado.
6Por la fiesta concedía la libertad a un preso, el que ellos
quisieran. 7Había entonces un preso, llamado Barrabás, junto
con los sediciosos que en un motín habían cometido un homi-
cidio; 8llegó la gente y se puso a pedirle la gracia que solía
concederles. 9Pilato les dijo: «¿Queréis que os ponga en liber-
tad al rey de los judíos?». 10Pilato sabía que los sumos sacer-
dotes se lo habían entregado por envidia. 11Pero los sumos sa-
cerdotes azuzaron al pueblo para que pidieran que les pusiera
en libertad a Barrabás. 12Pilato les dijo: «¿Qué queréis que haga
con el que llamáis rey de los judíos?». 13Ellos gritaron: «¡Cru-
cifícalo!». 14Pilato replicó: «Pero, ¿qué mal ha hecho?». Y ellos
gritaban más alto: «¡Crucifícalo!». 15Pilato, entonces, querien-
do satisfacer a la gente, les puso en libertad a Barrabás y les
entregó a Jesús, para que lo azotaran y lo crucificaran.

**Coronación de espinas.** 16Los soldados llevaron a Jesús den-
tro del palacio, al pretorio, y reunieron a toda la tropa; 17le
vistieron una túnica de púrpura, le pusieron una corona tren-
zada de espinas 18y comenzaron a saludarlo: «Viva el rey de
los judíos». 19Y le golpeaban la cabeza con una caña, lo escu-
pían y, doblando la rodilla, le hacían reverencias. 20Después

de haberse burlado de él, le quitaron la túnica, le pusieron sus
ropas y lo llevaron a crucificar.

**Crucifixión.** [21]Pasaba por allí un tal Simón de Cirene, que
venía del campo, padre de Alejandro y de Rufo, y le obliga-
ron a llevar la cruz de Jesús.
[22]Lo llevaron a un lugar llamado Gólgota (que significa «la
calavera»).
[23]Le dieron vino mezclado con mirra, pero no lo bebió.
[24]Lo crucificaron y se repartieron a suertes sus vestidos, a
ver qué se llevaría cada uno. [25]Eran las nueve de la mañana
cuando lo crucificaron.
[26]La inscripción con la causa de su condena decía: «El rey
de los judíos».
[27]Con él crucificaron a dos ladrones, uno a la derecha y otro
a la izquierda. [28]Así se cumplió la Escritura que dice: *Fue con-
tado entre los criminales* (Is 53,12).
[29]Los que pasaban por allí lo insultaban moviendo la cabe-
za y diciendo: «¡Bah! ¡Tú, que destruías el templo y lo edifi-
cabas en tres días, [30]sálvate a ti mismo y baja de la cruz!». [31]Del
mismo modo los sumos sacerdotes y los maestros de la ley se
burlaban de él y decían: «Ha salvado a otros y no puede sal-
varse a sí mismo. [32]¡El mesías, el rey de Israel!; que baje aho-
ra de la cruz, para que veamos y creamos». Los que estaban
crucificados con él también lo insultaban.

**Muerte de Jesús.** [33]Desde el mediodía se oscureció toda la
tierra hasta las tres de la tarde. [34]Y hacia las tres de la tarde
Jesús gritó con fuerte voz: *«Eloí, Eloí, lemá sabaktani»* (Sal
22,2), que quiere decir: «¡Dios mío, Dios mío!, ¿por qué me
has abandonado?». [35]Algunos de los presentes, al oírlo, decían:
«Mirad, llama a Elías». [36]Uno fue corriendo a buscar una es-
ponja, la empapó en vinagre, la puso en una caña y le dio a
beber, diciendo: «Dejad, a ver si viene Elías a bajarlo».
[37]Pero Jesús, lanzando un gran grito, expiró.

[38]La cortina del templo se rasgó en dos de arriba abajo. [39]El
oficial, situado frente a él, al verlo expirar así, exclamó: «Ver-
daderamente este hombre era hijo de Dios».
[40]Había también unas mujeres mirando desde lejos. Entre
ellas María Magdalena, María la madre de Santiago el menor
y de José, y Salomé, [41]las cuales, cuando estaba Jesús en Galilea,
lo acompañaban y lo servían; y otras muchas que habían su-
bido con él a Jerusalén.

**Sepultura de Jesús.** [42]Al caer la tarde, como era la prepara-
ción de la pascua, es decir, la víspera del sábado, [43]José de
Arimatea, insigne miembro del tribunal supremo, que espera-
ba también el reino de Dios, se atrevió a ir a Pilato a pedirle
el cuerpo de Jesús. [44]Pilato se extrañó de que ya hubiese muer-
to; llamó al oficial y le preguntó si había muerto ya. [45]Al sa-
berlo por el oficial, concedió el cadáver a José. [46]Éste compró
una sábana, lo bajó de la cruz, lo envolvió en la sábana y lo
puso en un sepulcro excavado en la roca. Luego hizo rodar
una losa para cerrar la puerta del sepulcro. [47]María Magdale-
na y María la madre de José estuvieron mirando dónde lo po-
nían.

**16** **Mensaje de la resurrección.** [1]Pasado el sábado, María
Magdalena, María la madre de Santiago y Salomé com-
praron perfumes para ir a embalsamarlo. [2]El primer día de la
semana, muy de madrugada, al salir el sol, fueron al sepulcro.
[3]Iban diciéndose: «¿Quién nos rodará la losa de la puerta del
sepulcro?». [4]Levantaron los ojos, y vieron que la losa había sido
removida; era muy grande. [5]Entraron en el sepulcro y, al ver
a un joven sentado a la derecha, vestido con una túnica blan-
ca, se asustaron. [6]Pero él les dijo: «No os asustéis. Buscáis a
Jesús nazareno, el crucificado. Ha resucitado. No está aquí.
Ved el sitio donde lo pusieron. [7]Id, decid a sus discípulos y a
Pedro que él irá delante de vosotros a Galilea. Allí lo veréis,
como él os dijo». [8]Ellas salieron huyendo del sepulcro, por-

que se había apoderado de ellas el temor y el espanto, y no dijeron nada a nadie porque tenían miedo.

**Apariciones.** 9Jesús resucitó al amanecer del primer día de
la semana, y se apareció primero a María Magdalena, de la
que había lanzado siete demonios. 10Ella fue a decírselo a los
que habían andado con él, que estaban llenos de tristeza y llo-
rando. 11Ellos, al oír que vivía y que ella lo había visto, no lo
creyeron.
12Después de esto se apareció con una figura distinta a dos
de ellos en el camino, cuando iban al campo. 13Éstos volvie-
ron a dar la noticia a los demás, pero tampoco les creyeron.
14Después se apareció a los once estando a la mesa, y les re-
prendió su incredulidad y dureza de corazón, porque no ha-
bían creído a los que lo habían visto resucitado de entre los
muertos.

**Mensaje final. La ascensión.** 15Y les dijo: «Id por todo el
mundo y predicad el evangelio a toda criatura. 16El que crea y
sea bautizado se salvará, pero el que no crea se condenará. 17A
los que crean les acompañarán estos prodigios: en mi nombre
echarán los demonios; hablarán lenguas nuevas; 18agarrarán las
serpientes y, aunque beban veneno, no les hará daño; pondrán
sus manos sobre los enfermos y los curarán».
19Jesús, el Señor, después de haber hablado con ellos, subió
al cielo y se sentó a la diestra de Dios.
20Ellos se fueron a predicar por todas partes. El Señor
cooperaba con ellos y confirmaba su doctrina con los prodi-
gios que los acompañaban.

# Evangelio según san Lucas

*Hoy ha entrado la salvación en esta casa,... El Hijo del hombre ha venido a buscar y a salvar lo que estaba perdido* (Lc 19,9-10).

Dos palabras nos pueden servir de referencia para centrar el tercero de los evangelios canónicos, *salvación* e *historia*. Lucas escribe probablemente entre los años 80-90, emplea un griego culto al estilo de los historiadores de la época, desarrollando su trabajo en dos volúmenes (Evangelio y Hechos de los Apóstoles) pensando que su obra alcance *hasta los confines del mundo* (Lc 24,47; He 1,8). La comunidad va perdiendo los impulsos iniciales, la vuelta del Señor se retrasa, el peligro de acomodarse y pactar con el mundo circundante se hace cada vez mayor; el seguimiento se ve fuertemente amenazado por la rutina; la conversión es urgente. Es una comunidad cristiana que mira a la cultura helenística y al imperio romano con ojos nuevos; vive en medio de ellos y quiere transmitirles la buena noticia de Jesús-Salvador.

Para el evangelista la historia de la humanidad no es una sucesión de acontecimientos llevados al azar sino el espacio donde se realiza el plan de Dios, que es de salvación. La historia pasa por un tiempo de preparación (Israel), llega al centro del tiempo (Jesús) y desemboca en el tiempo de la misión (Iglesia). El primero comienza con la historia del pueblo elegido y llega hasta Juan Bautista; en Jesús se manifiesta en plenitud la salvación; el tiempo de la Iglesia comienza cuando Jesús desaparece de la historia y la misión se ofrece como salvación a todos los hombres.

Lucas es el evangelista de la misericordia. Para el evangelista Jesús es el Mesías, el Señor, el Hijo de Dios, el Profeta, pero sobre todo es el Salvador. La salvación que trae Jesús se manifiesta en gestos de amor hacia los pecadores, viudas y extranjeros. El Dios que revela Jesús es ternura hacia todos sus hijos, especialmente a los que han abandonado la casa. Las parábolas de la misericordia son su claro exponente.

Lucas es el evangelista del Espíritu. Jesús es concebido por su poder (1,35); el Espíritu se manifiesta en el bautismo (3,22); conduce a Jesús al desierto (4,1); desciende sobre él y lo hace portador de la buena noticia (4,14); por él Jesús salta de gozo (10,21).

Lucas es el evangelista de María; ella acepta sin reparos el plan de Dios, el hágase (1,26); es bienaventurada porque ha creído (1,45); es la profetisa de la nueva humanidad (1,46-55) y es la primera de los fieles de la Iglesia.

Lucas no se limitó a servirse del material que le aportaba el evangelio de Marcos y de la fuente de dichos de Jesús que también usa Mateo (la fuente Q), sino que presenta material propio (el hijo de la viuda de Naín; la parábola del hijo pródigo; los discípulos de Emaús etc). El evangelista presenta un esquema propio fruto de su proyecto en el que quiere presentarnos a Jesús como el Salvador, lleno de Espíritu Santo. En su evangelio juega un papel central Jerusalén: el centro de su evangelio está ocupado por la subida a la Ciudad Santa; en el templo comienza el evangelio y en él acaba.

# I. PRÓLOGO

1 [1]Ilustre Teófilo: Puesto que muchos han intentado com-
poner la narración de las cosas realizadas entre nosotros
[2]según nos lo han enseñado los mismos que desde el principio
fueron testigos oculares y ministros de la palabra, [3]me ha pa-
recido también a mí, que he investigado cuidadosamente todo
desde los orígenes, hacerte una narración ordenada, [4]para que
conozcas el fundamento de las enseñanzas que has recibido de
palabra.

# II. INFANCIA Y VIDA OCULTA
# (1,5–4,13)

**Anuncio del nacimiento del Bautista.** [5]En tiempos de
Herodes, rey de Judea, había un sacerdote de nombre Zacarías,
del grupo de Abías, cuya mujer era descendiente de Aarón y
se llamaba Isabel. [6]Ambos eran justos ante Dios, pues guarda-
ban irreprochablemente todos los mandamientos y preceptos
del Señor. [7]No tenían hijos, porque Isabel era estéril y los dos
de avanzada edad.

[8]Estando él de servicio ante Dios en el turno de su grupo,
le tocó en suerte, [9]conforme al uso litúrgico, entrar en el san-
tuario del Señor a ofrecer el incienso. [10]Todo el pueblo estaba
fuera orando a la hora del incienso. [11]Y se le apareció a
Zacarías un ángel del Señor, en pie, a la derecha del altar del
incienso. [12]Zacarías se asustó al verlo, y se llenó de miedo. [13]El
ángel le dijo: «No tengas miedo, Zacarías, pues tu petición ha
sido escuchada, y tu mujer Isabel te dará un hijo, al que pon-
drás por nombre Juan. [14]Será para ti causa de gozo y alegría;
y muchos se alegrarán de su nacimiento, [15]porque será grande
ante el Señor; no beberá vino ni licores y estará lleno de Espí-
ritu Santo ya desde el seno de su madre. [16]Convertirá a mu-
chos israelitas al Señor, su Dios. [17]Irá delante del Señor con el

espíritu y el poder de Elías, para reconciliar a los padres con
los hijos y enseñar a los rebeldes la sabiduría de los justos, a
fin de preparar al Señor un pueblo bien dispuesto».

18Zacarías dijo al ángel: «¿Cómo sabré que es así? Pues yo
soy viejo, y mi mujer de avanzada edad». 19El ángel le contes-
tó: «Yo soy Gabriel, que estoy delante de Dios, y he sido en-
viado a hablarte y darte esta buena noticia. 20Te quedarás mudo
y no podrás hablar hasta que suceda todo esto por no haber
creído en mis palabras, que se cumplirán a su tiempo».

21La gente estaba esperando a Zacarías y se extrañaba de que
permaneciese tanto en el santuario. 22Cuando salió, no podía
hablarles, por lo que comprendieron que había tenido alguna
visión en el santuario. Él les hacía señas y permaneció mudo.

23Al cumplir el tiempo de su ministerio, se fue a su casa.
24Unos días después, Isabel, su mujer, quedó encinta; estuvo
cinco meses sin salir de casa; y se decía: 25«El Señor ha hecho
esto conmigo y me ha librado de la vergüenza ante la gente».

**Anuncio del nacimiento de Jesús.** 26A los seis meses envió
Dios al ángel Gabriel a una ciudad de Galilea, llamada Nazaret,
27a una joven virgen, prometida de un hombre descendiente
de David, llamado José. La virgen se llamaba María. 28Entró
donde ella estaba, y le dijo: «Alégrate, llena de gracia; el Se-
ñor está contigo». 29Ante estas palabras, María se turbó y se
preguntaba qué significaría tal saludo. 30El ángel le dijo: «No
tengas miedo, María, porque has encontrado gracia ante Dios.
31Concebirás y darás a luz un hijo, al que pondrás por nom-
bre Jesús. 32Será grande y se le llamará Hijo del altísimo; el
Señor le dará el trono de David, su padre; 33reinará sobre la
casa de Jacob para siempre y su reino no tendrá fin». 34María
dijo al ángel: «¿Cómo será esto, pues no tengo relaciones?».
35El ángel le contestó: «El Espíritu Santo vendrá sobre ti y el
poder del altísimo te cubrirá con su sombra; por eso el niño
que nazca será santo y se le llamará Hijo de Dios. 36Mira, tu
parienta Isabel ha concebido también un hijo en su anciani-

dad, y la que se llamaba estéril está ya de seis meses, [37]*porque*
*no hay nada imposible para Dios* (Gén 18,14)». [38]María dijo:
«Aquí está la esclava del Señor; hágase en mí según tu pala-
bra». Y el ángel la dejó.

**La virgen María visita a Isabel.** [39]Unos días después María
se dirigió presurosa a la montaña, a una ciudad de Judá. [40]En-
tró en casa de Zacarías y saludó a Isabel. [41]Cuando Isabel oyó
el saludo de María, el niño saltó en su seno e Isabel quedó
llena del Espíritu Santo. [42]Y dijo alzando la voz: «¡Bendita tú
entre las mujeres y bendito el fruto de tu vientre! [43]¿Y cómo
es que la madre de mi Señor viene a mí? [44]Tan pronto como
tu saludo sonó en mis oídos, el niño saltó de alegría en mi seno.
[45]¡Dichosa tú que has creído que se cumplirán las cosas que te
ha dicho el Señor!».

[46]María dijo:

«Mi alma glorifica al Señor (1Sam 2,1) / [47]y mi espíritu se
regocija en Dios, / mi salvador (Hab 3,18), / [48]porque se ha
fijado en la humilde condición de su esclava (1Sam 1,11). /
Desde ahora me llamarán dichosa / todas las generaciones (Gén
30,13), / [49]porque el todopoderoso ha hecho conmigo cosas
grandes, / su nombre es santo (Sal 111,9); / [50]su misericordia
de generación en generación / para todos sus fieles (Sal
103,13.17). / [51]Ha desplegado la fuerza de su brazo (Sal 89,11),
/ ha destruido los planes de los soberbios (2Sam 22,28), / [52]ha
derribado a los poderosos de sus tronos / y ha encumbrado a
los humildes (Job 5,11; 12,19); / [53]ha colmado de bienes a los
hambrientos / y despedido a los ricos / con las manos vacías
(1Sam 2,5; Sal 107,9). / [54]Ha socorrido a su siervo Israel, /
acordándose de su misericordia (Is 41,8; Sal 98,3), / [55]como
había prometido a nuestros padres, / en favor de Abrahán / y
su descendencia para siempre (Gén 12,3; 13,15; 17,7; 22,17;
Miq 7,20)».

[56]María estuvo con ella unos tres meses y se volvió a su
casa.

**Nacimiento y circuncisión del Bautista.** [57]A Isabel se le cumplió el tiempo de su parto y dio a luz un hijo. [58]Los vecinos y parientes, al enterarse del gran favor que el Señor le había hecho, fueron a felicitarla. [59]A los ocho días llevaron a circuncidar al niño. Querían que se llamara Zacarías, como su padre. [60]Pero su madre dijo: «No. Se llamará Juan». [61]Le advirtieron: «No hay nadie en tu familia que se llame así». [62]Preguntaron por señas al padre cómo quería que se llamase. [63]Él pidió una tablilla y escribió: «Su nombre es Juan». Todos se quedaron admirados. [64]Inmediatamente se le soltó la lengua y empezó a hablar bendiciendo a Dios. [65]Todos los vecinos se llenaron de temor. Estas cosas se comentaban en toda la montaña de Judea. [66]Todos los que las oían decían pensativos: «¿Qué llegará a ser este niño?». Porque la mano del Señor estaba con él.

[67]Zacarías, su padre, lleno del Espíritu Santo, profetizó así:

[68]«Bendito sea el Señor, / Dios de Israel (Sal 41,14; 72,18; 106,48), / porque ha intervenido para liberar a su pueblo; / [69]nos ha suscitado un poderoso salvador en la casa de David, su siervo, / [70]como lo había anunciado desde antiguo / por boca de sus santos profetas; / [71]que nos libraría de nuestros enemigos / y de la mano de todos los que nos odian (Sal 106,10), / [72]mostrándose compasivo con nuestros padres, / recordando su santa alianza (Lev 26,42; Sal 106,45) / [73]y el juramento que hizo a nuestro padre Abrahán (Gén 22,16-18; Sal 105, 8-9) / de concedernos que, / [74]liberados de las manos de nuestros enemigos, / podamos servirle sin temor, / [75]con santidad y justicia ante él toda nuestra vida. / [76]Y tú, niño, serás llamado profeta del altísimo, / pues irás delante del Señor / para preparar sus caminos (Mal 3,1; Is 40,3), / [77]para anunciar a su *pueblo la salvación, / el perdón* de sus pecados, / [78]gracias a la bondad misericordiosa de nuestro Dios, / por la que nos visitará / como el sol que nace de lo alto (cf Mal 3,20), / [79]para iluminar a los que yacen en tinieblas y en sombras de muerte (Is 9,1; 42,7; 60,1-2), / y para guiar nuestros pasos por el camino de la paz».

80El niño crecía y se fortalecía en el espíritu. Y vivió en el
desierto hasta el día de su manifestación a Israel.

2 **Nacimiento y circuncisión de Jesús.** 1Por aquellos días sa-
lió un decreto de César Augusto para que se empadrona-
ra todo el mundo. 2Éste es el primer censo que se hizo siendo
Cirino gobernador de Siria. 3Todos iban a empadronarse, cada
uno a su ciudad. 4También José, por ser descendiente de Da-
vid, fue desde la ciudad de Nazaret de Galilea a Judea, a la
ciudad de David, que se llama Belén, 5para empadronarse con
María, su mujer, que estaba encinta. 6Mientras estaban allí se
cumplió el tiempo del parto, 7y dio a luz a su hijo primogéni-
to; lo envolvió en pañales y lo reclinó en un pesebre, porque
no encontraron sitio en la posada.

8Había en la misma región unos pastores acampados al raso,
guardando por turno sus rebaños. 9Se les presentó el ángel del
Señor, y la gloria del Señor los envolvió con su luz. Ellos se
asustaron. 10El ángel les dijo: «No tengáis miedo, pues os anun-
cio una gran alegría, que lo será para todo el pueblo. 11En la
ciudad de David hoy os ha nacido un salvador, el mesías, el
Señor. 12Esto os servirá de señal: Encontraréis un niño envuelto
en pañales acostado en un pesebre».

13Y en seguida se unió al ángel una multitud del ejército ce-
lestial, que alababa a Dios diciendo:

14«*Gloria a Dios en el cielo* y paz en la tierra a los hombres
que él ama».

15Cuando los ángeles los dejaron y se fueron al cielo, los pas-
tores se decían unos a otros: «Vamos a Belén y veamos ese
acontecimiento que el Señor nos ha anunciado».

16Fueron deprisa, y encontraron a María, a José y al niño
acostado en el pesebre.

17Al verlo, manifestaron lo que les habían dicho acerca del
niño.

18Todos los que lo oían se admiraban de lo que decían los
pastores. 19María, por su parte, guardaba todas estas cosas,

meditándolas en su corazón. [20]Los pastores volvieron glorifi-
cando y alabando a Dios por todo lo que habían visto y oído.
Todo tal y como se les había dicho.
[21]A los ocho días, cuando debían circuncidarlo, le pusieron
el nombre de Jesús, como lo había llamado el ángel antes de
su concepción.

**Presentación de Jesús en el templo.** [22]Cuando se cumplie-
ron los días de la purificación, según la ley de Moisés, lo lle-
varon a Jerusalén para ofrecerlo al Señor, [23]como está escrito
en la ley del Señor: *Todo varón primogénito será consagrado
al Señor* (Éx 13,2.11,) [24]y para ofrecer el sacrificio según lo
ordenado en la ley del Señor: un par de tórtolas o dos picho-
nes (Lev 5,7; 12,8).
[25]Había entonces en Jerusalén un hombre llamado Simeón,
justo y piadoso, que esperaba la liberación de Israel: El Espí-
ritu Santo estaba en él, [26]y le había anunciado que no moriría
sin ver al mesías del Señor. [27]Movido por el Espíritu fue al tem-
plo, y, al entrar los padres con el niño Jesús para cumplir lo
establecido por la ley acerca de él, [28]lo recibió en sus brazos y
bendijo a Dios diciendo:
[29]«Ahora, Señor, puedes dejar morir en paz a tu siervo, por-
que tu promesa se ha cumplido: [30]Mis propios ojos han visto
al Salvador (Is 52,10) [31]que has preparado ante todos los pue-
blos, [32]luz para iluminar a las naciones (Is 42,6; 49,6) y gloria
de tu pueblo, Israel (Is 46,13)».
[33]Su padre y su madre estaban admirados de las cosas que
decían de él. [34]Simeón los bendijo, y dijo a María, su madre:
«Este niño está destinado en Israel para que unos caigan y otros
se levanten; será signo de contradicción [35]para que sean
descubiertos los pensamientos de todos; y a ti una espada te
atravesará el corazón».
[36]Estaba también la profetisa Ana, hija de Fanuel, de la tri-
bu de Aser, de edad muy avanzada. Se había casado muy jo-
ven, y a los siete años de matrimonio había enviudado. [37]Te-

nía ochenta y cuatro años. Estaba siempre en el templo, sir-
viendo a Dios noche y día con ayunos y oraciones. [38]Se pre-
sentó en aquel mismo momento, y daba gloria a Dios hablan-
do del niño a todos los que esperaban la liberación de Israel.

**Vida oculta en Nazaret.** [39]Cuando cumplieron todas las co-
sas que mandaba la ley del Señor, regresaron a Galilea, a su
ciudad de Nazaret. [40]El niño crecía y se fortalecía, lleno de sa-
biduría, y la gracia de Dios estaba con él.

**El niño Jesús en Jerusalén.** [41]Sus padres iban todos los años
a Jerusalén por la fiesta de la pascua. [42]Cuando tuvo doce años,
fueron a la fiesta, como era costumbre. [43]Terminada la fiesta,
emprendieron el regreso; pero el niño Jesús se quedó en Jeru-
salén sin que sus padres se dieran cuenta. [44]Creyendo que iba
en la caravana, anduvieron una jornada, al cabo de la cual se
pusieron a buscarlo entre los parientes y conocidos; [45]al no en-
contrarlo, volvieron a Jerusalén en busca suya. [46]A los tres días
lo encontraron en el templo sentado en medio de los docto-
res, oyéndolos y preguntándoles. [47]Todos los que le oían esta-
ban admirados de su inteligencia y de sus respuestas. [48]Al ver-
lo, se quedaron maravillados; y su madre le dijo: «Hijo, ¿por
qué has hecho esto? Tu padre y yo te hemos estado buscando
muy angustiados». [49]Les contestó: «¿Por qué me buscabais? ¿No
*sabíais que yo* debo ocuparme en los asuntos de mi Padre?».
[50]Ellos no comprendieron lo que les decía.

**Regreso a Nazaret.** [51]Jesús fue con ellos a Nazaret, y les es-
taba sumiso. Su madre guardaba todas estas cosas en su cora-
zón. [52]Jesús crecía en sabiduría, en estatura y en gracia delan-
te de Dios y de los hombres.

3 **Predicación de Juan.** [1]El año quince del reinado de Tibe-
rio César, siendo Poncio Pilato gobernador de Judea, es-
tando Herodes al frente de Galilea, su hermano Filipo al frente

de Iturea y de la región de Traconítida, y Lisanias al frente de
Abilene, [2]bajo el sumo sacerdocio de Anás y Caifás, Dios ha-
bló a Juan, el hijo de Zacarías, en el desierto. [3]Y él fue reco-
rriendo toda la región del Jordán, predicando un bautismo de
conversión para recibir el perdón de los pecados, [4]como está
escrito en el libro del profeta Isaías:

*Voz que grita en el desierto:*
*Preparad el camino del Señor,*
*allanad sus sendas;*
[5]*que los valles se eleven,*
*que los montes y colinas se abajen,*
*que los caminos tortuosos*
*se hagan rectos*
*y los escabrosos llanos,*
[6]*para que todos vean*
*la salvación de Dios* (Is 40,3-5).

[7]Iban muchos a que los bautizara. Juan les decía: «Raza de
víboras, ¿quién os ha enseñado a huir del castigo inminente?
[8]Demostrad con obras vuestro arrepentimiento, y no os pon-
gáis a decir: Tenemos por padre a Abrahán; porque yo os digo
que Dios puede sacar de estas piedras hijos de Abrahán. [9]Ade-
más, ya está el hacha puesta a la raíz de los árboles, y todo
árbol que no dé buen fruto será cortado y echado al fuego».

[10]La gente le preguntaba: «¿Qué tenemos que hacer?». [11]Y
él contestaba: «El que tenga dos túnicas reparta con el que no
tiene ninguna, y el que tiene alimentos que haga igual». [12]Acu-
dieron también unos publicanos a bautizarse, y le dijeron:
«Maestro, ¿qué tenemos que hacer nosotros?». [13]Y él les res-
pondió: «No exijáis nada más de lo que manda la ley». [14]Le
preguntaron también unos soldados: «Y ¿nosotros qué debe-
mos hacer?». Y les contestó: «No intimidéis a nadie, no de-
nunciéis falsamente y contentaos con vuestra paga».

[15]Como la gente estaba expectante y se preguntaba si no se-

ría Juan el mesías, [16]Juan declaró públicamente: «Yo os bautizo con agua, pero ya viene el que es más fuerte que yo, y a quien no soy digno de desatar la correa de sus sandalias. Él os bautizará con Espíritu Santo y con *fuego*. [17]*Tiene en su mano el bieldo* para aventar su parva, llevar el trigo a su granero y quemar la paja en fuego que no se apaga». [18]Con estas y otras muchas exhortaciones evangelizaba al pueblo.

**Prendimiento de Juan.** [19]El virrey Herodes, censurado por Juan a causa de Herodías, la mujer de su hermano, y por todos los crímenes que había cometido, [20]añadió a todos ellos uno más y metió a Juan en la cárcel.

**Bautismo de Jesús.** [21]Después de bautizar Juan al pueblo y a Jesús, aconteció que, mientras Jesús estaba orando, se abrió el cielo, [22]descendió el Espíritu Santo sobre él en forma corporal, como una paloma, y se oyó una voz del cielo: «Tú eres mi hijo amado, mi predilecto».

**Los ascendientes de Jesús.** [23]Jesús, al comenzar, tenía unos treinta años, y se le tenía por hijo de José, de Helí, [24]de Matat, de Leví, de Melquí, de Jannaí, de José, [25]de Matatías, de Amós, de Nahún, de Eslí, de Nagai, [26]de Maat, de Matatías, de Semeín, de Josec, de Jodá, [27]de Joanán, de Resá, de Zorobabel, de Salatiel, de Nerí, [28]de Melquí, de Abdí, de Cosán, de Elmadán, de Er, [29]de Jesús, de Eliezer, de Jorín, de Matat, de Leví, [30]de Simeón, de Judá, de José, de Jonán, de Eliaquín, [31]de Meleá, de Mená, de Matacá, de Natán, de David, [32]de Jesé, de Obed, de Booz, de Salmá, de Nasón, [33]de Aminadab, de Admín, de Arní, de Jesrón, de Fares, de Judá, [34]de Jacob, de Isaac, de Abrahán, de Tara, de Nacor, [35]de Seruc, de Ragau, de Fálec, de Eber, de Salá, [36]de Cainán, de Arfaxad, de Sem, de Noé, de Lamec, [37]de Matusalén, de Henoc, de Jaret, de Maleleel, de Cainán, [38]de Enós, de Set, de Adán, de Dios.

4 **Las tentaciones.** [1]Jesús, lleno de Espíritu Santo, regresó del
Jordán. El Espíritu Santo lo llevó al desierto, [2]donde du-
rante cuarenta días fue tentado por el diablo. Durante esos días
no comió nada, y al final tuvo hambre. [3]Entonces el diablo le
dijo: «Si eres hijo de Dios, di que estas piedras se conviertan
en pan». [4]Jesús le respondió: «Está escrito: *No sólo de pan vive
el hombre*» (Dt 8,3). [5]Luego el diablo lo llevó a un lugar alto,
le mostró todos los reinos del mundo en un instante [6]y le dijo:
«Te daré todo este imperio y el esplendor de estos reinos, por-
que son míos y se los doy a quien quiero. [7]Si te pones de ro-
dillas y me adoras, todo será tuyo». [8]Jesús respondió: «Está
escrito: *Al Señor tu Dios adorarás y a él solo servirás* (Dt 6,13-
14)». [9]Entonces lo llevó a Jerusalén, lo subió al alero del tem-
plo y le dijo: «Si eres hijo de Dios, tírate de aquí abajo; [10]por-
que está escrito: *Ordenará a sus ángeles que cuiden de ti,* [11]*que
te lleven en las manos para que no tropiece tu pie con ninguna
piedra* (Sal 91,11-12)». [12]Jesús le respondió: «También está es-
crito: *No tentarás al Señor tu Dios* (Dt 6,16)». [13]Y acabada toda
tentación, el diablo se alejó de él hasta el tiempo oportuno.

## III. PREDICACIÓN EN GALILEA
## (4,14–9,50)

**Jesús llega a Galilea.** [14]Jesús, impulsado por el Espíritu, re-
gresó a Galilea, y su fama se extendió por toda la comarca.
[15]Enseñaba en las sinagogas y todos lo alababan.

**Jesús, rechazado en Nazaret.** [16]Llegó a Nazaret, donde se
había criado. El sábado entró, según su costumbre, en la sina-
goga y se levantó a leer. [17]Le entregaron el libro del profeta
Isaías, desenrolló el volumen y encontró el pasaje en el que
está escrito: [18]*El Espíritu del Señor está sobre mí, porque me
ha ungido. Me ha enviado a llevar la buena nueva a los po-
bres, a anunciar la libertad a los presos, a dar la vista a los*

*ciegos, a liberar a los oprimidos* [19]*y a proclamar un año de gra-*
*cia del Señor* (Is 61,1-2; cf 58,6)». [20]Enrolló el libro, se lo dio
al ayudante de la sinagoga y se sentó; todos tenían sus ojos
clavados en él; [21]y él comenzó a decirles: «Hoy se cumple ante
vosotros esta Escritura». [22]Todos daban su aprobación y,
admirados de las palabras tan hermosas que salían de su boca,
decían: «¿No es éste el hijo de José?». [23]Él les dijo: «Segura-
mente me diréis aquel refrán: Médico, cúrate a ti mismo. Lo
que hemos oído que has hecho en Cafarnaún, hazlo también
aquí, en tu patria». [24]Y continuó: «Os aseguro que ningún pro-
feta es bien recibido en su tierra. [25]Os aseguro, además, que
en tiempo de Elías, cuando se cerró el cielo por tres años y
seis meses y hubo gran hambre en toda la tierra, había mu-
chas viudas en Israel, [26]y a ninguna de ellas fue enviado Elías,
sino a una mujer viuda de Sarepta, en Sidón. [27]Y había mu-
chos leprosos en Israel cuando Eliseo profeta, pero ninguno
de ellos fue limpiado de su lepra sino Naamán, el sirio».
[28]Al oír esto, todos los que estaban en la sinagoga se llena-
ron de ira, [29]se levantaron, lo sacaron de la ciudad y lo lleva-
ron a la cima del monte sobre el que estaba edificada la ciu-
dad para despeñarlo. [30]Pero Jesús pasó por en medio de todos
y se fue.

**Cura a un endemoniado.** [31]Fue a Cafarnaún, ciudad de
*Galilea,* donde les enseñaba los sábados. [32]Y ellos se asombra-
ban de su *doctrina porque* hablaba con autoridad.
[33]En la sinagoga había un hombre poseído de un espíritu in-
mundo, que se puso a gritar: [34]«¿Qué tenemos que ver conti-
go, Jesús nazareno? ¿Has venido a perdernos? Sé quién eres:
El Santo de Dios». [35]Jesús le increpó: «Cállate, y sal de él». El
demonio lo tiró por tierra, pero salió de él sin hacerle daño.
[36]Todos quedaron estupefactos y se preguntaban unos a otros:
«¿Qué es esto? ¡Manda con autoridad y energía a los espíritus
inmundos, y le obedecen!». [37]Y su fama se extendió por toda
la comarca.

**Jesús cura a la suegra de Pedro y a otros muchos.** [38]Salió de la sinagoga y fue a casa de Simón. La suegra de éste se encontraba enferma con fiebre muy alta, y le pidieron que la curara. [39]Él se inclinó sobre ella, ordenó a la fiebre, y la fiebre la dejó. Ella se levantó inmediatamente y se puso a atenderle.

[40]A la puesta del sol, todos los que tenían enfermos de cualquier dolencia se los llevaron; Jesús imponía las manos sobre cada uno de ellos y los curaba. [41]De muchos salían también los demonios, gritando: «Tú eres el hijo de Dios». Pero los reprendía y no les dejaba hablar, porque sabían que él era el mesías.

**Jesús predica en Judea.** [42]Al amanecer se fue a un lugar solitario, y la gente andaba buscándolo. Lo encontraron y trataron de que no se alejara de ellos. [43]Pero él les dijo: «Debo anunciar también el reino de Dios a las demás ciudades, porque para esto he sido enviado». [44]E iba predicando por las sinagogas de Judea.

5 **Primera pesca milagrosa. Llama a unos pescadores.** [1]Mientras la gente se agolpaba en torno a él para oír la palabra de Dios, él estaba junto al lago de Genesaret [2]y vio dos barcas situadas al borde del lago. Los pescadores habían bajado a tierra y estaban lavando las redes. [3]Subió a una de las barcas, que era de Simón, y le pidió que la separase un poco de la tierra. Se sentó en ella, y enseñaba a la gente desde la barca. [4]Cuando terminó de hablar, dijo a Simón: «Rema mar adentro y echad vuestras redes para la pesca». [5]Simón le respondió: «Maestro, hemos estado trabajando toda la noche y no hemos pescado nada, pero ya que tú lo dices, echaremos las redes». [6]Así lo hicieron, y pescaron tan gran cantidad de peces que casi se rompían las redes. [7]Hicieron señas a sus compañeros de la otra barca para que fueran a ayudarlos. Ellos acudieron, y llenaron tanto las dos barcas que casi se hundían. [8]Al ver esto Simón Pedro, cayó a los pies de Jesús, diciendo: «Señor,

apártate de mí, que soy un hombre pecador». [9]Y es que tanto él como sus compañeros habían quedado pasmados ante la pesca realizada; [10]y lo mismo Santiago y Juan, hijos de Zebedeo, que eran compañeros de Simón. Jesús dijo a Simón: «No tengas miedo; desde ahora serás pescador de hombres». [11]Ellos llevaron las barcas a tierra, lo dejaron todo y lo siguieron.

**Jesús cura a un leproso.** [12]Estando Jesús en una ciudad, un hombre lleno de lepra, al verlo, se puso de rodillas ante él y le dijo: «Señor, si quieres, puedes limpiarme». [13]Jesús extendió la mano, lo tocó y dijo: «Quiero; queda limpio». Y al instante quedó limpio de su lepra. [14]Y le ordenó: «No se lo digas a nadie; pero, anda, muéstrate al sacerdote y presenta la ofrenda que ordenó Moisés para que les conste tu curación».

[15]Su fama se extendió mucho, y mucha gente acudía para oírlo y para que los curase de sus enfermedades. [16]Pero él se retiraba a los lugares solitarios para orar.

**Cura a un paralítico.** [17]Un día Jesús estaba enseñando. Estaban presentes unos fariseos y unos maestros de la ley que habían venido de todas las aldeas de Galilea y de Judea y de Jerusalén. Jesús hacía curaciones con el poder del Señor. [18]En esto llegan unos hombres trayendo en una camilla a un paralítico. Querían entrar en la casa y ponerlo delante de Jesús. [19]No encontrando por dónde meterlo porque había mucha gente, subieron a la terraza, lo bajaron por el techo en la camilla y lo pusieron en medio de todos, delante de Jesús. [20]Él, al ver su fe, dijo: «Hombre, tus pecados te son perdonados». [21]Los maestros de la ley y los fariseos se dijeron: «¿Quién es éste que dice blasfemias? ¿Quién puede perdonar los pecados sino sólo Dios?». [22]Jesús, conociendo sus pensamientos, les dijo: «¿Por qué pensáis así? [23]¿Qué es más fácil decir: "Tus pecados te son perdonados", o decir: "Levántate y anda?". [24]Pues para que sepáis que el hijo del hombre tiene poder en la tierra para perdonar los pecados, dijo al paralítico: Tú, levántate, carga

con tu camilla y vete a tu casa». 25E inmediatamente se levan-
tó delante de todos, se cargó la camilla en que había estado
tendido y se fue a su casa, alabando a Dios.
26Todos quedaron sobrecogidos, y glorificaron a Dios. Lle-
nos de temor, decían: «Hoy hemos visto cosas maravillosas».

**Vocación de Mateo.** 27Después de esto, salió, vio a un
publicano, llamado Leví, sentado en la oficina de los impues-
tos, y le dijo: «Sígueme». 28Él lo dejó todo, se levantó y lo si-
guió. 29Obsequió a Jesús con un gran convite en su casa; y ha-
bía muchos publicanos y otras personas con ellos a la mesa.
30Los fariseos y los maestros de la ley murmuraban diciendo a
sus discípulos: «¿Por qué coméis y bebéis con publicanos y pe-
cadores?». 31Jesús les contestó: «Los sanos no tienen necesi-
dad de médico, sino los enfermos. 32No he venido a llamar a
los justos, sino a los pecadores para que se conviertan».
33Ellos le dijeron: «Los discípulos de Juan y los de los fari-
seos ayunan con frecuencia y hacen oraciones, pero tus discí-
pulos comen y beben». 34Jesús les contestó: «¿Es que pueden
ayunar los invitados a la boda mientras el esposo está con ellos?
35Pero vendrán días en que les quiten al esposo; entonces ayu-
narán». 36Les dijo además una parábola: «Nadie corta una pieza
de un traje nuevo para remendar un vestido viejo, pues
estropearía el nuevo y la pieza nueva no caería bien en el vie-
jo. 37Y nadie echa vino nuevo en odres viejos, porque el vino
nuevo reventaría los odres, el vino se derramaría y los odres
se perderían; 38sino que el vino nuevo se echa en odres nue-
vos. 39Y nadie, después de haber bebido vino añejo, quiere lue-
go el nuevo, pues dice: El vino *añejo es mejor*».

6 **La cuestión del sábado.** 1Un sábado, Jesús atravesaba unos
sembrados, y sus discípulos comenzaron a cortar espigas
y a comerlas, desgranándolas con las manos. 2Unos fariseos di-
jeron: «¿Por qué hacéis lo que no está permitido hacer en sá-
bado?». 3Jesús les respondió: «¿No habéis leído lo que hizo Da-

vid cuando tuvo hambre él y los suyos? 4¿Cómo entró en la
casa de Dios, comió los panes de la proposición y dio a los
que le acompañaban, aunque a nadie le es permitido comer
de ellos, sino sólo a los sacerdotes?». 5Y les decía: «El hijo del
hombre es Señor también del sábado».

6Otro sábado entró en la sinagoga y se puso a enseñar. Allí
había un hombre que tenía seca su mano derecha. 7Los maes-
tros de la ley y los fariseos espiaban a Jesús a ver si curaba en
sábado, para acusarlo. 8Él, que conocía sus pensamientos, dijo
al hombre de la mano seca: «Levántate y ponte en medio». Él
se levantó y se puso. 9Jesús les dijo: «¿Está permitido en sába-
do hacer el bien o el mal, salvar una vida o destruirla?». 10Y
mirando a todos los circundantes, le dijo: «Extiende tu mano».
La extendió, y quedó sana. 11Pero ellos, en el colmo de su lo-
cura, discutían sobre lo que tenían que hacer con Jesús.

**Jesús elige a los doce apóstoles.** 12Por aquellos días fue Je-
sús a la montaña a orar, y pasó la noche orando a Dios. 13Cuan-
do llegó el día, llamó a sus discípulos y eligió doce de entre
ellos, a los que llamó también apóstoles: 14Simón, a quien lla-
mó Pedro; su hermano Andrés, Santiago, Juan, Felipe,
Bartolomé, 15Mateo, Tomás, Santiago el hijo de Alfeo, Simón
el llamado cananeo, 16Judas hijo de Santiago y Judas Iscariote,
el que le traicionó.

**La gente sigue a Jesús.** 17Bajó con ellos y se detuvo en una
explanada en la que había un gran número de discípulos y mu-
cha gente del pueblo de toda Judea, de Jerusalén y del litoral
de Tiro y Sidón, 18que habían llegado para escucharlo y ser cu-
rados de sus enfermedades. Los que eran atormentados por es-
píritus inmundos también eran curados. 19Toda la gente quería
tocarlo, porque salía de él una fuerza que curaba a todos.

**Bienaventuranzas.** 20Entonces Jesús, levantando los ojos ha-
cia sus discípulos, comenzó a decir:

«Dichosos los pobres, porque vuestro es el reino de Dios.
[21]Dihosos los que ahora tenéis hambre, pues seréis hartos. Di-
chosos los que ahora lloráis, porque reiréis. [22]Dichosos seréis
si os odian los hombres, si os expulsan, os insultan y proscri-
ben vuestro nombre como infame por causa del hijo del hom-
bre. [23]Alegraos aquel día y saltad de gozo, porque vuestra re-
compensa será grande en el cielo. Así trataban también sus
padres a los profetas».

**Imprecaciones.** [24]«Pero ¡ay de vosotros, los ricos, porque ya
tenéis vuestra consolación! [25]¡Ay de vosotros, los que ahora es-
táis hartos, porque tendréis hambre! ¡Ay de vosotros, los que
ahora reís, porque gemiréis y lloraréis! [26]¡Ay de vosotros cuan-
do os alaben todos los hombres! Así alababan sus padres a los
falsos profetas».

**Amor a los enemigos.** [27]«Yo os digo a vosotros que me escu-
cháis: Amad a vuestros enemigos; haced el bien a los que os
odian; [28]bendecid a los que os maldicen; orad por los que os
calumnian. [29]Al que te abofetea en una mejilla, ofrécele tam-
bién la otra; a quien te quita el manto, dale también la túnica.
[30]Da a quien te pida, y no reclames a quien te roba lo tuyo.
[31]Tratad a los hombres como queréis que ellos os traten a vo-
sotros. [32]Si amáis a los que os aman, ¿qué mérito tendréis? Tam-
bién los pecadores aman a quienes los aman. [33]Y si hacéis el
bien a los que os lo hacen, ¿qué mérito tendréis? Los pecado-
res también lo hacen. [34]Y si prestáis a aquellos de quienes es-
peráis recibir, ¿qué mérito tendréis? También los pecadores
prestan a los pecadores *para recibir de ellos otro tanto.* [35]Pero
*vosotros amad* a vuestros enemigos, haced el bien y prestad
sin esperar remuneración; así será grande vuestra recompensa
y seréis hijos del altísimo, porque él es bueno con los desagra-
decidos y con los malvados.

[36]Sed misericordiosos, como vuestro Padre es misericor-
dioso».

**No juzgar a los demás.** 37«No juzguéis y no seréis juzgados; no condenéis y no seréis condenados. Perdonad y seréis perdonados. 38Dad y se os dará; se os dará una buena medida, apretada, rellena, rebosante; porque con la medida con que midáis seréis medidos vosotros».

39Y les dijo una parábola: «¿Puede un ciego guiar a otro ciego? ¿No caerán los dos en el hoyo? 40El discípulo no es superior a su maestro; el discípulo bien formado será como su maestro. 41¿Cómo es que ves la paja en el ojo de tu hermano si no adviertes la viga en el tuyo? 42¿Cómo puedes decir a tu hermano: "Deja que saque la paja de tu ojo", tú que no ves la viga en el tuyo? Hipócrita, quita primero la viga de tu ojo, y entonces verás para quitar la paja del ojo de tu hermano».

**Discernimiento del bien y del mal.** 43«No hay ningún árbol bueno que dé frutos malos, ni árbol malo que dé frutos buenos. 44El árbol se conoce por sus frutos. Porque no se cosechan higos de los espinos, ni se vendimian uvas de los zarzales. 45El hombre bueno saca el bien de la bondad que atesora en su corazón, y el malo saca el mal de la maldad que tiene, porque de la abundancia del corazón habla la boca».

**La necesidad de las obras.** 46«¿Por qué me llamáis "¡Señor! ¡Señor!", y no hacéis lo que os digo? 47Os diré a quién se parece todo el que viene a mí y escucha mi palabra y la pone en práctica. 48Se parece a un hombre que al construir su casa cavó, profundizó y puso el cimiento sobre la roca; cuando luego vino la crecida y el río se precipitó contra la casa, no pudo derruirla porque estaba bien cimentada. 49Pero el que escucha mis palabras y no las pone en práctica se parece al que construyó una casa sobre la arena, sin cimiento; chocó el río contra ella, y rápidamente se cayó y se arruinó totalmente».

7 **Jesús cura al criado del oficial.** 1Cuando terminó de hablar a la gente, entró en Cafarnaún. 2Un oficial, que tenía

un criado que estaba muriéndose, 3oyó hablar de Jesús, y man-
dó unos ancianos de los judíos a rogarle que fuese a curar a
su criado. 4Ellos se acercaron a Jesús y le suplicaron con insis-
tencia, diciendo: «Merece que se lo concedas, 5porque ama a
nuestro pueblo y nos ha edificado una sinagoga». 6Jesús se puso
en camino con ellos. No estaban lejos de la casa, cuando el
oficial mandó unos amigos a decirle: «Señor, no te molestes,
pues no soy digno de que entres en mi casa. 7Por eso ni me he
atrevido a ir yo personalmente. Di una palabra, y mi criado
se curará. 8Porque yo, que soy hombre sujeto al mando, tengo
a mis órdenes soldados, y digo a éste: "Vete, y va"; y a otro:
"Ven, y viene"; y a mi criado: "Haz esto, y lo hace"». 9Al oír-
lo, quedó admirado y dijo a los que lo seguían: «Os aseguro
que ni en Israel he encontrado una fe como ésta». 10Cuando
los enviados regresaron a casa, encontraron curado al criado.

**Resucita al hijo de una viuda en Naín.** 11Después fue a un
pueblo llamado Naín, acompañado de sus discípulos y de mu-
cha gente. 12Al llegar a la puerta de la ciudad, se encontró con
que llevaban a enterrar un muerto, hijo único de una madre viu-
da; la acompañaba todo el pueblo. 13El Señor, al verla, se com-
padeció de ella y le dijo: «No llores». 14Luego se acercó y tocó
el féretro; los que lo llevaban se detuvieron; él dijo: «Joven, yo
te lo mando: Levántate». 15El muerto se sentó y comenzó a ha-
blar; y él se lo entregó a su madre. 16Todos quedaron sobreco-
gidos y alababan a Dios, diciendo: «Un gran profeta ha surgido
entre nosotros. Dios ha visitado a su pueblo». 17Y este suceso se
propagó por toda Judea y por toda aquella comarca.

**Embajada del Bautista a Jesús.** 18Los discípulos de Juan le
contaron todo esto. Juan llamó a dos de ellos y 19los mandó
al Señor a preguntarle: «¿Eres tú el que ha de venir o tene-
mos que esperar a otro?». 20Ellos se presentaron a Jesús y le
dijeron: «¿Eres tú el que ha de venir o tenemos que esperar a
otro?». 21En aquel momento Jesús curó a muchos de sus en-

fermedades, dolencias y espíritus malignos, y dio la vista a
muchos ciegos. 22Y les respondió: «Id y contad a Juan lo que
habéis visto y oído: los ciegos ven, los cojos andan, los lepro-
sos quedan limpios, los sordos oyen, los muertos resucitan, se
anuncia el evangelio a los pobres. 23¡Y dichoso el que no se
escandalice de mí!».

**Jesús elogia al Bautista.** 24Cuando los mensajeros de Juan
se fueron, comenzó a hablar de él a las gentes: «¿Qué salisteis
a ver en el desierto? ¿Una caña movida por el viento? 25¿Qué
salisteis a ver? ¿Un hombre vestido lujosamente? Los que vis-
ten lujosamente y viven con regalo están en los palacios de los
reyes. 26Entonces, ¿qué salisteis a ver? ¿Un profeta? Sí, yo os
lo aseguro; y más que un profeta. 27Él es de quien está escri-
to: *Yo envío delante de ti a mi mensajero para que te prepare
el camino* (Mal 3,1; Éx 23,20).

28Os aseguro que no hay hombre alguno más grande que Juan;
pero el más pequeño en el reino de Dios es más grande que él».

29Todo el pueblo que lo escuchó, incluso los publicanos, hi-
cieron justicia a Dios recibiendo el bautismo de Juan.

30Pero los fariseos y los doctores de la ley frustraron el plan
de Dios para con ellos, no haciéndose bautizar por él.

**Jesús lamenta la terquedad de su pueblo.** 31«¿A qué compa-
raré esta generación? ¿A quién se parece? 32Se parece a esos
chiquillos sentados en la plaza, que se gritan unos a otros: "Os
hemos tocado la flauta y no habéis bailado. Hemos cantado
lamentaciones y no habéis llorado". 33Porque ha venido Juan,
el Bautista, que ni comía ni bebía, y dijisteis: "Tiene un de-
monio". 34Ha venido el hijo del hombre, que come y bebe, y
decís: "Éste es un comilón y un borracho". 35Pero la sabiduría
ha sido justificada por todos sus discípulos».

**La pecadora arrepentida.** 36Un fariseo invitó a Jesús a co-
mer con él. Jesús fue a su casa y se puso a la mesa. 37Había en

la ciudad una mujer pecadora, la cual, al enterarse de que Jesús estaba a la mesa en casa del fariseo, se presentó allí con un vaso de alabastro lleno de perfume, 38se puso detrás de él a sus pies, y, llorando, comenzó a regarlos con sus lágrimas y a enjugarlos con los cabellos de su cabeza, los besaba y ungía con el perfume. 39El fariseo que le había invitado, al verlo, se decía: «Si éste fuera profeta, conocería quién y qué clase de mujer es la que lo toca. ¡Una pecadora!». 40Jesús manifestó: «Simón, tengo que decirte una cosa». Y él: «Maestro, di». 41«Un prestamista tenía dos deudores; uno le debía diez veces más que el otro. 42Como no podían pagarle, se lo perdonó a los dos. ¿Quién de ellos le amará más?». 43Simón respondió: «Supongo que aquel a quien perdonó más». Jesús le dijo: «Has juzgado bien». 44Y, volviéndose hacia la mujer, dijo a Simón: «¿Ves a esta mujer? Yo entré en tu casa y no me diste agua para los pies; ella, en cambio, ha bañado mis pies con sus lágrimas y los ha enjugado con sus cabellos. 45Tú no me diste el beso; pero ella, desde que entró, no ha cesado de besar mis pies. 46Tú no me pusiste ungüento en la cabeza, y ésta ha ungido mis pies con perfume. 47Por lo cual te digo que si ama mucho es porque se le han perdonado sus muchos pecados. Al que se le perdona poco ama poco». 48Y dijo a la mujer: «Tus pecados te son perdonados». 49Los invitados comenzaron a decirse: «¿Quién es éste que hasta perdona los pecados?». 50Él dijo a la mujer: «Tu fe te ha salvado; vete en paz».

8 **Las discípulas del maestro.** 1Después de esto, iba por los pueblos y las aldeas predicando el reino de Dios. Le acompañaban los doce 2y algunas mujeres que había curado de espíritus malignos y enfermedades; María Magdalena, de la que había echado siete demonios; 3Juana, mujer de Cusa, administrador de Herodes; Susana y algunas otras, las cuales le asistían con sus bienes.

**Parábola del sembrador.** 4Un día se reunió en torno a Jesús

mucha gente que había venido de los pueblos. Él les dijo esta
parábola: [5]«Salió el sembrador a sembrar su semilla. Al sem-
brar, una parte cayó junto al camino, fue pisoteada y las aves
se la comieron. [6]Otra parte cayó en un pedregal y, nada más
nacer, se secó por falta de humedad. [7]Otra cayó entre zarzas;
las zarzas crecieron y la ahogaron. [8]Y otra cayó en tierra bue-
na, nació y dio fruto, el ciento por uno». Dicho esto, excla-
mó: «¡El que tenga oídos que oiga!».

**Razón de las parábolas.** [9]Sus discípulos le preguntaron qué
significaba esa parábola. [10]Él dijo: «A vosotros se os ha dado
conocer los secretos del reino de Dios, pero a los demás sólo
en parábolas, para que *aunque miren no vean y aunque oigan
no entiendan* (Is 6,9).

**Explicación de la parábola del sembrador.** [11]«La parábola
quiere decir esto: La semilla es la palabra de Dios. [12]Los de junto
al camino son los que la oyen, pero luego viene el diablo y se
lleva la palabra de Dios de sus corazones para que no crean y
se salven. [13]Los que están sobre el pedregal son los que oyen la
palabra y la aceptan con alegría; pero no tienen raíz, creen por
algún tiempo y en el momento de la prueba se vuelven atrás.
[14]La semilla que cayó entre zarzas son los que la escuchan, pero
luego se ahogan en las preocupaciones, riquezas y placeres de
la vida, y no llegan a la madurez. [15]Y la que cayó en tierra bue-
na son los que escuchan la palabra con corazón bueno y gene-
roso, la conservan y por su constancia dan fruto».

**La luz del reino.** [16]«Nadie enciende una lámpara y la oculta
en una vasija o la pone debajo de la cama; la coloca en un
candelabro para que los que entren vean la luz. [17]Porque nada
hay oculto que no sea descubierto, ni secreto que no sea co-
nocido y puesto en claro. [18]Mirad bien cómo escucháis; por-
que al que tiene se le dará más, y al que no tiene se le quitará
aun lo que cree que tiene».

**La verdadera familia de Jesús.** [19]Llegaron la madre y los her-
manos de Jesús, pero no podían acercarse a él porque había
mucha gente. [20]Se lo anunciaron: «Tu madre y tus hermanos
están ahí fuera y quieren verte». [21]Él respondió: «Mi madre y
mis hermanos son los que oyen la palabra de Dios y la cum-
plen».

**La tempestad calmada.** [22]Un día subió Jesús con sus discí-
pulos a una barca y les dijo: «Pasemos a la otra orilla». Y se
adentraron en el lago. [23]Mientras navegaban se durmió. Y cayó
sobre el lago tal torbellino que la barca se inundaba y corrían
peligro. [24]Los discípulos se acercaron y lo despertaron, dicien-
do: «¡Maestro, maestro, que perecemos!». Él se levantó, in-
crepó al viento y a las olas, que cesaron, y se hizo la calma.
[25]Entonces les dijo: «¿Dónde está vuestra fe?». Llenos de mie-
do y de admiración, se decían: «¿Quién es éste, que manda
incluso a los vientos y al agua y le obedecen?».

**Jesús cura a un poseso.** [26]Tomaron tierra en la región de los
gerasenos, frente a Galilea. [27]Al desembarcar, les salió al en-
cuentro un hombre de la ciudad, poseído por demonios; des-
de hacía mucho tiempo andaba desnudo y no vivía en ningu-
na casa, sino en el cementerio. [28]Al ver a Jesús, se puso a gritar
y se postró ante él diciendo a voces: «¡Déjame en paz, Jesús,
hijo del Dios altísimo! Te ruego que no me atormentes». [29]Es
que Jesús mandaba al espíritu impuro que saliera de aquel
hombre. Muchas veces se había apoderado de él, y entonces
lo ataban con cadenas y con grillos; pero rompía las ataduras
y el demonio lo arrastraba a los despoblados. [30]Jesús le pre-
guntó: «¿Cómo te llamas?». Él contestó: «*Me llamo legión*».
Porque habían entrado en él muchos demonios. [31]Y le roga-
ban que no les mandara volver al abismo.

[32]Había allí una gran piara de cerdos paciendo en el monte,
y le suplicaron que les permitiera entrar en ellos. Él se lo per-
mitió. [33]Los demonios salieron del hombre y entraron en los

cerdos, y la piara se lanzó al lago por un precipicio y se aho-
gó. [34]Viendo los pastores lo ocurrido, huyeron y lo contaron
en el pueblo y en los caseríos. [35]La gente fue a ver qué había
sucedido y, al llegar, encontraron al hombre del que habían
salido los demonios sentado a los pies de Jesús, vestido y en
su sano juicio; y se llenaron de miedo. [36]Los que habían visto
cómo había sido librado el endemoniado lo contaban. [37]Y toda
la gente de la comarca de los gerasenos rogó a Jesús que se
fuera de allí porque estaban llenos de miedo. Él subió a la barca
y regresó. [38]Por su parte, el hombre de quien habían salido los
demonios le pidió que le dejara ir con él; pero Jesús lo despi-
dió diciéndole: [39]«Vuelve a tu casa y cuenta lo que Dios ha he-
cho contigo». Y él se fue publicando por todo el pueblo lo que
Jesús había hecho con él.

**Jesús cura a una hemorroísa y resucita a la hija de Jairo.**
[40]Al volver Jesús, la gente lo recibió con alegría, pues todos
estaban esperándolo. [41]Llegó uno de los jefes de la sinagoga,
llamado Jairo, se echó a sus pies y le rogó que fuera a su casa,
[42]porque su hija única, de unos doce años, se estaba murien-
do. Mientras Jesús iba, la gente lo apretujaba. [43]Una mujer que
padecía hemorragias desde hacía doce años y que había gasta-
do en médicos toda su fortuna sin que ninguno pudiera curar-
la, [44]se acercó por detrás, tocó la orla de su manto e inmedia-
tamente cesó la hemorragia. [45]Jesús dijo: «¿Quién me ha
tocado?». Como todos lo negaban Pedro dijo: «Maestro, es la
gente que te rodea y te apretuja». [46]Jesús le dijo: «Alguien me
ha tocado, porque yo he sentido que de mí ha salido una fuer-
za». [47]La mujer, al verse descubierta, se acercó toda temblan-
do, se postró a sus pies y contó ante todo el pueblo por qué
lo había tocado y cómo se había curado instantáneamente. [48]Él
le dijo: «Hija, tu fe te ha curado; vete en paz».

[49]Todavía estaba hablando cuando llegó uno de casa del jefe
de la sinagoga diciendo: «Tu hija ha muerto; no molestes ya al
maestro». [50]Pero Jesús, al oírlo, le dijo: «No temas; basta que

tengas fe, y se curará». [51]Al llegar a la casa, sólo dejó entrar con él a Pedro, a Juan, a Santiago y a los padres de la niña. [52]Todos lloraban y se lamentaban por ella; pero él dijo: «No lloréis, porque no está muerta; está dormida». [53]Y se reían de él, porque sabían que estaba muerta. [54]Él la tomó de la mano y dijo: «Niña, despierta». [55]La niña recobró la vida, y al instante se levantó. Jesús mandó que le dieran de comer. [56]Y los padres se quedaron asombrados, pero él les ordenó que no dijeran a nadie lo sucedido.

9 **El maestro instruye y envía a sus discípulos.** [1]Reunió a los doce, les dio poder y autoridad sobre todos los demonios y de curar enfermedades, [2]y los envió a predicar el reino de Dios y a curar a los enfermos. [3]Les dijo: «No llevéis nada para el camino: ni bastón, ni alforja, ni pan, ni dinero, ni dos túnicas. [4]Quedaos en la casa donde entréis hasta que dejéis aquel lugar. [5]Y si no os reciben, al salir de aquel pueblo, sacudid el polvo de vuestros pies en testimonio contra ellos». [6]Fueron y recorrieron las aldeas, anunciando la buena nueva y haciendo curaciones por todas partes.

**Opinión de Herodes sobre Jesús.** [7]El virrey Herodes se enteró de todas estas cosas y estaba desconcertado, porque unos decían que Juan había resucitado de entre los muertos, [8]otros que había aparecido Elías y otros que uno de los antiguos profetas había vuelto a la vida. [9]Pero Herodes decía: «A Juan yo le corté la cabeza; ¿quién es éste de quien oigo tales cosas?». Y buscaba verlo.

**Regreso de los discípulos.** A su regreso, *los discípulos* le contaron todo lo que habían hecho. [10]Jesús se fue con ellos a un lugar retirado en dirección a un pueblo llamado Betsaida.

**Primera multiplicación de los panes.** [11]La gente, al saberlo, lo siguió. Él los recibió bien, les habló sobre el reino de Dios

y curó a los que lo necesitaban. 12Al caer el día se le acerca-
ron los doce y le dijeron: «Despídelos para que vayan a las
aldeas y caseríos del contorno a buscar alojamiento y comida,
pues aquí estamos en descampado». 13Pero Jesús les dijo:
«Dadles vosotros de comer». Ellos le dijeron: «No tenemos más
que cinco panes y dos peces. ¡A no ser que vayamos a com-
prar alimentos para toda esta gente!». 14Pues eran unos cinco
mil hombres. Jesús dijo a sus discípulos: «Decidles que se sien-
ten en grupos de cincuenta». 15Así lo hicieron, y dijeron que
se sentaran todos. 16Jesús tomó los cinco panes y los dos pe-
ces, alzó los ojos al cielo, los bendijo, los partió y se los dio a
los discípulos para que se los distribuyeran a la gente. 17Y to-
dos comieron hasta hartarse. Y se recogieron doce canastos lle-
nos de las sobras.

**Profesión de fe y primado de Pedro.** 18Un día que Jesús es-
taba orando en un lugar retirado y sus discípulos se encontra-
ban con él, les preguntó: «¿Quién dice la gente que soy yo?».
19Ellos le dijeron: «Unos que Juan el Bautista, otros que Elías
y otros que uno de los antiguos profetas resucitado». 20Él les
dijo: «Y vosotros, ¿quién decís que soy?». Pedro tomó la pala-
bra y dijo: «El mesías de Dios».
21Y les ordenó que no se lo dijeran a nadie.

***Primer anuncio de la* pasión.** 22Jesús añadió que el hijo del
hombre tenía que padecer mucho, ser rechazado por los an-
cianos, los sumos sacerdotes y los maestros de la ley, ser ma-
tado y resucitar al tercer día.

**Necesidad de la abnegación.** 23Y les decía a todos: «El que
quiera venir en pos de mí niéguese a sí mismo, tome su cruz
cada día y sígame. 24Porque el que quiera salvar su vida la per-
derá; pero quien pierda la vida por mí, la salvará. 25¿Qué le
vale al hombre ganar el mundo entero si se pierde o se des-
truye a sí mismo? 26Porque si alguien se avergüenza de mí y

de mi doctrina, el hijo del hombre se avergonzará de él cuando venga con su gloria y con la del Padre y los santos ángeles. [27]Os aseguro que hay algunos entre los aquí presentes que no morirán antes que venga el reino de Dios».

**La transfiguración.** [28]Unos ocho días después Jesús tomó consigo a Pedro, a Juan y Santiago y los llevó al monte a orar. [29]Mientras él oraba, cambió el aspecto de su rostro y sus vestidos se volvieron de una blancura resplandeciente. [30]Dos hombres, de improviso, se pusieron a hablar con él. Eran Moisés y Elías, [31]que aparecieron con un resplandor glorioso y hablaban con él de su muerte, que iba a tener lugar en Jerusalén. [32]Pedro y sus compañeros estaban cargados de sueño, pero lograron mantenerse despiertos y vieron la gloria de Jesús y a los dos hombres que estaban con él. [33]Cuando éstos se alejaban de Jesús, Pedro dijo: «Maestro, ¡qué bien se está aquí! Hagamos tres tiendas: una para ti, otra para Moisés y otra para Elías». No sabía lo que decía. [34]Mientras él estaba diciendo esto, vino una nube y los cubrió. Al entrar en la nube, los discípulos se asustaron. [35]Y una voz desde la nube dijo: «Éste es mi hijo, el elegido, escuchadlo». [36]Tan pronto como cesó la voz, Jesús se quedó solo. Los discípulos guardaron silencio, y a nadie contaron por entonces lo que habían visto.

**El muchacho epiléptico.** [37]Al día siguiente, al bajar del monte, la gente vino a su encuentro. [38]Y, de pronto, un hombre de entre la gente gritó: «Maestro, por favor, mira a mi hijo, el único que tengo. [39]Un espíritu maligno se apodera de él, y de repente se pone a gritar; lo retuerce entre espumarajos y a duras penas se aleja de él, dejándolo extenuado. [40]He pedido a tus discípulos que lo echasen, y no han podido». [41]Jesús respondió: «¡Gente incrédula y perversa! ¿Hasta cuándo tendré que estar con vosotros? ¿Hasta cuándo tendré que soportaros? Tráeme aquí a tu hijo». [42]Y mientras el muchacho se acercaba, el demonio lo tiró por tierra y lo retorció violentamente. Jesús increpó al espíritu impuro, curó al muchacho y lo devolvió a su padre. [43]Y todos se quedaron atónitos ante la grandeza de Dios.

**Segundo anuncio de la pasión.** Mientras todos estaban admirados por las cosas que hacía, Jesús dijo a sus discípulos: [44]«Grabaos bien estas palabras: El hijo del hombre va a ser entregado en manos de los hombres». [45]Pero ellos no entendían esta expresión; era para ellos tan oscura, que no podían entenderla; pero no se atrevían a decirle que se la aclarara.

**Quién es el más grande.** [46]Los discípulos se pusieron a discutir sobre quién de ellos sería el más grande. [47]Pero Jesús, conociendo sus pensamientos, tomó un niño, lo puso a su lado [48]y les dijo: «El que acoge a este niño en mi nombre me acoge a mí, y el que me acoge a mí acoge al que me ha enviado; porque el más pequeño entre todos vosotros, ése es el más grande».

**El discípulo anónimo.** [49]Juan dijo a Jesús: «Maestro, hemos visto a uno que echaba los demonios en tu nombre y se lo hemos prohibido, porque no anda con nosotros». [50]Jesús le dijo: «No se lo impidáis, porque el que no está contra vosotros está a vuestro favor».

## IV. ÚLTIMO VIAJE A JERUSALÉN (9,51–19,28)

**Jesús corrige la ira en los apóstoles.** [51]Al llegar el tiempo de su partida de este mundo, resolvió ir a Jerusalén, [52]y envió mensajeros por delante. Éstos entraron en una aldea de samaritanos para prepararle alojamiento. [53]Pero los samaritanos no lo recibieron porque iba camino de Jerusalén. [54]Al ver esto, los discípulos Santiago y Juan dijeron: «Señor, ¿quieres que digamos que baje fuego del cielo y los consuma?». 55Jesús se volvió hacia ellos y los reprendió. 56Y se fueron a otra aldea.

**Exigencias para seguir a Jesús.** 57Mientras iban de camino, uno le dijo: «Te seguiré adondequiera que vayas». 58Jesús le dijo: «Las raposas tienen madrigueras y las aves del cielo nidos, pero el hijo del hombre no tiene donde reclinar la cabeza».

59Dijo a otro: «Sígueme». Y él respondió: «Señor, déjame antes ir a enterrar a mi padre». 60Y le contestó: «Deja que los muertos entierren a sus muertos; tú ven a anunciar el reino de Dios».

61Un tercero dijo a Jesús: «Yo te seguiré, Señor, pero permíteme que me despida antes de mi familia». 62Y Jesús le dijo: «El que pone la mano en el arado y mira atrás no es apto para el reino de Dios».

10 **Misión de los setenta y dos discípulos.** 1Después de esto, el Señor designó otros setenta y dos, y los envió delante de él, de dos en dos, a todos los pueblos y lugares adonde él pensaba ir. 2Y les dijo: «La mies es mucha, pero los obreros son pocos. Rogad al dueño de la mies que envíe obreros a su mies. 3¡Andad!; mirad que yo os envío como corderos en medio de lobos. 4No llevéis bolsa, ni alforja, ni sandalias; no saludéis a nadie por el camino. 5Cuando entréis en una casa, decid primero: "Paz a esta casa". 6Si allí vive gente de paz, vuestra paz reposará sobre ellos; si no, se volverá a vosotros. 7Quedaos en esa casa, comiendo y bebiendo lo que tengan, porque el obrero tiene derecho a su salario. No andéis de casa en casa. 8Si llegáis a un pueblo y os reciben bien, comed lo que os sirvan; 9curad a los enfermos que haya y decidles: "El reino de Dios está cerca de vosotros". 10Pero si llegáis a un pueblo y no os reciben, id por las calles diciendo: 11"Hasta el polvo de vuestro pueblo que se nos pegó a los pies nos lo sacudimos". 12Yo os digo que en el día del juicio habrá más tolerancia para Sodoma que para ese pueblo».

**Reprensión de Jesús a las ciudades infieles.** [13]«¡Ay de ti, Corozaín! ¡Ay de ti, Betsaida! Porque si en Tiro y en Sidón se hubieran hecho los milagros que en vosotras, hace ya tiempo que se hubieran arrepentido cubiertas de saco y de ceniza. [14]En el día del juicio habrá más tolerancia para Tiro y Sidón que para vosotras. [15]Y tú, Cafarnaún, ¿crees que te vas a elevar hasta el cielo? ¡Hasta el abismo te hundirás! (Is 14,13-15).

[16]El que os escucha a vosotros me escucha a mí; y el que os rechaza a vosotros me rechaza a mí; y el que me rechaza a mí rechaza al que me ha enviado».

**Regreso de los setenta y dos.** [17]Los setenta y dos volvieron llenos de alegría, diciendo: «Señor, hasta los demonios se nos someten en tu nombre». [18]Y Jesús les dijo: «Yo veía a Satanás cayendo del cielo como un rayo. [19]Ved que os he dado poder de pisar serpientes y escorpiones, y sobre todas las fuerzas del enemigo, sin que nada os dañe. [20]Pero no os alegréis de que los espíritus os estén sometidos; alegraos más bien de que vuestros nombres están escritos en el cielo».

**Oración de alabanza al Padre.** [21]En aquel momento, lleno de gozo bajo la acción del Espíritu Santo, dijo: «Yo te alabo, Padre, señor del cielo y de la tierra, porque has ocultado estas cosas a los hombres sabios y a los entendidos, y se las has manifestado a los sencillos. Sí, Padre, porque así has querido. [22]Mi Padre me ha confiado todas las cosas; nadie conoce al hijo sino el Padre; y nadie conoce al Padre sino el hijo y aquel a quien el hijo se lo quiera manifestar».

[23]Se volvió a los discípulos y les dijo aparte: «¡Dichosos los ojos que ven lo que vosotros veis! [24]Os digo que muchos profetas y reyes quisieron ver lo que vosotros veis y no lo vieron, y oír lo que vosotros oís y no lo oyeron».

**El mandamiento más importante.** [25]Se levantó entonces un doctor de la ley y le dijo para tentarlo: «Maestro, ¿qué debo hacer para heredar la vida eterna?». [26]Jesús le respondió: «¿Qué está escrito en la ley? ¿Qué lees en ella?». [27]Él le contestó: «*Amarás al Señor, tu Dios, con todo tu corazón, con toda tu alma, con todas tus fuerzas y con toda tu mente, y a tu prójimo como a ti mismo*» (Dt 6,5; Lev 19,18). [28]Jesús le dijo: «Has respondido muy bien; haz eso y vivirás». [29]Pero él, queriendo justificarse, dijo a Jesús: «¿Quién es mi prójimo?».

**El buen samaritano.** [30]Jesús respondió: «Un hombre bajaba de Jerusalén a Jericó y cayó entre ladrones, que le robaron todo lo que llevaba, le hirieron gravemente y se fueron dejándolo medio muerto. [31]Un sacerdote bajaba por aquel camino; al verlo, dio un rodeo y pasó de largo. [32]Igualmente un levita, que pasaba por allí, al verlo, dio un rodeo y pasó de largo. [33]Pero llegó un samaritano, que iba de viaje, y, al verlo, se compadeció de él; [34]se acercó, le vendó las heridas, echando en ellas aceite y vino; lo montó en su cabalgadura, lo llevó a una posada y cuidó de él. [35]Al día siguiente sacó unos dineros y se los dio al posadero, diciendo: "Cuida de él, y lo que gastes de más yo te lo pagaré a la vuelta". [36]¿Quién de los tres te parece que fue el prójimo del que cayó en manos de los ladrones?». [37]Y él contestó: «El que se compadeció de él». Jesús le dijo: «Anda y haz tú lo mismo».

**Marta y María.** [38]Camino adelante, llegó Jesús a una aldea; y una mujer, de nombre Marta, lo recibió en su casa. [39]Marta tenía una hermana llamada María, la cual, sentada a los pies del Señor, escuchaba sus palabras. [40]Marta, que andaba afanosa en los muchos quehaceres, se paró y dijo: «Señor, *¿te parece bien que mi hermana me deje sola con las faenas? Dile que me ayude*». [41]El Señor le contestó: «Marta, *Marta, tú te preocupas y te apuras por muchas cosas*, [42]y sólo es necesaria una. María ha escogido la parte mejor, y nadie se la quitará».

11 **La oración del Señor.** [1]Jesús estaba orando en cierto lu-
gar. Cuando acabó, uno de sus discípulos le dijo: «Se-

ñor, enséñanos a orar, como Juan enseñó a sus discípulos». 2Él
les dijo: «Cuando oréis decid: Padre, santificado sea tu nom-
bre; venga tu reino; 3danos cada día nuestro pan cotidiano;
4perdónanos nuestros pecados, porque también nosotros per-
donamos a todo el que nos debe, y no nos dejes caer en la
tentación».

**Eficacia de la oración.** 5Y les dijo: «Suponed que uno de vo-
sotros tiene un amigo que acude a él a medianoche y le dice:
"Amigo, préstame tres panes, 6pues un amigo mío ha venido
de viaje a mi casa y no tengo qué darle"; 7y que él le respon-
de desde dentro: "No me molestes; la puerta está cerrada, y
yo y mis hijos acostados; no puedo levantarme a dártelos". 8Yo
os aseguro que si no se levanta a dárselos por ser su amigo, al
menos para que deje de molestarle se levantará y le dará todo
lo que necesite.

9Pues bien, yo os digo: Pedid y se os dará; buscad y encontra-
réis; llamad y se os abrirá. 10Porque el que pide recibe; el que
busca encuentra, y al que llama se le abre. 11¿Qué padre de
entre vosotros, si su hijo le pide un pan, le dará una piedra?
¿Y si le pide un pez, le dará en lugar de un pez una serpiente?
12O si le pide un huevo, ¿le dará un escorpión? 13Pues si voso-
tros, que sois malos, sabéis dar a vuestros hijos cosas buenas,
¿cuánto más el Padre del cielo dará el Espíritu Santo a quie-
nes se lo piden?».

**Jesús refuta una calumnia de sus enemigos.** 14Acababa de
expulsar a un demonio que había dejado mudo a un hombre.
Cuando el demonio se fue, el mudo habló. La gente se quedó
asombrada. 15Pero algunos dijeron: «Éste echa a los demonios
con el poder de Belcebú, príncipe de los demonios». 16Otros,
para probarlo, le pedían un milagro del cielo. 17Pero él, cono-
ciendo sus pensamientos, les dijo: «Todo reino dividido con-
tra sí mismo será desolado y cae casa sobre casa. 18Si Satanás
se divide contra sí mismo, ¿cómo podrá subsistir su reino? ¿Por

qué decís que yo echo los demonios con el poder de Belcebú?
[19]Si yo echo los demonios con el poder de Belcebú, ¿con qué
poder los echan vuestros hijos? Por eso, ellos mismos serán
vuestros jueces. [20]Pero si yo echo los demonios con el poder
de Dios, es señal de que el reino de Dios ha llegado a voso-
tros. [21]Cuando un hombre fuerte y armado guarda su palacio,
está segura su hacienda. [22]Pero si sobreviene otro más fuerte
que él y lo vence, le quita las armas en que confiaba y reparte
todos sus bienes. [23]El que no está conmigo está contra mí, y el
que no recoge conmigo desparrama.

[24]Cuando el espíritu inmundo sale de un hombre, anda por
lugares áridos buscando descanso y, al no encontrarlo, se dice:
"Volveré a mi casa, de donde salí". [25]Al volver, la encuentra
barrida y arreglada. [26]Entonces va y trae consigo otros siete
espíritus peores que él, entran todos y se instalan allí. Así el
estado final de aquel hombre resulta peor que el primero».

**Los verdaderos dichosos.** [27]Mientras decía esto, una mujer
de entre la gente gritó: «Dichoso el vientre que te llevó y los
pechos que te amamantaron». [28]Pero él le dijo: «Dichosos más
bien los que escuchan la palabra de Dios y la ponen en prác-
tica».

**Los judíos piden una señal a Jesús.** [29]Como la gente se
apelotonaba a su alrededor, se puso a decir: «Esta generación
es malvada; pide una señal milagrosa y no se le dará otra que
la señal de Jonás. [30]Como Jonás fue una señal para los ninivitas,
así el hijo del hombre lo será para esta generación. [31]La reina
del Sur se levantará en el día del juicio con los hombres de
esta generación y los condenará, *porque ella vino* desde los
confines de la tierra a escuchar la sabiduría de Salomón, ¡y
aquí hay algo que es más que Salomón! [32]Los hombres de
Nínive se levantarán en el día del juicio con esta generación y
la condenarán, porque se arrepintieron por la predicación de
Jonás, ¡y aquí hay algo que es más que Jonás!»

**La luz del alma.** 33«Nadie enciende una lámpara y la pone en un lugar escondido ni la oculta en una vasija, sino que la pone en el candelero para que alumbre a los que entren. 34La lámpara de tu cuerpo son los ojos; si tus ojos están sanos, todo tu cuerpo estará iluminado; pero si están enfermos, tu cuerpo estará oscuro. 35Cuida, por tanto, de que la luz que hay en ti no esté apagada. 36Pues si todo tu cuerpo está iluminado, al no haber en él parte alguna oscura, todo él resplandecerá como cuando la lámpara te ilumina con su resplandor».

**Hipocresía de los maestros de la ley y de los fariseos.** 37Cuando terminó de hablar, un fariseo lo invitó a comer con él. Jesús entró y se puso a la mesa. 38El fariseo se extrañó al ver que no se había lavado antes de comer. 39Pero el Señor le dijo: «Vosotros los fariseos limpiáis por fuera la copa y el plato, pero vuestro interior está lleno de rapiña y de maldad. 40¡Insensatos! ¿No hizo también lo interior el que hizo lo exterior? 41Dad limosna de lo de dentro, y lo tendréis todo limpio. 42Mas, ¡ay de vosotros, fariseos, que pagáis el diezmo de la menta y de la ruda y de todas las legumbres, y olvidáis la justicia y el amor de Dios! ¡Hay que hacer una cosa sin descuidar la otra! 43¡Ay de vosotros, fariseos, que os gusta ocupar los primeros asientos en las sinagogas y ser saludados en las plazas! 44¡Ay de vosotros, que sois como sepulcros que nadie ve y sobre los que caminan los hombres sin saberlo!».

45Entonces uno de los doctores de la ley le dijo: «Maestro, hablando así nos ofendes también a nosotros». 46Y él replicó: «¡Ay de vosotros también, doctores de la ley, que echáis sobre los demás cargas insoportables, y vosotros no las tocáis ni con un dedo! 47¡Ay de vosotros, que construís los sepulcros de los profetas, y fueron vuestros padres quienes los asesinaron! 48Así manifestáis que estáis de acuerdo con lo que hicieron vuestros padres, pues ellos los mataron y vosotros construís los sepulcros.

49Por eso dijo también la sabiduría de Dios: "Les enviaré profetas y apóstoles; a unos los matarán y a otros los persegui-

rán”. 50Pero Dios pedirá cuentas a esta generación de la san-
gre de todos los profetas asesinados desde la creación del mun-
do, 51desde la sangre de Abel hasta la sangre de Zacarías, ase-
sinado entre el altar y el santuario. Sí, yo os digo que Dios
pedirá cuentas a esta generación.

52¡Ay de vosotros, doctores de la ley, que os habéis apode-
rado de la llave de la ciencia, y ni entráis vosotros ni dejáis
entrar a los demás!».

53Cuando salió de allí, los fariseos y los maestros de la ley
comenzaron a acosarlo y a proponerle muchas cuestiones,
54tendiéndole trampas para sorprenderlo en alguna de sus pa-
labras.

12 **Jesús instruye a sus discípulos.** 1Entre tanto se agolpa-
ron miles y miles de personas, hasta pisarse unos a otros.
Y comenzó a decir primeramente a sus discípulos: «Guardaos
del fermento de los fariseos, que es la hipocresía. 2Pues nada
hay tan oculto que no se llegue a descubrir, y nada tan secre-
to que no se llegue a saber. 3Por eso, todo lo que hayáis dicho
en las tinieblas será escuchado a la luz del día, y lo que hayáis
hablado al oído en los aposentos será proclamado desde las
terrazas.

4Yo os digo, amigos míos, que no tengáis miedo de los que
matan el cuerpo y no pueden hacer más. 5Os diré a quién de-
béis de temer: Temed al que después de haberos matado pue-
de echaros en el fuego. Sí, temed a éste. 6¿No se venden cinco
pájaros por unos cuartos? Y, sin embargo, Dios no se olvida
de ninguno de ellos. 7¡Hasta los cabellos de vuestra cabeza es-
*tán* todos contados! ¡No tengáis miedo! Vosotros valéis más
que una bandada de pájaros».

8«Os digo además: Al que me confiese delante de los hom-
bres, el hijo del hombre lo confesará delante de los ángeles de
Dios; 9pero al que me niegue delante de los hombres, él lo ne-
gará delante de los ángeles de Dios. 10Al que hable mal del hijo
se le perdonará, pero a quien blasfeme contra el Espíritu San-

to no se le perdonará. [11]Cuando os lleven a las sinagogas o
ante los magistrados y autoridades, no os preocupéis sobre
cómo habéis de hablar o qué habéis de decir. [12]El Espíritu Santo
os enseñará en aquel momento lo que debéis decir».

**La parábola del rico insensato.** [13]Uno de la gente le dijo:
«Maestro, di a mi hermano que reparta la herencia conmigo».
[14]Él le respondió: «Hombre, ¿quién me ha hecho juez y repar-
tidor entre vosotros?». [15]Y prosiguió: «Guardaos bien de toda
avaricia; que, aunque uno esté en la abundancia, no tiene ase-
gurada la vida con sus riquezas».
[16]Y les dijo una parábola: «Las fincas de un hombre rico die-
ron una gran cosecha. [17]Y él pensó: "¿Qué haré, pues no ten-
go donde almacenar mis cosechas?". [18]Y se dijo: "Destruiré mis
graneros, los ampliaré y meteré en ellos todas mis cosechas y
mis bienes". [19]Luego me diré: "Tienes muchos bienes almace-
nados para largos años; descansa, come, bebe y pásalo bien".
[20]Pero Dios le dijo: "¡Insensato, esta misma noche morirás!;
¿para quién será lo que has acaparado?". [21]Así sucederá al que
amontona riquezas para sí y no es rico a los ojos de Dios».

**Confianza en la Providencia.** [22]Después dijo a sus discípulos:
«Por eso os digo: No os angustiéis por vuestra vida pensando
qué vais a comer, ni por vuestro cuerpo, qué vais a poneros.
[23]*Porque la vida es más que el alimento*, y el cuerpo más que el
vestido. [24]Mirad los cuervos: No siembran, ni siegan, no tienen
despensas ni graneros, y Dios los alimenta. ¡Cuánto más valéis
vosotros que los pájaros! [25]¿Quién de vosotros, por mucho que
cavile, puede añadir una sola hora al tiempo de su vida? [26]Si no
podéis ni las cosas más pequeñas, ¿a qué preocuparse de las de-
más? [27]Mirad cómo crecen los lirios del campo; no se fatigan,
ni hilan; pero yo os digo que ni Salomón en todo su esplendor
se vistió como uno de ellos. [28]Pues si Dios viste así a la hierba
del campo, que hoy brota y mañana se la echa al fuego, ¿no
hará más por vosotros, hombres de poca fe?

[29]No os angustiéis buscando qué comer o qué beber. [30]Por
todas esas cosas se afanan los paganos. Vuestro Padre ya sabe
que las necesitáis. [31]Buscad su reino, y todo eso se os dará por
añadidura.

[32]No tengáis miedo, pequeño rebaño, porque vuestro Padre
ha decidido daros el reino.

[33]Vended lo que tengáis y dad limosna con ello. Haceos bol-
sas que no se gasten y riquezas inagotables en el cielo, donde
no entra ningún ladrón, ni roe la polilla; [34]porque donde esté
vuestra riqueza, allí estará vuestro corazón».

**Exhortación a la vigilancia.** [35]«Estad preparados y tened
encendidas vuestras lámparas. [36]Sed como los criados que es-
peran a su amo de retorno de las bodas para abrirle tan pron-
to como llegue y llame. [37]¡Dichosos los criados a quienes el
amo encuentra en vela a su llegada! Os aseguro que los hará
sentar a la mesa y se pondrá a servirlos él mismo. [38]Si llega a
medianoche o de madrugada y los encuentra así, ¡dichosos
ellos! [39]Tened en cuenta que si el amo de casa supiera a qué
hora iba a venir el ladrón, estaría en guardia y no dejaría que
asaltaran su casa. [40]Estad preparados también vosotros, por-
que a la hora que menos penséis vendrá el hijo del hombre».

[41]Entonces Pedro le dijo: «Señor, esta parábola, ¿la dices por
nosotros o por todos?». [42]El Señor contestó: «¿Quién es, enton-
ces, el administrador fiel y prudente, para que dé a la servidum-
bre la comida a su hora? [43]¡Dichoso ese criado si, al llegar su
amo, lo encuentra cumpliendo con su deber! [44]Os aseguro que
le pondrá al frente de todos sus bienes. [45]Pero si ese criado,
pensando que su amo va a tardar en venir, se pone a maltra-
tar a *los demás criados y criadas* y a comer y a beber hasta
emborracharse, [46]su amo vendrá el día y la hora que *él menos*
lo espere, lo castigará severamente y lo pondrá en la calle, don-
de se pone a los que no son fieles. [47]El criado que sabe lo que
su amo quiere y no lo hace será severamente castigado. [48]Pero
el que no lo sabe, si hace algo que merece castigo, será casti-

gado con menos severidad. Al que mucho se le da, mucho se
le reclamará; y al que mucho se le confía, más se le pedirá.

**Jesús, causa de división.** 49«He venido a traer fuego a la tie-
rra, ¡y cuánto deseo ya que arda! 50Tengo que recibir un bau-
tismo de dolores, y estoy angustiado hasta que se realice.
51¿Creéis que he venido a traer la paz al mundo? Os digo que
no, sino división. 52Pues en adelante estarán divididos cinco
en una casa, tres contra dos y dos contra tres. 53Estará dividi-
do el padre contra el hijo y el hijo contra el padre, la madre
contra la hija y la hija contra la madre, la suegra contra la nuera
y la nuera contra la suegra».

**Diversas enseñanzas.** 54Decía también a la gente: «Cuando
veis levantarse una nube por poniente, decís: "Va a llover", y
así es. 55Y cuando sentís soplar el viento del sur, decís: "Va a
hacer calor", y así sucede. 56¡Hipócritas!, sabéis interpretar el
aspecto de la tierra y del cielo, ¿y cómo no sabéis interpretar
el tiempo presente?
57¿Por qué no juzgáis vosotros mismos con justicia? 58Cuan-
do vayas con tu adversario al juez, procura ponerte de acuer-
do con él en el camino, no sea que te entregue al juez, el juez
te ponga en manos de la policía y la policía te meta en la cár-
cel. 59Te aseguro que no saldrás de allí hasta que hayas paga-
do el último céntimo».

**13** 1En aquel momento llegaron algunos anunciándole que
Pilato había matado a unos galileos, mezclando su san-
gre con la de las víctimas que ofrecían en sacrificio. 2Jesús les dijo:
«¿Pensáis que esos galileos eran los más pecadores de todos los
galileos porque sufrieron eso? 3Os digo que no; y, si no os arre-
pentís, todos pereceréis igualmente. 4¿Creéis que aquellos diecio-
cho sobre los que cayó la torre de Siloé y los mató eran los úni-
cos culpables entre todos los vecinos de Jerusalén? 5Os digo que
no. Todos pereceréis igualmente si no os arrepentís».

**Parábola de la higuera.** 6Les contó esta parábola: «Un hombre tenía una higuera plantada en su viña; fue a buscar higos en ella, y no los encontró. 7Dijo al viñador: “Hace ya tres años que vengo a buscar higos en ella y no los encuentro. Córtala. ¿Por qué va a ocupar un terreno inútilmente?”. 8El viñador dijo: “Señor, déjala también este año; yo cavaré alrededor y le echaré estiércol, 9a ver si da higos; si no los da, la cortas”».

**Una curación en sábado.** 10Un sábado estaba enseñando en una sinagoga. 11Había allí una mujer poseída de un espíritu inmundo, que la tenía enferma hacía dieciocho años; estaba encorvada y no podía de ninguna manera enderezarse. 12Jesús, al verla, la llamó y le dijo: «Mujer, quedas libre de tu enfermedad». 13Le impuso las manos y, al instante, se enderezó y empezó a alabar a Dios. 14El jefe de la sinagoga, indignado porque Jesús había curado en sábado, decía al pueblo: «Hay seis días para trabajar; venid en ésos y curaos; no vengáis en sábado». 15Jesús le respondió: «¡Hipócritas! ¿No suelta cada uno de vosotros su buey o su asno del pesebre en sábado y lo lleva a beber? 16Y a esta mujer, que es una hija de Abrahán, a la que Satanás tenía atada desde hace dieciocho años, ¿no se la puede soltar de su atadura en sábado?». 17Y al decir esto, todos sus adversarios quedaron avergonzados, mientras que la gente se regocijaba por los milagros que él hacía.

**La semilla de mostaza. La levadura.** 18Jesús les dijo: «¿A qué se parece el reino de Dios y a qué lo compararé? 19Es como un grano de mostaza, que toma un hombre, lo echa en su huerto y crece hasta llegar a ser como un árbol, en cuyas ramas *anidan las aves.*

20¿A qué compararé el reino de Dios? 21Es como *la levadura* que una mujer toma y la mete en tres medidas de harina, hasta que fermenta toda la masa».

**El misterio de la salvación.** 22Camino de Jerusalén, iba recorriendo pueblos y aldeas, enseñando. 23Uno le preguntó: «Se-

ñor, ¿son pocos los que se salvan?». Le respondió: 24«Esfor-
zaos por entrar por la puerta estrecha, porque os digo que
muchos intentarán entrar y no podrán.
25Una vez que el amo de la casa se haya levantado y cerra-
do la puerta, os quedaréis fuera y comenzaréis a llamar a la
puerta: "¡Señor, ábrenos!". 26Y empezaréis a decir: "Hemos co-
mido y bebido contigo, tú has enseñado en nuestras plazas".
27Pero él os dirá: "No sé de dónde sois; apartaos de mí, agen-
tes de injusticias".
28Allí será el llanto y el rechinar de dientes cuando veáis a
Abrahán, a Isaac y a Jacob y a todos los profetas en el reino
de Dios, mientras que vosotros sois echados fuera. 29De oriente
y de occidente, del norte y del sur vendrán a sentarse a la mesa
en el reino de Dios. 30Pues hay últimos que serán primeros y
hay primeros que serán últimos».

**Respuesta de Jesús a Herodes.** 31En aquel momento se acer-
caron unos fariseos, y le dijeron: «Anda, vete de aquí, porque
Herodes quiere matarte». 32Y él les dijo: «Id y decid a ese zo-
rro: "Hoy y mañana seguiré echando demonios y haciendo cu-
raciones, y pasado mañana terminaré". 33Por lo demás, segui-
ré mi camino hoy, mañana y pasado mañana, porque no puede
ser que un profeta muera fuera de Jerusalén».

***Apóstrofe a Jerusalén.*** 34«¡Jerusalén, Jerusalén!, que matas
a los profetas y apedreas a los que te son enviados. ¡Cuántas
veces he querido reunir a tus hijos como una gallina a sus po-
lluelos bajo las alas, y no has querido! 35Sabed que vuestra casa
se queda abandonada. Y os digo que ya no me veréis hasta que
llegue el momento en que digáis: Bendito el que viene en nom-
bre del Señor (Sal 118,26)».

**14** **Respuesta a las insidias de los fariseos.** 1Un sábado fue
a comer en casa de uno de los jefes de los fariseos; és-
tos lo estaban acechando. 2Delante de él había un hombre

hidrópico. 3Jesús preguntó a los doctores de la ley y a los fari-
seos: «¿Está permitido curar en sábado o no?». 4Y ellos se que-
daron callados. Jesús le agarró de la mano, lo curó y lo despi-
dió.
5Luego les dijo: «¿Quién de vosotros, si su hijo o un buey
cae a un pozo, no lo saca inmediatamente, aunque sea sába-
do?». 6Y no pudieron responderle.
7Jesús, al observar que los invitados escogían los primeros
puestos, les dijo esta parábola: «Cuando alguien te invite a una
boda, 8no te pongas en el primer asiento, no sea que haya otro
invitado más honorable que tú, 9venga el que te invitó y te
diga: "Cede el sitio a éste", y entonces tengas que ir avergon-
zado a ocupar el último puesto. 10Por el contrario, cuando seas
invitado, ponte en el último puesto, y así, cuando venga el que
te invitó, te dirá: "Amigo, sube más arriba". Entonces te verás
honrado ante todos los comensales. 11Porque el que se ensalza
será humillado y el que se humilla será ensalzado».
12Dijo también al que le había invitado: «Cuando des una
comida o una cena, no invites a tus amigos, ni a tus herma-
nos, ni a tus parientes, ni a tus vecinos ricos; no sea que ellos
te inviten a su vez y ya quedas pagado. 13Cuando des un ban-
quete invita a los pobres, a los inválidos, a los cojos, a los cie-
gos; 14entonces serás dichoso porque ellos no pueden pagarte,
y recibirás tu recompensa en la resurrección de los justos».

**Parábola del gran banquete.** 15Uno de los convidados, al oír
esto, le dijo: «Dichoso el que participe en el convite del reino
de Dios». 16Él le contestó: «Un hombre daba un gran banque-
te e invitó a muchos. 17A la hora del banquete mandó a sus
criados a *decir a los invitados:* "Venid, que ya está preparado
el banquete". 18Y todos a una comenzaron a excusarse. El pri-
mero dijo: "He comprado un campo y necesito ir a verlo; te
ruego que me excuses". 19Otro dijo: "He comprado cinco pa-
res de bueyes y voy a probarlos; te ruego que me excuses".
20Un tercero dijo: "Me he casado y no puedo ir". 21El criado

regresó y se lo contó a su amo. El amo, irritado, dijo a su cria-
do: "Sal de prisa a las plazas y a las calles de la ciudad y trae
a los pobres y a los inválidos, a los ciegos y a los cojos". [22]El
criado dijo: "Señor, he hecho lo que me mandaste y todavía
hay sitio". [23]El amo le dijo: "Sal por los caminos y cercados, y
obliga a la gente a entrar para que se llene la casa. [24]Pues os
digo que ninguno de los invitados probará mi banquete"».

**La abnegación cristiana.** [25]Le seguía mucha gente. Él se vol-
vió y les dijo: [26]«Si uno viene a mí y no deja a su padre y a su
madre, a su mujer y a sus hijos, hermanos y hermanas, y aun
su propia vida, no puede ser discípulo mío. [27]El que no carga
con su cruz y me sigue, no puede ser mi discípulo.
[28]Porque, ¿quién de vosotros, si quiere construir una torre,
no se sienta primero para calcular los gastos y ver si tendrá
para terminarla? [29]No sea que, si pone los cimientos y no puede
acabar la obra, todos los que se enteren comiencen a burlarse
de él, [30]diciendo: Éste comenzó a construir y no ha podido ter-
minar.
[31]O ¿qué rey, si va a ir a la guerra contra otro, no se sienta
antes a considerar si puede enfrentarse con diez mil al que vie-
ne contra él con veinte mil? [32]Y si ve que no, cuando todavía
está lejos, envía una embajada pidiendo la paz.
[33]Así pues, el que de vosotros no renuncie a todos sus bie-
nes, no puede ser mi discípulo.
[34]Buena es la sal; pero si hasta la sal se vuelve sosa, ¿con
qué se sazonará? [35]No sirve ni para la tierra ni para el esterco-
lero; se la tira. ¡El que tenga oídos para oír que oiga!».

15 **La oveja perdida.** [1]Los publicanos y los pecadores se acer-
caban para oírlo. [2]Y los fariseos y los maestros de la ley
lo criticaban: «Éste acoge a los pecadores y come con ellos».
[3]Entonces les propuso esta parábola:
[4]«¿Quién de vosotros, si tiene cien ovejas y se le pierde una,
no deja las noventa y nueve en el campo y va en busca de la

perdida hasta que la encuentra? [5]Cuando la encuentra, se la echa sobre sus hombros lleno de alegría, [6]y, al llegar a casa, llama a los amigos y vecinos y les dice: "¡Alegraos conmigo, porque he encontrado mi oveja perdida!". [7]Pues bien, os digo que habrá más alegría en el cielo por un pecador que se arrepiente que por noventa y nueve justos que no necesitan arrepentirse».

**La moneda perdida.** [8]«O ¿qué mujer que tenga diez monedas, si pierde una, no enciende una luz y barre la casa y la busca cuidadosamente hasta encontrarla? [9]Y cuando la encuentra, llama a sus amigas y vecinas y les dice: "Alegraos conmigo, porque he encontrado la moneda que había perdido". [10]Os digo que así se alegrarán los ángeles de Dios por un pecador que se arrepiente».

**El hijo pródigo.** [11]Y continuó: «Un hombre tenía dos hijos. [12]Y el menor dijo a su padre: "Padre, dame la parte de la herencia que me corresponde". Y el padre les repartió la herencia. [13]A los pocos días el hijo menor reunió todo lo suyo, se fue a un país lejano y allí gastó toda su fortuna llevando una mala vida. [14]Cuando se lo había gastado todo, sobrevino una gran hambre en aquella comarca y comenzó a padecer necesidad. [15]Se fue a servir a casa de un hombre del país, que le mandó a sus tierras a guardar cerdos. [16]Tenía ganas de llenar su estómago con las algarrobas que comían los cerdos, y nadie se las daba. [17]Entonces, reflexionando, dijo: "¡Cuántos jornaleros de mi padre tienen pan de sobra, y yo aquí me muero de hambre! [18]Volveré a mi padre y le diré: Padre, he pecado contra el cielo y contra ti. [19]Ya no soy digno de llamarme hijo tuyo: tenme como a uno de tus jornaleros". [20]Se puso en camino y fue a casa de su padre. Cuando aún estaba lejos, su padre lo vio y, conmovido, fue corriendo, se echó al cuello de su hijo y lo cubrió de besos. [21]El hijo comenzó a decir: "Padre, he pecado contra el cielo y contra ti. Ya no soy digno de

llamarme hijo tuyo”. 22Pero el padre dijo a sus criados: “Sa-
cad inmediatamente el traje mejor y ponédselo; poned un anillo
en su mano y sandalias en sus pies. 23Traed el ternero cebado,
matadlo y celebremos un banquete, 24porque este hijo mío ha-
bía muerto y ha vuelto a la vida, se había perdido y ha sido
encontrado”. Y se pusieron todos a festejarlo.
25El hijo mayor estaba en el campo y, al volver y acercarse a
la casa, oyó la música y los bailes. 26Llamó a uno de los cria-
dos y le preguntó qué significaba aquello. 27Y éste le contestó:
“Que ha vuelto tu hermano, y tu padre ha matado el ternero
cebado porque lo ha recobrado sano”. 28Él se enfadó y no quiso
entrar. Su padre salió y se puso a convencerlo. 29Él contestó a
su padre: “Hace ya tantos años que te sirvo sin desobedecer
jamás tus órdenes, y nunca me has dado ni un cabrito para
celebrar una fiesta con mis amigos. 30¡Ahora llega ese hijo tuyo,
que se ha gastado toda su fortuna con malas mujeres, y tú le
matas el ternero cebado!”. 31El padre le respondió: “¡Hijo mío,
tú estás siempre conmigo, y todo lo mío es tuyo! 32En cam-
bio, tu hermano, que estaba muerto, ha vuelto a la vida; esta-
ba perdido y lo hemos encontrado. Convenía celebrar una fies-
ta y alegrarse”».

16 **El administrador infiel.** 1Dijo también a sus discípulos:
«Un hombre rico tenía un administrador que fue denun-
ciado como malversador de bienes. 2Entonces lo llamó y le
dijo: “¿Qué es lo que oigo de ti? Dame cuenta de tu adminis-
tración, porque quedas despedido”. 3Entonces el administra-
dor se puso a pensar: “¿Qué voy a hacer, pues mi amo me quita
la administración? Cavar, ya no puedo; mendigar, me da ver-
güenza. 4Ya sé lo que voy a hacer, para que haya quien me re-
ciba en su casa cuando no tenga la administración”. 5Llamó a
todos los deudores de su amo, y preguntó al primero: “¿Cuánto
debes a mi amo?”. 6Él contestó: “Cien barriles de aceite”. Él
le dijo: “Toma tu recibo, siéntate y escribe cincuenta”. 7Luego
dijo a otro: “¿Y tú cuánto debes?”. Él respondió: “Cien fane-

gas de trigo". Él le dijo: "Toma tu recibo y escribe ochenta".
8El amo alabó al administrador infiel, porque había actuado
con sagacidad. Pues los hijos del mundo son más sagaces en
sus relaciones que los hijos de la luz.
9Y yo os digo: Haceos amigos con el dinero injustamente
adquirido, para que, cuando os falte, os reciban en las mo-
radas eternas. 10El que es fiel en lo poco lo es también en lo
mucho, y el que es injusto en lo poco lo es también en lo
mucho. 11Si no habéis sido fieles con el dinero injustamente
adquirido, ¿quién os confiará los bienes verdaderos? 12Y si
no habéis sido fieles en lo ajeno, ¿quién os dará lo que es
vuestro?».

**Sentencias varias.** 13«Nadie puede servir a dos amos, por-
que odiará a uno y amará al otro, o se apegará a uno y des-
preciará al otro. No podéis servir a Dios y al dinero».
14Los fariseos, amigos del dinero, oían esto y se burlaban
de él. 15Y les dijo: «Vosotros presumís de justos delante de los
hombres, pero Dios conoce vuestros corazones; porque lo que
se estima tanto entre los hombres, no tiene valor alguno ante
Dios.
16La ley y los profetas llegan hasta Juan; desde entonces se
anuncia el reino de Dios y todos se esfuerzan para entrar en él.
17Es más fácil que pasen el cielo y la tierra que caiga una
sola letra de la ley.
18Todo el que se divorcia de su esposa y se casa con otra
comete adulterio, y el que se casa con una mujer divorciada
comete adulterio».

**El rico epulón.** *19«Había un hombre rico* que se vestía de
púrpura y de lino y banqueteaba a diario espléndidamente.
20Un pobre, llamado Lázaro, cubierto de úlceras, estaba senta-
do a la puerta del rico; 21quería quitarse el hambre con lo que
caía de la mesa del rico; hasta los perros se acercaban y le la-
mían sus úlceras. 22Murió el pobre, y los ángeles le llevaron al

seno de Abrahán. Murió también el rico, y lo enterraron. [23]Y
estando en el infierno, entre torturas, levantó los ojos y vio a
lo lejos a Abrahán, y a Lázaro a su lado. [24]Y gritó: "Padre
Abrahán, ten compasión de mí y envía a Lázaro para que moje
en agua la yema de su dedo y refresque mi lengua, porque me
atormentan estas llamas". [25]Abrahán repuso: "Hijo, acuérdate
que ya recibiste tus bienes durante la vida, y Lázaro, por el
contrario, males. Ahora él está aquí consolado, y tú eres ator-
mentado. [26]Y no es esto todo. Entre vosotros y nosotros hay
un gran abismo, de tal manera que los que quieran ir de acá
para allá no puedan, ni los de allí venir para acá". [27]El rico
dijo: "Entonces, padre, te ruego que le envíes a mi casa pater-
na, [28]pues tengo cinco hermanos, para que les diga la verdad
y no vengan también ellos a este lugar de tormentos".
[29]Abrahán respondió: "Ya tienen a Moisés y a los profetas; ¡que
los escuchen!". [30]Pero él dijo: "No, padre Abrahán; que si al-
guno de entre los muertos va a verlos, se arrepentirán".
[31]Abrahán contestó: "Si no escuchan a Moisés y a los profe-
tas, no harán caso ni aunque resucite un muerto"».

17 **El escándalo.** [1]Después dijo a sus discípulos: «Es inevita-
ble que haya escándalos; pero ¡ay de aquel que los pro-
voca! [2]Más le valdría que le ataran al cuello una piedra de mo-
lino y lo tiraran al mar antes que escandalizar a uno de estos
*pequeñuelos.* [3]*Tened cuidado*».

**El perdón de las injurias.** «Si tu hermano peca, repréndelo;
y si se arrepiente, perdónalo. [4]Y si peca contra ti siete veces al
día y otras tantas se acerca a ti diciendo: "Me arrepiento",
perdónalo».

**El poder de la fe.** [5]Los apóstoles le dijeron: «Acrecienta nues-
tra fe». [6]Y el Señor dijo: «Si tuvierais una fe tan grande como
un grano de mostaza y dijerais a este sicómoro: "Arráncate y
trasplántate al mar", él os obedecería».

**Humildad en el servicio.** [7]«¿Quién de vosotros, que tenga un criado arando o pastoreando, le dice cuando llega del campo: "Pronto, ven y siéntate a la mesa?". [8]Más bien le dirá: "Prepárame de cenar, y ponte a servirme hasta que yo coma y beba. Después comerás y beberás tú". [9]¿Tendría que estar agradecido al criado porque hizo lo que se le había ordenado? [10]Así también vosotros, cuando hayáis hecho lo que se os haya ordenado, decid: "Somos siervos inútiles; hemos hecho lo que debíamos hacer"».

**Los diez leprosos.** [11]Yendo Jesús camino de Jerusalén, pasó por entre Samaría y Galilea. [12]Al entrar en una aldea, salieron diez leprosos a su encuentro, que se detuvieron a distancia [13]y se pusieron a gritar: «Jesús, maestro, ten compasión de nosotros». [14]Al verlos, les dijo: «Id a presentaros a los sacerdotes». Y mientras iban, quedaron limpios. [15]Uno de ellos, al verse curado, volvió alabando a Dios en voz alta [16]y se echó a los pies de Jesús, dándole gracias. Éste era samaritano. [17]Jesús dijo: «¿No han quedado limpios los diez? ¿Dónde están los otros nueve? [18]¿No hubo quien volviera a dar gracias a Dios, sino este extranjero?». [19]Y le dijo: «Levántate, anda; tu fe te ha salvado».

**Presencia del reino de Dios.** [20]Los fariseos le preguntaron cuándo iba a llegar el reino de Dios. Él respondió: «La llegada del reino de Dios no será espectacular. [21]No se dirá: Está aquí o allí, porque el reino de Dios está dentro de vosotros».

**Señales de la segunda venida de Cristo.** [22]Y dijo a sus discípulos: «Tiempo vendrá en que desearéis ver uno de los días del hijo del hombre y no lo veréis. [23]Y os dirán: "Miradlo allí, o miradlo aquí". No vayáis, ni corráis. [24]Porque de la misma manera que el relámpago brilla desde un punto a otro del cielo, así será cuando venga el hijo del hombre en su día. [25]Pero antes es preciso que sufra mucho y que sea rechazado por esta generación.

eva

[26]Como sucedió en los días de Noé, así será en los días del
hijo del hombre. [27]Comían, bebían y se casaban ellos y ellas,
hasta que Noé entró en el arca, vino el diluvio y acabó con
todos. [28]Lo mismo que sucedió en los días de Lot: Comían,
bebían, compraban, vendían, plantaban, edificaban; [29]pero el
día en que Lot salió de Sodoma llovió fuego y azufre del cielo
y acabó con todos. [30]Así sucederá el día en que el hijo del hom-
bre se manifieste.

[31]Aquel día, el que esté en la terraza y tenga en la casa sus
enseres, que no baje a recogerlos; el que esté en el campo, que
no vuelva atrás a buscar nada. [32]Acordaos de la mujer de Lot.
[33]El que intente salvar su vida la perderá, y el que la pierda la
encontrará. [34]Os digo que en aquella noche dos estarán juntos
en una mesa; a uno se lo llevarán, y a otro lo dejarán. [35]Esta-
rán dos mujeres moliendo juntas, a una se la llevarán y a otra
la dejarán». [36]Y le preguntaron: «¿Dónde será, Señor?». [37]Él
contestó: «Donde esté el cuerpo, allí se reunirán los buitres».

**18** **Parábola del juez injusto.** [1]Sobre la necesidad de orar
siempre sin desfallecer jamás, les dijo esta parábola:
[2]«Había en una ciudad un juez que no temía a Dios ni respe-
taba a los hombres. [3]Una viuda, también de aquella ciudad,
iba a decirle: "Hazme justicia contra mi enemigo". [4]Durante
algún tiempo no quiso; pero luego pensó: "Aunque no temo a
Dios *ni respeto a los hombres*, [5]le voy a hacer justicia para que
esta viuda me deje en paz y no me moleste más"». [6]Y el Señor
dijo: «Considerad lo que dice el juez injusto. [7]¿Y no hará Dios
justicia a sus elegidos, que claman a él día y noche? ¿Les va a
hacer esperar? [8]Yo os digo que les hará justicia prontamente.
Pero el hijo del hombre, cuando venga, ¿encontrará fe en la
tierra?».

**Parábola del fariseo y el publicano.** [9]A unos que se tenían
por justos y despreciaban a los demás les dijo esta parábola:
[10]«Dos hombres fueron al templo a orar; uno era fariseo y el

otro publicano. 11El fariseo, de pie, hacía en su interior esta
oración: "Dios mío, te doy gracias porque no soy como el resto
de los hombres: ladrones, injustos, adúlteros, ni como ese
publicano; 12yo ayuno dos veces por semana y pago los diez-
mos de todo lo que poseo". 13El publicano, por el contrario,
se quedó a distancia y no se atrevía ni a levantar sus ojos al
cielo, sino que se golpeaba el pecho y decía: "Dios mío, ten
compasión de mí, que soy un pecador". 14Os digo que éste vol-
vió a su casa justificado, y el otro no. Porque el que se ensalza
será humillado, y el que se humilla será ensalzado».

**Jesús y los niños.** 15Le presentaron unos niños para que les
impusiera las manos. Los discípulos, al verlo, los regañaban.
16Pero Jesús los llamó y dijo: «Dejad que los niños se acerquen
a mí y no se lo impidáis, porque de los que son como ellos es
el reino de Dios. 17Os aseguro que el que no reciba el reino
de Dios como un niño no entrará en él».

**Peligros de las riquezas.** 18Un hombre dintinguido le pregun-
tó: «Maestro bueno, ¿qué tengo que hacer para heredar la vida
eterna?». 19Jesús le contestó: «¿Por qué me llamas bueno? El
único bueno es Dios. 20Sabes los mandamientos: *No comete-
rás adulterio, no matarás, no robarás, no levantarás falso
testimonio, honra a tu padre y a tu madre* (Éx 20,12-16; Dt
5,16-20)». 21Él dijo: «Todo eso lo he guardado desde mi ju-
ventud». 22Al oírlo Jesús, le dijo: «Aún te queda una cosa por
hacer: Vende todo lo que tienes, dáselo a los pobres y tendrás
un tesoro en el cielo; después, ven y sígueme». 23El joven, al
oír esto, se quedó muy triste, porque era muy rico.

24Jesús *dijo al verlo tan triste:* «¡Qué difícilmente entrarán
en el reino de Dios los que tienen riquezas! 25Pues es *más fácil*
que un camello pase por el ojo de una aguja que un rico entre
en el reino de Dios». 26Los presentes dijeron: «Entonces, ¿quién
podrá salvarse?». 27Y Jesús les contestó: «Lo que es imposible
a los hombres es posible para Dios».

**Premio a la pobreza evangélica.** 28 Entonces Pedro le dijo:
«Nosotros lo hemos dejado todo y te hemos seguido». 29 Jesús
dijo: «Os aseguro que nadie deja casa, mujer, hermanos, pa-
rientes e hijos por el reino de Dios, 30 sin que reciba mucho
más en este mundo y después la vida eterna».

**Tercer anuncio de la pasión.** 31 Llevó aparte a los doce y les
dijo: «Mirad, vamos a Jerusalén y se va a cumplir todo lo que
escribieron los profetas sobre el hijo del hombre. 32 Lo entrega-
rán a los paganos, se burlarán de él, lo insultarán, lo escupi-
rán 33 y, después de azotarlo, lo matarán; pero al tercer día
resucirará». 34 Ellos no entendieron nada de todo esto, pues eran
palabras oscuras para ellos y no entendían su significado.

**El ciego de Jericó.** 35 Cuando se acercaba a Jericó, había un
ciego sentado al lado del camino pidiendo limosna. 36 Al oír
pasar a la gente, preguntó qué era aquello. 37 Y le dijeron: «Es
que pasa Jesús de Nazaret». 38 Entonces gritó: «¡Jesús, hijo de
David, ten compasión de mí!». 39 Los que iban delante lo re-
prendieron para que callase, pero él gritaba con más fuerza:
«¡Hijo de David, ten compasión de mí!». 40 Jesús se detuvo y
mandó que se lo trajeran. Cuando se acercó, le preguntó:
41 «¿Qué quieres que te haga?». Y él le contestó: «Señor, que
vea». 42 Jesús le dijo: «¡Ve! Tu fe te ha salvado». 43 Y al instante
recobró la vista y lo siguió dando gracias a Dios. Todo el pue-
blo, al ver esto, alababa a Dios.

**19** **Zaqueo.** 1 Entró en Jericó y andaba por la ciudad. 2 Ha-
bía allí un hombre, llamado Zaqueo, jefe de publicanos
y rico. 3 Intentaba ver a Jesús, pero no podía por la gente, por-
que era bajo de estatura. 4 Se adelantó y se subió a un sicómoro
para poder verlo, porque iba a pasar por allí. 5 Cuando Jesús
llegó al lugar, levantó los ojos y le dijo: «Zaqueo, baja en se-
guida, porque hoy tengo que hospedarme en tu casa». 6 Bajó
en seguida y lo recibió muy contento. 7 Al ver esto, todos mur-

muraban y decían: «Se ha hospedado en casa de un pecador». 8Zaqueo, puesto en pie, dijo al Señor: «Señor, voy a dar la mitad de mis bienes a los pobres; y si he estafado a alguien, le devolveré cuatro veces más». 9Jesús le dijo: «Hoy ha entrado la salvación en esta casa, porque también éste es hijo de Abrahán. 10El hijo del hombre ha venido a buscar y a salvar lo que estaba perdido».

**Parábola de las monedas.** 11Como la gente lo escuchaba, les propuso una parábola, ya que estaban cerca de Jerusalén y creían que la manifestación del reino de Dios era inminente. 12Dijo: «Un hombre de la nobleza marchó a un país lejano para recibir la dignidad real y volver. 13Llamó a diez criados, les dio diez monedas de gran valor y les dijo: "Negociad mientras vengo". 14Pero sus conciudadanos lo odiaban y enviaron tras él una embajada diciendo: "No lo queremos por rey". 15Él regresó investido de la realeza, y mandó llamar a los criados a los que había dado el dinero para saber cuánto había ganado cada uno. 16El primero se presentó y dijo: "Señor, tu dinero ha producido diez veces más". 17Y le contestó: "Muy bien, criado bueno; puesto que has sido fiel en lo poco, recibe el gobierno de diez ciudades". 18El segundo llegó y dijo: "Señor, tu dinero ha producido cinco veces más". 19Y dijo igualmente a éste: "Manda tú también en cinco ciudades". 20Llegó otro y dijo: "Señor, aquí tienes tu dinero, que he tenido guardado en un pañuelo, 21porque tuve miedo de ti, pues eres un hombre duro; recoges lo que no pusiste y cosechas lo que no sembraste". 22Él le dijo: "Por tus mismas palabras te juzgo, mal criado. ¿Sabías que soy muy duro, que recojo lo que no he puesto y cosecho *lo que no he sembrado?* 23Y ¿por qué no pusiste mi dinero en la banca, y yo, al volver, lo hubiera retirado con los intereses?". 24Y dijo a los que estaban presentes: "Quitadle la moneda y dádsela al que tiene diez monedas". 25Ellos le dijeron: "Señor, ya tiene diez monedas". 26Yo os digo que al que tiene se le dará, y al que no tiene aun lo que tiene se le quitará.

27En cuanto a mis enemigos, esos que no me quisieron por rey,
traedlos aquí y degolladlos en mi presencia». 28Y dicho esto,
continuó adelante camino de Jerusalén.

## V. PREDICACIÓN EN JERUSALÉN (19,29–21,38)

**Entrada triunfal en Jerusalén.** 29Al llegar cerca de Betfagé y de
Betania, junto al monte de los Olivos, envió a dos discípulos di-
ciéndoles: 30«Id a la aldea de enfrente y, a la entrada, encontra-
réis un pollino atado sobre el que nadie ha montado aún;
desatadlo y traedlo. 31Si alguien os pregunta: "¿Por qué lo des-
atáis?", decidle: "El Señor lo necesita"». 32Los enviados fueron y
lo encontraron como les había dicho. 33Mientras ellos desataban
el pollino, sus dueños les dijeron: «¿Por qué desatáis el pollino?».
34Ellos replicaron: «El Señor lo necesita». 35Y se lo llevaron a Je-
sús. Echaron sus mantos sobre el pollino y montaron a Jesús.
36A medida que avanzaba, ellos extendían sus mantos en el
camino a modo de alfombra. 37Al acercarse a la bajada del
monte de los Olivos, todos los que iban con él, llenos de ale-
gría, comenzaron a alabar a Dios a grandes voces por todos
los milagros que habían visto, 38diciendo:

*¡Bendito el que viene,*
*el rey, en nombre del Señor!* (Sal 118,26).

¡Paz en el cielo!
¡Viva Dios altísimo!.
39Algunos fariseos de entre la gente le dijeron: «Maestro, re-
prende a tus discípulos». 40Él les dijo: «Os digo que si éstos se
callaran gritarían las piedras».

**Lamentación sobre Jerusalén.** 41Al acercarse y ver la ciudad,
lloró por ella, 42y dijo: «¡Ojalá en este día conocieras también

tú el mensaje de paz! Pero está oculto y no puedes verlo. [43]Por-
que llegará un día en que tus enemigos te rodearán con trin-
cheras, te cercarán y te estrecharán por todas partes [44]y te echa-
rán al suelo. Matarán a todos tus habitantes y no dejarán de ti
piedra sobre piedra, porque no has conocido el tiempo en el
que Dios te ha visitado».

**Expulsa del templo a los mercaderes.** [45]Entró en el templo
y se puso a echar a los vendedores, [46]diciéndoles: «Está escri-
to: *Mi casa es casa de oración* (Is 56,7; Jer 7,11), pero voso-
tros la habéis convertido en una cueva de ladrones».
[47]Todos los días enseñaba en el templo. Los sumos sacerdo-
tes, los maestros de la ley y los principales del pueblo trata-
ban de prenderlo; [48]pero no sabían cómo hacerlo, porque todo
el pueblo estaba pendiente de él escuchándole.

20 **La autoridad de Jesús.** [1]Un día, mientras enseñaba al
pueblo en el templo y anunciaba el evangelio, los su-
mos sacerdotes, los maestros de la ley y los ancianos [2]se le acer-
caron, y le preguntaron: «¿Con qué autoridad haces todo esto?
¿Quién te ha dado esa autoridad?». [3]Él les respondió: «Yo tam-
bién os haré una pregunta. Decidme: [4]¿El bautismo de Juan
era del cielo o de los hombres?». [5]Ellos se hicieron este razo-
namiento: «Si decimos que del cielo, nos dirá: Entonces ¿por
qué no creísteis en él? [6]Y si decimos que de los hombres, todo
el pueblo nos apedreará, porque están convencidos de que Juan
era profeta». [7]Y respondieron: «No lo sabemos». [8]Jesús enton-
ces les dijo: «Tampoco yo os digo con qué autoridad hago todo
esto».

**Parábola de los viñadores homicidas.** [9]Se puso luego a de-
cir al pueblo esta parábola: «Un hombre plantó una viña, la
arrendó a unos viñadores y se fue de viaje por mucho tiempo.
[10]A su debido tiempo mandó un criado a los viñadores para
que le dieran su parte de la vendimia. Pero los viñadores lo

golpearon y lo despidieron con las manos vacías. 11De nuevo
les mandó otro criado; y también a éste lo golpearon, lo mal-
trataron y lo despidieron con las manos vacías. 12Les envió un
tercero, y también lo hirieron y lo echaron. 13El dueño de la
viña se dijo entonces: "¿Qué haré? Enviaré a mi hijo querido;
a él lo respetarán". 14Pero los viñadores, al verlo, se dijeron:
"Éste es el heredero; matémoslo, y nos quedaremos con su he-
rencia". 15Lo echaron fuera de la viña, y lo mataron. ¿Qué hará
con ellos el dueño de la viña? 16Irá, acabará con los viñadores
y dará la viña a otros». Al oír esto dijeron: «¡No lo quiera
Dios!». 17Jesús los miró y les dijo: «¿Pues qué significa aquello
que está escrito:

*La piedra que los constructores*
*desecharon,*
*ésa ha venido a ser piedra angular?* (Sal 118,22).

18El que caiga sobre esa piedra se estrellará, y sobre el que
ella caiga será aplastado».

19Los maestros de la ley y los sumos sacerdotes quisieron
entonces mismo echarle mano, pues comprendieron que la pa-
rábola iba por ellos, pero temieron al pueblo.

**El impuesto al césar.** 20Se quedaron en acecho y enviaron
espías que aparentaban ser justos, para cazarlo en alguna pa-
labra y así entregarlo al poder y a la autoridad del goberna-
dor. 21Le preguntaron: «Maestro, sabemos que hablas y ense-
ñas con rectitud, que no te importa nada el qué dirán y que
enseñas de verdad el camino del Señor. 22¿Nos es lícito pagar
el impuesto al césar o no?». 23Jesús, conociendo su malicia, les
dijo: «Mostradme una moneda. 24¿De quién es la efigie y la
inscripción?». Respondieron: «Del césar». 25Él les dijo: «Pues
dad al césar lo que es del césar y a Dios lo que es de Dios».
26No pudieron cazarlo en ninguna de sus palabras en presen-
cia del pueblo y, maravillados de su respuesta, se callaron.

**La resurrección de los muertos.** 27Se le acercaron unos sadu-
ceos, que niegan la resurrección, y le preguntaron: 28«Maestro,
Moisés nos prescribió: *Si el hermano de uno muere, dejando mu-
jer, sin hijos, su hermano debe casarse con la viuda y dar descenden-
cia al hermano* (Dt 25,5; cf Gén 38,8). 29Eran siete hermanos.
El primero se casó, y murió sin dejar hijos. 30El segundo 31y el
tercero, y así hasta el séptimo, se casaron con la viuda, y murie-
ron sin dejar hijos. 32Finalmente murió también la mujer. 33En la
resurrección, ¿de quién de ellos será mujer? Porque los siete la
tuvieron por mujer». 34Jesús les dijo: «Los hijos de este mundo se
casan unos con otros; 35pero los que han sido dignos de tener
parte en el otro mundo y en la resurrección de los muertos, hom-
bres y mujeres, no se casarán. 36Ya no pueden morir, pues son
como los ángeles, hijos de Dios, al ser hijos de la resurrección.
37Y que los muertos resucitan, el mismo Moisés lo da a entender
en lo de la zarza, cuando llama al Señor: *Dios de Abrahán, Dios
de Jacob, Dios de Isaac* (Éx 3,6). 38No es un Dios de muertos,
sino de vivos, porque para él todos viven».

39Entonces unos maestros de la ley dijeron: «¡Bien dicho,
maestro!». 40Y no se atrevieron a preguntarle más.

**Naturaleza divina de Cristo.** 41Y les preguntó: «¿Cómo pue-
de decirse que el mesías es hijo de David, 42pues David mismo
dice en el libro de los Salmos:

El Señor dijo a mi Señor:
*Siéntate a mi derecha,*
43*hasta que ponga a tus enemigos,*
*debajo de tus pies?* (Sal 110,1).

44Pues si el mismo David lo llama Señor, ¿cómo puede ser
hijo suyo?».

**Hipocresía de los maestros de la ley y de los fariseos.** 45Y
dijo a sus discípulos ante todo el pueblo: 46«Guardaos de los

maestros de la ley, a los que les gusta llevar vestidos ostento-
sos, ser saludados en las plazas, ocupar los primeros puestos
en las sinagogas 47y que devoran los bienes de las viudas mien-
tras aparentan hacer largas oraciones. Ellos serán juzgados muy
severamente».

21 **El óbolo de la viuda.** 1Levantando la vista, vio a unos
ricos que echaban sus ofrendas en las arcas del tesoro.
2Vio también que una viuda echaba unos céntimos, 3y dijo: «Os
aseguro que esta pobre viuda ha echado más que todos los de-
más; 4porque esos otros han echado de lo que les sobra, pero
ella ha echado de su pobreza todo lo que tenía para vivir».

**Discurso escatológico.** 5Como algunos decían que el tem-
plo era muy bello por sus piedras tan hermosas y por los ex-
votos, dijo: 6«Llegará un día en que de eso que veis no queda-
rá piedra sobre piedra. Todo será destruido».
7Y le preguntaron: «Maestro, ¿cuándo sucederá eso y cuál
será la señal de que estas cosas van a cumplirse?».

**Señales precursoras.** 8Él contestó: «Mirad que no os enga-
ñen, porque vendrán muchos en mi nombre diciendo: "Yo soy
el mesías" y "El tiempo ha llegado". No los sigáis. 9Cuando
oigáis hablar de guerras y de revoluciones, no os alarméis, por-
que es necesario que eso suceda; pero todavía no será el fin».
10Y continuó diciendo: «Se levantarán pueblos contra pueblos
y reinos contra reinos; 11habrá grandes terremotos, hambre y
peste en diversos lugares, sucesos espantosos y grandes seña-
les en el cielo.
12Pero antes de todo esto, os echarán mano, os perseguirán,
os llevarán a las sinagogas y a las cárceles y os harán compa-
recer ante los reyes y los gobernadores por causa mía. 13Esto
os servirá para dar testimonio. 14No os preocupéis de vuestra
defensa, 15pues yo os daré un lenguaje y una sabiduría que no
podrán resistir ni contradecir todos vuestros adversarios. 16Has-

ta vuestros padres, hermanos, parientes y amigos os entrega-
rán, e incluso harán que maten a algunos de vosotros. [17]Todos
os odiarán por causa mía. [18]Pero ni un cabello de vuestra ca-
beza perecerá.
[19]Con vuestra perseverancia salvaréis vuestras vidas».

**Señales de la destrucción de Jerusalén.** [20]«Cuando veáis a Je-
rusalén cercada por ejércitos, sabed que se aproxima su des-
trucción. [21]Entonces los que estén en Judea que huyan a los
montes, los que estén dentro de la ciudad que se alejen y los
que estén en el campo que no entren en la ciudad. [22]Serán días
de castigo, en los que se cumplirá todo lo que está escrito. [23]¡Ay
de las que estén encinta y criando en aquellos días! Porque ha-
brá una grande angustia sobre la tierra y un gran castigo con-
tra este pueblo. [24]Caerán al filo de la espada, irán prisioneros
a todas las naciones y Jerusalén será pisoteada por los paga-
nos hasta que llegue a su fin el tiempo de los paganos».

**La segunda venida de Cristo.** [25]«Habrá señales en el sol, en
la luna y en los astros; las naciones estarán angustiadas en la
tierra y enloquecidas por el estruendo del mar y de las olas;
[26]los hombres, muertos de terror y de ansiedad por lo que se
le echa encima al mundo, pues las columnas de los cielos se
tambalearán. [27]Entonces verán al hijo del hombre venir en una
nube con gran poder y majestad. [28]Cuando comiencen a suce-
der estas cosas, tened ánimo y levantad la cabeza, porque se
acerca vuestra liberación».

**¿Cuándo será la segunda venida de Cristo?** [29]Les puso un
ejemplo: «Mirad la higuera y todos *los árboles:* [30]cuando echan
hojas, conocéis que el verano se acerca. [31]Así también voso-
tros, cuando veáis todo esto, sabed que el reino de Dios está
cerca. [32]Os aseguro que no pasará esta generación antes de que
suceda todo esto. [33]El cielo y la tierra pasarán, pero mis pala-
bras no pasarán.

**Exhortación a la vigilancia.** [34]«Cuidad de que vuestros corazones no se emboten por el vicio, la borrachera y las preocupaciones de la vida, y caiga de improviso sobre vosotros este día [35]como un lazo, porque así vendrá ese día sobre todos los habitantes de la tierra. [36]Estad alerta y orad en todo momento para que podáis libraros de todo lo que ha de venir y presentaros ante el hijo del hombre».

[37]Por el día enseñaba en el templo y las noches salía a pasarlas en el monte de los Olivos. [38]Y todo el pueblo madrugaba para acudir al templo a oírlo.

## VI. PASIÓN Y TRIUNFO (22,1–24,53)

**22** **Conspiración del tribunal supremo.** [1]Se acercaba la fiesta de los panes sin levadura, llamada la pascua. [2]Y los sumos sacerdotes y los maestros de la ley buscaban la manera de quitarlo de en medio, pues temían al pueblo.

**Traición de Judas.** [3]Satanás entró en Judas, el llamado Iscariote, que era uno de los doce. [4]Y fue a hablar con los sumos sacerdotes y con los jefes militares sobre la manera de entregárselo. [5]Ellos se alegraron y se comprometieron a darle dinero. [6]Judas aceptó la propuesta, y buscaba la ocasión de entregarlo sin que la gente se enterara.

**Última cena. Institución de la eucaristía.** [7]Llegó el día de los panes sin levadura, cuando había que sacrificar el cordero pascual, [8]y Jesús envió a Pedro y a Juan, diciendo: «Id y preparad la cena de la pascua». [9]Ellos le dijeron: «¿Dónde quieres que la preparemos?». [10]Él les dijo: «Al entrar en la ciudad, encontraréis un hombre que lleva un cántaro de agua; seguidlo hasta la casa donde entre, [11]y diréis al dueño de la casa: El maestro manda decirte: ¿Dónde está la sala en la que voy a

comer con mis discípulos la cena de la pascua? 12Él os mos-
trará en el piso de arriba una habitación grande y alfombra-
da; preparadla allí». 13Fueron y encontraron todo como les ha-
bía dicho, y prepararon la cena de la pascua.

14A la hora determinada se puso a la mesa con sus discípu-
los. 15Y les dijo: «He deseado vivamente comer esta pascua con
vosotros antes de mi pasión. 16Os digo que ya no la comeré
hasta que se cumpla en el reino de Dios». 17Tomó una copa,
dio gracias y dijo: «Tomad y repartidla entre vosotros, 18pues
os digo que ya no beberé del fruto de la vid hasta que llegue
el reino de Dios».

19Luego tomó pan, dio gracias, lo partió y se lo dio, dicien-
do: «Esto es mi cuerpo, que es entregado por vosotros; haced
esto en recuerdo mío». 20Y de la misma manera el cáliz, des-
pués de la cena, diciendo: «Este cáliz es la nueva alianza sella-
da con mi sangre, que es derramada por vosotros. 21Pero ved
que la mano del que me entrega está conmigo en la mesa. 22Por-
que el hijo del hombre se va, según lo decretado; pero ¡ay del
hombre que lo entrega!».

23Ellos comenzaron a preguntarse unos a otros quién sería
el que iba a cometer tal acción.

**Jesús corrige la ambición de los apóstoles.** 24Surgió también
una discusión entre ellos sobre quién debía ser considerado
como el más grande. 25Él les dijo: «Los reyes de las naciones
las tiranizan y sus príncipes reciben el nombre de bienhecho-
res. 26Entre vosotros no ha de ser así, sino que el mayor entre
vosotros será como el más joven, y el que mande como el que
sirve. 27En efecto, ¿quién es más grande, el que se sienta a la
mesa o el que sirve? ¿No es el que se sienta a la mesa? Pues
bien, yo estoy en medio de vosotros como el que sirve.
28Vostros habéis perseverado conmigo en mis pruebas, 29y yo
os voy a dar el reino como mi Padre me lo dio a mí, 30para
que comáis y bebáis a mi mesa en mi reino y os sentéis sobre
tronos para juzgar a las doce tribus de Israel».

**Predice el abandono de sus discípulos.** 31«Simón, Simón, mira
que Satanás ha pedido poder cribaros como el trigo, 32pero yo
he rogado por ti para que no desfallezca tu fe. Y tú, cuando
te arrepientas, confirma a tus hermanos». 33Pero él le dijo: «Se-
ñor, estoy dispuesto a ir contigo a la cárcel y hasta a la muer-
te». 34Jesús le contestó: «Pedro, te digo que no cantará hoy el
gallo antes que hayas negado tres veces que me concces».

**Preparación para la lucha.** 35Después les dijo: «Cuando os
envié sin bolsa, sin alforjas y sin sandalias, ¿os faltó algo?».
Ellos contestaron: «Nada». 36Y añadió: «Ahora, el que tenga
bolsa que la tome, y lo mismo la alforja; y el que no tenga,
venda su manto y compre una espada. 37Pues os digo que debe
cumplirse en mí lo que está escrito: *Y fue contado entre los
delincuentes* (Is 53,12). Porque se acerca el cumplimiento de
todo lo que se refiere a mí». 38Ellos le dijeron: «Señor, aquí
hay dos espadas». Les respondió: «Es bastante».

**Agonía en Getsemaní.** 39Salió y fue, según su costumbre, al
monte de los Olivos. Sus discípulos lo acompañaban. 40Cuan-
do llegó al lugar, les dijo: «Orad para no caer en la tentación».
41Él se apartó de ellos como un tiro de piedra, se arrodilló y
se puso a orar, 42diciendo: «Padre, si quieres, aleja de mí este
cáliz, pero no se haga mi voluntad, sino la tuya». 43Y se le apa-
reció un ángel del cielo reconfortándolo. 44Entró en agonía, y
oraba más intensamente; sudaba como gotas de sangre, que
corrían por el suelo. 45Se levantó de la oración, fue a sus dis-
cípulos y los encontró dormidos por la tristeza. 46Y les dijo:
«¿Por qué dormís? Levantaos y orad para que no caigáis en la
tentación».

**Prendimiento de Jesús.** 47Aún estaba hablando, cuando apa-
reció un gran tropel de gente encabezado por el llamado Ju-
das, uno de los doce, el cual se acercó a Jesús para besarlo.
48Jesús le dijo: «Judas, ¿con un beso entregas al hijo del hom-

bre?». [49]Los que estaban con él, viendo lo que iba a ocurrir, le dijeron: «Señor, ¿les damos con la espada?». [50]Uno de ellos dio un golpe al criado del sumo sacerdote y le cortó la oreja derecha. [51]Jesús dijo: «¡Basta ya! ¡Dejad!». Y tocando la oreja lo curó. [52]Y dijo a los sumos sacerdotes, a los oficiales del templo y a los ancianos que habían venido a prenderlo: «Habéis venido a prenderme como a un ladrón, con espadas y palos. [53]Todos los días estaba con vosotros en el templo, y no me echasteis mano; pero ésta es vuestra hora y el poder de las tinieblas».

**Triple negación de Pedro.** [54]Lo apresaron y lo condujeron a la casa del sumo sacerdote. Pedro lo seguía de lejos. [55]Ellos encendieron fuego en medio del patio y se sentaron alrededor; Pedro se sentó entre ellos. [56]Una criada lo vio sentado junto al fuego, lo miró fijamente y dijo: «También éste andaba con él». [57]Pedro lo negó, diciendo: «No lo conozco, mujer». [58]Poco después otro, al verlo, dijo: «Tú también eres de ellos». Y Pedro dijo: «Hombre, no lo soy». [59]Transcurrió como una hora, y otro afirmó rotundamente: «Seguro que también éste andaba con él, porque es galileo». [60]Pedro dijo: «Hombre, no sé lo que dices». E inmediatamente, mientras aún estaba hablando, cantó un gallo. [61]El Señor se volvió, miró a Pedro, y Pedro se acordó de la palabra del Señor cuando le había dicho: «Antes que cante el gallo hoy, me negarás tres veces». [62]Y saliendo fuera, lloró amargamente.

**Jesús, ultrajado.** [63]Los que custodiaban a Jesús se burlaban de él y lo golpeaban; [64]lo cubrieron con un velo y le preguntaban: «Adivina quién te ha pegado». [65]Y le decían muchas otras injurias.

**Jesús ante el tribunal supremo.** [66]Al amanecer, celebraron consejo los ancianos del pueblo, los sumos sacerdotes y los maestros de la ley; lo llevaron al tribunal [67]y le dijeron: «Si tú eres el mesías, dínoslo». Jesús les contestó: «Si os lo digo, no me vais a creer; [68]y si yo os pregunto, no me vais a responder. [69]Pero desde ahora el hijo del hombre estará sentado a la derecha de Dios todopoderoso». [70]Todos dijeron: «Luego ¿eres tú el hijo de Dios?». Y él les respondió: «Vosotros lo decís: Yo lo soy». [71]Ellos replicaron: «¿Qué necesidad tenemos ya de testigos, si nosotros mismos lo hemos oído de su boca?».

23 **Jesús ante Pilato.** [1]Se levantó la asamblea, lo condujeron a Pilato [2]y comenzaron a acusarle, diciendo: «Nosotros lo hemos encontrado alborotando a nuestra nación, prohibiendo pagar tributo al césar y diciendo que él es el cristo rey». [3]Pilato le preguntó: «¿Tú eres el rey de los judíos?». Y él respondió: «Tú lo dices». [4]Pilato dijo a los sumos sacerdotes y a la gente: «No encuentro ninguna culpa en este hombre». [5]Pero ellos insistían con más energía: «Alborota al pueblo enseñando por toda Judea, desde Galilea, donde empezó, hasta aquí». [6]Pilato al oír esto, preguntó si era galileo; [7]al asegurarse de que era de la jurisdicción de Herodes, se lo envió, porque Herodes estaba también en Jerusalén por aquellos días.

**Jesús ante Herodes.** [8]Herodes se alegró mucho de ver a Jesús, porque hacía bastante tiempo que quería verlo, pues había oído hablar de él y esperaba verle hacer algún milagro. [9]Le hizo muchas preguntas, pero él no respondía nada. [10]Por su parte, los sumos sacerdotes y los maestros de la ley estaban allí y lo acusaban duramente. [11]Herodes, con sus soldados, trató con desprecio a Jesús, se burló de él, le puso un vestido blanco y lo envió a Pilato. [12]Aquel día Herodes y Pilato se hicieron amigos, pues antes eran enemigos.

**Otra vez ante Pilato.** [13]Pilato convocó a los sumos sacerdotes, a las autoridades y al pueblo, y les dijo: [14]«Me habéis traído a este hombre como alborotador del pueblo; yo lo he interrogado delante de vosotros y no lo he encontrado culpable

de las cosas de que lo acusáis. 15 Herodes tampoco, puesto que
nos lo ha devuelto. Nada ha hecho, pues, que merezca la muer-
te. 16 Por tanto, lo pondré en libertad después de haberlo casti-
gado». 17 Por la fiesta tenía por costumbre sortarles a un preso.
18 Ellos gritaban todos a una: «Quita de en medio a ése y deja
en libertad a Barrabás». 19 Éste había sido encarcelado por una
revuelta ocurrida en la ciudad y por un homicidio. 20 De nue-
vo Pilato les habló, pues quería dejar en libertad a Jesús. 21 Pero
ellos gritaron: «¡Crucifícalo! ¡Crucifícalo!». 22 Y Pilato, por ter-
cera vez, les dijo: «¿Pero qué mal ha hecho? No he encontra-
do en él causa alguna de muerte; por tanto, lo dejaré en liber-
tad después de haberlo castigado». 23 Pero ellos insistían a
grandes voces pidiendo que fuera crucificado, y sus gritos cada
vez eran más fuertes. 24 Pilato decidió que se hiciera como pe-
dían. 25 Dejó en libertad al que pedían (el que había sido en-
carcelado por una revuelta y un homicidio), y les entregó a
Jesús para que hicieran con él lo que quisieran.

**Camino del Calvario.** 26 Cuando lo conducían, echaron mano
de un tal Simón de Cirene, que venía del campo, y le carga-
ron la cruz para que la llevara detrás de Jesús. 27 Lo seguía mu-
cha gente del pueblo y mujeres, que se daban golpes de pecho
y se lamentaban por él. 28 Jesús se volvió a ellas y les dijo: «Hijas
de Jerusalén, no lloréis por mí; llorad por vosotras y por vues-
tros hijos, 29 porque vienen días en los que se dirá: "Dichosas
las estériles, los vientres que no han dado a luz y los pechos
que no han amamantado". 30 Entonces comenzarán a decir a
las montañas: "Caed sobre nosotros, y a los collados:
Sepultadnos" (Os 10,8); 31 porque si esto hacen al leño verde,
¿qué no harán al seco?».
32 Llevaban también a dos criminales para ejecutarlos con él.

**Crucifixión.** 33 Cuando llegaron al lugar llamado Calvario,
crucificaron allí a Jesús y a los criminales, uno a la derecha y
otro a la izquierda. 34 Jesús decía: «Padre, perdónalos, porque

no saben lo que hacen». Y se repartieron sus vestidos a suer-
tes. 35El pueblo estaba mirando. Las mismas autoridades se bur-
laban, diciendo: «Ha salvado a otros; que se salve a sí mismo
si es el mesías de Dios, el elegido». 36También los soldados se
burlaban de él, se acercaban y le daban vinagre, 37diciendo:
«Si tú eres el rey de los judíos, sálvate a ti mismo».
38Encima de él había un letrero que decía: «Éste es el rey
de los judíos».

**Muerte de Jesús.** 39Uno de los criminales crucificados le
insultaba diciendo: «¿No eres tú el mesías? Sálvate a ti mismo
y a nosotros». 40Pero el otro le reprendió diciendo: «¿Ni si-
quiera temes a Dios tú que estás en el mismo suplicio? 41No-
sotros estamos aquí en justicia, porque recibimos lo que me-
recen nuestras fechorías; pero éste no ha hecho nada malo».
42Y decía: «Jesús, acuérdate de mí cuando vengas como rey».
43Y le contestó: «Te aseguro que hoy estarás conmigo en el pa-
raíso». 44Hacia el mediodía las tinieblas cubrieron toda la tie-
rra hasta las tres de la tarde. 45El sol se eclipsó y la cortina del
templo se rasgó por medio. 46Y Jesús, con fuerte voz, dijo: «Pa-
dre, en tus manos encomiendo mi espíritu (Sal 31,6)». Dijo
esto y expiró.
47El oficial, al ver lo que había ocurrido, daba gloria a Dios,
diciendo: «Verdaderamente este hombre era justo». 48Y toda la
gente que había asistido al espectáculo, al ver lo sucedido, re-
gresaba dándose golpes de pecho.
49Todos los conocidos de Jesús estaban a distancia, igual que
las mujeres que lo habían seguido desde Galilea, presencian-
do todo esto.

**Sepultura de Jesús.** 50Un hombre llamado José, miembro del
tribunal supremo, hombre bueno y justo, 51de Arimatea, ciu-
dad de Judea, el cual no estaba de acuerdo con las actuacio-
nes del tribunal y que esperaba el reino de Dios, 52se presentó
a Pilato y le pidió el cuerpo de Jesús.

53 Lo bajó de la cruz, lo envolvió en una sábana y lo puso en
un sepulcro excavado en la roca, en el que todavía no había
sido puesto nadie.
54 Era el día de la preparación de la pascua, y rayaba ya el
sábado. 55 Las mujeres que habían acompañado a Jesús desde
Galilea lo siguieron de cerca y vieron el sepulcro y cómo fue
colocado su cuerpo. 56 Regresaron y prepararon aromas y un-
güentos. El sábado descansaron, como estaba prescrito.

24 **Mensaje de la resurrección.** 1 El primer día de la sema-
na, al rayar el alba, volvieron al sepulcro llevando los
aromas preparados. 2 Y se encontraron con que la piedra había
sido rodada del sepulcro. 3 Entraron y no encontraron el cuer-
po de Jesús, el Señor. 4 Mientras ellas estaban desconcertadas por
esto, se presentaron dos varones con vestidos deslumbrantes.
5 Ellas se asustaron y bajaron los ojos; ellos les dijeron: «¿Por
qué buscáis entre los muertos al que vive? 6 No está aquí, ha re-
sucitado. Recordad lo que os dijo estando aún en Galilea, 7 que
el hijo del hombre debía ser entregado en manos de pecadores,
ser crucificado y resucitar al tercer día». 8 Ellas se acordaron de
estas palabras. 9 Regresaron del sepulcro y contaron todo a los
once y a todos los demás. 10 Eran María Magdalena, Juana y
María la de Santiago y las demás que estaban con ellas las que
decían estas cosas a los apóstoles. 11 Aquellas palabras les pare-
cieron un delirio, y no las creían. 12 Pero Pedro se levantó y se
fue corriendo al sepulcro; se asomó, y sólo vio los lienzos; y
regresó a casa maravillado de lo ocurrido.

**Los discípulos de Emaús.** 13 Aquel mismo día, dos de ellos se
dirigían a una aldea llamada Emaús, distante de Jerusalén unos
trece kilómetros. 14 Iban hablando de todos estos sucesos; 15 mien-
tras ellos hablaban y discutían, Jesús mismo se les acercó y se
puso a caminar con ellos. 16 Pero estaban tan ciegos que no lo
reconocían. 17 Y les dijo: «¿De qué veníais hablando en el cami-
no?». Se detuvieron entristecidos. 18 Uno de ellos, llamado

Cleofás, respondió: «¿Eres tú el único forastero en Jerusalén que
no sabes lo que ha sucedido en ella estos días?». 19Él les dijo:
«¿Qué?». Ellos le contestaron: «Lo de Jesús de Nazaret, que fue
un profeta poderoso en obras y palabras ante Dios y ante todo
el pueblo, 20cómo nuestros sumos sacerdotes y nuestras autori-
dades lo entregaron para ser condenado a muerte y lo crucifi-
caron. 21Nosotros esperábamos que él sería el libertador de Is-
rael, pero a todo esto ya es el tercer día desde que sucedieron
estas cosas. 22Por cierto que algunas mujeres de nuestro grupo
nos han dejado asombrados: fueron muy temprano al sepulcro,
23no encontraron su cuerpo y volvieron hablando de una apari-
ción de ángeles que dicen que vive. 24Algunos de los nuestros
fueron al sepulcro y lo encontraron todo como las mujeres han
dicho, pero a él no lo vieron».

25Entonces les dijo: «¡Qué torpes sois y qué tardos para creer
lo que dijeron los profetas! 26¿No era necesario que Cristo su-
friera todo eso para entrar en su gloria?». 27Y empezando por
Moisés y todos los profetas, les interpretó lo que sobre él hay
en todas las Escrituras.

28Llegaron a la aldea donde iban, y él aparentó ir más lejos;
29pero ellos le insistieron, diciendo: «Quédate con nosotros,
porque es tarde y ya ha declinado el día». Y entró para que-
darse con ellos. 30Se puso a la mesa con ellos, tomó el pan, lo
bendijo, lo partió y se lo dio. 31Entonces sus ojos se abrieron
y lo reconocieron; pero él desapareció de su lado.

32Y se dijeron uno a otro: «¿No ardía nuestro corazón mien-
tras nos hablaba en el camino y nos explicaba las Escrituras?».
33Se levantaron inmediatamente, volvieron a Jerusalén y en-
contraron reunidos a los once y a sus compañeros, 34que de-
cían: «Verdaderamente el Señor ha resucitado y se ha apareci-
do a Simón». 35Ellos contaron lo del camino y cómo lo
reconocieron al partir el pan.

**Aparición a los apóstoles.** 36Estaban hablando de todo esto,
cuando Jesús mismo se presentó en medio de ellos y les dijo:

«La paz esté con vosotros». 37Aterrados y llenos de miedo,
creían ver un espíritu. 38Él les dijo: «¿Por qué os asustáis y du-
dáis dentro de vosotros? 39Ved mis manos y mis pies. Soy yo
mismo. Tocadme y ved que un espíritu no tiene carne ni hue-
sos, como veis que yo tengo». 40Dicho esto, les mostró las ma-
nos y los pies. 41Y como ellos no creían aún de pura alegría y
asombro, les dijo: «¿Tenéis algo de comer?». 42Le dieron un
trozo de pez asado. 43Lo tomó y comió delante de ellos.

**Últimas recomendaciones.** 44Luego les dijo: «De esto os ha-
blaba cuando estaba todavía con vosotros: Es necesario que
se cumpla todo lo que está escrito acerca de mí en la ley de
Moisés, en los Profetas y en los Salmos». 45Entonces les abrió
la inteligencia para que entendieran las Escrituras. Y les dijo:
46«Estaba escrito que el mesías tenía que sufrir y resucitar de
entre los muertos al tercer día, 47y que hay que predicar en su
nombre el arrepentimiento y el perdón de los pecados a todas
las naciones, comenzando por Jerusalén. 48Vosotros sois testi-
gos de estas cosas. 49Sabed que voy a enviar lo que os ha pro-
metido mi Padre. Por vuestra parte quedaos en la ciudad has-
ta que seáis revestidos de la fuerza de lo alto».

**La ascensión.** 50Los sacó hasta cerca de Betania. 51Levantó
las manos y los bendijo. Y mientras los bendecía, se separó de
ellos y subió al cielo. 52Ellos lo adoraron y se volvieron a Je-
rusalén llenos de alegría. 53Estaban continuamente en el tem-
plo bendiciendo a Dios.

# Evangelio según san Juan

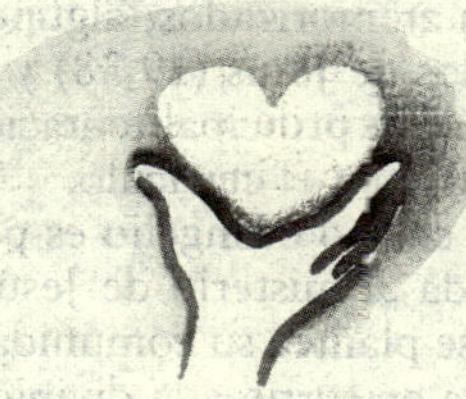

*La Palabra se hizo carne*
*y habitó entre nosotros* (1,14).

El cuarto evangelio es claramente distinto a los tres anteriores, los sinópticos, en su estilo literario, en las fuentes que utiliza, en su división interna y en su teología. Se ha dicho de él que es el más espiritual; lo es, pero al mismo tiempo es el que más insiste en la encarnación. Juan contempla el misterio de Jesús en su doble dimensión de divinidad, preexistencia junto a Dios, y encarnación, su venida entre nosotros.

En el trasfondo del evangelio se escucha la vida de una comunidad que tiene que hacer frente tanto a las tensiones internas como a las que nacen de la confrontación con el ambiente en que viven y que ha cerrado filas en torno a un personaje que ellos llaman el *discípulo amado*. En las comunidades joánicas había discípulos de Juan Bautista a los que el evangelista explica la superioridad de Jesús (1,19-34); otros no aceptaban que Jesús fuera el Hijo de Dios (10,33-38), que se hubiera hecho hombre (1,14) o que hubiera muerto en una cruz. Pero, por otra parte, tiene que responder a las acusaciones de los judíos. Después del año 70 se consuma la expulsión de la sinagoga de aquellos judíos que confesaban a Jesús como Mesías (9,22; 12,42; 16,2). Ante esta situación los cristianos de la comunidad joánica están atemorizados; algunos tenían miedo a aparecer como discípulos de Jesús (19,38) y otros han abandonado la comunidad (6,66); la principal tentación era la de alejarse del mundo y encerrarse en el cenáculo.

El cuarto evangelio es por tanto, una respuesta teológica madurada al misterio de Jesús desde los retos teológicos y vitales que se plantea su comunidad. Como respuesta a la polémica suscitada en torno a la divinidad y humanidad de Jesús, el evangelista responde profundizando en el misterio de su encarnación y de su muerte; como respuesta a la tentación de huir del mundo el evangelista les invita a afianzarse en su fe en Jesús y en que salgan al mundo a dar testimonio de la verdad.

El misterio de Jesús no se descubre por la reflexión, sino por el encuentro personal; este es el camino que siguen Nicodemo, la samaritana, el ciego de nacimiento, si bien la plenitud del misterio de Jesús sólo nos la descubre el evangelista: Él es el Hijo de Dios, unido al Padre, pero que ha puesto su tienda entre nosotros; en Él se ha manifestado toda la gloria de Dios; Él es el camino, la verdad y la vida; Él es el buen Pastor; Él es la Resurrección y la vida; al final de su camino, Jesús retorna al Padre, de forma que, paradójicamente, su muerte es el momento de su glorificación.

El evangelio de Juan es una invitación continua a creer en Jesús; los verdaderos discípulos, después de contemplar sus signos y escuchar sus enseñanzas, se unen a Él y entienden la vida desde el amor mutuo.

Por su carácter, específico literario y teológico, Juan hace de los milagros, signos; de los discursos de Jesús, discursos sobre Jesús; las polémicas no *giran en torno a cuestiones* de la *época* (el sábado, los alimentos...) sino sobre las pretensiones de Jesús (ser el Mesías, ser el enviado del Padre...).

# I. PRÓLOGO
# (1,1–18)

1 [1]En el principio existía aquel / que es la Palabra, / y aquel
que es la Palabra / estaba con Dios y era Dios. / [2]Él estaba
en el principio con Dios. / [3]Todo fue hecho por él / y sin él
nada se hizo. / [4]Cuanto ha sido hecho en él es vida, / y la vida
es la luz de los hombres; / [5]la luz luce en las tinieblas / y las
tinieblas no la sofocaron. / [6]Hubo un hombre enviado por Dios,
/ de nombre Juan. / [7]Éste vino como testigo, / para dar testi-
monio de la luz, / a fin de que todos creyeran por él. / [8]No
era él la luz, / sino testigo de la luz. / [9]Existía la luz verdade-
ra, / que con su venida a este mundo / ilumina a todo hom-
bre. / [10]Estaba en el mundo; / el mundo fue hecho por él, / y
el mundo no lo conoció. / [11]Vino a los suyos, / y los suyos no
lo recibieron. / [12]A todos los que lo reciben, / a los que creen
en su nombre, / les da el ser hijos de Dios; / [13]él, que no nació
ni de sangre ni de carne, / ni por deseo de hombre / sino de
Dios. / [14]Y aquel que es la Palabra / se hizo carne, / y habitó
entre nosotros, / y nosotros vimos su gloria, / gloria cual de
unigénito / venido del Padre, / lleno de gracia y de verdad. /
[15]Juan daba testimonio de él / y proclamaba: / «Éste es del que
yo dije: / El que viene detrás de mí / ha sido antepuesto a mí, /
porque era antes que yo». / [16]De su plenitud, en efecto, / todos
*nosotros hemos* recibido, / y gracia sobre gracia. / [17]Porque la
ley fue dada por Moisés, / pero la gracia y *la fidelidad / vinie-
ron* por Cristo Jesús. / [18]A Dios nadie lo ha visto jamás; / el Hijo
único, que está en el Padre, / nos lo ha dado a conocer.

# II. EL PRIMER VIAJE A JERUSALÉN
# (1,19–3,21)

**El testimonio del Bautista.** [19]Los judíos de Jerusalén envia-
ron sacerdotes y levitas a preguntar a Juan: [20]«Tú, ¿quién

eres?». Su testimonio fue claro y rotundo: «Yo no soy el
mesías». Y le preguntaron: 21«Entonces, ¿qué?; ¿eres Elías?».
Y dijo: «No lo soy». «¿Eres el profeta?». Respondió: «No».
22Ellos insistieron: «Pues, ¿quién eres, para llevar una respuesta
a los que nos han enviado? ¿Qué dices de ti mismo?». 23Dijo:
«*Yo soy una voz que grita en el desierto: Allanad el camino del
Señor*» (como dijo el profeta Isaías) (Is 40,3).
24Entre los enviados había fariseos. 25Éstos le preguntaron:
«Entonces, ¿por qué bautizas, si tú no eres el mesías, ni Elías,
ni el profeta?». 26Juan respondió: «Yo bautizo con agua, pero
en medio de vosotros está uno que no conocéis; 27viene después
de mí, pero yo no soy digno de desatar la correa de sus sandalias».
28Estas cosas pasaron en Betania, al otro lado del Jordán,
donde Juan bautizaba.

**Jesús y los discípulos del Bautista.** 29Al día siguiente, Juan vio
a Jesús que venía hacia él, y dijo: «Éste es el cordero de Dios,
que quita el pecado del mundo. 30Éste es de quien yo dije: Después de mí viene uno que es superior a mí, porque existía antes
que yo. 31Yo no lo conocía; pero si yo he venido a bautizar con
agua es para que él se dé a conocer a Israel». 32Y Juan atestiguó:
«He visto al Espíritu descender del cielo en forma de paloma y
posarse sobre él. 33Yo no lo conocía, pero el que me envió a bautizar con agua me dijo: "Sobre el que veas descender y posarse el
Espíritu, ése es el que bautiza en el Espíritu Santo". 34Yo lo he
visto y doy testimonio de que éste es el hijo de Dios».

**Los primeros discípulos.** 35Al *día siguiente*, *Juan* estaba todavía allí con dos de sus discípulos; 36vio a Jesús, que pasaba, y
dijo: «Éste es el cordero de Dios». 37Los dos discípulos lo oyeron y se fueron con Jesús. 38Jesús se volvió y, al verlos, les dijo:
«¿Qué buscáis?». Ellos le dijeron: «Rabí (que significa maestro),
¿dónde vives?». 39Él les dijo: «Venid y lo veréis». Fueron, vieron
dónde vivía y permanecieron con él aquel día. Eran como las

cuatro de la tarde. [40]Andrés, el hermano de Simón Pedro, era
uno de los dos que había oído a Juan, y se había ido con Jesús.
[41]Andrés encontró a su hermano Simón y le dijo: «Hemos
encontrado al mesías» (que significa el Cristo). [42]Y se lo pre-
sentó a Jesús. Jesús le miró y dijo: «Tú eres Simón, el hijo de
Juan; tú te llamarás Cefas» (que significa piedra).
[43]Al día siguiente, Jesús decidió salir para Galilea; encon-
tró a Felipe, y le dijo: «Sígueme». [44]Felipe era de Betsaida, pa-
tria de Andrés y de Pedro. [45]Felipe encontró a Natanael y le
dijo: «Hemos encontrado a aquel de quien Moisés escribió en
la ley y los profetas. Es Jesús de Nazaret, el hijo de José».
[46]Natanael respondió: «¿De Nazaret puede salir algo bueno?».
Felipe contestó: «Ven y verás». [47]Jesús vio a Natanael, que se
le acercaba, y dijo de él: «Éste es un israelita auténtico, en el
que no hay engaño». [48]Natanael le dijo: «¿De qué me cono-
ces?». Jesús le contestó: «Antes que Felipe te llamase, te vi yo,
cuando estabas debajo de la higuera». [49]Natanael le respondió:
«Rabí, tú eres el hijo de Dios, tú eres el rey de Israel». Jesús le
contestó: [50]«¿Porque te he dicho que te vi debajo de la higue-
ra crees? Cosas mayores que éstas verás». [51]Y añadió: «Os ase-
guro que veréis el cielo abierto y a los ángeles de Dios subir y
bajar sobre el hijo del hombre».

2 **Las bodas de Caná.** [1]Tres días después hubo una boda en
Caná de Galilea, en la que estaba la madre de Jesús. [2]In-
vitaron también a la boda a Jesús y a sus discípulos. [3]Se termi-
nó el vino, y la madre de Jesús le dijo: «No tienen vino». [4]Je-
sús le contestó: «¿A ti y a mí qué, mujer? Mi hora todavía no
ha llegado». [5]Su madre dijo a los sirvientes: «Haced lo que él
os diga». [6]Había allí seis tinajas de piedra de unos cien litros
cada una para los ritos de purificación de los judíos. [7]Jesús les
dijo: «Llenad de agua las tinajas». Y las llenaron hasta arriba.
[8]Añadió: «Sacad ahora y llevádselo al maestresala». Y se lo lle-
varon. [9]Tan pronto como el maestresala probó el agua con-
vertida en vino (sin saber de dónde era, aunque sí lo sabían

los sirvientes que habían sacado el agua); llamó al novio y le
dijo: [10]«Todos sirven primero el vino mejor; y cuando se ha
bebido en abundancia, el peor. Tú, en cambio, has guardado
el vino mejor hasta ahora».
[11]Así, en Caná de Galilea, Jesús comenzó sus milagros, ma-
nifestó su gloria y sus discípulos creyeron en él.
[12]Después fue a Cafarnaún con su madre, sus hermanos y
sus discípulos; pero estuvieron allí sólo unos días.

**Expulsa del templo a los mercaderes.** [13]Se acercaba la pas-
cua de los judíos. Jesús subió a Jerusalén, [14]y halló en el tem-
plo vendedores de bueyes, ovejas y palomas, y cambistas en
sus puestos. [15]Hizo un látigo de cuerdas y los echó a todos del
templo, con las ovejas y los bueyes; esparció por el suelo las
monedas de los cambistas y volcó las mesas. [16]Y dijo a los ven-
dedores de palomas: «Quitad esto de aquí; no hagáis de la casa
de mi Padre un mercado». [17]Sus discípulos se acordaron que
está escrito: *El celo de tu casa me devora* (Sal 69,10).
[18]Entonces los judíos dijeron: «¿Qué señal nos das para obrar
así?». [19]Jesús les respondió: «Destruid este templo y en tres días
lo levantaré». [20]Los judíos replicaron: «Cuarenta y seis años
se tardó en construir este templo, ¿y tú lo vas a levantar en
tres días?». [21]Pero él hablaba del templo de su cuerpo. [22]Por
eso, cuando resucitó de entre los muertos, se acordaron sus
discípulos de que ya lo había dicho, y creyeron en la Escritura
y en la palabra de Jesús.

**Escudriña los corazones.** [23]Mientras estaba Jesús en Jerusa-
lén en la fiesta de la pascua, muchos creyeron en él al ver los
*milagros* que hacía; [24]pero Jesús no se fiaba de ellos, pues los
conocía a todos. [25]No necesitaba que le informasen de nadie,
pues él conocía muy bien el interior del hombre.

3 **Diálogo con Nicodemo.** [1]Había entre los fariseos un hom-
bre importante, llamado Nicodemo. [2]Una noche fue a ver

a Jesús y le dijo: «Maestro, sabemos que Dios te ha enviado para enseñarnos, porque nadie puede hacer los milagros que tú haces si no está Dios con él». [3]Jesús le respondió: «Te aseguro que el que no nace de nuevo no puede ver el reino de Dios». [4]Nicodemo le preguntó: «¿Cómo puede uno nacer de nuevo siendo viejo? ¿Es que puede volver al seno de su madre y nacer de nuevo?». [5]Jesús respondió: «Te aseguro que el que no nace del agua y del Espíritu no puede entrar en el reino de Dios. [6]Lo que nace de la carne es carne, y lo que nace del Espíritu es espíritu. [7]No te extrañe que te diga: "Es necesario nacer de nuevo". [8]El viento sopla donde quiere; oyes su voz, pero no sabes de dónde viene y adónde va; así es todo el que nace del Espíritu». [9]Nicodemo preguntó: «¿Cómo puede ser eso?». [10]Jesús respondió: «¿Tú eres maestro de Israel y no lo sabes? [11]Te aseguro que hablamos de lo que sabemos y atestiguamos lo que hemos visto, y, a pesar de todo, no aceptáis nuestro testimonio. [12]Si os hablo de cosas terrenas y no me creéis, ¿cómo me creeríais si os hablara de cosas celestiales?

[13]Nadie ha subido al cielo sino el que bajó del cielo, el hijo del hombre, que está en el cielo. [14]Como levantó Moisés la serpiente en el desierto, así será levantado el hijo del hombre, [15]para que todo el que crea en él tenga vida eterna».

**Comentario del evangelista.** [16]«Porque tanto amó Dios al mundo que dio a su hijo único, para que quien crea en él no perezca, sino que tenga vida eterna. [17]Pues Dios no envió a su hijo al mundo para condenar al mundo, sino para que el mundo se salve por él. [18]El que cree en él no será condenado; pero el que no cree ya está condenado, porque no ha creído en el hijo único de Dios. [19]La causa de la condenación consiste en que la luz vino al mundo, y los hombres prefirieron las tinieblas a la luz porque sus obras eran malas. [20]En efecto, el que obra mal odia la luz y no va a la luz, para que no se descubran sus obras. [21]Pero el que practica la verdad va a la luz, para que se vean sus obras, que están hechas como Dios quiere».

## III. VIAJE A SAMARÍA Y GALILEA
## (3,22–4,54)

**Nuevo testimonio del Bautista.** [22]Después de esto, Jesús fue
con sus discípulos a la comarca de Judea; allí vivía con ellos y
bautizaba. [23]Juan también bautizaba en Ainón, próximo a Salín,
pues allí abundaba el agua, y acudían muchos a bautizarse.
[24]Esto era antes de que metieran a Juan en la cárcel.

[25]Surgió una discusión entre los discípulos de Juan y un ju-
dío acerca de los ritos de la purificación. [26]Fueron a Juan y le
dijeron: «Maestro, el que estaba contigo al otro lado del Jordán,
del que tú diste testimonio, está bautizando y todos acuden a
él». [27]Juan respondió: «El hombre no puede apropiarse nada si
Dios no se lo da. [28]Vosotros mismos sois testigos de que dije:
“Yo no soy el mesías, sino que he sido enviado delante de él”.
[29]La esposa pertenece al esposo. Pero el amigo del esposo, el
que está a su lado y lo oye, se alegra mucho al oír la voz del
esposo. Así que mi gozo es completo. [30]Él debe crecer y yo men-
guar. El que viene de arriba está sobre todos. [31]El que es de la
tierra es terreno y habla como terreno; el que viene del cielo
está sobre todos. [32]Da testimonio de lo que ha visto y oído, pero
nadie acepta su testimonio. [33]El que lo acepta certifica que Dios
dice la verdad. [34]Porque el que Dios ha enviado dice las pala-
bras de Dios, pues Dios le ha dado su espíritu sin medida. [35]El
Padre ama al hijo y ha puesto en sus manos todas las cosas. [36]El
que cree en el hijo tiene vida eterna; el que no quiere creer en
el hijo no verá la vida; la ira de Dios pesa sobre él».

**4** **Hacia Galilea por Samaría.** [1]Cuando *supo Jesús que los
*fariseos conocían* que él hacía y bautizaba más discípulos
que Juan [2](aunque él mismo no bautizaba, sino sus discípulos),
[3]dejó Judea y salió otra vez para Galilea. [4]Tenía que pasar por
Samaría.

[5]Llegó a un pueblo llamado Sicar, junto a la heredad que
Jacob dio a su hijo José. [6]Allí estaba el pozo de Jacob. Jesús,

cansado del camino, se sentó junto al pozo. Era cerca del mediodía.

**Diálogo con la samaritana.** 7Llegó una mujer de Samaría a
sacar agua, y Jesús le dijo: «Dame de beber». 8(Sus discípulos
habían ido a la ciudad a comprar de comer). 9La samaritana
le dijo: «¿Cómo tú, siendo judío, me pides de beber a mí, que
soy samaritana?». (Es que los judíos no se tratan con los
samaritanos). 10Jesús contestó: «Si conocieras el don de Dios
y quién es el que te dice: "Dame de beber", tú le habrías pedido a él, y él te habría dado agua viva». 11La mujer le dijo:
«Señor, no tienes con qué sacarla y el pozo es profundo; ¿de
dónde sacas esa agua viva? 12¿Eres acaso tú más que nuestro
padre Jacob, que nos dio este pozo, del cual bebió él, sus hijos y sus ganados?». 13Jesús le respondió: «El que bebe esta agua
tendrá otra vez sed, 14pero el que beba del agua que yo le dé
no tendrá sed jamás; más aún, el agua que yo le daré será en
él manantial que salta hasta la vida eterna». 15La mujer le dijo:
«Señor, dame esa agua, para no tener sed ni venir aquí a sacarla». 16Jesús contestó: «Anda, llama a tu marido y vuelve
aquí». 17La mujer contestó: «No tengo marido». Jesús le dijo:
«Muy bien has dicho que no tienes marido. 18Porque has tenido cinco maridos, y el que ahora tienes no es marido tuyo.
En esto has dicho la verdad». 19La mujer le dijo: «Señor, veo
*que tú eres* profeta. 20Nuestros padres adoraron a Dios en este
monte, y vosotros decís que *el sitio donde se* ha de adorar es
Jerusalén». 21Jesús le dijo: «Créeme, mujer: se acerca la hora
en que ni en este monte ni en Jerusalén adoraréis al Padre.
22Vosotros adoráis lo que no conocéis; nosotros adoramos lo
que conocemos, porque la salvación viene de los judíos. 23Pero
llega la hora, y en ella estamos, en que los verdaderos adoradores adorarán al Padre en espíritu y en verdad. Porque así son
los adoradores que el Padre quiere. 24Dios es espíritu, y sus
adoradores han de adorarlo en espíritu y en verdad». 25La mujer le dijo: «Sé que vendrá el mesías (es decir, el Cristo). Cuan-

do él venga, nos lo aclarará todo». 26Jesús le dijo: «Soy yo, el
que habla contigo».

**Diálogo con los discípulos.** 27En esto llegaron sus discípu-
los y se admiraron de que estuviera hablando con una mujer.
Pero ninguno se atrevió a decirle qué le estaba preguntando o
por qué estaba hablando con ella.
28La mujer dejó su cántaro y fue a la ciudad a decir a la gen-
te: 29«Venid a ver un hombre que me ha adivinado todo lo que
he hecho. ¿Será acaso éste el mesías?». 30Salieron de la ciudad
y fueron adonde estaba Jesús.
31Entretanto, sus discípulos le insistían: «Maestro, come».
32Pero él les dijo: «Yo tengo una comida que vosotros no cono-
céis». 33Los discípulos se decían unos a otros: «¿Le habrá traído
alguien de comer?». 34Jesús les dijo: «Mi alimento es hacer la
voluntad del que me envió y completar su obra. 35¿No decís vo-
sotros que faltan todavía cuatro meses para la siega? Pues yo os
digo: Alzad los ojos y ved los campos ya dorados para la siega.
36El segador cobra el salario y recoge el fruto para la vida eter-
na. Así se alegra tanto el que siega como el que siembra. 37Por-
que en esto se cumple aquel proverbio: "Uno es el que siembra
y otro el que siega". 38Yo os he enviado a segar lo que no ha-
béis trabajado. Otros han trabajado, y vosotros os habéis bene-
ficiado de su trabajo».

**Conversión de los samaritanos.** 39Muchos samaritanos de
aquella ciudad creyeron en él por el testimonio de la mujer,
que decía: «Me ha adivinado todo lo que he hecho». 40Cuan-
do llegaron los samaritanos, le rogaron que se quedara con
ellos. Él *se quedó allí dos días,* 41y creyeron muchos más al
oírlo. 42Y decían a la mujer: «No creemos ya por lo que tú nos
has dicho; nosotros mismos lo hemos oído y estamos conven-
cidos de que éste es de verdad el salvador del mundo».

**Jesús en Galilea.** 43Después de estos dos días salió de allí para
Galilea. 44El mismo Jesús había afirmado que ningún profeta

es bien considerado en su propio país. 45Cuando llegó a Galilea,
los galileos, testigos oculares de todo lo que había hecho en
Jerusalén durante la fiesta, lo recibieron muy bien. 46Jesús re-
gresó a Caná de Galilea, donde él había convertido el agua en
vino.

**Curación del hijo de un oficial real.** Un oficial real tenía un
hijo enfermo en Cafarnaún. 47Al oír que Jesús venía de Judea
a Galilea, salió a su encuentro y le suplicó que fuera a curar a
su hijo, que estaba moribundo. 48Jesús le dijo: «Si no veis mi-
lagros y portentos, no creéis». 49El oficial dijo: «Señor, anda
antes que muera mi hijito». 50Jesús respondió: «Vete, tu hijo
vive». El hombre creyó en la palabra de Jesús y se fue.

51Cuando iba de regreso, sus criados salieron a su encuen-
tro y le dijeron: «Tu hijo vive». 52Les preguntó a qué hora ha-
bía empezado a mejorar, y le dijeron: «Ayer, a la una de la tar-
de, le dejó la fiebre». 53El padre reconoció que aquélla era la
hora en que Jesús le había dicho: «Tu hijo vive». Y creyó en él
con toda su casa.

54Éste fue el segundo milagro que hizo Jesús al ir de Judea
a Galilea.

## IV. SEGUNDO VIAJE A JERUSALÉN Y MINISTERIO EN GALILEA *(5,1–6,71)*

5 **Curación de un enfermo en la piscina de Bezatá.** 1Después
de esto, los judíos celebraban una fiesta, y Jesús fue a Je-
rusalén. 2Hay en Jerusalén, junto a la puerta de las Ovejas, una
piscina llamada en hebreo Bezatá, con cinco soportales. 3En
estos soportales había muchos enfermos, ciegos, cojos y para-
líticos. [4Periódicamente bajaba un ángel a la piscina y agitaba
el agua y el primero que se metía, apenas agitada el agua,
quedaba curado]. 5Había allí un hombre, enfermo hacía trein-

ta y ocho años. [6]Jesús lo vio echado y, sabiendo que llevaba
mucho tiempo, le dijo: «¿Quieres curarte?». [7]El enfermo le res-
pondió: «Señor, no tengo a nadie que, al agitarse el agua, me
meta en la piscina; y, en lo que yo voy, otro baja antes que
yo». [8]Jesús le dijo: «Levántate, toma tu camilla y anda». [9]En
aquel mismo instante el hombre quedó curado, tomó la cami-
lla y comenzó a andar. Aquel día era sábado.

**Conflicto con los judíos.** [10]Los judíos dijeron al que había
sido curado: «Es sábado y no puedes llevar tu camilla». [11]Él
les dijo: «El mismo que me curó me dijo: "Toma tu camilla y
anda"». [12]Le preguntaron: «¿Quién es el hombre que te dijo:
"Toma tu camilla y anda"?». [13]Pero él no sabía quién era, por-
que Jesús había desaparecido entre la mucha gente que allí ha-
bía. [14]Más tarde Jesús lo encontró en el templo y le dijo: «Mira,
has sido curado. No peques más, para que no te suceda algo
peor». [15]Él fue y dijo a los judíos que le había curado Jesús,
[16]y los judíos perseguían a Jesús porque hacía tales cosas en
sábado.

[17]Jesús les dijo: «Mi padre no deja de trabajar, y yo también
trabajo». [18]Por eso principalmente los judíos querían matarlo;
porque no sólo violaba el sábado, sino que también llamaba a
Dios su propio padre, haciéndose igual a Dios.

**La persona y la misión de Jesús.** [19]Jesús les dijo: «Os asegu-
ro que el hijo no puede hacer nada de por sí que no vea ha-
cerlo al Padre, y lo que éste hace lo hace igualmente el hijo.
[20]Porque el Padre ama al hijo y le muestra todo cuanto hace;
y le mostrará obras mayores que éstas, *de tal manera* que os
quedaréis asombrados. [21]Pues como el Padre resucita a los
muertos y los hace revivir, así también el hijo da la vida a los
que quiere. [22]El Padre no juzga a nadie, sino que ha entrega-
do al hijo toda potestad de juzgar, [23]para que todos honren al
hijo como honran al Padre. El que no honra al hijo no honra
al Padre que lo envió.

[24]Os aseguro que el que escucha mis palabras y cree en el
que me ha enviado tiene vida eterna y no será condenado, sino
que ha pasado de la muerte a la vida. [25]Os aseguro que llega
la hora, y en ella estamos, en que los muertos escucharán la
voz del hijo de Dios, y los que la escuchen vivirán. [26]Porque
como el Padre tiene vida en sí mismo, así ha dado al hijo que
tenga vida en sí mismo. [27]Y le ha dado potestad de juzgar, ya
que es el hijo del hombre.

[28]No os maravilléis de esto, pues llegará la hora en que to-
dos los que están en los sepulcros oirán su voz [29]y saldrán; los
que hicieron el bien resucitarán para la vida, y los que hicie-
ron el mal resucitarán para la condenación. [30]Yo no puedo ha-
cer nada por mí mismo. Yo juzgo como me ordena el Padre, y
mi juicio es justo porque no busco mi voluntad, sino la volun-
tad del que me envió.

**Obcecación de los judíos.** [31]«Si yo testificara de mí mismo,
mi testimonio no sería verdadero. [32]Otro es el que testifica de
mí, y sé que es verdadero el testimonio que da de mí. [33]Voso-
tros enviasteis una embajada a Juan, y él dio testimonio de la
verdad. [34]Yo no necesito testimonio de ningún hombre; digo
estas cosas para que vosotros os salvéis. [35]Juan era la antorcha
que arde y luce, y vosotros quisisteis recrearos con su luz por
un momento. [36]Pero yo tengo un testimonio mayor que el de
Juan, pues las obras que el Padre me encargó realizar, las mis-
mas que yo hago, *testifican de mí que el Padre me* ha envia-
do. [37]El Padre que me envió ha dado también testimonio de
mí. No habéis oído jamás su voz, ni habéis visto su rostro, [38]ni
guardáis su palabra, pues no creéis en el que él ha enviado.

[39]Estudiáis cuidadosamente las Escrituras, pensando encon-
trar en ellas la vida eterna; ellas testifican de mí. [40]¡Y no que-
réis venir a mí para tener vida! [41]No acepto honores huma-
nos; [42]yo sé bien que no amáis a Dios. [43]Yo he venido en
nombre de mi Padre, y vosotros no me aceptáis; si otro vinie-
ra en su propio nombre, a ése lo aceptaríais. [44]¿Cómo podéis

creer, si sólo buscáis honores los unos de los otros, y no bus-
cáis el honor que viene del Dios único? [45]No creáis que yo os
acuso ante el Padre; os acusa Moisés, en quien vosotros espe-
ráis. [46]Porque si creyeseis en Moisés, creeríais en mí, pues él
escribió de mí. [47]Pero si no creéis en sus escritos, ¿cómo cree-
réis en mis palabras?».

6 **La multiplicación de los panes.** [1]Después Jesús pasó al otro
lado del lago de Galilea (o Tiberíades). [2]La gente lo se-
guía, porque veían los prodigios que hacía con los enfermos.
[3]Jesús subió al monte y allí se sentó con sus discípulos. [4]Esta-
ba cerca la pascua, la fiesta de los judíos.

[5]Jesús alzó los ojos y, al ver tanta gente, dijo a Felipe: «¿Dón-
de compraremos panes para que coman todos ellos?». [6]Decía
esto para probarlo, pues él sabía lo que iba a hacer. [7]Felipe le
contestó: «El sueldo de un año no bastaría para que cada uno
de ellos comiera un poco». [8]Entonces, uno de los discípulos,
Andrés, el hermano de Simón Pedro, dijo: [9]«Aquí hay un mu-
chacho que tiene cinco panes de cebada y dos peces. Pero, ¿qué
es esto para tantos?». [10]Jesús dijo: «Decidles que se sienten».
Había mucha hierba en aquel sitio. Eran unos cinco mil hom-
bres.

[11]Jesús tomó los panes, dio gracias y los distribuyó entre
todos; y lo mismo hizo con los peces. Les dio todo lo que qui-
sieron. [12]Cuando se saciaron, dijo a sus discípulos: «Recoged
los trozos sobrantes para que no se pierda nada». [13]Los recogie-
ron, y llenaron doce canastos de las sobras de los cinco panes
de cebada.

[14]La gente, al ver el milagro que había hecho *Jesús, decía:*
*«Éste es el profeta* que tenía que venir al mundo». [15]Y Jesús,
dándose cuenta de que querían llevárselo para hacerle rey, se
retiró otra vez al monte él solo.

**Jesús camina sobre las aguas.** [16]Al llegar la tarde, los discípu-
los bajaron al lago, [17]subieron a una barca y se dirigieron a la

otra orilla rumbo a Cafarnaún. Había ya oscurecido, y Jesús
no se había aún juntado con ellos. 18Un fuerte viento agitaba
el lago. 19Habían remado como unos cinco kilómetros cuando
vieron a Jesús, que caminaba sobre el mar y se acercaba a la
barca; y se asustaron. 20Él les dijo: «Soy yo, no tengáis mie-
do». 21Quisieron recogerlo en la barca, y al instante la barca
tocó tierra en el lugar adonde se dirigían.

**De nuevo la multitud.** 22Al día siguiente la gente, que se ha-
bía quedado a la otra parte del lago, notó que allí había sólo
una barca y que Jesús no había subido a ella con sus discípu-
los, pues éstos se habían ido solos.
23Entretanto, llegaron otras barcas de Tiberíades y atraca-
ron cerca de donde habían comido el pan después que el Se-
ñor dio gracias. 24Cuando la gente vio que no estaban allí ni
Jesús ni sus discípulos, subieron a las barcas y fueron a
Cafarnaún en busca de Jesús. 25Lo encontraron al otro lado
del lago, y le dijeron: «Maestro, ¿cuándo has venido aquí?».

**Discurso sobre el pan de vida.** 26Jesús les contestó: «Os ase-
guro que no me buscáis porque habéis visto milagros, sino por-
que habéis comido pan hasta hartaros. 27Procuraos no el ali-
mento que pasa, sino el que dura para la vida eterna; el que
os da el hijo del hombre, a quien Dios Padre acreditó con su
*sello*». 28Le preguntaron: «¿Qué tenemos que hacer para tra-
bajar como Dios quiere?». 29Jesús les respondió: «Lo que Dios
quiere que hagáis es que creáis en el que él ha enviado». 30Le
replicaron: «¿Qué milagros haces tú para que los veamos y
creamos en ti? ¿Cuál es tu obra? 31Nuestros padres comieron
el maná en el desierto, como está escrito: *Les dio a comer pan
del cielo*» (Sal 78,24). 32Jesús les dijo: «Os aseguro que no fue
Moisés quien os dio el pan del cielo; mi Padre es el que os da
el verdadero pan del cielo. 33Porque el pan de Dios es el que
baja del cielo y da la vida al mundo». 34Ellos le dijeron: «Se-
ñor, danos siempre de ese pan».

**Jesús, el pan de vida.** [35]Jesús les dijo: «Yo soy el pan de la
vida. El que viene a mí no tendrá hambre, y el que cree en mí
no tendrá sed jamás. [36]Pero ya os he dicho que, aunque me
habéis visto, no creéis. [37]Todos los que el Padre me da ven-
drán a mí. Al que viene a mí no lo rechazo, [38]pues he bajado
del cielo no para hacer mi voluntad, sino la voluntad del que
me ha enviado. [39]Y ésta es la voluntad del que me ha enviado,
que yo no pierda a ninguno de los que él me ha dado, sino
que los resucite en el último día. [40]Pues es voluntad de mi Pa-
dre que todo el que vea al hijo y crea en él tenga vida eterna
y yo lo resucite en el último día».

[41]Los judíos criticaban a Jesús porque había dicho: «Yo soy
el pan que ha bajado del cielo», [42]y decían: «¿No es éste Je-
sús, el hijo de José? Nosotros conocemos a su padre y a su
madre. ¿Cómo dice ahora que ha bajado del cielo?». [43]Jesús
les dijo: «Dejad de criticar. [44]Nadie puede venir a mí si el Pa-
dre que me envió no lo trae, y yo lo resucitaré en el último
día. [45]Está escrito en los profetas: *Todos serán enseñados por
Dios* (Is 54,13; Jer 31,33-34). Todo el que escucha al Padre y
acepta su enseñanza viene a mí. [46]Esto no quiere decir que al-
guien haya visto al Padre. Sólo ha visto al Padre el que proce-
de de Dios. [47]Os aseguro que el que cree tiene vida eterna.

[48]Yo soy el pan de la vida. [49]Vuestros padres comieron el
maná en el desierto y murieron. [50]Éste es el pan que baja del
cielo; el que come de él no muere».

**Promesa de la eucaristía.** [51]«Yo soy el pan vivo bajado del
cielo. El que coma de este pan vivirá eternamente; y el pan
que yo daré es mi carne por la vida del mundo». [52]Los judíos
discutían entre ellos: «¿Cómo puede éste darnos a comer su
carne?». [53]Jesús les dijo: «Os aseguro que si no coméis la car-
ne del hijo del hombre y no bebéis su sangre no tendréis vida
en vosotros. [54]El que come mi carne y bebe mi sangre tiene
vida eterna y yo lo resucitaré en el último día. [55]Porque mi
carne es verdadera comida y mi sangre verdadera bebida. [56]El

que come mi carne y bebe mi sangre vive en mí y yo en él.
57Como el Padre que me ha enviado vive y yo vivo por el Pa-
dre, así el que me come vivirá por mí. 58Éste es el pan que ha
bajado del cielo; no como el que comieron los padres, y mu-
rieron. El que come este pan vivirá eternamente».
59Dijo todo esto enseñando en la sinagoga de Cafarnaún.

**Efectos del discurso.** 60Muchos de sus discípulos, al oírlo,
dijeron: «Esto que dice es inadmisible. ¿Quién puede admitir-
lo?». 61Jesús, conociendo que sus discípulos hacían esas críti-
cas, les dijo: «¿Esto os escandaliza? 62¡Pues si vierais al hijo del
hombre subir adonde estaba antes! 63El espíritu es el que da
vida. La carne no sirve para nada. Las palabras que os he di-
cho son espíritu y vida. 64Pero entre vosotros hay algunos que
no creen». (Jesús ya sabía desde el principio quiénes eran los
que no creían y quién lo iba a traicionar). 65Y añadió: «Por esto
os he dicho que nadie puede venir a mí si no le es dado por el
Padre». 66Desde entonces muchos de sus discípulos se volvie-
ron atrás y no andaban con él.

**La confesión de Pedro.** 67Jesús preguntó a los doce: «¿Tam-
bién vosotros queréis iros?». 68Simón Pedro le contestó: «Se-
ñor, ¿a quién iremos? Tú tienes palabras de vida eterna. 69No-
sotros creemos y sabemos que tú eres el santo de Dios». 70Jesús
le respondió: «¿No os elegí yo a los doce? Y, sin embargo, uno
de vosotros es un diablo». 71Hablaba de Judas, hijo de Simón
Iscariote; pues éste lo iba a traicionar, y era uno de los doce.

## V. TERCER VIAJE A JERUSALÉN (7,1–10,41)

7 **Jesús va a Jerusalén.** 1Después de esto Jesús andaba por
Galilea y evitaba andar por Judea, porque los judíos in-
tentaban matarlo. 2Estaba cerca la fiesta judía de los taber-

náculos. 3Sus hermanos le dijeron: «Vete a Judea, para que tam-
bién tus discípulos vean las obras que haces; 4nadie actúa en
secreto si quiere darse a conocer. Ya que haces tales cosas, date
a conocer a todo el mundo». 5Porque ni sus hermanos creían
en él. 6Jesús les dijo: «Todavía no ha llegado mi hora; sin em-
bargo, para vosotros cualquier hora es buena. 7El mundo no
os puede odiar; pero a mí me odia, porque testifico de él que
sus obras son malas. 8Id vosotros a la fiesta. Yo no voy a esta
fiesta, pues todavía no ha llegado mi hora». 9Dijo esto, y se
quedó en Galilea.

10En cuanto sus hermanos fueron a la fiesta, él también fue;
pero no públicamente, sino en secreto. 11Los judíos lo busca-
ban durante la fiesta y decían: «¿Dónde está ése?». 12Acerca
de él había muchas habladurías entre la gente. Unos decían:
«Es bueno». Otros, por el contrario, decían: «Nada de bueno:
engaña a la gente». 13Pero nadie hablaba públicamente de él
por miedo a los judíos.

**Jesús enseña durante la fiesta de los tabernáculos.** 14Media-
da ya la fiesta, Jesús subió al templo y se puso a enseñar. 15Los
judíos se quedaban sorprendidos y decían: «¿Cómo sabe tan-
to sin haber estudiado?». 16Jesús les respondió: «Esta doctrina
no es mía, sino del que me ha enviado. 17El que quiera hacer
la voluntad de Dios conocerá si mi doctrina es de Dios o si
hablo por mi cuenta. 18El que habla por su propia cuenta bus-
ca su propio honor; pero el que busca el honor del que lo ha
enviado es veraz, y en él no hay injusticia. 19¿No os ha dado
Moisés la ley? Y ninguno de vosotros la cumple. ¿Por qué in-
tentáis matarme?». 20La gente contestó: «¡Estás endemoniado!
¿Quién intenta matarte?». 21Jesús le contestó: «Una obra hice,
y todos estáis maravillados. 22Pues bien: Moisés os ha impues-
to la circuncisión (no es que venga de Moisés, sino de los pa-
triarcas) y vosotros circuncidáis hasta en sábado. 23Por tanto,
si el hombre recibe la circuncisión en sábado y no por eso se
quebranta la ley de Moisés, ¿por qué os irritáis contra mí por

haber curado a un hombre en sábado? 24No juzguéis por las
apariencias, juzgad con justicia».

**Origen divino de Jesús.** 25Algunos de Jerusalén decían: «¿No
es éste al que intentaban matar? 26Habla en público y nadie le
dice una palabra. ¿Es que habrán reconocido los jefes que éste
es verdaderamente el mesías? 27Pero éste sabemos de dónde es;
en cambio, cuando venga el mesías, nadie sabrá de dónde es».
28Jesús, enseñando en el templo, exclamó: «Me conocéis, sí, y
sabéis de dónde soy; pero no he venido por mi propia cuenta,
sino que me ha enviado el que es veraz, al que vosotros no
conocéis. 29Yo lo conozco, porque procedo de él y él me ha
enviado». 30Querían prenderlo, pero nadie puso en él las ma-
nos porque su hora no había llegado todavía.

**Jesús anuncia su próxima partida.** 31Muchos del pueblo cre-
yeron en él y decían: «Cuando venga el mesías, ¿hará acaso
más milagros que éste?». 32Los fariseos oyeron lo que la gente
decía de él y, de acuerdo con los sumos sacerdotes, mandaron
guardias a prenderlo. 33Jesús les dijo: «Por un poco de tiempo
estaré aún con vosotros; luego volveré al que me envió. 34Me
buscaréis y no me encontraréis; donde yo esté no podéis ir vo-
sotros». 35Los judíos comentaban: «¿Adónde irá éste, que no-
sotros no podamos encontrarlo? ¿Se irá tal vez con los judíos
emigrados entre los griegos para anunciar su doctrina a los grie-
gos? 36¿Qué significa esto que dice: "Me buscaréis y no me
encontraréis", y: "Donde yo esté no podéis ir vosotros?"».

**Promesa del agua de vida.** 37El último día, el más solemne
de la fiesta, Jesús en pie y en voz alta dijo: «El que tenga sed,
que venga a mí; 38el que cree en mí que beba. Lo dice la Es-
critura: *De sus entrañas brotarán ríos de agua viva* (Is 55,1-3;
50,11; Zac 14,11)». 39Eso lo dijo refiriéndose al Espíritu que
habrían de recibir los que creyeran en él. Pues aún no había
Espíritu, porque Jesús no había sido aún glorificado.

**Discusiones sobre el origen de Cristo.** [40]Al escuchar estas pa-
labras, algunos de entre la gente decían: «Éste es verdaderamente
el profeta». [41]Y otros: «Éste es el mesías». Otros, por el contra-
rio: «¿Es que el mesías puede venir de Galilea? [42]¿No dice la
Escritura que el mesías tiene que venir de la estirpe de David y
de Belén, el pueblecito de donde era David?». [43]Así pues, acer-
ca de él había entre la gente división de opiniones. [44]Y algunos
querían prenderlo, pero nadie puso las manos en él.
[45]Los guardias volvieron sin él. Los fariseos y los sumos sa-
cerdotes les dijeron: «¿Por qué no lo habéis traído?». [46]Los
guardias respondieron: «Nadie habló jamás como habla este
hombre». [47]Los fariseos les dijeron: «¿También vosotros os ha-
béis dejado engañar? [48]¿Ha creído acaso en él algún jefe o
algún fariseo? [49]Esa gente que no conoce la ley son unos mal-
ditos». [50]Uno de ellos, Nicodemo, que había ido a él anterior-
mente, les dijo: [51]«¿Es que nuestra ley permite condenar a al-
guien sin haberlo escuchado y sin saber qué ha hecho?». [52]Y le
contestaron: «¿También tú eres de Galilea? Investiga y verás
que de Galilea no puede salir ningún profeta». [53]Y cada uno
se fue a su casa.

8 **La mujer adúltera.** [1]Jesús se fue al monte de los Olivos.
[2]Al amanecer estaba de nuevo en el templo. Todo el pue-
blo acudía a él; y él, sentado, les enseñaba. [3]Los maestros de
la ley y los fariseos le llevaron una mujer sorprendida en adul-
terio, la pusieron en medio y le dijeron: [4]«Maestro, esta mu-
jer ha sido sorprendida en flagrante adulterio. [5]En la ley, Moi-
sés mandó apedrear a estas mujeres. Tú ¿qué dices?». [6]Decían
esto para probarlo y tener de qué acusarlo. Pero Jesús, aga-
*chándose*, se puso a escribir con el dedo en el suelo. [7]Como
insistían en la pregunta, se alzó y les dijo: «El que de vosotros
no tenga pecado que tire la primera piedra». [8]Y, agachándose
otra vez, continuó escribiendo en el suelo. [9]Al oír estas pala-
bras, se fueron uno tras otro, comenzando por los más ancia-
nos, y se quedó Jesús solo, con la mujer allí en medio. [10]En-

tonces Jesús se alzó y le dijo: «Mujer, ¿dónde están? ¿Ninguno te ha condenado?». [11]Y ella contestó: «Ninguno, Señor». Jesús le dijo: «Tampoco yo te condeno. Vete, y no peques más».

**Jesús, la luz del mundo.** [12]Jesús les habló de nuevo: «Yo soy la luz del mundo. El que me siga no andará en tinieblas, sino que tendrá la luz de la vida». [13]Los fariseos le dijeron: «Tú das testimonio de ti mismo; tu testimonio no es válido». [14]Jesús les respondió: «Aunque yo dé testimonio de mí mismo, mi testimonio es válido, porque sé de dónde vengo y adónde voy; pero vosotros no sabéis de dónde vengo y adónde voy. [15]Vosotros juzgáis con criterios mundanos; yo no juzgo a nadie. [16]Y si juzgo, mi juicio es válido, porque no estoy solo, pues el Padre que me envió está conmigo. [17]En vuestra ley está escrito: " el testimonio coincidente de dos hombres es válido". [18]Yo doy testimonio de mí mismo, y lo da también el Padre que me ha enviado». [19]Entonces le dijeron: «¿Dónde está tu Padre?». Jesús respondió: «Ni a mí ni a mi Padre conocéis. Si me conocierais a mí, conoceríais también a mi Padre». [20]Así habló junto al tesoro enseñando en el templo, y ninguno lo prendió porque su hora no había llegado todavía.

**Amonestaciones a los judíos incrédulos.** [21]En otra ocasión les dijo: «Yo me voy. Me buscaréis, pero moriréis en vuestro pecado. Adonde yo voy no podéis ir vosotros». [22]Los judíos decían: «¿Irá a suicidarse, pues dice: "Adonde yo voy, no podéis ir vosotros?"». [23]Jesús continuó: «Vosotros sois de abajo. Yo soy de arriba. Vosotros sois de este mundo. Yo no soy de este mundo. [24]Os he dicho que moriréis en vuestros pecados, porque si no creyereis que "yo soy el que soy" moriréis en vuestros pecados». [25]Y le decían: «Y ¿tú quién eres?». Jesús les contestó: «Pues lo que os vengo diciendo. [26]Tengo muchas cosas que decir y condenar de vosotros; pero el que me envió es veraz, y yo digo al mundo lo que le he oído a él». [27]Ellos no entendieron que les hablaba del Padre. [28]Jesús les dijo: «Cuando

hayáis levantado al hijo del hombre, conoceréis que "yo soy
el que soy" y que nada hago por mi cuenta, sino que digo lo
que me enseñó el Padre. 29El que me ha enviado está conmigo
y no me deja solo, porque yo hago siempre lo que le agrada a
él». 30Cuando dijo esto, muchos creyeron en él.

**Falsos hijos de Abrahán.** 31Jesús dijo a los judíos que ha-
bían creído en él: «Si os mantenéis firmes en mi doctrina, sois
de veras discípulos míos, 32conoceréis la verdad y la verdad os
hará libres». 33Ellos le dijeron: «Somos descendientes de
Abrahán y jamás hemos servido a nadie. ¿Cómo dices tú: Se-
réis libres?». 34Jesús les respondió: «Os aseguro que quien co-
mete pecado es un esclavo. 35Y el esclavo no vive en la casa
para siempre, el hijo sí. 36Por tanto, si el hijo os libera, seréis
de veras libres. 37Ya sé que sois descendientes de Abrahán, pero
intentáis matarme porque no os entra mi doctrina. 38Yo os digo
lo que he visto junto al Padre, y vosotros hacéis lo que habéis
aprendido de vuestro padre».

39Le contestaron: «Nuestro padre es Abrahán». Jesús les dijo:
«Si fuerais hijos de Abrahán, haríais lo que él hizo. 40Sin em-
bargo, tratáis de matarme a mí, que os he dicho la verdad que
oí junto a Dios. Esto no lo hacía Abrahán. 41Vosotros hacéis
lo que hace vuestro padre». Le dijeron: «Nosotros no somos
hijos bastardos; tenemos un solo padre: Dios». 42Jesús les dijo:
«Si Dios fuera vuestro Padre me amaríais, porque yo vengo de
parte de Dios y aquí me tenéis; no he venido por propia cuen-
ta, sino que me ha enviado él. 43¿Por qué no entendéis mi len-
guaje? Porque no queréis aceptar mi doctrina. 44Vosotros sois
hijos del diablo y queréis cumplir los deseos de vuestro padre.
Él fue homicida desde el principio y no se mantuvo en la ver-
dad, pues no hay verdad en él. Cuando dice mentira, habla
según su propia naturaleza, porque es mentiroso y padre de
la mentira. 45Pero a mí no me creéis porque digo la verdad.

46¿Quién de vosotros podrá acusarme con razón de que he
cometido alguna falta? Si digo verdad, ¿por qué no me creéis?

[47]El que es de Dios acepta las palabras de Dios. Vosotros no
las aceptáis porque no sois de Dios». [48]Los judíos le replica-
ron: «Con razón decimos que eres samaritano y que estás en-
demoniado». [49]Jesús contestó: «Yo no estoy endemoniado; hon-
ro a mi Padre; pero vosotros me deshonráis a mí. [50]Yo no busco
mi honor; hay quien lo busca, y él hará justicia. [51]Os aseguro
que el que guarda mi palabra nunca morirá».
[52]Los judíos le dijeron: «Ahora estamos seguros de que es-
tás endemoniado. Abrahán y los profetas murieron, y tú di-
ces: "El que guarde mi palabra nunca morirá". [53]¿Es que eres
tú más que nuestro padre Abrahán, que murió? Y los profetas
también murieron. ¿Por quién te tienes?». [54]Jesús respondió:
«Si yo me diera a mí mismo el honor, mi honor no sería nada.
Es mi Padre el que me honra; el que decís vosotros que es vues-
tro Dios, [55]y no lo conocéis; pero yo lo conozco. Si dijera que
no lo conozco, sería un mentiroso como vosotros; pero lo co-
nozco y guardo su palabra. [56]Vuestro padre Abrahán se alegró
deseando ver mi día: lo vio y se regocijó». [57]Los judíos le dije-
ron: «No tienes cincuenta años, ¿y has visto a Abrahán?». [58]Je-
sús les dijo: «Os aseguro que antes que naciera Abrahán exis-
to yo». [59]Entonces agarraron piedras para tirárselas. Pero Jesús
se escondió y salió del templo.

9 **Curación de un ciego de nacimiento.** [1]De camino, vio a
un hombre ciego de nacimiento. [2]Sus discípulos le pregun-
taron: «Maestro, ¿quién pecó, éste o sus padres, para que na-
ciera ciego?». [3]Jesús respondió: «Ni éste ni sus padres. Nació
ciego para que resplandezca en él el poder de Dios. [4]Debe-
mos hacer las obras del que me envió mientras es de día. Cuan-
do viene la noche nadie puede trabajar. [5]Mientras estoy en el
mundo, soy la luz del mundo». [6]Dicho esto, escupió en tierra
e hizo lodo con la saliva, le untó con ello los ojos y le dijo:
[7]«Ve a lavarte en la piscina de Siloé» (que significa enviado).
Fue, se lavó y volvió con vista.
[8]Entonces los vecinos y los que solían verlo pidiendo limos-

na decían: «¿No es éste el que se sentaba a pedir?». Unos de-
cían: «Es éste». 9Y otros: «No, es uno que se le parece». Pero
él decía: «Soy yo». 10Y le preguntaban: «Pues, ¿cómo se te han
abierto los ojos?». 11Él contestó: «Ese hombre que se llama Je-
sús hizo lodo, me untó con ello los ojos y me dijo: Ve a lavar-
te a Siloé. Fui, me lavé y vi». 12Y le preguntaron: «¿Dónde está
ése?». Contestó: «No lo sé».

**Investigación de los judíos.** 13Llevaron a los fariseos al que
antes había sido ciego, 14pues era sábado el día en que Jesús
había hecho lodo y abierto sus ojos. 15Los fariseos, a su vez, le
preguntaron cómo había obtenido la vista. Él les dijo: «Me
puso lodo en los ojos, me lavé y veo». 16Algunos fariseos dije-
ron: «Ése no puede ser un hombre de Dios, pues no guarda el
sábado». Otros decían: «¿Cómo puede hacer tales milagros un
hombre pecador?». Estaban divididos. 17Preguntaron de nue-
vo al ciego: «A ti te ha abierto los ojos: ¿qué piensas de él?».
Él contestó: «Que es un profeta».

18Los judíos no podían creer que hubiera sido ciego y ahora
viese, hasta que llamaron a sus padres 19y les preguntaron: «¿Es
éste vuestro hijo, del que decís que nació ciego? ¿Cómo es que
ahora ve?». 20Los padres contestaron: «Sabemos que éste es nues-
tro hijo y que nació ciego. 21Cómo ve ahora, no lo sabemos;
ignoramos quién abrió sus ojos. Preguntádselo a él; ya es ma-
yor y os puede responder». 22Sus padres hablaron así por mie-
do a los judíos, que habían decidido expulsar de la sinagoga al
que reconociera que Jesús era el mesías. 23Por eso los padres di-
jeron: «Ya es mayor y os puede responder; preguntádselo a él».

24Llamaron otra vez al que había sido ciego, y le dijeron:
«Di la verdad ante Dios; nosotros sabemos que este hombre
es pecador». 25Él respondió: «No sé si es pecador o no; sólo
sé que yo era ciego y ahora veo». 26Le preguntaron: «¿Qué te
hizo? ¿Cómo te abrió los ojos?». Respondió: 27«Ya os lo he di-
cho y no me habéis hecho caso. ¿Por qué queréis oírlo otra
vez? ¿Queréis también vosotros haceros sus discípulos?». 28Ellos

le insultaron diciendo: «Tú eres su discípulo; nosotros lo somos de Moisés. 29Nosotros sabemos que a Moisés le habló Dios. Pero de éste no sabemos ni de dónde es». 30Él les contestó: «Es curioso: Vosotros no sabéis ni de dónde es, y él me ha abierto los ojos. 31Sabemos que Dios no escucha a los pecadores, sino al que le es fiel y hace su voluntad. 32Jamás se ha oído decir que alguien haya abierto los ojos a un ciego de nacimiento. 33Si él no fuera de Dios, no podría hacer nada». 34Le respondieron: «Todo tú eres pecado desde que naciste, y ¿nos enseñas a nosotros?». Y lo expulsaron de la sinagoga.

**Conclusión.** 35Jesús oyó que lo habían expulsado; fue a buscarlo y le dijo: «¿Tú crees en el hijo del Hombre?». 36Él le respondió: «¿Y quién es, Señor, para que crea en él?». 37Jesús le dijo: «Lo estás viendo; es el que habla contigo». 38Respondió: «Creo, Señor». Y se puso de rodillas ante él. 39Jesús dijo: «Yo he venido a este mundo para que los que no ven vean, y los que ven se queden ciegos». 40Al oír esto, algunos fariseos que estaban con él le preguntaron: «¿Somos también nosotros ciegos?». 41Jesús les dijo: «Si fueseis ciegos, no tendríais culpa; pero como decís que veis, seguís en pecado».

10 **El buen pastor y sus ovejas.** 1«Os aseguro que el que no entra por la puerta en el redil de las ovejas, sino saltando por otra parte, es un ladrón y un salteador. 2Pero el que entra por la puerta es el pastor de las ovejas. 3El guarda le abre la puerta y las ovejas reconocen su voz; él llama a sus ovejas por sus nombres y las saca fuera. 4Y cuando ha sacado todas sus ovejas, va delante de ellas, y las ovejas lo siguen porque conocen su voz. 5Pero no seguirán a un extraño, sino que huirán de él, porque no conocen la voz de los extraños». 6Jesús les puso esta semejanza, pero ellos no entendieron qué quería decir.

**Jesús, la puerta.** 7Por eso Jesús se lo explicó así: «Os aseguro que yo soy la puerta de las ovejas. 8Todos los que vinieron antes de mí eran ladrones y salteadores, pero las ovejas no les hicieron caso. [9]Yo soy la puerta; el que entra por mí se salvará; entrará y saldrá y encontrará pastos. [10]El ladrón sólo entra para robar, matar y destruir. Yo he venido para que tengan vida y la tengan abundante.

**Jesús, el buen pastor.** [11]«Yo soy el buen pastor. El buen pastor da su vida por las ovejas. [12]Pero el asalariado, que no es el pastor ni el propietario de las ovejas, en viendo venir al lobo deja las ovejas y huye, y el lobo ataca y las dispersa, [13]porque es un asalariado y no le importan las ovejas. [14]Yo soy el buen pastor, y conozco mis ovejas y ellas me conocen a mí, [15]igual que mi Padre me conoce a mí, y yo conozco al Padre; yo doy mi vida por las ovejas. [16]Tengo otras ovejas que no son de este redil. También a ellas tengo que apacentarlas. Ellas escucharán mi voz, y habrá un solo rebaño y un solo pastor.

[17]El Padre me ama, porque yo doy mi vida para recobrarla de nuevo. [18]Nadie me la quita, sino que la doy yo por mí mismo. Tengo el poder de darla y el poder de recobrarla. Tal es el mandato que he recibido de mi Padre».

**Efectos del discurso.** [19]Estas palabras causaron una nueva división entre los judíos. [20]Muchos decían: «Está endemoniado y loco. ¿A qué lo escucháis?». [21]Otros decían: «Estas palabras no son de un endemoniado. ¿Es que un endemoniado puede abrir los ojos a los ciegos?».

**En la fiesta de la dedicación Jesús se declara hijo de Dios.** [22]Se celebraba en Jerusalén la fiesta de la dedicación del tem*plo. Era* invierno. [23]Jesús se paseaba en el templo, por el pórtico de Salomón. [24]Los judíos lo rodearon y le preguntaron: «¿Hasta cuándo nos has de tener en vilo? Si tú eres el mesías, dínoslo claramente». [25]Jesús les respondió: «Os lo he dicho y no me habéis creído. Las obras que yo hago en nombre de mi Padre lo demuestran claramente. [26]Pero vosotros no creéis, por-

que no sois ovejas mías. [27]Mis ovejas escuchan mi voz. Yo las
conozco y ellas me siguen; [28]yo les doy la vida eterna y no pe-
recerán jamás; no me las arrebatará nadie de mis manos. [29]Mi
Padre, que me las ha dado, es más que todas las cosas; y na-
die puede arrebatar nada de la mano de mi Padre. [30]Yo y el
Padre somos una sola cosa».
[31]De nuevo los judíos agarraron piedras para apedrearlo.
[32]Jesús les replicó: «He hecho muchas obras buenas ante vo-
sotros de parte de mi Padre; ¿por cuál de ellas me apedreáis?».
[33]Los judíos le contestaron: «No te apedreamos por ninguna
obra buena, sino por blasfemia; porque tú, siendo hombre, te
haces Dios». [34]Jesús les respondió: «¿No está escrito en vues-
tra ley: *Yo dije: sois dioses* (Sal 82,6)? [35]Si la ley llamó dioses a
los que se dirigió la palabra de Dios, y la Escritura no puede
fallar, [36]¿por qué decís que blasfemo yo, que he sido consa-
grado y enviado al mundo por el Padre, porque he dicho: "Soy
hijo de Dios?". [37]Si no hago las obras de mi Padre, no me
creáis; [38]pero si las hago, aunque no me creáis a mí, creed en
las obras, para que sepáis y reconozcáis que el Padre está en
mí y yo en el Padre». [39]Por eso intentaban prenderlo de nue-
vo, pero se les escapó de las manos.

**Hacia Perea.** [40]Fue nuevamente al otro lado del Jordán, al
lugar donde Juan había estado al principio bautizando, y se
quedó allí. [41]Muchos acudieron a él y decían: «Juan no hizo
ningún milagro, pero todo lo que dijo sobre éste era verdad».
[42]Y muchos creyeron en él.

## VI. ÚLTIMO VIAJE A JERUSALÉN
## (11–18)

**11** **Jesús en Betania.** [1]Había un enfermo, Lázaro, de
Betania, el pueblecito de María y de su hermana Mar-
ta. [2]María era la que ungió con perfume al Señor y le enjugó

los pies con sus cabellos; su hermano estaba enfermo. [3]Las her-
manas mandaron a decir al Señor: «Tu amigo está enfermo».
[4]Jesús, al enterarse, dijo: «Esta enfermedad no es de muer-
te, sino para que resplandezca la gloria de Dios y la gloria del
hijo de Dios».

[5]Jesús era muy amigo de Marta, de su hermana y de Lázaro.
[6]Y aunque supo que estaba enfermo, se entretuvo aún dos días
donde estaba. [7]Sólo entonces dijo a sus discípulos: «Vamos otra
vez a Judea». [8]Los discípulos le dijeron: «Maestro, hace poco
querían apedrearte los judíos, ¿y vas a volver allí?». [9]Jesús con-
testó: «¿No tiene doce horas el día? Si uno anda de día, no
tropieza, porque ve la luz de este mundo; [10]pero si uno anda
de noche, tropieza, porque le falta la luz». [11]Dijo esto, y aña-
dió: «Lázaro, nuestro amigo, duerme; pero voy a despertar-
lo». [12]Los discípulos le dijeron: «Señor, si duerme, se recupe-
rará». [13]Pero Jesús hablaba de su muerte, y ellos creyeron que
hablaba del reposo del sueño.

[14]Entonces Jesús les dijo claramente: «Lázaro ha muerto; [15]y
me alegro por vosotros de no haber estado allí, para que creáis.
Vamos a verlo». [16]Entonces Tomás, llamado el Mellizo, dijo a
sus compañeros: «Vamos también nosotros a morir con él».

**Diálogo con Marta y María.** [17]A su llegada, Jesús se encon-
tró con que hacía cuatro días que Lázaro estaba muerto.

[18]Betania distaba de Jerusalén unos tres kilómetros, [19]y mu-
chos judíos habían ido a casa de Marta y María para conso-
larlas. [20]Así que oyó Marta que llegaba Jesús, salió a su en-
cuentro, mientras que María se quedó en casa. [21]Marta dijo a
Jesús: «Señor, si hubieras estado aquí, no habría muerto mi
hermano. [22]Pero yo sé que Dios te concederá todo lo que le
pidas». [23]Jesús le dijo: «Tu hermano resucitará». [24]Marta le
respondió: «Sé que resucitará cuando la resurrección, el últi-
mo día». [25]Jesús le dijo: «Yo soy la resurrección y la vida. El
que cree en mí, aunque muera, vivirá. [26]Y todo el que vive y
cree en mí no morirá para siempre. [27]¿Crees esto?». Le con-

testó: «Sí, Señor, yo creo que tú eres el mesías, el hijo de Dios
que tenía que venir al mundo».
[28]Dicho esto, fue a llamar a María, su hermana, y le dijo al
oído: «El Maestro está ahí y te llama». [29]Ella, así que lo oyó,
se levantó rápidamente y salió al encuentro de Jesús. [30]Jesús
aún no había entrado en el pueblo; estaba todavía en el sitio
donde lo había encontrado Marta. [31]Los judíos que estaban en
casa de María y la consolaban, al verla levantarse y salir tan
aprisa, la siguieron, creyendo que iba al sepulcro a llorar.

**Resurrección de Lázaro.** [32]Cuando María llegó donde estaba
Jesús, al verlo, se echó a sus pies, diciendo: «Señor, si hubieras
estado aquí, mi hermano no habría muerto». [33]Jesús, al verla
llorar y que los judíos que la acompañaban también lloraban,
se estremeció y, profundamente emocionado, [34]dijo: «¿Dónde
lo habéis puesto?». Le contestaron: «Ven a verlo, Señor». [35]Je-
sús se echó a llorar, [36]por lo que los judíos decían: «Mirad cuánto
lo quería». [37]Pero algunos dijeron: «Éste, que abrió los ojos al
ciego, ¿no pudo impedir que Lázaro muriese?».
[38]Jesús se estremeció profundamente otra vez al llegar al se-
pulcro, que era una cueva con una gran piedra puesta en la
entrada. [39]Jesús dijo: «Quitad la piedra». Marta, la hermana
del difunto, le dijo: «Señor, ya huele, pues lleva cuatro días».
[40]Jesús le respondió: «¿No te he dicho que, si crees, verás la
gloria de Dios?». [41]Entonces quitaron la piedra. Jesús levantó
los ojos al cielo y dijo: «Padre, te doy gracias porque me has
escuchado. [42]Yo bien sabía que siempre me escuchas; pero lo
he dicho por la gente que me rodea, para que crean que tú
me has enviado». [43]Y dicho esto, gritó muy fuerte: «¡Lázaro,
sal fuera!». [44]Y el muerto salió atado de pies y manos con ven-
das, y envuelta la cara en un sudario. Jesús les dijo: «Desatadlo
y dejadlo andar».

**Efectos del milagro. Se decide la muerte de Jesús.** [45]Muchos
de los judíos que habían venido a casa de María y vieron lo

que hizo creyeron en él. [46]Pero algunos se fueron a los fari-
seos y les contaron lo que había hecho Jesús. [47]Los sumos sa-
cerdotes y los fariseos convocaron el consejo y decían: «¿Qué
hacemos? Este hombre hace muchos milagros. [48]Si lo dejamos,
creerán en él todos y vendrán los romanos y destruirán nues-
tro templo y nuestra nación». [49]Uno de ellos, Caifás, que era
el sumo sacerdote aquel año, les dijo: [50]«Vosotros no sabéis
nada; no os dais cuenta de que nos conviene que muera un
solo hombre por el pueblo antes que perezca la nación ente-
ra». [51]Esto no lo dijo por propia iniciativa, sino que, como era
el sumo sacerdote aquel año, profetizó que Jesús debía morir
por la nación; [52]y no sólo por la nación, sino también para
reunir a los hijos de Dios dispersos.

[53]Desde aquel momento decidieron matarlo. [54]Por eso Jesús
no andaba ya públicamente entre los judíos, sino que se fue a
una región cerca del desierto, a una ciudad llamada Efraín, y
allí se quedó con sus discípulos. [55]Estaba próxima la pascua de
los judíos, y muchos de la región fueron a Jerusalén antes de la
pascua para celebrar los ritos de purificación. [56]Buscaban a Je-
sús en el templo y se decían: «¿Qué os parece? ¿Vendrá a la fies-
ta?». [57]Los sumos sacerdotes y los fariseos habían ordenado que,
si alguno sabía dónde estaba, lo denunciase para prenderlo.

12 **Unción en Betania.** [1]Jesús, seis días antes de la pascua,
fue a Betania, donde estaba Lázaro, al que había resu-
citado de entre los muertos. [2]Allí le ofrecieron una cena. Marta
servía, y Lázaro era uno de los comensales. [3]María, por su par-
te, tomó una libra de perfume de nardo puro, de gran precio,
y ungió los pies de Jesús, enjugándolos luego con sus cabellos,
por lo que la casa se llenó del olor del perfume. [4]Entonces dijo
Judas Iscariote, uno de los discípulos, el que lo iba a entregar:
[5]«¿Por qué no se ha vendido este perfume a gran precio y se
ha dado a los pobres?». [6]Esto lo dijo no porque le preocupa-
ran los pobres, sino porque era ladrón; y como tenía la bolsa,
robaba de lo que había en ella. [7]Jesús dijo: «Déjala que lo haga

para el día de mi sepultura. [8]A los pobres siempre los tenéis
con vosotros, pero a mí no me tendréis siempre».
[9]Muchos judíos supieron que Jesús estaba allí y acudieron
no sólo por Jesús, sino también por ver a Lázaro, al que había
resucitado de entre los muertos. [10]Por eso los sumos sacerdo-
tes determinaron matar también a Lázaro, [11]pues por él mu-
chos judíos se apartaban de ellos y creían en Jesús.

**Entrada triunfal en Jerusalén.** [12]Al día siguiente, la gente que
había ido a la fiesta, al oír que Jesús venía a Jerusalén, [13]to-
maron ramos de palmas y salieron a su encuentro, gritando:
«¡Viva! *¡Bendito el que viene en nombre del Señor!* (Sal 118,26).
¡El rey de Israel!». [14]Y Jesús encontró un asno y se montó en
él, según está escrito: [15]*No temas, ciudad de Sión; mira, tu rey
viene montado en un asno* (Zac 9,9).
[16]Los discípulos no comprendieron estas cosas entonces;
pero cuando Jesús fue glorificado, se acordaron de que ha-
bían sido escritas de él y que así habían ocurrido. [17]Los que
estuvieron presentes cuando llamó a Lázaro del sepulcro y
lo resucitó de entre los muertos daban ahora testimonio de
ello. [18]Por esto también la gente le salió al encuentro, pues
se habían enterado de que había hecho este milagro. [19]Los
fariseos se dijeron: «Veis que no adelantamos nada. Mirad
cómo todo el mundo se va tras de él».

**La glorificación de Jesús a través de la muerte.** [20]Entre los
que habían ido a Jerusalén para dar culto a Dios en la fiesta
había algunos griegos. [21]Éstos se acercaron a Felipe, el de
Betsaida de Galilea, y le dijeron: «Señor, queremos ver a Je-
sús». [22]Felipe se lo fue a decir a Andrés; Andrés y Felipe se lo
dijeron a Jesús. [23]Jesús les respondió: «Ha llegado la hora en
que va a ser glorificado el hijo del hombre. [24]Os aseguro que
si el grano de trigo que cae en la tierra no muere, queda infe-
cundo; pero si muere, produce mucho fruto. [25]El que ama su
vida la perderá; y el que odia su vida en este mundo la con-

servará para la vida eterna. 26El que quiera ponerse a mi ser-
vicio, que me siga, y donde esté yo allí estará también mi ser-
vidor. A quien me sirva, mi Padre lo honrará.
27Ahora estoy profundamente angustiado. ¿Y qué voy a de-
cir? ¿Pediré al Padre que me libre de esta hora? No, pues para
esto precisamente he llegado a esta hora. 28Padre, glorifica tu
nombre». Entonces dijo una voz del cielo: «Lo he glorificado
y lo glorificaré de nuevo». 29La gente que estaba allí y lo oyó,
dijeron que había sido un trueno. Oros decían que le había
hablado un ángel. 30Jesús replicó: «Esta voz no ha venido por
mí, sino por vosotros. 31Ahora es cuando va a ser juzgado este
mundo; ahora el príncipe de este mundo va a ser echado fue-
ra. 32Y yo, cuando sea levantado de la tierra, a todos los atraeré
hacia mí». 33Decía esto indicando de qué muerte iba a morir.
34La gente le dijo: «Nosotros sabemos por la ley que el
mesías permanece eternamente; ¿cómo dices tú que el hijo del
hombre debe ser levantado en alto? ¿Quién es este hijo del
hombre?». 35Jesús les contestó: «Por poco tiempo está aún la
luz entre vosotros. Andad mientras tenéis luz, para que no os
sorprendan las tinieblas; que quien camina en tinieblas no sabe
adónde va. 36Mientras tenéis luz, creed en la luz, para ser hi-
jos de la luz». Dicho esto, se fue y se escondió de ellos.

**Incredulidad de los judíos.** 37Aunque había hecho tan gran-
des milagros delante de ellos, no creían en él. 38Así se cum-
plió lo que dijo Isaías: *Señor, ¿quién ha creído en nuestra doc-
trina? ¿A quién se ha manifestado el poder del Señor?* (Is 53,1).
39Y no podían creer, porque ya había dicho también Isaías:

40*Les has cegado sus ojos*
*y has embotado su mente*
*para que sus ojos no vean*
*ni su mente comprenda;*
*así no podrán convertirse*
*ni yo los tendré que sanar* (Is 6,10).

[41]Isaías dijo esto porque vio su gloria y habló de él.
[42]A pesar de todo, muchos, aun de los mismos jefes, creyeron en él; pero por miedo a los fariseos no lo confesaban, para
que no los expulsaran de la sinagoga, [43]pues preferían la honra que dan los hombres a la honra que da Dios.
[44]Jesús proclamó: «El que cree en mí no cree en mí, sino en
el que me ha enviado; [45]y el que me ve a mí ve al que me ha
enviado. [46]Yo he venido como luz al mundo, para que todo el
que crea en mí no quede en tinieblas. [47]Yo no condeno al que
oye mis palabras y no las guarda, pues no he venido a condenar al mundo, sino a salvarlo. [48]El que me rechaza y no acepta mi doctrina ya tiene quien lo juzgue; la doctrina que yo he
enseñado lo condenará en el último día, [49]porque yo no he hablado por mi propia cuenta; el Padre que me ha enviado me
ha ordenado lo que tengo que decir y enseñar, [50]y yo sé que
su mandato es vida eterna. Por eso lo que yo os digo, lo digo
tal y como me lo ha dicho el Padre».

13 **La última cena. El lavatorio de los pies.** [1]Antes de la
fiesta de la pascua, sabiendo que le había llegado la hora de pasar de este mundo al Padre, Jesús, que había amado a los suyos que estaban en el mundo, los amó hasta el fin.
[2]Se pusieron a cenar. El diablo había metido en la cabeza a
Judas Iscariote, hijo de Simón, la idea de traicionar a Jesús.
[3]Jesús, sabiendo que el Padre había puesto en sus manos todas
las cosas, que había salido de Dios y que a Dios volvía, [4]se
levantó de la mesa, se quitó el manto, tomó una toalla y se la
ciñó. [5]Luego echó agua en un barreño y comenzó a lavar los
pies de sus discípulos y a enjugárselos con la toalla que se había ceñido.
[6]Al llegar a Simón Pedro, éste le dijo: «Señor, ¿tú lavarme a
mí los pies?». [7]Jesús le respondió: «Lo que yo hago ahora tú
no lo entiendes; lo entenderás más tarde». [8]Pedro dijo: «Jamás
me lavarás los pies». Jesús le replicó: «Si no te lavo, no tendrás parte conmigo». [9]Simón Pedro dijo: «Señor, no sólo los

pies, sino también las manos y la cabeza». [10]Jesús le dijo: «El
que se ha bañado no necesita lavarse más que los pies, pues
está completamente limpio; y vosotros estáis limpios, aunque
no todos». [11]Jesús sabía muy bien quién iba a traicionarlo; por
eso dijo: «No todos estáis limpios».

[12]Después de lavarles los pies, se puso el manto, se sentó de
nuevo a la mesa y les dijo: «¿Entendéis lo que os he hecho?
[13]Vosotros me llamáis el maestro y el señor; y decís bien, por-
que lo soy. [14]Pues si yo, el señor y el maestro, os he lavado los
pies, también vosotros os los debéis lavar unos a otros. [15]Yo
os he dado ejemplo, para que hagáis vosotros lo mismo que
he hecho yo. [16]Os aseguro que el criado no es más que su amo,
ni el enviado más que quien lo envía. [17]Si sabéis esto y lo po-
néis en práctica, seréis dichosos.

[18]No hablo de vosotros. Yo sé muy bien a quiénes he elegi-
do; pero debe cumplirse la Escritura: *El que come conmigo se
ha vuelto contra mí* (Sal 41,10). [19]Os lo digo ahora antes que
suceda, para que cuando suceda creáis que yo soy el que soy.
[20]Os aseguro que el que reciba al que yo envíe me recibe a
mí, y el que me recibe a mí recibe al que me ha enviado».

**Anuncio de la traición de Judas.** [21]Al decir esto, se sintió
profundamente conmovido y dijo: «Os aseguro que uno de
vosotros me entregará». [22]Los discípulos se miraban unos a
otros, pues no sabían de quién hablaba.

[23]Uno de los discípulos, el preferido de Jesús, estaba junto a
Jesús. [24]Simón Pedro le hizo señas para que le preguntara a
quién se refería. [25]Entonces él, recostándose en el pecho de Je-
sús, le preguntó: «Señor, ¿quién es?». [26]Y Jesús respondió:
«Aquel a quien yo dé un trozo de pan mojado». Mojó el pan
y se lo dio a Judas, el de Simón Iscariote. [27]Y tras el bocado
entró en él Satanás. [28]Jesús le dijo: «Lo que vas a hacer, hazlo
pronto». Pero ninguno de los comensales supo por qué le dijo
esto. [29]Algunos pensaban que, como Judas tenía la bolsa, Je-
sús le decía que comprase todo lo que se necesitaba para la

fiesta, o que diese algo a los pobres. [30]Judas tomó el bocado y
salió en seguida. Era de noche.
[31]Tan pronto como Judas salió, Jesús dijo: «Ahora ha sido
glorificado el hijo del hombre y Dios en él. [32]Si Dios ha sido
glorificado en él, Dios lo glorificará a él y lo glorificará en se-
guida».

**Las despedidas.** [33]«Hijos míos, voy a estar ya muy poco con
vosotros. Me buscaréis, pero os digo lo mismo que dije a los
judíos: Adonde yo voy no podéis ir vosotros.
[34]Os doy un mandamiento nuevo: que os améis unos a otros.
Que como yo os he amado, así también os améis unos a otros.
[35]En esto reconocerán todos que sois mis discípulos, en que
os amáis unos a otros».
[36]Simón Pedro le preguntó: «Señor, ¿adónde vas?». Jesús
respondió: «Adonde yo voy, no puedes seguirme ahora; me se-
guirás más tarde». [37]Pedro dijo: «Señor, ¿por qué no puedo se-
guirte ahora? Yo daré mi vida por ti». [38]Jesús le contestó: «¿Que
darás tu vida por mí? Te aseguro que no cantará el gallo antes
que tú me niegues tres veces».

14 **Jesús volverá a sus discípulos.** [1]«No estéis angustiados.
Confiad en Dios, confiad también en mí. [2]En la casa
de mi Padre hay sitio para todos; si no fuera así, os lo habría
dicho; voy a prepararos un sitio. [3]Cuando me vaya y os haya
preparado el sitio, volveré y os llevaré conmigo, para que, don-
de yo estoy, estéis también vosotros; [4]ya sabéis el camino para
ir adonde yo voy». [5]Tomás le dijo: «Señor, no sabemos adón-
de vas, ¿cómo vamos a saber el camino?». [6]Jesús le dijo: «Yo
soy el camino, la verdad y la vida. Nadie va al Padre sino por
mí. [7]Si me habéis conocido a mí, conoceréis también a mi Pa-
dre. Y desde ahora lo conocéis y lo habéis visto».
[8]Felipe le dijo: «Señor, muéstranos al Padre y nos basta». [9]Je-
sús le dijo: «Llevo tanto tiempo con vosotros, ¿y todavía no
me conoces, Felipe? El que me ha visto a mí ha visto al Padre.

¿Cómo dices tú: "Muéstranos al Padre?". 10¿No crees que yo
estoy en el Padre y el Padre en mí? Las palabras que os digo
no las digo por mi propia cuenta; el Padre, que está en mí, es
el que realiza sus propias obras. 11Creedme: yo estoy en el Pa-
dre y el Padre en mí. Creedlo al menos por las obras mismas».

**Poder de la fe y de la oración.** 12«Os aseguro que el que cree
en mí hará las obras que yo hago y las hará aún mayores que
éstas, porque yo me voy al Padre; 13y lo que pidáis en mi nom-
bre, yo lo haré, para que el Padre sea glorificado en el hijo.
14Lo que pidáis en mi nombre, yo lo haré».

**Otro defensor.** 15«Si me amáis, guardaréis mis mandamien-
tos. 16Yo pediré al Padre que os mande otro defensor que esté
siempre con vosotros, 17el Espíritu de la verdad, que el mun-
do no puede recibir porque no lo ve ni lo conoce. Vosotros lo
conocéis, porque vive con vosotros y está en vosotros».

**Los que aman a Jesús.** 18«No os dejaré abandonados; volveré
a estar con vosotros. 19Dentro de poco el mundo no me verá
más; pero vosotros me veréis, porque yo vivo y vosotros tam-
bién viviréis. 20Aquel día vosotros conoceréis que yo estoy en
mi Padre, vosotros en mí y yo en vosotros. 21El que conoce mis
mandamientos y los guarda, ése me ama; y al que me ama lo
amará mi Padre, y yo también lo amaré y me manifestaré a él».

22Judas, no el Iscariote, sino el otro, le preguntó: «Señor,
¿cómo es que te has de manifestar a nosotros y no al mun-
do?». 23Jesús le contestó: «El que me ama guardará mi doctri-
na, mi Padre lo amará y mi Padre y yo vendremos *a él y vivi-
remos en él*. 24El que no me ama no guarda mi doctrina; y la
doctrina que escucháis no es mía, sino del Padre que me ha
enviado».

**Promesa del Espíritu Santo.** 25«Os he dicho estas cosas es-
tando con vosotros; 26pero el defensor, el Espíritu Santo, el que

el Padre enviará en mi nombre, él os lo enseñará todo y os
recordará todo lo que os he dicho».

**La paz de Jesús.** 27«La paz os dejo, mi paz os doy; no como
el mundo la da, os la doy yo. No estéis angustiados ni tengáis
miedo. 28Ya sabéis lo que os he dicho: Me voy, pero volveré a
estar con vosotros. Si me amáis, os alegraréis de que me vaya
al Padre, porque el Padre es mayor que yo. 29Os lo he dicho
ahora, antes que suceda, para que cuando suceda creáis. 30No
hablaré ya muchas cosas con vosotros, porque el príncipe de
este mundo está para llegar. No tiene poder sobre mí; 31pero
debe ser así para que el mundo conozca que yo amo al Padre y
que hago lo que el Padre me ha ordenado. Levantaos, vámonos
de aquí».

15 **Jesús, la vid verdadera.** 1«Yo soy la vid verdadera y mi
Padre el viñador. 2Él corta todos los sarmientos que no
dan fruto en mí, y limpia los que dan fruto para que den más.
3Vosotros estáis ya limpios por la palabra que os he dicho. 4Se-
guid unidos a mí, que yo lo seguiré estando con vosotros. Como
el sarmiento no puede dar fruto por sí mismo si no está unido a
la vid, así tampoco vosotros si no estáis unidos a mí. 5Yo soy la
vid, vosotros los sarmientos. El que permanece unido a mí y yo
en él, da mucho fruto; porque sin mí no podéis hacer nada. 6Al
que no está unido a mí se lo echa fuera, como a los sarmientos,
que se los amontona, se secan y se los prende fuego para que se
quemen. 7Si estáis unidos a mí y mis enseñanzas permanecen en
vosotros, pedid todo lo que queráis y se os concederá».

8«Mi Padre es glorificado si dais mucho fruto y sois mis dis-
cípulos. 9Como el Padre me ama a mí, así os he amado yo; per-
maneced en mi amor. 10Si guardáis mis mandamientos,
permaneceréis en mi amor, como yo he guardado los manda-
mientos de mi Padre y permanezco en su amor. 11Os he dicho
estas cosas para que mi alegría esté dentro de vosotros y vues-
tra alegría sea completa».

12«Éste es mi mandamiento: amaos unos a otros como yo
os he amado. 13Nadie tiene mayor amor que el que da la vida
por sus amigos. 14Vosotros sois mis amigos si hacéis lo que os
mando. 15Ya no os llamo siervos, pues el siervo no sabe qué
hace su señor; yo os he llamado amigos porque os he dado a
conocer todas las cosas que he oído a mi Padre. 16No me ele-
gisteis vosotros a mí, sino yo a vosotros; y os designé para que
vayáis y deis fruto y vuestro fruto permanezca, a fin de que
todo lo que pidáis al Padre en mi nombre os lo conceda. 17Esto
os mando: amaos unos a otros».

**El odio del mundo. Las persecuciones.** 18«Si el mundo os
odia, sabed que me ha odiado a mí antes que a vosotros. 19Si
fueseis del mundo, el mundo os amaría como cosa suya. Pero
como no sois del mundo, pues yo os elegí y os saqué del mun-
do, por eso el mundo os odia. 20Recordad que os he dicho:
"El criado no es más que su amo". Si a mí me han persegui-
do, también os perseguirán a vosotros; y si han rechazado mi
doctrina, también rechazarán la vuestra. 21Todas estas cosas
harán con vosotros por mi nombre, porque no conocen al que
me ha enviado».
22«Si yo no hubiera venido ni les hubiera hablado, no ten-
drían culpa; pero ahora no tienen excusa para su pecado. 23El
que me odia a mí odia también a mi Padre. 24Si no hubiera
hecho ante ellos obras que nadie ha hecho, no tendrían culpa.
Pero han visto esas obras y, a pesar de todo, me odian a mí y
a mi Padre. 25Para que se cumpla lo que está escrito en su ley:
*Me han odiado sin motivo* (Sal 35,19; 69,5).
26Cuando venga el defensor, que yo os enviaré de parte del
Padre, el Espíritu de la verdad, que procede del Padre, él dará
testimonio de mí. 27Y vosotros también lo daréis, porque es-
táis conmigo desde el principio».

**16** 1«Os he dicho estas cosas para que no os deprimáis.
2Os echarán de las sinagogas; más aún, se acerca la hora

en que os quitarán la vida creyendo que con ello dan culto a
Dios. [3]Os harán esto porque no conocen ni al Padre ni a mí.
[4]Pero yo os lo digo de antemano, para que cuando llegue el
momento os acordéis de que ya os lo había anunciado. No os
lo dije al principio porque estaba con vosotros».

**De nuevo la promesa del Espíritu Santo.** [5]«Ahora vuelvo al
que me envió, y ninguno de vosotros me pregunta: ¿Adónde
vas?, [6]sino que, porque os he dicho estas cosas, la tristeza ha
llenado vuestro corazón. [7]Pero os digo la verdad: os conviene
que yo me vaya; porque si no me voy, el defensor no vendrá a
vosotros; y si me voy, os lo enviaré. [8]Cuando él venga demos-
trará al mundo en qué está el pecado, la justicia y la condena.
[9]El pecado consiste en que no creen en mí; [10]la justicia, en que
me voy al Padre y no me veréis más, [11]y la condena, en que el
príncipe de este mundo está ya condenado.

[12]Muchas cosas tengo que deciros todavía, pero ahora no es-
táis capacitados para entenderlas. [13]Cuando venga él, el Espíritu
de la verdad, os guiará a la verdad completa. Pues no os hablará
por su cuenta, sino que os dirá lo que ha oído y os anunciará las
cosas venideras. [14]Él me honrará a mí, porque recibirá de lo mío
y os lo anunciará. [15]Todo lo que el Padre tiene es mío; por eso os
he dicho que recibe de lo mío y os lo anunciará.

[16]Un poco, y ya no me veréis; y otro poco, y me veréis».

**Jesús volverá pronto.** [17]Entonces algunos discípulos se pregunta-
ban: «¿Qué es lo que dice: "Un poco, y no me veréis"; y "otro
poco, y me veréis", y: "Me voy al Padre?"». [18]Decían: «¿Qué quie-
re decir ese "poco" No lo entendemos». [19]Jesús se dio cuenta de
que le querían preguntar algo, y les dijo: «Andáis discutiendo so-
bre lo que acabo de decir: "Un poco, y no me veréis; y otro poco,
y me veréis". [20]Os aseguro que vosotros lloraréis y gemiréis, pero
el mundo gozará; vosotros os entristeceréis, pero vuestra tristeza
se cambiará en alegría. [21]La mujer cuando está de parto se siente
angustiada, porque ha llegado su hora; pero cuando ya ha dado

a luz al niño, no se acuerda más de la angustia por la alegría de
que ha nacido un hombre en el mundo. [22]Así también vosotros
estáis ahora tristes; pero yo os veré otra vez, y vuestro corazón
se alegrará y nadie os quitará ya vuestra alegría. [23]En aquel día
no me preguntaréis nada. Os aseguro que todo lo que pidáis en
mi nombre al Padre os lo concederá».

**La oración es siempre escuchada.** [24]«Hasta ahora no habéis
pedido nada en mi nombre. Pedid y recibiréis, para que vues-
tra alegría sea completa.

[25]Os he dicho estas cosas en lenguaje figurado; se acerca la
hora en que ya no os hablaré más en este lenguaje, sino que
os hablaré del Padre con toda claridad. [26]En aquel día pedi-
réis al Padre en mi nombre. Yo no os voy a decir que rezaré
por vosotros al Padre, [27]porque el mismo Padre os ama, ya que
vosotros me habéis amado y habéis creído que yo salí de Dios».

**La fe de los discípulos.** [28]«Salí del Padre y vine al mundo;
de nuevo dejo el mundo y vuelvo al Padre».

[29]Sus discípulos dijeron: «Ahora hablas claramente, y no en
lenguaje figurado. [30]Ahora conocemos que lo sabes todo y na-
die necesita preguntarte; por eso creemos que has salido de
Dios». [31]Jesús les respondió: «¿Ahora creéis? [32]Pues se acerca
la hora, es decir, ya ha llegado, en que os dispersaréis cada
uno por su lado y me dejaréis solo; pero yo no estoy solo, pues
el Padre está conmigo. [33]Os he dicho estas cosas para que ten-
gáis paz en mí. En el mundo tendréis tribulaciones; pero te-
ned ánimo, que yo he vencido al mundo».

## ORACIÓN SACERDOTAL

17 **Jesús ruega por sí mismo.** [1]Así habló Jesús. Luego, le-
vantando sus ojos al cielo, dijo: «Padre, ha llegado la
hora; glorifica a tu hijo, para que tu hijo te glorifique a ti, [2]y

que por el poder que tú le has dado sobre todos los hombres,
él dé vida eterna a todos los que le has confiado. (3Y la vida
eterna es que te conozcan a ti, el único Dios verdadero, y al
que tú has enviado, Jesucristo). 4Yo te he glorificado en la tie-
rra, llevando a término la obra que me encomendaste. 5Aho-
ra, Padre, glorifícame tú junto a ti con la gloria que tenía con-
tigo antes de existir el mundo».

**Jesús ruega por sus discípulos.** 6«He manifestado tu nom-
bre a los hombres que escogiste del mundo y me los confias-
te; tuyos eran, y tú me los confiaste; y ellos han guardado tu
doctrina. 7Ahora han conocido que todo lo que me confiaste
viene de ti; 8porque les he comunicado las enseñanzas que tú
me diste, y ellos las han aceptado. Ahora saben con toda cer-
teza que salí de ti, y ya están convencidos de que tú me en-
viaste.

9Yo te ruego por ellos: no te ruego por el mundo, sino por
los que tú me has confiado, pues son tuyos; 10todo lo mío es
tuyo, y lo tuyo mío; y yo he sido glorificado en ellos. 11Ya no
estoy en el mundo; pero ellos están en el mundo, y yo voy a
ti. Padre santo, guarda con tu poder a los que me has confia-
do, para que sean, como nosotros, una sola cosa. 12Cuando yo
estaba con ellos, yo los guardaba y los protegía con tu poder;
tú me los confiaste, y ninguno se perdió, a no ser el que tenía
que perderse para que se cumpliera la Escritura. 13Pero ahora
voy a ti, y digo estas cosas cuando todavía estoy en el mundo
para que tengan la plenitud de mi alegría. 14Yo les he confiado
tu doctrina; el mundo los odia porque no son del mundo, como
tampoco yo soy del mundo. 15No te pido que los saques del
mundo, sino que los guardes del mal. 16Ellos no son del mun-
do, como tampoco yo soy del mundo. 17Conságralos en la ver-
dad: tu palabra es la verdad. 18Como tú me enviaste al mun-
do, así también los envío yo al mundo. 19Por ellos yo me
consagro a ti, para que también ellos sean consagrados en la
verdad».

**Jesús ruega por los que creerán en él.** 20«No ruego sólo por
ellos, sino también por los que crean en mí a través de su pa-
labra. 21Que todos sean una sola cosa; como tú, Padre, estás
en mí y yo en ti, que también ellos sean una sola cosa en no-
sotros, para que el mundo crea que tú me has enviado. 22Yo
les he dado la gloria que tú me diste para que sean uno, como
nosotros somos uno. 23Yo en ellos y tú en mí, para que sean
perfectos en la unidad, y así el mundo reconozca que tú me
has enviado y que los amas a ellos como me amas a mí. 24Pa-
dre, yo quiero que también los que me has confiado estén con-
migo donde yo estoy, para que vean mi gloria, que me has
dado, porque antes de la creación del mundo ya me amabas.
25Padre justo, el mundo no te ha conocido, pero yo sí te he
conocido; y ellos han reconocido que tú me has enviado. 26Yo
les he dado a conocer tu nombre y se lo seguiré dando a co-
nocer, para que el amor que tú me tienes esté en ellos y yo
también esté con ellos».

## VII. PASIÓN Y TRIUNFO
## (18,1–20,29)

18 **Prendimiento de Jesús.** 1Dicho esto, Jesús se fue con
sus discípulos al otro lado del torrente Cedrón, y en-
traron en un huerto. 2Judas, el que lo iba a entregar, conocía
también aquel lugar, porque Jesús se había retirado allí mu-
chas veces con sus discípulos. 3Judas, al frente de la tropa y
de los guardias de los sumos sacerdotes y fariseos, fue allí con
linternas, antorchas y armas. 4Y Jesús, que sabía todo lo que
iba a sucederle, salió y les dijo: «¿A quién buscáis?». 5Respon-
dieron: «A Jesús Nazareno». Jesús les dijo: «Yo soy». Judas, el
traidor, estaba también con ellos. 6Así que les dijo «Yo soy»,
retrocedieron y cayeron en tierra. 7De nuevo les preguntó: «¿A
quién buscáis?». Ellos dijeron: «A Jesús Nazareno». 8Jesús res-
pondió: «Os he dicho que yo soy. Si me buscáis a mí, dejad

que éstos se vayan». [9]Para que se cumpliera la palabra que ha-
bía dicho: «No he perdido ninguno de los que me confiaste».
[10]Entonces Simón Pedro, que tenía una espada, la sacó, dio
un golpe al criado del sumo sacerdote y le cortó la oreja dere-
cha. El criado se llamaba Malco. [11]Jesús dijo a Pedro: «Mete
la espada en la vaina; ¿es que no tengo que beber el cáliz que
me da el Padre?».

**Jesús ante Anás y Caifás. Negaciones de Pedro.** [12]La tropa,
el oficial y los guardias de los judíos prendieron a Jesús, lo ata-
ron [13]y lo llevaron primero a Anás, por ser suegro de Caifás.
Éste era sumo sacerdote aquel año. [14]Caifás era el que había ase-
gurado a los judíos: «Conviene que muera un hombre por el
pueblo».
[15]Simón Pedro y otro discípulo seguían a Jesús. Y este discípu-
lo, como era conocido del sumo sacerdote, entró con Jesús en
el atrio del sumo sacerdote; [16]pero Pedro se quedó fuera, a la
puerta. Salió entonces el otro discípulo, conocido del sumo sa-
cerdote, habló a la portera y pasó a Pedro. [17]Y la portera dijo a
Pedro: «¿No eres tú también de los discípulos de ese hombre?».
Y él le dijo: «No soy». [18]Los criados y los guardias estaban en
pie, calentándose, pues habían encendido fuego porque hacía
frío. Pedro estaba también en pie calentándose con ellos.
[19]El sumo sacerdote preguntó a Jesús acerca de sus discípu-
los y de su *doctrina.* [20]*Jesús le* respondió: «Yo he hablado pú-
blicamente a todo el mundo; siempre he enseñado en la sina-
goga y en el templo, donde se reúnen todos los judíos, y nada
he hablado en secreto. [21]¿Qué me preguntas a mí? Pregunta a
los que me han oído qué les he dicho; ellos saben lo que yo
he dicho». [22]Al decir esto Jesús, uno de los guardias allí pre-
sentes le dio una bofetada, diciendo: «¿Así respondes al sumo
sacerdote?». [23]Jesús le contestó: «Si he hablado mal, demués-
tramelo; pero si he hablado bien, ¿por qué me pegas?». [24]En-
tonces Anás lo mandó atado a Caifás, el sumo sacerdote.
[25]Simón Pedro continuaba allí, de pie, calentándose. Le

preguntaron: «¿No eres tú también de sus discípulos?». Él lo
negó, diciendo: «No soy». [26]Uno de los criados del sumo sacer-
dote, pariente de aquel al que Pedro cortó la oreja, replicó: «¿No
te vi yo en el huerto con él?». [27]Pedro lo negó otra vez. En se-
guida cantó el gallo.

**Jesús ante Pilato.** [28]De casa de Caifás llevaron a Jesús al pa-
lacio del gobernador. Era de madrugada. Los judíos no entra-
ron en el palacio para no contaminarse y poder comer la cena
de la pascua. [29]Pilato salió fuera y les dijo: «¿Qué acusación traéis
contra este hombre?». [30]Le respondieron: «Si no fuera un crimi-
nal, no te lo hubiéramos entregado». [31]Pilato les dijo: «Pues
tomadlo vosotros y juzgadlo según vuestra ley». Los judíos re-
plicaron: «A nosotros no se nos permite condenar a muerte a
nadie». [32]Para que se cumpliera la palabra que había dicho Je-
sús, indicando de qué muerte iba a morir. [33]Pilato volvió a en-
trar en el palacio, llamó a Jesús y le preguntó: «¿Eres tú el rey
de los judíos?». [34]Jesús respondió: «¿Dices esto por ti mismo o
te lo han dicho otros de mí?». [35]Pilato respondió: «¿Soy yo aca-
so judío? Tu pueblo y los sumos sacerdotes te han entregado a
mí. ¿Qué has hecho?». [36]Jesús respondió: «Mi reino no es de
este mundo. Si mi reino fuera de este mundo, mis súbditos lu-
charían para que yo no fuera entregado a los judíos. Pero mi
reino no es de aquí». [37]Pilato le dijo: «¿Luego tú eres rey?». Je-
sús respondió: «Tú lo dices: yo soy rey. Yo para eso nací y para
eso he venido al mundo: para dar testimonio de la verdad. Todo
el que es de la verdad escucha mi voz». [38]Pilato le dijo: «¿Y qué
es la verdad?». Dicho esto, salió fuera otra vez y dijo a los ju-
díos: «Yo no encuentro en él culpa alguna. [39]Vosotros acostum-
bráis a *que os suelte* un preso por la pascua; ¿queréis que os
suelte al rey de los judíos?». [40]Entonces *gritaron* nuevamente:
«¡A ése no! ¡A Barrabás!». Barrabás era un bandido.

19 **La flagelación.** [1]Entonces Pilato mandó azotar a Jesús.
[2]Los soldados trenzaron una corona de espinas, se la pu-

sieron en la cabeza, le vistieron un manto de púrpura; [3]se acer-
caban a él y le decían: «¡Viva el rey de los judíos!». Y le da-
ban bofetadas. [4]Pilato salió otra vez fuera y les dijo: «Ved que
os lo saco para que sepáis que no encuentro en él culpa algu-
na». [5]Jesús salió fuera, llevando la corona de espinas y el manto
de púrpura. Pilato les dijo: «¡Aquí tenéis al hombre!».
[6]Los sumos sacerdotes y sus criados, al verlo, gritaron:
«¡Crucifícalo! ¡Crucifícalo!». Pilato les dijo: «Tomadlo voso-
tros y crucificadlo, pues yo no encuentro culpa en él». [7]Los
judíos respondieron: «Nosotros tenemos una ley, y según esa
ley debe morir, porque se hace hijo de Dios».

**Nuevo interrogatorio de Pilato.** [8]Pilato, al oír estas palabras,
tuvo aún más miedo. [9]Entró de nuevo en el palacio y pregun-
tó a Jesús: «¿De dónde eres tú?». Pero Jesús no le contestó.
[10]Pilato le dijo: «¿Por qué no me contestas? ¿No sabes que pue-
do darte la libertad o crucificarte?». [11]Jesús le respondió: «No
tendrías ningún poder sobre mí si no te lo hubiera dado Dios;
por eso, el que me ha entregado a ti es más culpable que tú».

**La condenación a muerte.** [12]Desde entonces Pilato buscaba
la manera de dejarlo en libertad. Pero los judíos gritaban: «Si
lo dejas en libertad, no eres amigo del césar; todo el que se hace
rey va contra el césar». [13]Pilato, al oír estas palabras, sacó fuera
a Jesús y se sentó *en el tribunal*, en el sitio que llamaban «enlo-
sado», en hebreo «Gábbata». [14]Era la víspera de la pascua, ha-
cia el mediodía. Pilato dijo a los judíos: «Aquí tenéis a vuestro
rey». [15]Ellos gritaron: «¡Fuera! ¡Fuera! ¡Crucifícalo!». Dijo Pilato:
«¿Voy a crucificar a vuestro rey?». Los sumos sacerdotes respon-
dieron: «No tenemos más rey que el césar». [16]Y se lo entregó
para que lo crucificaran.

**La crucifixión.** [17]Jesús quedó en manos de los judíos y, car-
gado con la cruz, salió hacia el lugar llamado «la calavera»,
en hebreo «Gólgota», [18]donde lo crucificaron. Con él crucifi-
caron a otros dos, uno a cada lado, y Jesús en medio.

19Pilato, por su parte, escribió y puso sobre la cruz este rótulo: «Jesús Nazareno, el rey de los judíos». 20Muchos judíos leyeron la inscripción, porque donde Jesús fue crucificado era un sitio cercano a la ciudad; y estaba escrito en hebreo, en latín y en griego. 21Entonces los sumos sacerdotes de los judíos dijeron a Pilato: «No escribas: "El rey de los judíos", sino que él dijo: "Soy rey de los judíos"». 22Pilato respondió: «Lo que he escrito, escrito está».

**Reparto de las vestiduras.** 23Los soldados, después de crucificar a Jesús, se repartieron la ropa en cuatro partes, una para cada uno. Dejaron aparte la túnica, tejida de una pieza de arriba abajo sin costura alguna. 24Por eso se dijeron: «No debemos partirla; echémosla a suertes a ver a quién le toca». Para que se cumpliera la Escritura: *Se repartieron mis vestidos y echaron a suertes mi túnica* (Sal 22,19). Es cabalmente lo que hicieron los soldados.

**La madre de Jesús, madre nuestra.** 25Estaban en pie junto a la cruz de Jesús su madre, María de Cleofás, hermana de su madre, y María Magdalena. 26Jesús, al ver a su madre y junto a ella al discípulo preferido, dijo a su madre: «Mujer, ahí tienes a tu hijo». 27Luego dijo al discípulo: «Ahí tienes a tu madre». Y desde aquel momento el discípulo se la llevó con él.

**Muerte de Jesús.** 28Después de esto, Jesús, sabiendo que todo se había consumado, para que se cumpliera la Escritura, dijo: «Tengo sed». 29Había allí un vaso lleno de vinagre; empaparon una esponja en el vinagre, la pusieron en una caña y se la acercaron a la boca. 30Cuando Jesús lo probó, dijo: «Todo está cumplido». E, inclinando la cabeza, expiró.

**La herida del costado.** 31Como era la víspera de la pascua, para que no quedaran los cuerpos en la cruz el sábado –pues era un día muy solemne–, los judíos rogaron a Pilato que se

les quebraran las piernas y los quitaran. [32]Los soldados fueron
y quebraron las piernas a los dos que habían sido crucificados
con Jesús. [33]Al llegar a Jesús y verlo muerto, no le quebraron
las piernas; [34]pero uno de los soldados le traspasó el costado
con una lanza, y al punto salió sangre y agua.

[35]El que lo ha visto da testimonio de ello, y su testimonio es
verdadero; y él sabe que dice verdad, para que vosotros creáis.
[36]Todo esto sucedió para que se cumpliera la Escritura: *No le que-
brarán hueso alguno* (Éx 12,46; Núm 9,12; Sal 34,21). [37]Y tam-
bién otra Escritura que dice: *Verán al que traspasaron* (Zac 12,10).

**Sepultura de Jesús.** [38]José de Arimatea, que era discípulo de
Jesús, aunque lo tenía en secreto por miedo a los judíos, pidió
a Pilato que le dejara llevar el cuerpo de Jesús. Pilato se lo
permitió. Fue y se llevó el cuerpo de Jesús. [39]Llegó también
Nicodemo, aquel que anteriormente había estado con él por
la noche, con unas cien libras de una mezcla de mirra y de
áloe. [40]Se llevaron el cuerpo de Jesús y lo envolvieron en lien-
zos con aromas, como acostumbraban los judíos a sepultar. [41]En
el lugar donde fue crucificado había un huerto, y en el huerto
un sepulcro nuevo, en el que nadie había sido sepultado.
[42]Como el sepulcro estaba cerca y tenían que preparar la fies-
ta del día siguiente, pusieron allí a Jesús.

**20** ***La tumba vacía.*** [1]El primer día de la semana, al rayar
el alba, antes de salir el sol, María Magdalena fue al
sepulcro y vio la piedra quitada. [2]Entonces fue corriendo a de-
círselo a Simón Pedro y al otro discípulo preferido de Jesús;
les dijo: «Se han llevado del sepulcro al Señor y no sabemos
dónde lo han puesto». [3]Pedro y el otro discípulo salieron [4]co-
rriendo hacia el sepulcro los dos juntos. El otro discípulo co-
rrió más que Pedro, y llegó antes al sepulcro; [5]se asomó y vio
los lienzos por el suelo, pero no entró. [6]En seguida llegó Simón
Pedro, entró en el sepulcro y vio los lienzos por el suelo; [7]el
sudario con que le habían envuelto la cabeza no estaba en el

suelo con los lienzos, sino doblado en un lugar aparte. 8En-
tonces entró el otro discípulo que había llegado antes al se-
pulcro, vio y creyó; 9pues no había entendido aún la Escritura
según la cual Jesús tenía que resucitar de entre los muertos.
10Los discípulos se volvieron a su casa.

**Aparición a María Magdalena.** 11María se quedó fuera, junto
al sepulcro, llorando. Sin dejar de llorar, se asomó al sepulcro
12y vio a dos ángeles con vestiduras blancas, sentados uno a la
cabecera y otro a los pies, donde había sido puesto el cuerpo
de Jesús. 13Ellos le dijeron: «Mujer, ¿por qué lloras?». Contes-
tó: «Porque se han llevado a mi Señor, y no sé dónde lo han
puesto».
14Al decir esto, se volvió hacia atrás y vio a Jesús allí de pie,
pero no sabía que era Jesús. 15Jesús le dijo: «Mujer, ¿por qué
lloras? ¿A quién buscas?». Ella, creyendo que era el hortela-
no, le dijo: «Señor, si te lo has llevado tú, dime dónde lo has
puesto, y yo iré a recogerlo». 16Jesús le dijo: «¡María!». Ella se
volvió y exclamó en hebreo: «¡Rabbuní!» (es decir, «¡Maes-
tro!»). 17Jesús le dijo: «Suéltame, que aún no he subido al Pa-
dre; anda y di a mis hermanos que me voy con mi Padre y
vuestro Padre, con mi Dios y vuestro Dios». 18María Magda-
lena fue a decir a los discípulos que había visto al Señor y a
anunciarles lo que él le había dicho.

**Aparición a los discípulos reunidos.** 19En la tarde de aquel
día, el primero de la semana, y estando los discípulos con las
puertas cerradas por miedo a los judíos, llegó Jesús, se puso
en medio y les dijo: «¡La paz esté con vosotros!». 20Y les ense-
ñó las manos y el costado. Los discípulos se llenaron de ale-
gría al ver al Señor. 21Él repitió: «¡La paz esté con vosotros!
Como el Padre me envió a mí, así os envío yo a vosotros».
22Después sopló sobre ellos y les dijo: «Recibid el Espíritu San-
to. 23A quienes perdonéis los pecados, les serán perdonados; a
quienes se los retengáis, les serán retenidos».

24Tomás, uno de los doce, a quien llamaban «el Mellizo»,
no estaba con ellos cuando llegó Jesús. 25Los otros discípulos
le dijeron: «Hemos visto al Señor». Él les dijo: «Si no veo en
sus manos la señal de los clavos y no meto mi dedo en el lu-
gar de los clavos y la mano en su costado, no lo creo».
26Ocho días después, estaban nuevamente allí dentro los
discípulos, y Tomás con ellos. Jesús llegó, estando cerradas las
puertas, se puso en medio y les dijo: «¡La paz esté con voso-
tros!». 27Luego dijo a Tomás: «Trae tu dedo aquí y mira mis
manos; trae tu mano y métela en mi costado, y no seas incré-
dulo sino creyente». 28Tomás contestó: «¡Señor mío y Dios
mío!». 29Jesús dijo: «Has creído porque has visto. Dichosos los
que creen sin haber visto».

## VIII. APÉNDICE
## (20,30–21,25)

**Primer epílogo.** 30Otros muchos milagros hizo Jesús en pre-
sencia de sus discípulos, que no están escritos en este libro.
31Éstos han sido escritos para que creáis que Jesús es el mesías,
el hijo de Dios, y para que creyendo tengáis vida en su nom-
bre.

21 ***La pesca milagrosa* y aparición de Jesús en la ribera
del lago de Tiberíades.** 1Jesús se manifestó de nuevo a
los discípulos en el mar de Tiberíades. Fue de este modo: 2Es-
taban juntos Simón Pedro, Tomás «el Mellizo», Natanael el de
Caná de Galilea, los hijos de Zebedeo y otros dos discípulos.
3Simón Pedro les dijo: «Voy a pescar». Le contestaron: «Noso-
tros también vamos contigo». Salieron y subieron a la barca.
Aquella noche no pescaron nada.
4Al amanecer, estaba Jesús en la orilla; pero los discípulos
no sabían que era Jesús. 5Jesús les dijo: «Muchachos, ¿tenéis
algo que comer?». Le contestaron: «No». 6Él les dijo: «Echad

la red al lado derecho de la barca y encontraréis». La echa-
ron, y no podían sacarla por la cantidad de peces. 7 Entonces
el discípulo preferido de Jesús dijo a Pedro: «Es el Señor».
Simón Pedro, al oír que era el Señor, se vistió, pues estaba des-
nudo, y se echó al mar. 8 Los demás discípulos llegaron con la
barca, ya que no estaban lejos de tierra, a unos cien metros,
arrastrando la red con los peces.

9 Al saltar a tierra, vieron unas brasas y un pescado sobre
ellas, y pan. 10 Jesús les dijo: «Traed los peces que acabáis de
pescar». 11 Simón Pedro subió a la barca y sacó a tierra la red
llena de ciento cincuenta y tres peces grandes. Y, a pesar de
ser tantos, no se rompió la red. 12 Jesús les dijo: «Venid y co-
med». Ninguno de los discípulos se atrevió a preguntarle: «¿Tú
quién eres?», pues sabían que era el Señor. 13 Entonces Jesús se
acercó, tomó el pan y se lo dio; y lo mismo el pescado. 14 Ésta
fue la tercera vez que se apareció a los discípulos después de
haber resucitado de entre los muertos.

**El primado de Pedro.** 15 Después de comer, Jesús dijo a Simón
Pedro: «Simón, hijo de Juan, ¿me amas más que éstos?». Pedro
le contestó: «Sí, Señor, tú sabes que te amo». Jesús le dijo: «¡Apa-
cienta mis corderos!». 16 Por segunda vez le preguntó: «Simón,
hijo de Juan, ¿me amas?». Él le respondió: «Sí, Señor, tú sabes
que te amo». Jesús le dijo: «¡Apacienta mis ovejas!». 17 Por ter-
cera vez le preguntó: «Simón, hijo de Juan, ¿me amas?». Pedro
se entristeció porque le había preguntado por tercera vez si lo
amaba, y le respondió: «Señor, tú lo sabes todo; tú sabes que te
amo». Jesús le dijo: «¡Apacienta mis ovejas!».

**Profecía a Pedro.** 18 «Te aseguro que cuando eras más joven,
tú mismo te sujetabas la túnica con el cinturón e ibas adonde
querías; pero cuando seas viejo, extenderás tus manos, otro
te la sujetará y te llevará adonde tú no quieras». 19 Dijo esto
para indicar con qué muerte iba a glorificar a Dios. Después
añadió: «¡Sígueme!».

[20]Pedro se volvió y vio que lo seguía el discípulo preferido
de Jesús, el que en la pascua se recostó en su pecho y le había
preguntado: «Señor, ¿quién es el que te va a entregar?». [21]Pe-
dro, al verlo, dijo a Jesús: «Señor, y éste, ¿qué?». [22]Jesús le dijo:
«Si yo quiero que éste se quede hasta que yo venga, a ti ¿qué?
Tú sígueme». [23]Y entre los hermanos se corrió la voz de que
aquel discípulo no moriría. Y no le dijo que no moriría, sino:
«Si quiero que él quede hasta que yo venga, a ti ¿qué?».

**Segundo epílogo.** [24]Éste es el discípulo que da testimonio de
estas cosas, y el que las ha escrito; y sabemos que su testimo-
nio es verdadero. [25]Otras muchas cosas hizo Jesús. Si se escri-
bieran una por una, me parece que en el mundo entero no
cabrían los libros que podrían escribirse.

# Hechos de los Apóstoles

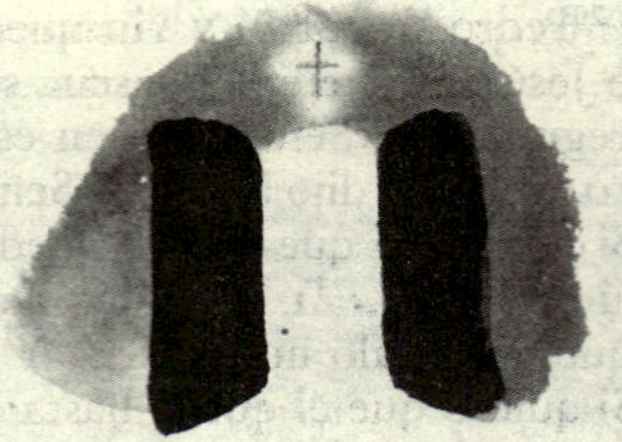

*Seréis mis testigos en Jerusalén,*
*en toda Judea, en Samaría*
*y hasta los confines de la tierra* (He 1,8)

Todas las generaciones cristianas vuelven su mirada con interés al libro de los Hechos. En definitiva es bucear en los orígenes del cristianismo y descubrir en él el impulso que movía a las primeras comunidades; no sólo reconstruir sus primeros pasos, sino encontrar en él aquel espíritu evangélico que hizo de una confesión de fe, nacida en un territorio de los límites del Imperio romano, la fe que asumiría y que se extendería por el mundo conocido.

El libro de los Hechos, como los evangelios, entretejen el hilo de la historia y el hilo de la salvación. Son obras similares a una moneda, con su anverso y su reverso, sin que pueda uno existir al margen del otro; hunden sus raíces en la historia, pero su finalidad no es la de saciar una curiosidad por el pasado, sino servir al anuncio de la buena noticia de Jesús el salvador *en el presente.*

Hechos se presenta como la segunda *parte de la obra* lucana dirigida a la Iglesia, pero debemos distinguir la iglesia de la que habla (primera generación cristiana) y la Iglesia a la que se dirige (segunda generación cristiana y por extensión, a los cristianos de todo país y cultura). Así cuando comparamos los datos que nos ofrece Hechos con otras fuentes de aquella época, principalmente las cartas de san Pablo, las coincidencias en lo fundamental son patentes. Sin embargo Lucas tiene su propio esquema literario: le gustan los sumarios o resúmenes en los que en pocas palabras traza lo fundamental para la vida comunitaria de la Iglesia de todos los tiempos; tampoco da cuenta de todos los datos que conoce, sino que los selecciona y los ordena; le da una importancia singular a san Pablo en detrimento de otros apóstoles y misioneros de los primeros siglos etc.

Su mensaje está claramente orientado hacia la Iglesia y su misión. El verdadero protagonista del libro es el Espíritu que impulsa, sostiene y reaviva tanto a los misioneros como a la comunidad. De Jerusalén a los confines de la tierra, todo está orientado a la extensión del evangelio. El Espíritu vela para que la experiencia eclesial sea ante todo de comunión. Es verdad que, precisamente por fidelidad a la historia, Lucas no evita hablar de conflictos internos (helenistas y judeocristianos), de cristianos que buscan engañar a la comunidad (Ananías) o de personajes que quieren utilizar al Espíritu (Simón el mago); pero, sobre todo, Hechos es el libro de la misión de la Iglesia.

## I. INTRODUCCIÓN
## (1,1-26)

1 **Prólogo.** 1Querido Teófilo: En mi primer libro traté de todo
lo que Jesús hizo y enseñó desde el principio 2hasta el día
en que subió al cielo después de haber dado instrucciones a
los apóstoles que había elegido bajo la acción del Espíritu San-
to. 3Después de su pasión se presentó a ellos, dándoles mu-
chas pruebas evidentes de que estaba vivo: se apareció duran-
te cuarenta días y les habló de las cosas del reino de Dios.

**Últimas instrucciones y ascensión.** 4Una vez que estaba co-
miendo con ellos les mandó que no saliesen de Jerusalén, sino
que aguardasen la promesa del Padre, de la que os hablé; 5por-
que Juan bautizó con agua, pero vosotros seréis bautizados en
el Espíritu Santo dentro de pocos días. 6Los que estaban con
él le preguntaron: «Señor, ¿vas a restablecer ya el reino de Is-
rael?». 7Les respondió: «No os toca a vosotros saber los tiem-
pos y las circunstancias que el Padre ha fijado con su autori-
dad; 8pero recibiréis la fuerza del Espíritu Santo, que vendrá
sobre vosotros para que seáis mis testigos en Jerusalén, en toda
Judea, en Samaría y hasta los confines de la tierra».
9Dicho esto, lo vieron subir, hasta que una nube lo ocultó a
su vista. 10Ellos se quedaron mirando fijamente al cielo mien-
tras él se iba, cuando se les aparecieron dos hombres vestidos
de blanco, 11que les dijeron: «Galileos, ¿qué hacéis ahí miran-
do al cielo? Este Jesús que acaba de subir al cielo volverá tal
como lo habéis visto irse al cielo».

***Oración perseverante.*** 12Entonces regresaron a Jerusalén des-
de el monte de los Olivos, que *dista poco de* Jerusalén, lo que
se permitía andar en sábado. 13Y así que entraron, subieron a
la estancia de arriba, donde se alojaban habitualmente. Eran
Pedro y Juan, Santiago y Andrés, Felipe y Tomás, Bartolomé y
Mateo, Santiago el de Alfeo, Simón el Zelotes y Judas el de

Santiago. [14]Todos ellos hacían constantemente oración en co-
mún con las mujeres, con María, la madre de Jesús, y con sus
hermanos.

**Elección de Matías.** [15]Un día de aquellos, en que se habían
reunido unos ciento veinte, Pedro se puso en pie en medio de
los hermanos y dijo: [16]«Hermanos, tenía que cumplirse lo que
anunció el Espíritu Santo por boca de David acerca de Judas,
el guía de los que prendieron a Jesús. [17]Era uno de nosotros y
formaba parte de nuestro ministerio. [18]Con lo que le dieron
por el delito se compró un terreno, en el que se tiró de cabe-
za desde lo alto, se reventó por medio y se desparramaron to-
das sus entrañas. [19]Esto fue notorio a todos los habitantes de
Jerusalén, de modo que el campo se llamó en su lengua
"Hacéldama", es decir, "campo de sangre". [20]Porque está es-
crito en el libro de los Salmos: *Que su morada se convierta en
un desierto y no haya quien habite en ella* (Sal 69,26). Y: *que
ocupe otro su cargo* (Sal 109,8). [21]Conviene, por tanto, que uno
de los que nos han acompañado todo el tiempo que Jesús, el
Señor, estuvo con nosotros, [22]a partir del bautismo de Juan has-
ta el día en que subió al cielo, sea constituido testigo de su
resurrección con nosotros». [23]Y presentaron a dos: a José, lla-
mado Barsabá, por sobrenombre Justo, y a Matías. [24]Y oraron
así: «Tú, Señor, que conoces el corazón de todos los hombres,
muéstranos a cuál de estos dos has elegido [25]para ocupar en
este ministerio del apostolado el puesto que abandonó Judas
para irse a su lugar». [26]Lo echaron a suertes, y cayó la suerte
sobre Matías, que fue agregado a los once apóstoles.

## II. LA IGLESIA EN JERUSALÉN
## (2,1–8,3)

2 **Pentecostés.** [1]Al llegar el día de pentecostés, estaban todos
juntos en el mismo lugar. [2]De repente un ruido del cielo,

como de viento impetuoso, llenó toda la casa donde estaban.
[3]Se les aparecieron como lenguas de fuego, que se repartían y
se posaban sobre cada uno de ellos. [4]Todos quedaron llenos
del Espíritu Santo y comenzaron a hablar en lenguas extrañas,
según el Espíritu Santo les movía a expresarse.

[5]Había en Jerusalén judíos piadosos de todas las naciones
que hay bajo el cielo. [6]Al oír el ruido, la multitud se reunió y
se quedó estupefacta, porque cada uno los oía hablar en su
propia lengua. [7]Fuera de sí todos por aquella maravilla, de-
cían: «¿No son galileos todos los que hablan? [8]Pues, ¿cómo
nosotros los oímos cada uno en nuestra lengua materna? [9]Par-
tos, medos y elamitas, habitantes de Mesopotamia, Judea y
Capadocia, el Ponto y el Asia, [10]Frigia y Panfilia, Egipto y las
regiones de Libia y de Cirene, forasteros romanos, [11]judíos y
prosélitos, cretenses y árabes, los oímos hablar en nuestras len-
guas las grandezas de Dios». [12]Todos fuera de sí y desconcer-
tados, se decían unos a otros: «¿Qué significa esto?». [13]Pero
otros, burlándose, decían: «Están borrachos».

**Discurso de Pedro.** [14]Entonces Pedro, en pie con los once,
les dirigió en voz alta estas palabras: «Judíos y habitantes to-
dos de Jerusalén: percataos bien de esto y prestad atención a
mis palabras. [15]No; éstos no están borrachos, como vosotros
suponéis, pues son las nueve de la mañana; [16]lo que pasa es
que se está cumpliendo lo que dijo el profeta Joel:

[17]*En los últimos días, dice Dios:*
*derramaré mi espíritu*
*sobre todos los hombres,*
*vuestros hijos y vuestras hijas*
*profetizarán,*
*vuestros ancianos tendrán sueños*
*y vuestros jóvenes visiones,*
[18]*y hasta en los esclavos y esclavas*
*derramaré mi espíritu aquellos días.*

[19]*Y haré aparecer señales*
*en el cielo y en la tierra:*
*sangre, fuego y columnas de humo.*
[20]*El sol se cambiará en tinieblas*
*y la luna en sangre*
*antes que llegue el día del Señor*
*grande y glorioso.*
[21]*Pero el que invoque*
*el nombre del Señor se salvará* (Jl 3,1-5).

[22]Israelitas, escuchadme: Dios acreditó ante vosotros a Jesús el Nazareno con los milagros, prodigios y señales que hizo por medio de él, como bien sabéis. [23]Conforme al plan proyectado y previsto por Dios, os lo entregaron, y vosotros lo matasteis crucificándolo por manos de los paganos; [24]pero Dios lo ha resucitado, rompiendo las ligaduras de la muerte, pues era imposible que la muerte dominara sobre él. [25]Porque David dice de él:

*Veía siempre al Señor*
*en mi presencia,*
*lo tengo a mi derecha,*
*y así nunca tropiezo.*
[26]*Por eso se alegra mi corazón,*
*se gozan mis entrañas,*
*todo mi ser descansa bien seguro,*
[27]*pues tú no me entregarás a la muerte*
*ni dejarás que tu fiel amigo*
*vea la corrupción.*
[28]*Me has enseñado el camino de la vida,*
*me has llenado de gozo*
*en tu presencia* (Sal 16,8-11).

[29]Hermanos, hablemos con franqueza. El patriarca David murió y fue sepultado, y su sepulcro subsiste entre nosotros

hasta el día de hoy. [30]Pero era profeta y sabía que Dios le había jurado solemnemente sentar sobre su trono un descendiente suyo. Por eso [31]previó y anunció la resurrección del mesías cuando dijo que no sería abandonado en el abismo ni su cuerpo vería la corrupción. [32]Dios ha resucitado a éste, que es Jesús, de lo que todos nosotros somos testigos. [33]Exaltado, pues, por la diestra de Dios, y habiendo recibido del Padre el Espíritu Santo, objeto de la promesa, lo ha derramado. Esto es lo que estáis viendo y oyendo. [34]Porque David no subió al cielo, sino que él dice:

*Dijo el Señor a mi Señor:*
*Siéntate a mi derecha*
[35]*hasta que haga a tus enemigos*
*estrado de tus pies* (Sal 110,1).

[36]Tenga, pues, todo Israel la certeza de que Dios ha constituido señor y mesías a este Jesús a quien vosotros habéis crucificado».

**Primeras conversiones.** [37]Al oírle, se conmovieron profundamente y dijeron a Pedro y a los demás apóstoles: «¿Qué debemos hacer, hermanos?». [38]Y Pedro les dijo: «Arrepentíos, y que cada uno de vosotros se bautice en el nombre de Jesucristo para el perdón de vuestros pecados; entonces recibiréis el don del Espíritu Santo. [39]Porque la promesa es para vosotros y para vuestros hijos, y también para todos los extranjeros que llame el Señor Dios nuestro». [40]Y con otras muchas palabras los apremiaba y los exhortaba diciendo: «Salvaos de esta generación perversa». [41]Y los que acogieron su palabra se bautizaron; y aquel día se agregaron unas tres mil personas. [42]Eran constantes en escuchar la enseñanza de los apóstoles, en la unión fraterna, en partir el pan y en las oraciones. [43]Todos estaban impresionados ante los prodigios y señales que hacían los apóstoles. [44]Todos los creyentes vivían unidos y lo tenían

todo en común; 45vendían las posesiones y haciendas, y las dis-
tribuían entre todos, según la necesidad de cada uno. 46Todos
los días acudían juntos al templo, partían el pan en las casas,
comían juntos con alegría y sencillez de corazón, 47alabando a
Dios y gozando del favor de todo el pueblo. El Señor añadía
cada día al grupo a todos los que entraban por el camino de
la salvación.

3 **Curación de un cojo.** 1Pedro y Juan iban un día al templo
a la hora de la oración, a las tres de la tarde. 2Todos los
días llevaban a un cojo de nacimiento y lo ponían a la puerta
del templo llamada Hermosa para pedir limosna a los que en-
traban. 3Al ver a Pedro y a Juan que iban a entrar en el tem-
plo, les pidió limosna. 4Pedro y Juan clavaron sus ojos en él; y
Pedro le dijo: «Míranos». 5Él los miraba, esperando que le die-
ran algo. 6Pedro dijo: «No tengo plata ni oro; pero lo que ten-
go, eso te doy: en nombre de Jesucristo, el Nazareno, echa a
andar». 7Lo agarró de la mano derecha y lo levantó; y al ins-
tante sus pies y sus tobillos se fortalecieron; 8y de un salto se
puso en pie y echó a andar; y entró con ellos en el templo
andando, saltando y alabando a Dios. 9Todo el pueblo lo vio
andar y alabar a Dios. 10Y reconocían que era el que solía sen-
tarse junto a la puerta Hermosa a pedir limosna; y se queda-
ron admirados y desconcertados por lo que le había sucedido.
11Él no se apartaba de Pedro y de Juan; y todo el pueblo, asom-
brado, fue corriendo a juntarse con ellos en el pórtico de
Salomón.

**Nuevo discurso de Pedro.** 12Pedro, al ver esto, dijo al pue-
blo: «Israelitas, ¿por qué os asombráis de esto y por qué nos
miráis como si por nuestro propio poder o por nuestra bon-
dad hubiéramos hecho andar a éste? 13El Dios de Abrahán, de
Isaac y de Jacob, el Dios de nuestros padres, glorificó a su Hijo
Jesús, al que vosotros entregasteis y rechazasteis ante Pilato,
el cual decidió ponerlo en libertad; 14pero vosotros rechazas-

teis al santo y justo, y pedisteis la libertad de un asesino; [15]matasteis al autor de la vida, a quien Dios resucitó de entre los muertos; de lo cual nosotros somos testigos. [16]Como éste, que veis y que conocéis, ha tenido fe en él, ha quedado fortalecido; la fe en Jesús lo ha curado completamente, como todos veis. [17]Hermanos, sé que obrasteis por ignorancia, igual que vuestros jefes. [18]Pero Dios cumplió así lo que anunció de antemano por boca de todos los profetas: que su mesías tenía que padecer. [19]Por tanto, arrepentíos y convertíos para que sean borrados vuestros pecados; [20]así llegarán los tiempos de consuelo, y el Señor os enviará al mesías destinado para vosotros, es decir, a Jesús, [21]al que el cielo debe retener hasta los tiempos de la restauración universal, de que habló Dios por boca de sus profetas desde muy antiguo. [22]Moisés dijo: *El Señor Dios vuestro os suscitará de entre vuestros hermanos un profeta como yo: escuchadlo en todo lo que os diga.* [23]*Y el que no escuche a este profeta será exterminado del pueblo* (Dt 18,15-16.19). [24]Todos los profetas que hablaron, a partir de Samuel, anunciaron estos días. [25]Vosotros sois los hijos de los profetas y de la alianza que estableció Dios con vuestros padres cuando dijo a Abrahán: *En tu descendencia serán bendecidas todas las familias de la tierra* (Gén 12,3; 22,18; 26,4). [26]Por vosotros, en primer lugar, Dios, después de haber resucitado a su Hijo, lo envió a bendeciros, para que os arrepintáis cada uno de vuestros pecados».

4 **Prisión de Pedro y Juan.** [1]Mientras hablaban al pueblo, se les presentaron los sacerdotes, el oficial del templo y los *saduceos,* [2]molestos de que enseñasen al pueblo y anunciasen que la resurrección de entre los *muertos se* había realizado ya en la persona de Jesús; [3]los detuvieron y los metieron en la cárcel hasta el día siguiente, pues era ya tarde. [4]Pero muchos de los que oyeron el discurso creyeron; y el número de los hombres llegó a unos cinco mil. [5]Al día siguiente se reunieron en Jerusalén los jefes del pueblo, los ancianos y los maestros

de la ley. 6Estaban Anás, el sumo sacerdote; Caifás, Juan, Ale-
jandro y todos los familiares de los sumos sacerdotes. 7Los pu-
sieron en medio y les preguntaron: «¿Con qué poder o en nom-
bre de quién habéis hecho esto?».

**Defensa de Pedro.** 8Entonces Pedro, lleno del Espíritu San-
to, les dijo: «Jefes del pueblo y ancianos de Israel, 9ya que se
nos pide cuentas por el bien que hemos hecho a un hombre
enfermo y se nos pregunta de qué modo ha sido curado, 10sa-
bed todos vosotros y todo el pueblo de Israel que éste se en-
cuentra sano ante vosotros en virtud del nombre de Jesucris-
to, el Nazareno, a quien vosotros crucificasteis y Dios resucitó
de entre los muertos. 11*Él es la piedra que vosotros, los cons-
tructores, habéis desechado, y que ha venido a ser la piedra an-
gular* (Sal 118,22). 12Y no hay salvación en ningún otro, pues
no se nos ha dado a los hombres ningún otro nombre debajo
del cielo para salvarnos».

**Amenazas del tribunal supremo.** 13Al ver, por una parte, la
valentía de Pedro y Juan, y comprendiendo, por otra, que eran
hombres sin instrucción y cultura, estaban sorprendidos. Re-
conocían que habían estado con Jesús; 14pero al ver con ellos
en pie al hombre que había sido curado, no podían replicarles
nada. 15Les ordenaron salir de la sala del tribunal, y se pusie-
*ron a deliberar* entre ellos, 16preguntándose: «¿Qué haremos
con estos hombres? Porque ciertamente han hecho un mila-
gro notorio y manifiesto a todos los habitantes de Jerusalén, y
no podemos negarlo. 17Pero para que no se divulgue más en-
tre el pueblo, vamos a amenazarlos para que no vuelvan a ha-
blar a nadie de ese hombre». 18Los llamaron, y les ordenaron
que no volvieran a hablar ni a enseñar nada sobre la persona
de Jesús. 19Pedro y Juan les replicaron: «¿Os parece justo ante
Dios que os obedezcamos a vosotros antes que a él? 20Noso-
tros no podemos dejar de decir lo que hemos visto y oído».
21Pero ellos los despidieron amenazándoles de nuevo, sin en-

contrar modo de castigarlos por causa del pueblo, porque to-
dos alababan a Dios por lo sucedido, 22pues el hombre mila-
grosamente curado era de más de cuarenta años.

**Oración de la Iglesia.** 23Puestos en libertad, fueron a reunirse
con los suyos y les contaron lo que les habían dicho los su-
mos sacerdotes y los ancianos. 24Después de escucharlos, hi-
cieron todos juntos, en voz alta, esta oración a Dios: «Sobera-
no Señor, tú eres el Dios que has hecho el cielo y la tierra, el
mar y cuanto hay en ellos; 25el que por boca de nuestro padre
David, tu siervo, dijiste:

*¿Por qué se amotinan las naciones*
*y los pueblos hacen proyectos vanos?*
26*Se levantan los reyes de la tierra*
*y los príncipes conspiran a una*
*contra el Señor y su mesías* (Sal 2,1-2).

27Así ha sido. En esta ciudad, Herodes y Poncio Pilato se con-
fabularon con los paganos y gentes de Israel contra tu santo
siervo Jesús, tu mesías, 28para hacer lo que tu poder y tu sabi-
duría habían determinado que se hiciera. 29Ahora, Señor, mira
sus amenazas y concede a tus siervos predicar tu palabra, 30y
extiende tu mano para curar y obrar señales y prodigios en el
nombre de tu santo siervo Jesús». 31Acabada su oración, tem-
bló el lugar en que estaban reunidos, y quedaron todos llenos
del Espíritu Santo, y anunciaban con absoluta libertad la pa-
labra de Dios.

**Unión de los fieles.** 32Todos los creyentes tenían un *solo co-
razón* y una sola alma, y nadie llamaba propia cosa alguna de
cuantas poseían, sino que tenían en común todas las cosas.
33Los apóstoles daban testimonio con toda firmeza de la resu-
rrección de Jesús, el Señor. Y todos gozaban de gran simpatía.

[34]No había entre ellos indigentes, porque todos los que poseían
haciendas o casas las vendían, llevaban el precio de lo vendi-
do, [35]lo ponían a los pies de los apóstoles y se repartía a cada
uno según sus necesidades. [36]José, llamado por los apóstoles
Bernabé –que significa hijo de la consolación–, levita, chipriota
de nación, [37]tenía un campo, lo vendió, trajo el dinero y lo
puso a los pies de los apóstoles.

5 **Castigo de Ananías y Safira.** [1]Un tal Ananías, de acuerdo
con Safira, su mujer, vendió una propiedad [2]y se quedó
con parte del precio, sabiéndolo su mujer; llevó el resto y lo
puso a los pies de los apóstoles. [3]Pedro le dijo: «Ananías, ¿por
qué has dejado que entre dentro de ti Satanás para mentir al
Espíritu Santo y quedarte con parte del precio del campo? [4]¿Es
que antes de venderlo no era tuyo, y aun después de vendido
no continuaba en tu poder? ¿Por qué resolviste hacer esto? No
has mentido a los hombres, sino a Dios». [5]Ananías, al oír es-
tas palabras, cayó muerto. Y cuantos lo supieron se llenaron
de miedo. [6]Unos jóvenes fueron, lo amortajaron y lo llevaron
a enterrar. [7]Unas tres horas más tarde llegó su mujer sin saber
lo ocurrido. [8]Pedro le preguntó: «Dime si vendisteis el campo
en tanto». Y ella contestó: «Sí, en tanto». [9]Pedro replicó: «¿Por
qué os pusisteis de acuerdo para tentar al Espíritu del Señor?
Ahí tienes a la puerta los pies de los que acaban de enterrar a
tu marido; ellos te llevarán a ti también». [10]Cayó fulminan-
temente a los pies de él y expiró. Los jóvenes entraron, la en-
contraron muerta y la llevaron a enterrar junto a su marido.
[11]Toda la Iglesia y todos los que oyeron esto se quedaron so-
brecogidos de terror.

**Milagros de los apóstoles.** [12]Los apóstoles hacían muchos
milagros y prodigios en el pueblo; todos se reunían en el pór-
tico de Salomón. [13]Los demás no se atrevían a unirse a ellos;
pero el pueblo los tenía en gran estima. [14]Y el número de hom-
bres y mujeres que creían en el Señor aumentaba cada vez más;

[15]y hasta sacaban los enfermos a las plazas y los ponían en ca-
millas y angarillas para que, al pasar Pedro, al menos su som-
bra tocase alguno de ellos. [16]De las aldeas próximas a Jerusa-
lén acudía también mucha gente llevando enfermos y poseídos
por espíritus inmundos, y todos eran curados.

**Nueva persecución.** [17]Intervino entonces el sumo sacerdote
con todos los de su partido –la secta de los saduceos–. Llenos
de furor, [18]detuvieron a los apóstoles y los metieron en la cár-
cel pública. [19]Pero un ángel del Señor abrió por la noche las
puertas de la cárcel, los sacó y dijo: [20]«Id al templo y anun-
ciad con valentía al pueblo todo lo referente a esta nueva vida».
[21]Obedecieron, entraron de madrugada en el templo y se pu-
sieron a enseñar. Entretanto, el sumo sacerdote y sus partida-
rios convocaron al tribunal supremo y a todos los dirigentes
de Israel, y mandaron a la cárcel a buscar a los apóstoles. [22]Los
alguaciles fueron, pero no los encontraron en la cárcel; vol-
vieron y lo comunicaron diciendo: [23]«Hemos encontrado la
cárcel bien cerrada y los guardias junto a las puertas; pero al
abrir no hemos encontrado a nadie dentro». [24]Al oír esto, tan-
to el prefecto del templo como los sumos sacerdotes queda-
ron desconcertados, pensando qué habría sido de ellos. [25]Lle-
gó uno diciendo: «Los hombres que metisteis en la cárcel están
en el templo enseñando al pueblo». [26]Entonces el prefecto fue
con los alguaciles y los trajo, pero sin emplear la violencia,
porque temían que el pueblo los apedrease. [27]Los trajeron y
los presentaron al tribunal supremo. El sumo sacerdote les pre-
guntó: [28]«¿No os ordenamos solemnemente que no enseñaseis
en nombre de ése? Y, sin embargo, habéis llenado Jerusalén
de vuestra doctrina y queréis hacernos responsables de la san-
gre de este hombre».

[29]Pedro y los apóstoles respondieron: «Hay que obedecer a
Dios antes que a los hombres. [30]El Dios de nuestros padres ha
resucitado a Jesús, a quien vosotros matasteis colgándolo de
un madero. [31]Dios lo ha ensalzado con su diestra como jefe y

salvador para dar a Israel el arrepentimiento y el perdón de
los pecados. 32Nosotros somos testigos de estas cosas, como
lo es también el Espíritu Santo que Dios ha dado a los que lo
obedecen».

**Intervención de Gamaliel.** 33Ellos, enfurecidos con estas pala-
bras, querían matarlos. 34Un fariseo llamado Gamaliel, doctor
de la ley, respetado por todo el pueblo, se levantó en el tribu-
nal, mandó que sacaran de la sala por unos momentos a los
apóstoles y dijo: 35«Israelitas, mirad bien lo que vais a hacer
con estos hombres. 36Porque no hace mucho se alzó Teudas di-
ciendo que él era alguien, y le siguieron unos cuatrocientos
hombres; pero lo mataron, todos sus seguidores se dispersa-
ron y de aquello ya no queda nada. 37Después de éste surgió
Judas, el galileo, en los días del empadronamiento, que arras-
tró al pueblo tras de sí; también él cayó, y todos sus seguido-
res se dispersaron. 38Por lo que hace al caso presente, os digo
que no os metáis con estos hombres y que los dejéis en paz;
porque si su empresa es cosa de hombres, se desvanecerá por
sí misma; 39pero si es de Dios, no podréis deshacerla. No os
expongáis a luchar contra Dios». Aceptaron su consejo. 40Lla-
maron a los apóstoles, los azotaron, les prohibieron terminan-
temente hablar más de Jesús y los soltaron. 41Ellos salieron del
tribunal muy contentos por haber sido dignos de ser ultraja-
dos *por tal nombre*. 42No dejaban un día de enseñar, en el tem-
plo y en las casas, y de anunciar la buena noticia de que Jesús
es el mesías.

6 **Los siete diáconos.** 1Como el número de los discípulos
aumentaba, los griegos se quejaron contra los hebreos por-
que descuidaban a sus viudas en el suministro cotidiano. 2Los
doce convocaron a todos los fieles, y dijeron: «No está bien
que nosotros abandonemos la palabra de Dios por servir a las
mesas. 3Elegid, pues, cuidadosamente entre vosotros, herma-
nos, siete hombres de buena reputación, llenos del Espíritu San-

to y de sabiduría, y nosotros les encomendaremos este servicio; 4nosotros perseveraremos en la oración y en el ministerio de la palabra». 5Agradó la proposición a toda la asamblea, y eligieron a Esteban, hombre lleno de fe y del Espíritu Santo, y a Felipe y Prócoro, a Nicanor y a Timón, a Parmenas y a Nicolás, prosélito antioqueno; 6los presentaron a los apóstoles, los cuales, después de orar, les impusieron las manos. 7La palabra de Dios crecía, el número de los fieles aumentaba considerablemente en Jerusalén, e incluso muchos sacerdotes abrazaban la fe.

**Esteban ante el tribunal supremo.** 8Esteban, por su parte, lleno de gracia y de poder, realizaba grandes prodigios y milagros en el pueblo. 9Unos cuantos de la sinagoga llamada de los Libertos, de Cirene, Alejandría, Cilicia y Asia, se pusieron a discutir con Esteban; 10pero no podían resistir la sabiduría y el espíritu con que hablaba. 11Entonces sobornaron a unos hombres para que dijeran: «Nosotros hemos oído a éste decir blasfemias contra Moisés y contra Dios». 12Con esto amotinaron al pueblo, a los ancianos y a los maestros de la ley, los cuales se echaron sobre él, lo prendieron y lo llevaron al tribunal supremo. 13Después presentaron testigos falsos, que dijeron: «Este hombre no cesa de decir palabras contra este lugar santo y contra la ley; 14le hemos oído decir que ese Jesús, el Nazareno, destruirá este lugar y cambiará las costumbres que nos transmitió Moisés». 15Entonces todos los que estaban sentados en el tribunal clavaron sus ojos en él y vieron su rostro como el rostro de un ángel.

7 **Discurso de *Esteban*.** 1El sumo sacerdote preguntó: «¿Es esto verdad?». 2Y él dijo: «Hermanos y padres, *escuchad:* El Dios de la gloria se apareció a nuestro padre Abrahán cuando estaba en Mesopotamia, antes de vivir en Jarán, 3y le dijo: *Sal de tu tierra, deja tu familia y ven a la tierra que yo te mostraré* (Gén 12,1). 4Salió entonces de la tierra de los caldeos y

vivió en Jarán. Y allí, después de la muerte de su padre, Dios lo
trasladó a esta tierra en que vosotros habitáis ahora; [5]y no le
dio propiedad en esta región, ni siquiera un pie de tierra; pero
prometió *dársela en posesión a él y a su descendencia después*
*de él* (Gén 12,7; 13,15; 17,8; 24,7; 48,4), aunque no tenía hi-
jos. [6]Dios le declaró que *su descendencia sería emigrante en tie-*
*rra extranjera, y la esclavizarían y la maltratarían durante cua-*
*trocientos años;* [7]pero añadió: *Yo juzgaré a la nación que los*
*esclavice; y después de esto saldrán y me adorarán en este lugar*
(Gén 15,13-14; Éx 3,12). [8]Y le dio la alianza de la circuncisión;
por eso circuncidó a su hijo Isaac a los ocho días de nacer (Gén
17,10-14; 21,4); e Isaac a Jacob, y Jacob a los doce patriarcas.
[9]Los patriarcas, envidiosos de José, lo vendieron a Egipto. Pero
Dios estaba con él, [10]y lo libró de todas sus tribulaciones; le dio
una gran sabiduría, con lo que se ganó el favor del Faraón, rey
de Egipto, que lo hizo gobernador de Egipto y de toda la casa
real. [11]Sobrevino entonces en todo Egipto y en Canaán tal ham-
bre y escasez que nuestros padres no encontraban qué comer.
[12]Jacob oyó que en Egipto había trigo y envió allí por primera
vez a nuestros padres. [13]La segunda vez José se dio a conocer a
sus hermanos, y el Faraón conoció a la familia de José.

[14]Entonces José mandó llamar a su padre Jacob y a toda la
familia, compuesta de setenta y cinco personas. [15]Jacob fue a
Egipto, donde él y nuestros padres murieron. [16]Sus cuerpos fue-
ron trasladados a *Siquén y puestos* en el sepulcro que Abrahán
*había* comprado con dinero a los hijos de Jamot. [17]A medida
que se acercaba el tiempo en que se debía cumplir la promesa
que Dios había hecho a Abrahán, el pueblo aumentaba y se
multiplicaba en Egipto, [18]hasta que surgió otro rey que no co-
nocía a José. [19]Éste se portó cruelmente con nuestros padres y
les obligó a abandonar a sus hijos recién nacidos, para que se
extinguiese la raza.

[20]En este momento nació Moisés, que fue grato a Dios. Cria-
do durante tres meses en casa de su padre, [21]fue abandonado,
y la hija del Faraón lo recogió y lo crió como hijo propio.

22Moisés fue instruido en todo el saber de los egipcios, y era
poderoso en palabras y obras. 23Cuando cumplió cuarenta años,
se propuso visitar a sus hermanos, los israelitas. 24Vio maltra-
tar a uno de ellos, salió en su defensa y se vengó de él matan-
do al egipcio. 25Esperaba que sus hermanos comprendieran que
Dios les daba por medio de él la libertad; pero ellos no lo en-
tendieron. 26Al día siguiente los sorprendió riñendo y trató de
reconciliarlos, diciendo: Hombres, sois hermanos; ¿por qué os
maltratáis unos a otros? 27El que maltrataba a su prójimo lo
rechazó diciendo: *¿Quién te ha puesto de jefe y juez sobre no-
sotros?* 28*¿Es que quieres matarme, como mataste ayer al egip-
cio?* (Éx 2,13-14). 29Al oír esto, Moisés huyó y se fue a vivir
como extranjero a la tierra de Madián, donde tuvo dos hijos.

30Cuarenta años después, se le apareció en el desierto del
monte Sinaí un ángel en la llama de una zarza ardiente. 31Moi-
sés se sorprendió de lo que veía; al acercarse para verlo me-
jor, se oyó la voz del Señor: 32*Yo soy el Dios de tus padres, el
Dios de Abrahán, de Isaac y de Jacob* (Éx 3,6). Moisés, tem-
bloroso, no se atrevió a mirar. 33El Señor le dijo: *Descálzate,
porque el lugar en que estás es tierra santa.* 34*He visto bien la
esclavitud de mi pueblo en Egipto; he oído sus gemidos y he
bajado a librarlos. Y ahora ven, que te voy a enviar a Egipto*
(Éx 3,5.7.10).

35A este Moisés a quien habían rechazado diciendo: *¿Quién
te ha puesto por jefe y juez?*, a ése Dios lo envió como jefe y
libertador por mediación del ángel que se le apareció en la zar-
za. 36Él fue quien los sacó, obrando prodigios y milagros en
Egipto, en el mar Rojo y en el desierto durante cuarenta años.
37Él es el que dijo a los israelitas: *Dios os suscitará de entre
vuestros hermanos un profeta como yo* (Dt 18,15). 38Él es el
que, en la asamblea, en el desierto, *estuvo con el* ángel que
les hablaba en el monte Sinaí, y con nuestros padres; el que
escribió palabras de vida para transmitírnoslas; 39al que no qui-
sieron obedecer nuestros padres, sino que lo rechazaron, y, con
el corazón puesto en Egipto, 40dijeron a Aarón: *Haznos dioses*

*que vayan delante de nosotros; porque ese Moisés que nos sacó de Egipto no sabemos qué ha sido de él* (Éx 32,1.23). [41]Hicieron en aquellos días un becerro, ofrecieron sacrificios al ídolo y se regocijaron en la obra de sus manos. [42]Dios, entonces, les volvió las espaldas y los entregó al culto de los astros, como está escrito en el libro de los profetas: *¿Me ofrecisteis sacrificios y ofrendas en el desierto durante cuarenta años, casa de Israel?* [43]*Pero llevasteis la tienda de Moloc y la estrella del dios Refán, las imágenes que hicisteis para adorarlas. También yo os desterraré más allá de Babilonia* (Am 5,25-27).

[44]Nuestros padres tenían en el desierto la tienda del testimonio, como ordenó aquel que dijo a Moisés que lo hiciera según el modelo que había visto. [45]Nuestros antepasados se fueron pasando la tienda de padres a hijos y la introdujeron, guiados por Josué, en la tierra conquistada a los paganos, a los que expulsó Dios delante de ellos. Así hasta los días de David, [46]el cual gozaba del favor de Dios, y le pidió que le permitiera construir una morada al Dios de Jacob. [47]Sin embargo, fue Salomón el que la construyó. [48]Pero el altísimo no habita en obras hechas por manos de hombres, como dice el profeta:

[49]*El cielo es mi trono,*
*y la tierra, el estrado de mis pies;*
*¿qué casa podríais construirme*
*y qué lugar para reposo mío?*
[50]¿No *hizo mi mano todas estas cosas?* (Is 66,1-2).

[51]Hombres de cabeza dura e incircuncisos de corazón y de oídos, vosotros resistís siempre al Espíritu Santo; como fueron vuestros padres, así sois también vosotros. [52]¿A qué profeta no persiguieron vuestros padres? Mataron a los que predijeron la venida del Justo, del cual vosotros ahora sois los traidores y asesinos; [53]vosotros, que habéis recibido la ley por ministerio de los ángeles, y no la habéis guardado».

**Martirio de Esteban.** 54Al oír esto estallaban de rabia sus corazones, y rechinaban los dientes contra él. 55Pero él, lleno del Espíritu Santo, con los ojos fijos en el cielo, vio la gloria de Dios y a Jesús de pie a la derecha de Dios, 56y dijo: «Veo los cielos abiertos y al hijo del hombre de pie a la derecha de Dios». 57Ellos, lanzando grandes gritos, se taparon los oídos y se lanzaron todos a una sobre él; 58lo llevaron fuera de la ciudad y se pusieron a apedrearlo. Los testigos habían dejado sus vestidos a los pies de un joven llamado Saulo. 59Mientras lo apedreaban, Esteban oró así: «Señor Jesús, recibe mi espíritu». 60Y puesto de rodillas, gritó con fuerte voz: «Señor, no les tengas en cuenta este pecado». Y diciendo esto, expiró. Saulo aprobaba este asesinato.

8 **Persecución en Jerusalén.** 1Aquel día se desencadenó una gran persecución contra la Iglesia de Jerusalén; y todos, excepto los apóstoles, se dispersaron por las regiones de Judea y Samaría. 2Unos hombres piadosos enterraron a Esteban e hicieron gran duelo por él. 3Saulo, en cambio, asolaba la Iglesia; entraba en las casas, sacaba a rastras a hombres y mujeres y los metía en la cárcel.

## III. PROPAGACIÓN DEL EVANGELIO FUERA DE JERUSALÉN (8,4–12,25)

**Predicación de Felipe.** 4Los que tuvieron que salir huyendo fueron por todas partes anunciando la palabra. 5Felipe llegó a *la ciudad de Samaría*, y se puso a predicar a Cristo. 6La gente escuchaba con atención a *Felipe, pues había oído* hablar de los milagros que hacía y ahora los estaban viendo: 7de muchos posesos salían los espíritus impuros dando grandes voces, y muchos paralíticos y cojos quedaban curados. 8La ciudad se llenó de alegría.

**Simón el mago.** [9]Hacía tiempo que venía practicando la magia en la ciudad un tal Simón, que tenía asombrada a la gente de Samaría, diciendo que él era algo grande. [10]Todos, desde el más chico al más grande, le seguían y decían: «Éste es el poder mismo de Dios, el que llaman el Grande». [11]Lo seguían porque durante bastante tiempo los había asombrado con magias. [12]Pero cuando Felipe les habló del reino de Dios y de Jesucristo, hombres y mujeres creyeron en él y se bautizaron. [13]El mismo Simón creyó y se bautizó; y ya no se apartaba de Felipe, viendo maravillado los prodigios y milagros insignes que hacía.

**El Espíritu Santo.** [14]Los apóstoles, que estaban en Jerusalén, al saber que Samaría había recibido la palabra de Dios, les enviaron a Pedro y a Juan; [15]llegaron y oraron por los samaritanos, para que recibieran el Espíritu Santo; [16]pues aún no había bajado sobre ninguno de ellos, y sólo habían recibido el bautismo en el nombre de Jesús, el Señor. [17]Entonces les impusieron las manos, y recibieron el Espíritu Santo.

**Condenación de la simonía.** [18]Simón, al ver que mediante la imposición de las manos de los apóstoles se confería el Espíritu Santo, les ofreció dinero, [19]diciendo: «Dadme también a mí ese poder, para que al que imponga las manos reciba el Espíritu Santo». [20]*Pedro le dijo*: «Al infierno tú y tu dinero, por haber creído que el don de Dios se compra con dinero. [21]No tienes parte ni herencia en esto, porque tu corazón no es recto delante de Dios. [22]Arrepiéntete de tu maldad y pide al Señor que te perdone, si es posible, el mal pensamiento que has tenido; [23]pues veo que no tienes buenas intenciones y estás atrapado en los lazos de la iniquidad». [24]Simón respondió: «Pedid vosotros por mí al Señor para que no me suceda nada de lo que acabáis de decir». [25]Ellos, después de haber dado testimonio y haber predicado la palabra del Señor, se volvieron a Jerusalén, evangelizando muchas aldeas de los samaritanos.

**Bautismo del etíope.** 26El ángel del Señor dijo a Felipe: «Pon-
te en marcha hacia el sur, por el camino que va de Jerusalén a
Gaza a través del desierto». 27 Y se puso en marcha. En esto
un etíope eunuco, ministro de Candaces, reina de Etiopía, ad-
ministrador de todos sus bienes, que había venido a Jerusa-
lén, 28regresaba y, sentado en su carro, leía al profeta Isaías.
29El Espíritu dijo a Felipe: «Avanza y acércate a ese carro». 30Fe-
lipe corrió, oyó que leía al profeta Isaías y dijo: «¿Entiendes
lo que estás leyendo?». 31Él respondió: «¿Cómo lo voy a en-
tender si alguien no me lo explica?». Y rogó a Felipe que su-
biera y se sentara con él. 32El pasaje de la Escritura que leía
era éste:

*Como cordero llevado al matadero,*
*como ante sus esquiladores*
*una oveja muda*
*y sin abrir la boca.*
33*Por ser pobre,*
*no le hicieron justicia.*
*Nadie podrá hablar*
*de su descendencia,*
*pues fue arrancado*
*de la tierra de los vivos* (Is 53,7-8).

34El eunuco dijo a Felipe: «Por favor, ¿de quién dice esto el
profeta? ¿De él o de otro?». 35Felipe tomó la palabra y, comen-
zando por este pasaje de la Escritura, le anunció la buena nueva
de Jesús. 36Continuaron su camino y llegaron a un lugar don-
de había agua; el eunuco dijo: «Mira, aquí hay agua; ¿qué im-
pide que me bautice?». 38Y mandó detener el carro. Bajaron
los dos al agua, Felipe y el eunuco, y lo bautizó. 39Al salir del
agua, el Espíritu del Señor arrebató a Felipe. El eunuco ya no
lo vio más, y continuó su camino muy contento. 40Felipe se
encontró con que estaba en Azoto, y fue evangelizando todas
las ciudades hasta llegar a Cesarea.

9 **Conversión de Saulo.** 1Saulo, por su parte, respirando aún
amenazas de muerte contra los discípulos del Señor, se pre-
sentó al sumo sacerdote 2y le pidió cartas para las sinagogas
de Damasco, con el fin de que si encontraba algunos que si-
guieran este camino, hombres o mujeres, pudiera llevarlos pre-
sos a Jerusalén. 3En el camino, cerca ya de Damasco, de re-
pente le envolvió un resplandor del cielo; 4cayó a tierra y oyó
una voz que le decía: «Saulo, Saulo, ¿por qué me persigues?».
5Él preguntó: «¿Quién eres, Señor?». Y él: «Yo soy Jesús, a quien
tú persigues. 6Levántate y entra en la ciudad; allí te dirán lo
que debes hacer». 7Los que lo acompañaban se quedaron ató-
nitos, oyendo la voz, pero sin ver a nadie. 8Saulo se levantó
del suelo, y, aunque tenía los ojos abiertos, no veía nada; lo
llevaron de la mano a Damasco, 9donde estuvo tres días sin
ver y sin comer ni beber.

10Había en Damasco un discípulo llamado Ananías, a quien
el Señor llamó en una visión: «¡Ananías!». Y él respondió: «Aquí
estoy, Señor». 11El Señor le dijo: «Vete rápidamente a la casa de
Judas, en la calle Recta, y pregunta por un tal Saulo de Tarso,
que está allí en oración 12y ha tenido una visión: un hombre
llamado Ananías entraba y le imponía las manos para devolver-
le la vista». 13Ananías respondió: «Señor, he oído a muchos ha-
blar de ese hombre y decir todo el mal que ha hecho a tus fie-
les en Jerusalén. 14Y está aquí con plenos poderes de los sumos
sacerdotes *para prender* a todos los que te invocan». 15El Señor
le dijo: «Anda, que éste es un instrumento que he elegido yo
para llevar mi nombre a los paganos, a los reyes y a los israeli-
tas. 16Yo le mostraré cuánto debe padecer por mí». 17Ananías par-
tió inmediatamente y entró en la casa, le impuso las manos y le
dijo: «Saulo, hermano mío, vengo de parte de Jesús, el Señor,
el que se te apareció en el camino por el que venías, para que
recobres la vista y quedes lleno del Espíritu Santo». 18En el acto
se le cayeron de los ojos como escamas, y recobró la vista; se
levantó y fue bautizado. 19Comió y recobró fuerzas. Y se quedó
unos días con los discípulos que había en Damasco.

**Predica en Damasco y es perseguido.** [20]Y en seguida se puso a predicar en las sinagogas proclamando que Jesús es el Hijo de Dios. [21]Todos los que lo escuchaban se quedaban estupefactos y decían: «¿No es éste el que perseguía en Jerusalén a los que invocan ese nombre, y no ha venido aquí para llevarlos encadenados a los sumos sacerdotes?». [22]Saulo cobraba cada vez más ánimo y tenía confundidos a los judíos de Damasco, demostrando que Jesús es el mesías. [23]Cuando pasaron bastantes días, los judíos acordaron en consejo matarlo; [24]pero Saulo se enteró de este complot. Custodiaban las puertas de la ciudad día y noche con intención de asesinarlo, [25]pero los discípulos lo descolgaron de noche por la muralla en un cesto.

**Saulo en Jerusalén y Tarso.** [26]Cuando llegó a Jerusalén, trató de unirse a los demás discípulos; pero todos lo temían, no creyendo que fuera de verdad discípulo. [27]Entonces Bernabé lo tomó consigo, lo presentó a los apóstoles y les refirió cómo en el camino Saulo había visto al Señor, que le había hablado, y cómo en Damasco había predicado públicamente en el nombre de Jesús. [28]Desde entonces se movía libremente en Jerusalén, hablando con libertad en el nombre del Señor. [29]Hablaba y discutía con los helenistas, los cuales intentaron matarle. [30]Los hermanos, al enterarse, lo llevaron escoltado a Cesarea y le hicieron partir para Tarso.

**Milagros de Pedro en Lida y Jafa.** [31]La Iglesia gozaba de paz en toda Judea, Galilea y Samaría; se consolidaba y progresaba en la fidelidad al Señor, y se extendía alentada por el Espíritu Santo. [32]Pedro, que lo recorría todo, fue también a visitar a los fieles de Lida. [33]Allí encontró a un tal Eneas, paralítico, postrado en una camilla desde hacía ocho años. [34]Pedro le dijo: «Eneas, Jesús, el mesías, te cura; levántate y haz tú mismo la cama». Y al instante se levantó. [35]Todos los habitantes de Lida y Sarón lo vieron y se convirtieron al Señor.

[36]En Jafa había una discípula llamada Tabita, que significa

«gacela», la cual se dedicaba a hacer buenas obras y muchas
limosnas. [37]Por aquellos días cayó enferma y se murió. La la-
varon y la pusieron en la estancia de arriba. [38]Como Lida está
cerca de Jafa, los *discípulos enviaron dos hombres para pedir-*
le que fuera rápidamente a Jafa. [39]Pedro se levantó y se fue
con ellos. Cuando llegó, lo subieron a la estancia de arriba.
Allí le rodearon todas las viudas, llorando y mostrando las tú-
nicas y mantos que les hacía Gacela cuando vivía con ellas.
[40]Pedro echó fuera a todos; luego se arrodilló y se puso a orar;
se acercó después al cadáver y dijo: «Tabita, levántate». Ella
abrió sus ojos y, al ver a Pedro, se incorporó. [41]Pedro le dio la
mano y la levantó. Llamó a los fieles y a las viudas y se la pre-
sentó viva. [42]Esto fue notorio en toda Jafa, y muchos creye-
ron en el Señor. [43]Y se quedó bastantes días en Jafa, en casa
de un tal Simón, que era curtidor.

**10** **Visión de Cornelio.** [1]Había en Cesarea un hombre lla-
mado Cornelio, centurión de la cohorte Itálica. [2]Pia-
doso y temeroso de Dios, con toda su casa, hacía muchas li-
mosnas al pueblo y oraba continuamente a Dios. [3]Hacia las
tres de la tarde tuvo una visión, en la que vio claramente al
ángel de Dios, que se le presentó y le dijo: «¡Cornelio!». [4]Y él,
mirándolo fijamente y atemorizado, dijo: «¿Qué pasa, Señor?».
Y le dijo: «Tus oraciones y tus limosnas han subido a la pre-
sencia de Dios, que se ha acordado de ti. [5]Manda a unos hom-
bres a Jafa a llamar a Simón Pedro. [6]*Está en casa de un tal*
Simón, curtidor, junto al mar». [7]Cuando se marchó el ángel
que le hablaba, llamó a dos de sus criados y un soldado pia-
doso, de los que le asistían, [8]les explicó todo y los mandó a
Jafa.

**Visión de Pedro.** [9]Al día siguiente, mientras ellos caminaban
y se acercaban a la ciudad, Pedro subió a la azotea a orar ha-
cia el mediodía. [10]Tuvo hambre y quiso comer algo; y mien-
tras le preparaban de comer, tuvo un éxtasis: [11]vio el cielo

abierto y un objeto a modo de un gran lienzo, que colgado de
las cuatro puntas descendía hacia la tierra; [12]en él había toda
clase de cuadrúpedos, reptiles de la tierra y aves del cielo. [13]Una
voz le dijo: «Levántate, Pedro, mata y come». [14]Pedro dijo: «De
ningún modo, Señor, porque jamás he comido cosa profana o
impura». [15]La voz le dijo de nuevo: «Lo que Dios ha purifica-
do no lo llames impuro». [16]Esto se repitió por tres veces. Y
luego el objeto fue arrebatado al cielo. [17]Pedro estaba perple-
jo, pensando lo que podría significar la visión que acababa de
tener, cuando los hombres enviados por Cornelio, que habían
averiguado dónde estaba la casa de Simón, se presentaron en
la puerta. [18]Llamaron, y preguntaron si se alojaba allí Simón
Pedro. [19]Pedro seguía pensando en la visión; el Espíritu Santo
le dijo: «Ahí te buscan tres hombres; [20]baja y no dudes en ir
con ellos, porque los he enviado yo». [21]Pedro bajó y les dijo:
«Yo soy el que buscáis. ¿Por qué habéis venido?». [22]Ellos dije-
ron: «El centurión Cornelio, varón justo y temeroso de Dios,
que goza de la reputación de todos los judíos, ha recibido avi-
so de un santo ángel para que te mande llamar y vayas a su
casa y oír lo que tengas que decirle». [23]Pedro los invitó y los
hospedó. Al día siguiente se levantó y fue con ellos; y lo acom-
pañaron algunos hermanos de Jafa.

**Pedro en casa de Cornelio.** [24]Al día siguiente llegaron a
Cesarea. Cornelio estaba esperándolos, y había convocado a
sus parientes y amigos íntimos. [25]Tan pronto como entró Pe-
dro, Cornelio le salió al encuentro, cayó a sus pies y le adoró.
[26]Pedro lo levantó diciendo: «Levántate, que yo también soy
hombre». [27]Y conversando con él, entró y encontró a muchos
reunidos; [28]y les dijo: «Vosotros sabéis que a un judío le está
prohibido juntarse con extranjeros y entrar en su casa. Pero
Dios me ha enseñado a no llamar profano o impuro a ningún
hombre; [29]por lo cual he venido sin vacilar al ser llamado. Yo
os pregunto ahora por qué motivo me habéis llamado».
[30]Cornelio respondió: «Hace cuatro días, justamente a esta mis-

eva

ma hora, las tres de la tarde, estaba yo orando en mi casa, cuando se presentó delante de mí un hombre con un vestido resplandeciente, [31]y me dijo: Cornelio, Dios ha escuchado tu oración y tiene presente tus limosnas. [32]Envía a Jafa a llamar a Simón Pedro, que se hospeda en casa de Simón, curtidor, junto al mar. [33]Te mandé a buscar en seguida; y has hecho bien en venir. Y ahora aquí estamos todos delante de Dios para escuchar todos los preceptos que el Señor te ha dado».

**Discurso de Pedro.** [34]Pedro tomó la palabra y dijo: «Compruebo que Dios no hace distinción de personas, [35]que acepta al que le es fiel y practica la justicia, sea de la nación que sea. [36]Él ha enviado su palabra a los israelitas anunciando la paz por medio de Jesucristo, que es el Señor de todos. [37]Vosotros conocéis lo que ha pasado en Judea, comenzando por Galilea, después del bautismo que predicó Juan: [38]cómo Dios ungió con el Espíritu Santo y llenó de poder a Jesús de Nazaret, el cual pasó haciendo el bien y curando a los oprimidos por el demonio, porque Dios estaba con él. [39]Nosotros somos testigos de todo lo que hizo en el país de los judíos y en Jerusalén. Ellos lo mataron, colgándolo de un madero. [40]Pero Dios lo resucitó al tercer día y le concedió que se manifestase [41]no a todo el pueblo, sino a los testigos elegidos de antemano por Dios, a nosotros, que hemos comido y bebido con él después de su resurrección de entre los muertos; [42]y nos encargó predicar al pueblo y proclamar que Dios lo ha constituido juez de vivos y muertos. [43]Todos los profetas testifican que el que crea en él recibirá, por su nombre, el perdón de los pecados».

**Bautismo de los primeros paganos.** [44]Todavía estaba hablando Pedro, cuando descendió el Espíritu Santo sobre todos los que escuchaban sus palabras. [45]Todos los fieles circuncisos que habían venido con Pedro se extrañaban de que el don del Espíritu Santo se hubiera derramado también sobre los paganos, [46]pues los oían hablar lenguas extrañas y glorificar a Dios. [47]Pedro dijo entonces: «¿Se puede negar el agua del bautismo a éstos, que han recibido el Espíritu Santo como nosotros?». [48]Y ordenó que fuesen bautizados en el nombre de Jesucristo. Entonces le suplicaron que se quedara con ellos algunos días.

11 **Pedro explica lo sucedido.** [1]Los apóstoles y los hermanos que estaban en Judea supieron que también los paganos habían recibido la palabra de Dios. [2]Cuando Pedro llegó a Jerusalén, los partidarios de la circuncisión le echaron en cara: [3]«¿Por qué has entrado en casa de hombres incircuncisos y has comido con ellos?». [4]Entonces Pedro comenzó a explicarles por orden, diciendo: [5]«Estaba yo en la ciudad de Jafa orando, cuando tuve en éxtasis una visión: un objeto descendía a modo de un gran lienzo, colgado por las cuatro puntas desde el cielo, y llegó hasta mí. [6]Yo lo miré fijamente, lo examiné y vi cuadrúpedos, bestias, reptiles y aves. [7]Oí también una voz que me decía: "Levántate, Pedro, mata y come". [8]Pero yo dije: "De ninguna manera, Señor; porque nada profano o impuro ha entrado jamás en mi boca". [9]Pero la voz del cielo dijo por segunda vez: "Lo que Dios ha purificado, tú no lo llames impuro". [10]Esto se repitió por tres veces, y todo fue arrebatado de nuevo al cielo. [11]Entonces mismo se presentaron en la casa donde yo estaba tres hombres que me habían enviado desde Cesarea. [12]Y el Espíritu me dijo que fuera con ellos sin dudar. Estos seis hermanos vinieron también conmigo y entramos en la casa del hombre en cuestión, [13]el cual nos contó que se le había aparecido un ángel y que le había dicho: "Manda a Jafa a llamar a Simón Pedro, [14]el cual, con sus palabras, te traerá la salvación a ti y a tu familia". [15]Y al comenzar yo a hablar, descendió el Espíritu Santo sobre ellos, como al principio sobre nosotros. [16]Recordé estas palabras del Señor: "Juan bautizó en agua, pero vosotros seréis bautizados en el Espíritu Santo". [17]Pues si Dios les ha dado a ellos el mismo don que a nosotros por haber creído en el Señor Jesucristo, ¿cómo podía yo oponerme a Dios?». [18]Al oír esto callaron y glorifica-

ron a Dios, diciendo: «Así que también a los paganos Dios ha concedido el arrepentimiento para alcanzar la vida».

**La Iglesia de Antioquía.** [19]Los que se habían dispersado a causa de la persecución ocurrida con ocasión de Esteban, llegaron hasta Fenicia, Chipre y Antioquía, predicando sólo a los judíos. [20]Pero había entre ellos algunos chipriotas y cirenenses, quienes, llegados a Antioquía, se dirigieron también a los griegos, anunciando a Jesús, el Señor. [21]El Señor estaba con ellos, y un gran número creyó y se convirtió al Señor. [22]Llegó la noticia a oídos de la Iglesia de Jerusalén, y enviaron a Bernabé a Antioquía. [23]Al llegar y ver la gracia de Dios, se llenó de alegría y exhortaba a todos a perseverar con un corazón firme, fieles al Señor, [24]porque era un hombre bueno y lleno del Espíritu Santo y de fe. Y una gran multitud se unió al Señor. [25]Se fue a Tarso en busca de Saulo; lo encontró y se lo llevó a Antioquía. [26]Y estuvieron un año entero en aquella Iglesia instruyendo en la fe a muchas personas. Fue en Antioquía donde por primera vez los discípulos recibieron el nombre de cristianos.

[27]Por entonces unos profetas fueron de Jerusalén a Antioquía. [28]Se levantó uno de ellos, llamado Agabo, y, movido por el Espíritu, anunció que iba a sobrevenir sobre toda la tierra una gran escasez. Fue la que vino en tiempo de Claudio. [29]Los discípulos, cada uno según sus posibilidades, decidieron enviar socorro a los hermanos de Judea. [30]Y así lo hicieron, enviándolo a los presbíteros por medio de Bernabé y Saulo.

**12** **Herodes Agripa persigue a la Iglesia.** [1]Por entonces el rey Herodes prendió a algunos de la Iglesia para maltratarlos. [2]Hizo morir a espada a Santiago, hermano de Juan. [3]Y viendo que esto agradaba a los judíos, hizo prender también a Pedro. Eran los días de la pascua. [4]Lo prendió, lo encarceló y mandó que lo custodiasen cuatro piquetes de cuatro soldados, con intención de hacerlo comparecer ante el pueblo después de la pascua. [5]Mientras Pedro estaba de este modo custodiado en la cárcel, la Iglesia oraba sin cesar por él a Dios.

**Liberación de Pedro.** [6]La misma noche en que Herodes iba a hacerlo comparecer, Pedro estaba dormido entre dos soldados, atado con cadenas; los centinelas montaban la guardia en la puerta de la cárcel. [7]De repente se presentó un ángel del Señor, y la celda quedó toda iluminada. El ángel tocó a Pedro en el costado y lo despertó diciendo: «Levántate en seguida». Y se le cayeron las cadenas de las manos. [8]El ángel le dijo: «Cíñete y ponte tus sandalias». Así lo hizo. Y añadió: «Échate el manto y sígueme». [9]Pedro salió y lo siguió, sin saber si era realidad lo que el ángel hacía, pues se figuraba que era una visión. [10]Pasaron la primera y segunda guardia, y llegaron a la puerta de hierro que da a la ciudad, la cual se les abrió por sí sola. Salieron y avanzaron por una calle; y de repente el ángel lo dejó.

[11]Entonces Pedro, dándose cuenta de lo que pasaba, dijo: «Ahora sé realmente que el Señor ha enviado su ángel y me ha arrancado de la mano de Herodes y de todo lo que esperaba el pueblo judío». [12]Y tras reflexionar, se fue a casa de María, la madre de Juan, apellidado Marcos, donde había muchos reunidos y orando. [13]Tocó a la puerta del portal, y salió a escuchar una muchacha llamada Rode, [14]la cual, al conocer la voz de Pedro, de alegría no abrió, sino que fue corriendo a decir que estaba Pedro a la puerta. [15]Ellos le dijeron: «Estás loca». Pero ella insistía en que era así. Y ellos decían: «Es su ángel». [16]Pedro continuaba golpeando. Cuando abrieron y vieron que era él, quedaron estupefactos. [17]Pedro les hizo señas con la mano de que callasen y contó cómo el Señor lo había sacado de la cárcel. Y añadió: «Comunicádselo a Santiago y a los hermanos». Luego salió y se fue a otro sitio. [18]Al venir el día hubo una gran confusión entre los soldados por lo que habría sido de Pedro.

**Castigo de Herodes.** [19]Herodes lo buscó y, al no encontrarlo, interrogó a los guardias y los mandó ajusticiar. De Judea

se fue a Cesarea, y allí se quedó. 20Herodes estaba irritado con
los tirios y sidonios, que de común acuerdo se presentaron ante
él, y habiéndose ganado a Blasto, que era camarero del rey
solicitaban la paz, porque su país se abastecía del país real. 21El
día señalado, Herodes, vestido con atavíos reales y sentado en
el tribunal, los arengó. 22Y el pueblo gritaba: «Es un dios que
habla, y no un hombre». 23Pero en aquel instante un ángel del
Señor lo hirió de muerte, por haberse arrogado el honor de
Dios, y murió roído de gusanos. 24Mientras tanto la palabra
del Señor crecía y se multiplicaba. 25Bernabé y Saulo, después
de haber cumplido su misión, volvieron de Jerusalén, llevan-
do consigo a Juan Marcos.

## IV. PROPAGACIÓNDEL EVANGELIO ENTRE LOS PAGANOS

## PRIMER VIAJE DE PABLO (13,1–15,35)

13 **Elección de Saulo y Bernabé.** 1En la Iglesia de Antioquía
había profetas y doctores: Bernabé y Simón, apodado
el Negro; Lucio de Cirene; Manahén, hermano de leche de
Herodes el virrey, y Saulo. 2Mientras celebraban el culto del
Señor y ayunaban, el Espíritu Santo dijo: «Separadme a
Bernabé y a Saulo para la obra a la que los he llamado». 3En-
tonces, después de haber ayunado y orado, les impusieron las
manos y los despidieron.

**En Chipre.** 4Con esta misión del Espíritu Santo fueron a
Seleucia, desde donde se embarcaron hacia Chipre. 5Al llegar
a Salamina, se pusieron a anunciar la palabra de Dios en las
sinagogas de los judíos. Tenían también a Juan como auxiliar.
6Atravesaron toda la isla de Pafos y encontraron a un mago
pseudoprofeta judío, llamado Bar Jesús, 7que estaba con el

procónsul Sergio Paulo, hombre prudente, el cual llamó a Bernabé y Saulo deseoso de oír la palabra de Dios. [8]Pero Elimas, el mago (tal es el significado de su nombre), se les oponía procurando apartar al procónsul de la fe. [9]Entonces, Saulo, llamado también Pablo, lleno del Espíritu Santo, clavó en él sus ojos y le dijo: [10]«Embustero, malvado hijo del diablo, enemigo de toda justicia, ¿cuándo vas a cesar de hacer tortuosos los rectos caminos del Señor? [11]Pues ahora la mano del Señor está sobre ti; te vas a quedar ciego sin ver el sol por cierto tiempo». Y en el mismo instante quedó sumergido en la oscuridad y en las tinieblas; y, dando vueltas, buscaba quien lo llevara de la mano. [12]Entonces el procónsul, viendo lo que había sucedido, creyó, lleno de admiración por la doctrina del Señor.

**En Antioquía de Pisidia.** [13]Pablo y los suyos zarparon de Pafos y llegaron a Perge de Panfilia. Juan los dejó y se volvió a Jerusalén. [14]Ellos continuaron su viaje, y de Perge pasaron a Antioquía de Pisidia. El sábado entraron en la sinagoga y se sentaron. [15]Después de la lectura de la ley y de los profetas, los jefes de la sinagoga les mandaron a decir: «Hermanos, si tenéis alguna palabra que comunicar al pueblo, decidla».

[16]Pablo se levantó y, haciendo con la mano señal de silencio, dijo: «Israelitas y los que sois fieles a Dios, escuchad. [17]El Dios de este pueblo, Israel, eligió a nuestros padres y acrecentó al pueblo durante su exilio en Egipto, y con brazo poderoso los sacó de allí. [18]Por espacio de cuarenta años los asistió en el desierto, [19]y después de haber destruido a siete naciones en tierra de Canaán, les dio la posesión de sus tierras [20]al cabo de unos cuatrocientos cincuenta años. Después de esto, les dio jueces hasta el profeta Samuel. [21]Luego pidieron rey, y Dios les dio a Saúl, hijo de Cis, de la tribu de Benjamín, que reinó durante cuarenta años. [22]Después lo destituyó y les dio como rey a David, hijo de Jesé, de quien dio este testimonio: *He encontrado a David, hombre de mi agrado, quien cumplirá to-*

*dos mis deseos* (1Sam 13,14; Sal 89,20). [23]Dios, según sus promesas, de la descendencia de éste ha suscitado para Israel un salvador, Jesús. [24]Antes de su venida, Juan había predicado a todo el pueblo de Israel un bautismo de conversión. [25]Cuando estaba para terminar su misión, Juan decía: *Yo no soy lo que vosotros creéis que soy, sino que viene en pos de mí aquel de quien no soy digno de desatar la sandalia* (Mt 3,11; Mc 1,7; Lc 3,16; Jn 1,20-21.27).

[26]Hermanos, hijos de la estirpe de Abrahán, y los que sois fieles a Dios: a vosotros ha sido enviada esta palabra de salvación. [27]Porque los habitantes de Jerusalén y sus jefes han cumplido, sin saberlo, las palabras de los profetas que se leen cada sábado; [28]y sin haber encontrado ninguna causa de muerte, le condenaron y pidieron a Pilato que lo matase. [29]Y así que cumplieron lo que acerca de él estaba escrito, lo bajaron del leño y lo sepultaron. [30]Pero Dios lo resucitó de entre los muertos; [31]él se apareció durante muchos días a los que habían ido con él de Galilea a Jerusalén, y que ahora son sus testigos ante el pueblo. [32]Nosotros os anunciamos la buena nueva: la promesa hecha a nuestros padres [33]Dios la ha cumplido en nosotros, sus hijos, resucitando a Jesús, según está escrito en el salmo segundo: *Tú eres mi hijo, yo te he engendrado hoy* (Sal 2,7). [34]Y que Dios lo ha resucitado de los muertos de forma que no vuelva más a la corrupción, lo había afirmado: *Os cumpliré las promesas firmes que hice a David* (Is 55,3). [35]Por lo cual dice también en otra parte: *No permitirás que tu santo vea la corrupción* (Sal 16,10). [36]Pues bien, David, después de haber cumplido durante su vida la voluntad de Dios, murió, fue sepultado con sus padres y vio la corrupción. [37]Pero el que Dios ha resucitado no ha visto la corrupción.

[38]Sabed, pues, hermanos, que por medio de éste se os anuncia el perdón de los pecados; [39]y quien cree en él es justificado de todas las cosas de las que no pudisteis ser justificados por la ley de Moisés. [40]Mirad, por tanto, que no os suceda lo dicho en los profetas:

[41]*Mirad, engreídos,*
*y quedaos admirados y asombrados,*
*pues voy a realizar*
*en vuestros días una obra*
*que no creeríais*
*si alguno os la contara»* (Hab 1,5).

[42]Y al salir les rogaron que continuaran hablando de lo mismo el próximo sábado. [43]Cuando se disolvió la reunión, muchos judíos y prosélitos practicantes seguían a Pablo y a Bernabé, los cuales hablaban con ellos exhortándolos a ser fieles a la gracia de Dios. [44]El sábado siguiente casi toda la ciudad acudió a escuchar la palabra de Dios.

**Predican a los paganos.** [45]Los judíos, al ver tanta gente, se enfurecieron y se opusieron con blasfemias a lo que Pablo decía. [46]Entonces Pablo y Bernabé dijeron con toda libertad: «A vosotros había que anunciar antes que a nadie la palabra de Dios; pero ya que la rechazáis y no os juzgáis dignos de la vida eterna, nos vamos a los paganos. [47]Así nos lo mandó el Señor: *Te he puesto como luz de las naciones, para que lleves la salvación hasta el fin de la tierra*»(Is 49,6). [48]Los paganos, al oírlo, se llenaron de alegría y aplaudieron la palabra del Señor; y todos los que estaban destinados a la vida eterna abrazaron la fe. [49]La palabra del Señor se difundía por todo el país. [50]Pero los judíos soliviantaron a las mujeres religiosas y nobles y a los principales de la ciudad, provocaron una persecución contra Pablo y Bernabé y los echaron de su territorio. [51]Éstos sacudieron el polvo de sus pies contra ellos y se fueron a Iconio. [52]Y los discípulos estaban llenos de gozo y del Espíritu Santo.

14 **En Licaonia, Iconio, Listra y Derbe.** [1]En Iconio entraron también en la sinagoga de los judíos, y hablaron de tal modo que muchos judíos y paganos abrazaron la fe. [2]Pero los judíos que no quisieron creer soliviantaron a los paganos

y los indispusieron contra los hermanos. [3]Allí se quedaron bas-
tante tiempo, hablando con valentía del Señor, que confirma-
ba su doctrina de gracia realizando por su medio prodigios y
milagros. [4]La población de la ciudad se dividió. Unos estaban
con los judíos y otros con los apóstoles. [5]Los paganos y los
judíos se confabularon a una con las autoridades para tortu-
rarlos y apedrearlos. [6]Pero ellos se dieron cuenta y huyeron a
las ciudades de Licaonia, Listra y Derbe y sus alrededores,
[7]donde se pusieron a anunciar la buena nueva.

[8]En Listra había un hombre imposibilitado de los pies, senta-
do, cojo de nacimiento, jamás había andado. [9]Oyó hablar a Pa-
blo, el cual, mirándolo fijamente y viendo que tenía fe para ser
curado, [10]dijo en alta voz: «Levántate y tente derecho sobre tus
pies». Él dio un salto y echó a andar. [11]La gente, al ver lo que
había hecho Pablo, se puso a gritar en licaonio: «Los dioses, en
forma humana, han descendido a nosotros». [12]Y llamaban a
Bernabé Júpiter y a Pablo Mercurio, porque era el más elocuen-
te. [13]El sacerdote de Júpiter, que estaba a la entrada de la ciu-
dad, llevó toros adornados con guirnaldas ante las puertas, y,
en unión de la muchedumbre, quería ofrecerles un sacrificio.
[14]Cuando se enteraron de ello los apóstoles Bernabé y Pablo,
rasgaron sus vestidos y se lanzaron entre la gente gritando:
[15]«Amigos, ¿por qué hacéis esto? Nosotros somos hombres como
vosotros, que hemos venido a anunciaros que dejéis los dioses
*falsos y os convirtáis al Dios vivo, que ha hecho el cielo, la tie-*
rra, el mar y todo lo que hay en ellos. [16]El cual ha permitido en
las pasadas generaciones que todas las naciones siguiesen sus ca-
minos; [17]sin embargo, no ha cesado jamás de dar testimonio de
sí mismo haciendo el bien, mandándoos desde el cielo lluvias y
estaciones fructíferas y saciándoos de comida y llenando vues-
tros corazones de felicidad». [18]Con estas palabras lograron a du-
ras penas impedir que la gente les ofreciera un sacrificio.

[19]Llegaron de Antioquía e Iconio unos judíos que se gana-
ron a la gente. Apedrearon a Pablo y lo arrastraron fuera de
la ciudad, dándolo por muerto. [20]Pero cuando los discípulos

se juntaron en torno a él, se levantó y entró en la ciudad. Al día siguiente marchó a Derbe en compañía de Bernabé.

[21]Después de haber evangelizado aquella ciudad y haber hecho un buen número de discípulos, se volvieron a Listra, Iconio y Antioquía, [22]animando a los discípulos, exhortándolos a permanecer en la fe y diciéndoles que tenemos que pasar por muchas tribulaciones para entrar en el reino de Dios. [23]Instituyeron presbíteros en cada Iglesia, y, después de orar y ayunar, los encomendaron al Señor, en el que habían creído. [24]Atravesaron Pisidia y llegaron a Panfilia; [25]predicaron en Perge y bajaron a Atalía.

**Regreso a Antioquía de Siria.** [26]Allí se embarcaron para Antioquía, de donde habían partido y donde los habían encomendado a la gracia de Dios para la obra que acababan de cumplir. [27]Cuando llegaron, reunieron a la Iglesia y contaron todo lo que había hecho Dios por medio de ellos, y cómo había abierto a los paganos la puerta de la fe. [28]Y allí permanecieron largo tiempo con los discípulos.

15 **Concilio de Jerusalén.** [1]Algunos que vinieron de Judea enseñaban a los hermanos: «Si no os circuncidáis según el rito de Moisés, no podéis salvaros». [2]Después de un altercado y discusión no pequeña de Pablo y Bernabé contra ellos, se decidió que Pablo y Bernabé y algunos otros de entre ellos fueran a Jerusalén para tratar esta cuestión con los apóstoles y los presbíteros. [3]Ellos, enviados por la Iglesia, atravesaron Fenicia y Samaría, narrando la conversión de los paganos y causando un gran gozo a todos los hermanos. [4]Al llegar a Jerusalén, fueron acogidos por la Iglesia, los apóstoles y los presbíteros, y entonces contaron todo lo que Dios había hecho con ellos. [5]Algunos de la secta de los fariseos que habían abrazado la fe se levantaron y dijeron que los paganos debían circuncidarse y guardar la ley de Moisés. [6]Los apóstoles y los presbíteros se reunieron para estudiar el asunto.

[7]Tras una larga discusión, se levantó Pedro y les dijo: «Hermanos, vosotros sabéis que hace mucho tiempo Dios me eligió entre vosotros para que los paganos oyesen de mis labios la palabra del evangelio y abrazaran la fe. [8]Y Dios, conocedor de los corazones, dio testimonio en su favor, dándoles el Espíritu Santo, igual que a nosotros; [9]y no ha hecho diferencia alguna entre ellos y nosotros, purificando sus corazones con la fe. [10]Ahora bien, ¿por qué tentáis a Dios imponiendo sobre el cuello de los discípulos un yugo que ni nuestros padres ni nosotros hemos podido soportar? [11]Nosotros creemos que nos salvamos por la gracia de Jesús, el Señor, igual que ellos». [12]Toda la asamblea guardó silencio para escuchar a Bernabé y a Pablo, que contaban todos los prodigios y milagros que había hecho Dios entre los paganos por medio de ellos.

[13]Cuando ellos terminaron, intervino Santiago: «Hermanos, escuchadme. [14]Simón ha contado cómo Dios dispuso desde el principio escoger de entre los paganos un pueblo consagrado a su nombre. [15]Con esto están de acuerdo las palabras de los profetas, según está escrito:

[16]*Después de esto volveré*
*y restauraré la choza caída de David;*
*repararé sus ruinas*
*y la volveré a levantar,*
[17]*para que los demás hombres*
*busquen al Señor*
*y todas las naciones*
*que han sido consagradas*
*a mi nombre,*
*dice el Señor, autor de estas cosas,*
[18]*conocidas desde la eternidad* (Am 9,11-12).

[19]Por eso yo creo que no hay que inquietar a los paganos que se convierten a Dios, [20]sino escribirles que se abstengan

de las contaminaciones de los ídolos, de la fornicación, de co-
mer sangre o carne de animales ahogados. [21]Pues en cada ciu-
dad hay desde antiguo quienes leen y proclaman la ley de Moi-
sés los sábados en la sinagoga».

**Decreto conciliar.** [22]Entonces los apóstoles y los presbíteros,
con toda la Iglesia, decidieron elegir a algunos de entre ellos
y enviarlos a Antioquía con Pablo y Bernabé. Eligieron a Ju-
das Barsabás y a Silas, hombres eminentes entre los hermanos.
[23]Por medio de ellos les mandaron esta carta: «Los apóstoles y
los presbíteros, vuestros hermanos, a los hermanos de
Antioquía, Siria y Cilicia procedentes del paganismo. [24]Nos
hemos enterado de que algunos de los nuestros, sin nuestro
mandato, os han inquietado y alarmado con sus palabras. [25]He-
mos decidido de común acuerdo elegir unos delegados y en-
viarlos a vosotros, con nuestros queridos Bernabé y Pablo,
[26]hombres que han entregado sus vidas por el nombre de nues-
tro Señor Jesucristo. [27]Os enviamos a Judas y a Silas, que os
dirán lo mismo de palabra. [28]Porque el Espíritu Santo y noso-
tros hemos decidido no poneros ninguna carga más que estas
imprescindibles: [29]abstenerse de la fornicación, de comer san-
gre y carne sacrificada a los ídolos o de animales ahogados.
Haréis bien en guardaros de estas cosas. Adiós». [30]Los delega-
dos fueron a Antioquía, reunieron a la gente y entregaron la
carta. [31]Al leerla, se llenaron de alegría por su contenido alen-
tador. [32]Judas y Silas, que eran también profetas, alentaron y
confortaron a los hermanos en una larga conversación. [33]Al
cabo de cierto tiempo, los despidieron con saludos de paz para
los hermanos que los habían delegado. [35]Pablo y Bernabé se
quedaron en Antioquía, enseñando y evangelizando la palabra
del Señor en unión de otros muchos.

## V. SEGUNDO VIAJE DE PABLO (15,36–18,23)

**Bernabé se separa de Pablo.** [36]Pasados unos días, Pablo dijo
a Bernabé: «Volvamos a visitar a los hermanos por todas las
ciudades en que anunciamos la palabra del Señor, a ver cómo
están». [37]Bernabé quería llevar también a Juan Marcos. [38]Pa-
blo, en cambio, juzgaba que no debían llevar al que los había
dejado en Panfilia y no los había acompañado en la tarea. [39]Dis-
cutieron entre ellos, y terminaron por separarse el uno del otro.
Bernabé tomó consigo a Marcos, y se embarcó hacia Chipre;
[40]Pablo escogió a Silas y partió, después de encomendarlo los
hermanos a la gracia del Señor. [41]Recorrió Siria y Cilicia, con-
firmando en la fe a las Iglesias.

**16** **Timoteo.** [1]Llegó a Derbe y luego a Listra, donde había
un discípulo llamado Timoteo, hijo de una judía cre-
yente y de padre griego. [2]Los hermanos de Listra e Iconio ha-
blaban muy bien de él. [3]Pablo quiso llevárselo con él, y lo cir-
cuncidó en consideración a los judíos que había en aquellos
lugares, pues todos sabían que su padre era griego. [4]Según iban
pasando por las ciudades, les comunicaban, para que los guar-
daran, los decretos dados por los apóstoles y los presbíteros
de Jerusalén. [5]Las Iglesias se reafirmaban en la fe y aumenta-
ban en número de día en día.

**Pablo llamado a Europa.** [6]Atravesaron Frigia y la región de
Galacia, pues el Espíritu Santo les impidió anunciar la pala-
bra en Asia. [7]Llegaron a Misia e intentaron entrar en Bitinia,
pero el Espíritu de Jesús no se lo permitió. [8]Cruzaron, pues,
Misia, y bajaron a Tróade. [9]Durante la noche Pablo tuvo una
visión: un macedonio, puesto en pie, le suplicaba: «Ven a Ma-
cedonia y ayúdanos». [10]Inmediatamente después de la visión
intentamos pasar a Macedonia, persuadidos de que Dios nos
había llamado para evangelizarlos.

**En Filipos.** [11]Zarpamos de Tróade y fuimos derechos a
Samotracia; al día siguiente a Neápolis, [12]y de allí a Filipos, ciu-
dad del primer distrito de Macedonia, colonia romana, en la
que permanecimos algunos días. [13]El sábado salimos fuera de
la ciudad y fuimos por la orilla del río, donde pensábamos que
estaba el lugar de oración. Nos sentamos y nos pusimos a ha-
blar con las mujeres que se habían reunido. [14]Una mujer llama-
da Lidia, vendedora de púrpura, de la ciudad de Tiatira, fiel a
Dios, nos estaba escuchando. El Señor abrió su corazón para
que aceptase las cosas que Pablo decía. [15]Después de haber sido
bautizada con toda su familia, nos suplicó: «Si consideráis que
soy fiel al Señor, venid y quedaos en mi casa». Y nos obligó a
ello. [16]Otra vez, cuando íbamos al lugar de la oración, nos salió
al encuentro una muchacha que tenía un espíritu adivinador, la
cual con sus adivinaciones procuraba a sus amos muchas ganan-
cias. [17]Iba detrás de Pablo y de nosotros gritando: «Estos hom-
bres son siervos del Dios altísimo, y os anuncian el camino de
la salvación». [18]Esto lo hizo muchos días, hasta que Pablo, ya
cansado, se volvió y dijo al espíritu: «En nombre de Jesucristo te
mando salir de ella». Y en el mismo instante salió. [19]Sus amos, al
ver que había desaparecido la esperanza de su ganancia, pren-
dieron a Pablo y a Silas y los llevaron a la plaza pública ante las
autoridades. [20]Los presentaron a los pretores y dijeron: «Estos
hombres alborotan nuestra ciudad. Son judíos, [21]y predican cos-
tumbres que nosotros, siendo romanos, no podemos aceptar ni
practicar». [22]La gente se sublevó contra ellos, y los pretores man-
daron que los desnudaran y les dieran de palos. [23]Después de ha-
berles dado muchos palos, los metieron en la cárcel, encargando
al carcelero que los tuviera bien seguros; [24]él, al recibir tal or-
den, los metió en la celda más segura, y sujetó sus pies en el cepo.
[25]Hacia la medianoche, Pablo y Silas estaban en oración can-
tando himnos a Dios, y los presos escuchaban. [26]De repente se
produjo tan gran terremoto que se conmovieron los cimientos
de la cárcel; se abrieron todas las puertas de la cárcel y se sol-
taron las cadenas de todos. [27]El carcelero se despertó y, al ver

abiertas las puertas de la cárcel, creyendo que los presos se ha-
brían fugado, desenvainó la espada para matarse. [28]Pablo le gri-
tó: «No te hagas daño, que todos estamos aquí». [29]Él pidió una
luz, entró y se echó temblando ante Saulo y Silas; [30]los sacó fuera
y dijo: «Señores, ¿qué debo hacer para salvarme?». [31]Ellos le di-
jeron: «Cree en Jesús, el Señor, y te salvarás tú y tu familia».
[32]Y le anunciaron la palabra del Señor a él y a todos los que
había en su casa. [33]A aquellas horas de la noche el carcelero les
lavó las heridas, y seguidamente se bautizó él con todos los su-
yos. [34]Los subió a su casa, puso la mesa y celebró con toda su
familia el haber creído en Dios.

[35]Al llegar el día, los magistrados mandaron a los alguaciles
a decir al carcelero: «Pon en libertad a esos hombres». [36]El car-
celero dijo a Pablo: «Los magistrados han ordenado que seáis
libertados. Salid, pues, y marchad en paz». [37]Pablo les dijo:
«Nos han apaleado públicamente y, sin juzgarnos, a pesar de
ser ciudadanos romanos, nos han metido en la cárcel, y ¿aho-
ra quieren sacarnos? [38]Pues no; que vengan ellos a sacarnos».
Los alguaciles llevaron la respuesta a los magistrados, los cua-
les, al oír que eran romanos, tuvieron miedo. [39]Fueron y les
pidieron excusas; los sacaron y les suplicaron que se fueran
de la ciudad. [40]Salieron de la cárcel y fueron a casa de Lidia;
vieron a los hermanos, los animaron y se fueron.

17 **En Tesalónica.** [1]Pasaron por Anfípolis y Apolonia, don-
de los judíos tenían una sinagoga. [2]Pablo, según su cos-
tumbre, se presentó allí, y durante tres sábados discutió con
ellos sobre las Escrituras, [3]explicando y probando que el mesías
debía padecer y resucitar de entre los muertos; y «el mesías,
decía, es el Jesús que yo os anuncio». [4]Algunos de ellos se con-
vencieron y se unieron a Pablo y Silas, así como muchos
prosélitos griegos y buen número de mujeres nobles. [5]Los ju-
díos, llevados por la envidia, echaron mano de unos gamberros,
que provocaron tumultos y alborotaron la ciudad. Se presen-
taron ante la casa de Jasón para llevarlos ante la plebe; [6]al no

encontrarlos, arrastraron a Jasón y algunos hermanos ante los magistrados, gritando: «Éstos, que han revolucionado el mundo entero, se han presentado también aquí, [7]y Jasón los ha hospedado. Todos éstos actúan contra los decretos del césar, diciendo que hay otro rey, Jesús». [8]La plebe y los magistrados, al oír esto, se alarmaron; y [9]exigieron una fianza a Jasón y a los restantes para ponerlos en libertad.

**En Berea.** [10]Al llegar la noche, los hermanos hicieron partir en seguida a Pablo y a Silas hacia Berea. Así que llegaron, fueron a la sinagoga de los judíos. [11]Los judíos de Berea eran más abiertos que los de Tesalónica, y recibieron la palabra con buena disposición, estudiando diariamente las Escrituras para ver si todo era así. [12]Muchos judíos abrazaron la fe, así como gran número de paganos, mujeres distinguidas y hombres. [13]Cuando los judíos de Tesalónica supieron que Pablo anunciaba también en Berea la palabra de Dios, fueron allá para agitar y alborotar a la plebe. [14]Entonces los hermanos hicieron partir a Pablo hacia el mar, y Silas y Timoteo se quedaron allí. [15]Los que acompañaban a Pablo lo llevaron hasta Atenas, y se volvieron en seguida con el encargo para Silas y Timoteo de que se unieran con él lo más pronto posible.

**En Atenas.** [16]Mientras Pablo los esperaba en Atenas, se llenaba de indignación al contemplar la ciudad llena de ídolos. [17]Discutía en la sinagoga con los judíos y con los prosélitos, y diariamente en la plaza con los que se encontraba. [18]Algunos filósofos epicúreos y estoicos conversaban con él; unos decían: «¿Qué querrá decir ese charlatán?». Y otros: «Parece ser un predicador de divinidades extranjeras» (porque anunciaba a Jesús y la resurrección). [19]Lo llevaron al Areópago, y le preguntaron: «¿Podemos saber qué doctrina nueva enseñas? [20]Nos tienes cansados los oídos con cosas extrañas, y queremos saber de qué se trata». [21]Todos los atenienses y los extranjeros residentes sólo se entretenían en decir o en oír novedades.

**Pablo en el Areópago.** 22Pablo, puesto en pie en medio del
Areópago, dijo: «Atenienses, por todo veo que sois muy religio-
sos. 23Al recorrer vuestra ciudad y contemplar vuestros
monumentos sagrados, me he encontrado incluso un altar con
esta inscripción: "Al Dios desconocido". Pues bien, lo que ve-
neráis sin conocerlo, eso es lo que yo os vengo a anunciar. 24El
Dios que ha hecho el mundo y todo lo que hay en él, siendo
señor del cielo y de la tierra, no habita en templos construi-
dos por la mano del hombre. 25Ni es servido por manos hu-
manas, como si necesitase algo él, que da a todos la vida, el
aliento y todas las cosas; 26de un solo hombre ha hecho todo
el género humano para que habite sobre toda la superficie de
la tierra, determinando los tiempos y los límites de su mora-
da, 27para que buscasen a Dios, y a ver si buscando a tientas
lo podían encontrar; aunque no está lejos de cada uno de no-
sotros, 28ya que en él vivimos, nos movemos y existimos, como
alguno de vuestros poetas ha dicho también: "Porque somos
de su linaje". 29Pues si nosotros somos linaje de Dios, no de-
bemos pensar que la divinidad es semejante a oro o plata o
piedra, escultura hecha por el arte y el ingenio del hombre.

30Dios, pasando por alto los tiempos de la ignorancia, hace
saber ahora a los hombres que todos, en todas partes, se arre-
pientan, 31puesto que ha establecido un día en el que ha de
juzgar al universo con justicia por medio de un hombre, a quien
ha designado y acreditado ante todos al resucitarlo de entre
los muertos». 32Al oír hablar de la resurrección de los muer-
tos, unos se burlaban y otros dijeron: «Te oiremos sobre esto
otra vez». 33Así Pablo se separó de ellos. 34Algunos, sin embar-
go, se unieron a él y creyeron; entre ellos se encontraba
Dionisio Areopagita, una mujer llamada Dámaris y algunos
otros.

**18** **En Corinto.** 1Después de esto, Pablo salió de Atenas y
fue a Corinto. 2Allí encontró a un judío llamado Áquila,
oriundo del Ponto, que acababa de llegar de Italia con su mu-

jer, Priscila, por haber decretado Claudio que salieran de Roma
todos los judíos. [3]Pablo se relacionó con ellos; y como eran
del mismo oficio, se quedó trabajando en su casa; se dedica-
ban a fabricar tiendas de campaña. [4]Todos los sábados discu-
tía en la sinagoga, intentando convencer a judíos y a griegos.
[5]Cuando Silas y Timoteo llegaron de Macedonia, Pablo se en-
tregó por completo a la predicación de la palabra, proclamando
ante los judíos que Jesús era el mesías. [6]Como ellos le lleva-
ban la contraria y lo insultaban, se sacudió la ropa y dijo: «Que
vuestra sangre caiga sobre vuestras cabezas; yo soy inocente;
desde ahora me iré con los paganos». [7]Partió de allí, y fue a
casa de un prosélito, que vivía junto a la sinagoga. [8]Crispo, el
jefe de la sinagoga, creyó en el Señor con toda su familia; y
muchos de los corintios que habían oído a Pablo creyeron y
se bautizaron. [9]Una noche el Señor dijo en visión a Pablo: «No
tengas miedo, habla y no calles, [10]porque yo estoy contigo, y
nadie intentará hacerte mal, pues tengo en esta ciudad un pue-
blo numeroso». [11]Y se detuvo allí un año y medio, enseñando
entre ellos la palabra de Dios.

**Pablo ante Galión.** [12]Siendo Galión procónsul de Acaya, los
judíos se sublevaron a una contra Pablo y lo llevaron ante el
tribunal [13]con esta acusación: «Éste incita a los hombres a que
den culto a Dios en contra de la ley». [14]Pablo iba a hablar, cuan-
do Galión dijo a los judíos: «Si se tratase de un crimen o de
un delito grave, yo os escucharía pacientemente, como es de
justicia; [15]pero si es cuestión de palabras y nombres y cosas de
vuestra ley, allá vosotros; yo no quiero ser juez de estos asun-
*tos».* [16]Y los echó del tribunal. [17]Entonces se apoderaron de
Sóstenes, el jefe de la sinagoga, y lo golpearon delante del tri-
bunal, sin que nada de esto le importara a Galión.

**Vuelta a Antioquía de Siria.** [18]Pablo permaneció aún cierto
tiempo en Corinto; después se despidió de los hermanos y se
embarcó hacia Siria. Lo acompañaban Priscila y Áquila. En

Cencreas se había rapado la cabeza porque había hecho un
voto.
[19]Llegaron a Éfeso, donde se separó de ellos. Fue a la sina-
goga y estuvo discutiendo con los judíos. [20]Ellos le pidieron
que se quedase más tiempo; pero no accedió; [21]y se despidió
con estas palabras: «Volveré de nuevo, si Dios quiere». [22]Zar-
pó de Éfeso, desembarcó en Cesarea, fue a saludar a la Iglesia
y bajó a Antioquía.
[23]Allí estuvo algún tiempo y recorrió nuevamente la región
de Galacia y Frigia, alentando a todos los discípulos.

## VI. TERCER VIAJE DE PABLO
## (18,24–21,16)

**Apolo predica en Éfeso y Acaya.** [24]Un judío llamado Apolo,
oriundo de Alejandría, hombre elocuente, muy versado en las
Escrituras, llegó a Éfeso. [25]Había sido instruido en el camino
del Señor. Lleno de entusiasmo, hablaba y enseñaba con bas-
tante exactitud lo referente a Jesús, aunque sólo conocía el bau-
tismo de Juan. [26]Él se puso a hablar con toda libertad en la
sinagoga. Mas cuando lo oyeron Priscila y Áquila, lo llevaron
aparte y le expusieron con mayor exactitud el camino de Dios.
[27]Como quería ir a Acaya, los hermanos lo animaron y escri-
bieron a los discípulos para que le hicieran una buena acogi-
da. Una vez allí, con la gracia de Dios, ayudó mucho a los cre-
yentes. [28]Con argumentos sólidos refutaba en público a los
judíos, demostrando por las Escrituras que Jesús era el mesías.

19 **Pablo en Éfeso.** [1]Mientras Apolo estaba en Corinto, Pa-
blo, después de haber recorrido las regiones montaño-
sas, llegó a Éfeso, encontró algunos discípulos [2]y les pregun-
tó: «¿Habéis recibido el Espíritu Santo al abrazar la fe?». Ellos
contestaron: «Ni siquiera hemos oído decir que haya Espíritu
Santo». [3]Él les preguntó: «¿Pues qué bautismo habéis recibi-

do?». Ellos contestaron: «El bautismo de Juan». 4Pablo dijo:
«Juan bautizó con bautismo de conversión, diciendo al pue-
blo que creyese en el que había de venir después de él, es de-
cir, en Jesús». 5Al oírlo, se bautizaron en el nombre de Jesús,
el Señor. 6Cuando Pablo les impuso las manos, descendió so-
bre ellos el Espíritu Santo y se pusieron a hablar en lenguas
extrañas y a profetizar. 7Eran en total unas doce personas.

**Predica a los gentiles.** 8Pablo entró después en la sinagoga,
donde habló con absoluta libertad durante tres meses, discu-
tiendo y esforzándose por convencerlos acerca del reino de
Dios. 9Pero como algunos se obstinaban en no creer y desacre-
ditaban el camino del Señor ante la gente, se apartó de ellos,
hizo un grupo aparte con los discípulos y se puso a enseñar
diariamente en la escuela de Tirano. 10Esto duró dos años, de
manera que todos los habitantes de Asia, tanto judíos como
paganos, oyeron la palabra de Dios.

11Dios hacía milagros extraordinarios por medio de Pablo,
12hasta el punto de que, con sólo aplicar a los enfermos los
pañuelos o cualquier otra prenda de Pablo, se curaban y sa-
lían los espíritus malignos.

**Los exorcistas judíos.** 13Algunos exorcistas judíos ambulan-
tes intentaron también invocar el nombre de Jesús, el Señor,
sobre los que estaban poseídos por espíritus malignos, dicien-
do: «Os conjuro por Jesús, a quien Pablo predica». 14Hacían
esto los siete hijos de Esceva, sumo sacerdote judío. 15Pero el
espíritu maligno les respondió: «Conozco a Jesús y sé quién
es Pablo; pero vosotros, ¿quiénes sois?». 16El hombre poseído
del espíritu maligno saltó sobre ellos, se apoderó de los dos y
los maltrató, de modo que escaparon de aquella casa desnu-
dos y heridos.

17Esto se divulgó entre todos los habitantes de Éfeso, judíos
y griegos; un gran temor se apoderó de todos ellos y se ensal-
zaba el nombre de Jesús, el Señor. 18Muchos creyentes venían

a confesar y a manifestar sus prácticas de magia. [19]Y bastantes
de los que habían practicado artes mágicas llevaron sus libros
y los quemaron en presencia de todos; su valor fue calculado
en cincuenta mil monedas de plata. [20]Así crecía poderosamen-
te y se consolidaba la palabra del Señor. [21]Después de esos su-
cesos, Pablo se propuso atravesar Macedonia y Acaya e ir a
Jerusalén. Se decía: «Debo visitar también Roma». [22]Mandó a
Macedonia a dos de sus colaboradores, Timoteo y Erasto, y él
se detuvo algún tiempo en Asia.

**Motín de Éfeso.** [23]Por entonces se produjo un gran motín a
propósito del nuevo camino del Señor. [24]Un platero llamado
Demetrio, que hacía en plata templos de Diana, proporciona-
ba a los artífices grandes ganancias; [25]reunió a todos los que
tenían el mismo oficio y les dijo: «Amigos, sabéis que nuestro
bienestar depende de esta industria; [26]veis y oís que no sólo
en Éfeso, sino en casi toda Asia, ese Pablo ha apartado y per-
suadido a mucha gente, diciendo que no son dioses los que
han sido hechos con las manos de los hombres. [27]No sólo hay
peligro de que nuestra industria se desacredite, sino también
de que sea tenido en nada el templo de la gran Diana y de
que sea despojada de la majestad aquella a quien venera toda
Asia y el orbe entero». [28]Al oír esto se llenaron de ira, y se
pusieron a gritar: «Grande es la Diana de los efesios». [29]El des-
orden cundió por toda la ciudad y se lanzaron a una hacia el
teatro, arrastrando consigo a Gayo y a Aristarco, macedonios,
compañeros de Pablo. [30]Pablo quería presentarse ante el pue-
blo, pero los discípulos no lo dejaron. [31]Algunas autoridades
de Asia, amigos suyos, le mandaron también recado, rogán-
dole que no se presentase en el teatro. [32]Cada uno gritaba una
cosa, de modo que la asamblea estaba alborotada y la mayor
parte no sabía por qué se habían reunido. [33]Algunos judíos
empujaron a Alejandro para que hablara a la gente, y Alejan-
dro hizo señal con la mano de que quería hablar al pueblo.
[34]Pero cuando se dieron cuenta de que era judío, todos a una

gritaron por espacio de casi dos horas: «¡Grande es la Diana de los efesios!».

[35]El letrado logró calmar a la multitud y dijo: «Efesios, ¿quién puede ignorar que la ciudad de los efesios es la guardiana de la gran Diana y de su estatua caída del cielo? [36]Siendo todo esto incontestable, conviene que os mantengáis serenos y no hagáis nada con precipitación. [37]Porque habéis traído a estos hombres, que no son ni sacrílegos ni blasfemadores de vuestra Diana. [38]Si Demetrio y los artífices que están con él tienen algo contra alguno, para eso hay tribunales y procónsules: que apelen las dos partes a los tribunales. [39]Y si solicitáis algo más, será resuelto en la asamblea legal. [40]Porque corremos peligro de ser acusados de rebelión por todo lo que ha sucedido hoy, no habiendo ningún motivo que pueda justificar este alboroto». Dicho esto, se disolvió la asamblea.

20 **A través de Macedonia y Grecia.** [1]Después que cesó el alboroto, Pablo llamó a los discípulos, les dio ánimo, se despidió de ellos y partió para Macedonia. [2]Recorrió aquellas regiones exhortando a los discípulos en largas conversaciones. Por fin llegó a Grecia, [3]donde pasó tres meses. Cuando iba a embarcarse para Siria, se enteró de que los judíos habían preparado un atentado contra él, por lo que determinó volver por Macedonia. [4]Le acompañaban Sópatros, hijo de Pirro, de Berea; Aristarco y Segundo, de Tesalónica; Gayo, de Derbe, y Timoteo; y los asiáticos Tíquico y Trófimo. [5]Éstos se adelantaron y nos esperaron en Tróade. [6]Nosotros nos embarcamos en Filipos después de la pascua, y a los cinco días los alcanzamos en Tróade, donde nos detuvimos siete días.

**En Tróade resucita a Eutico.** [7]El primer día de la semana nos reunimos para partir el pan. Pablo, que iba a partir al día siguiente, estuvo hablando con ellos hasta medianoche. [8]En la sala de arriba, donde estábamos reunidos, había muchas lámparas. [9]Un joven, llamado Eutico, estaba sentado en la ventana. Como Pablo se alargaba demasiado en su conversación, le entró un sueño tan profundo que, vencido por él, se cayó desde el tercer piso abajo, y lo levantaron ya cadáver. [10]Pablo bajó, se echó sobre él y, abrazándolo, dijo: «Tranquilos, que está vivo». [11]Subió de nuevo, partió el pan y comió, estuvo hablando hasta el alba y se marchó. [12]Al muchacho lo trajeron vivo, con gran consuelo para todos.

**En Mileto.** [13]Nosotros zarpamos con tiempo suficiente rumbo a Aso, donde teníamos que recoger a Pablo, pues él había decidido hacer el viaje por tierra. [14]Así que llegó a Aso, lo recogimos y fuimos a Mitilene. [15]Seguimos navegando, y al día siguiente nos encontramos frente a Quío; al otro día atracamos en Samos; al siguiente llegamos a Mileto. [16]Pablo había resuelto pasar de largo por Éfeso para no perder tiempo en Asia, pues tenía prisa por encontrarse en Jerusalén el día de pentecostés, si era posible. [17]Desde Mileto mandó a Éfeso a llamar a los presbíteros de la Iglesia.

**Discurso a los presbíteros de Éfeso.** [18]Cuando llegaron, les dijo: «Vosotros sabéis cómo me he portado con vosotros todo el tiempo desde el primer día que entré en Asia, [19]sirviendo al Señor con toda humildad y con lágrimas, en medio de las pruebas que me han sobrevenido por las asechanzas de los judíos. [20]Jamás dejé de anunciaros y enseñaros en público y por las casas todo cuanto os pudiera ser útil, [21]instando a judíos y griegos a convertirse a Dios y a la fe en Jesús nuestro Señor. [22]Y ahora voy a Jerusalén empujado por el Espíritu, sin saber lo que allí me va a suceder; [23]únicamente sé que el Espíritu Santo me asegura en todas las ciudades que me esperan prisiones y tribulaciones. [24]Pero a mí no me preocupa mi vida ni la juzgo estimable, con tal de acabar mi carrera y cumplir el ministerio que he recibido de Jesús, el Señor, de anunciar la buena nueva, la gracia de Dios. [25]Yo sé que todos vosotros, entre los que he pasado predicando el reino, no me volveréis a ver. [26]Por

lo cual os declaro en el día de hoy que tengo la conciencia
limpia respecto a todos vosotros, [27]porque jamás dejé de
anunciaros todo el plan de Dios.
[28]Cuidad de vosotros y de todo el rebaño del que el Espíri-
tu Santo os ha constituido como guardianes para apacentar la
Iglesia de Dios, que ha adquirido con su propia sangre. [29]Yo
sé que después de mi partida se introducirán entre vosotros
lobos crueles, que no perdonarán al rebaño; [30]y que de entre
vosotros mismos surgirán hombres que enseñarán doctrinas
perversas con el fin de arrastrar a los discípulos en pos de sí.
[31]Por lo cual, estad alerta y recordad que durante tres años no
he cesado noche y día de aconsejar con lágrimas en los ojos a
cada uno de vosotros. [32]Y ahora os encomiendo a Dios y a su
mensaje de amor, que tiene poder para construir el edificio y
dar la herencia a todos los consagrados. [33]De nadie he desea-
do plata, oro o vestidos. [34]Vosotros mismos sabéis que estas
manos han provisto a mis necesidades y a las de los que an-
dan conmigo. [35]En todo os he mostrado que se debe trabajar
así para socorrer a los necesitados, recordando las palabras
de Jesús, el Señor: "Hay más felicidad en dar que en reci-
bir"». [36]Cuando terminó de hablar, se puso de rodillas y oró
con todos ellos. [37]Todos rompieron a llorar, se echaron al cue-
llo de Pablo y lo besaron, [38]afligidos sobre todo porque les
había dicho que no volverían a verlo. Y le acompañaron hasta
el barco.

**21** **De Éfeso a Cesarea.** [1]Nos separamos de ellos, nos em-
barcamos y fuimos derechos a Cos, y al día siguiente a
Rodas, y de allí a Pátara. [2]Allí encontramos un barco que iba
a Fenicia; subimos a él y partimos. [3]Al dar vista a Chipre, que
dejamos a babor, navegamos hacia Siria y desembarcamos en
Tiro, porque el barco tenía que dejar allí la carga. [4]Encontra-
mos a los discípulos y estuvimos con ellos una semana. Ellos,
movidos por el Espíritu, decían a Pablo que no fuera a Jerusa-
lén. [5]Pero, al pasar la semana, partimos. Nos acompañaron to-

dos, con sus mujeres y niños, hasta fuera de la ciudad. Nos
pusimos de rodillas en la playa, oramos, 6nos despedimos mu-
tuamente y subimos al barco; ellos se volvieron a sus casas.
7Nosotros, al terminar la navegación, fuimos de Tiro a Tole-
maida, donde saludamos a los hermanos y nos quedamos un
día con ellos.

**Predicación de Agabo.** 8Al día siguiente partimos y llegamos
a Cesarea. Fuimos a ver a Felipe, el evangelista, uno de los
siete, y nos quedamos con él. 9Éste tenía cuatro hijas solteras
con el don de profecía. 10Al cabo de varios días de estar allí,
llegó de Judea un profeta llamado Agabo, 11el cual fue a nues-
tro encuentro, tomó el cinto de Pablo, se ató los pies y las ma-
nos, y dijo: «Esto dice el Espíritu Santo: Así atarán en Jerusa-
lén los judíos al hombre de quien es este cinto y lo entregarán
en manos de los paganos». 12Cuando oímos esto, le suplica-
mos, tanto nosotros como los de aquel lugar, que no fuera a
Jerusalén. 13Pablo respondió: «¿Qué hacéis llorando y partién-
dome el corazón? Yo estoy dispuesto no sólo a ser atado, sino
también a morir en Jerusalén por el nombre de Jesús, el Se-
ñor». 14Y como no había manera de convencerlo, desistimos,
diciendo: «Hágase la voluntad del Señor». 15Después de unos
días, preparamos nuestro equipaje y nos fuimos a Jerusalén.
16Fueron también con nosotros algunos discípulos de Cesarea,
*y nos llevaron* a casa de un tal Nasón, chipriota, antiguo dis-
cípulo, donde debíamos hospedarnos.

**Pablo en Jerusalén.** 17Cuando llegamos a Jerusalén, los her-
manos nos recibieron con grande alegría. 18Al día siguiente Pa-
blo fue con nosotros a casa de Santiago, donde se reunieron
todos los presbíteros. 19Después de saludarlos, contó una por
una las cosas que había hecho Dios entre los paganos por su
ministerio. 20Ellos, al oír todo esto, alabaron a Dios, y dijeron
a Pablo: «Ves, hermano, cuántos millares de judíos han creí-
do, y todos siguen siendo fieles observantes de la ley. 21Pero

han oído decir de ti que induces a los judíos que viven entre paganos a que dejen la ley de Moisés, que no circunciden a sus hijos y que no sigan las tradiciones. [22]¿Qué hacemos? Seguro que se enterarán de que has llegado. [23]Haz lo que te vamos a decir. Hay entre nosotros cuatro hombres que han hecho un voto; [24]tómalos, purifícate con ellos y paga por ellos para que se rasuren la cabeza. Así sabrán todos que no es verdad nada de lo que han oído decir de ti, sino que tú también sigues guardando la ley. [25]Por lo que respecta a los paganos que han abrazado la fe, les hemos mandado a decir que se debían abstener de la fornicación, de comer sangre y carne sacrificada a los ídolos o de animales ahogados». [26]Al día siguiente Pablo tomó consigo a los hombres, se purificó con ellos y entró en el templo para fijar la fecha en la que terminaban los días de la purificación y en la que sería presentada la ofrenda por cada uno de ellos.

## VII. PRISIONES DE PABLO EN JERUSALÉN, EN CESAREA Y EN ROMA (21,27–28,31)

**Prisión de Pablo.** [27]Cuando iban ya a cumplirse los siete días, los judíos de Asia, al verlo en el templo, alborotaron a la gente y le echaron mano, [28]gritando: «Israelitas, ayudadnos: éste es el hombre que va enseñando por todas partes y a todos contra el pueblo, contra la ley, contra este lugar; más aún, ha metido a los griegos en el templo, profanando este lugar santo». [29]Y es que habían visto antes a Trófimo de Éfeso con él en la ciudad, y pensaron que Pablo lo había metido en el templo. [30]Toda la ciudad se alborotó y la gente acudió en masa. Prendieron a Pablo, lo arrastraron fuera del templo y cerraron rápidamente las puertas. [31]Mientras intentaban matarlo, se avisó al comandante de la guarnición de que toda Jerusalén estaba

alborotada; 32 sin perder un instante, fue corriendo con solda-
dos y oficiales. Ellos, al ver al comandante y a los soldados,
dejaron de sacudir a Pablo. 33 El comandante llegó, agarró a
Pablo y mandó sujetarlo con cadenas; luego preguntó quién
era y qué había hecho. 34 En aquella masa de gente cada uno
gritaba una cosa; y no logrando saber nada cierto por aquel
alboroto, mandó que lo llevasen a la fortaleza.
35 Cuando llegaron a las escaleras, los soldados tuvieron que
llevar en volandas a Pablo, debido a la violencia de la gente.
36 Porque todo el pueblo venía detrás, gritando: «¡Mátalo!».
37 Cuando estaban para meterlo en la fortaleza, Pablo dijo al
comandante: «¿Puedo decirte una cosa?». Y él dijo: «¿Sabes
griego? 38 ¿Es que no eres tú el egipcio que hace unos días amo-
tinó a cuatro mil guerrilleros y se fue al desierto con ellos?».
39 Pablo dijo: «Yo soy judío, ciudadano de Tarso, una ciudad no
desconocida de Cilicia. Te ruego que me permitas hablar al
pueblo». 40 El comandante se lo permitió. Pablo, puesto en pie
sobre las escaleras, hizo ademán al pueblo con la mano, y se
hizo un gran silencio. Entonces habló en lengua hebrea:

22 **Discurso de Pablo a los judíos.** 1 «Hermanos y padres,
escuchad ahora mi defensa ante vosotros». 2 Cuando
oyeron que les hablaba en lengua hebrea, el silencio se hizo
más profundo. 3 Él siguió: «Yo soy judío, nacido en Tarso de
Cilicia, pero educado aquí, en esta ciudad, a los pies de
Gamaliel, instruido en la fiel observancia de la ley de nues-
tros padres, partidario entusiasta de la causa de Dios, como
todos vosotros los sois en este día; 4 yo he perseguido a muer-
te este nuevo camino, encadenando y metiendo en la cárcel a
hombres y a mujeres, 5 como me es testigo el sumo sacerdote
y el colegio de los ancianos; ellos me dieron cartas para los
hermanos de Damasco y fui allá con el fin de traer presos a
Jerusalén a los creyentes que encontrara para que fueran cas-
tigados. 6 Pero sucedió que cerca ya de Damasco, hacia medio-
día, de repente me envolvió un gran resplandor del cielo. 7 Caí

a tierra, y oí una voz que me decía: "Saulo, Saulo, ¿por qué
me persigues?". [8]Yo pregunté: "¿Quién eres, Señor?". Y me
dijo: "Yo soy Jesús de Nazaret, a quien tú persigues". [9]Los que
estaban conmigo vieron la luz, pero no oyeron la voz del que
me hablaba. [10]Yo dije: "¿Qué tengo que hacer, Señor?". Y el
Señor me dijo: "Levántate y entra en Damasco; allí te dirán
lo que debes hacer". [11]Como no veía nada debido a aquel gran
resplandor, entré en Damasco llevado de la mano de mis com-
pañeros de viaje. [12]Un tal Ananías, fiel cumplidor de la ley, es-
timado por todos los judíos de la ciudad, [13]se me presentó y
me dijo: "Hermano Saulo, recobra la vista". Y en el mismo
instante la recobré y lo vi. [14]Él dijo: "El Dios de nuestros pa-
dres te ha destinado a conocer su voluntad, a ver al Justo y a
oír su voz, [15]porque serás su testigo ante todos los hombres
de lo que has visto y oído. [16]Y ahora, ¿qué esperas? Levánta-
te, bautízate y lava tus pecados invocando su nombre". [17]Cuan-
do volví a Jerusalén, estando yo orando en el templo, fui arre-
batado en éxtasis [18]y vi al Señor, que me decía: "Date prisa y
sal pronto de Jerusalén, porque no recibirán tu testimonio acer-
ca de mí". [19]Yo le dije: "Señor, ellos saben que yo iba por las
sinagogas para meter en la cárcel y torturar a los que creían
en ti. [20]Cuando se derramó la sangre de Esteban, tu testigo,
yo mismo estaba allí, consintiendo y guardando las ropas de
los que lo mataban". [21]Y me dijo: "Ponte en camino, que te
voy a enviar a pueblos más lejanos"».

**Furor de los judíos. Ciudadano romano.** [22]Hasta aquí lo
estuvieron escuchando, pero entonces se pusieron a gritar:
«Quita del mundo a este hombre, porque no merece vivir».
[23]Como ellos continuaban gritando, agitaban los mantos y ti-
raban polvo al aire, [24]el comandante mandó meterlo en la for-
taleza, con orden de que lo azotaran a ver si confesaba y lo-
graba saber por qué gritaban así contra él. [25]Pero cuando le
iban a sujetar con correas, Pablo dijo al oficial allí presente:
«¿Está permitido azotar a un ciudadano romano sin haberlo

juzgado antes?». [26]Al oír esto, el oficial salió a comunicárselo al comandante: «¿Qué vas a hacer? Este hombre es romano». [27]El comandante fue y le dijo: «Dime, ¿eres romano?». Pablo contestó: «Sí». [28]El comandante dijo: «Yo he conseguido este derecho de ciudadanía mediante una importante suma». Pablo replicó: «Pues yo lo tengo de nacimiento». [29]Al instante los que iban a torturarlo para hacerlo hablar se fueron. Y el comandante tuvo miedo, al darse cuenta de que era romano y que lo había encadenado. [30]Al día siguiente, queriendo saber con certeza de qué lo acusaban los judíos, lo desató y mandó que se reunieran los sumos sacerdotes y el tribunal supremo. Después bajó a Pablo y lo hizo comparecer ante ellos.

**23** **Ante el tribunal supremo.** [1]Pablo, mirando fijamente al tribunal, dijo: «Hermanos, yo me he comportado con buena conciencia ante Dios hasta el día de hoy». [2]El sumo sacerdote Ananías mandó a los que estaban junto a él que le dieran un puñetazo en la boca. [3]Pablo le dijo: «Dios te golpeará a ti, pared blanqueada. Tú estás sentado para juzgarme según la ley, ¿y violando la ley mandas golpearme?». [4]Los presentes dijeron: «¡Tú insultas al sumo sacerdote de Dios!». [5]Pablo dijo: «No sabía, hermanos, que fuera el sumo sacerdote, pues está escrito: *No insultarás al jefe de tu pueblo* (Éx 22,27)». [6]Pablo, sabiendo que una parte del tribunal eran saduceos y otra fariseos, gritó así: «Hermanos, yo soy fariseo, hijo de fariseos; soy juzgado por la esperanza en la resurrección de los muertos». [7]Al decir esto, surgió una discusión entre los fariseos y los saduceos, y se dividió la asamblea. [8]Porque los saduceos dicen que no hay resurrección, ni ángeles, ni espíritus, mientras que los fariseos admiten una y otra cosa. [9]Se produjo un gran alboroto. Algunos maestros de la ley de la parte de los fariseos se levantaron y afirmaron enérgicamente: «Nosotros no encontramos nada malo en este hombre. ¿Y si le ha hablado un espíritu o un ángel?».

[10]Como la discordia crecía cada vez más, el comandante, te-

miendo que despedazaran a Pablo, ordenó que bajara la tropa, que lo sacaran de allí y que lo llevaran a la fortaleza.

**Conjuración para matar a Pablo.** [11]A la noche siguiente se le apareció el Señor y le dijo: «Ten ánimo, pues como has dado testimonio en Jerusalén acerca de mí, así conviene también que lo des en Roma». [12]Cuando se hizo de día, los judíos convocaron una reunión, en la que se comprometieron bajo juramento a no comer ni beber hasta que matasen a Pablo. [13]Eran más de cuarenta los que hicieron tal conjuración. [14]Se presentaron a los sumos sacerdotes y a los ancianos, y dijeron: «Nos hemos comprometido bajo juramento a no comer nada hasta matar a Pablo. [15]Ahora vosotros y el tribunal supremo tenéis que pedir al comandante que lo haga comparecer en vuestra presencia con el pretexto de examinar más a fondo su causa; nosotros estamos preparados para matarlo antes que llegue».

[16]Pero el hijo de la hermana de Pablo, que tuvo conocimiento de la conjuración, se presentó, entró en la fortaleza y avisó a Pablo. [17]Pablo llamó a uno de los oficiales y le dijo: «Lleva a este joven ante el comandante, porque tiene algo que comunicarle». [18]Él lo levó al comandante, al cual dijo: «El preso Pablo me ha llamado y me ha suplicado que te traiga a este joven, que tiene algo que decirte». [19]El comandante lo agarró de la mano, se lo llevó aparte y le preguntó: «¿Qué es lo que tienes que decirme?». [20]Contestó: «Que los judíos han acordado pedirte que hagas bajar mañana a Pablo al tribunal con el pretexto de examinar más a fondo su caso. [21]Tú no lo creas, porque más de cuarenta hombres de entre ellos le van a tender una emboscada, y se han comprometido bajo juramento a no comer ni beber hasta que lo hayan matado; y ahora están preparados, esperando tan sólo tu respuesta».

[22]El comandante despidió al muchacho y le ordenó que no dijera a nadie que le había dicho aquello.

**Pablo y el gobernador Félix.** [23]Después llamó a dos oficia-

les y les dijo: «A las nueve de la noche hay que salir para
Cesarea. Preparad doscientos soldados de infantería, setenta
de caballería y doscientos lanceros». 24Disponed también ca-
balgaduras para montar a Pablo y llevarlo sano y salvo al go-
bernador Félix. 25Y escribió una carta en estos términos:
26«Claudio Lisias al excelentísimo gobernador Félix, salud.
27Los judíos se han apoderado de este hombre, y ya estaban
para matarlo, cuando intervine yo con los soldados y lo libré,
al saber que era ciudadano romano. 28Queriendo conocer la
causa por la que lo acusaban, lo conduje a su tribunal supre-
mo; 29he encontrado que lo acusaban por cuestiones de su ley
y que no había cometido delito que merezca la muerte o la
prisión. 30Pero informado de que se armaba una conjuración
contra este hombre, inmediatamente lo he enviado a ti, noti-
ficando a los acusadores que digan ante ti lo que tengan con-
tra él. Salud».
31Los soldados, según las órdenes recibidas, tomaron a Pa-
blo y lo llevaron durante la noche a Antípatris; 32y al día si-
guiente se volvieron a la fortaleza, dejando que fuesen con él
los de caballería, 33los cuales, al llegar a Cesarea, entregaron
la carta al procurador y le presentaron también a Pablo. 34Él
leyó la carta, y preguntó a Pablo de qué provincia era; infor-
mado de que era de Cilicia, 35dijo: «Te oiré cuando se presen-
ten tus acusadores». Y mandó que lo custodiaran en el palacio
de Herodes.

24 1Cinco días más tarde, el sumo sacerdote Ananías lle-
gó a Cesarea con algunos ancianos y un tal Tértulo, abo-
gado, y presentaron acusación ante el gobernador contra Pa-
blo. 2Cuando Pablo compareció, Tértulo comenzó a acusarle
así: 3«Gracias a ti, oh excelentísimo Félix, gozamos de una gran
tranquilidad, y si esta nación ha obtenido saludables reformas,
se debe a tu providencia; nosotros lo reconocemos siempre y
en todas partes con la más profunda gratitud. 4Mas para no
entretenerte demasiado, te ruego que nos escuches un momen-

to, con tu acostumbrada bondad. 5Hemos comprobado que este
hombre es peor que la peste, promueve motines entre todos
los judíos esparcidos en el mundo y es el jefe de la secta de
los nazarenos; 6hasta ha intentado profanar el templo. Lo he-
mos arrestado y hemos querido juzgarlo conforme a nuestra
ley; 7pero llegó el comandante Lisias y nos lo arrebató de las
manos, 8mandando que sus acusadores compareciesen ante ti.
Tú mismo, si le interrogas, podrás comprobar todas las cosas
de que lo acusamos». 9Los judíos corroboraron la acusación
diciendo que era como se había dicho.

10Pablo, después de darle el gobernador la señal de hablar,
respondió: «Como sé que desde hace muchos años eres el juez
de esta nación, haré confiadamente mi defensa. 11Tú puedes
averiguar que no hace más de doce días que fui a Jerusalén a
rendir culto a Dios. 12No me han encontrado discutiendo con
nadie en el templo ni amotinando a la gente en las sinagogas
o en la ciudad; 13ni tampoco pueden probarte las cosas de que
ahora me acusan. 14Pero te confieso que, conforme al nuevo
camino, que ellos llaman secta, sirvo al Dios de nuestros pa-
dres, creyendo en todo lo que está escrito en la ley y en los
profetas; 15teniendo en Dios la esperanza que estos mismos tie-
nen de que habrá resurrección, tanto de justos como de injus-
tos. 16Por tanto, yo me esfuerzo por tener una conciencia in-
tachable para con Dios y para con los hombres. 17Después de
muchos años he venido a traer limosnas a mi nación y a pre-
sentar ofrendas. 18Me encontraron en el templo porque parti-
cipé en el rito de purificación con unos judíos de Asia, pero
sin promover motín o desorden alguno. 19Ellos eran los que
deberían comparecer ante ti y acusarme, si es que tienen algo
*contra mí*; 20o que digan estos mismos qué delito me encon-
traron cuando comparecí ante el tribunal, 21a no ser que me
acusen por esta frase que pronuncié ante ellos: "Yo soy juzga-
do hoy ante vosotros por la resurrección de los muertos"».

22Félix, que sabía detalladamente las cosas referentes al nue-
vo camino, les dio largas diciendo: «Cuando venga el coman-

dante Lisias examinaré a fondo vuestra causa». 23Y mandó al ofi-
cial que lo custodiase, que le permitiese tener alguna libertad y
que no prohibiese a ninguno de los suyos que le asistiera.
24Unos días después vino Félix con Drusila, su mujer, que
era judía, llamó a Pablo y le escuchó acerca de la fe en Cristo
Jesús. 25Cuando él hablaba de la justicia, la continencia y el
juicio futuro, Félix, aterrorizado, dijo: «Por ahora vete; te lla-
maré en ocasión oportuna». 26Esperaba al mismo tiempo que
Pablo le diese dinero. Por eso lo llamaba con frecuencia y con-
versaba con él. 27A los dos años sucedió a Félix Porcio Festo;
queriendo congraciarse con los judíos, Félix dejó a Pablo en
la cárcel.

25 **Pablo, juzgado por Festo.** 1Festo, a los tres días de su
llegada a la provincia, subió desde Cesarea a Jerusa-
lén. 2Los sumos sacerdotes y los jefes de los judíos se le pre-
sentaron para acusar a Pablo 3y le pidieron como favor que lo
trasladara a Jerusalén, mientras preparaban una emboscada
para matarlo por el camino. 4Festo respondió que Pablo esta-
ba custodiado en Cesarea y que él mismo tenía que irse de Je-
rusalén muy pronto; 5y añadió: «Por lo tanto, que vengan con-
migo vuestras autoridades y que lo acusen, si es que ese hombre
ha cometido algún delito». 6Festo se quedó con ellos unos ocho
o diez días. Después bajó a Cesarea. Al día siguiente se sentó
en el tribunal, y mandó que trajesen a Pablo. 7Cuando se pre-
sentó, lo rodearon los judíos que habían llegado de Jerusalén,
aduciendo muchas y graves acusaciones, que no podían pro-
bar, 8mientras que Pablo se defendió diciendo: «Yo no he co-
metido ningún delito ni contra la ley de los judíos, ni contra
el templo, ni contra el césar». 9Pero Festo, queriendo congra-
ciarse con los judíos, preguntó a Pablo: «¿Quieres ir a Jerusa-
lén y ser allí juzgado ante mí de estas cosas?». 10Pablo dijo:
«Estoy ante el tribunal del césar, donde debo ser juzgado. Yo
no he cometido ningún delito contra los judíos, como tú sa-
bes muy bien. 11Si he cometido algún delito que merezca la

muerte, no me niego a morir; pero si no hay nada de lo que éstos me acusan, nadie puede entregarme a ellos. Apelo al césar». [12]Entonces Festo, después de haber consultado con su consejo, respondió: «Has apelado al césar, al césar irás».

**Festo habla a Agripa sobre Pablo.** [13]Unos días después, el rey Agripa y Berenice llegaron a Cesarea para saludar a Festo. [14]Como se detuvieron allí muchos días, Festo expuso al rey el asunto de Pablo: «Aquí tenemos un hombre que Félix ha dejado en la cárcel. [15]Cuando estuve en Jerusalén, los sumos sacerdotes y los ancianos de los judíos me presentaron acusaciones contra él, pidiendo su condena. [16]Yo les respondí que no es costumbre entre los romanos condenar un hombre antes de que el acusado esté en presencia de los acusadores y tenga la ocasión de defenderse de la acusación. [17]Ellos vinieron conmigo; y yo, sin ninguna dilación, al día siguiente me senté en el tribunal y mandé traer al hombre. [18]Comparecieron los acusadores, pero no adujeron ninguno de los crímenes que yo sospechaba; [19]sólo tenían contra él ciertas cuestiones acerca de su propia religión y de un tal Jesús, que ha muerto y que Pablo decía que estaba vivo. [20]No sabiendo qué decisión tomar en tales cosas, le pregunté si quería ir a Jerusalén y ser allí juzgado de ellas. [21]Pero Pablo ha apelado y quiere ser sometido al juicio de Augusto. He ordenado que lo custodien hasta que lo remita al César». [22]Agripa dijo a Festo: «También yo desearía oír a este hombre». Festo le contestó: «Mañana le oirás». [23]Así pues, al día siguiente Agripa y Berenice llegaron con gran pompa y entraron en la audiencia con los jefes militares y las autoridades de la ciudad. Festo mandó que trajeran a Pablo. [24]Festo dijo: «Rey Agripa y cuantos os encontráis aquí con nosotros: Aquí tenéis a este hombre; todos los judíos a una, tanto en Jerusalén como aquí, me han pedido a gritos su cabeza. [25]Yo he constatado que él no había hecho nada que mereciera la muerte; pero como él mismo ha apelado a Augusto, he decidido enviarlo. [26]Como

no tengo nada concreto que escribir al emperador acerca de
él, lo presento ante vosotros, especialmente ante ti, rey
Agripa, para, después de este interrogatorio, tener algo que
escribir. [27]No me parece razonable enviar un preso y no in-
dicar los cargos que hay contra él».

**26** **Discurso de Pablo ante Festo y Agripa.** [1]Agripa dijo a
Pablo: «Tienes permiso para hablar en tu defensa». En-
tonces Pablo, con la mano extendida, presentó su defensa: [2]«Fe-
liz me considero, oh rey Agripa, al poder defenderme ante ti
de todas las acusaciones de los judíos, [3]sobre todo porque tú
conoces bien las costumbres y las cuestiones de los judíos; te
ruego, pues, que me escuches con paciencia. [4]Todos los judíos
conocen bien cuál ha sido mi vida a partir de mi juventud, pues
desde el principio he vivido en medio de mi pueblo, en Jeru-
salén. [5]Ellos me conocen hace mucho tiempo y, si quieren, pue-
den testificar que he vivido como fariseo, conforme a la secta
más rigurosa de nuestra religión. [6]Ahora estoy sometido a jui-
cio por la esperanza de la promesa hecha por Dios a nuestros
padres, [7]a la que aspiran nuestras doce tribus, sirviendo a Dios
asiduamente día y noche. Por causa de esta esperanza, oh rey,
soy acusado por los judíos. [8]¿Os parece increíble que Dios re-
sucite a los muertos? [9]También yo creí deber mío obrar enérgi-
camente contra el nombre de Jesús Nazareno; [10]y lo hice, en
efecto, en Jerusalén; con la autorización de los sumos sacerdo-
tes, metí en la cárcel a muchos fieles y di mi voto para que los
condenaran a muerte. [11]Recorrí las sinagogas y, a fuerza de tor-
turas, los obligaba a renegar. Me ensañé contra ellos de tal modo
que los perseguía hasta en las ciudades extranjeras.

[12]Pensando en esto, me dirigía una vez hacia Damasco, con la
autorización y el permiso de los sumos sacerdotes; [13]al mediodía
vi en el camino, oh rey, una luz venida del cielo, más brillante
que la del sol, que me envolvió a mí y a los que iban conmigo.
[14]Todos caímos a tierra, y yo oí una voz que me decía en hebreo:
"Saulo, Saulo, ¿por qué me persigues? Duro es para ti dar coces

contra el aguijón”. 15Yo dije: ¿Quién eres tú, Señor?”. Y el Señor
dijo: “Yo soy Jesús, a quien tú persigues. 16Pero levántate y ponte
en pie”; que me he aparecido a ti para hacerte ministro y testigo
de lo que has visto de mí y de lo que te voy a mostrar. 17Te voy a
librar de tu pueblo y de los paganos, a quienes te enviaré 18a abrir-
les los ojos, para que pasen de las tinieblas a la luz y del poder
de Satanás a Dios; para que, por la fe en mí, reciban el perdón
de los pecados y la herencia entre los consagrados”. 19Yo no fui
desobediente, oh rey Agripa, a la visión celeste, 20sino que, pri-
mero a los de Damasco, luego a los de Jerusalén y de todo el
territorio de Judea y, por fin, a los paganos les he predicado que
se arrepientan y se conviertan a Dios observando una conducta
de arrepentimiento sincera. 21Por esto me prendieron los judíos
en el templo e intentaron matarme. 22Pero con la ayuda de Dios
me mantengo hasta hoy dando testimonio a chicos y grandes, no
afirmando nada fuera de lo que los profetas y Moisés dijeron que
había de suceder: 23que el Mesías tenía que padecer; que sería el
primero en resucitar de entre los muertos, y así anunciaría la luz
tanto al pueblo como a los paganos».

**Juicio de Festo y Agripa.** 24Mientras así se defendía, Festo
exclamó: «¡Estás loco, Pablo! Las muchas letras te hacen per-
der la cabeza». 25Pablo dijo: «No estoy loco, excelentísimo
Festo, sino que pronuncio palabras de verdad y de sensatez.
26El rey está bien enterado de estas cosas; pues no creo que se
le oculte nada, ya que no han ocurrido en un rincón. 27¿Crees,
rey Agripa, a los profetas? Sé que crees». 28Agripa dijo a Pa-
blo: «Por poco me persuades a hacerme cristiano». 29Pablo re-
puso: «¡Quisiera Dios que, por poco o por mucho, no sólo tú,
sino todos los que me escuchan hoy, fueran en todo como yo,
menos en estas cadenas!». 30El rey, el gobernador, Berenice y
todos los sentados se levantaron, 31y al retirarse iban dicien-
do: «Este hombre no ha hecho nada que merezca la muerte o
la cárcel». 32Agripa dijo a Festo: «Se le podía haber dado la
libertad si no hubiera apelado al césar».

**27** **Navegando hacia Roma.** [1]Cuando se decidió que embarcásemos para Italia, entregaron a Pablo y algunos otros presos a un oficial de la legión Augusta, llamado Julio. [2]Subimos a un barco de Adrumeto, que tenía que dirigirse a las costas de Asia. Partimos en compañía de Aristarco, macedonio de Tesalónica. [3]Al día siguiente llegamos a Sidón; y Julio, que trataba con benevolencia a Pablo, le permitió ir a casa de sus amigos para que le cuidasen. [4]Partimos de allí y costeamos Chipre, porque los vientos eran contrarios; [5]surcamos el mar de Cilicia y Panfilia y llegamos a Mira de Licia. [6]Allí el oficial encontró un barco de Alejandría que se dirigía a Italia, y nos hizo transbordar a él. [7]Navegamos despacio durante varios días, y a duras penas llegamos frente a Gnido. El viento no nos permitió aproximarnos, y fuimos costeando Creta por el cabo Salmón; [8]después que lo doblamos, seguimos navegando con grandes dificultades hasta llegar a un lugar llamado Puertos Hermosos, no lejos de la ciudad de Lasea.

**La tempestad.** [9]Habíamos perdido mucho tiempo y la navegación era peligrosa, pues ya había entrado el otoño. Pablo les avisó: [10]«Amigos, veo que la navegación no podrá hacerse sin peligro y sin graves daños no sólo del cargamento y del barco, sino también de nuestras vidas». [11]El oficial, sin embargo, se fiaba del piloto y del patrón del barco más que de lo que *decía Pablo.* [12]*Y como* el puerto no era a propósito para pasar el invierno, la mayoría decidió hacerse a la mar desde *allí*, por si podían alcanzar Fenice, puerto de Creta, orientado al suroeste y al noroeste y pasar allí el invierno. [13]Se levantó el viento del sur y creyeron que podrían llevar a cabo su proyecto; levaron anclas y costearon Creta más de cerca. [14]Al poco tiempo se desencadenó del lado de la isla un viento huracanado, llamado euroaquilón. [15]El barco fue embestido y, no pudiendo resistir al viento, nos dejamos llevar a la deriva. [16]Al pasar al abrigo de un islote llamado Cauda, a duras penas logramos hacernos con el bote salvavidas; [17]una vez izado a bordo, re-

forzaron con cables el casco del barco y así nos dejamos lle-
var del viento con el áncora suelta, por temor a chocar contra
la Sirte. [18]Como la tempestad seguía arreciando contra noso-
tros, al día siguiente echaron al mar la carga, [19]y al tercer día
arrojaron con sus propias manos los aparejos del barco. [20]Du-
rante muchos días no aparecieron ni el sol ni las estrellas, y
teníamos encima una tempestad tan fuerte, que perdimos toda
esperanza de poder salvarnos.

[21]Como llevábamos sin comer mucho tiempo, Pablo, pues-
to en pie en medio de ellos, dijo: «Amigos míos, más valía que
me hubierais hecho caso y no hubiéramos partido de Creta
para evitar este desastre y estos daños. [22]Pero ahora os reco-
miendo que tengáis ánimo, porque ninguno de vosotros per-
deréis la vida; sólo se perderá el barco. [23]Esta noche un ángel
del Dios al que pertenezco y a quien sirvo se me ha aparecido
y me ha dicho: [24]“No temas, Pablo; tienes que comparecer ante
el césar; y he aquí que Dios te ha concedido la vida de todos
los que navegan contigo”. [25]Por lo cual tened ánimos, amigos;
porque confío en Dios, y estoy seguro de que sucederá tal
como se me ha dicho. [26]Tenemos que dar en una isla».

[27]A los catorce días de andar a la deriva por el Adriático,
hacia la medianoche los marineros sospecharon la proximidad
de tierra. [28]Echaron la sonda, y encontraron que había veinte
brazas; la echaron de nuevo un poco más adelante, y encon-
traron quince brazas. [29]Por temor a chocar contra los escollos,
echaron a popa cuatro anclas, esperando con ansiedad que se
hiciera de día. [30]Los marineros intentaron abandonar el barco
y arriaron el bote salvavidas con el pretexto de que iban a dar
cable a las anclas de proa. [31]Pablo dijo al oficial y a los solda-
dos: «Si éstos no se quedan a bordo, no podréis salvaros vo-
sotros». [32]Entonces los soldados cortaron los cables del bote y
lo dejaron caer. [33]Mientras esperaban a que se hiciera de día,
Pablo instaba a todos a que comiesen, diciéndoles: «Lleváis ya
catorce días esperando, en ayunas, sin comer nada; [34]os acon-
sejo que comáis algo, que os vendrá bien para vuestra salud;

pues ni un cabello de vuestra cabeza se perderá». 35Dicho esto,
y tomando pan, dio gracias a Dios en presencia de todos, lo
partió y comenzó a comer. 36Todos se animaron y se pusieron
también a comer. 37Estábamos a bordo un total de doscientas
setenta y seis personas. 38Cuando quedaron satisfechos, alige-
raron la nave echando el trigo al mar. 39Al llegar el día, los
marineros no reconocieron aquella tierra; pero divisaron una
ensenada que tenía playa y decidieron hacer todo lo posible
para varar allí el barco. 40Soltaron las anclas y las dejaron caer
al mar, aflojando a la vez las ataduras de los timones. Izaron
al viento la vela de proa y se dirigieron hacia la playa.
41Pero fueron a dar a un lugar azotado por una doble co-
rriente, y el barco encalló; la proa, hincada, quedó inmóvil,
mientras que la popa se deshacía por la violencia de las olas.
42Los soldados decidieron matar a los presos para que no se
escapase ninguno nadando. 43Pero el oficial, queriendo salvar
a Pablo, se lo impidió, y ordenó que los que supieran nadar se
echasen al agua los primeros y saliesen a tierra, 44y que los res-
tantes saliesen unos sobre tablas y otros sobre restos del bar-
co. Y así llegaron todos a tierra sanos y salvos.

28 **En Malta.** 1Una vez a salvo, supimos que la isla se lla-
maba Malta. 2Los indígenas nos trataron con una hu-
manidad poco común; como estaba lloviendo y hacía frío, en-
cendieron una hoguera y nos invitaron a calentarnos.
3Pablo recogió un montón de ramaje y, al echarlo al fuego,
una víbora, que escapaba de las llamas, le mordió la mano.
4Cuando los indígenas vieron la víbora colgando de su mano,
se decían unos a otros: «Este hombre es ciertamente un asesi-
no; se ha librado del mar, pero la justicia divina no le permite
vivir». 5Mas él se sacudió la víbora, la echó al fuego y no su-
frió daño alguno. 6Ellos estaban esperando que se le hinchara
la mano y cayese muerto de repente; pero después de un lar-
go rato sin que le pasara nada, cambiaron de parecer y decían
que era un dios.

[7]Cerca de allí tenía una finca el principal de la isla, llamado Publio, el cual nos acogió durante tres días con afectuosa hospitalidad. [8]El padre de Publio estaba en cama, atacado de fiebre y disentería. Pablo lo visitó; rezó, le impuso las manos y lo curó. [9]Ante esto, los demás isleños enfermos acudieron también y fueron curados. [10]Nos tributaron muchos honores y, al marchar, nos suministraron todo lo necesario.

**De Malta a Roma.** [11]Al cabo de tres meses nos hicimos a la mar en un barco de Alejandría que había invernado en la isla. Era el «Cástor y Pólux». [12]Arribamos a Siracusa y nos detuvimos tres días; [13]desde allí, costeando, fuimos a Regio. Al día siguiente se levantó el viento del sur, y dos días después llegamos a Pozzuoli, [14]donde encontramos hermanos, que nos instaron a quedarnos con ellos una semana; desde allí nos dirigimos a Roma. [15]Los hermanos de Roma, que tenían noticias de nuestra llegada, nos salieron al encuentro en Foro Apio y Tres Tabernas; Pablo, al verlos, dio gracias a Dios y cobró ánimos. [16]Cuando entramos en Roma, a Pablo le permitieron quedarse en una casa particular con un soldado que lo custodiase.

**Entrevista de Pablo con los judíos de Roma.** [17]A los tres días Pablo convocó a los judíos principales; y, cuando estaban reunidos, les dijo: «Hermanos, sin haber hecho nada contra el pueblo o las costumbres de nuestros padres, he sido encarcelado en Jerusalén y entregado en manos de los romanos; [18]los cuales, después de haberme interrogado, querían ponerme en libertad por no haber encontrado en mí nada que mereciese la muerte; [19]pero como se oponían los judíos, me vi obligado a apelar al césar, aunque sin intención de acusar en nada a mi pueblo. [20]Éste es el motivo de haberos llamado para veros y conversar con vosotros, pues por la esperanza de Israel estoy cargado de cadenas». [21]Ellos le dijeron: «Nosotros ni hemos recibido de Judea cartas referentes a ti, ni ninguno de los hermanos que han venido nos ha traído malos informes o ha hablado mal de ti. [22]Pero deseamos que nos digas lo que tú piensas; pues sabemos que esta secta encuentra oposición en todas partes». [23]Señalaron un día, y fueron a su alojamiento en mayor número. Desde la mañana hasta la tarde les anunció el reino de Dios, dando testimonio y esforzándose por convencerlos de quién era Jesús, apoyándose en la ley de Moisés y en los profetas. [24]Unos creyeron lo que decía, pero otros no quisieron creer.

[25]Al despedirse sin ponerse de acuerdo unos con otros, Pablo terminó con estas palabras: «Con razón dijo el Espíritu Santo a vuestros padres por medio del profeta Isaías: [26]*Ve a este pueblo y diles: Oiréis con los oídos, y no entenderéis; miraréis con vuestros ojos, y no veréis.* [27]*Porque la mente de este pueblo se ha embotado, han tapado sus oídos y han cerrado sus ojos para no ver con sus ojos, ni oír con los oídos, ni entender con la mente, ni convertirse para que los cure* (Is 6,9-10).

[28]Sabed, pues, que esta salvación de Dios ha sido enviada a los paganos; ellos sí que la escucharán».

[30]Pablo estuvo dos años en una casa alquilada; allí recibía a todos los que iban a verlo, [31]predicando el reino de Dios y enseñando las cosas referentes al Señor Jesucristo con toda libertad y sin obstáculo alguno.

# Carta a los Romanos

*Pues Cristo, cuando aún éramos nosotros débiles, en el tiempo ya establecido, murió por los malvados* (5,6).

Pablo se halla en Corinto en el invierno del año 57; su intención es llegar a España (Rom 15,24), confín del mundo conocido, si bien quiere hacer escala en Roma. Pablo no ha fundado esta comunidad pero tiene noticias de ella por Priscila y Áquila, a quienes conoció en Éfeso (He 18,2). La situación de aquella Iglesia es complicada. El cristianismo llega muy pronto a la capital del imperio, probablemente llevado por judíos procedentes de Palestina; después de la expulsón de Claudio del año 49, pasaría a ser de mayoría pagana. Una vez que los judíos son readmitidos por el poder civil en la ciudad, después del año 54, la comunidad ha cambiado: los cristianos de origen judío que regresan se encuentran con una comunidad que ha crecido y que está formada en su mayor parte por cristianos de origen pagano. En este contexto es fácil imaginarse las tensiones creadas entre los dos grupos.

Aunque la primera intención de la carta sea de presentación, pues a Pablo no lo conocían personalmente, podemos decir sin reservas que estamos ante la principal carta de Pablo no sólo por su extensión, sino por su relevancia teológica, que ha dejado su impronta en la historia de la teología cristiana.

Pablo escribe después de la que se conoce como *crisis gálata*, cuando un grupo de cristianos judaizantes pretendían que los nuevos convertidos del paganismo se sometieran previamente a la circuncisión y que observaran la Ley de Moisés como requisito para la salvación. La Carta a los gálatas es mucho más viva, Romanos retoma el mismo tema de fondo, pero lo hace de forma más serena, ordenada y matizada. En definitiva se toca el tema de fondo: Pablo contrapone a Cristo en quien se manifiesta en plenitud la justicia de Dios, a la justicia que el hombre pretende conseguir por sus propios esfuerzos.

El tema central de la carta es, por tanto, la acción de Dios por medio de Jesucristo para salvar a la humanidad entera, sometida al pecado. El hombre pecador, rehabilitado por Cristo, es invitado a entrar en la dinámica de la fe; de esta forma la confesión creyente obra un cambio en lo íntimo del hombre, efectuado por el Espíritu de Dios, que acaba con el dominio del pecado y permite una vida nueva. Pablo utiliza el término griego 'justicia' para expresar la acción salvífica de Dios; por eso a veces se traduce como 'amnistía' o 'indulto' para subrayar la gratuidad de la salvación, don de Dios y no fruto del esfuerzo humano. Abrahán es ejemplo de cómo, ya en la antigua alianza, la fe es requisito para la aprobación divina, lejos de toda observancia legalista.

El hombre, solidario en el pecado con Adán, goza ahora de la nueva solidaridad con Cristo; en el bautismo somos incorporados a su muerte y a su resurrección. Las consecuencias de esta vida nueva son no el libertinaje, sino una vida que brota del amor y que tiende al amor, verdadera norma moral para el cristiano.

La carta pasa literariamente por tres momentos: tras la introducción (1,1-17) once capítulos son doctrinales, le sigue una breve sección exhortativa, que sirve de transición a la conclusión (15,14–16,27).

1 **Saludo.** [1]Pablo, siervo de Jesucristo, apóstol por la lla-
mada de Dios, elegido para predicar el evangelio de Dios,
[2]que por sus profetas había anunciado antes en las Escrituras
Santas, [3]acerca de su Hijo (nacido de la estirpe de David se-
gún la carne, [4]constituido Hijo de Dios en poder según el Es-
píritu de santificación por su resurrección de la muerte) Je-
sucristo, nuestro Señor, [5]por quien hemos recibido el don del
apostolado para conseguir en honor de su nombre que obe-
dezcan a la fe todos los pueblos, [6]entre los cuales estáis tam-
bién vosotros, llamados por Jesucristo. [7]A todos los que es-
táis en Roma, predilectos de Dios, llamados y consagrados,
os deseo la gracia y la paz de Dios, nuestro Padre, y de Jesu-
cristo, el Señor.

**Acción de gracias. Manifiesta su deseo de ir a Roma.** [8]En
primer lugar doy gracias a mi Dios, por medio de Jesucristo,
por todos vosotros, porque vuestra fe es conocida en todo el
mundo. [9]Dios, a quien sirvo de todo corazón predicando el
evangelio de su Hijo, es testigo de que os recuerdo constante-
mente, [10]pidiendo a Dios que, si es su voluntad, pueda algún
día por fin ir a visitaros. [11]Tengo muchas ganas de veros, para
comunicaros algún don espiritual que os fortalezca. [12]Así nos
animaríamos mutuamente unos a otros con la fe, la vuestra y
la mía. [13]Quiero que sepáis, hermanos, que muchas veces me
he propuesto ir a veros (pero hasta el presente no he podido)
para lograr algún fruto también entre vosotros como entre los
demás pueblos. [14]Me debo por igual a griegos y a extranjeros,
a sabios y a ignorantes. [15]De aquí mi deseo de evangelizaros
*también a vosotros,* los que estáis en Roma.

**La salvación por la fe.** [16]Yo no me avergüenzo del evange-
lio, que es poder de Dios para la salvación de todo el que cree,
del judío primero y también del griego. [17]Porque la justicia de
Dios se manifiesta en él por la fe en continuo crecimiento, se-
gún está escrito: *El justo vivirá por la fe* (Hab 2,4).

**Los paganos bajo la ira divina por su conducta perversa.**
[18]La ira de Dios se manifiesta desde el cielo contra toda la im-
piedad e injusticia de los hombres que detienen la verdad con
la injusticia; [19]ya que lo que se puede conocer de Dios, ellos
lo tienen a la vista, pues Dios mismo se lo ha manifestado.
[20]Desde la creación del mundo, lo invisible de Dios, su eterno
poder y su divinidad, se pueden descubrir a través de las co-
sas creadas. Hasta el punto que no tienen excusa [21]porque, co-
nociendo a Dios, no lo glorificaron ni le dieron gracias; por
el contrario, su mente se dedicó a razonamientos vanos y su
insensato corazón se llenó de oscuridad. [22]Alardeando de sa-
bios, se hicieron necios; [23]y cambiaron la gloria del Dios in-
mortal por la imagen del hombre mortal, de aves, de cuadrú-
pedos y de reptiles.

**Corrupción y castigo del paganismo.** [24]Por eso Dios los aban-
donó a sus bajas pasiones y a la inmoralidad, de forma que
ellos mismos degradan sus propios cuerpos; [25]cambiaron la ver-
dad de Dios por la mentira, y adoraron y dieron culto a la
criatura en lugar de al creador, el cual es bendito por los si-
glos. Amén.

[26]Por esto Dios los abandonó a sus pasiones vergonzosas;
pues, por una parte, sus mujeres cambiaron las relaciones na-
turales del sexo por otras contra la naturaleza. [27]Por otra, tam-
bién los hombres, dejando las relaciones naturales con la mu-
jer, se entregaron a la homosexualidad, hombres con hombres,
cometiendo acciones vergonzosas y recibiendo en su propio
cuerpo el castigo merecido por su extravío.

[28]Y como no se preocuparon de tener el conocimiento ca-
bal de Dios, Dios los abandonó a su mente depravada, que los
empuja a hacer lo que no deben. [29]Están llenos de injusticia,
malicia, perversidad, codicia, maldad; rebosantes de odio, de
asesinatos, de disputas, de engaño, de malignidad; chismosos,
[30]calumniadores, aborrecedores de Dios, insolentes, altaneros,
soberbios, inventores de maldades, desobedientes a los padres,

[31]insensatos, desleales, sin amor y sin piedad; [32]saben bien que
Dios declara reos de muerte a los que hacen tales cosas y, sin
embargo, ellos las hacen y aplauden a los que las hacen.

2 **Dios juzga a los judíos y a los paganos según sus obras.**
[1]Por eso no tienes excusa, tú, quienquiera que seas, al juz-
gar; porque en lo que juzgas a otro, a ti mismo te condenas,
ya que haces tú las mismas cosas que juzgas. [2]Pues sabemos
que el juicio de Dios contra los que hacen tales cosas es con-
forme a la verdad. [3]¿Y piensas que escaparás al juicio de Dios
tú que juzgas a los que hacen tales cosas? [4]¿O es que despre-
cias la grandeza de su bondad, de su paciencia y de su gene-
rosidad, y no te das cuenta de que la bondad de Dios te em-
puja al arrepentimiento?

[5]Tú, con tu corazón impenitente y duro, estás amontonan-
do castigos para el día del juicio, cuando se manifieste el justo
juicio de Dios, [6]el cual pagará a cada uno según sus obras: [7]la
vida eterna a los que, mediante la perseverancia en las buenas
obras, buscan la gloria, el honor y la inmortalidad; [8]pero a los
egoístas, a los que rechazan la verdad y se entregan a la injus-
ticia, un castigo implacable. [9]Tribulación y angustia para todo
el que obra el mal, tanto judío como griego; [10]gloria, en cam-
bio, honor y paz a todo el que obra bien, tanto judío como
griego; [11]pues ante Dios todos son iguales.

**Los paganos tienen la ley, según la cual serán juzgados.** [12]To-
dos los que pecaron sin estar bajo la ley, sin la ley también
perecerán; y cuantos pecaron bajo la ley, según la ley serán
juzgados. [13]Porque para ser justos ante Dios no basta con es-
cuchar la ley: hay que cumplirla. [14]Pues cuando los paganos,
que no tienen ley, practican de una manera natural lo que man-
da la ley, aunque no tengan ley, ellos mismos son su propia
ley. [15]Ellos muestran que llevan la ley escrita en sus corazo-
nes, según lo atestiguan su conciencia y sus pensamientos, que
unas veces los acusan y otras los defienden, [16]como se verá el

día en que juzgue Dios los secretos del hombre, por medio de Jesucristo y según el evangelio que yo predico.

Los judíos que violan la ley tienen mayor culpa. [17]Si tú te llamas judío, confías en la ley, estás orgulloso de tu Dios, [18]conoces su voluntad, sabes discernir lo mejor instruido por la ley, [19]presumes de ser tú mismo guía de ciegos, luz de los que están en tinieblas, [20]educador de ignorantes, maestro de niños por tener en la ley la norma de la ciencia y de la verdad; [21]tú, que enseñas a otro, ¿por qué no te enseñas a ti mismo? Tú, que predicas que no hay que robar, ¿por qué robas? [22]Tú, que dices que no hay que cometer adulterio, ¿por qué lo cometes? Tú, que aborreces a los ídolos, ¿por qué saqueas los templos? [23]Tú, que presumes de la ley, ¿por qué ofendes a Dios violando la ley? [24]Pues *por vuestra culpa los paganos blasfeman contra el nombre de Dios* (Is 52,5; Ez 36,20), como dice la Escritura.

**La verdadera circuncisión es la del corazón.** [25]La circuncisión ciertamente es útil, si cumples la ley; pero si no la cumples, da igual que estés circuncidado o no lo estés. [26]Si los que no están circuncidados cumplen los preceptos de la ley, ¿no serán considerados como si lo estuvieran? [27]Aunque no esté físicamente circuncidado, si cumple la ley, te juzgará a ti que estás circuncidado y tienes la ley, pero que no la cumples. [28]Porque no es judío el que lo es exteriormente, ni es circuncisión lo que aparece exteriormente en la carne; [29]sino que es judío el que lo es en el interior, y la verdadera circuncisión es la del corazón, según el espíritu, no según la letra; cuya alabanza no viene de los hombres, sino de Dios.

3 **Privilegios y prevaricaciones de los judíos.** [1]¿Cuál es, entonces, la ventaja del judío, o cuál es la utilidad de la circuncisión? [2]Grande, en todos los sentidos. En primer lugar, porque le fueron confiadas las promesas de Dios. [3]No importa que algunos fueran infieles. ¿Es que su infidelidad va a anular la

fidelidad de Dios? [4]¡Nunca jamás! Pues es necesario recono-
cer que Dios es leal y los hombres desleales, como dice la Es-
critura: *Tus palabras demostrarán que eres inocente y saldrás*
*vencedor en el juicio* (Sal 116,11; 51,6).
[5]Y si nuestra injusticia hace resaltar la justicia de Dios, ¿qué
diremos? ¿Es que Dios es injusto al descargar su ira? Hablo con
criterio humano. [6]¡De ninguna manera! Si no, ¿cómo podría
Dios juzgar al mundo? [7]Si mi infidelidad resalta y engrandece
la fidelidad de Dios, ¿por qué yo voy a ser condenado como
pecador? [8]Entonces, ¿por qué –como se nos calumnia y como
afirman algunos que decimos nosotros– no hemos de hacer el
mal para que venga el bien? La condenación de éstos es justa.

**Todos, judíos y paganos, son reos de pecado ante Dios.**
[9]Entonces, ¿qué? ¿Tenemos alguna ventaja? Ninguna. Pues he-
mos probado antes que todos, tanto los judíos como los paga-
nos, están bajo pecado, [10]como dice la Escritura: *No hay un*
*justo, ni siquiera uno; / [11]no hay ni un cuerdo, / no hay quien*
*busque a Dios. / [12]Todos descarriados, / en masa pervertidos, /*
*no hay quien haga el bien, / ni uno siquiera. / [13]Sepulcro abier-*
*to es su garganta, / con sus lenguas urdieron engaños, / veneno*
*de áspides bajo sus labios. / [14]Su boca está llena de maldición*
*y amargura. / [15]Veloces son sus pies / para derramar sangre, /*
*[16]ruina e infelicidad en sus caminos; / [17]no conocen el camino*
*de la paz. / [18]El temor de Dios no existe para ellos* (Sal 14,1.3;
53,1; 5,10; 140,4; 36,4; 10,7; Is 59,7-8; Sal 36,2).
[19]Ahora bien, sabemos que todo lo que dice la ley lo dice
para los que están bajo la ley; para que toda boca enmudezca
*y el mundo* entero se reconozca culpable ante Dios. [20]Porque
por las obras de la ley *no será justificado mortal alguno de-*
*lante de él* (Sal 143,2); pues por la ley tenemos solamente el
conocimiento del pecado.

**La justificación por la fe, mediante la redención de Cristo.**
[21]Pero ahora, sin ley, se ha manifestado la justicia de Dios, ates-

tiguada por la ley y los profetas; [22]justicia de Dios mediante la
fe en Jesucristo, para todos los creyentes, sin distinción algu-
na; [23]porque todos pecaron y están privados de la gloria de
Dios; [24]ahora son justificados gratuitamente por su gracia, me-
diante la redención de Cristo Jesús, [25]a quien Dios ha propuesto
como propiciación para que, mediante la fe, se obtenga por
su sangre el perdón de los pecados. Puso de manifiesto su jus-
ticia al pasar pacientemente por alto los pecados del pasado,
[26]pero al presente la pone más aún demostrando que él es jus-
to y es quien justifica al que tiene fe en Jesús.

**La ley de las obras sustituida por la ley de la fe.** [27]¿Dónde
queda el orgullo? Ha sido eliminado. ¿Por qué ley? ¿La de las
obras? No, sino por la ley de la fe. [28]Decimos, pues, con ra-
zón, que el hombre es justificado por la fe sin la observancia
de la ley. [29]¿O es que Dios es solamente Dios de los judíos?
¿No lo es también de los paganos? Sí, también de los paga-
nos; [30]porque sólo hay un Dios, que justificará por la fe tanto
a los circuncidados como a los no circuncidados. [31]¿Quiere de-
cir esto que anulamos la ley con la fe? De ninguna manera. Al
contrario, consolidamos la ley.

4 **Abrahán justificado por la fe sin las obras de la ley.** [1]¿Qué
diremos, entonces, de Abrahán, nuestro padre carnal? [2]Si
Abrahán hubiera sido justificado por el cumplimiento de la ley,
podría estar orgulloso, aunque nunca ante Dios. [3]Pero ¿qué dice
la Escritura?: *Abrahán creyó en Dios y le fue contado como jus-
ticia* (Gén 15,6). [4]Ahora bien, al que trabaja no se le abona el
jornal como una gratificación, sino como una deuda; [5]en cam-
bio, al que no trabaja, pero cree en el que justifica al culpable,
su fe se le cuenta como justicia. [6]Así también David llama bien-
aventurado al hombre a quien Dios le cuenta la justicia inde-
pendientemente de las obras: [7]*Dichoso aquel a quien / se le ha
perdonado la culpa / y se ha cubierto su pecado. /* [8]*Dichoso aquel
a quien el Señor / no le tiene en cuenta su delito* (Sal 32,1-2).

**La circuncisión, señal de la justicia por la fe.** 9Esta bienaven-
turanza, ¿es sólo para los que están circuncidados o también
para los que no lo están? 10Porque decimos que *a Abrahán la
fe le fue contada como justicia* (Gén 15,6). ¿Cuándo le fue te-
nido esto en cuenta? ¿Antes o después de la circuncisión? No
después, sino antes. 11Y recibió la señal de la circuncisión como
sello de la justicia que había obtenido antes de la circuncisión;
así se convertía en padre de todos los no circuncidados que
creyesen, para que también a ellos se les contase como justi-
cia; 12y padre también de los circuncidados, que no sólo están
circuncidados, sino que siguen también las huellas de la fe de
nuestro padre Abrahán cuando no estaba circuncidado.

**La promesa de Abrahán cumplida no por la ley, sino por la
fe.** 13A Abrahán y a su descendencia le fue hecha la promesa
de ser él el heredero del mundo, no por la ley, sino por la jus-
ticia que viene de la fe. 14Porque si los hijos de la ley son los
herederos, la fe queda sin valor y la promesa anulada. 15En
realidad, la ley lleva consigo el castigo; pero donde no hay ley
no hay transgresión de la ley. 16Por esto la justicia viene de la
fe, para que sea gratuita, a fin de que sea firme la promesa a
toda la descendencia; no sólo a la que es por la fe de Abrahán,
el cual es padre de todos nosotros, 17como dice la Escritura:
*Te he constituido padre de muchos pueblos* (Gén 17,5). Lo es
delante de Dios, en quien creyó; el Dios que da la vida a los
muertos y llama a la existencia a las cosas que no existen.

**Fe de Abrahán, que espera contra toda esperanza.** 18Abrahán,
apoyado en la esperanza, creyó, contra toda esperanza, que
llegaría a ser *padre de muchos pueblos,* tal y como Dios había
dicho: *Así será tu descendencia* (Gén 15,5). 19Su fe no decayó,
aunque veía que su cuerpo estaba ya sin vigor al tener casi cien
años, y que el seno de Sara estaba ya como muerto. 20Ante la
promesa de Dios no dudó ni desconfió, sino que se reafirmó
en la fe, dando gloria a Dios, 21bien convencido de que él es

poderoso para cumplir lo que ha prometido, [22]por lo cual le
fue también contado como justicia.

**Conclusión: nuestra justificación por la fe.** [23]Eso de «le fue
contado» no se escribió solamente por él, [24]también por noso-
tros, a quienes se ha de contar; a los que creemos en el que
resucitó a Jesús, nuestro Señor, de entre los muertos, [25]el cual
*fue entregado por nuestros pecados* (Is 53,5) y resucitado para
nuestra justificación.

5 **Frutos de la justificación por la fe.** [1]Justificados por la fe,
estamos en paz con Dios por nuestro Señor Jesucristo. [2]A
él debemos, en virtud de la fe, este estado de gracia, en que
nos mantenemos firmes y nos alegramos con la esperanza de
alcanzar la gloria de Dios. [3]Y no sólo esto, sino que nos ale-
gramos también en los sufrimientos, conscientes de que los su-
frimientos producen la paciencia, [4]la paciencia consolida la fi-
delidad, la fidelidad consolidada produce la esperanza [5]y la
esperanza no nos defrauda, porque el amor de Dios ha sido
derramado en nuestros corazones por medio del Espíritu San-
to que nos ha dado. [6]Pues Cristo, cuando aún éramos noso-
tros débiles, en el tiempo ya establecido, murió por los mal-
vados. [7]Difícilmente habrá quien esté dispuesto a morir por
un hombre justo, aunque por un hombre de bien tal vez al-
*guien lo esté;* [8]*pero* Dios mostró su amor para con nosotros
en que, siendo aún pecadores, Cristo murió por nosotros. [9]Con
mucha más razón, justificados ahora por su sangre, seremos
librados por él del castigo. [10]Porque si, siendo enemigos, fui-
mos reconciliados con Dios por medio de la muerte de su Hijo,
mucho más, una vez reconciliados, seremos salvados por su
vida. [11]Más aún: nos alegramos en Dios por nuestro Señor Jesu-
cristo, por medio del cual hemos conseguido la reconciliación.

**La obra de Adán y la de Jesucristo.** [12]Por tanto, así como
por un hombre entró el pecado en el mundo, y por el pecado

la muerte, y así la muerte pasó a todos los hombres, porque
todos pecaron... 13Pues ya antes de la ley se cometían delitos
en el mundo, pero cuando no hay ley, el delito no se toma en
cuenta; 14sin embargo, la muerte reinó desde Adán hasta Moi-
sés, aun sobre aquellos que no habían cometido un delito como
el de Adán, que es figura del que había de venir. 15Pero el de-
lito de Adán no puede compararse con el don de Dios. Si por
el delito de uno solo murieron todos, con mayor razón el don
de Dios, ofrecido generosamente por un solo hombre, Jesu-
cristo, se concede más abundantemente a todos. 16El delito de
uno solo no puede compararse con el don de Dios, pues por
un solo delito vino la condenación, y por el don de Dios, a
pesar de muchos delitos, vino la absolución. 17Si la muerte rei-
nó como consecuencia del delito de uno solo, con más razón
reinarán en la vida por medio de uno solo, Jesucristo, los que
han recibido tan abundantemente la gracia y el don de la jus-
ticia. 18Como el delito de uno solo trajo la condenación a to-
dos, así la justicia de uno solo trae a todos la justificación que
da la vida. 19Porque como por la desobediencia de un solo hom-
bre fueron constituidos pecadores todos, así también por la
obediencia de uno solo serán todos constituidos justos. 20La
ley llegó para que abundase el delito; pero donde abundó el
delito, sobreabundó la gracia, 21para que, como el delito trajo
el reinado de la muerte, así también la gracia trajera el reina-
do de la justicia para la vida eterna por medio de Jesucristo,
nuestro Señor.

6 **Muertos al pecado, caminemos con nueva vida viviendo
unidos a Cristo por el bautismo.** 1Entonces, ¿qué diremos?
¿Permaneceremos en el pecado para que abunde la gracia?
2¡Nunca jamás! Los que hemos muerto al pecado, ¿cómo va-
mos a seguir viviendo en él? 3¿No sabéis que, al quedar uni-
dos a Cristo mediante el bautismo, hemos quedado unidos a
su muerte? 4Por el bautismo fuimos sepultados con Cristo y
morimos, para que así como Cristo fue resucitado de entre los

muertos por la gloria del Padre, así también nosotros camine-
mos en nueva vida. 5Pues si hemos llegado a ser una misma
cosa con él por una muerte semejante a la suya, también lo
seremos por una resurrección parecida. 6Sabemos que nuestro
hombre viejo ha sido crucificado con él para que el cuerpo
del pecado sea destruido, a fin de que ya no seamos esclavos
del pecado; 7pues el que muere queda libre del pecado. 8Y si
morimos con Cristo, creemos que también viviremos con él;
9sabemos que Cristo, resucitado de entre los muertos, ya no
vuelve a morir, la muerte ya no tiene dominio sobre él. 10Al
morir, murió al pecado una vez para siempre; pero al vivir,
vive para Dios. 11Así, también vosotros consideraos muertos
al pecado, pero vivos para Dios en unión con Cristo Jesús.

**El servicio del pecado y el de Dios.** 12Que el pecado no rei-
ne más en vuestro cuerpo mortal, y que no os obligue a obe-
decer a vuestras bajas pasiones. 13No entreguéis vuestros miem-
bros al pecado como instrumentos de injusticia. Al contrario,
entregaos a Dios como muertos que han vuelto a la vida, en-
tregad vuestros miembros a Dios como instrumentos de justi-
cia; 14pues el pecado no tendrá dominio sobre vosotros, por-
que no estáis bajo el dominio de la ley, sino bajo la acción de
la gracia. 15Entonces, ¿qué? ¿Vamos a pecar porque no esta-
mos bajo el dominio de la ley, sino bajo la acción de la gra-
cia? Eso, ¡jamás! 16¿No sabéis que al entregaros a alguien como
esclavos para obedecerle, sois esclavos de aquel a quien obe-
decéis? Si obedecéis al pecado, terminaréis en la muerte; y si
obedecéis a Dios, en la justicia. 17Pero gracias a Dios vosotros,
después de haber sido esclavos del pecado, habéis obedecido
de todo corazón a la norma de doctrina en la cual habéis sido
instruidos; 18y libres del pecado, os habéis entregado al servi-
cio de la justicia 19(os estoy hablando en lenguaje sencillo para
que podáis entenderme). Porque lo mismo que antes entregas-
teis vuestro cuerpo al servicio de la inmoralidad y el desor-
den, para vivir desordenadamente, así ahora entregadlo al ser-

vicio de la justicia, para vivir consagrados a Dios. [20]Pues cuando
erais esclavos del pecado, os considerabais libres respecto a la
justicia. [21]¿Qué frutos lograbais entonces? Aquellos de los que
ahora os avergonzáis, porque su fin es la muerte. [22]Pero aho-
ra, libres del pecado y al servicio de Dios, tenéis como fruto
la consagración a Dios y como resultado final la vida eterna.
[23]Porque el salario del pecado es la muerte; pero el don de Dios
es la vida eterna en Cristo Jesús, Señor nuestro.

7 **Los cristianos libres de la ley de Moisés.** [1]¿Es que no sa-
béis, hermanos –hablo a los entendidos en leyes–, que el
hombre está bajo el dominio de la ley sólo mientras vive? [2]La
mujer casada está atada por la ley al marido mientras éste vive;
pero si muere el marido, queda desligada de la ley del matri-
monio. [3]Por consiguiente, mientras vive el marido, será adúl-
tera si se une con otro hombre; pero si el marido muere, que-
da libre de la ley del matrimonio y no es adúltera si se une
con otro. [4]Así también vosotros, hermanos míos, habéis muerto
a la ley en la persona de Cristo, a fin de pertenecer a otro, al
resucitado de entre los muertos, para que produzcamos frutos
para Dios. [5]Pues cuando seguíamos nuestros bajos instintos, la
ley avivaba nuestras pasiones pecaminosas, que producían en
nuestro cuerpo frutos de muerte. [6]Pero ahora, al morir a la
ley, a la cual estábamos sujetos, hemos quedado libres para ser-
vir a Dios no conforme a la letra de la vieja ley, sino confor-
me a la nueva vida del Espíritu.

**La ley, ocasión de pecado.** [7]¿Queremos decir con esto que
la ley es pecado? ¡De ninguna manera! Aunque yo conocí el
pecado sólo por la ley. Yo no conocería la codicia si la ley no
dijera: *No codiciarás* (Éx 20,17; Dt 5,2). [8]Pero el pecado, apo-
yándose en el mandamiento, despertó en mí toda clase de ma-
los deseos, pues el pecado sin la ley está muerto. [9]En un tiem-
po en que no había ley, yo estaba vivo; pero cuando llegó el
mandamiento, el pecado revivió, [10]y yo quedé muerto. Así re-

sultó que el mandamiento, que debía darme la vida, me trajo
la muerte. 11Porque el pecado, apoyándose en el mandamien-
to, me engañó y me causó la muerte. 12La ley es santa, y el
mandamiento santo, justo y bueno. 13Y lo que es bueno, ¿ha
sido muerte para mí? Nada de eso. Lo que pasa es que el pe-
cado para demostrar que es pecado, valiéndose de lo bueno,
me causó la muerte. De este modo, por medio del mandamien-
to, quedó plenamente demostrada la perversidad del pecado.

**Oposición entre la carne y el espíritu.** 14Sabemos que la ley
es espiritual, pero yo soy carnal, vendido como esclavo al po-
der del pecado. 15No entiendo lo que me pasa, pues no hago lo
que quiero; y lo que detesto, eso es justamente lo que hago. 16Y
si lo que no quiero, eso es lo que hago, reconozco con ello que
la ley es buena. 17No soy yo el que lo hace, sino el pecado que
hay en mí. 18Yo sé que en mí, es decir, en mis bajos instintos, no
hay nada bueno, pues quiero hacer el bien y no puedo. 19No
hago el bien que quiero, sino el mal que no quiero: eso es lo
que hago. 20Y si lo que no quiero, eso es lo que hago, ya no soy
yo el que lo hace, sino el pecado que hay en mí. 21Quiero hacer
el bien, y me encuentro haciendo el mal. 22En mi interior me
agrada la ley de Dios; 23pero veo en mi cuerpo una ley que lu-
cha contra la ley de mi espíritu y me esclaviza a la ley del peca-
do que hay en mi cuerpo. 24¡Desdichado de mí! ¿Quién me li-
brará de este cuerpo mortal? 25Doy gracias a Dios por Jesucristo,
nuestro Señor. Así que yo mismo con el espíritu sirvo a la ley
de Dios, pero con la carne a la ley del pecado.

8 **La vida espiritual, opuesta a la de aquellos que caminan
según la carne.** 1No hay condenación alguna para los que
están unidos a Cristo Jesús. 2Porque la ley del espíritu, que da
la vida en Cristo Jesús, me ha librado de la ley del pecado y de
la muerte. 3En efecto, lo que la ley era incapaz de hacer, debi-
do a los bajos instintos del hombre, lo hizo Dios enviando a su
propio Hijo en condición semejante a la del hombre pecador,

como sacrificio por el pecado y para condenar el pecado en su misma naturaleza humana. 4Así nosotros, que vivimos conforme al Espíritu y no conforme a los bajos instintos, podemos practicar la justicia que ordena la ley. 5Pues los que viven según la carne piensan en las cosas carnales; y los que viven según el espíritu, en las espirituales. 6Porque el deseo de la carne es la muerte, pero el pensamiento del espíritu es la vida y la paz. 7Por lo cual el deseo de la carne es enemigo de Dios, porque no se somete a la ley de Dios, ni puede en realidad someterse. 8Los que viven según la carne no pueden agradar a Dios; 9pero vosotros no vivís según la carne, sino según el espíritu, si es que el Espíritu de Dios habita en vosotros. Pues si alguno no tiene el Espíritu de Cristo no es de Cristo. 10Y si Cristo está en vosotros, el cuerpo ciertamente está muerto por el pecado, pero el espíritu está vivo por la justicia. 11Y si el Espíritu del que resucitó a Jesús de entre los muertos habita en vosotros, el que resucitó a Cristo Jesús de entre los muertos vivificará también vuestros cuerpos mortales por obra de su Espíritu, que habita en vosotros. 12Así pues, hermanos, no somos deudores de los bajos instintos para tener que vivir de acuerdo con ellos. 13Porque si vivís según los bajos instintos, moriréis; pero si, conforme al Espíritu, dais muerte a las acciones carnales, viviréis.

**El cristiano es hijo de Dios y heredero, por el Espíritu, de Dios.** 14Los que se dejan guiar por el Espíritu de Dios son hijos de Dios. 15Porque no recibisteis el espíritu de esclavitud para recaer de nuevo en el temor, sino que recibisteis el espíritu de hijos adoptivos, que nos hace exclamar: ¡Abba! ¡Padre! 16El mismo Espíritu da testimonio juntamente con nuestro espíritu de que somos hijos de Dios. 17Y si somos hijos, somos también herederos: herederos de Dios, coherederos de Cristo; si es que padecemos con él, para ser también glorificados con él.

**Esperanza de los hijos de Dios y de toda la creación.** 18Estimo, en efecto, que los padecimientos del tiempo presente no

se pueden comparar con la gloria que ha de manifestarse en
nosotros. 19Porque la creación está aguardando en anhelante
espera la manifestación de los hijos de Dios, 20ya que la crea-
ción fue sometida al fracaso, no por su propia voluntad, sino
por el que la sometió, con la esperanza 21de que la creación
será librada de la esclavitud de la destrucción para ser admiti-
da a la libertad gloriosa de los hijos de Dios. 22Sabemos que
toda la creación gime y está en dolores de parto hasta el mo-
mento presente. 23No sólo ella, sino también nosotros, que te-
nemos las primicias del Espíritu, gemimos dentro de nosotros
mismos, esperando la adopción filial, la redención de nuestro
cuerpo. 24Porque en la esperanza fuimos salvados; pero la es-
peranza que se ve no es esperanza, porque lo que uno ve,
¿cómo puede esperarlo? 25Si esperamos lo que no vemos, de-
bemos esperarlo con paciencia.

**La ayuda del Espíritu Santo y la predestinación.** 26Igualmen-
te, el Espíritu viene en ayuda de nuestra flaqueza, porque no
sabemos lo que nos conviene, pero el mismo Espíritu interce-
de por nosotros con gemidos inenarrables. 27Y el que penetra
los corazones, conoce los pensamientos del Espíritu y sabe que
lo que pide para los creyentes es lo que Dios quiere. 28Y sabe-
mos que Dios ordena todas las cosas para bien de los que le
aman, de los que han sido elegidos según su designio. 29Por-
que aquellos que de antemano conoció, también los predestinó
a ser conformes con la imagen de su Hijo, para que él sea el
primogénito entre muchos hermanos. 30Y a los que predestinó,
los llamó; y a los que llamó, los justificó; y a los que justificó,
los hizo partícipes de su gloria.

**Seguridad de la salvación.** 31¿Qué más podremos decir? Si
Dios está con nosotros, ¿quién estará contra nosotros? 32El que
no perdonó ni a su propio Hijo, sino que lo entregó por todos
nosotros, ¿cómo no nos dará gratuitamente con él todas las co-
sas? 33¿Quién podrá acusar a los hijos de Dios? Dios es el que

absuelve. [34]¿Quién será el que condene? Cristo Jesús, el que
murió, mejor dicho, el que resucitó, el que está a la diestra de
Dios y el que intercede por nosotros. [35]¿Quién podrá separar-
nos del amor de Cristo? ¿La tribulación, la angustia, la perse-
cución, el hambre, la desnudez, el peligro, la espada? [36]Dice la
Escritura: *Por tu causa estamos expuestos a la muerte todo el
día, somos como ovejas destinadas al matadero* (Sal 44,23).
[37]Pero en todas estas cosas salimos triunfadores por medio de
aquel que nos amó. [38]Porque estoy persuadido de que ni la muer-
te, ni la vida, ni los ángeles, ni los principados, ni las cosas pre-
sentes ni las futuras, ni las potestades, [39]ni la altura ni la pro-
fundidad, ni otra criatura alguna podrá separarnos del amor que
Dios nos ha manifestado en Cristo Jesús, nuestro Señor.

9 **Sentimientos de Pablo por los judíos.** [1]Como cristiano que
soy, digo la verdad, no miento. Mi conciencia, bajo la ac-
ción del Espíritu Santo, me asegura que digo la verdad. [2]Ten-
go una tristeza inmensa y un profundo y continuo dolor. [3]Qui-
siera ser objeto de maldición, separado incluso de Cristo, por
el bien de mis hermanos, los de mi propia raza; [4]son los israe-
litas, a los que Dios adoptó como hijos y a los que se apareció
gloriosamente; de ellos es la alianza, la ley, el culto y las pro-
mesas; [5]de ellos son también los patriarcas; de ellos procede
Cristo en cuanto hombre, el que está por encima de todas las
cosas y es Dios bendito por los siglos. Amén.

**Libertad de la conducta divina. Fidelidad de Dios.** [6]Y no es
que las promesas de Dios no se hayan cumplido, porque no
todos los descendientes de Israel son Israel; [7]no todos los des-
cendientes de Abrahán son hijos suyos. Lo que se dijo fue esto:
*Tu descendencia se perpetuará por medio de Isaac* (Gén 21,12).
[8]Esto quiere decir que los hijos de Dios no son los que perte-
necen a una raza, sino los que nacen en virtud de la promesa.
[9]Ésta fue la promesa: *Por este mismo tiempo yo volveré, y Sara
tendrá un hijo* (Gén 18,10). [10]No es sólo esto. Rebeca conci-

bió de un solo hombre, Isaac, nuestro antepasado, dos gemelos. [11]Cuando todavía no habían nacido sus dos hijos y, por tanto, no habían hecho nada bueno ni malo (para que el designio de Dios permaneciese conforme a su elección, [12]no por las obras, sino por el que llama), se dijo a Rebeca: *El mayor servirá al menor* (Gén 25,23). [13]como dice la Escritura: *Amé a Jacob y aborrecí a Esaú* (Mal 1,2-3).

**En Dios no hay injusticias.** [14]¿Diremos entonces que Dios es injusto? De ninguna manera. [15]Pues a Moisés le dice: *Tendré misericordia de quien quiera y tendré compasión de quien quiera* (Éx 33,19). [16]Por consiguiente, no es obra del que quiere ni del que se esfuerza, sino de Dios, que tiene misericordia. [17]Pues la Escritura dice al Faraón: *Te he constituido para mostrar en ti mi poder y para que mi nombre sea anunciado en toda la tierra* (Éx 9,16). [18]Así pues, tiene misericordia de quien quiere, y a quien quiere le endurece el corazón.

**Objeción absurda.** [19]Tú me podrás decir: Entonces, ¿por qué culpa a nadie? Porque nadie puede resistir a su voluntad. [20]En todo caso, ¿quién eres tú, pobre hombre, para pedir cuentas a Dios? *¿Acaso dice el vaso al alfarero: Por qué me hiciste así?* [21]¿O es que el alfarero no tiene poder sobre el barro para hacer de una misma masa un vaso de lujo y otro corriente? (Is 29,16; 45,9; Jer 18,6; cf Sab 12,12) [22]¿Qué tienes tú que decir en contra, si Dios, queriendo manifestar su indignación y dar a conocer su poder, soportó con gran paciencia a los que estaban preparados para la destrucción; [23]y obró así para dar a conocer la riqueza de su generosidad con los que eran objeto de su amor, los que él predispuso para gloria, [24]a saber, nosotros, a los que él llamó, no sólo de entre los judíos, sino también de entre los paganos?

**Dios reprueba a los judíos y tiene misericordia de los paganos y de un resto de Israel.** [25]Como dice en el libro de Oseas:

*Llamaré al que no es mi pueblo, pueblo mío; / y a la no ama-*
*da, amada* (Os 2,25) / [26]*Y donde les dije: Vosotros no sois mi*
*pueblo, / allí serán llamados / hijos del Dios vivo* (Os 1,9).
[27]Isaías clama sobre Israel: *Aunque el número de los israeli-*
*tas / fuera como la arena del mar, / sólo un resto se salvará; /*
[28]*porque pronto y con exactitud / el Señor cumplirá / en la tie-*
*rra su palabra* (Is 10,22-23).
[29]Ya el mismo Isaías había predicho: *Si el Señor todopode-*
*roso / no nos hubiera dejado descendencia, / seríamos como*
*Sodoma, / iguales a Gomorra* (Is 1,9).

**La culpa de Israel y su extravío proviene de no admitir la**
**justicia por la fe.** [30]Entonces, ¿qué diremos? Que los paganos,
que no perseguían la justicia, alcanzaron la justicia, la justicia
de la fe; [31]pero Israel, persiguiendo la ley de la justicia, no lle-
gó a conseguir esa ley. [32]¿Por qué? Porque no fue por el cami-
no de la fe, sino por el de las obras, como si por ellas pudiera
alcanzarla. De este modo tropezaron en la piedra de tropiezo,
[33]como dice la Escritura:
*Mirad, yo pongo en Sión una piedra de tropiezo, una roca*
*que os puede hacer caer; pero el que crea en ella no quedará*
*defraudado* (Is 28,16).

**10** **Explicación de la culpabilidad de Israel. Los judíos**
**quieren establecer su propia justicia.** [1]Hermanos, el
buen deseo de mi corazón y la súplica que dirijo a Dios es que
consigan su salvación. [2]Yo soy testigo de que buscan
ardientemente a Dios, pero sin saber cómo, [3]pues no recono-
ciendo la justicia de Dios y buscando establecer la justicia pro-
pia, no se sometieron a la justicia de Dios; [4]porque el fin de
la ley es Cristo, para justificación de todo el que cree.

**La justicia de la ley y la justicia que viene de la fe.** [5]Moisés
dice de la justicia que viene de la ley que el hombre que *la*
*practica, por ella, vivirá* (Lev 18,5). [6]Pero la justicia que viene

de la fe dice así: *No digas* en tu corazón: *¿Quién subirá al cielo?* (esto es, para hacer bajar a Cristo), 7o *¿quién descenderá al abismo?* (esto es, para hacer subir a Cristo de entre los muertos). 8Pero ¿qué dice la Escritura? *La palabra está cerca de ti, en tu boca, en tu corazón* (Dt 9,4; 30,12-14), esto es, la palabra de la fe que proclamamos. 9Porque si confiesas con tu boca que Jesús es el Señor y crees en tu corazón que Dios lo resucitó de entre los muertos, te salvarás. 10Con el corazón se cree para la justicia, y con la boca se confiesa la fe para la salvación. 11Pues dice la Escritura: *Todo el que cree en él, no será defraudado* (Is 28,16). 12No hay distinción entre el judío y el griego, porque Jesús es el mismo Señor de todos, rico para todos los que lo invocan. 13Por tanto, *todo el que invoque el nombre del Señor se salvará* (Jl 3,5).

**Los judíos no tienen disculpa porque, oyendo la proclamación del evangelio, no creen.** 14Ahora bien, ¿cómo van a invocar a aquel en quien no creen? ¿Cómo van a creer en él si no han oído hablar de él? ¿Y cómo van a oír hablar de él si nadie les predica? 15Y ¿cómo predicarán si no son enviados? Como dice la Escritura: *¡Bienvenidos los que traen buenas noticias!* (Is 52,7; Nah 2,1). 16Pero no todos prestaron oído al evangelio, porque Isaías dice: *Señor, ¿quién creyó en nuestra predicación?* (Is 53,1). 17Por consiguiente, la fe proviene de la predicación; y la predicación es el mensaje de Cristo.

18Yo pregunto: ¿Es que no han oído? Sí, lo han oído. Porque dice la Escritura: *Por toda la tierra se extendió su voz, y hasta los confines del mundo llegaron sus palabras* (Sal 19,4).

19Pero digo además: ¿Será que Israel no se ha dado cuenta? Moisés dice: *Yo os provocaré a celos de uno que no es mi pueblo, y os irritaré contra un pueblo insensato* (Dt 32,21).

20Isaías se atreve a decir: *Me encontraron los que no me buscaban y me manifesté a los que no preguntaban por mí* (Is 65,1).

21Pero a Israel dice: *Todo el día extendí mis manos a un pueblo incrédulo y rebelde* (Is 65,2).

11 **La reprobación de Israel no es total.** [1]Yo pregunto: ¿Es
que Dios ha rechazado a su pueblo? De ninguna mane-
ra. Porque también yo soy israelita, de la descendencia de
Abrahán, de la tribu de Benjamín. [2]*Dios no ha rechazado a su
pueblo,* a quien de antemano eligió. ¿Es que no sabéis lo que
dice la Escritura a propósito de Elías, cuando éste interviene
contra Israel? [3]*Señor, han matado a tus profetas, han derriba-
do tus altares, he quedado yo solo y quieren matarme* (1Re
19,10.14).

[4]Pero Dios le contestó: *Me he reservado siete mil hombres
que no han doblado la rodilla ante Baal* (1Re 19,18). [5]Pues así
también en el tiempo presente Dios ha elegido generosamen-
te un resto. [6]Lo ha hecho por pura generosidad suya, y no por
méritos humanos; si no fuera así, no podríamos hablar de la
generosidad de Dios. [7]Esto quiere decir que lo que Israel bus-
caba no lo alcanzó, mientras que los elegidos lo consiguieron;
y los demás fueron endurecidos, [8]como dice la Escritura: *Dios
les embotó el espíritu, les dio ojos para no ver y oídos para no
oír hasta el día de hoy* (Dt 29,3; Is 29,10).

[9]Y David dice: *Que su mesa se convierta en un lazo para
ellos, en trampa, en tropiezo y en castigo;* [10]*que se queden para
siempre ciegos y que para siempre se doblen sus riñones* (Sal
69,23-34; 35,8).

[11]Por tanto, yo pregunto: ¿Es que tropezaron sólo para caer?
De ninguna manera. Su caída ha servido para la salvación de
los paganos, provocando así la envidia en Israel. [12]Y si su caí-
da es la riqueza del mundo, si su fracaso es riqueza de los pa-
ganos, ¡cuánto más lo será su conversión en masa!

**La reprobación de Israel no es absoluta.** [13]Ahora me dirijo
a vosotros, los paganos. Como apóstol vuestro, procuro dar
gran realce a mi ministerio, [14]por ver si a los de mi raza les
entra envidia y logro salvar a algunos de ellos. [15]Porque si su
pérdida ha servido para la reconciliación del mundo, su readmi-
sión será como un volver de la muerte a la vida. [16]Pues si la

primicia es santa, también lo será la masa; y si la raíz es santa,
también lo serán las ramas. [17]Ahora bien, si algunas ramas fue-
ron desgajadas, y tú, siendo olivo silvestre, fuiste injertado en
ellas e incorporado a la raíz y a la pingüe savia del olivo, [18]no
te engrías contra las ramas; y si te engríes, piensa que tú no
sustentas la raíz, sino la raíz a ti. [19]Pero dirás: Las ramas fue-
ron cortadas para que yo fuera injertado. [20]Bien, fueron cor-
tadas por su incredulidad, y tú por la fe estás en pie. No seas
orgulloso y ten mucho cuidado. [21]Porque si Dios no perdonó
a las ramas naturales, a ti tampoco te perdonará. [22]Ten pre-
sente la bondad y la severidad de Dios: severidad para con los
caídos; bondad para contigo, con tal que permanezcas en esa
bondad; pues, de lo contrario, también tú serás cortado. [23]Y
ellos, si dejan la incredulidad, serán injertados; pues Dios tie-
ne poder para injertarlos de nuevo. [24]Porque si tú fuiste corta-
do del que por naturaleza era olivo silvestre, y contra la pro-
pia naturaleza fuiste injertado en el olivo bueno, ¡cuánto más
ellos, las ramas naturales, serán injertadas en el propio olivo!

**La reprobación de Israel tampoco será perpetua.** [25]Herma-
nos, no quiero que ignoréis este misterio –para que no presu-
máis de vosotros mismos–: el endurecimiento de una parte de
Israel ha sucedido hasta que todos los paganos hayan entra-
do; [26]entonces todo Israel se salvará, como dice la Escritura:
*Vendrá el libertador de Sión, / apartará los crímenes de Jacob.*
*/* [27]*Y ésta será mi alianza con ellos, / cuando yo perdone sus*
*pecados* (Is 59,20-21; 27,9; cf Sal 14,6).

[28]En cuanto al evangelio, son tenidos como enemigos para
vuestro bien; pero en cuanto a la elección, siguen siendo muy
queridos de Dios en atención a sus antepasados; [29]porque los
dones y el llamamiento de Dios son irrevocables. [30]Pues así
como vosotros en otro tiempo fuisteis desobedientes a Dios y
ahora habéis conseguido misericordia por la desobediencia de
ellos, [31]así también ahora ellos han sido desobedientes, para
que con ocasión de la misericordia que os ha concedido a vo-

sotros también ellos alcancen misericordia. 32Pues Dios ence-
rró a todos en la desobediencia para tener misericordia con
todos.

**Profundidad de los juicios de Dios. Himno a su sabiduría.**
33¡Qué profundidad de riqueza, de sabiduría y de ciencia la de
Dios! ¡Qué incomprensibles son sus decisiones y qué irrastreables
sus caminos! 34Porque *¿quién conoció el pensamiento del Señor?,*
*¿quién fue su consejero?* 35 (Job 15,8; Is 40,13; Jer 23,18) O *¿quién*
*le ha dado algo a él para pedirle que se lo devuelva?* (Job 41,3)
36Porque de él y por él y para él son todas las cosas. A él la
gloria por los siglos de los siglos. Amén.

**12** **Compendio de la vida cristiana.** 1Hermanos, os ruego,
por la misericordia de Dios, que ofrezcáis vuestros cuer-
pos como sacrificio vivo, consagrado, agradable a Dios; éste
es el culto que debéis ofrecer. 2Y no os acomodéis a este mun-
do; al contrario, transformaos y renovad vuestro interior para
que sepáis distinguir cuál es la voluntad de Dios: lo bueno, lo
que le agrada, lo perfecto.

**El deber del cristiano es obrar conforme al don recibido.**
3En virtud de la misión que Dios me ha encomendado, os digo
a cada uno de vosotros que no se tenga en más de lo que debe
tenerse, sino que procure pensar siempre de sí con sencillez,
conforme a la fe que Dios le haya dado. 4Porque así como en
un cuerpo tenemos muchos miembros, pero no todos tienen
la misma función, 5así nosotros, aunque somos muchos, for-
mamos un solo cuerpo en Cristo y somos todos miembros unos
de otros. 6Pero tenemos carismas diferentes, según lo que Dios
ha querido dar a cada uno; el que tenga el carisma de la pro-
fecía, que lo ejerza conforme a la fe; 7el que tenga el de servi-
cio a los demás, que les sirva bien; el que tenga el de enseñar,
que se dedique a la enseñanza; 8el que tenga el de exhortar,
que se dedique a exhortar; el que tiene el de repartir limosna,

que reparta con generosidad; el que tiene el de presidir, que
presida con seriedad; el que hace obras de misericordia, que
las haga con alegría.

**Caridad con todos.** 9Que vuestro amor sea sincero. Odiad
el mal y abrazad el bien. 10Amaos de corazón unos a otros,
como buenos hermanos; que cada uno ame a los demás más
que a sí mismo. 11No os echéis atrás en el trabajo, tened buen
ánimo, servid al Señor; 12alegres en la esperanza, pacientes en
los sufrimientos, constantes en la oración; 13socorred las ne-
cesidades de los creyentes, practicad la hospitalidad.
14Bendecid a los que os persiguen; bendecid, y no maldigáis.
15Alegraos con los que se alegran, llorad con los que lloran.
16Vivid en armonía unos con otros. No seáis orgullosos, po-
neos al nivel de los humildes. No os consideréis los sabios. 17No
devolváis a nadie mal por mal. Procurad hacer el bien ante to-
dos los hombres.
18En cuanto de vosotros depende, haced todo lo posible para
vivir en paz con todo el mundo. 19Queridos míos, no os to-
méis la justicia por vuestra mano; dejad que sea Dios el que
castigue, como dice la Escritura: *Yo haré justicia, yo daré a cada
cual su merecido* (Dt 32,35). 20También dice: *Si tu enemigo tie-
ne hambre, dale de comer; si tiene sed, dale de beber; que si
haces esto, harás que se sonroje* (Prov 25,21-22). 21No te dejes
*vencer por el mal*; al contrario, vence el mal con el bien.

13 **Obediencia a las autoridades.** 1Que cada uno se some-
ta a las autoridades que están en el poder, porque no
hay autoridad que no venga de Dios; y los que hay han sido
puestos por Dios. 2Así que el que se opone a la autoridad, se
opone al orden puesto por Dios; y los que se oponen recibi-
rán su propia condenación. 3Los gobernantes no están para
amedrentar a los que obran bien, sino a los que obran mal.
¿Quieres vivir sin miedo a la autoridad? Pórtate bien, y ten-
drás su aprobación; 4pues la autoridad está al servicio de Dios

para ayudarte a portarte bien. Pero si te portas mal, échate a
temblar, porque no en vano la autoridad lleva la espada y está
al servicio de Dios para castigar al delincuente. [5]Por lo cual es
necesario que os sometáis no solamente por temor al castigo,
sino más bien por un deber de conciencia. [6]También por esta
razón pagáis los impuestos, porque los gobernantes están al
servicio de Dios y se dedican a ese oficio. [7]Pagad a cada uno
lo que le corresponda: contribuciones, impuestos, respeto, ho-
nores, lo que haya que darle.

**El amor, plenitud de los mandamientos.** [8]No debáis nada a
nadie; amaos unos a otros, pues el que ama al prójimo ha cum-
plido la ley. [9]Porque: *No cometerás adulterio, no matarás, no
robarás, no codiciarás* (Éx 20,13-17; Dt 5,17-21) y cualquier
otro mandamiento, todo se reduce a esto: *Amarás a tu próji-
mo como a ti mismo* (Lev 19,18). [10]El que ama no hace mal
al prójimo; así que la plenitud de la ley es el amor.

**Las obras de la luz: vigilancia y pureza de vida.** [11]Tened en
cuenta en qué tiempos estamos: ya es hora de despertar del
sueño, porque ahora está más cerca de nosotros la salvación
que cuando abrazamos la fe. [12]La noche está avanzada y el día
está cerca; por lo tanto, dejemos a un lado las obras de las
tinieblas y revistámonos de las armas de la luz.

[13]Comportémonos decentemente, como en pleno día; nada
de comilonas ni borracheras, nada de lujuria ni desenfreno,
nada de peleas ni envidias; [14]al contrario, revestíos de Jesu-
cristo, el Señor, y no busquéis satisfacer los bajos instintos.

**14** **Deberes mutuos entre los fuertes y los débiles en la fe.**
[1]Acoged al que es débil en la fe, pero no para discutir
con él. [2]Porque hay quien cree que puede comer de todo; en
cambio, otro, que es débil en la fe, come sólo verduras. [3]El
que come de todo no desprecie al que no come de todo, y el
que no come de todo no critique al que come de todo, pues

Dios lo ha acogido. 4¿Quién eres tú para juzgar al criado ajeno? Que se mantenga en pie o que caiga es algo que importa sólo a su amo; pero se mantendrá en pie, pues poderoso es el Señor para sostenerlo. 5Uno distingue un día de otro día, otro juzga todos los días iguales; cada uno proceda según su propia opinión. 6El que celebra determinados días lo hace para honrar al Señor, y el que come de todo lo hace en honor del Señor, pues al comer da gracias a Dios; y el que no come de todo lo hace en honor del Señor, pues también da gracias a Dios. 7Porque ninguno de vosotros vive para sí, y ninguno muere para sí. 8Pues si vivimos, para el Señor vivimos; y si morimos, para el Señor morimos. Así que, vivamos o muramos, somos del Señor. 9Porque por esto Cristo murió y resucitó: para reinar sobre muertos y vivos. 10Pero tú, ¿por qué juzgas a tu hermano? O ¿por qué desprecias a tu hermano? Pues todos tenemos que presentarnos ante el tribunal de Dios. 11Porque dice la Escritura: *Por mi vida,* dice el Señor, *que ante mí se doblará toda rodilla, y toda lengua alabará a Dios* (Is 49,18; 45,23). 12Por lo tanto, cada uno de nosotros tiene que dar cuenta a Dios de sí mismo. 13Así que no nos juzguemos ya más unos a otros; al contrario, procurad no poner obstáculo o escándalo al hermano. 14Yo sé, y estoy convencido en Jesús, el Señor, de que de suyo no hay nada impuro; pero si alguno piensa que alguna cosa es impura, para él es impura. 15Porque si por comer de algo haces daño a tu hermano, ya no te guías por el amor. Que tu comida no sea causa de que se pierda aquel por quien Cristo ha muerto. 16Que vuestra libertad no sea objeto de calumnia; 17porque el reino de Dios no es comida ni bebida, sino justicia, paz y gozo en el Espíritu Santo. 18Pues el que en esto sirve a Cristo, agrada a Dios y es estimado de los hombres. 19Por tanto, busquemos la paz y la ayuda mutua. 20No destruyas la obra de Dios por causa de la comida. Todos los alimentos son puros, pero no se debe comer algo que escandalice a los demás. 21Es mejor no comer carne ni beber vino o cualquier otra cosa que pueda escandalizar a tu hermano. 22Tú,

la creencia que tienes, guárdala para ti y para Dios. Dichoso
el que toma una decisión y no obra contra su conciencia. 23En
cambio, el que duda, si come, se siente culpable, porque no
procede según la conciencia; y todo lo que no es según la con-
ciencia es pecado.

15 **Mutua tolerancia o comprensión a ejemplo de Cristo.**
1Nosotros, los fuertes, debemos sobrellevar las deficien-
cias de los débiles y no buscar lo que nos agrada a nosotros
mismos. 2Cada uno de nosotros debe procurar agradar a su
prójimo para su bien y su robustecimiento en la fe. 3Porque
Cristo no buscó lo que le agradaba, como dice la Escritura:
*Las ofensas de los que te insultaban cayeron sobre mí* (Sal 69,9).
4Pues todo lo que ha sido escrito en el pasado, lo fue para
nuestra enseñanza, a fin de que por la paciencia y el consuelo
que dan las Escrituras tengamos esperanza. 5Y Dios, que da la
paciencia y el consuelo, os conceda vivir en armonía unos con
otros a ejemplo de Jesucristo, 6para que con un solo corazón
y todos a una podáis dar gloria a Dios, Padre de nuestro Se-
ñor Jesucristo.

**Cristo acoge a todos.** 7Por tanto, acogeos unos a otros, como
también Cristo nos acogió para gloria de Dios. 8Os digo que
Cristo se hizo servidor de los judíos para demostrar que Dios
es fiel y cumple las promesas hechas a los patriarcas, 9y para
que los paganos alaben a Dios por su misericordia como dice
la Escritura: *Por eso te alabaré entre las naciones y cantaré him-
nos en tu honor* (Sal 18,50). 10Y en otro lugar: *Alegraos, na-
ciones, con el pueblo de Dios* (Dt 32,43). 11Y de nuevo: *Ala-
bad al Señor todas las naciones y alabadle todos los pueblos*
(Sal 117,1). 12También dice Isaías: *Brotará la raíz de Jesé, se
levantará para regir las naciones; y las naciones esperarán en
él* (Is 11,10). 13Que el Dios de la esperanza llene de alegría y
paz vuestra fe, y que la fuerza del Espíritu Santo os colme de
esperanza.

**Noticias personales del Apóstol. Excusas por haber escrito**
[14]Hermanos, yo estoy convencido de que tenéis muy buena
voluntad y mucha sabiduría para aconsejaros unos a otros. [15]A
pesar de todo, me he atrevido a escribiros para recordaros al-
gunas cosas. Lo hago en virtud del privilegio que Dios me ha
concedido [16]de ser ministro de Cristo Jesús entre los paganos;
mi tarea sagrada consiste en anunciar el evangelio de Dios, para
que la ofrenda de los paganos sea agradable a Dios, consagra-
da por el Espíritu Santo. [17]Como creyente en Cristo Jesús, ten-
go motivos para estar orgulloso de mi servicio a Dios. [18]No
me atrevería a hablar de alguna cosa que Cristo no hubiera
hecho por medio de mi ministerio para conseguir que los pa-
ganos aceptaran el evangelio. Esto se ha conseguido con pala-
bras y acciones, [19]con la fuerza de milagros y prodigios y con
el poder del Espíritu Santo; de manera que desde Jerusalén
en todas direcciones hasta Iliria he anunciado el evangelio de
Cristo; [20]he puesto todo mi empeño en no anunciar el evan-
gelio allí donde ya habían oído hablar de Cristo, para no cons-
truir sobre cimientos puestos por otros, [21]sino hacer lo que dice
la Escritura: *Los que no tenían noticias de él, lo verán; los que
no habían oído hablar de él, entenderán* (Is 52,15).

**Proyectos de viaje a Jerusalén y a España.** [22]Ésta es la razón
por la que no he podido ir a veros; [23]pero ahora, como ya no
hay *nada que me retenga* en estas regiones y como desde hace
tiempo tengo muchas ganas de ir a veros, [24]en mi viaje para
España espero pasar por ahí. Como también espero que, tras
disfrutar durante algún tiempo de vuestra compañía, me ayu-
déis a continuar el viaje. [25]Ahora me dirijo a Jerusalén para
ayudar a aquellos hermanos. [26]Macedonia y Acaya han hecho
una colecta, y voy a llevársela a los hermanos pobres de Jeru-
salén. [27]Lo han decidido voluntariamente, y han hecho muy
bien; pues si los judíos creyentes han compartido sus bienes
espirituales con los paganos, éstos deben compartir sus bienes
materiales con ellos. [28]Cuando cumpla esta misión y haya en-

tregado la colecta, emprenderé mi viaje a España y pasaré por
ahí. 29Estoy bien seguro de que cuento con todas las bendicio-
nes de Cristo para ir a veros.

**Pide oraciones.** 30Hermanos, por nuestro Señor Jesucristo y
por el amor del Espíritu Santo, os pido que luchéis conmigo
orando a Dios por mí, 31para que me vea libre de los incrédu-
los que hay en Judea y para que la ayuda que llevo a Jerusa-
lén sea bien recibida por los hermanos. 32De esta manera, si
Dios quiere, iré muy contento a veros y descansaré algo con
vosotros.
33Que el Dios de la paz esté con todos vosotros. Amén.

**16** **Recomendaciones y saludos.** 1Os recomiendo a Febe,
nuestra hermana, que es diaconisa de la iglesia de
Cencreas, 2para que la recibáis bien en nombre del Señor, como
se debe hacer entre los creyentes, y la ayudéis en todo lo que
necesite, porque también ella ha ayudado a muchos, y en par-
ticular a mí.
3Saludad a Prisca y a Áquila, mis colaboradores en la obra
de Cristo Jesús, 4los cuales, por salvarme a mí se jugaron la
vida; no sólo yo les estoy agradecido, sino también todas las
iglesias del mundo pagano. 5Saludad también a la comunidad
que se reúne en su casa. Saludad a mi querido Epéneto, que
es el primer creyente cristiano de Asia. 6Saludad a María, que
tanto ha trabajado entre nosotros. 7Saludad a Andrónico y a
Junias, paisanos míos y compañeros de cárcel, que se han dis-
tinguido en el apostolado, y que fueron creyentes en Cristo
antes que yo. 8Saludad a Ampliato, mi querido amigo en el
Señor. 9Saludad a Urbano, colaborador mío en la obra de Cris-
to, y a Estaquis, mi amigo. 10Saludad a Apeles, que ha dado
pruebas de su fe en Cristo. Saludad a los de la casa de
Aristóbulo. 11Saludad a mi paisano Herodión. Saludad a la fa-
milia de Narciso, creyentes en el Señor. 12Saludad a Trifena y
a Trifosa, que trabajan en la obra del Señor. Saludad a la que-

rida Pérsida, que tanto ha trabajado en la obra del Señor. [13]Sa-
ludad a Rufo, escogido por el Señor, y a su madre, que lo es
también mía. [14]Saludad a Asíncrito, a Flegón, a Hermes, a
Patrobas, a Hermas y a los hermanos que viven con ellos. [15]Sa-
ludad a Filólogo y a Julia, a Nereo y a su hermana, a Olimpia
y a todos los hermanos que viven con ellos. [16]Saludaos unos a
otros con el abrazo de la paz. Os saludan todas las Iglesias de
Cristo.

[17]Hermanos, os ruego que no perdáis de vista a los que cau-
san divisiones y escándalos contra la doctrina que habéis apren-
dido, y apartaos de ellos; [18]porque ésos no sirven a Cristo nues-
tro Señor, sino a su estómago, y con palabras dulces y
agradables engañan a la gente sencilla. [19]Porque vuestra obe-
diencia a la fe es ya conocida de todos. Por esto estoy satisfe-
cho de vosotros, pero quiero que seáis listos para el bien y sim-
ples para el mal. [20]El Dios de la paz pronto aplastará a Satanás
bajo vuestros pies. La gracia de nuestro Señor Jesucristo esté
con vosotros.

[21]Os saluda Timoteo, mi colaborador, y Lucio, Jasón y
Sosípatro, mis paisanos.

[22]Yo, Tercio, que he escrito esta carta, os saludo en el Señor.
[23]Os saluda Gayo, huésped mío y de toda la comunidad. [24]Os
saluda Erasto, tesorero de la ciudad, y el hermano Cuarto.

**Doxología *final*.** [25]Al que puede fortaleceros en el evange-
lio que yo anuncio, en la proclamación de Jesucristo y en la
revelación del misterio mantenido en secreto desde tiempo eter-
no, [26]pero manifestado ahora por los escritos proféticos, dado
a conocer a todas las naciones por orden del Dios eterno para
que abracen la fe, [27]a Dios, el único sabio, por medio de Jesu-
cristo, la gloria por los siglos de los siglos. Amén.

# 1.ª Carta a los Corintios

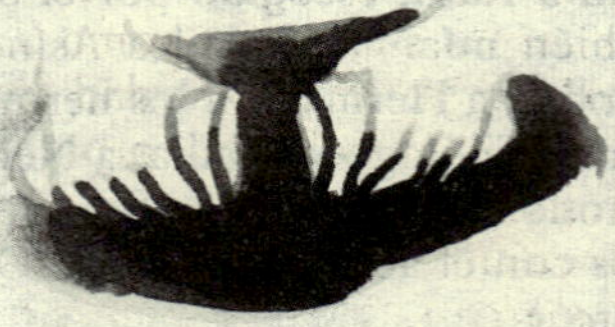

*Nosotros anunciamos a Cristo crucificado, escándalo para los judíos y locura para los paganos* (1,22).

La gran ciudad de Corinto estaba estratégicamente situada en un istmo entre dos mares, el Egeo y el Adriático, con sus correspondientes puertos; puente en la ruta comercial con Éfeso unía Oriente y Occidente. Corinto era lugar de movimiento de gentes, de cruce de pensamientos y de culturas. Ciudad en su origen griega, una vez arrasada por los romanos en el 146 a.C., fue de nuevo reconstruida por César y repoblada por los veteranos de sus ejércitos. A los romanos se les unieron los griegos de la zona y una importante comunidad judía, llegando a recuperar todo el esplendor de antaño. Políticamente, como capital de la provincia romana de Acaya, era sede del procónsul; religiosamente la vida giraba en torno al gran templo de la diosa Afrodita, en el que se practicaba la prostitución sagrada; culturalmente florecían escuelas de filosofía griega.

En este ambiente cosmopolita, plural en lo cultural y religioso, licencioso en la vida sexual, complejo en lo social (200.000 hombres libres y 400.000 esclavos), Pablo predicó el evangelio durante año y medio. Llega de su misión fracasada en Atenas, y se une a un matrimonio de judíos cristianos,

Áquila y Priscila, que ejercían como él el oficio de tejedores. Predica tanto a los judíos (los conversos Crispo y Sóstenes son jefes de las sinagogas) como a los paganos (en casa de Ticio Justo). La joven comunidad era zarandeada por la influencia del culto a Afrodita que promovía la promiscuidad, por las escuelas filosóficas y orientales que negaban la resurrección o favorecían experiencias místicas espectaculares así como por misioneros judaizantes que confundían a los conversos. Ninguna comunidad causó a Pablo tantos quebraderos de cabeza y con ninguna mantuvo una comunicación tan intensa; ante la imposibilidad de ir personalmente, envió como embajadores suyos a Timoteo y Tito.

La primera Carta canónica a los corintios (probablemente hubo otra con anterioridad pero se ha perdido), no es un escrito doctrinal sino vital, motivado por las circunstancias. Pablo la escribió en Éfeso, en la primera mitad del año 56. Ante los bandos que se forman en la comunidad, probablemente por influjo de los ritos iniciáticos paganos que vinculaban al iniciador con el iniciado, Pablo reclama la única prevalencia de Cristo. Si las escuelas filosóficas pretendían iniciar en la sabiduría y los judíos en la observancia de la Ley, Pablo proclamará la única salvación por la muerte y Resurrección de Cristo. Hace frente al libertinaje reinante reclamando la libertad cristiana que nos lleva al amor al prójimo sin trabas. De esta forma, la *eucaristía, signo* máximo del amor fraterno, no se puede celebrar desde los favoritismos o desde la ofensa al débil. Pablo tiene sensibilidad especial por los pequeños: en el conflicto de la carne sacrificada a los ídolos renuncia a su libertad personal para no escandalizarles; en su reflexión sobre la Iglesia deja claro que todos los miembros del cuerpo, hasta los más insignificantes, cumplen su misión. Ante los dones carismáticos espectaculares que servían al decoro personal, pero ofendían a la comunidad, él propone el camino del amor.

1 **Saludo y destino.** 1Pablo, apóstol de Cristo Jesús por de-
signio y llamada de Dios, y el hermano Sóstenes, 2a la Igle-
sia de Dios que está en Corinto, a los consagrados por Cristo
Jesús, llamados y consagrados, con todos los que invocan en
cualquier lugar el nombre de nuestro Señor Jesucristo, Señor
de ellos y nuestro; 3os deseo la gracia y la paz de Dios, nues-
tro Padre, y de Jesucristo, el Señor.

**Acción de gracias.** 4No ceso de dar gracias a Dios por la ge-
nerosidad que ha tenido con vosotros. 5Por medio de Cristo
Jesús os ha enriquecido en todo, en el saber y en el hablar.
6De tal manera que el testimonio de Cristo se ha consolidado
en vosotros. 7De este modo no carecéis de ningún carisma,
mientras esperáis la manifestación de nuestro Señor Jesucris-
to. 8Él os mantendrá firmes hasta el fin, para que nadie os pue-
da reprochar nada el día de la venida de nuestro Señor Jesu-
cristo. 9Dios es fiel y él os ha llamado a vivir en unión con su
Hijo, Jesucristo, nuestro Señor.

**Partidos en Corinto.** 10Hermanos, por el nombre de nues-
tro Señor Jesucristo, os ruego que os pongáis de acuerdo y que
no haya divisiones entre vosotros, sino que conservéis la ar-
monía en el pensar y en el sentir. 11Os digo esto, hermanos
míos, porque los de Cloe me han informado de que hay dis-
cordias entre vosotros. 12Me refiero a lo que cada uno de vo-
sotros dice: «Yo soy de Pablo, yo de Apolo, yo de Cefas, yo de
Cristo». 13¿Está dividido Cristo? ¿Acaso Pablo fue crucificado
por vosotros o habéis sido bautizados en su nombre? 14Doy
gracias a Dios de no haber bautizado a ninguno de vosotros,
excepto a Crispo y *Gayo*. 15Así nadie puede decir que fuisteis
bautizados en mi nombre. 16También bauticé a *la familia* de
*Esteban*; no recuerdo haber bautizado a nadie más. 17Pues Cris-
to no me mandó a bautizar, sino a *evangelizar*; y esto sin alar-
des literarios, para que no se desvirtúe la cruz de Cristo.

**La sabiduría del mundo y la de Dios.** [18]Porque el lenguaje
de la cruz es una locura para los que se pierden; pero para
nosotros, que nos salvamos, es poder de Dios. [19]Pues dice la
Escritura: *Inutilizaré la sabiduría de los sabios y anularé la in-
teligencia de los inteligentes* (Is 29,14). [20]¿Dónde está el sabio?
¿Dónde el maestro? ¿Dónde el estudioso de este mundo? ¡Dios
ha convertido en tontería la sabiduría del mundo! [21]El mundo
con su propia sabiduría no reconoció a Dios en la sabiduría
manifestada por Dios en sus obras. Por eso Dios ha preferido
salvar a los creyentes por medio de una doctrina que parece
una locura. [22]Porque los judíos piden milagros, y los griegos
buscan la sabiduría; [23]pero nosotros anunciamos a Cristo cru-
cificado, escándalo para los judíos y locura para los paganos,
[24]pero poder y sabiduría de Dios para los llamados, judíos o
griegos. [25]Pues la locura de Dios es más sabia que los hom-
bres; y la debilidad de Dios, más fuerte que los hombres.
[26]Considerad si no, hermanos, vuestro grupo de llamados:
no hay muchos sabios, ni muchos poderosos, ni muchos no-
bles; [27]Dios eligió lo que el mundo tiene por necio para humi-
llar a los sabios; lo débil, para humillar a los fuertes; [28]lo vil,
lo despreciable, lo que es nada, para anular a los que son algo;
[29]para que nadie presuma delante de Dios. [30]Por él vosotros
estáis en Cristo Jesús, el cual de parte de Dios se ha hecho
para nosotros sabiduría, justicia, santificación y redención,
[31]para que, como dice la Escritura, *el que quiera presumir de
algo, que presuma de lo que ha hecho el Señor* (Jer 9,24).

2 **Predicación de san Pablo.** [1]Hermanos, cuando llegué a
vuestra ciudad, llegué anunciándoos el misterio de Dios
no con alardes de elocuencia o de sabiduría; [2]pues nunca en-
tre vosotros me precié de saber otra cosa que a Jesucristo, y
a Jesucristo crucificado. [3]Me presenté entre vosotros débil y
temblando de miedo. [4]Y mi palabra y mi predicación no se
basaban en la elocuencia persuasiva de la sabiduría, sino en
la demostración del poder del Espíritu, [5]para que vuestra fe

no se fundase en la sabiduría humana, sino en el poder de
Dios. [6]Entre los formados usamos la sabiduría, pero no la de
este mundo, ni la de los gobernantes pasajeros de este mun-
do; [7]una sabiduría divina, misteriosa, oculta, que Dios desti-
nó para nuestra gloria antes de crear el mundo. [8]Esto no lo
entendieron los gobernantes de este mundo, pues si lo hu-
bieran entendido no habrían crucificado al Señor de la glo-
ria. [9]Pero como dice la Escritura: *Lo que el ojo no vio, lo que
el oído no oyó, lo que ningún hombre imaginó, eso preparó
Dios para los que le aman* (Is 64,3). [10]Y a nosotros nos lo ma-
nifestó Dios por medio de su Espíritu, pues el Espíritu lo pe-
netra todo, hasta las cosas más profundas de Dios. [11]¿Qué
hombre, en efecto, conoce lo íntimo del hombre, sino el es-
píritu del hombre que está en él? De la misma manera, na-
die conoce las cosas de Dios, sino el Espíritu de Dios. [12]Y no-
sotros no hemos recibido el espíritu del mundo, sino el
Espíritu que viene de Dios, para que conozcamos lo que Dios
generosamente nos ha dado.
[13]Hablamos de esto con un lenguaje que no nos ha enseña-
do la sabiduría humana, sino el Espíritu, que expresa las co-
sas espirituales en términos espirituales. [14]El hombre munda-
no no acepta las cosas del Espíritu de Dios; son locura para
él, y no puede entenderlas, ya que hay que juzgarlas espiri-
tualmente. [15]El espiritual, por el contrario, lo juzga todo, y a
él nadie le juzga. [16]Porque, *¿quién conoció el pensamiento del
Señor para poder enseñarlo?* (Is 40,13). Pero nosotros posee-
mos el pensamiento de Cristo.

3 **San Pablo justifica su predicación.** [1]Hermanos, yo no pude
*hablaros como a* espirituales, sino como a carnales, como
a niños en Cristo. [2]Os di a *beber leche, no* alimento sólido,
porque no lo podíais soportar; ni podéis todavía, [3]pues *aún*
sois carnales. Desde el momento que hay envidias y discor-
dias entre vosotros, ¿no es porque aún sois carnales y vivís a
lo humano? [4]Porque cuando uno dice: «Yo soy de Pablo», y

otro: «Yo de Apolo», ¿no procedéis de una manera puramente humana?

**Dignidad y obligaciones de los predicadores.** [5]Pues ¿qué es Apolo y qué es Pablo? Simples servidores, por medio de los cuales habéis abrazado la fe, según la medida que Dios ha repartido a cada uno. [6]Yo planté y Apolo regó, pero quien hizo crecer fue Dios. [7]Nada son ni el que planta ni el que riega, sino Dios, que hace crecer. [8]El que planta y el que riega son lo mismo, y cada uno recibirá la recompensa según su trabajo.

[9]Nosotros somos colaboradores de Dios; vosotros, labrantío de Dios, edificio de Dios. [10]Según el don que Dios me ha concedido, yo puse los cimientos como buen arquitecto, y otro construye el edificio. Que cada uno mire cómo construye. [11]Porque nadie puede poner otro fundamento que el que está ya puesto, que es Jesucristo. [12]Sobre este fundamento uno puede construir con oro, plata, piedras preciosas, maderas, caña y paja. [13]El trabajo de cada uno aparecerá claro el día del juicio, porque ese día se manifestará con fuego, y el fuego probará la obra de cada uno. [14]Si la obra resiste la prueba del fuego, recibirá el premio; [15]si se consume, lo perderá todo, aunque él se salvará, pero como el que escapa del fuego.

[16]¿No sabéis que sois templos de Dios, y que el Espíritu de Dios habita en vosotros? Si alguno destruye el templo de Dios, Dios lo destruirá a él; [17]porque el templo de Dios, que sois vosotros, es santo.

**Verdadera sabiduría.** [18]Nadie se engañe a sí mismo. Si alguno entre vosotros piensa que es sabio según la sabiduría de este mundo, que se haga necio para llegar a ser sabio. [19]Porque la sabiduría de este mundo es necedad ante Dios, como dice la Escritura: *Atrapa a los sabios en su astucia* (Job 5,13). [20]Y además: *El Señor conoce cuán vanos son los pensamientos de los sabios* (Sal 94,11). [21]Por tanto, que nadie presuma de los que son sólo hombres, pues todo es para vosotros: [22]Pablo, Apolo,

Cefas, el mundo, la vida, la muerte, el presente y el futuro,
todo es vuestro; 23vosotros, de Cristo, y Cristo, de Dios.

4 **Ministros de Cristo.** 1Que la gente nos tenga como servi-
dores de Cristo y administradores de los misterios de Dios.
2Ahora bien, lo que se pide a los administradores es que sean
fieles. 3A mí poco me importa ser juzgado por vosotros o por
un tribunal humano. Ni yo mismo me juzgo. 4No me siento
culpable de nada; pero no por esto quedo justificado, porque
quien me juzga es el Señor. 5Así pues, nada juzguéis antes de
tiempo, hasta que venga el Señor, que iluminará los escondri-
jos de las tinieblas y pondrá de manifiesto las intenciones del
corazón, y entonces cada uno recibirá de Dios la alabanza que
merezca. 6Hermanos, me he aplicado esto a mí y a Apolo para
que aprendáis a no ir más allá de lo que está escrito, a fin de
que nadie se apasione por uno con detrimento para el otro.
7Pues ¿quién te hace a ti superior? Y ¿qué tienes que no hayas
recibido? Y si lo has recibido, ¿por qué presumes como si no
lo hubieras recibido?

8¡Ya estáis satisfechos! ¡Ya sois ricos! ¡Habéis llegado a reinar
sin nosotros! ¡Ojalá reinaseis de verdad, para que reinásemos
con vosotros! 9Pues creo que Dios nos ha presentado a noso-
tros, los apóstoles, como lo último, como condenados a muer-
te, porque hemos llegado a ser el espectáculo del mundo, de
los ángeles y de los hombres. 10Nosotros tontos por Cristo, vo-
sotros sabios en Cristo; nosotros débiles, vosotros fuertes; vo-
sotros honrados, nosotros despreciados. 11Hasta ahora padece-
mos hambre, sed y falta de ropa. Somos abofeteados, andamos
*errantes* 12*y nos* fatigamos trabajando con nuestras propias ma-
nos. Nos insultan, y bendecimos; nos persiguen, y aguantamos;
13nos calumnian, y respondemos con bondad. Hemos sido has-
ta ahora como basura del mundo, como desecho de todos.

**Exhortación paternal.** 14No os escribo esto para avergonzaros,
sino para amonestaros como a hijos míos muy queridos. 15Por-

que aunque tuvierais diez mil pedagogos que os hablen de Cristo,
no tendríais muchos padres, pues por medio del evangelio yo
os he engendrado en Cristo Jesús. [16]Os suplico, por tanto, que
sigáis mi ejemplo. [17]Por esto os he enviado a Timoteo, hijo mío
muy querido y fiel en el Señor, quien os recordará mis normas
de conducta en Cristo Jesús y lo que enseño por doquier en to-
das las iglesias.

[18]Algunos se han llenado de orgullo pensando que no vol-
veré a veros. [19]Pero iré a veros y pronto, si el Señor quiere;
entonces me enteraré no de la palabrería de estos engreídos,
sino de su valor. [20]Porque el reino de Dios no consiste en la
palabrería, sino en la virtud. [21]¿Qué queréis? ¿Que vaya con
la vara o con amor y con ternura?

**5** **El caso del incestuoso.** [1]Es cosa pública entre vosotros la
deshonestidad, y tal deshonestidad que no se encuentra ni
entre los paganos, hasta el punto de convivir uno con la mu-
jer de su padre. [2]Y vosotros estáis orgullosos, en vez de mani-
festar intenso dolor, para que desaparezca de entre vosotros
el que tal acto ha cometido. [3]Pues yo, por mi parte, corpo-
ralmente ausente, pero espiritualmente presente, he dictado ya
mi sentencia sobre el que está actuando así: [4]que congregados
en nombre de nuestro Señor Jesucristo, vosotros y mi espíri-
tu, y con el poder de Jesús, Señor nuestro, este tal [5]sea entre-
gado a Satanás, con el fin de que, aunque quede corporalmente
destrozado, pueda salvarse el día del Señor.

[6]La cosa no es para que os sintáis orgullosos. ¿No sabéis que
un poco de levadura hace fermentar toda la masa? [7]Echad fuera
la vieja levadura para ser una masa nueva, puesto que sois pa-
nes sin levadura; porque Cristo, nuestro cordero pascual, ya
ha sido inmolado. [8]Así que celebremos la fiesta, no con leva-
dura vieja, con levadura de malicia y de maldad, sino con pa-
nes sin levadura, panes de sinceridad y de verdad.

[9]Os dije en mi carta que no tratéis con los lujuriosos; [10]pero
no me refería, de un modo absoluto, a todos los lujuriosos de

este mundo, a todos los avaros, ladrones o idólatras, pues en tal caso tendríais que salir de este mundo. [11]Lo que os decía es que no trataseis con el que presume de cristiano y es lujurioso, avaro, idólatra, calumniador, borracho o ladrón; con éstos, ni comer. [12]A mí no me corresponde juzgar a los de fuera. Pero a vosotros sí os corresponde juzgar a los de dentro. [13]A los de fuera, Dios los juzgará. *Echad de entre vosotros al malvado* (Dt 17,7; 19,19; 22,21-22; 24,7).

6 **Los cristianos y los tribunales paganos.** [1]Cuando tenéis un pleito con otro, ¿por qué lleváis el asunto a un tribunal pagano, y no lo resolvéis entre los creyentes? [2]¿No sabéis que los creyentes juzgarán al mundo? Pues si vais a juzgar al mundo, ¿seréis incapaces de juzgar causas más pequeñas? [3]¿No sabéis que hasta juzgaremos a los ángeles? Con mucha más razón las cosas de esta vida. [4]Para los asuntos de esta vida elegís como jueces a los que no tienen que ver nada con la Iglesia. [5]¿No os da vergüenza? ¿No hay entre vosotros algún hombre prudente, capaz de hacer justicia entre sus hermanos? [6]En cambio, el hermano pleitea con el hermano, ¡y encima ante jueces paganos! [7]¡Ya es una desgracia para vosotros andar pleiteando unos con otros! ¿Por qué no preferís dejaros robar? [8]Pero sois vosotros los injustos y los ladrones, y esto con vuestros hermanos. [9]¿Es que no sabéis que los injustos no heredarán el reino de Dios? No os engañéis; ni los lujuriosos, ni los idólatras, ni los adúlteros, ni los afeminados, ni los invertidos, [10]ni los ladrones, ni los avaros, ni los borrachos, ni los difamadores, ni los salteadores heredarán el reino de Dios. [11]Eso erais antes *algunos; pero* habéis sido lavados, consagrados y justificados en el nombre de nuestro Señor Jesucristo y en *el Espíritu* de nuestro Dios.

**Malicia de la deshonestidad.** [12]Dicen por ahí: «Todo me está permitido». Pero no todo es conveniente. «Todo me está permitido». Pero no me haré esclavo de nada. [13]«Los manjares para el

estómago y el estómago para los manjares». Pero Dios extermi-
nará ambas cosas. El cuerpo no es para la lujuria, sino para el
Señor, y el Señor, para el cuerpo. [14]Dios resucitó al Señor, y nos
resucitará también a nosotros con su poder. [15]¿No sabéis que
vuestros cuerpos son miembros de Cristo? ¿Y voy yo a usar los
miembros de Cristo para hacerlos miembros de una prostituta?
¡Jamás! [16]¿No sabéis que quien se une a una prostituta se hace
un solo cuerpo con ella? Pues, como dice la Escritura, *los dos
serán una sola carne* (Gén 2,24). [17]Pero el que se une al Señor
es un solo espíritu con él. [18]Huid de la lujuria. Cualquier otro
pecado cometido por el hombre queda fuera del cuerpo, pero
el pecado de lujuria daña al propio cuerpo. [19]¿No sabéis que
vuestro cuerpo es templo del Espíritu Santo, que habita en vo-
sotros, y que habéis recibido de Dios? Ya no os pertenecéis a
vosotros mismos. [20]Habéis sido comprados a gran precio; glo-
rificad, pues, a Dios en vuestro cuerpo.

7 **Matrimonio y virginidad.** [1]Sobre lo que me habéis escri-
to, os digo lo siguiente. Está bien renunciar al matrimo-
nio; [2]pero para evitar la lujuria, que cada uno tenga su mujer,
y cada mujer su marido. [3]Tanto el marido como la mujer de-
ben cumplir la obligación conyugal. [4]La mujer no es dueña de
su cuerpo, sino el marido; igualmente el marido no es dueño
de su cuerpo, sino la mujer. [5]No os *neguéis el uno al otro esa
obligación*, a no ser de común acuerdo y por cierto tiempo,
para dedicaros a la oración; después volved de nuevo a
juntaros, para que no os tiente Satanás si no podéis guardar
continencia. [6]Esto os lo digo como concesión, no como man-
dato. [7]Pues yo quisiera que todos los hombres fuesen como
yo; pero cada uno tiene de Dios su propio don: unos de una
manera, otros de otra. [8]A los solteros y a las viudas, que se
queden como yo; [9]pero si no pueden guardar continencia, que
se casen. Es mejor casarse que consumirse de pasión. [10]A los
casados les mando (es decir, no yo, sino el Señor) que la mu-
jer no se separe del marido; [11]y si se separa, que no se case o

que se reconcilie con su marido; y que el marido no se divor-
cie de la mujer.

**Privilegio paulino.** 12A los demás les digo yo, no el Señor:
Si un cristiano está casado con una mujer pagana, pero acepta
vivir con él, que no se divorcie de ella. 13Y si una mujer cris-
tiana está casada con un hombre no creyente, pero acepta vi-
vir con ella, que no se divorcie de él. 14Pues el marido no cre-
yente queda consagrado a Dios por la mujer cristiana, y la
mujer no creyente queda consagrada a Dios por el marido cris-
tiano; de lo contrario, vuestros hijos serían impuros, mientras
que ahora pertenecen al pueblo de Dios. 15Pero si el cónyuge
no creyente se separa, que se separe; en ese caso el otro cón-
yuge creyente queda en plena libertad, porque el Señor nos
ha llamado a vivir en paz. 16En realidad, ¿cómo vas a saber
tú, mujer, si conseguirás salvar a tu marido? ¿Y tú, marido, si
conseguirás salvar a tu mujer?
17Que cada uno permanezca en la condición que Dios le ha
asignado, la que tenía cuando fue llamado. Así lo dispongo en
todas las Iglesias. 18Si uno fue llamado estando circuncidado,
que no intente aparecer como no circuncidado. Si uno fue lla-
mado sin estar circuncidado, que no se circuncide. 19Da igual
estar o no estar circuncidado: lo que importa es guardar los
mandamientos de Dios. 20Que cada uno permanezca en el es-
tado en que estaba cuando Dios le llamó. 21¿Fuiste llamado
siendo esclavo? No te preocupes. Aunque si tienes ocasión de
conseguir la libertad, debes aprovecharla; 22porque la llamada
del Señor hace libre al esclavo y esclavo de Cristo al libre. 23A
gran precio fuisteis comprados; no os hagáis esclavos de los
hombres. 24Hermanos, que cada cual permanezca ante Dios en
el estado que tenía cuando fue llamado.

**La virginidad es más excelente que el matrimonio.** 25Acerca
de los solteros, no tengo ningún precepto del Señor; pero doy
mi opinión particular como quien es digno de crédito por la

misericordia del Señor. [26]Yo creo que en estos tiempos difíciles
en que vivimos es mejor quedarse como se está. [27]¿Estás unido
a mujer? No busques la separación. ¿Estás soltero? No te cases.
[28]Pero si te casas, no pecas. Y si una mujer soltera se casa, tam-
poco peca. Lo que pasa es que yo quisiera evitaros los proble-
mas que vais a tener en el matrimonio. [29]Por tanto, los que tie-
nen mujer vivan como si no la tuvieran; [30]los que lloran, como
si no llorasen; los que se alegran, como si no se alegrasen; los
que compran, como si no poseyesen; [31]los que gozan del mun-
do, como si no disfrutasen; porque este mundo que contempla-
mos está para acabar. [32]Os quiero libres de preocupaciones. El
soltero se preocupa de las cosas del Señor y de cómo agradarle.
[33]El casado se preocupa de las cosas del mundo y de cómo agra-
dar a la mujer; está, pues, dividido. [34]La mujer no casada y la
joven soltera se preocupan de las cosas del Señor, y se consa-
gran a él en cuerpo y alma. Pero la que está casada se preocupa
de las cosas del mundo y de cómo agradar a su marido. [35]Os
digo esto para vuestro bien, no para tenderos un lazo, sino mi-
rando a lo más perfecto y a lo que os unirá enteramente con el
Señor. [36]Si alguno cree que, dada la edad de su novia, debe ca-
sarse, y que eso es lo más indicado, que haga lo que quiera;
que se case, pues eso no es pecado. [37]Y si alguno, con entera
libertad, sin que nadie lo fuerce, tiene en su interior el firme
propósito de no casarse con su novia y así lo decide, hace bien.
[38]En conclusión, el que se casa con su novia hace bien, y el que
no se casa hace mejor.

**Licitud de las segundas nupcias.** [39]La mujer está ligada todo el
tiempo que vive su marido; pero si el marido se muere, queda
libre para casarse con quien quiera, con tal que sea cristiano.
[40]Pero, a mi parecer, será más feliz si continúa como está; ésta es
mi opinión; y creo que yo también tengo el Espíritu de Dios.

8 **No es pecado comer las carnes inmoladas a los ídolos.** [1]So-
bre la carne ofrecida en sacrificio a los ídolos, está claro

que todos tenemos la ciencia suficiente. Pero la ciencia enva-
nece; lo único verdaderamente provechoso es el amor. 2Si al-
guno cree que sabe algo, no lo sabe como lo debía saber. 3Pero
el que ama a Dios, ése es conocido por él. 4Viniendo, pues, a
lo de la comida de las carnes ofrecidas en sacrificio a los ído-
los, sabemos que los ídolos no son nada en el mundo y que no
hay más Dios que uno solo. 5Pues aunque hay esos llamados
dioses, tanto en el cielo como en la tierra, y en ese sentido hay
muchas divinidades y muchos señores, 6para nosotros hay un
solo Dios, el Padre, del que proceden todas las cosas y por el
que hemos sido creados; y un solo Señor, Jesucristo, por quien
existen todas las cosas, y por el que también nosotros existi-
mos. 7Pero no todos saben esto; pues algunos, acostumbrados
hasta ahora a adorar a los ídolos, comen las carnes pensando
que están consagradas a los ídolos, y su conciencia, que no está
bien formada, les hace sentirse culpables.

**Pero hay que evitar el escándalo.** 8No es la comida la que
nos acerca a Dios. Por comer o por no comer, no somos ni
menos ni más. 9Pero procurad que vuestra libertad no sirva de
escándalo a los débiles en la fe. 10Si tú, que tienes conocimiento
claro de todo esto, te sientas a comer carne ofrecida en sacri-
ficio a los ídolos, ¿no podrás inducir a que otro, con la con-
ciencia insegura, se decida también a comer esa carne? 11Así
tú, con tu conocimiento claro, has echado a perder a ese her-
mano poco formado todavía, por el que Cristo murió. 12De
este modo pecáis contra los hermanos, al hacer daño a su con-
ciencia aún no formada, y contra el mismo Cristo. 13Por tan-
*to, si una comida* escandaliza a mi hermano, jamás comeré car-
ne para no escandalizarle.

9 **El ejemplo de san Pablo.** 1¿No soy libre? ¿No soy após-
tol? ¿Es que no he visto a Jesús, Señor nuestro? ¿No sois
vosotros mi obra en el Señor? 2Si para otros no soy apóstol,
para vosotros ciertamente lo soy; pues vosotros sois, en el Se-

ñor, el sello de mi apostolado. [3]Ésta es mi respuesta a los que
me critican. [4]¿Es que no tenemos derecho a comer y a beber?
[5]¿No tengo derecho a llevar conmigo una mujer cristiana, como
los demás apóstoles, los hermanos del Señor, y hasta el mis-
mo Pedro? [6]¿O es que sólo Bernabé y yo tenemos obligación
de trabajar? [7]¿Cuándo se ha visto que un militar haga la gue-
rra a sus expensas? ¿Quién planta una viña y no come de su
fruto? ¿Quién apacienta un rebaño y no toma leche del reba-
ño? [8]¿Hablo sólo con criterio humano o lo dice también la ley?
[9]Porque en la ley de Moisés está escrito: *No pondrás bozal al
buey que trilla* (Dt 25,4). ¿Es que Dios se preocupa de los bue-
yes? [10]¿O lo dice, evidentemente, por nosotros? Sí, se dice por
nosotros. Porque tanto el que labra la tierra como el que trilla
el grano lo hacen con la esperanza de recibir parte de la cose-
cha. [11]Si sembramos en vosotros bienes espirituales, ¿es mu-
cho que recojamos bienes materiales? [12]Si otros usan este de-
recho con vosotros, ¿por qué, y con más razón, no podemos
usarlo nosotros? Pero no hemos usado este derecho, y lo he-
mos soportado todo para no poner obstáculo alguno al evan-
gelio de Cristo. [13]¿No sabéis que los que ejercen funciones sa-
gradas viven del templo, y los que sirven al altar del altar
participan? [14]Así también el Señor ordenó a los que anuncian
el evangelio que vivan del evangelio. [15]Pero yo no he hecho
uso de ninguno de estos derechos. Y no escribo esto para rei-
vindicar estos derechos. Prefiero morir antes que verme pri-
vado de este glorioso título. [16]Porque si predico el evangelio,
no tengo de qué sentir orgullo; es mi obligación hacerlo. Pues
¡ay de mí si no evangelizare! [17]Si hiciera esto por propia vo-
luntad, merecería recompensa; pero si lo hago por mandato,
cumplo con una misión que se me ha confiado. [18]¿Cuál es,
pues, mi recompensa? Que predico el evangelio y lo hago gra-
tuitamente, no haciendo valer mis derechos por la evangeliza-
ción. [19]Libre, de hecho, como estoy de todos, me hago escla-
vo de todos para ganarlos a todos. [20]Con los judíos me hago
judío; con los que están bajo la ley, como quien está bajo ella,

sin estarlo, para ganar a los que están bajo la ley; 21con los
que están sin ley, como quien está sin ella, para ganarlos, yo
que no estoy sin ley de Dios, sino bajo la ley de Cristo. 22Con
los débiles en la fe me hago débil para ganar a los débiles; me
hago todo para todos, para salvarlos a todos. 23Todo lo hago
por el evangelio, para participar de sus bienes.
24¿No sabéis que los que corren en el estadio todos corren,
pero sólo uno consigue el premio? Corred de modo que lo
conquistéis. 25Los atletas se privan de muchas cosas, y lo ha-
cen para conseguir una corona corruptible; en cambio, noso-
tros, por una incorruptible. 26Yo no corro sin ton ni son, ni
peleo como quien da golpes al aire, 27sino que me impongo
una disciplina y domino mi cuerpo, no sea que después de pre-
dicar a los demás, yo quede descalificado.

10 **Lecciones de la historia de Israel.** 1No quiero que olvi-
déis que nuestros antepasados estuvieron todos bajo la
nube, todos atravesaron el mar 2y todos, al ser bautizados en
la nube y en el mar, quedaron unidos a Moisés; 3todos comie-
ron el mismo alimento espiritual 4y bebieron la misma bebida
espiritual. Bebían de la piedra espiritual que les seguía; y la
piedra era Cristo. 5Pero la mayoría no agradó a Dios, y que-
daron tendidos en el desierto. 6Todo esto sucedió para ejem-
plo nuestro, para que no codiciemos lo malo como lo codi-
ciaron ellos. 7No os hagáis idólatras, como algunos de ellos,
según dice la Escritura: *El pueblo se sentó a comer y beber, y
se levantó para divertirse* (Éx 32,6). 8No nos entreguemos a la
lujuria, como se entregaron algunos de ellos, y cayeron vein-
titrés mil en un solo día. 9No provoquemos al Señor como al-
gunos de ellos lo hicieron, y perecieron mordidos por las ser-
pientes. 10No protestéis contra Dios como algunos de ellos lo
hicieron, y acabaron en manos del exterminador. 11Todo esto
les sucedía para que escarmentaran, y fue escrito como aviso
para nosotros, que vivimos en los tiempos definitivos. 12Por tan-
to, el que crea estar firme, tenga cuidado de no caer. 13No os

ha llegado ninguna prueba insuperable. Dios es fiel y no permitirá que seáis sometidos a pruebas superiores a vuestras fuerzas; ante la prueba os dará fuerza para superarla.

**Los cristianos y los banquetes paganos.** 14Por esto, queridos míos, huid de la idolatría. 15Os hablo como a personas inteligentes: juzgad lo que os digo. 16El cáliz de bendición que bendecimos, ¿no es la comunión con la sangre de Cristo? Y el pan que partimos, ¿no es la comunión con el cuerpo de Cristo? 17Puesto que sólo hay un pan, todos formamos un solo cuerpo, pues todos participamos del mismo pan. 18Fijaos en el pueblo de Israel. ¿No quedan unidos al altar los que comen de las víctimas ofrecidas en él? 19¿Quiero decir con esto que las víctimas ofrecidas y los ídolos son algo? 20No, pues los paganos ofrecen sus sacrificios *a los demonios y no a Dios* (Dt 32,17; Sal 106,26-27; Bar 4,7), y yo no quiero que entréis en comunión con los demonios. 21No podéis beber a la vez el cáliz del Señor y el de los demonios. No podéis participar a la vez de la mesa del Señor y de la de los demonios. 22¿O queremos provocar celos al Señor? ¿Somos acaso más fuertes que él?

**Soluciones prácticas.** 23Siguen insistiendo: «Todo está permitido». Pero no todo es conveniente. «Todo está permitido». Pero no todo es provechoso. 24Que nadie busque su propio interés, *sino el de los demás.* 25Comed todo lo que se vende en el mercado, sin andar averiguando nada por motivos de conciencia, 26pues *del Señor es la tierra y cuanto la llena* (Sal 24,1; 50,12; 89,12). 27Si algún pagano os invita y queréis ir, comed todo lo que os presente sin más averiguaciones por motivos de conciencia. 28Pero si alguno os dice: «Esto ha sido ofrecido a los ídolos», no comáis en atención al que lo dijo y por motivos de conciencia. 29No de tu conciencia, sino la del otro. Pues, ¿por qué mi libertad ha de ser juzgada por conciencia ajena? 30Si yo doy gracias a Dios al comerlo, ¿qué razón hay para que me critiquen porque lo coma? 31Ya comáis, ya bebáis, hagáis

lo que hagáis, hacedlo todo para gloria de Dios. 32No escandali-
céis ni a los judíos, ni a los paganos, ni a la Iglesia de Dios;
33haced en todo como yo, que me esfuerzo en complacer a to-
dos en todo, no buscando mi interés, sino el de los demás, para
que se salven.

**11** 1Seguid mi ejemplo, como yo sigo el de Cristo.

**El velo de las mujeres.** 2Os felicito porque os acordáis siem-
pre de mí y conserváis las tradiciones tal como os las trans-
mití. 3Quiero que sepáis que la cabeza de todo hombre es
Cristo; que la cabeza de la mujer es el hombre, y la cabeza
de Cristo, Dios. 4El hombre que ora o profetiza con la cabe-
za cubierta deshonra a Cristo, que es su cabeza. 5Y la mujer
que ora o profetiza con la cabeza descubierta deshonra al
marido, que es su cabeza, exactamente igual que si se la hu-
biera rapado. 6Por tanto, si una mujer no quiere llevar velo,
que se corte el pelo al cero. Y si es vergonzoso para una mu-
jer cortarse el pelo o raparse la cabeza, que lleve velo. 7El
hombre no debe cubrirse la cabeza, porque es imagen y glo-
ria de Dios, pero la mujer es gloria del hombre. 8Pues el hom-
bre no procede de la mujer, sino la mujer del hombre; 9el
hombre no fue creado para la mujer, sino la mujer para el
hombre. 10Por esto la mujer debe llevar en la cabeza una se-
ñal de sujeción por respeto a los ángeles. 11Pero entre cristia-
nos debemos reconocer que la mujer depende del hombre y
el hombre de la mujer. 12Porque así como la mujer procede
del hombre, así también el hombre nace de la mujer; y todo
viene de Dios. 13Juzgad vosotros mismos. ¿Es decente que la
mujer ore a Dios con la cabeza descubierta? 14¿No os enseña
la misma naturaleza que es una vergüenza que el hombre se
deje el pelo largo, 15mientras que para la mujer eso es un or-
gullo? El pelo largo que tiene le sirve de velo. 16Pero si algu-
no quiere discutir este asunto, sepa que nosotros y la Iglesia
no tenemos esta costumbre.

**Abusos en la celebración de los ágapes.** [17]Al daros estos
consejos, no puedo felicitaros, pues, al parecer, vuestras reunio-
nes, en lugar de haceros bien, os hacen daño. [18]En primer lu-
gar, he oído decir que, cuando os reunís, hay divisiones entre
vosotros, y en parte lo creo; [19]y hasta es conveniente que haya
divisiones entre vosotros para que se sepa quiénes son de vir-
tud probada. [20]Cuando os reunís en común, ya no es eso co-
mer la cena del Señor. [21]Porque cada cual se adelanta a comer
su propia cena; y mientras uno pasa hambre, otro se embo-
rracha. [22]¿Es que no tenéis vuestra casa para comer y beber?
¿O es que despreciáis a la Iglesia de Dios y queréis dejar en
vergüenza a los que no tienen? ¿Qué os voy a decir? ¿He de
felicitaros? En esto no os puedo felicitar.

**Institución de la eucaristía.** [23]Yo recibí del Señor lo que os he
transmitido: Que Jesús, el Señor, en la noche que fue entregado,
tomó pan, [24]dio gracias, lo partió y dijo: «Esto es mi cuerpo, que
se entrega por vosotros; haced esto en memoria mía». [25]Después
de cenar, hizo lo mismo con el cáliz, diciendo: «Este cáliz es la
nueva alianza sellada con mi sangre; cada vez que la bebáis,
hacedlo en memoria mía». [26]Pues siempre que coméis este pan y
bebéis este cáliz anunciáis la muerte del Señor hasta que vuelva.
[27]Por eso, el que come del pan o bebe del cáliz del Señor
indignamente será reo del cuerpo y de la sangre del Señor. [28]Por
tanto, examine cada uno su propia conciencia, y entonces coma
del pan y beba del cáliz. [29]Porque el que come y bebe sin consi-
derar que se trata del cuerpo del Señor, come y bebe su propia
condenación. [30]Por eso muchos de vosotros estáis enfermos y dé-
biles, y otros han muerto. [31]Si nos examinásemos a nosotros mis-
mos, no seríamos castigados. [32]Y si el Señor nos castiga, es para
corregirnos y para que no seamos condenados con el mundo.
[33]Por tanto, hermanos míos, cuando os reunáis para la cena,
esperaos unos a otros. [34]Y si alguno tiene hambre, que coma
en su casa, y que en vuestras reuniones no haya motivo algu-
no para castigaros. Lo demás lo arreglaré a mi llegada.

12 **Los dones espirituales.** [1]Hermanos, no quiero que igno-
réis lo tocante a los dones espirituales. [2]Sabéis bien que
cuando erais paganos os dejabais arrastrar irresistiblemente por
los ídolos mudos. [3]Por eso os manifiesto que nadie, movido
por el Espíritu de Dios, puede decir: «Maldito sea Jesús»; y
nadie puede decir: «Jesús es el Señor», si no es movido por el
Espíritu. [4]Hay diversidad de dones espirituales, pero el Espí-
ritu es el mismo; [5]diversidad de funciones, pero el mismo Se-
ñor; [6]diversidad de actividades, pero el mismo Dios, que lo
hace todo en todos. [7]A cada cual se le da la manifestación del
Espíritu para el bien común. [8]Así, el Espíritu a uno le concede
hablar con sabiduría; a otro, por el mismo Espíritu, hablar con
conocimiento profundo; [9]el mismo Espíritu a uno le concede
el don de la fe; a otro el poder de curar a los enfermos; [10]a
otro el don de hacer milagros; a otro el decir profecías; a otro
el saber distinguir entre los espíritus falsos y el Espíritu verda-
dero; a otro hablar lenguas extrañas, y a otros saber interpre-
tarlas. [11]Todo esto lo lleva a cabo el único y mismo Espíritu,
repartiendo a cada uno sus dones como quiere.

**El cuerpo y los miembros.** [12]Del mismo modo que el cuer-
po es uno, aunque tiene muchos miembros, y todos los miem-
bros del cuerpo, con ser muchos, forman un cuerpo, así tam-
bién Cristo. [13]Porque todos nosotros, judíos y griegos, esclavos
y libres, fuimos bautizados en un solo Espíritu, para formar
un solo cuerpo. Y todos hemos bebido del mismo Espíritu.
[14]Porque el cuerpo no es un miembro, sino muchos. [15]Aunque
el pie diga: «Como no soy mano, no soy del cuerpo», no por
eso deja de ser del cuerpo. [16]Aunque el oído diga: «Como no
soy ojo, no soy del cuerpo», no por eso deja de ser del cuer-
po. [17]Si todo el cuerpo fuese ojo, ¿dónde estaría el oído? Si
todo oído, ¿dónde estaría el olfato? [18]Pero Dios ha dispuesto
cada uno de los miembros del cuerpo como ha querido. [19]Y si
todos fueran un solo miembro, ¿dónde estaría el cuerpo? [20]Hay
muchos miembros, pero un solo cuerpo. [21]El ojo no puede de-

cir a la mano: «No te necesito»; ni la cabeza a los pies: «No
os necesito». 22Más aún, los miembros aparentemente más dé-
biles son los más necesarios; 23y a los que parecen menos dig-
nos, los rodeamos de mayor cuidado; a los que consideramos
menos presentables los tratamos con mayor recato, 24lo cual
no es necesario hacer con los miembros más presentables. Y
es que Dios hizo el cuerpo, dando mayor honor a lo menos
noble, 25para evitar divisiones en el cuerpo y para que todos
los miembros se preocupen unos de otros. 26Así, si un miem-
bro sufre, con él sufren todos los miembros; si un miembro
recibe una atención especial, todos los miembros se alegran.

**El cuerpo místico de Cristo.** 27Ahora bien, vosotros sois el cuer-
po de Cristo, y cada uno por su parte es miembro de ese cuerpo.
28Y así Dios ha puesto en la Iglesia en primer lugar a los apósto-
les; en segundo lugar, a los profetas; en tercero, a los maestros;
luego, los que tienen el poder de hacer milagros; después, los que
tienen el don de curar, de asistir a los necesitados, de gobernar,
de hablar lenguas extrañas. 29¿Son todos apóstoles? ¿O todos pro-
fetas? ¿O todos maestros? ¿Tienen todos el poder de hacer mila-
gros? 30¿Tienen todos el don de curar? ¿Hablan todos lenguas?
¿O todos las interpretan? 31Ambicionad dones más altos. Pero os
voy a mostrar un camino, que es el mejor.

**13** **Canto al amor.** 1Aunque hable las lenguas de los hom-
bres y de los ángeles, si no tengo amor, no soy más que
una campana que toca o unos platillos que resuenan. 2Aunque
tenga el don de profecía y conozca todos los misterios y toda
la ciencia, y aunque tenga tanta fe que traslade las montañas,
si no tengo amor, no soy nada. 3Aunque reparta todos mis bie-
nes entre los pobres y entregue mi cuerpo a las llamas, si no
tengo amor, de nada me sirve.

**Características del amor.** 4El amor es paciente, es servicial;
el amor no tiene envidia, no es presumido ni orgulloso; 5no

es grosero ni egoísta, no se irrita, no toma en cuenta el mal;
6el amor no se alegra de la injusticia; se alegra de la verdad.
7Todo lo excusa, todo lo cree, todo lo espera, todo lo tolera.

**Eternidad del amor.** 8El amor nunca falla. Desaparecerán las
profecías, las lenguas cesarán y tendrá fin la ciencia. 9Nuestra
ciencia es imperfecta, e imperfecta también nuestra profecía.
10Cuando llegue lo perfecto, desaparecerá lo imperfecto.
11Cuando yo era niño, hablaba como niño, pensaba como niño,
razonaba como niño. Cuando llegué a hombre, desaparecie-
ron las cosas de niño. 12Ahora vemos como por medio de un
espejo, confusamente; entonces veremos cara a cara. Ahora
conozco de una manera imperfecta; entonces conoceré de la
misma manera que Dios me conoce a mí. 13Tres cosas hay que
permanecen: la fe, la esperanza y el amor. Pero la más grande
de las tres es el amor.

## 14

**El don de profecía, superior al de lenguas.** 1Buscad el
amor; aspirad a los dones espirituales, pero sobre todo
al don de profecía. 2Porque el que habla en lenguas extrañas,
no habla a los hombres, sino a Dios; de hecho, ninguno le en-
tiende, pues movido por el Espíritu dice cosas misteriosas. 3Pero
el que profetiza, habla a los hombres, los forma, los anima y
los consuela. 4El que habla en lenguas extrañas se aprovecha
a sí mismo; el que profetiza, lo hace en beneficio de la Igle-
sia. 5Me gustaría que todos hablaseis en esas lenguas, pero pre-
fiero que profeticéis; pues para la formación de la Iglesia es
mejor profetizar que hablar en lenguas, a no ser que haya quien
los interprete.

6*Hermanos, si yo* fuera a veros y os hablara en lenguas ex-
trañas, ¿qué os aprovecharía? Absolutamente nada. Lo prove-
choso sería que os comunicase alguna revelación, conocimien-
to, profecía o enseñanza. 7Los instrumentos musicales, como
la flauta o el arpa, que emiten sonidos, si no los emiten con
precisión, ¿cómo se conocerá que se toca con la flauta o con

el arpa? [8]Si la corneta da un sonido indefinido, ¿quién se pon-
drá en orden de batalla? [9]Así también vosotros, si vuestra len-
gua no utiliza palabras claras, ¿cómo se entenderá lo que de-
cís? Sería como *hablar al aire.*
[10]En el mundo hay muchos idiomas, pero todos tienen sen-
tido. [11]Si yo desconozco el significado de las palabras, ni yo le
entenderé a él ni él a mí. [12]Así pues, ya que ambicionáis los
dones espirituales, procurad tener los que sirven para la for-
mación de la Iglesia.

**El don de lenguas es incompleto.** [13]Por tanto, el que hable
en lenguas, pida a Dios el don de interpretarlas. [14]Porque si
rezo en lenguas, mi espíritu reza, pero mi entendimiento no
saca fruto. [15]¿Qué debo hacer entonces? Debo orar con el es-
píritu, pero también con el entendimiento; debo cantar con el
espíritu, pero también con el entendimiento. [16]Porque si tú ben-
dices con el espíritu, ¿cómo dirá «amén» a tu acción de gra-
cias quien asiste como simple fiel si no entiende lo que dices?
[17]Sin duda será buena tu acción de gracias, pero el otro no saca
ningún provecho. [18]Doy gracias a Dios de hablar en lenguas
más que vosotros; [19]pero prefiero hablar en la iglesia cinco pa-
labras con sentido, para instruir a los demás, que diez mil pa-
labras en lenguas. [20]Hermanos, no seáis como niños en vues-
tros pensamientos; sed como niños en lo que se refiere al mal,
pero como hombres adultos en vuestra manera de pensar.
[21]Está escrito en la ley: *Hablaré a este pueblo en lenguas ex-
trañas y por boca de extranjeros, y ni aun así me escucharán*
(Is 28,11-12), dice el Señor. [22]Así que las lenguas son una se-
ñal, no para los fieles, sino para los paganos; en cambio, la
profecía, no para los paganos, sino para los fieles. [23]Suponga-
mos que se reúne toda la iglesia y que todos hablan en len-
guas extrañas; si entra un simple fiel o un incrédulo, ¿no di-
rán que estáis locos? [24]Pero si todos están hablando en nombre
de Dios, ese simple fiel o incrédulo por lo que oye a todos
puede recapacitar, examinarse a sí mismo y convencerse de su

pecado; [25]quedarán al descubierto sus secretos íntimos y, pos-
trado de rodillas, adorará a Dios y proclamará que Dios está
verdaderamente entre vosotros.

**Normas para el uso de los dones espirituales.** [26]En conclu-
sión, hermanos: cuando os reunís, unos pueden cantar, otros
enseñar, otros manifestar una revelación, otros hablar en len-
guas extrañas y otros interpretarlas. Pero que sea para apro-
vechamiento de todos. [27]Si se habla en lenguas extrañas, que
hablen dos o a lo sumo tres, y por turno, y que uno les inter-
prete. [28]Y si no hay intérprete, que se guarde silencio en la
asamblea, y que hablen consigo mismo y con Dios. [29]En cuan-
to a los profetas, que hablen dos o tres, y los demás que den
su parecer. [30]Si uno que está sentado tiene una revelación, que
se calle el que está hablando. [31]Podéis profetizar todos, pero
uno por uno, para que todos aprendan y se animen. [32]Los que
hablan en nombre de Dios deben estar sometidos a los que tie-
nen ese don, [33]pues Dios es Dios de paz y no de confusión.

Como en todas las demás iglesias cristianas, [34]las mujeres en
las reuniones que se callen, pues no les está permitido hablar;
deben estar sometidas a sus maridos, como dice la ley. [35]Y si
quieren aprender algo, que pregunten en casa a sus maridos,
pues no está bien que la mujer hable en la asamblea. [36]La pa-
labra de Dios no ha salido de vosotros, ni vosotros sois los
únicos que la habéis recibido. [37]Si alguno se tiene por profeta
o por hombre de espíritu, sabrá que lo que os escribo es man-
dato del Señor. [38]Y si no lo sabe, que no lo sepa. [39]En resu-
men, hermanos, ambicionad el don de profecía, y no impidáis
hablar en lenguas; [40]pero hágase todo con decoro y orden.

15 **La resurrección de Cristo.** [1]Hermanos, os recuerdo el
evangelio que os anuncié, el que aceptasteis, en el que
permanecéis firmes, [2]y por el que os salvaréis, si lo retenéis
tal y como os lo anuncié, pues de lo contrario habríais creído
en vano. [3]Os transmití, en primer lugar, lo que a mi vez yo

recibí: que Cristo murió por nuestros pecados, según las Escrituras; [4]que fue sepultado y resucitó al tercer día, según las Escrituras, [5]y que se apareció a Pedro y luego a los doce. [6]Se apareció también a más de quinientos hermanos de una vez, de los que la mayoría viven todavía; otros murieron. [7]Luego se apareció a Santiago, después a todos los apóstoles; [8]y después de todos, como a uno que nace antes de tiempo, también se me apareció a mí. [9]Porque yo soy el menor de los apóstoles, indigno de ser llamado apóstol, por haber perseguido a la Iglesia de Dios. [10]Pero por la gracia de Dios soy lo que soy, y la gracia de Dios no ha sido estéril en mí; pues he trabajado más que los demás; pero no yo, sino la gracia de Dios conmigo. [11]Pues bien, tanto ellos como yo, esto es lo que predicamos y lo que habéis creído.

**Unión entre la resurrección de Cristo y la nuestra.** [12]Ahora bien, si se predica que Cristo ha resucitado de entre los muertos, ¿cómo algunos de vosotros dicen que no hay resurrección de los muertos? [13]Porque si no hay resurrección de los muertos, tampoco Cristo ha resucitado. [14]Y si Cristo no ha resucitado, vana es nuestra predicación y vana nuestra fe. [15]Incluso seríamos falsos testigos de Dios, pues contra Dios testificamos que ha resucitado a Cristo, mientras que no lo ha resucitado si los muertos no resucitan. [16]Porque si los muertos no resucitan, tampoco Cristo ha resucitado. [17]Y si Cristo no ha resucitado, vana es nuestra fe: todavía estáis en vuestros pecados; [18]y, por tanto, los cristianos que han muerto están perdidos. [19]Si lo que esperamos de Cristo es sólo para esta vida, somos los hombres más desgraciados.

**La resurrección de Cristo, prenda de la nuestra.** [20]Pero Cristo ha resucitado de entre los muertos como primicias de los que mueren. [21]Porque como por un hombre vino la muerte, así, por un hombre, la resurrección de los muertos. [22]Y como todos mueren en Adán, así también todos revivirán en Cristo.

23Pero cada uno por su turno: el primero, Cristo; luego, cuan-
do Cristo vuelva, los que son de Cristo. 24Entonces vendrá el
fin, cuando él destruya todo señorío, todo poder y toda fuer-
za y entregue el reino a Dios Padre. 25Pues es necesario que él
reine *hasta poner a todos sus enemigos bajo sus pies* (Sal 110,1.
26El último enemigo en ser destruido será la muerte; 27porque
*todo lo puso bajo sus pies* (Sal 8,1). Pero cuando dice que todo
le está sometido, está claro que exceptúa a Dios, que fue quien
le sometió todas las cosas. 28Cuando todo le esté sometido, en-
tonces también el Hijo se someterá al Padre, que le sometió
todo a él para que Dios sea todo en todas las cosas.

**Confirmación de la resurrección.** 29Si no fuera así, ¿a qué
bautizarse por los muertos? Si realmente los muertos no resuci-
tan, ¿a qué bautizarse por ellos? 30¿Y por qué exponernos no-
sotros al peligro a cada instante? 31Hermanos, os aseguro que
todos los días estoy al borde de la muerte, y que vosotros sois
mi gloria en Cristo Jesús, Señor nuestro. 32Si luché con las fie-
ras en Éfeso con miras humanas, ¿de qué me sirvió? Si los
muertos no resucitan, *comamos y bebamos, que mañana mo-
riremos* (Is 22,13; cf 56,12). 33No os dejéis engañar: «Las ma-
las compañías corrompen las buenas costumbres». 34Entrad en
razón y no pequéis, pues algunos tienen gran ignorancia de
Dios. Os lo digo para vergüenza vuestra.

**Modo de la resurrección.** 35Alguno preguntará: ¿Cómo resu-
citarán los muertos? ¿Con qué cuerpo? 36¡Necio! Lo que tú siem-
bras no germina si no muere. 37Y lo que siembras no es la plan-
*ta que ha* de nacer, sino un sencillo grano; de trigo, por ejemplo,
o de alguna otra semilla. 38Y Dios le da el cuerpo que quiere, y
un cuerpo propio a cada semilla. 39No todos los cuerpos son
iguales; uno es el cuerpo de los hombres, otro el de los gana-
dos, otro el de las aves y otro el de los peces. 40Hay cuerpos
celestes y cuerpos terrestres, pero uno es el resplandor de los
cuerpos celestes y otro el de los terrestres. 41Uno es el resplan-

eva

dor del sol, otro el de la luna y otro el de las estrellas. Incluso
cada estrella tiene un resplandor diferente. [42]Eso mismo pasa
con la resurrección de los muertos. Se siembra algo corrupti-
ble, y resucita incorruptible. [43]Se siembra una cosa desprecia-
ble, y resucita gloriosa; se siembra una cosa débil, y resucita con
fuerza. [44]Se siembra un cuerpo animal, y resucita un cuerpo es-
piritual. Si hay cuerpo animal, lo hay también espiritual; [45]la
Escritura dice: Adán, *el primer hombre, fue creado un ser viviente*
(Gén 2,7)*;* el último Adán, como espíritu que da vida. [46]Pero lo
primero no es lo espiritual, sino lo animal; después, lo espiri-
tual. [47]El primer hombre, sacado de la tierra, es terrestre; el se-
gundo, por el contrario, del cielo. [48]Como el terrestre, así son
los terrestres; como el celeste, así son los celestes. [49]Y así como
llevamos la imagen del terrestre, llevaremos también la del ce-
leste. [50]Hermanos, os digo que la carne y la sangre no pueden
heredar el reino de Dios, ni lo corruptible heredará lo incorrup-
tible. [51]Ahora os voy a declarar un misterio: no todos morire-
mos, pero todos seremos transformados. [52]En un momento, en
un abrir y cerrar de ojos, al son de la última trompeta, pues
sonará la trompeta, los muertos resucitarán incorruptos, y no-
sotros seremos transformados. [53]Porque esto corruptible ha de
vestirse de incorruptibilidad, y esto mortal de inmortalidad.
[54]Cuando esto corruptible se vista de incorruptibilidad y esto
mortal de inmortalidad, entonces se cumplirá lo que dice la Es-
critura: *La muerte ha sido destruida por la victoria* (Is 25,8).
[55]*¿Dónde está, muerte, tu victoria? ¿Dónde, muerte, tu aguijón
venenoso?* (Os 13,14). [56]El aguijón de la muerte es el pecado, y
la fuerza del pecado, la ley. [57]¡Demos gracias a Dios que nos da
esta victoria por medio de nuestro Señor Jesucristo! [58]Por esto,
queridos hermanos, manteneos firmes, inconmovibles, trabajan-
do más y más en la obra del Señor, sabiendo que el Señor no
dejará sin recompensa vuestro trabajo.

16 **Colecta en favor de la iglesia de Jerusalén.** [1]En cuanto
a la colecta en favor de los cristianos, haced lo que or-

dené a las iglesias de Galacia. [2]Los domingos, cada uno de vosotros separe lo que pueda, según lo que gane, sin esperar a mi llegada para hacer la colecta. [3]Cuando vaya, enviaré a Jerusalén con cartas de presentación a los que elijáis para llevar lo que hayáis recogido. [4]Y si vale la pena que vaya también yo, iremos juntos. [5]Llegaré allí después de visitar Macedonia, pues quiero pasar por Macedonia. [6]Tal vez me detenga con vosotros, y hasta quizá pase el invierno para que me ayudéis a proseguir el viaje. [7]Ahora no quiero ir de pasada; espero permanecer algún tiempo con vosotros, si Dios quiere. [8]En Éfeso me quedaré hasta pentecostés; [9]pues se me ha abierto una puerta grande y prometedora para mi trabajo, aunque tengo muchos en contra.

**Recomendaciones.** [10]Si llega Timoteo, procurad que se sienta a gusto entre vosotros, pues trabaja como yo en la obra del Señor. [11]Que nadie le haga de menos; ayudadle para que continúe el viaje y venga a verme, pues los hermanos y yo estamos esperándole. [12]En cuanto al hermano Apolo, le insistí en que fuera con los hermanos a veros, pero ahora no ha querido ir en modo alguno; irá cuando se le presente una buena oportunidad.

[13]Estad alerta, permaneced firmes en la fe, sed hombres, sed fuertes. [14]Haced todo con amor. [15]Hermanos, os voy a pedir un favor: sabéis que la familia de Esteban fue la primera que se hizo cristiana en la región de Acaya y que se ha consagrado al servicio de los fieles. [16]Sed deferentes con ellos y con cuantos como ellos trabajan y se afanan en esta obra. [17]Me ha alegrado la visita de Esteban, Fortunato y Acaico, quienes han llenado el vacío de vuestra ausencia, [18]tranquilizándome a mí, como ahora lo harán a vosotros. A personas así debéis estar reconocidos.

**Saludos.** [19]Os saludan las iglesias de Asia. Os mandan muchos saludos Áquila y Prisca, con la iglesia que se reúne en su

# 2.ª Carta a los Corintios

*Porque no nos predicamos a nosotros mismos, sino a Jesucristo* (4,5).

Si nos acercamos a la segunda Carta a los corintios desde una perspectiva histórico–literaria encontramos un escrito cargado de enigmas; si nos acercamos a ella buscando a Pablo, descubrimos en ella una obra maestra que deja traslucir su espíritu misionero, su carácter fuerte y tierno a la vez, su pasión y su prudencia.

Los problemas históricos y literarios se dan la mano en este documento. ¿Se trata de una carta redactada de una sola vez, en un momento preciso, o es un conjunto reelaborado de cartas de Pablo que fueron reunidas con posterioridad? Para unos se trata de una epístola que Pablo escribe desde Macedonia antes de visitar la comunidad por tercera vez, en la que hace balance de todo lo transcurrido en los últimos dieciocho meses. Para los segundos se trataría de escritos de diverso carácter que Pablo fue enviando en el decurso de la crisis.

Por los datos que tenemos podemos reconstruir someramente los hechos. Pablo había enviado una carta a Corinto (la que conocemos como primera) que no obtuvo el éxito deseado. Unos instigadores que habían llegado de Jerusalén habían conseguido que una parte de la comunidad rechazara la autoridad de Pablo, llegando a emplear calumnias e insultos. En el

casa. [20]Os saludan todos los hermanos. Saludaos unos a otros
con el abrazo de la paz. [21]El saludo es de mi mano: Pablo.
[22]Maldito sea el que no ama al Señor. ¡Ven, Señor nuestro!
[23]Que la gracia de *Jesús, el Señor, esté con vosotros.* [24]Os amo
a todos en Cristo Jesús.

verano del 56 Timoteo le comunica a Pablo que las cosas en Corinto van mal. El apóstol realiza una visita relámpago a la comunidad, que él califica como amarga, en que es gravemente ofendido sin que nadie reaccione. De vuelta a Éfeso les escribe *entre lágrimas* (2Cor 2,3-4). Tito actúa de intermediario y consigue suavizar la situación, comunicándoselo a Pablo, que lleno de alegría por las buenas noticias escribe de nuevo para preparar la tercera visita a la ciudad. Podemos intuir una secuencia que sería poco más o menos la siguiente:

Pablo escribe en el verano del 56; correspondería a 2Cor 2,14-7,4. Pablo defiende su misión apostólica frente a los falsos hermanos que le atacan.

A principios del año 57 escribe de nuevo, esta vez *entre lágrimas*; sus principales fragmentos se conservarían en 2Cor 10-13.

Una vez que Tito ha conseguido apaciguar los ánimos, escribe un texto de reconciliación. Lo podemos encontrar en 2Cor 1,1-2,13 y 7,5-16.

Con motivo de la colecta a favor de la Iglesia de Judea, Pablo había enviado a su vez otros breves escritos que encontramos en 2Cor 8-9.

Pablo reflexiona desde su propia experiencia sobre su condición de apóstol de Cristo, remarcando que no se anuncia a sí mismo sino a Jesucristo, el Señor, no siendo él más que un servidor del evangelio. La dura relación con la comunidad hace que viva su ministerio desde su conciencia de debilidad, como quien lleva un tesoro en vasijas de barro, a la vez que les pide en nombre de Dios que alcancen la reconciliación. En su vivencia de la Iglesia universal pedirá un esfuerzo de solidaridad para ayudar a las iglesias más necesitadas como gesto encomiable de lo que debe ser siempre la fraternidad cristiana.

1 **Destinatarios y saludo.** [1]Pablo, apóstol de Jesucristo por
voluntad de Dios, y el hermano Timoteo, a la Iglesia de
Dios que hay en Corinto, y a todos los creyentes de la región
de Acaya; [2]os deseo la gracia y la paz de Dios, nuestro Padre,
y de Jesucristo, el Señor.

**Acción de gracias.** [3]Bendito sea Dios y Padre de nuestro Se-
ñor Jesucristo, padre de las misericordias y de todo consuelo,
[4]que nos consuela en todos nuestros sufrimientos para que no-
sotros podamos consolar a todos los que sufren con el con-
suelo que nosotros mismos recibimos de Dios. [5]Pues si parti-
cipamos grandemente en los sufrimientos de Cristo, también
gracias a Cristo recibimos un gran consuelo. [6]Si tenemos que
sufrir, es para vuestro consuelo y salvación. Si somos consola-
dos, es para que vosotros también lo seáis y tengáis ánimos
para soportar con paciencia los sufrimientos que nosotros pa-
samos. [7]Tenemos en vosotros una esperanza firme, convenci-
dos de que, como participáis en los sufrimientos, participaréis
también en el consuelo. [8]Hermanos, no queremos que igno-
réis las grandes dificultades que encontramos en Asia. Fue tan
dura la prueba y tan por encima de nuestras fuerzas, que per-
dimos toda esperanza de seguir viviendo. [9]Tuvimos como se-
gura la sentencia de muerte, para que no confiemos en noso-
tros mismos, sino en Dios, que resucitará a los muertos. [10]Él
es quien nos libró de aquel peligro mortal y nos seguirá libran-
do. Esperamos que lo siga haciendo en adelante [11]con la ayu-
da de vuestra oración; si muchos piden a Dios por nosotros,
muchos le darán gracias por los favores que nos concede.

**Defensa de Pablo.** [12]Nos sentimos orgullosos de que nues-
tra conciencia nos asegure que nos hemos comportado con
todo el mundo, y especialmente con vosotros, con la sencillez
y la sinceridad que Dios da, y no por la sabiduría humana,
sino por la gracia de Dios. [13]En mis cartas sólo hay lo que leéis
y entendéis, y espero que entendáis plenamente [14]lo que ya en

parte habéis entendido, que en el día de Jesús nuestro Señor
vosotros estaréis orgullosos de nosotros y nosotros lo estare-
mos de vosotros.
[15]Convencido de esto, quise empezar mi viaje por vosotros
para haceros una doble visita: [16]ir a Macedonia pasando por
Corinto, y de Macedonia volver a Corinto para que vosotros
me ayudéis a proseguir mi viaje a Judea. [17]¿Obré a la ligera al
hacer este proyecto? ¿O fue un proyecto hecho por interés hu-
mano, como de quien dice a la vez «sí» y «no»? [18]Dios es testi-
go de que no os decimos «sí» y «no» al mismo tiempo. [19]Porque
el Hijo de Dios, Jesucristo, a quien os hemos predicado Silvano,
Timoteo y yo, no fue «sí» y «no», sino que fue «sí». [20]Pues to-
das las promesas de Dios se cumplieron en él. Por eso, cuando
glorificamos a Dios, decimos «amén» por Jesucristo. [21]Dios es
el que a nosotros y a vosotros nos mantiene firmes en Cristo y
nos ha consagrado. [22]Él nos ha marcado con su sello y ha pues-
to en nuestros corazones el Espíritu como prenda de salvación.

**Por qué no fue a Corinto.** [23]Pongo a Dios por testigo, y que
me muera si miento, de que no he vuelto a Corinto por con-
sideración a vosotros; [24]no porque quiera controlar autori-
tariamente vuestra fe, pues os mantenéis firmes en ella, sino
para contribuir a vuestra alegría.

**2** [1]*Por eso decidí* no ir a causaros tristeza. [2]Porque si yo os
entristezco, ¿quién podría alegrarme sino vosotros a los que
yo mismo causé tristeza? [3]Por eso os escribí, para que cuando
llegue no me causéis tristeza los que debéis alegrarme. Estoy,
además, convencido de que mi alegría es también la vuestra.
[4]Os escribí esa carta profundamente acongojado y angustiado,
y hasta con lágrimas en los ojos, no para causaros tristeza, sino
para manifestaros el amor tan grande que os tengo.

**Perdón al incestuoso.** [5]Pues bien, si alguno ha causado tris-
teza, no sólo me la ha causado a mí, sino –en cierto modo,

para no exagerar– a todos vosotros. [6]A ése ya le basta con el
castigo que le ha impuesto la mayoría. [7]De modo que ahora
debéis más bien perdonarle y consolarle, no sea que se deses-
pere de tanta tristeza. [8]Por esto os suplico que le deis pruebas
de vuestro amor. [9]Con este fin os escribí: para conocer y pro-
bar si sois obedientes en todo. [10]Al que perdonáis, yo también
lo perdono; lo que yo perdono, si es que tengo algo que per-
donar, lo perdono por amor a vosotros y en la presencia de
Cristo; [11]para que Satanás no se aproveche de todo, pues no
ignoramos sus astucias.

**Espléndido fruto del apostolado de Pablo.** [12]Llegué a
Tróade para anunciar el evangelio de Cristo; y, aunque se me
presentó una ocasión propicia para trabajar por el Señor, [13]mi
corazón no estaba tranquilo por no haber encontrado a Tito,
mi hermano. Me despedí de ellos, y partí para Macedonia.
[14]Gracias sean dadas a Dios, que siempre nos hace triunfar
en Cristo y descubre en todo lugar, mediante nosotros, la fra-
gancia de su conocimiento. [15]Porque somos el perfume que
Cristo ofrece a Dios, tanto para los que se salvan como para
los que se pierden: [16]para éstos, olor de muerte que mata;
para aquéllos, olor de vida que da vida. ¿Y quién está a la
altura de tal misión? [17]Nosotros no hacemos negocio con la
palabra de Dios, como hacen muchos, sino que la predica-
mos con sinceridad, de parte de Dios, en presencia de Dios,
en unión con Cristo.

3 **Pablo no fue soberbio.** [1]¿Estoy comenzando a recomen-
darme de nuevo? ¿O es que necesito, como algunos, car-
tas de recomendación para vosotros o de vosotros? [2]Mi carta
sois vosotros, carta escrita en nuestros corazones, conocida y
leída por todos los hombres; [3]pues es claro que vosotros sois
una carta de Cristo redactada por mí y escrita, no con tinta,
sino con el Espíritu de Dios vivo; no en tablas de piedra, sino
en las tablas de carne, en vuestros corazones. [4]Tal es la con-

fianza que, gracias a Cristo, tenemos ante Dios. [5]No es que
sea capaz por mí mismo de hacer algo como cosa mía, pues
mi capacidad viene de Dios, [6]que me ha capacitado para ser
ministro de la nueva alianza; no de la letra, sino del espíritu,
pues la letra mata, pero el espíritu da vida.

**Superioridad del Nuevo Testamento sobre el Antiguo.** [7]Y si
el ministerio de muerte, grabado en letras sobre piedras, fue
glorioso hasta el punto que los israelitas no podían mirar fija-
mente al rostro de Moisés a causa del resplandor, que era pa-
sajero, [8]¡cuánto más glorioso no será el ministerio del espíri-
tu! [9]Si el ministerio de condenación fue glorioso, mucho más
lo será el ministerio de salvación. [10]Más aún; lo que bajo este
aspecto fue glorioso en aquel ministerio ni siquiera merece te-
nerse en cuenta comparado con esta gloria soberana del evan-
gelio. [11]Pues si lo pasajero fue glorioso, mucho más lo será lo
permanente.

[12]Teniendo tal esperanza, procedamos con entera libertad;
[13]y no como Moisés, *que se tapaba la cara con un velo* (Éx
34,33-35) para que los israelitas no se fijasen en su resplan-
dor, que era pasajero. [14]Pero sus entendimientos se embotaron,
y aquel velo permanece de tal modo que les impide compren-
der el Antiguo Testamento, y no se dan cuenta de que Cristo
ha descorrido ya el velo. [15]Hasta hoy, siempre que leen a Moi-
*sés, el velo nubla su mente.* [16]*Pero cuando se conviertan al Se-*
*ñor, desaparecerá el velo* (Éx 34,34). [17]El Señor es Espíritu; y
donde está el Espíritu del Señor, allí hay libertad. [18]Y todos
nosotros, con la cara descubierta, reflejando como en un es-
pejo la gloria del Señor, nos transformamos en su misma ima-
gen, resultando siempre más gloriosos, bajo el influjo del Es-
píritu del Señor.

4 [1]Por eso, teniendo este ministerio por la misericordia de
Dios, no nos desanimamos. [2]Rechazamos la desvergüenza
y la hipocresía, no procedemos con astucia ni falsificamos la

palabra de Dios. Decimos siempre la verdad, y esto es nuestra
recomendación a toda conciencia humana delante de Dios. [3]Si
todavía queda encubierto nuestro evangelio, lo es para los que
se pierden, [4]para los incrédulos, cuyas inteligencias cegó el dios
de este siglo para que no brille el resplandor del evangelio de
la gloria de Cristo, que es imagen de Dios. [5]Porque no nos pre-
dicamos a nosotros mismos, sino a Jesucristo, el Señor; noso-
tros somos vuestros siervos por amor de Jesús. [6]Pues el mis-
mo Dios, que dijo: *Brille la luz de entre las tinieblas* (Gén 1,3),
iluminó nuestros corazones para que brille el conocimiento de
la gloria de Dios, reflejada en el rostro de Cristo.

**Sufrimientos y esperanza del ministerio apostólico.** [7]Pero lle-
vamos este tesoro en vasijas de barro, para que aparezca claro
que esta pujanza extraordinaria viene de Dios y no de noso-
tros. [8]Estamos acosados por todas partes, pero no derrotados;
perplejos, pero no desesperados; [9]perseguidos, pero no aban-
donados; desechados, pero no aniquilados; [10]llevamos siempre
y por doquier en el cuerpo los sufrimientos de muerte de Je-
sús, para que la vida de Jesús se manifieste también en noso-
tros. [11]Porque, viviendo, estamos siempre expuestos a la muerte
por causa de Jesús, para que la vida de Jesús se manifieste tam-
bién en nuestra carne mortal. [12]Así que la muerte actúa en no-
sotros, pero en vosotros la vida. [13]Sin embargo, teniendo el
mismo espíritu de fe, según lo que dice la Escritura: *Creí, por
eso hablé* (Sal 116,10), también nosotros creemos y por eso
hablamos; [14]convencidos de que quien resucitó a Jesús, el Se-
ñor, también nos resucitará a nosotros con Jesús, y nos dará
un puesto con él en vuestra compañía. [15]Porque todo es por
vosotros, para que la gracia, cada vez más abundante, multi-
plique la acción de gracias para gloria de Dios. [16]Por esto no
desfallecemos, pues aunque nuestro hombre exterior vaya per-
diendo, nuestro hombre interior se renueva de día en día.
[17]Pues el peso momentáneo y ligero de nuestras penalidades
produce, sobre toda medida, un peso eterno de gloria [18]para

los que no miramos las cosas que se ven, sino las que no se
ven; pues las visibles son temporales, las invisibles eternas.

5 [1]Sabemos que si esta tienda en que habitamos en la tierra
se destruye, tenemos otra casa, que es obra de Dios; una
morada eterna en los cielos, no construida por mano de hom-
bres. [2]Por esto gemimos en el estado actual, deseando ardiente-
mente ser revestidos de nuestra morada celestial, [3]supuesto que
seamos hallados vestidos y no desnudos. [4]Mientras estamos en
esta tienda gemimos oprimidos, ya que no queremos ser
desnudados, sino ser revestidos, para que la mortalidad sea
absorbida por la vida. [5]El que nos ha hecho para este destino
es Dios, y como garantía nos ha dado su Espíritu. [6]Estamos
siempre confiados, sabiendo que, mientras habitamos en el
cuerpo, caminamos lejos del Señor, [7]porque caminamos en fe
y no en clara visión. [8]Pero estamos seguros, y preferimos salir
de este cuerpo para vivir junto al Señor. [9]Por eso, en el cuer-
po o fuera del cuerpo, nos esforzamos por agradar al Señor,
[10]pues todos debemos comparecer ante el tribunal de Cristo,
para que cada cual reciba lo que mereció durante su vida mor-
tal, conforme a lo que hizo, bueno o malo.

**El amor, estímulo del ministerio apostólico.** [11]Sabiendo que
debemos respetar al Señor, tratamos de convencer a los hom-
bres, pues somos bien conocidos de Dios, y espero que lo sea-
mos también de vuestras conciencias. [12]No intentamos reco-
mendarnos de nuevo, sino daros ocasión de que os sintáis
orgullosos de nosotros, para que podáis responder a los que
lo hacen externamente, pero no de corazón. [13]Pues si hemos
perdido el juicio, es por Dios; si somos cuerdos, es por voso-
tros. [14]Porque el amor de Cristo nos apremia, pensando que si
uno murió por todos, todos murieron con él; [15]y murió por
todos, para que los que viven no vivan para sí, sino para quien
murió y resucitó por ellos. [16]Así que en adelante a nadie co-
noceremos a lo humano; y si un tiempo conocimos a Cristo a

lo humano, ahora ya no lo conocemos así. 17De modo que, el
que está en Cristo, es una criatura nueva; lo viejo ya pasó, y
ha aparecido lo nuevo. 18Todo viene de Dios, que nos recon-
cilió con él por medio de Cristo, y nos confió el ministerio de
la reconciliación. 19Pues Dios, por medio de Cristo, estaba
reconciliando el mundo, no teniendo en cuenta sus pecados y
haciéndonos a nosotros depositarios de la palabra de la recon-
ciliación. 20Somos, pues, embajadores de Cristo, como si Dios
exhortase por nosotros. En nombre de Cristo os rogamos: re-
conciliaos con Dios. 21Al que no conoció pecado, le hizo pe-
cado en lugar nuestro, para que nosotros seamos en él justicia
de Dios.

6 **San Pablo, verdadero ministro de Dios.** 1Siendo, pues,
colaboradores, os exhortamos a no recibir en vano la gra-
cia de Dios. 2Porque él dice: *En el tiempo propicio te escuché
y en el día de la salvación te ayudé* (Is 49,8). Ahora es el tiem-
po propicio, ahora es el día de la salvación. 3En nada damos
motivo de escándalo, para que no sea desacreditado nuestro
ministerio, 4sino que en todo nos mostramos como ministros
de Dios, con gran paciencia en sufrimientos, estrecheces, an-
gustias, 5golpes, cárceles, motines, fatigas, noches sin dormir
y días sin comer, 6castidad, ciencia, paciencia, bondad, Espíri-
tu Santo, amor sincero; 7con la palabra de verdad, con el po-
der de Dios; mediante las armas ofensivas y defensivas de la
justicia; 8en medio de gloria y de ignominia, de calumnia y bue-
na fama; como impostores, aunque veraces; 9como descono-
cidos, aunque conocidos; como moribundos, aunque estamos
vivos; como castigados, aunque sin ser condenados a la muer-
te; 10como tristes, aunque siempre alegres; como miserables,
aunque enriquecemos a muchos; como quienes nada tienen,
aunque lo poseemos todo.

11Corintios, me he desahogado con vosotros y mi corazón
se me ha ensanchado. 12Yo no tengo reservas con vosotros; sois
vosotros los que las tenéis conmigo. 13Pagadme con la misma

moneda. Os digo como a hijos: ensanchad también vuestro co-
razón.

**La santidad cristiana.** [14]No os mezcléis con los paganos;
pues, ¿qué tiene que ver la justicia con la injusticia, y qué tie-
nen de común la luz y las tinieblas? [15]¿Qué armonía hay entre
Cristo y Belial, o qué parte tiene el fiel con el pagano? [16]¿Qué
relación hay entre el templo de Dios y los ídolos? Porque no-
sotros somos templos del Dios vivo. Como dijo Dios: *Habita-*
*ré y caminaré en medio de ellos, yo seré su Dios y ellos serán*
*mi pueblo* (Lev 26,12; Ez 37,27; Jer 32,38). [17]Por esto: *Salid*
*y separaos de ellos* –dice el Señor–; *no toquéis nada impuro, y*
*yo os recibiré* (Is 52,11; Jer 51,54); [18]*seré para vosotros Padre,*
*y vosotros seréis para mí hijos e hijas, dice el Señor todopodero-*
*so* (2Sam 7,14; Is 43,6; Jer 31,9).

7 [1]Hermanos míos, ya que tenemos estas promesas,
purifiquémonos de todo lo que mancha el cuerpo o el es-
píritu, perfeccionando nuestra consagración en el temor de
Dios.

**Pablo manifiesta su afecto a los corintios.** [2]Escuchadme. A
nadie hemos hecho daño, a nadie hemos arruinado, a nadie he-
mos explotado. [3]No lo digo para condenaros, pues acabo de de-
cir que, para muerte o para vida, os tengo dentro de mi cora-
zón. [4]Tengo gran confianza en vosotros, me siento orgulloso de
vosotros, estoy lleno de consuelo y de alegría en medio de to-
das mis penalidades. [5]Cuando llegué a Macedonia tampoco pude
estar tranquilo; encontré dificultades por todas partes; por fue-
ra conflictos, por dentro temores. [6]Pero Dios, que consuela a
los afligidos, nos consoló con la llegada de Tito. [7]Y no sólo con
su llegada, sino con el ánimo que vosotros le habíais infundi-
do; me habló de vuestro deseo de verme, de vuestras lágrimas,
de vuestro interés por mí; así que me alegré mucho. [8]Pues aun-
que os entristecí con la carta, no me arrepiento. Y si antes me

pesó, viendo que aquella carta os entristeció, aunque por breve tiempo, [9]ahora me alegro; no porque os entristecisteis, sino porque esa tristeza sirvió para vuestro arrepentimiento. Como fue una tristeza querida por Dios, no os hice ningún daño. [10]La tristeza querida por Dios produce un arrepentimiento salvador, de la que no hay que lamentarse, mientras que la tristeza producida por el mundo engendra la muerte. [11]Considerad lo que esa tristeza querida por Dios ha producido en vosotros: qué solicitud, qué disculpas, qué indignación, qué temor, qué deseos, qué emulación, qué escarmiento. Demostrasteis ser totalmente inocentes en este asunto. [12]Así pues, si os escribí no fue por el que causó la ofensa ni por el ofendido, sino para que manifestaseis vuestro interés por nosotros delante de Dios. [13]Esto nos ha llenado de consuelo. Y mucho más que por el consuelo que hemos recibido, nos hemos alegrado al ver a Tito tan contento por lo bien que le habéis tratado y por los ánimos que le habéis dado. [14]Y si a él le dije que estaba orgulloso de vosotros, no me habéis dejado en mal lugar; pues así como es verdad todo lo que os dije a vosotros, también lo es lo que le dije a él: que estoy orgulloso de vosotros. [15]Él os ha cobrado más cariño al ver cómo le obedecisteis y con qué respeto le tratasteis. [16]Me alegro de poder confiar plenamente en vosotros.

8 **Generosidad de los macedonios.** [1]Hermanos, quiero daros a conocer la gracia que Dios ha concedido a las iglesias de Macedonia. [2]En medio de las pruebas con que son probadas, tienen una grande alegría, y a pesar de su extrema pobreza han sido muy generosos. [3]Puedo asegurar que dieron lo que *podían*, y más aún de lo que podían. [4]Espontáneamente y con mucha insistencia me pidieron el favor de colaborar en esta ayuda a los hermanos. [5]Dieron más de lo que yo esperaba; incluso ofrecieron sus personas, primero al Señor y luego a mí, conforme a la voluntad de Dios, [6]hasta el punto que he pedido a Tito, que ya que había comenzado, que termine entre vosotros esta obra de caridad.

**Exhortación a la generosidad de los corintios.** [7]Sobresalís en
todo: en fe, en elocuencia, en ciencia, en vuestra preocupa-
ción por todo y en vuestro amor para conmigo; sobresalid tam-
bién en esta obra de caridad. [8]Esto no es una orden; os hablo
de la buena disposición de otros para poner a prueba la since-
ridad de vuestro amor. [9]Vosotros ya conocéis la generosidad
de nuestro Señor Jesucristo, el cual siendo rico se hizo pobre
por vosotros para enriqueceros con su pobreza. [10]Os doy mi
opinión: ya que el año pasado os decidisteis a realizar esta obra
y empezasteis a hacerla, [11]os conviene terminarla según las po-
sibilidades de cada uno y con el mismo entusiasmo que de-
mostrasteis al proyectarla. [12]Cuando se da de corazón y según
lo que se tiene, Dios lo acepta; a nadie se le piden imposibles.
[13]No se trata de que vosotros paséis estrecheces para que otros
vivan holgadamente; se trata de que haya igualdad para to-
dos. [14]Por eso, ahora vuestra abundancia debe socorrer su po-
breza, y un día su abundancia socorrerá vuestra pobreza. Y así
reinará la igualdad, [15]como dice la Escritura: *Al que tenía mu-
cho no le sobraba y al que tenía poco no le faltaba* (Éx 16,18).

**Delegados en la colecta.** [16]Gracias a Dios, que ha suscitado
en Tito mi misma preocupación por vosotros, [17]pues ha res-
pondido a mi petición y se ha puesto rápidamente en camino
hacia vosotros por su propia iniciativa. [18]Con él envío al her-
mano de *quien todas las* iglesias hacen grandes elogios por todo
lo que ha hecho por el evangelio; [19]además fue elegido por
las iglesias como compañero de nuestro viaje para esta obra
de caridad, a la que nos consagramos para gloria del Señor y
en prueba de nuestra buena voluntad. [20]Así queremos evitar
que nadie pueda reprocharos nada a causa de esta gran suma
que hemos recogido; [21]*pues procuramos hacerlo bien no sólo
ante Dios, sino también ante los hombres* (Prov 3,4). [22]Os en-
vío con ellos a uno de nuestros hermanos, cuya entrega he po-
dido comprobar muchas veces y en diversas ocasiones, y mu-
cho más ahora, por la gran confianza que tiene en vosotros.

[23]En cuanto a Tito, es compañero y colaborador mío entre
vosotros; los otros hermanos son delegados de las iglesias y
gloria de Cristo. [24]Dadle pruebas de vuestro amor y demos-
tradle ante las iglesias que tengo razón fundada para sentirme
orgulloso de vosotros.

9 [1]Sobre esta colecta para nuestros hermanos no hace falta
decir más, [2]pues conozco vuestra buena voluntad, de la que
me siento orgulloso ante los macedonios. Les he dicho que los
de Acaya están dispuestos desde el año pasado, y esta buena
disposición vuestra ha sido un estímulo para la mayoría. [3]Os
envío a los hermanos para que lo que he presumido de voso-
tros no quede desmentido y para que estéis preparados, [4]pues
si van los macedonios y se encuentran con que no estáis pre-
parados, sería una vergüenza para mí, y sobre todo para vo-
sotros. [5]Por eso he creído necesario pedir a los hermanos que
vayan por delante y preparen vuestro donativo generoso, que
habéis prometido. Así vuestra colecta será una muestra de ge-
nerosidad, y no de tacañería.

**Dios bendice la limosna.** [6]Pensad: *el que siembra con mez-
quindad, con mezquindad cosechará; y el que siembra con abun-
dancia cosechará abundantemente* (Prov 11,24-25). [7]Que cada
uno dé lo que le dicte la conciencia; no de mala gana o por
compromiso, pues Dios ama a quien da con alegría (Prov 22,8-
9). [8]Y Dios puede volcar sus gracias sobre vosotros, para que,
teniendo siempre lo suficiente en todo, crezcáis en toda obra
buena. [9]Como dice la Escritura: *Ha repartido con generosidad
a los pobres; su justicia permanece para siempre* (Sal 112,9).
[10]El que provee simiente al que siembra y pan para comer, pro-
veerá y multiplicará vuestros sembrados y aumentará los fru-
tos de vuestra justicia. [11]Siendo ricos en todo, podréis ejerci-
tar abundantemente vuestra generosidad, lo que, por mediación
mía, hará que los hermanos den gracias a Dios. [12]Porque al lle-
var esta ayuda a los hermanos no sólo les remediamos en sus

necesidades, sino que también los impulsamos a que den gra-
cias a Dios. [13]Al darles esta ayuda, ellos alabarán a Dios, pues
comprueban que obedecéis al evangelio de Cristo, ya que
demostráis tener una generosa solidaridad con ellos y con to-
dos. [14]Ellos pedirán por vosotros con mucho cariño por tan-
tas gracias como Dios os ha dado. [15]Gracias sean dadas a Dios
por este don indecible que nos ha hecho.

10 **Defensa contra las acusaciones.** [1]Yo mismo, Pablo, os
lo pido por la ternura y la bondad de Cristo; yo, tan
tímido cuando estoy entre vosotros y tan valiente cuando es-
toy lejos. [2]Os ruego que no me obliguéis cuando esté con vo-
sotros a dar pruebas de esta valentía, de la que estoy dispues-
to a usar contra los que piensan que procedo por motivos
puramente humanos; [3]soy humano, pero no lucho por moti-
vos humanos; [4]las armas con que lucho no son humanas, sino
divinas; capaces de destruir fortalezas, de deshacer las acusa-
ciones [5]y toda altanería que se levante contra el conocimiento
de Dios, de someter todo entendimiento a la voluntad de Cris-
to, [6]y dispuestos a castigar cualquier desobediencia, una vez
que vuestra obediencia sea perfecta. [7]Sólo os fijáis en las apa-
riencias. Si alguno se precia de ser de Cristo, piense que yo lo
soy tanto como él; [8]y si yo presumo algo más de la cuenta del
poder que el Señor me ha dado para vuestro provecho y no
para vuestra ruina, no me arrepiento de ello. [9]Para que no pa-
rezca que quiero amedrentaros con mis cartas –[10]porque di-
cen que mis cartas son duras y fuertes, pero que mi presencia
corporal es muy poca cosa y mi palabra lamentable–, [11]piense
ese individuo que lo que digo de lejos por carta soy capaz de
llevarlo a la práctica cuando esté con vosotros.

**No es ambicioso.** [12]Ciertamente, no me atrevo a igualarme
ni a compararme con algunos que se alaban a sí mismos; pues,
midiéndose y comparándose consigo mismos, demuestran poca
inteligencia. [13]Sin embargo, yo no quiero presumir demasia-

do; me quedo en los límites del campo de acción que Dios
me ha señalado al permitirme llegar hasta vosotros. [14]No tras-
pasamos los límites debidos, como si no hubiéramos llegado a
vosotros, pues hasta vosotros hemos llegado con el evangelio
de Cristo. [15]No presumo indebidamente de trabajos ajenos; es-
pero que con el progreso de vuestra fe aumentará nuestro tra-
bajo entre nosotros, aunque dentro de los límites que Dios nos
ha señalado; [16]esperamos anunciar el evangelio a regiones más
allá de las vuestras, pero sin invadir campos ajenos, para no
presumir de trabajos que han hecho otros; [17]pues *el que quie-*
*ra presumir de algo, que presuma de lo que ha hecho en el Se-*
*ñor* (Jer 9,22-23). [18]Porque no es digno de aprobación el que
se alaba a sí mismo, sino aquel a quien Dios alaba.

11 **Pablo y los falsos predicadores.** [1]¡Ojalá me toleraseis
un poco mi desatino! Sí, soportádmelo. [2]Tengo celos
divinos de vosotros, porque os he desposado con un solo ma-
rido, os he presentado a Cristo como una virgen pura. [3]Pero
temo que, como la serpiente engañó con su astucia a Eva, per-
vierta también vuestros pensamientos y os apartéis de la fide-
lidad y de la consagración a Cristo. [4]Porque si alguno viene a
predicaros otro Jesucristo diferente del que yo os he predica-
do, o si recibís otro Espíritu diferente del que habéis recibido,
u otro evangelio que el que abrazasteis, lo aceptáis con gusto.
[5]Pero yo creo que en nada soy inferior a esos eminentes após-
toles. [6]Y si soy torpe de palabra, no lo soy de ciencia; que en
todo y de todas las maneras lo hemos probado ante vosotros.

**Desinterés de Pablo.** [7]¿Acaso cometí un pecado porque me
humillé a mí mismo para ensalzaros a vosotros, predicándoos
de balde el evangelio de Dios? [8]He aceptado dinero de otras
iglesias, con la impresión de que les estaba explotando, para
estar a vuestro servicio. [9]Cuando estaba entre vosotros y ne-
cesité algo no fui carga para nadie, pues remediaron mi nece-
sidad los hermanos llegados de Macedonia; me guardé muy

nos; [27]en trabajos y fatigas, en noches sin dormir, en hambre y
sed, en días sin comer, en frío y desnudez; [28]y además, mi obse-
sión diaria: mi preocupación por todas las iglesias. [29]¿Quién des-
fallece que yo no desfallezca? ¿Quién se escandaliza que *yo* no
me indigne? [30]Si hay que presumir, presumiré de mi debilidad.
[31]Dios, y padre de Jesús, el Señor, eternamente bendito, sabe
que no miento. [32]En Damasco, el gobernador del rey Aretas
montó guardia en la ciudad de los damascenos para prender-
me, [33]y por una ventana fui descolgado muro abajo en un ca-
nasto, y así escapé de sus manos.

**12** **Visiones y revelaciones.** [1]¿Hay que seguir presumien-
do? Aunque no está bien, hablaré de las visiones y re-
velaciones del Señor. [2]Conozco a un hombre, un cristiano, que
hace catorce años –en cuerpo o en espíritu, no lo sé, Dios lo
sabe– fue arrebatado hasta el tercer cielo. [3]Y sé que este hom-
bre –en cuerpo o en espíritu, no lo sé, Dios lo sabe– [4]fue arre-
batado al paraíso, y oyó palabras inefables que el hombre no
puede expresar. [5]De ese hombre presumiré, pero de mí no pre-
sumiré sino de mis flaquezas. [6]Si intentase presumir, no sería
ninguna tontería, pues diría la verdad; pero no lo hago, para
que nadie me considere sobre lo que ve en mí y oye de mí. [7]Y
para que no sea orgulloso por la sublimidad de las revelacio-
nes, me han clavado una espina en el cuerpo, un ángel de Sa-
tanás, que me abofetea para que no me haga un soberbio. [8]Tres
veces he pedido al Señor que me saque esa espina, [9]y las tres
me ha respondido: «Te basta mi gracia, pues mi poder triunfa
en la flaqueza». Con gusto, pues, presumiré de mis flaquezas
para que se muestre en mí el poder de Cristo. [10]Por esto me
alegro de mis flaquezas, de los insultos, de las dificultades, de
las persecuciones, de todo lo que sufro por Cristo; pues cuan-
do me siento débil, es cuando soy más fuerte.

**Abnegación de Pablo.** [11]He hecho el tonto, pero vosotros
me obligasteis. Pues debíais alabarme, ya que en nada les fui

bien y me seguiré guardando de ser carga para nadie. [10]Tan
cierto como la verdad de Cristo, que poseo, que nadie en la
región de Acaya me quitará esta honra. [11]¿Por qué? ¿Porque
no os quiero? Dios sabe lo que os quiero. [12]Y *lo que hago, lo*
seguiré haciendo, para cortar todo pretexto a los que buscan
ocasión para presumir de ser como yo. [13]Éstos son falsos após-
toles, obreros engañosos, que se disfrazan de apóstoles de Cris-
to. [14]Lo cual no es de extrañar, pues también Satanás se dis-
fraza de ángel de luz. [15]No es, por tanto, de extrañar que sus
ministros se disfracen de ministros de justicia; pero su fin será
conforme a sus obras.

**Impresionante hoja de servicios de Pablo.** [16]Lo repito: Nadie
me tome por loco; y si no, aunque sea como loco, recibidme
para que presuma también yo un poco. [17]Lo que voy a decir,
no lo diré inspirado por el Señor, sino como un ataque de lo-
cura, en la seguridad de que tengo también de qué presumir.
[18]Si muchos presumen de méritos humanos, yo también voy a
presumir de lo mismo. [19]Vosotros, tan sensatos, soportáis con
mucho gusto a los insensatos. [20]De hecho, si alguno os esclavi-
za, os explota, os engaña, os trata con soberbia, os abofetea,
todo lo aguantáis. [21]Me da vergüenza decirlo: todo esto hace
creer que me he portado con demasiada debilidad con vosotros.
Pero de lo que otro se atreva a presumir –hablo a lo loco–, tam-
bién yo. [22]¿Son hebreos? También yo. ¿Son israelitas? También
yo. ¿Del linaje de Abrahán? También yo. [23]¿Son ministros de
Cristo? Voy a decir una locura: yo mucho más que ellos. Más
en trabajos, más en prisiones; en palizas, inmensamente más;
en peligros de muerte, muchas veces. [24]Cinco veces recibí de los
judíos los treinta y nueve latigazos, [25]tres veces fui azotado con
varas, una vez apedreado, naufragué tres veces, he pasado en
los abismos del mar un día y una noche; [26]incontables viajes con
peligros de ríos, peligros de salteadores, peligros de los de mi
raza, peligros de los paganos, peligros en la ciudad, peligros en
los desiertos, peligros en el mar, peligros de los falsos herma-

# Carta a los Gálatas

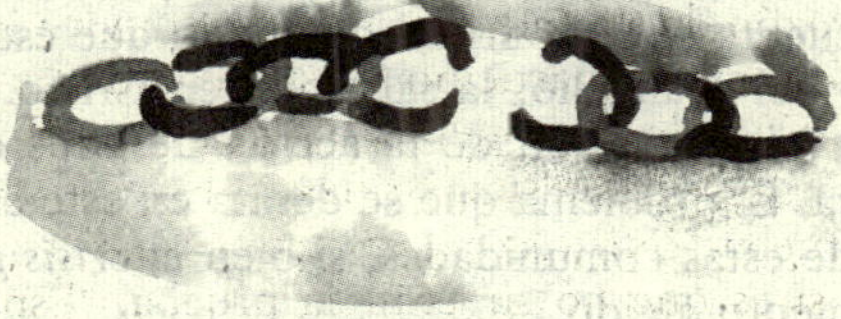

*Cristo nos ha liberado para que seamos hombres libres* (5,1).

La Carta a los gálatas es el manifiesto de la libertad cristiana; de ahí su importancia para toda época. Al finalizar su tercer viaje misionero, cuando se encontraba en Éfeso, tiene noticias de una ofensiva personal contra él y contra el mensaje *(evangelio)* que él predica.

Se ha discutido quienes son los Gálatas a quienes va dirigida esta carta. Tenemos dos posibles referencias: una de tipo administrativo-político según la ordenación del Imperio y otra de tipo étnico. Si seguimos la primera indicación tenemos que pensar en la zona interior de Asia Menor que correspondería, poco más o menos, con las ciudades que evangelizó Pablo en su primer viaje (Antioquía, Listra, Derbe, Iconio), pero aquellos ciudadanos no pertenecían a este pueblo. Por eso hoy se piensa más bien en que se trata de la zona norte de Asia Menor, la región de Ancira, que pertenecía étnicamente a los Gálatas, pueblo celta que se había instalado allí en torno al 280 a C. Pablo los había evangelizado con motivo de una estancia por enfermedad (Gál 4,13).

Las comunidades gálatas, de origen pagano, han recibido la visita de unos enviados de Jerusalén que les exigen que se circunciden y que cumplan la Ley de Moisés como requisito indispensable para la salvación. Los falsos misioneros denigran

1 **Saludo.** [1]Pablo, apóstol –no de parte de los hombres ni
por mediación de los hombres, sino por Jesucristo y por
Dios Padre, que lo resucitó de entre los muertos–, [2]y todos los
hermanos que están conmigo, a las iglesias de Galacia. [3]Os de-
seamos la gracia y la paz de Dios nuestro Padre y de Jesucris-
to nuestro Señor, [4]que se entregó a sí mismo por nuestros pe-
cados para sacarnos de este mundo perverso, conforme a la
voluntad de nuestro Dios y Padre, [5]a quien sea la gloria por
los siglos de los siglos. Amén.

**Sólo hay un verdadero evangelio: el de Cristo.** [6]Estoy
sorprendido de que tan rápidamente os hayáis apartado de
aquel que os llamó por la gracia de Cristo y os hayáis pasado
a otro evangelio. [7]Eso no es otro evangelio; lo que pasa es que
algunos siembran entre vosotros la confusión y quieren defor-
mar el evangelio de Cristo. [8]Pero si yo mismo o incluso un án-
gel del cielo os anuncia un evangelio distinto del que yo os
anuncié, sea maldito.
[9]Os repito lo que ya os dije antes. Si alguien os anuncia un
evangelio distinto del que habéis recibido, sea maldito. [10]¿A
quién busco agradar, a los hombres o a Dios? Si tratara de agra-
dar a los hombres, no agradaría a Dios.

**El evangelio de Pablo es el de Cristo.** [11]Hermanos, os asegu-
ro que el evangelio predicado por mí no es un producto huma-
no; [12]pues yo no lo recibí ni lo aprendí de hombre alguno, sino
por revelación de Jesucristo. [13]Conocéis mi conducta anterior
dentro del judaísmo: con qué crueldad perseguía y trataba de
aniquilar a la Iglesia de Dios, [14]y cómo aventajaba en el judaís-
mo a muchos de mi edad en conservar con todo rigor las tradi-
ciones de mis antepasados. [15]Pero cuando Dios, que me había
elegido *desde el vientre de mi madre, me llamó* (Is 49,1; Jer 1,5)
por su gracia [16]y me dio a conocer a su Hijo para que yo lo
anunciara entre los paganos, inmediatamente, sin consultar a
nadie, [17]en lugar de ir a Jerusalén a ver a los que eran apóstoles

antes que yo, me fui a Arabia y luego volví a Damasco. [18]Al cabo
de tres años fui a Jerusalén para conocer a Pedro, y estuve con
él quince días. [19]Y no vi a ningún otro apóstol fuera de Santia-
go, el hermano del Señor. [20]En todo esto que os escribo, bien
sabe Dios que no miento. [21]Después fui a las regiones de Siria y
de Cilicia, [22]y en cambio era desconocido personalmente por
las iglesias cristianas de Judea. [23]Tan sólo oían decir: El que an-
tes nos perseguía, ahora anuncia la fe que trataba de destruir;
[24]y glorificaban a Dios por causa mía.

2 **Pablo fue a Jerusalén. Mutuo acuerdo con los apóstoles.**
[1]Al cabo de catorce años, volví a Jerusalén con Bernabé, lle-
vando también a Tito. [2]Fui, impulsado por una revelación divi-
na; y, en privado, expuse a los dirigentes el evangelio que pre-
dico a los paganos, para saber si estaba o no trabajando
inútilmente. [3]Pues ni Tito, mi compañero, que era griego, fue
obligado a circuncidarse, [4]a pesar de que esos falsos hermanos
intrusos se habían infiltrado entre nosotros para espiar la liber-
tad que tenemos en Cristo Jesús y hacernos esclavos de la ley.
[5]Pero ni por un momento les prestamos sumisión, para que la
verdad del evangelio persevere entre vosotros. [6]Los dirigentes
no me añadieron nada –lo que ellos fueron antes, no me inte-
resa, pues Dios no juzga por las apariencias–, [7]antes al contra-
rio, vieron que yo había recibido la misión de anunciar el evan-
gelio a los paganos, como Pedro a los judíos, [8]pues el mismo
Dios que hizo a Pedro apóstol de los judíos me ha hecho a mí
apóstol de los paganos; [9]y Santiago, Pedro y Juan, que eran con-
siderados como columnas, reconocieron que Dios me ha dado
este privilegio, y nos dieron la mano a mí y a Bernabé en señal
de que estaban de acuerdo en que nosotros nos dedicáramos a
los paganos [10]y ellos a los judíos, con tal que nos acordásemos de
los pobres, lo que he procurado hacer con el máximo interés.

**El incidente de Antioquía.** [11]Cuando Pedro vino a Antioquía,
yo me enfrenté a él cara a cara y le reprendí. [12]Pues antes de

que viniesen algunos de parte de Santiago, él comía con los
paganos; pero cuando vinieron, se retrajo y se apartó por mie-
do a los judíos; [13]los otros judíos creyentes le imitaron en la
misma hipocresía, incluso el mismo Bernabé. [14]Cuando vi que
no se portaban conforme a la verdad del evangelio, dije a Pe-
dro en presencia de todos:

**El discurso de Pablo.** «Si tú, siendo judío, vives como los pa-
ganos y no como los judíos, ¿cómo obligas a los paganos a se-
guir los ritos judíos? [15]Nosotros somos judíos de nacimiento, y
no pecadores paganos; [16]pero sabemos que nadie se justifica por
las obras de la ley, sino por la fe en Jesucristo; nosotros cree-
mos en Cristo Jesús para ser justificados por la fe de Cristo, no
por las obras de la ley; porque *nadie será justificado* (Sal 143,2)
por las obras de la ley. [17]Pero si buscando ser justificados por
Cristo resulta que somos pecadores, ¿será acaso Cristo minis-
tro del pecado? De ninguna manera. [18]Porque si reconstruyo las
mismas cosas que destruí, demuestro que entonces fui culpable.
[19]Pues yo, por la ley, he muerto a la ley, a fin de vivir para Dios.
Estoy crucificado con Cristo; [20]y ya no vivo yo, pues es Cristo
el que vive en mí. Mi vida presente la vivo en la fe en el Hijo
de Dios, el cual me amó y se entregó a sí mismo por mí. [21]No
rechazo la gracia de Dios; pues si la justicia se obtiene por la
ley, entonces Cristo murió inútilmente».

3 **La ley no puede justificarnos.** [1]¡Oh insensatos gálatas!
¿Quién os fascinó a vosotros, ante cuyos ojos fue presen-
tada la figura de Jesucristo crucificado? [2]Solamente quiero sa-
ber esto de vosotros: ¿recibisteis el Espíritu por las obras de
la ley o por haber aceptado la fe que os anunciaron? [3]¿Tan in-
sensatos sois que, habiendo comenzado por el Espíritu, termi-
náis en la materia? [4]Parece imposible que tantas experiencias
hayan sido inútiles. [5]Pues el que os da el Espíritu y obra mila-
gros en vosotros, ¿lo hace porque cumplís la ley o porque ha-
béis aceptado la fe que os anunciaron?

**Ejemplo de Abrahán, justificado por la fe.** [6]Como está escrito: *Abrahán creyó en Dios y esto le fue contado como justicia* (Gén 15,6). [7]Sabed, pues, que los que tienen fe, ésos son hijos de Abrahán. [8]Pues la Escritura, previendo que Dios justificaría por la fe a los paganos, anunció con anterioridad a Abrahán: *En ti serán bendecidas todas las gentes* (Gén 12,13; 18,18; Si 44,21). [9]De suerte que los que tienen fe son bendecidos con el creyente Abrahán. [10]Pero los que se atienen al cumplimiento de la ley están bajo maldición, como dice la Escritura: *Maldito sea el que no cumple todo lo que está escrito en la ley* (Dt 27,26). [11]Es claro que nadie se justifica ante Dios por la ley, porque *el justo vivirá gracias a la fe* (Hab 2,4). [12]Pero la ley no procede de la fe, sino que dice: *El que cumpla estos preceptos, por ellos vivirá* (Lev 18,5).

**La obra de Cristo.** [13]Cristo nos liberó de la maldición de la ley, haciéndose maldición por nosotros, como dice la Escritura: *Maldito el que está colgado en un madero* (Dt 21,23), [14]para que la bendición de Abrahán hecha en Cristo Jesús se extendiese a todas las naciones, a fin de que, mediante la fe, recibiésemos el Espíritu prometido.

**La ley y la promesa.** [15]Hermanos, voy a hablar a lo humano. Si un hombre hace un testamento en regla, nadie puede anularlo o modificarlo. [16]Ahora bien, Dios hizo las promesas a Abrahán y a su descendencia. No dice «a tus descendientes», como si fueran muchos, sino *a tu descendencia* (Gén 12,7) refiriéndose a Cristo. [17]Lo que quiero decir es esto: Dios hizo un pacto con Abrahán en toda regla; por tanto, una ley, que vino cuatrocientos años después, no pudo anularlo ni dejar sin valor la promesa de Dios. [18]Pues si la herencia depende del cumplimiento de la ley, ya no se debe a la promesa; pero la verdad es que Dios prometió a Abrahán dársela gratuitamente.

**La ley no es contraria a la promesa, sino preparación para Cristo.** [19]Entonces, ¿para qué la ley? Fue añadida para declarar lo que

era delito hasta que llegara el descendiente a que se refería la pro-
mesa. La ley fue promulgada por ángeles a través de un media-
dor. [20]Pero el mediador no lo es de uno solo, y Dios es uno solo.
[21]La ley, por tanto, ¿está contra las promesas de Dios? De ningu-
na manera. Si se hubiera dado una ley capaz de vivificar, enton-
ces la justicia hubiera sido realmente por la ley. [22]Pero, según la
Escritura, todo el mundo está bajo el pecado, para que la pro-
mesa de Dios se cumpla en los creyentes por la fe en Jesucristo.
[23]Ahora bien, antes de venir la fe estábamos encerrados bajo la
custodia de la ley, en espera de la fe que debía manifestarse. [24]De
suerte que la ley ha sido nuestro pedagogo hasta Cristo, para que
por la fe fuéramos justificados; [25]pero, después de haber venido
la fe, ya no estamos bajo el pedagogo. [26]Porque todos sois hijos
de Dios por la fe en Cristo Jesús; [27]pues los que habéis sido bau-
tizados en Cristo os habéis revestido de Cristo. [28]No hay judío ni
griego, no hay esclavo ni libre, no hay hombre ni mujer, pues
todos vosotros sois uno en Cristo Jesús. [29]Y si vosotros sois de
Cristo, sois descendencia de Abrahán, herederos según la promesa.

4 **Situación de los hombres hasta Jesucristo.** [1]Quiero decir
esto: Mientras el heredero es niño en nada se diferencia
de un esclavo, aunque sea el dueño de todo. [2]Está bajo tuto-
res y administradores hasta el tiempo señalado por el padre.
[3]Así también nosotros, cuando *éramos menores* de edad, *está-
bamos esclavizados* bajo los elementos del mundo. [4]Pero cuan-
do se cumplió el tiempo, Dios envió a su Hijo, nacido de una
mujer, nacido bajo la ley, [5]para que redimiese a los que esta-
ban bajo la ley, a fin de que recibiésemos la condición de hi-
jos adoptivos. [6]Y como prueba de que sois hijos, Dios ha en-
viado a vuestros corazones el Espíritu de su Hijo, que clama:
¡Abba, Padre! [7]De suerte que ya no eres esclavo, sino hijo; y
si eres hijo, eres también heredero por la gracia de Dios.

**El que se somete a la ley vuelve a la servidumbre.** [8]Enton-
ces no conocíais a Dios y erais esclavos de unos dioses que no

eran dioses; [9]pero ahora que conocéis a Dios, o, mejor dicho,
que sois conocidos por Dios, ¿cómo os volvéis de nuevo a los
débiles y pobres elementos, a los cuales nuevamente queréis
servir otra vez como esclavos? [10]Lleváis cuenta de los días, los
meses, las estaciones y los años. [11]Mucho me temo que todo
lo que he trabajado entre vosotros haya sido inútil.

**Recuerdos y ansiedades de Pablo.** [12]Hermanos, os ruego que
os hagáis como yo, porque yo también me he hecho como vo-
sotros. No me habéis ofendido en nada. [13]Pero sabéis que, de-
bido a una enfermedad que tuve, os anuncié por primera vez
el evangelio; [14]y aunque mi enfermedad fue para vosotros una
prueba, no me despreciasteis ni me rechazasteis, sino que me
acogisteis como a un ángel de Dios, como a Cristo Jesús.
[15]¿Dónde están ahora aquellos entusiasmos vuestros por mí?
Doy fe de que, si hubiera sido posible, hasta os hubierais arran-
cado los ojos para dármelos a mí. [16]¿Y ahora he pasado a ser
enemigo vuestro sólo por haberos dicho la verdad? [17]Os de-
muestran un afecto de mala ley, os quieren aislar de mí para
que los sigáis a ellos. [18]Lo mejor es demostrar un sano interés
por los demás; pero siempre, y no solamente cuando estoy en-
tre vosotros. [19]Hijos míos, sufro por vosotros como si os estu-
viera de nuevo dando a luz hasta que Cristo sea formado en
vosotros. [20]Quisiera estar entre vosotros para poder hablaros
de la forma conveniente, pues no sé cómo hacerlo.

**Alegoría de Sara y Agar.** [21]Los que queréis estar bajo la ley,
¿habéis escuchado lo que dice la ley? [22]En ella se dice: Abrahán
*tuvo dos hijos: uno de la esclava y otro de la libre.* [23]Pero el
de la esclava *nació de modo natural; el de* la libre, sin embar-
go, en virtud de la promesa. [24]Estas cosas están dichas en sen-
tido alegórico, pues estas mujeres representan dos alianzas; una,
la del monte Sinaí, que engendra esclavos, y está representada
en Agar. [25]Pues el Sinaí es un monte que está en Arabia, y
corresponde a la Jerusalén de ahora, porque ella con sus hijos

está sometida a esclavitud. [26]Pero la Jerusalén de arriba es li-
bre, la cual es madre nuestra, [27]pues dice la Escritura:

*Alégrate, estéril, que no das a luz;*
*da gritos de alegría tú,*
*que no conoces los dolores del parto,*
*porque muchos son*
*los hijos de la abandonada,*
*muchos más*
*que los de la que tiene marido* (Is 54,1).

[28]Hermanos, vosotros, como Isaac, sois hijos de la prome-
sa. [29]Pero igual que entonces el nacido de un modo natural per-
seguía al que nació en virtud del Espíritu, así también ahora.
[30]Pero ¿qué dice la Escritura? *Echa fuera a la esclava y a su*
*hijo, pues el hijo de la esclava no será heredero con el hijo de*
*la libre* (Gén 21,10). [31]Por consiguiente, hermanos, no somos
hijos de la esclava, sino de la libre.

5 **La libertad cristiana.** [1]Cristo nos ha liberado para que sea-
mos hombres libres; permaneced firmes y no os dejéis po
ner de nuevo el yugo de la esclavitud. [2]Mirad; yo, Pablo, os
digo que si os circuncidáis, Cristo de nada os aprovechará. [3]Y
declaro de nuevo que todo el que se circuncida queda obliga-
do a cumplir toda la ley. [4]Los que queréis ser justificados por
la ley quedáis desligados de Cristo y separados de la gracia.
[5]Nosotros aguardamos la justicia esperada por la fe mediante
la fe del Espíritu. [6]Si creemos en Cristo, da lo mismo estar o
no estar circuncidados; lo que importa es la fe y que esta fe se
exprese en obras de amor. [7]Ibais bien. ¿Quién os cortó el ca-
mino de la sumisión a la verdad? [8]No fue el que os llamó. [9]Un
poco de levadura hace fermentar toda la masa. [10]Yo confío en
que, gracias al Señor, no penséis de otro modo; pero el que
os perturba, sea quien sea, recibirá el castigo que merece.
[11]Hermanos, en cuanto a mí, si es verdad que sigo predicando

la circuncisión, ¿por qué soy todavía perseguido? Entonces, se
acabó el escándalo de la cruz. [12]¡Ojalá que se castrasen todos
los que os perturban!

**Libertad, no libertinaje.** [13]Hermanos, vosotros habéis sido
llamados a ser hombres libres; pero procurad que la libertad
no sea un pretexto para dar rienda suelta a las pasiones, antes
bien, servíos unos a otros por amor. [14]Porque toda la ley se
resume en ese precepto: *Amarás a tu prójimo como a ti mis-
mo* (Lev 19,18). [15]Pero si os mordéis y devoráis los unos a los
otros, llegaréis a destruiros mutuamente.
[16]Yo os digo: Dejaos conducir por el Espíritu, y no os dejéis
arrastrar por las apetencias de la carne. [17]Porque la carne lu-
cha contra el espíritu, y el espíritu contra la carne; pues estas
cosas están una frente a la otra para que no hagáis lo que que-
réis. [18]Pues si os dejáis conducir por el Espíritu, no estáis bajo
la ley.
[19]Ahora bien, las obras de la carne son bien claras: lujuria,
impureza, desenfreno, [20]idolatría, supersticiones, enemistades,
disputas, celos, iras, litigios, divisiones, partidismos, [21]envidias,
homicidios, borracheras, comilonas y cosas semejantes a éstas.
Os advierto, como ya antes os advertí, que los que se entre-
gan a estas cosas no heredarán el reino de Dios.
[22]Por el contrario, los frutos del Espíritu son: amor, alegría,
paz, generosidad, benignidad, bondad, fe, [23]mansedumbre,
continencia; contra estas cosas no hay ley. [24]Los que son de
Cristo Jesús han crucificado la carne con sus pasiones y
concupiscencias. [25]Si vivimos por el Espíritu, dejémonos con-
ducir por el Espíritu. [26]No busquemos la vanagloria, provo-
cándonos mutuamente y teniendo envidia unos a otros.

6 **Consejos y aplicaciones varias.** [1]Hermanos, si un hombre
es sorprendido en alguna falta, vosotros, hombres de es-
píritu, corregidle con amabilidad. Ten mucho cuidado, pues
tú también puedes ser puesto a prueba. [2]Ayudaos unos a otros

a llevar las cargas, y así cumpliréis la ley de Cristo. [3]Porque si
alguno se imagina ser algo, siendo así que es nada, se engaña
a sí mismo. [4]Que cada uno examine su propia conducta, y en-
tonces encontrará en sí mismo, y no en otro, el motivo de sen-
tirse satisfecho; [5]porque cada uno llevará su propia carga. [6]El
que es instruido en la fe, que comparta sus bienes con el que
lo instruye. [7]No os engañéis: de Dios no se burla nadie. Pues
lo que el hombre haya sembrado, eso mismo cosechará. [8]Por-
que el que siembra en su propia carne, de la carne cosechará
corrupción; pero el que siembra en el espíritu, del espíritu co-
sechará la vida eterna.

[9]No nos cansemos de hacer el bien, porque a su tiempo
cosecharemos, si no desfallecemos. [10]Por consiguiente, siem-
pre que tengamos oportunidad, hagamos el bien a todos, y es-
pecialmente a los hermanos en la fe.

**Advertencias y despedida.** [11]Fijaos con qué letras tan gran-
des os escribo de mi propia mano. [12]Los que os quieren obli-
gar a circuncidaros lo hacen únicamente para quedar bien ante
los demás y no ser perseguidos por causa de la cruz de Cristo.
[13]Ni los mismos circuncidados guardan la ley; pero quieren que
vosotros os circuncidéis para presumir de que ellos os obliga-
ron a hacerlo. [14]Yo, por mi parte, sólo quiero presumir de la
cruz de nuestro Señor Jesucristo, por la cual el mundo está
crucificado para mí y yo para el mundo. [15]Da igual estar o no
estar circuncidado. Lo que importa es ser un hombre nuevo.
[16]Paz y misericordia a todos los que vivan conforme a esta re-
gla y al Israel de Dios.

[17]Que en adelante nadie me haga sufrir más, que bastante
tengo con llevar marcadas en mi cuerpo las señales de Jesús,
el Señor. [18]Hermanos, que la gracia de nuestro Señor Jesucris-
to esté con vosotros. Amén.

# Carta a los Efesios

*Él es nuestra paz; el que de ambos pueblos hizo uno, derribando el muro que los separaba, la enemistad* (2,14).

Cuando iba de regreso a Antioquía, al fin de su segundo viaje, Pablo recala en Éfeso por breve tiempo. Será en la tercera de sus misiones apostólicas cuando el apóstol haga de esta ciudad su centro de operaciones, en la que, según Hechos, permaneció cerca de tres años. Esta certeza de la presencia prolongada y activa de Pablo en Éfeso no impide, sin embargo, que se planteen serias cuestiones en torno a la autenticidad de esta carta. El escrito presenta tres problemas: la dirección, que no está claro que en el documento original indicara Éfeso, pudiendo leerse en otros manuscritos Laodicea; en segundo lugar extraña que Pablo sea el autor porque después de haber vivido allí tres años, no nombra a personas concretas como le gusta hacer, y parece que no conoce a los cristianos efesinos; por último nos encontramos con un dilema difícil de resolver: de los 155 versículos que componen Efesios, 73 tienen paralelos con Colosenses. Por estas razones (unidas a otras de carácter literario y teológico) se ha propuesto que estaríamos ante una circular escrita por los discípulos de Pablo a una Iglesia que tiene que afrontar nuevos retos. No es extraño en los escritos antiguos el fenómeno de la pseudografía, por el que la comunidad pretendía continuar la enseñanza de un personaje relevante o aplicarla a las nuevas circunstancias.

En este caso estaríamos ante una entrada masiva de paganos en la Iglesia. Esta novedad conlleva un doble riesgo: las nuevas comunidades se van configurando con el poso de la cultura y filosofía paganas, dejando a un lado la raíz judía y la centralidad de Cristo en el acontecimiento salvífico. Además existe el riesgo de la fragmentación en numerosos grupúsculos conforme a su origen o a sus filiaciones. La Carta es, por tanto, el gran documento de la unidad eclesial. El autor pone la unidad de la humanidad entera como objetivo del designio salvador de Dios sobre la historia. En la persona de Cristo se ha reconciliado toda la humanidad; en su muerte y su resurrección se ha vencido el gran enemigo, el odio que atenaza al hombre. El autor proclama de forma solemne que *Cristo es nuestra paz*.

Es un texto de fuerte carácter cristológico y eclesiológico. Ante las continuas asechanzas que pretendían minimizar el papel de Jesucristo en la historia de la salvación, el autor de Efesios recalca la primacía de Cristo. En su reflexión eclesiológica recoge la metáfora del cuerpo aplicado a la Iglesia, que ya había aparecido en 1Corintios, de la que Cristo es la cabeza (1,22). El plan de Dios en la historia tiene como objetivo la unión de toda la humanidad en Cristo y por Cristo; en este designio misterioso la Iglesia tiene un papel singular, ser el lugar donde toda discriminación desaparece ya que ningún pueblo tiene un papel preferente ante Dios.

La llamada a la unidad no está exenta de tensiones y conflictos, por lo que Efesios dedica un apartado importante a la vida moral que brota de la condición de ser cristianos y pertenecer a la luz. El autor de Efesios es probablemente un judío helenista; el escrito deja traslucir la llamada a realizar buenas obras; emplea el binomio luz-tinieblas, recalca la ira de Dios contra el pecado y llama a la perfección.

1 **Saludo.** [1]Pablo, apóstol de Jesucristo por designio de Dios,
a los consagrados y fieles de Cristo Jesús. [2]Os deseo la gra-
cia y la paz de Dios, nuestro Padre, y de Jesucristo, el Señor.

**Bendición y elección divina, filiación y predestinación.** [3]Ben-
dito sea Dios, Padre de nuestro Señor Jesucristo, que nos ha
bendecido en Cristo con toda clase de bendiciones espiritua-
les y celestiales. [4]Él nos ha elegido en Cristo antes de crear el
mundo, para que fuésemos santos e irreprochables a sus ojos.
[5]Por puro amor nos ha predestinado a ser sus hijos adoptivos,
por medio de Jesucristo y conforme al beneplácito de su vo-
luntad, [6]para hacer resplandecer la gracia maravillosa que nos
ha concedido por medio de su querido Hijo.

**Redención por Cristo y recapitulación en él.** [7]Él nos ha ob-
tenido con su sangre la redención, el perdón de los pecados,
según la riqueza de su gracia, [8]que ha derramado sobre noso-
tros con una plenitud de sabiduría y de prudencia, [9]dándonos
a conocer el designio misterioso de su voluntad, según los pla-
nes que se propuso realizar por medio de Cristo [10]cuando se
cumpliera el tiempo: recapitular todas las cosas en Cristo, las
de los cielos y las de la tierra.

**Judíos y paganos constituidos herederos.** [11]En Cristo tam-
bién hemos sido hechos herederos, predestinados según el de-
signio del que todo lo hace conforme a su libre voluntad, [12]a
fin de que nosotros, los que antes habíamos esperado en Cris-
to, seamos alabanza de su gloria; [13]también vosotros los que
habéis escuchado la palabra de la verdad, el evangelio de vues-
tra salvación, en el que habéis creído, habéis sido sellados con
el Espíritu Santo prometido, [14]el cual es garantía de nuestra
herencia, para la plena liberación del pueblo de Dios y ala-
banza de su gloria.

**El misterio anunciado en Cristo es realizado en su Iglesia.** [15]Por
lo cual, yo, al conocer vuestra fe en Jesús, el Señor, y el amor a

todos los creyentes, [16]no ceso de dar gracias por vosotro
recordándoos en mis oraciones, [17]para que el Dios de nuestro Se
ñor Jesucristo, el Padre de la gloria, os conceda espíritu de sabi
duría que os revele un conocimiento profundo de él; [18]que ilu
mine los ojos de vuestro corazón, para que conozcáis cuál es l
esperanza de su llamada, cuál la riqueza de la gloria de su heren
cia otorgada a su pueblo [19]y cuál la excelsa grandeza de su pode
para con nosotros, los creyentes, según la fuerza de su poderos
virtud, [20]la que ejerció en Cristo resucitándolo de entre los muer
tos, sentándolo a su derecha en los cielos [21]por encima de todo
principado, potestad, autoridad, señorío y de todo lo que hay e
este mundo y en el venidero; [22]todo lo sometió bajo sus pies y a
él lo constituyó cabeza de la Iglesia por encima de todas las co
sas; [23]la Iglesia es su cuerpo, la plenitud de todo lo que existe.

2 **Los cristianos, incorporados a Cristo por su misericordia**
[1]Vosotros estabais muertos por las culpas y los pecados [2]qu
cometisteis siguiendo el modo de vivir de este mundo, bajo e
príncipe de las potestades aéreas, el espíritu que actúa en lo
que se rebelan contra Dios. [3]Nosotros también éramos de éso
cuando nos dejábamos llevar de las apetencias carnales, sujeto
a los deseos de nuestros instintos y a nuestra imaginación. Éra
mos, por naturaleza, objeto de la ira divina, igual que los de
más. [4]Pero Dios, rico en misericordia, por el inmenso amor co
que nos amó, [5]nos dio vida juntamente con Cristo (pues habéi
sido salvados por pura gracia) cuando estábamos muertos po
el pecado, [6]nos resucitó y nos hizo sentar con él en los cielo
con Cristo Jesús, [7]a fin de manifestar en los siglos venideros l
excelsa riqueza de su gracia mediante su bondad para con no
sotros en Cristo Jesús.

[8]Habéis sido salvados gratuitamente por la fe; y esto no e
cosa vuestra, es un don de Dios; [9]no se debe a las obras, par
que nadie se llene de vanidad. [10]Él nos ha hecho, él nos h
creado por medio de Cristo Jesús, para hacer obras buenas ta
y como él lo dispuso de antemano.

**Unión e igualdad de judíos y paganos en Cristo.** 11Por lo
cual, acordaos de que vosotros, los paganos de nacimiento,
a los que los judíos llaman «incircuncisos» –ellos llevan en
su carne la circuncisión hecha por mano de hombres–, 12es-
tabais en otro tiempo sin Cristo, alejados de la ciudadanía
de Israel y ajenos a las alianzas, sin esperanza de la promesa
y sin Dios en el mundo; 13mientras que ahora, unidos a Cris-
to Jesús gracias a su muerte, los que antes estabais lejos, ahora
estáis cerca.

14Él es nuestra paz; el que de ambos pueblos hizo uno,
derribando el muro que los separaba, la enemistad; 15anulan-
do en su propio cuerpo la ley, sus mandamientos y decretos.
Él ha formado de los dos, en su propia persona, una nueva
humanidad, haciendo así la paz. 16Él hizo de los dos un solo
cuerpo y los ha reconciliado con Dios por medio de la cruz,
destruyendo en sí mismo la enemistad; 17con su venida anun-
ció la paz a los que estabais lejos y a los que estaban cerca;
18porque por él los unos y los otros tenemos acceso al Padre
en un mismo Espíritu. 19De tal suerte que ya no sois extranje-
ros y huéspedes, sino que sois ciudadanos de los consagrados
y miembros de la familia de Dios, 20edificados sobre el funda-
mento de los apóstoles y de los profetas. La piedra angular de
este edificio es Cristo Jesús, 21en el que todo el edificio, per-
fectamente ensamblado, se levanta para convertirse en un tem-
plo consagrado al Señor; 22por él también vosotros estáis inte-
grados en el edificio, para ser mediante el Espíritu morada de
Dios.

3 **El misterio anunciado por Pablo.** 1Por esto yo, Pablo, es-
toy preso por Cristo Jesús para bien de vosotros, los paga-
nos; 2pues conocéis la misión que Dios generosamente me ha
encomendado en favor vuestro, 3cuando Dios me dio a cono-
cer su plan secreto, del que más arriba os hablé brevemente;
4leyéndolo, podréis saber el conocimiento que yo tengo del se-
creto de Cristo, 5secreto que no se dio a conocer a los hombres

de las generaciones pasadas, y que ahora se lo ha manifestado
a sus santos apóstoles y profetas por medio del Espíritu.
[6]Este secreto consiste en que los paganos comparten la mis-
ma herencia con los judíos, son miembros del mismo cuerpo
y, en virtud del evangelio, participan de la misma promesa en
Jesucristo. [7]Yo he llegado a ser ministro de este evangelio gra-
cias a la acción poderosa de Dios. [8]A mí, el más insignificante
de todos los cristianos, se me ha concedido el privilegio de
evangelizar a los paganos, de anunciar la incalculable riqueza
de Cristo, [9]de declarar el cumplimiento de este plan secreto,
escondido desde todos los siglos en Dios, creador de todas las
cosas. [10]Así, de ahora en adelante, por medio de la Iglesia, los
principados y potestades celestiales podrán conocer la
incalculable sabiduría de Dios, [11]según el plan eterno que Dios
ha realizado en Cristo Jesús, Señor nuestro. [12]Gracias a la fe
que tenemos en Cristo, nos acercamos a Dios con entera li-
bertad y plena confianza. [13]Por eso os pido que no os desalen-
téis al ver lo que sufro por vosotros, pues esto debe ser un
honor para vosotros.

**Himno de alabanza.** [14]Por estas razones doblo mis rodillas
ante el Padre, [15]del que toma su nombre toda familia en el cielo
y en la tierra, [16]para que os conceda, conforme a la riqueza de
su gloria, el ser fortalecidos poderosamente por su Espíritu en
orden al progreso de vuestro hombre interior, [17]y quc Cristo
habite en vuestros corazones por la fe, para que, arraigados y
fundamentados en el amor, [18]podáis comprender con todos los
creyentes cuál es la anchura, la longitud, la altura y la profun-
didad, [19]y conocer el amor de Cristo, que sobrepasa todo co-
nocimiento, a fin de que seáis llenos de toda la plenitud de
Dios.

**Doxología solemne.** [20]A aquel que es poderoso para hacer
muchísimo más de lo que pedimos o pensamos, en virtud de
su poder que actúa en nosotros, [21]a él la gloria en la Iglesia y

en Cristo Jesús, en todas las generaciones, por los siglos de
los siglos. Amén.

4 **Exhortación a la unidad.** 1Yo –que estoy preso por la causa
del Señor– os pido que caminéis de una manera digna de la
vocación que habéis recibido. 2Sed humildes, amables y pacien-
tes. Soportaos unos a otros con amor. 3Esforzaos por mantener
la unidad del espíritu con el vínculo de la paz. 4Hay un solo
cuerpo y un solo Espíritu, como una es la esperanza a la que
habéis sido llamados. 5Hay un solo Señor, una sola fe, un solo
bautismo 6y un solo Dios, padre de todos, que está sobre todos,
por todos y en todos.

**Diversidad de dones.** 7Pero cada uno de nosotros hemos re-
cibido un don en la medida en que Cristo nos lo ha querido
dar. 8Por eso dice la Escritura: *Subió a lo alto llevando presa a
la prisión, repartió dones a los hombres* (Sal 68,19). 9Eso de
que «subió» significa que antes bajó a lo profundo de la tie-
rra. 10El mismo que bajó es el que subió a lo más alto del cie-
lo, para que se cumpliesen todas las cosas. 11Él a unos consti-
tuyó apóstoles; a otros, profetas; a unos evangelistas, y a otros
pastores y maestros, 12a fin de perfeccionar a los cristianos en
la obra de su ministerio y en la edificación del cuerpo de Cristo,
13hasta que todos lleguemos a la unidad de la fe y al conoci-
miento completo del Hijo de Dios, y a constituir el estado del
hombre perfecto a la medida de la edad de la plenitud de Cris-
to, 14para que no seamos niños vacilantes y no nos dejemos
arrastrar por ningún viento de doctrina al capricho de gente
astuta que induce al error; 15antes al contrario, practicando sin-
ceramente el amor, crezcamos en todos los sentidos hacia aquel
que es la cabeza, Cristo. 16Por él, el cuerpo entero, trabado y
unido por medio de todos sus ligamentos, según la actividad
propia de cada miembro, crece y se desarrolla en el amor.

**Renovarse en Cristo, despojándose del hombre viejo.** 17Os
digo y os pido en nombre del Señor que no viváis como viven

los paganos, con sus vanos pensamientos [18]y su mente oscurecida, apartados de la vida de Dios por su ignorancia y la dureza de su corazón; [19]han perdido todo sentido moral y se han entregado al vicio, realizando desenfrenadamente toda clase de inmoralidades.

[20]No es eso lo que vosotros habéis aprendido de Cristo; [21]pues si verdaderamente habéis oído hablar de él y os han instruido en la verdad de Jesús, [22]debéis despojaros de vuestra vida pasada, del hombre viejo, corrompido por las concupiscencias engañosas, [23]renovaos en vuestro espíritu y en vuestra mente [24]y revestíos del hombre nuevo, creado según Dios, en justicia y santidad verdadera.

**Evitar la mentira, la ira, el hurto, las malas palabras.** [25]Por esto, desterrad la mentira, *y que cada uno diga la verdad a su prójimo* (Zac 8,16), pues somos miembros los unos de los otros. [26]*Si os indignáis, no lleguéis a pecar* (Sal 4,4), y que vuestra indignación cese ates de que se ponga el sol; [27]no deis ninguna oportunidad al diablo. [28]El que robaba, que ya no robe más y que se ponga a trabajar honradamente con sus propias manos para tener con qué ayudar a los necesitados. [29]No digáis palabras groseras; que vuestro lenguaje sea bueno, edificante y oportuno, para que hagáis bien a los que os escuchan. [30]No entristezcáis al Espíritu Santo de Dios, que os ha marcado con su sello para distinguiros el día de la liberación. [31]Desterrad la amargura, la ira, los gritos, los insultos y toda clase de maldad. [32]Sed bondadosos y compasivos; perdonaos unos a otros, como Dios os ha perdonado por medio de Cristo.

5 **Ejemplo de Cristo.** [1]Sed imitadores de Dios, como hijos muy amados. [2]Vivid en el amor, siguiendo el ejemplo de Cristo, que nos amó y se entregó por nosotros a Dios como ofrenda y sacrificio de olor agradable.

**Huida de la impureza.** [3]En lo que se refiere a la lujuria y a toda clase de impureza o avaricia, que ni siquiera se nombre

entre vosotros, como debe ser entre creyentes; [4]ni palabras tor-
pes, groserías o bajezas, cosas que no están bien; por el con-
trario, alabad a Dios.

[5]Porque tened bien entendido que ningún lujurioso, impu-
ro o avaro –que es lo mismo que un idólatra– ha de heredar
el reino de Cristo y de Dios. [6]Que nadie os engañe con vanas
palabras, pues por estas cosas vendrá la ira de Dios sobre los
rebeldes. [7]No tengáis parte alguna con ellos.

**La conducta de los hijos de Dios.** [8]Antes erais tinieblas, aho-
ra sois luz en el Señor; caminad como hijos de la luz [9](porque
el fruto de la luz consiste en la bondad, en la justicia y en la
verdad). [10]Buscad lo que agrada al Señor, [11]y no toméis parte
en las obras infructuosas de las tinieblas; por el contrario,
condenadlas abiertamente, [12]porque las cosas que ellos hacen
en secreto da vergüenza decirlas. [13]Cuando todas estas cosas
son manifestadas por la luz, quedan al descubierto, y lo que
queda al descubierto se convierte en luz. [14]Por eso se dice: *Des-
pierta tú, que duermes, y levántate de entre los muertos, y Cris-
to te iluminará* (Is 26,19).

**Prudencia y sobriedad.** [15]A ver cómo os comportáis; que no
sea como insensatos, sino como inteligentes, [16]aprovechando el
tiempo, porque los días son malos. [17]Por consiguiente, no actuéis
como necios, sino procurad conocer cuál es la voluntad del Se-
ñor. [18]No bebáis vino hasta emborracharos, pues eso lleva al
desenfreno; al contrario, llenaos del Espíritu Santo [19]recitando
entre vosotros salmos, himnos y cánticos espirituales, cantando y
alabando al Señor en vuestros corazones, [20]dando siempre gra-
cias por todo a Dios Padre en nombre de nuestro Señor Jesucris-
to. [21]Respetaos unos a otros por fidelidad a Cristo.

**Deberes recíprocos de los casados.** [22]Que las mujeres sean
sumisas a sus maridos como si se tratara del Señor; [23]porque
el marido es cabeza de la mujer, del mismo modo que Cristo

es cabeza de la Iglesia, cuerpo suyo, del cual él es el Salvador.
24 Así como la Iglesia está sujeta a Cristo, así también las muje-
res lo deben estar a sus maridos en todo. 25 Maridos, amad a
vuestras esposas, como Cristo amó a la Iglesia y se entregó él
mismo por ella, 26 a fin de santificarla por medio del agua del
bautismo y de la palabra, 27 para prepararse una Iglesia glorio-
sa, sin mancha ni arruga ni cosa parecida, sino santa y perfec-
ta. 28 Así los maridos deben también amar a sus mujeres como
a su propio cuerpo. El que ama a su mujer se ama a sí mismo.
29 Porque nadie odia jamás a su propio cuerpo, sino que, por
el contrario, lo alimenta y lo cuida, como hace Cristo con la
Iglesia, 30 pues somos miembros de su cuerpo. 31 *Por eso el hom-
bre dejará a su padre y a su madre y se unirá a su mujer, y los
dos serán una sola carne* (Gén 2,24). 32 Éste es un gran miste-
rio, que yo aplico a Cristo y a la Iglesia. 33 Por lo que toca a
vosotros, que cada uno ame a su mujer como a sí mismo, y
que la mujer respete a su marido.

6 **Deberes de los hijos y de los padres.** 1 Hijos, obedeced a
vuestros padres por amor al Señor, porque esto es de jus-
ticia. 2 *Honra a tu padre y a tu madre* (que es el primer man-
damiento con promesa), 3 *para que seáis felices y tengáis larga
vida sobre la tierra* (Éx 20,12; Dt 15,16). 4 Y vosotros, padres,
no exasperéis a vuestros hijos, sino educadlos en la disciplina
y en la corrección como quiere el Señor.

**Deberes de los esclavos y de los amos.** 5 Esclavos, obedeced
a vuestros amos temporales con respeto, lealtad y de todo co-
razón, como si fuera a Cristo; 6 servidles no sólo cuando os ven,
como para quedar bien con ellos, sino como esclavos de Cris-
to, haciendo de corazón la voluntad del Señor; 7 servidles de
buena gana, como si fuera al Señor y no a hombres, 8 conside-
rando que el Señor retribuirá a cada uno todo el bien que haga,
lo mismo al esclavo que al libre. 9 Y vosotros, amos, haced con
ellos las mismas cosas, dejándoos de amenazas, considerando

que ellos y vosotros tenéis un mismo amo en el cielo, para el que todos son iguales.

**Las armas del cristiano.** [10]En definitiva, cobrad fuerzas en el poder soberano del Señor. [11]Revestíos de la armadura de Dios para que podáis resistir las tentaciones del diablo. [12]Porque nuestra lucha no es contra gente de carne y hueso, sino contra los principados y potestades, contra los dominadores de este mundo tenebroso, contra los espíritus del mal, que moran en los espacios celestes. [13]Por esto, recibid la armadura de Dios, para que podáis resistir en el día malo y ser perfectos en todo. [14]Manteneos firmes, *ceñidos vuestros lomos con la verdad, revestidos con la coraza de la justicia* (Is 11,5; Sab 5;18), [15]y teniendo calzados los pies, prontos para *anunciar el evangelio de la paz* (Is 52,7; Nah 2,1). [16]Empuñad en todas las ocasiones el escudo de la fe, con el cual podáis inutilizar los dardos encendidos del Maligno.

[17]Tomad también *el yelmo de la salud* (Is 59,17) y la espada del Espíritu, que es la palabra de Dios (cf Is 49,2; Os 6,5), [18]orando sin cesar bajo la guía del Espíritu con toda clase de oraciones y súplicas; estad alerta y pedid constantemente por todos los creyentes; [19]pedid también por mí, para que Dios ponga en mis labios las palabras adecuadas y anuncie con valentía el plan secreto de Dios, el evangelio, [20]del que soy un embajador encadenado, hablando con valor y como debo hacerlo.

**Misión de Tíquico.** [21]Tíquico, hermano muy querido y fiel ministro del Señor, os contará cómo van mis cosas y todo lo que hago; [22]os lo envío precisamente para esto, para que tengáis noticias mías y os dé ánimos.

**Despedida.** [23]Que Dios Padre y Jesucristo, el Señor, os concedan a todos los hermanos la paz, el amor y la fe. [24]Que la gracia esté con todos los que profesan a nuestro Señor Jesucristo un amor inalterable.

# Carta a los Filipenses

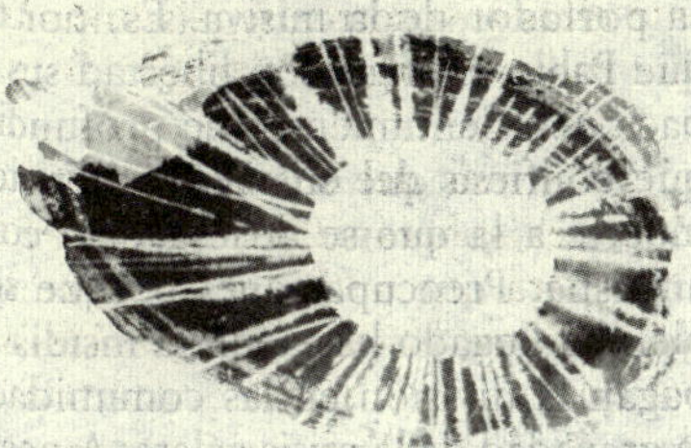

*Todo lo tengo por pérdida ante el sublime conocimiento de Cristo Jesús, mi Señor* (3,8).

La ciudad de Filipos tiene el honor de ser la primera ciudad de Europa donde se predicó el mensaje cristiano. Situada en la importantísima *via Egnatia* fue visitada por Pablo en su segundo viaje misionero. Corre la mitad del siglo (año 49 ó 50); el apóstol abandona la península anatólica y da el salto a las regiones macedonias y griegas (He 16,6-40). La ciudad recibe el nombre del rey Filipos, padre de Alejandro Magno; su esplendor lo alcanzará una vez que el emperador Augusto la eleve al rango de colonia romana instalando en ella tropas veteranas de sus legiones. A su vez le concedió los privilegios de ciudad romana sujeta sólo al Emperador. La ciudad respira, por tanto, ambiente pagano. Existía una comunidad judía, pero según las referencias de Hechos debía ser muy pequeña pues no disponía de Sinagoga y se reunía junto al río. Pablo será denunciado por introducir en la ciudad costumbres no romanas (He 16,20-21) a la vez que invoca por primera vez sus derechos de ciudadano romano (He 16,37).

La razón de la carta es agradecer a la comunidad de Filipos la ayuda que le están prestando. Cuando escribe se encuentra encarcelado en Éfeso, y aprovecha el viaje de vuelta de Epafrodito, que le había llevado ayuda, para que él mismo fuera portador de la misiva. Es, por tanto, una carta vital en la que Pablo expresa con libertad sus sentimientos y sus preocupaciones. Sentimientos de profundidad mística y de alegría ya que confiesa que su vivir es Cristo, de modo que incluso la muerte a la que se arriesga, no constituye para él motivo de angustia. Preocupaciones porque se ha enterado de que también ha llegado hasta allí la insidia de los judaizantes que propagan la división en las comunidades, sin que haya llegado a la gravedad de la crisis gálata. A pesar de que estuvo poco tiempo en esta ciudad, se nota un cariño especial entre Pablo y aquellos cristianos de Filipos.

Estamos ante la carta de la alegría cristiana (1,4.8.25; 2,2.17.18.28.29); alegría que brota del conocimiento personal de Cristo, tema que una y otra vez vuelve a los labios del gran misionero. Lo único que le importa es que se proclame y se reconozca su grandeza; es más, si alguien está con Cristo no importa aunque esté contra Pablo: *de la manera que sea, se anuncia a Cristo y yo me alegro* (1,18). En el himno cristológico (2,6-11), que incluye la carta, presenta el ejemplo de Cristo, al que cita en términos de preexistencia, abajamiento por la encarnación, muerte por obediencia y exaltación por la que Jesús recibe el título divino de Señor.

Los filipenses deben obediencia a Dios mostrando su unión en medio de un mundo dividido; este es el mensaje de vida propio del testimonio cristiano. Por último, otro rasgo notable de la carta es su apertura al mundo pagano; al particularismo judío de los partidarios de la Ley opone Pablo la comprensión debida a todo ser humano y la estima de lo bueno, dondequiera se encuentre.

Nadie duda de la autenticidad de la carta, pero sí que se propone ver no un único escrito, sino una elaboración posterior tomando como base dos o incluso tres cartas de Pablo a los filipenses. La propuesta no es extraña ya que había relación fluida entre Filipos y Éfeso

1 **Saludo.** [1]Pablo y Timoteo, siervos de Jesucristo, a todos
los cristianos que viven en Filipos con sus obispos y
diáconos. [2]Os deseamos la gracia y la paz de Dios nuestro Pa-
dre y de Jesucristo, el Señor.

**Acción de gracias y súplicas.** [3]Siempre que me acuerdo de
vosotros doy gracias a mi Dios; [4]y cuando pido por vosotros
en mis oraciones, lo hago con alegría, [5]por vuestra participa-
ción en el progreso del evangelio desde el primer día hasta aho-
ra, [6]persuadido de que quien comenzó en vosotros la buena
obra la llevará a feliz término para el día de Cristo Jesús. [7]Es
justo que yo sienta así de todos vosotros, pues os llevo en el
corazón, ya que compartís conmigo el privilegio de estar pre-
so y de defender y consolidar el evangelio. [8]Dios es testigo de
todo lo que os quiero en las entrañas de Cristo Jesús. [9]Y le
pido que vuestro amor crezca cada día más en conocimiento
y en discreción, [10]para que sepáis discernir lo más perfecto, a
fin de que seáis puros e irreprensibles para el día de Cristo,
[11]llenos de frutos de justicia por Jesucristo, para gloria y ala-
banza de Dios.

**Sentimiento del prisionero de Cristo.** [12]Hermanos, quiero
que sepáis que las cosas que me han ocurrido han venido a
favorecer el progreso del evangelio, [13]hasta el punto de que
en palacio y en todo lugar es notorio que llevo las cadenas de
Cristo; [14]y la mayoría de los hermanos, alentados en el Señor
por mis cadenas, se muestran más intrépidos, anunciando sin
temor la palabra de Dios. [15]Cierto que algunos predican a Cris-
to por espíritu de envidia y competencia, pero otros lo hacen
con recta intención, [16]éstos movidos por el amor, sabiendo que
estoy puesto para defensa del evangelio; [17]aquéllos por rivali-
dad predican a Cristo, creyendo que así hacen más dura mi
prisión. [18]Pero, al fin y al cabo, ¿qué importa? De cualquier
manera que Cristo sea anunciado, hipócrita o sinceramente,
yo me alegro, y me alegraré; [19]pues sé que esto redundará en

provecho mío por vuestra oración y la asistencia del Espíritu
de Jesucristo. 20Con viva esperanza confío en que en nada seré
defraudado, sino que con toda seguridad, como siempre, tam-
bién ahora Jesucristo será glorificado en mi cuerpo, sea por la
vida, sea por la muerte. 21Pues para mí la vida es Cristo, y la
muerte ganancia. 22Mas si continuar viviendo es para mí fruto
de apostolado, no sé qué elegir. 23Me siento apremiado por
ambas partes: por una, deseo la muerte para estar con Cristo,
lo que es mejor para mí; 24por otra, deseo continuar viviendo,
lo que juzgo más necesario para vosotros. 25Estoy seguro de
que me quedaré y permaneceré con vosotros para vuestro
progreso y gozo en la fe. 26Así, cuando vaya por segunda vez
a veros, tendréis un nuevo motivo de satisfacción en Cristo
Jesús.

**Vida digna frente a los enemigos.** 27Os pido sobre todo que
viváis una vida digna del evangelio de Cristo para que, sea que
vaya y lo vea, sea que ausente lo oiga, perseveréis firmes en
un mismo espíritu, luchando con una sola alma por la fe del
evangelio, 28sin dejaros intimidar en lo más mínimo ante vues-
tros adversarios; lo que para ellos es señal de perdición, lo es
en cambio para vosotros de salvación, y esto por obra de Dios.
29Pues vosotros tenéis el privilegio no sólo de creer en Cristo,
sino también de padecer por él, 30teniendo que sostener el mis-
mo combate que antes visteis en mí y ahora oís de mí.

2 **Recomendación de la caridad y humildad.** 1Si tenéis algún
consuelo en Cristo, alguna muestra de amor; si estáis uni-
dos en el mismo Espíritu; si tenéis entrañas de misericordia,
2llenadme de gozo teniendo todos un mismo pensar, un mis-
mo amor, una sola alma y unos mismos sentimientos. 3No ha-
gáis cosa alguna por espíritu de rivalidad o de vanagloria; sed
humildes y tened a los demás por superiores a vosotros,
4preocupándoos no sólo de vuestras cosas, sino también de las
cosas de los demás.

**Cristo, ejemplo impresionante de abnegación.** [5]Procurad tener los mismos sentimientos que tuvo Cristo Jesús, [6]el cual, teniendo la naturaleza gloriosa de Dios, no consideró como codiciable tesoro el mantenerse igual a Dios, [7]sino que se anonadó a sí mismo tomando la naturaleza de siervo, haciéndose semejante a los hombres; [8]y, en su condición de hombre, se humilló a sí mismo haciéndose obediente hasta la muerte, y muerte de cruz. [9]Por ello Dios le exaltó sobremanera y le otorgó un nombre que está sobre cualquier otro nombre, [10]para que al nombre de Jesús doblen su rodilla los seres del cielo, de la tierra y del abismo, [11]y toda lengua confiese que Jesucristo es Señor para gloria de Dios Padre.

**Vida ejemplarmente cristiana.** [12]Por tanto, queridos hermanos, como siempre habéis obedecido, no sólo durante mi presencia, sino también y mucho más mientras estuve ausente, trabajad por vuestra salvación con profundo acatamiento [13]pues es Dios el que obra en vosotros el querer y el obrar, según su voluntad. [14]Hacedlo todo sin críticas ni discusiones, [15]a fin de que seáis irreprochables y sin malicia, hijos de Dios irreprensibles en medio de esta generación perversa y descarriada, en medio de la cual brilláis como astros en el universo, [16]manteniendo firme la palabra de vida, de modo que pueda presumir en el día de Cristo de no haber corrido ni trabajado inútilmente. [17]Y aunque tuviera que derramar mi sangre como libación sobre el sacrificio y la ofrenda de vuestra fe, me gozo y congratulo con todos vosotros. [18]Alegraos también vosotros de esto mismo y congratulaos conmigo.

**Elogio de Timoteo.** [19]Confiado en Jesús, el Señor, espero enviaros pronto a Timoteo, a fin de que también yo me sienta reconfortado al tener noticias de vosotros. [20]Pues a nadie tengo de tan idénticos sentimientos conmigo, que tan sinceramente se preocupe de vuestras cosas; [21]pues todos buscan sus intereses personales, no los de Jesucristo. [22]Vosotros conocéis su pro-

bada virtud, que como un hijo con su padre se ha conducido
conmigo en la causa del evangelio. [23]Pienso enviároslo tan
pronto como pueda entrever el resultado de mi causa, y, [24]con-
fiado en el Señor, espero ir yo mismo pronto.

**Epafrodito vuelve a Filipos.** [25]Entre tanto he juzgado nece-
sario enviaros a Epafrodito, nuestro hermano, colaborador y
compañero de fatigas, el que vosotros me enviasteis con el en-
cargo de socorrerme en mis necesidades, [26]pues está deseando
veros a todos vosotros y siente profunda inquietud porque sabe
que ha llegado a vosotros la noticia de su enfermedad. [27]Cier-
to que enfermó y estuvo a las puertas de la muerte, pero Dios
tuvo misericordia de él; y no sólo de él, sino también de mí,
para que no tuviese yo tristeza sobre tristeza. [28]Por ello os lo
envío más prontamente, a fin de que, viéndole de nuevo, os
gocéis y yo me sienta aliviado en mi tristeza. [29]Recibidlo
cristianamente, con alegría, y tened en honor a personas como
él, [30]que por la obra de Cristo estuvo a punto de morir po-
niendo en peligro su vida para proporcionarme en vuestra au-
sencia los servicios que vosotros no me podíais prestar.

3 **Advertencias respecto de los judaizantes.** [1]Por lo demás,
hermanos míos, alegraos en el Señor. No me resulta mo-
lesto escribiros las mismas cosas, y a vosotros os es útil. [2]¡Cui-
dado con los perros, cuidado con los malos obreros, cuidado
con los de la circuncisión! [3]La verdadera circuncisión somos
nosotros, los que damos culto llevados del Espíritu de Dios y
estamos orgullosos de Cristo Jesús, no poniendo nuestra con-
fianza en algo humano, [4]aunque yo sí podría confiar en lo hu-
mano; pues si alguno cree poder confiar en lo humano, más
podría yo. [5]Fui circuncidado al octavo día; soy del linaje de
Israel; de la tribu de Benjamín; hebreo, hijo de hebreos y, por
lo que a la ley se refiere, fariseo; [6]por amor a la ley fui perse-
guidor de la Iglesia; en cuanto a la justicia que viene del cum-
plimiento de la ley, irreprensible.

**Pablo lo ha sacrificado todo por Cristo.** [7]Pero todo lo que tuve
entonces por ventaja, lo juzgo ahora daño por Cristo; [8]más aún,
todo lo tengo por pérdida ante el sublime conocimiento de Cris-
to Jesús, mi Señor, por quien he sacrificado todas las cosas, y las
tengo por basura con tal de ganar a Cristo [9]y encontrarme en él;
no en posesión de mi justicia, la que viene de la ley, sino de la
que se obtiene por la fe en Cristo, la justicia de Dios, que se fun-
da en la fe, [10]a fin de conocerle a él y la virtud de su resurrección
y la participación en sus padecimientos, configurándome con su
muerte [11]para alcanzar la resurrección de los muertos.

**El Apóstol se esfuerza por conseguir la perfección.** [12]No quie-
ro decir con esto que haya alcanzado ya la perfección, sino que
corro tras ella con la pretensión de darle alcance, por cuanto yo
mismo fui alcanzado por Cristo Jesús. [13]Hermanos, yo no creo
haberla alcanzado ya; de una cosa me ocupo: olvidando lo que
queda atrás, me lanzo en persecución de lo que está delante; [14]co-
rro hacia la meta, hacia la vocación celeste de Dios en Cristo Je-
sús. [15]Así pues, cuantos somos perfectos sintamos de este modo;
y si alguno siente de otra manera, Dios os iluminará a este pro-
pósito. [16]De cualquier modo, en la meta que hubiéramos alcan-
zado perseveremos firmes.

**La imitación de Pablo. Somos ciudadanos del cielo.** [17]Her-
manos, seguid todos mi ejemplo y observad a los que se con-
ducen conforme al modelo que tenéis en mí. [18]Pues hay mu-
chos entre vosotros, de quienes muchas veces os dije, y ahora
tengo que repetirlo con lágrimas en los ojos, que son enemi-
gos de la cruz de Cristo; [19]su fin será la perdición, su dios es
su vientre, su gloria lo que los deshonra y tienen puesto su
corazón en las cosas de la tierra. [20]Nuestra patria está en los
cielos, de donde esperamos al Salvador y Señor Jesucristo, [21]el
cual transformará nuestro cuerpo lleno de miserias conforme
a su cuerpo glorioso en virtud del poder que tiene para some-
ter a sí todas las cosas.

4 1Por tanto, hermanos míos queridísimos, mi alegría y mi
corona, manteneos firmes en el Señor, queridos míos.

**La alegría y la paz.** 2Ruego a Evodia y Síntique que tengan
unos mismos sentimientos en el Señor. 3Y a ti, leal compañe-
ro, te ruego que prestes tu ayuda a éstas, que han trabajado
mucho en el evangelio conmigo y con Clemente y demás co-
laboradores míos, cuyos nombres están en el libro de la vida.
4Alegraos en el Señor siempre; lo repito: alegraos. 5Que vues-
tra bondad sea notoria a todos los hombres. El Señor está cer-
ca. 6No os inquietéis por cosa alguna, sino más bien en toda
oración y plegaria presentad al Señor vuestras necesidades con
acción de gracias. 7Y la paz de Dios, que sobrepasa toda inte-
ligencia, guardará vuestros corazones y vuestros pensamientos
en Cristo Jesús. 8Por lo demás, hermanos, considerad lo que
hay de verdadero, de noble, de justo, de puro, de amable, de
buena fama, de virtuoso, de laudable; 9practicad lo que ha-
béis aprendido y recibido, lo que habéis oído y visto en mí, y
el Dios de la paz estará con vosotros.

**Agradecimiento de Pablo a los filipenses.** 10He sentido una
gran alegría en el Señor porque habéis reavivado vuestros sen-
timientos por mí; vosotros los sentíais, pero no habíais tenido
ocasión de manifestarlos. 11No digo esto inducido por mi in-
digencia, pues he aprendido a contentarme con mi suerte. 12Sé
carecer de lo necesario y vivir en la abundancia; estoy ense-
ñado a todas y cada una de estas cosas, a sentirme harto y a
tener hambre, a nadar en la abundancia y a experimentar es-
trecheces. 13Todo lo puedo en aquel que me conforta. 14Ha-
béis hecho bien, sin embargo, en haceros cargo de mi tribula-
ción. 15Sabéis muy bien vosotros, filipenses, que al principio
de la predicación del evangelio, cuando partí de Macedonia,
ninguna iglesia tuvo conmigo cuenta de «haber» y «debe», a
no ser vosotros solos; 16pues ya en Tesalónica me enviasteis una
y otra vez con qué atender a mi necesidad. 17No es que bus-

que que me deis algo; lo que busco es que se acreciente el fruto que redunda en favor vuestro. [18]Tengo lo que podía necesitar, y más todavía; tengo de sobra después de haber recibido de Epafrodito vuestros socorros, ofrenda de suave olor, sacrificio grato, agradable a Dios. [19]Mi Dios, a su vez, proveerá colmadamente a vuestra indigencia, según sus riquezas, en Cristo Jesús. [20]A Dios, Padre nuestro, la gloria por los siglos de los siglos. Amén.

**Despedida.** [21]Saludad a todos los que creen en Cristo Jesús. Os saludan los hermanos que están conmigo. [22]Os saludan todos los que pertenecen al pueblo de Dios, en especial los de la casa del César. [23]La gracia de Jesucristo, el Señor, esté con vosotros.

# Carta a los Colosenses

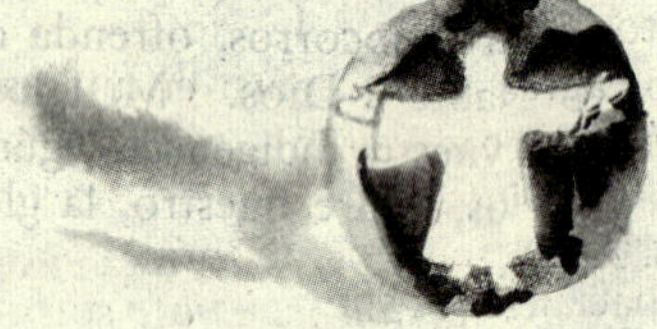

*Cristo es imagen de Dios invisible,*
*primogénito de toda la creación* (1, 15).

A unos doscientos kilómetros de Éfeso, buscando el interior de Anatolia, se extiende un fértil valle por el que corre el río Lico. Tres ciudades importantes en los orígenes del cristianismo se desarrollan en sus riberas: Laodicea, Hierápolis con sus renombradas fuentes termales y Colosas, pequeña ciudad mercado. Las tres conocieron pronto la fe cristiana pero no fueron evangelizadas personalmente por Pablo, sino por su equipo de colaboradores. Probablemente es Epafras (1,7) quien llevó la buena noticia de Cristo a estos lugares.

No es fácil adivinar cuál era exactamente el riesgo que corría esta comunidad. Por el contenido de la carta podemos adivinar que la comunidad de Colosas está sometida al influjo de ciertos personajes que propagaban un sincretismo religioso en el que prometían la plenitud (2,9-10) a través de ciertas devociones o cultos a los ángeles (2,18), seres supramundanos, llamados majestades, señoríos, potencias o autoridades que rigen los destinos del mundo. Esta concepción esotérica iba acompañada de la exhortación a seguir normas legalistas de tipo judaizante a la que unían severas prácticas de mortificación corporales. No podemos hablar, quizá todavía, de gnosticismo (que predica la salvación para llegar a un conocimiento superior, reservado a unos iniciados, reduciendo la salvación de Cristo a ser un mero maestro), pero sí de tendencias gnósticas que desembocarán en los sistemas gnósticos elaborados que conocemos del siglo II.

El autor no tiene reparo en utilizar los mismos términos que emplean estos extraños personajes de Colosas; así llama a Dios *Plenitud total;* propone a Cristo como *secreto* o *misterio de Dios;* las referencias temporales *(antes / después)* dejan paso a las espaciales *(arriba / abajo);* sorprende, por este uso tan peculiar del vocabulario, que no encontremos las palabras propias que una y otra vez repite Pablo, tales como *ley*, *salvación* o *libertad*. La cristología que aparece en Colosenses ha desarrollado la reflexión sobre el papel de Cristo en el cosmos. Si a esto añadimos la ausencia de la mención del Espíritu Santo como principio de vida cristiana y el poco peso de la escatología, no es de extrañar que se haya planteado muy seriamente si podemos afirmar que salió de la mano de Pablo. No es exagerado, sin embargo, ver en él la teología de corte paulino en la que proclama a Cristo como centro de la salvación.

El himno cristológico expone la esencia de la carta: Cristo es Señor de toda la creación, frente a los que dudaban de que hubiera vencido a los poderes supramundanos, y Él es el único salvador del mundo, como revelación plena y perfecta de la sabiduría eterna de Dios. Cristo es la plenitud de Dios; es el soberano de todas las potencias porque las ha sometido. Él es la plena sabiduría de los que aspiran a conocimientos superiores; es la revelación que manifiesta el misterio escondido de Dios. De esta forma, el cristiano, que ha reconocido en Cristo al Señor de la creación y de la historia, ya no tiene que temer porque las potencias cósmicas han sido vencidas. Colosenses aleja, por tanto, toda amenaza de determinismo, de pesimismo, de reducción de la fe a conocimiento esotérico para iniciados.

1 **Saludo.** 1Pablo, apóstol de Jesucristo por voluntad de Dios,
y Timoteo, el hermano, 2a los creyentes y fieles hermanos
en Cristo residentes en Colosas. Os deseamos la gracia y la
paz de Dios nuestro Padre.

**Acción de gracias.** 3Damos gracias a Dios, Padre de nuestro
Señor Jesucristo, orando siempre por vosotros, 4porque esta-
mos informados de vuestra fe en Cristo Jesús y del amor fra-
terno que tenéis a todos los creyentes 5por la esperanza de lo
que os está reservado en los cielos, de la que ya oísteis hablar
por la palabra de la verdad del evangelio 6que llegó hasta vo-
sotros, y que, como fructifica y crece en todo el mundo, así
también ha sucedido entre vosotros desde el día en que oís-
teis y conocisteis la gracia de Dios en la verdad, 7conforme la
aprendisteis de Epafras, nuestro querido compañero y fiel mi-
nistro de Cristo en lugar nuestro, 8quien también nos ha ma-
nifestado lo que nos amáis en el Espíritu.

**Oración por el progreso espiritual de los colosenses.** 9Por esta
razón nosotros, desde el día en que lo oímos, no cesamos de
rogar y pedir por vosotros, para que seáis llenos del conocimien-
to de su voluntad con toda sabiduría e inteligencia espiritual,
10y os comportéis de una manera digna del Señor, intentando
complacerle en todo, fructificando en toda obra buena y cre-
ciendo en el conocimiento de Dios, 11dotados de una fortaleza
a toda prueba por el poder de su gloria para así soportar todo
con alegría y con paciencia; 12dando gracias al mismo tiempo a
Dios, que os ha hecho capaces de participar en la herencia de
su pueblo en la gloria, 13que nos rescató del poder de las tinie-
blas y nos transportó al reino de su Hijo querido, 14en quien
tenemos la liberación y el perdón de los pecados.

**Excelencia de la persona de Cristo:**
a) *En la creación del mundo.* 15Cristo es imagen de Dios
invisible, primogénito de toda la creación, 16porque por él mis-

mo fueron creadas todas las cosas, las de los cielos y las de la tierra, lo invisible y lo visible, tanto los tronos como las dominaciones, los principados como las potestades; absolutamente todo fue creado por él y para él; [17]y él mismo existe antes que todas las cosas, y todas subsisten en él.

b) *En la Iglesia.* [18]Él es también la cabeza del cuerpo, de la Iglesia, siendo el principio, el primogénito entre los muertos, para ser el primero en todo, [19]ya que en él quiso el Padre que habitase toda la plenitud.

c) *En la obra de reconciliación.* [20]Quiso también por medio de él reconciliar consigo todas las cosas, tanto las de la tierra como las del cielo, pacificándolas por la sangre de su cruz.

[21]Y a vosotros, que fuisteis un día extraños y enemigos de corazón y de obra, [22]ahora, en fin, os ha reconciliado completamente por la muerte de su cuerpo mortal, para presentaros limpios, inmaculados e irreprensibles ante su presencia, [23]siempre que perseveréis sólidamente cimentados en la fe y estables e inconmovibles en la esperanza del evangelio que oísteis, el que ha de ser predicado a toda criatura bajo el cielo, y del que yo, Pablo, he sido elegido ministro.

**La obra de Cristo y los sufrimientos del Apóstol.** [24]Ahora me alegro de sufrir por vosotros, y por mi parte completo en mi carne lo que falta a las tribulaciones de Cristo por su cuerpo, que es la Iglesia, [25]de la que fui hecho ministro según la misión que Dios me dio para bien vuestro, con el fin de dar cumplimiento a su mensaje divino, [26]el plan secreto de Dios, escondido desde los siglos y desde las generaciones y ahora manifestado a los creyentes, [27]a quienes Dios quiso descubrir cuál es la riqueza sublime de este secreto entre los paganos, que es Cristo entre vosotros, la esperanza de la gloria, [28]a quien nosotros anunciamos amonestando e instruyendo a todos los hombres en toda sabiduría, para presentarlos perfectos en Je-

sucristo; 29con miras a lo cual me fatigo y lucho apoyado en
la fuerza de Cristo, que obra poderosamente en mí.

2 **Solicitud por los fieles.** 1Quiero que sepáis qué intensa lu-
cha soporto por vosotros, por los que residen en Laodicea
y por todos los que no me conocen personalmente, 2para que
cobren ánimo, se mantengan unidos en el amor y alcancen así
el conocimiento pleno de todo y descubran el secreto de Dios,
que es Cristo, 3en el que se encuentran ocultos todos los teso-
ros de la sabiduría y de la ciencia.

**Advertencia sobre las falsas doctrinas.** 4Digo esto para que
nadie os engañe con razonamientos falsos. 5Pues, aunque
corporalmente me hallo ausente, en espíritu me encuentro en
vuestra compañía, complaciéndome al ver la disposición in-
quebrantable de vuestra fe en Cristo.

6Ya que habéis aceptado a Jesucristo, el Señor, vivid como
él quiere, 7arraigados y cimentados en él; manteneos firmes
en la fe tal y como aprendisteis, en continua acción de gra-
cias. 8Cuidado con que nadie os engañe con falsas teorías y
vanos razonamientos, apoyados en las tradiciones de los hom-
bres y en los elementos del mundo, y no en Cristo. 9Porque
en él habita corporalmente toda la plenitud de la divinidad,
10y en él, cabeza de todo principado y potestad, habéis al-
canzado la plenitud. 11En él también fuisteis circuncidados con
una circuncisión hecha no por la mano del hombre, sino con
la circuncisión de Cristo, que consiste en despojaros de vues-
tros apetitos carnales. 12En el bautismo fuisteis sepultados con
Cristo, habéis resucitado también con él por la fe en el po-
der de Dios, que lo resucitó de entre los muertos. 13Y a vo-
sotros, que estabais muertos por vuestras faltas y por no ha-
ber dominado los apetitos carnales, os volvió a dar la vida
juntamente con él, y nos ha perdonado todos los pecados.
14Ha destruido el acta que había contra nosotros con sus
acusaciones legales, quitándola de en medio y clavándola en

la cruz; 15y destituyó a los principados y a las potestades, y
los expuso a la pública irrisión, triunfando de ellos en la cruz.

**El falso ascetismo.** 16Por consiguiente, que nadie os juzgue
por las comidas o bebidas o por la participación en las fiestas,
lunas nuevas o sábados, 17lo cual es una sombra del futuro,
cuyo fundamento es Cristo. 18Que nadie, con simulada humil-
dad o culto de ángeles, os niegue el premio de la victoria, me-
tiéndose en cosas que no ha visto, presumiendo vanamente a
la luz de su inteligencia carnal, 19en lugar de adherirse a la ca-
beza, por la que todo el cuerpo, sustentado y ligado por las
articulaciones y junturas, aumenta su crecimiento en Dios. 20Si
habéis muerto con Cristo a los elementos del mundo, ¿por qué
os sometéis como si todavía fueseis del mundo a preceptos
como: 21no tomes, no gustes, no toques? 22¿No son cosas que
llegan a destruirse por el uso, conforme a las ordenanzas e ins-
trucciones de los hombres? 23Estas cosas pueden tener un as-
pecto de sabiduría, porque manifiestan cierta religiosidad, cier-
ta humildad y un desprecio por el cuerpo; pero, en realidad,
no tienen valor alguno, pues sólo tienden a satisfacer los ape-
titos carnales.

3 **Vida nueva en Cristo.** 1Por consiguiente, si habéis resuci-
tado con Cristo, buscad las cosas de arriba, donde Cristo
está sentado a la diestra de Dios; 2pensad en las cosas de arri-
ba, no en las de la tierra. 3Vosotros habéis muerto, y vuestra
vida está escondida con Cristo en Dios. 4Cuando Cristo se ma-
nifieste, él que es vuestra vida, entonces vosotros también apa-
receréis con él en la gloria.

**Huida de los vicios antiguos.** 5Por tanto, destruid todo lo
que hay de terrenal en vuestro cuerpo: la lujuria, la impureza,
las pasiones, los apetitos desordenados y la avaricia que es una
idolatría; 6acciones por las que sobreviene la ira divina sobre
los rebeldes 7y que practicabais en vuestra vida pasada. 8Pero

ahora dejad todo eso: la ira, el rencor, la malicia, los insultos
y las groserías. 9No os engañéis unos a otros, pues os habéis
despojado del hombre viejo con su manera de actuar 10para
revestiros del hombre nuevo, que se renueva sin cesar a ima-
gen de su creador hasta adquirir el conocimiento perfecto. 11Ya
no hay distinción entre griego y judío, circunciso o incircunci-
so, extranjero o ignorante, esclavo o libre, sino que Cristo es
todo en todos.

**Las virtudes cristianas.** 12Dios os ama y os ha elegido para
que seáis miembros de su pueblo. Por tanto, sed compasivos,
bondadosos, humildes, pacientes y comprensivos. 13Soportaos
unos a otros y perdonaos si alguno tiene queja contra otro.
Del mismo modo que el Señor os perdonó, así también voso-
tros debéis perdonaros. 14Pero, por encima de todo, tened
amor, que es el lazo de la perfección. 15Que la paz de Cristo
reine en vuestros corazones, en la que fuisteis llamados para
formar un solo cuerpo. Y sed agradecidos. 16Que la palabra
de Cristo viva entre vosotros con toda su riqueza. Enseñaos y
aconsejaos unos a otros con talento. Con profundo agradeci-
miento cantad a Dios salmos, himnos y canciones religiosas.
17Y todo lo que hagáis o digáis, hacedlo en nombre de Jesús,
el Señor, dando gracias a Dios Padre por medio de él.

**Los deberes familiares.** 18Mujeres, estad sumisas a vuestros
maridos, pues eso es lo que debéis hacer como creyentes.
19Maridos, amad a vuestras esposas y no os irritéis contra
ellas. 20Hijos, obedeced a vuestros padres en todo, porque esto
agrada al Señor. 21Padres, no exasperéis a vuestros hijos, para
que no se desalienten. 22Esclavos, obedeced a vuestros amos
temporales; no sólo cuando os ven, como para quedar bien
con ellos, sino de todo corazón y por respeto al Señor. 23Todo
lo que hagáis, hacedlo con gusto, como si sirvieseis al Señor
y no a los hombres, 24sabiendo que en pago recibiréis la he-
rencia. Vosotros servís a Cristo, el Señor. 25Al que comete in-

justicia le darán la paga de sus injusticias, pues ante Dios todos somos iguales.

4 **Oración y prudencia.** [1]Amos, practicad la justicia y la equidad con los siervos, puesto que sabéis que también vosotros tenéis a vuestro amo en el cielo. [2]Perseverad en la oración, siempre alerta y dando gracias a Dios, [3]pidiendo también por mí, para que Dios me dé la oportunidad de manifestar el secreto de Cristo, por el que estoy encadenado. [4]Pedid para que sepa anunciarlo con el lenguaje conveniente. [5]Portaos sabiamente con los de afuera, aprovechando las ocasiones propicias. [6]Que vuestra conversación sea siempre agradable, sazonada con la sal de la gracia, sabiendo cómo debéis responder a cada uno.

**Misión de Tíquico.** [7]Tíquico, hermano muy querido, fiel ministro del Señor y compañero de trabajo, os contará cómo van todas mis cosas; [8]os lo envío precisamente para esto, para que tengáis noticias mías y os dé ánimos. [9]Con él va Onésimo, vuestro fiel y querido hermano. Os informará de todo cuanto aquí llevamos a cabo.

**Despedida.** [10]Os saluda Aristarco, mi compañero de prisión, y Marcos, el primo de Bernabé, de quien recibisteis instrucciones (si recurre a vosotros, acogedle), [11]y Jesús, llamado Justo. Éstos son los únicos judíos que trabajan conmigo por el reino de Dios; ellos me sirvieron de consuelo. [12]Os saluda Epafras, vuestro compatriota, siervo de Jesucristo, que continuamente se esfuerza suplicando por vosotros, para que os mantengáis firmes y totalmente sometidos a la voluntad de Dios. [13]Soy testigo de lo mucho que se preocupa por vosotros, por los de Laodicea y por los de Hierápolis. [14]Os saluda Lucas, el médico tan querido, y Dimas. [15]Saludad a los hermanos de Laodicea, a Ninfa y a la iglesia que se reúne en su casa. [16]Cuando vosotros hayáis leído esta carta, procurad que también sea leída en

la iglesia de Laodicea, y la de Laodicea leedla también voso-
tros. 17Decid a Arquipo que procure cumplir el ministerio que
el Señor le ha encomendado. 18El saludo es de mi puño y le-
tra: Pablo. Acordaos de que estoy en la cárcel. Que la gracia
de Dios esté con vosotros.

# 1.ª Carta a los Tesalonicenses

*Porque si creemos que Jesús ha muerto y ha resucitado, así también resucitará consigo a los que murieron unidos a Jesús* (4,14).

Podemos decir, con mucha probabilidad, que es el primer escrito del Nuevo Testamento. Normalmente se sitúa la Carta en torno al año 50 cuando Pablo, después de una huida precipitada de la ciudad por una revuelta, quiere ponerse en comunicación con ellos. No estamos, por consiguiente, ante una carta madura de Pablo, sino ante un escrito de sus comienzos. Es un documento precioso por su vitalidad, por su preocupación pastoral, porque nos pone en contacto con lo que vivían y les preocupaba a las primeras comunidades que iban surgiendo a raíz del anuncio del evangelio. Podemos ver los primeros esbozos de teología trinitaria (1,2-5) y la primera aparición de la fe-esperanza-caridad como trípode de la experiencia teologal cristiana (1,3; 5,8).

Tesalónica (actual ciudad de Salónica) era la capital de Macedonia; estratégicamente situada, por un lado en la Vía Egnatia que unía Roma con el Oriente, por otro con uno de los mejores puertos del mar Egeo. El apóstol llega a la ciudad en su segundo viaje, una vez que deja Filipos, en torno al año 49. Los tesalonicenses le dispensan una magnífica acogida, pero pronto una revuelta de los judíos provocará que Pablo y Timoteo tengan que salir precipitadamente de la ciudad. (He 17,5-9; 1Tes 2,14-16). Desde Atenas envía de vuelta a Timoteo para que le comunique en qué ha quedado la sedición, y cuando Pablo ya había llegado a Corinto, Timoteo y Silas (Silvano) se reúnen con él y lo tranquilizan. El conflicto con los judíos se puede explicar porque un buen número de paganos eran *temerosos de Dios*, esto es, simpatizaban con la alta vida moral judía, y creían en un Dios único, pero no daban el paso a la circuncisión probablemente por el excesivo rigor con que interpretaban la Ley de Moisés. Pablo consiguió que estos *temerosos de Dios*, que se quedaban a la puerta de la Sinagoga pero no se incorporaban al judaísmo, aceptaran con gozo la salvación de Cristo.

Se trata de una carta sin excesivas pretensiones literarias; por ser uno de sus primeros escritos, o incluso el primero, nos sirve para intuir el esquema simple que él utilizaba. Tiene dos partes, una primera de acción de gracias, si bien esta se extiende a lo largo de todo el escrito; y una segunda de corte parenético o exhortativo, cuyo trasfondo es la vuelta del Señor.

Se van produciendo los primeros fallecimientos y las preguntas se suceden inevitablemente: ¿Cuál es la suerte de los difuntos? ¿Se verán privados de la segunda venida de Cristo? ¿Cuándo será? Pablo responde poniendo el acento en lo realmente decisivo, a saber, en que tanto para los que mueran antes de la venida del Señor como para los que puedan presenciarla personalmente lo importante es alcanzar la salvación. Todo lo demás es accesorio y pertenece al misterio. Así se explica también el empleo que hace Pablo del lenguaje apocalíptico, corriente en la época, por medio del cual se introducía al oyente en los misterios de la historia y de la intervención divina.

Es importante notar, asimismo, el retrato de Pablo que emerge de la carta. Insiste en su honestidad personal, probablemente por las acusaciones de los judíos que aprovecharon su marcha precipitada de la ciudad para acusarlo de farsante y de aprovecharse de la comunidad.

1 **Saludo.** [1]Pablo, Silvano y Timoteo a la Iglesia de los
Tesalonicenses. Os deseamos la gracia y la paz de Dios Pa-
dre y de Jesucristo, el Señor.

**Acción de gracias.** [2]Continuamente damos gracias a Dios por
todos vosotros y os recordamos en nuestras oraciones. [3]Sin ce-
sar presentamos a Dios, nuestro Padre, la actividad de vuestra
fe, la eficacia de vuestro amor y la firmeza de vuestra espe-
ranza en nuestro Señor Jesucristo.

**El apostolado de Pablo en Tesalónica.** [4]Sabemos muy bien,
hermanos queridos de Dios, que habéis sido elegidos. [5]Porque
nuestro mensaje evangélico no os fue transmitido solamente
con palabras, sino también con obras portentosas bajo la ac-
ción del Espíritu Santo y, por parte nuestra, con una profun-
da entrega. En efecto, vosotros sabéis cuál fue nuestra actua-
ción entre vosotros para vuestro bien. [6]Y vosotros habéis
seguido mi ejemplo y el del Señor, recibiendo la predicación
con el gozo del Espíritu Santo aun en medio de grandes
tribulaciones, [7]hasta convertiros en modelo para todos los cre-
yentes de Macedonia y de Acaya. [8]Así es como desde vosotros
se ha difundido la palabra del Señor; y no solamente en Ma-
cedonia y en Acaya, sino por doquier es conocida vuestra fe
en Dios, de suerte que no tenemos necesidad de hablar de ella.
[9]Ellos mismos van refiriendo la acogida que nos hicisteis, y
cómo dejasteis la idolatría y os convertisteis para servir al Dios
vivo y verdadero, [10]con la esperanza de que su Hijo Jesús, al
que él resucitó de entre los muertos, vuelva del cielo y nos li-
bre del desastre inminente.

2 **Conducta de Pablo.** [1]Bien sabéis vosotros, hermanos, que
nuestra estancia entre vosotros no ha sido infructuosa.
[2]Como sabéis, después de haber sido maltratados y ultrajados
en Filipos, llenos de confianza en el Señor, nos atrevimos a
anunciaros su evangelio en medio también de grandes luchas.

[3]En efecto, nuestra predicación no se basa en el error, en ma-
las intenciones o en ánimo de engañar. [4]Por el contrario, fue
Dios el que nos eligió y nos confió su evangelio, y así es como
hablamos. No tratamos de agradar a los hombres, sino a Dios,
que sondea nuestros corazones. [5]Nunca, como sabéis y Dios
es testigo de ello, fueron móviles nuestros la adulación y la
avaricia; [6]nunca hemos buscado honores, ni de vosotros ni de
nadie. [7]Aunque, como apóstoles de Cristo, hemos podido ha-
cer uso de nuestra autoridad, hemos sido todo bondad en me-
dio de vosotros. Más aún, como una madre cuida cariñosa-
mente a sus hijos, [8]así, en nuestra ternura hacia vosotros,
hubiéramos querido entregaros, al mismo tiempo que el evan-
gelio de Dios, nuestra propia vida. ¡Tanto os queríamos! [9]Her-
manos, recordad nuestros trabajos y fatigas; cómo trabajába-
mos día y noche para no ser gravosos a ninguno de vosotros
mientras os anunciábamos el evangelio de Dios. [10]Vosotros sois
testigos, y también Dios, de que nos comportamos con voso-
tros, los creyentes, de una manera noble, justa e irreprocha-
ble. [11]Bien sabéis que hemos sido para cada uno de vosotros
como un padre para sus hijos; [12]y así os exhortábamos, os ani-
mábamos y os alentábamos a llevar una vida digna de Dios,
que os llama a su reino y a su gloria.

**Fe y paciencia de los tesalonicenses.** [13]Por todo ello damos
continuamente gracias a Dios: porque, al recibir la palabra de
Dios que os predicamos, la abrazasteis no como palabra de
hombre, sino como lo que es en verdad, la palabra de Dios,
que permanece vitalmente activa en vosotros, los creyentes.
[14]Hermanos, os habéis hecho imitadores de las iglesias de Dios
que hay en Judea y que son de Cristo Jesús, pues habéis pade-
cido de parte de vuestros conciudadanos lo mismo que ellos
de parte de los judíos, [15]que mataron a Jesús, el Señor, y a los
profetas; y a nosotros nos han perseguido y desagradan a Dios,
siendo enemigos de todos los hombres [16]al impedirnos predi-
car a los paganos para que se salven. Con lo cual van colman-

do la medida de su pecado. Pero el castigo de Dios está para caer pesadamente sobre ellos.

**Preocupación de Pablo.** 17Nosotros, hermanos, en este breve espacio de tiempo que hemos estado separados de vosotros, aunque espiritualmente no lo hemos estado, hemos sentido un deseo todavía más vivo de volver a veros. 18Y así, una y otra vez nos propusimos, en particular yo, Pablo, ir a veros; pero Satanás nos lo impidió. 19Y es que, ¿quién es en verdad nuestra esperanza, nuestro gozo, nuestra corona de gloria delante de nuestro Señor Jesucristo en el día de su venida? ¿Quién sino vosotros? 20Sí, ciertamente, vosotros sois nuestra corona y nuestro gozo.

3 **Timoteo a Tesalónica.** 1Pues bien, no pudiendo resistir más, resolvimos quedarnos solos en Atenas, 2y enviamos a Timoteo, nuestro hermano y ministro de Dios en el evangelio de Cristo, con la misión de confortaros y alentaros en vuestra fe, 3para que nadie se deje desalentar por estas tribulaciones. Pues bien sabéis vosotros mismos que son parte de nuestra vocación. 4Durante nuestra estancia entre vosotros os predecíamos ya que habríamos de tener tribulaciones, como realmente ha sucedido. Bien lo sabéis. 5Por esto, no pudiendo resistir ya más, le envié para que me informara de vuestra fe; no fuera que os hubiese tentado ya Satanás y hubiera resultado estéril nuestro trabajo.

**Buenas noticias de Timoteo.** 6Ahora Timoteo ha regresado de Tesalónica y nos ha traído buenas noticias de vuestra fe y de vuestro amor, y de cómo conserváis constantemente un afectuoso recuerdo de nosotros, deseando vivamente vernos, lo mismo que nosotros a vosotros. 7Con todo ello, y principalmente por vuestra fe, nos habéis procurado un gran consuelo en medio de las presentes tribulaciones y congojas. 8Ahora nos parece vivir de nuevo, porque vosotros os mantenéis firmes en el Señor.

**Da gracias a Dios.** 9¿Cómo podremos agradecer a Dios todo
este gozo que nos habéis proporcionado ante nuestro Dios?
10Noche y día le pedimos con renovada insistencia que nos con-
ceda veros personalmente y poder completar así lo que falta
todavía a vuestra fe. 11Que Dios, nuestro Padre, y nuestro Se-
ñor Jesucristo me encaminen felizmente hacia vosotros. 12Que
el Señor os haga crecer más y más en el amor entre vosotros y
para con todos, como nosotros lo tenemos para con vosotros.
13Que él fortalezca vuestros corazones en una santidad sin ta-
cha ante Dios, nuestro Padre, para cuando venga Jesús, nues-
tro Señor, con todos los suyos.

4 **Santidad de vida, amor y trabajo.** 1En fin, hermanos, os
pedimos y os exhortamos en el nombre de Jesús, el Señor,
a que os portéis de la manera que os enseñamos para agradar
a Dios; ya lo hacíais, pero hacedlo todavía mejor. 2Bien sabéis
las instrucciones que os dimos en nombre de Jesús, el Señor.
3Ahora bien, ésta es la voluntad de Dios, vuestra santificación:
que huyáis de la impureza, 4que cada uno de vosotros sepa tra-
tar su propio cuerpo de una manera digna y honesta, 5sin de-
jarse llevar por la pasión, como hacen los paganos, que no co-
nocen a Dios. 6Que en este punto nadie abuse ni engañe a su
hermano, pues el Señor tomará venganza de todo esto, como
ya os lo dejamos dicho y recalcado. 7Y es que Dios no nos ha
llamado a la impureza, sino a vivir en la santidad. 8Por tanto,
el que desprecie todo esto no desprecia a un hombre, sino a
Dios, el cual os da su Espíritu Santo.

9Acerca del amor fraterno no necesitáis que se os escriba,
porque personalmente habéis aprendido de Dios cómo debéis
amaros los unos a los otros. 10Y, en efecto, así lo hacéis con
todos los hermanos de toda Macedonia. Sin embargo, quere-
mos exhortaros, hermanos, a que progreséis todavía más 11y a
que con todo empeño os afanéis en vivir pacíficamente,
ocupándoos en vuestros quehaceres y trabajando con vuestras
propias manos, como os lo tenemos recomendado. 12Así lle-

varéis una vida honrada a los ojos de los de fuera y no ten-
dréis necesidad de nadie.

**Los difuntos y la venida del Señor.** [13]Hermanos, no quere-
mos que ignoréis la suerte de los difuntos, para que no os afli-
jáis como los que no tienen esperanza. [14]Porque si creemos que
Jesús ha muerto y ha resucitado, así también reunirá consigo
a los que murieron unidos a Jesús. [15]Ved, pues, lo que os deci-
mos como palabra del Señor: nosotros, los vivos, los que es-
tamos todavía en tiempo de la venida del Señor, no precede-
remos a los que murieron. [16]Porque el Señor mismo, a la señal
dada por la voz del arcángel y al son de la trompeta de Dios,
bajará del cielo, y los muertos unidos a Cristo resucitarán los
primeros. [17]Después nosotros, los vivos, los que estemos hasta
la venida del Señor, seremos arrebatados juntamente con ellos
entre nubes por los aires al encuentro del Señor. Y ya estare-
mos siempre con el Señor. [18]Consolaos, pues, mutuamente con
estas palabras.

5 **Incertidumbre de la parusía.** [1]Hermanos, en cuanto al tiem-
po preciso, no tenéis necesidad de que se os escriba. [2]Vo-
sotros sabéis perfectamente que el día del Señor vendrá como
el ladrón en la noche. [3]Andarán diciendo: «Todo es paz y se-
guridad»; y entonces, de improviso, les sorprenderá la perdi-
ción, como los dolores del parto a la mujer encinta, y no po-
drán escapar. [4]Hermanos, vosotros no vivís en la oscuridad para
que ese día pueda sorprenderos, como el ladrón. [5]Todos voso-
tros sois hijos de la luz e hijos del día; no sois hijos de la no-
che ni de las tinieblas. [6]Por tanto, no nos echemos a dormir
como los otros, sino estemos alerta y seamos sobrios. [7]Porque
los que duermen, de noche duermen; y los que se emborra-
chan, se emborrachan de noche. [8]Por el contrario, nosotros,
hijos del día, seamos sobrios; revistámonos de la coraza de la
fe y del amor, cubriéndonos con el yelmo de la esperanza de
la salvación. [9]Dios no nos ha destinado al castigo, sino a la

adquisición de la salvación por nuestro Señor Jesucristo, 10que
murió por nosotros para que, vivos o muertos, vivamos siem-
pre con él. 11Por eso, animaos mutuamente y ayudaos los unos
a los otros, como ya lo venís haciendo.

**Recomendaciones especiales.** 12Hermanos, os pedimos que
tengáis consideración con los que trabajan entre vosotros y en
el nombre del Señor os dirigen y amonestan. 13Corresponded
a sus desvelos con amor siempre creciente. Vivid en paz entre
vosotros. 14Hermanos, os pedimos también que corrijáis a los
indisciplinados, que animéis a los cobardes, que sostengáis a
los débiles y que seáis pacientes con todos. 15Procurad que na-
die vuelva a otro mal por mal; tened siempre por meta el bien,
tanto entre vosotros como para los demás. 16Estad siempre ale-
gres. 17Orad sin cesar. 18Dad gracias en toda coyuntura, por-
que esto es lo que Dios quiere de todos vosotros en Cristo Je-
sús. 19No apaguéis el Espíritu. 20No despreciéis las profecías.
21Examinadlo todo, y quedaos con lo bueno. 22Evitad toda clase
de mal.

**Despedida.** 23Que el Dios de la paz os santifique plenamen-
te, y que todo vuestro ser, espíritu, alma y cuerpo, sea conser-
vado irreprochablemente para la venida de nuestro Señor Je-
sucristo. 24El que os ha llamado es leal y cumplirá su palabra.
25Hermanos, rezad por nosotros. 26Saludad a todos los herma-
nos con el abrazo de la paz. 27Os conjuro por el Señor que
hagáis leer esta carta a todos los hermanos. 28La gracia de nues-
tro Señor Jesucristo esté con todos vosotros.

# 2.ª Carta a los Tesalonicenses

*El que no trabaje que no coma* ( 3,10b).

Esta popular frase es significativa del problema que estaba viviendo aquella comunidad cristiana. Probablemente algunos miembros habían confundido los 'últimos tiempos', expresión escatológica, con 'fin de los tiempos', expresión tremendista. La fe cristiana proclama que en la persona de Cristo se ha cumplido la historia de la humanidad, que estamos viviendo en la época del Espíritu, y que lo hacemos mirando con esperanza a la segunda venida, la parusía de Cristo, donde la historia y la creación entera alcanzarán su plenitud. Pero la fe cristiana no predica el miedo que va de la mano de lo desconocido, ni la relajación general que acompaña el saberse a las puertas de los acontecimientos definitivos. El autor de la segunda Carta a los tesalonicenses pone en guardia contra una equivocada interpretación de la esperanza cristiana que pretende evadirse de las realidades presentes. Dios vendrá a clausurar la historia, porque es el Señor, pero mientras tanto el cristiano tiene el deber de trabajar en ella y de transformarla según el plan de Dios.

Literariamente presenta distintos problemas. Parece en algunos momentos que ha querido imitar a la primera Carta a los tesalonicenses, como si hubiera escrito sobre una falsilla, si bien procura que no se note, como indica la innecesaria nota de la despedida (3,17). Falta el tono cálido con que se dirige a sus destinatarios que caracteriza al primer escrito y emplea expresiones espectaculares de carácter marcadamente apocalíptico (signos precursores como la apostasía o la aparición del impío 2,3ss. ) que tampoco son propios de Pablo.

Sin embargo lo más significativo es el cambio de contenido. ¿Podemos pensar en un avance en la concepción paulina acerca de la segunda venida de Cristo o es una respuesta necesaria ante desviaciones graves? Si aceptamos la primera propuesta resulta sorprendente ver cómo Pablo cambia de forma de pensar en un período de tiempo relativamente corto; si aceptamos la segunda, sin embargo, podemos entender que es el complemento necesario que ponga las cosas en su sitio. Un autor anónimo, sin duda del círculo paulino, salió al paso de los rumores que corrían en la comunidad acerca de unas revelaciones o cartas de Pablo donde se afirmaba que la venida del Señor era inminente (2,2).

Históricamente debemos situar la carta en torno a la primera guerra judía (años 66-70) y en el comienzo de las primeras persecuciones abiertas. La tensión con que vivieron los conflictos pudo llevar a la primera comunidad a plantear que el final de la historia estaba a las puertas.

El autor, revestido de la autoridad del apóstol, y como continuidad a la temática de la primera carta que ya trataba el tema de la venida del Señor, sale al paso de las interpretaciones delirantes que falsean la fe y la esperanza cristiana y que conducen a una relajación de costumbres. El Señor vendrá, pero no podemos pensar que el juicio es inminente, que va a tener lugar de un momento a otro. Hay que seguir esperando, pero con paz y en actividad. La carta es una invitación a la esperanza y al esfuerzo, denunciando todo intento de justificar con argumentos religiosos la dejadez y la pereza.

**1** **Saludo.** 1Pablo, Silvano y Timoteo a la Iglesia de los
tesalonicenses, en Dios, nuestro Padre, y en Jesucristo, el
Señor. 2Os deseamos la gracia y la paz de Dios Padre y de Je-
sucristo, el Señor.

**Acción de gracias.** 3Hermanos, es nuestro deber y es de jus-
ticia dar gracias a Dios por vosotros, por los grandes progre-
sos de vuestra fe y por el amor cada vez más grande que os
tenéis unos a otros, 4hasta el punto de que nos sentimos orgu-
llosos de vosotros en medio del pueblo de Dios por la fortale-
za y por la fe con que soportáis los sufrimientos y las persecu-
ciones. 5Esto es una manifestación del justo juicio de Dios, para
haceros así dignos de su reino, por el cual padecéis. 6Porque
es propio de la justicia divina retribuir con sufrimientos a los
que os hacen sufrir, 7y a vosotros, que sufrís, daros el descan-
so en compañía nuestra, cuando Jesús, el Señor, aparezca en
el cielo con sus ángeles poderosos, 8*entre llamas de fuego, para*
*tomar venganza de los que no conocen a Dios y no obedecen*
(Sal 79,6; Jer 10,25; Is 66,15) al evangelio de Jesús, nuestro
Señor. 9Todos éstos sufrirán el castigo de una perdición eterna
*lejos de la presencia del Señor y de su gloria esplendorosa* (Is
2,10.19.21), 10cuando aquel día se presente glorioso entre los
suyos y admirable para todos los que creyeron. Ahora bien,
vosotros habéis recibido nuestro testimonio. 11En este sentido
pedimos sin cesar por vosotros: que nuestro Dios os haga dig-
nos de vuestra vocación y que con su poder lleve a término
todos vuestros buenos deseos y la obra de vuestra fe. 12De este
modo el nombre de Jesús, nuestro Señor, será glorificado en-
tre vosotros, y vosotros lo seréis en él con la gracia de nues-
tro Dios y de Jesucristo, el Señor.

**2** **La venida y el anticristo.** 1Hermanos, respecto de la veni-
da de nuestro Señor Jesucristo y de nuestra reunión con
él, os rogamos 2que no os dejéis tan fácilmente impresionar ni
os alarméis por supuestas revelaciones, palabras o cartas que

os induzcan a pensar que el día del Señor es inminente, por
más que se os diga que son nuestras. 3Que nadie os engañe en
modo alguno, porque antes ha de venir la apostasía y ha de
aparecer el hombre de la iniquidad, el destinado a la perdi-
ción, el adversario, 4que *se levantará contra todo lo divino y*
*todo lo que tenga carácter religioso, hasta llegar a sentarse en*
*el santuario de Dios* (Dan 11,36), haciéndose pasar a sí mis-
mo por Dios. 5¿No recordáis que, estando todavía entre voso-
tros, os decía ya esto? 6Vosotros sabéis muy bien qué es lo que
le retiene ahora, impidiendo su aparición hasta su tiempo.
7Realmente el misterio de iniquidad está ya en acción; sólo falta
que el que ahora lo retiene sea quitado de en medio. 8Enton-
ces se manifestará el hombre de la iniquidad, a quien Jesús, el
Señor, *hará desaparecer con el soplo de su boca* (Is 11,4; Job
4,9; cf Sal 33,6) y aniquilará con el resplandor de su venida.
9La venida de este hombre inicuo, en razón de la actividad de
Satanás, irá acompañada de toda suerte de prodigios, de seña-
les y de portentos engañosos, 10y de todas las seducciones pro-
pias de la maldad para aquellos que están abocados a la per-
dición por no haber aceptado el amor de la verdad que los
habría salvado. 11Por esto mismo Dios les envía un poder
engañoso, que los impulsa a creer en la mentira; 12de suerte
que serán condenados todos aquellos que no solamente se re-
sistieron a creer en la verdad, sino que además se complacie-
ron en la iniquidad.

**Exhortación a la perseverancia.** 13Pero nosotros debemos dar
continuamente gracias a Dios por vosotros, hermanos queri-
dos del Señor, porque Dios os ha escogido desde el principio
para salvaros por la acción santificadora del Espíritu y la fe
en la verdad. 14Precisamente para esto os llamó por nuestra
predicación del evangelio, para que alcancéis la gloria de nues-
tro Señor Jesucristo. 15Por tanto, hermanos, manteneos firmes
y guardad las enseñanzas que habéis recibido de nosotros de
palabra y por escrito. 16Y que el mismo Señor Jesucristo y Dios,

nuestro Padre, que nos ha amado y por su gracia nos ha dado
un consuelo eterno y una hermosa esperanza, [17]consuele vues-
tros corazones y los confirme en toda clase de buenas obras y
buenas palabras.

3 **Oraciones por el apóstol.** [1]En fin, hermanos, rogad por
nosotros, para que la palabra del Señor siga difundiéndo-
se y sea estimada, como lo es entre vosotros, [2]y para que no-
sotros nos veamos libres de los hombres malos y perversos,
porque no todos son de fiar. [3]Pero el Señor sí es de fiar; él os
fortalecerá y os defenderá del maligno. [4]En cuanto a vosotros,
tenemos plena confianza en el Señor en que cumplís y segui-
réis cumpliendo cuanto os tenemos ordenado. [5]Que el Señor
dirija vuestros corazones hacia el amor de Dios y la paciencia
de Cristo.

**Trabajo y orden.** [6]Hermanos, en nombre de nuestro Señor
Jesucristo os mandamos que os apartéis del hermano que no
quiera trabajar y no se porte de acuerdo con las enseñanzas que
habéis recibido de nosotros. [7]Bien sabeis lo que debéis hacer para
seguir nuestro ejemplo. No vivimos entre vosotros sin trabajar,
[8]ni comimos gratis el pan de nadie, sino que, con sudor y fati-
ga, trabajamos de noche y de día para no resultar gravosos a
ninguno de vosotros; [9]y no porque no tuviéramos derecho, sino
porque queríamos daros un ejemplo que imitar. [10]En efecto,
cuando todavía estábamos entre vosotros, os dimos esta norma:
el que no trabaje, que no coma. [11]No obstante, nos hemos en-
terado de que algunos de vosotros viven sin trabajar, sin otra
ocupación que curiosear. [12]Pues bien, a estos tales exhortamos
y amonestamos en nombre de Jesucristo, el Señor, a trabajar en
paz y a ganarse el pan que comen. [13]Hermanos, no os canséis
de hacer el bien. [14]Si alguno no hace caso de lo que decimos en
esta carta, señaladle y cortad todo trato con él, para que así se
sienta avergonzado. [15]No obstante, no le miréis como a enemi-
go, sino corregidle como a hermano.

**Despedida.** 16Que el Señor de la paz os dé él mismo la paz,
siempre y en todos los órdenes. El Señor esté con todos vosotros.

17El saludo es de mi puño y letra: Pablo. Ésta es la señal que
distingue todas mis cartas. Ésta es mi letra. 18La gracia de nues-
tro Señor Jesucristo esté con todos vosotros.

# 1.ª Carta a Timoteo

## Cartas Pastorales

*Guarda este precioso depósito con la ayuda del Espíritu Santo que habita en nosotros* (2Tim 1,14).

Con este nombre la Iglesia designa desde el siglo XVIII tres escritos con personalidad propia que comparten estilo, vocabulario, temática y ambiente. Su destino no es una comunidad sino un personaje concreto, colaborador de Pablo en su misión. Su contenido se acerca al de las instrucciones necesarias para la organización eclesiástica.

Dos de ellas van dirigidas a Timoteo; probablemente conoció a Pablo en el primer viaje misionero de este en su Listra natal si bien no se une a él hasta el segundo, cuando el apóstol se encamina a Macedonia y Grecia (He 16,3). Hijo de padre pagano y de madre judía, Pablo lo hace circuncidar (He 16,3) para evitar problemas con los judeocristianos que conocían su ascendencia judía. Compañero de Pablo en la misión, recorrerá Filipos, Tesalónica, Atenas, Corinto, Éfeso etc. El encargo de misiones delicadas tanto en Corinto (1Cor 4,17; 16,10) como en Filipos (Flp 2,19-23) denotan que era hombre de su confianza. Tito no aparece en Hechos como compañero de Pablo, pero este lo cita como acompañante suyo en la asamblea de Jerusalén (Gál 2,1-3). Debía ser un hombre de muchas cualidades y buen diplomático pues consiguió apaciguar a los corintios (2Cor 7,13-15), misión en la que, según parece, había fracasado Timoteo.

Las tres cartas tienen en común su preocupación por la difusión de doctrinas extrañas que tergiversan la verdad del evangelio. Por los rasgos que presentan podemos pensar en un gnosticismo judeocristiano aún incipiente: difunden preceptos humanos distinguiendo lo puro de lo impuro (Tit 1,14-15), organizan discusiones sobre geneaologías (1Tim 1,4; 2Tim 2,23; Tit 3,9); prohiben el matrimonio e imponen la abstinencia de ciertos alimentos (1Tim 4,3). La respuesta de las pastorales a estos problemas no parte de la centralidad de Cristo, como en Colosenses, sino que sólo invoca a la doctrina tradicional que han abandonado (1Tim 4,6; 6,3.20; 2Tim 1,13; 3,14-15; Tit 2,1).

Un segundo rasgo es la insistencia en la enseñanza moral, detallando la manera de comportarse de las diferentes categorías de fieles: mujeres (1Tim 2,9-15), viudas jóvenes (5,11-16), esclavos (6,1-2), ricos (6,17-19), ancianos jóvenes (Tit 2,1-5). Una institución importante en estas comunidades era la de las viudas, mujeres ancianas de buena conducta dedicadas a la oración (1Tim 5,5-10).

Un tercer elemento propio es el de la organización eclesial. Aparecen nombres como *episcopoi* (dirigentes), *presbiteroi* (responsables, si bien literalmente significa ancianos) y *diaconoi* (auxiliares), que no podemos identificar sin más con los correspondientes obispos, sacerdotes, diáconos de la organización actual.

Teológicamente insisten en Cristo como único mediador universal de la salvación (1Tim 2,4-7). El nuevo nacimiento que nos otorga el bautismo no es debido a nuestras obras sino a la bondad de Dios que por Cristo nos envía el Espíritu Santo. La Iglesia es el nuevo pueblo de Dios, la casa del Dios vivo, la gran familia que tiene la misión de enseñar y conservar el depósito recibido (1Tim 6,20; 2Tim 2,2).

Las cartas pastorales pertenecen probablemente como Efesios y Colosenses a la época subapostólica (último tercio del siglo I), representando una corriente propia en la tradición paulina. El Pablo misionero de las cartas auténticas aparece ahora como pastor preocupado por la organización de sus comunidades. Son textos preciosos que se envían a los dirigentes locales y dejan traslucir los primeros pasos organizativos de la Iglesia y cómo afrontaban las nuevas situaciones que surgían al expandirse el cristianismo en la sociedad.

1 **Saludo.** [1]Pablo, apóstol de Cristo Jesús, por mandato de
Dios, nuestro Salvador, y de Cristo Jesús, nuestra esperan-
za, [2]a Timoteo, verdadero hijo en la fe. Te deseo la gracia, la
misericordia y la paz de Dios Padre y de Jesucristo, nuestro
Señor.

**Actitud frente a falsas doctrinas.** [3]Al partir para Macedonia
te rogué que permanecieras en Éfeso, con el fin de que orde-
naras a algunos que no enseñen cosas extrañas [4]y no presten
atención a fábulas y genealogías interminables, más aptas para
promover discusiones que para la realización de los planes de
Dios, que se fundan en la fe. [5]El fin de esta recomendación es
establecer el amor, que procede de un corazón puro, de una
conciencia buena y de una fe sincera. [6]Algunos se han desvia-
do de todo esto y se han perdido en vanas palabrerías, [7]pre-
tendiendo ser maestros de la ley, sin comprender ni lo que di-
cen ni lo que categóricamente afirman. [8]Pues sabemos que la
ley es buena si se hace de ella un legítimo uso, [9]conscientes de
que la ley no es para el justo, sino para los malvados y los re-
beldes, los criminales y los pecadores, los sacrílegos y los
profanadores, los parricidas y los matricidas, los asesinos, [10]los
lujuriosos, los homosexuales, los traficantes de esclavos, los
mentirosos, los que juran en falso; en una palabra, para todo
el que se opone a la sana doctrina [11]del glorioso evangelio que
Dios bendito me ha confiado.

**La misericordia de Dios con Pablo.** [12]Doy gracias a Cristo
Jesús, Señor nuestro, que me ha fortalecido y me ha juzgado
digno de confianza llamándome a su servicio [13]a mí, que fui
antes un blasfemo y violento perseguidor de la Iglesia. Pero
tuvo misericordia conmigo, porque, careciendo de fe, obré por
ignorancia; [14]la gracia de nuestro Señor me colmó de fe y de
amor cristiano. [15]Esta doctrina es digna de crédito y debe ser
aceptada sin reserva: que Cristo Jesús vino al mundo para sal-
var a los pecadores, el primero de los cuales soy yo. [16]Por esto

he obtenido yo misericordia, para que Jesucristo demostrase
en mí su generosidad para ejemplo de los que por creer en él
conseguirán la vida eterna. [17]Al rey de los siglos, inmortal, in-
visible, único Dios, honor y gloria por los siglos de los siglos.
Amén.

**Recomendación a Timoteo.** [18]Ésta es la recomendación que
te hago, Timoteo, hijo mío, en conformidad con los augurios
que anteriormente se hicieron sobre ti: apoyado en ellos libra
el buen combate, [19]manténte firme en la fe, ten la conciencia
limpia. Por despreocuparse de la conciencia, algunos naufra-
garon en la fe, [20]entre los que se encuentran Himeneo y Ale-
jandro, a quienes entregué a Satanás para que aprendan a no
blasfemar.

2 **La oración litúrgica. Que todos se salven.** [1]Te ruego, ante
todo, que se hagan peticiones, oraciones, súplicas, accio-
nes de gracias por todos los hombres, [2]por los reyes y por to-
dos los que gozan de poder, a fin de que podamos disfrutar
de una vida pacífica y tranquila con toda piedad y honestidad.
[3]Esto es bueno y agradable a Dios, nuestro Salvador, [4]el cual
quiere que todos los hombres se salven y lleguen al conoci-
miento de la verdad. [5]Porque hay un solo Dios y un solo me-
diador entre Dios y los hombres, Cristo Jesús, también él hom-
bre, [6]que se entregó a sí mismo para liberarnos a todos;
testimonio dado a su debido tiempo, [7]del que yo he sido nom-
brado pregonero y apóstol –digo verdad, no miento–, para ins-
truir a los paganos en la fe y en la verdad.

**Modo de orar. Actitud de la mujer.** [8]Quiero, pues, que los
hombres oren en todo lugar levantando sus manos limpias, sin
ira ni rencores. [9]De la misma manera, que las mujeres se pre-
senten vestidas con decencia, con recato y modestia, no con
peinados llamativos, ni con oro, perlas o vestidos costosos,
[10]sino como corresponde a mujeres que hacen profesión de pie-

dad, con obras buenas. 11La mujer se debe dejar instruir en si-
lencio con toda sumisión. 12No tolero que la mujer enseñe, ni
que se tome autoridad sobre el marido; que esté callada, 13pues
Adán fue formado el primero, luego Eva. 14Y no fue Adán el
engañado, sino Eva la que se dejó engañar y cayó en pecado.
15No obstante, se salvará por su condición de madre, si perse-
vera con modestia en la fe, en el amor y en la santidad.

3 **Los obispos-presbíteros.** 1Esto es cierto: el que aspira al
episcopado aspira a una noble tarea. 2Es necesario que el
obispo sea intachable, casado una sola vez, sobrio, prudente,
de porte educado, hospitalario, capaz de enseñar; 3no debe em-
borracharse, ni ser amigo de peleas; debe ser ecuánime, pací-
fico y desinteresado; 4que sepa gobernar bien su propia casa y
hacer que sus hijos sean obedientes y respetuosos; 5porque si
uno no sabe gobernar su propia casa, ¿cómo podrá cuidar de
la Iglesia de Dios? 6Que no sea recién convertido, para que
no le seduzca el orgullo y venga a caer en la condenación del
diablo. 7Es también necesario que tenga buena fama ante los
de fuera, para que no incurra en el descrédito y en los lazos
del diablo.

**Los diáconos.** 8Asimismo, que los diáconos sean hombres
dignos, formales, no aficionados a la bebida y a los negocios
sucios. 9Que guarden las verdades de la fe con una conciencia
limpia. 10Primero, que sean probados; y si son irreprochables,
que ejerzan el ministerio del diaconado. 11Las mujeres, igual-
mente, que sean dignas, no chismosas, moderadas en la bebi-
da, fieles en todo. 12Los diáconos sean casados una sola vez,
que sepan gobernar bien a sus hijos y sus propias casas. 13Los
que desempeñan bien su ministerio consiguen gran honor y
mucha seguridad en la fe en Cristo Jesús.

**La Iglesia y el misterio de la piedad.** 14Aunque espero ir a
verte pronto, te escribo estas cosas 15por si tardo, para que se-

pas cómo has de conducirte en la casa de Dios, que es la Igle-
sia de Dios vivo, columna y fundamento de la verdad. 16Y sin
duda alguna es grande el misterio de nuestra religión:

«Que se ha manifestado
como hombre,
ha sido acreditado por el Espíritu,
se ha mostrado a los ángeles,
ha sido anunciado a las naciones,
creído en el mundo,
elevado a la gloria».

4 **Herejías anunciadas por el Espíritu.** 1El Espíritu claramente
dice que en los últimos tiempos algunos renegarán de la
fe, dando oídos a espíritus seductores y enseñanzas diabólicas,
2inducidos por la hipocresía de impostores, cuya conciencia se
halla marcada al rojo vivo, 3que prohíben el matrimonio y cier-
tos alimentos que Dios ha creado para que los creyentes y los
que conocen la verdad los coman y den gracias a Dios por ello.
4Pues todo lo que Dios ha creado es bueno, y nada se debe
rechazar, sino recibirlo con agradecimiento, 5pues la palabra
de Dios y la oración todo lo hace bueno.

**Actitud que Timoteo debe observar.** 6Serás buen ministro de
Cristo Jesús si enseñas estas cosas a los hermanos, alimentan-
do tu espíritu con las enseñanzas de la fe y de la buena doctri-
na, de que tan fiel discípulo te has mostrado. 7Rechaza las fá-
bulas profanas, cuentos de viejas. Ejercítate en las prácticas
religiosas, 8pues los ejercicios corporales son útiles para bien
poco, mientras que la religión es útil para todo, pues tiene pro-
mesas para la vida presente y para la futura. 9Esta doctrina es
digna de crédito y debe aceptarse sin reservas. 10Por esto nos
esforzamos y luchamos, porque tenemos puesta nuestra espe-
ranza en Dios vivo, que es el Salvador de todos los hombres,
sobre todo de los creyentes.

11Estas cosas has de recomendar y enseñar. 12Que nadie te

menosprecie por ser joven; debes ser, más bien, ejemplo para
los creyentes, en el modo de hablar, en el comportamiento,
en el amor, en la fe, en la honestidad. 13Mientras llego, aplí-
cate a la lectura, a la exhortación, a la enseñanza. 14No des-
cuides el carisma que has recibido y que se te confirió en vir-
tud del Espíritu, cuando te impusieron las manos los presbíteros
de la Iglesia. 15Pon tu atención en estas cosas, entrégate de lle-
no a ellas, para que todos vean tus progresos. 16Cuida de ti
mismo y de lo que enseñas. Persevera en estas cosas. Si lo ha-
ces así, te salvarás a ti y a los que te escuchan.

5 **Conducta con diversas clases de personas.** 1No reprendas
con dureza al anciano, sino más bien exhórtalo como a un
padre; a los jóvenes, como a hermanos; 2a las ancianas, como
a madres; a las jóvenes, como a hermanas, con toda pureza.

**Conducta para con las viudas.** 3Ayuda a las viudas que lo
sean de verdad. 4Si la viuda tiene hijos o nietos, ellos, antes
que nadie, son los que deben cuidar de su propia familia y de
recompensar a sus progenitores por los beneficios que han re-
cibido de ellos, pues esto es lo que Dios quiere. 5La verdade-
ramente viuda y desamparada tiene puesta su esperanza en Dios
y persevera día y noche en las plegarias y en las oraciones. 6Pero
la que lleva una vida alegre, viviendo está muerta. 7Inculca es-
tas cosas, para que sean irreprochables. 8El que no se preocu-
pa de los suyos, y especialmente de los de su casa, ha renega-
do de su fe y es peor que un incrédulo.

9Para ser inscrita en el grupo de las viudas, ha de tener por
lo menos sesenta años, haberse casado una sola vez 10y estar
acreditada por sus buenas obras, tales como haber educado
bien a sus hijos, haber ejercitado la hospitalidad, haber lava-
do los pies a los creyentes, haber socorrido a los atribulados,
haber practicado toda clase de obra buena. 11Descarta, en cam-
bio, a las viudas jóvenes; porque en cuanto los deseos del pla-
cer las apartan de Cristo, quieren casarse de nuevo 12y se ha-

cen culpables por no haber sido fieles a su primer compromi-
so. [13]Además se dedican a ir de casa en casa sin hacer nada;
no sólo no hacen nada, sino que se dedican al chismorreo y a
curiosearlo todo, hablando de lo que no deben. [14]Por eso quie-
ro que las viudas jóvenes se vuelvan a casar, que tengan hijos,
que gobiernen su casa y que no den motivos de crítica a los
adversarios, [15]pues algunas ya se han extraviado yendo en pos
de Satanás. [16]Si alguna mujer tiene viudas en su familia, que
procure socorrerlas y no cargue con ellas a la Iglesia, con el
fin de que ésta pueda atender a las verdaderamente viudas.

**Conducta para con los presbíteros.** [17]Los presbíteros que
cumplen bien su misión son merecedores de una doble remu-
neración, especialmente los que se ocupan de la predicación y
la enseñanza. [18]Pues dice la Escritura: *No pondrás bozal al buey*
*que trilla* (Dt 25,4) y *el obrero merece su salario* (Lc 10,7). [19]No
admitas acusación alguna contra un presbítero, si no está sos-
tenida por *dos o tres testigos* (Dt 17,6; 19,15). [20]Reprende pú-
blicamente a los que no cumplen con su obligación, para que
sirva de escarmiento a los demás. [21]Yo te conjuro ante Dios,
ante Cristo Jesús y ante los ángeles elegidos, que observes es-
tas cosas imparcialmente, sin dejarte llevar de favoritismos.
[22]No impongas a nadie las manos sin haberlo pensado muy
bien; no te hagas cómplice de los pecados ajenos. Consérvate
honesto.

[23]No bebas agua sola, mézclala con un poco de vino, por tu
mal de estómago y tus frecuentes indisposiciones.

[24]Los delitos de algunos hombres son conocidos aun antes
del juicio; los de otros, sólo con ocasión de él. [25]Lo mismo
ocurre con las obras buenas: unas son manifiestas, y las que
no lo son no podrán permanecer ocultas.

6 **Conducta de los esclavos.** [1]Los que se encuentran bajo el
yugo de la esclavitud, que miren a sus propios amos como
dignos de todo respeto, para que el nombre de Dios y su doc-

trina no sean blasfemados. [2]Los que tienen amos creyentes, que no les falten al respeto por ser hermanos en la fe; al contrario, sírvanles mejor, puesto que los que reciben sus servicios son creyentes y hermanos muy queridos. Esto es lo que has de enseñar e inculcar.

**Orgullo y religiosidad.** [3]Si alguno enseña cosas distintas y no admite la enseñanza salvadora de nuestro Señor Jesucristo y la doctrina de nuestra religión, [4]es un orgulloso que no sabe nada; que desvaría en discusiones y palabrerías, de donde provienen envidias, riñas, insultos, desconfianzas, [5]conflictos interminables, propios de personas obcecadas e ignorantes, que piensan que la religión es un negocio; [6]y ciertamente lo es, pero para el que se contenta con lo necesario.

**Avaricia y frugalidad.** [7]Nada hemos traído a este mundo, y nada nos llevaremos de él. [8]Debemos contentarnos con tener lo suficiente para comer y vestir. [9]Pues los que quieren enriquecerse caen en la tentación y en la trampa de deseos insensatos y funestos que hunden a los hombres en la ruina y en la perdición. [10]Porque el amor al dinero es la raíz de todos los males. Algunos, arrastrados por ese amor al dinero, se han apartado de la fe y están atormentados por muchos remordimientos.

**Hombre de Dios, perseverante e irreprensible.** [11]Pero tú, hombre de Dios, huye de estas cosas, y practica la justicia, la religiosidad, la fe, el amor, la paciencia, la amabilidad. [12]Sostén el noble combate de la fe, conquista la vida eterna, para la cual fuiste llamado y de la que hiciste hermosa confesión ante muchos testigos. [13]Delante de Dios, que da vida a todas las cosas, y de Cristo Jesús, que dio testimonio de la verdad ante Poncio Pilato, te pido [14]que guardes el mandamiento sin mancha y sin reproche hasta la manifestación de nuestro Señor Jesucristo, [15]manifestación que, a su debido tiempo, lleva-

rá a cabo el bienaventurado y único Soberano, Rey de reyes y
Señor de los señores, 16el único que posee la inmortalidad, que
habita una luz inaccesible, a quien ningún hombre vio ni puede ver. A él, honor y poder eterno. Amén.

**Actitud que recomendará a los ricos.** 17A los ricos de este
mundo recomiéndales que no sean orgullosos y que no pongan su esperanza en las riquezas caducas, sino en Dios, que nos provee abundantemente de todas las cosas para que disfrutemos de ellas; 18que hagan el bien, que sean ricos en buenas obras; que sean generosos y estén dispuestos a repartir con
los demás lo que tienen. 19Así reunirán un capital sólido para
el futuro, con el que conseguirán la verdadera vida.

**Amonestación final.** 20Timoteo, guarda el depósito de la fe
que te ha sido confiado. No hagas caso de la estéril y mundana palabrería ni de las contradicciones de una falsa ciencia.
21Algunos, por hacer caso de ella, han perdido la fe. La gracia
esté con vosotros.

# 2.ª Carta a Timoteo

**1** **Saludo y acción de gracias.** 1Pablo, apóstol de Cristo Je-
sús por voluntad de Dios para anunciar la promesa de la
vida que tenemos en Cristo Jesús, 2a Timoteo, mi hijo queri-
do: Te deseo la gracia, la misericordia y la paz de Dios Padre
y de Cristo Jesús, Señor nuestro.
3Doy gracias a Dios, a quien sirvo, como mis antepasados,
con conciencia limpia, y te tengo presente en mis oraciones
día y noche. 4Cuando me acuerdo de tus lágrimas, me entran
ganas de ir a verte para llenarme de alegría, 5avivando el re-
cuerdo de tu fe sincera, la que primero tuvieron tu abuela
Loida y tu madre Eunice y que, con toda seguridad, tienes tú
también.

**Fortaleza en la predicación del evangelio.** 6Por eso te
recomiendo que reavives la gracia de Dios, que te fue conferi-
da por la imposición de mis manos. 7Pues el Señor no nos ha
dado espíritu de temor, sino de fortaleza, de amor y de pru-
dencia. 8Así pues, no te avergüences de dar testimonio de nues-
tro Señor, ni de mí, su prisionero. Al contrario, soporta con-
migo los sufrimientos por el evangelio, con la ayuda del poder
de Dios, 9que nos ha salvado y nos ha llamado a una vida con-
sagrada a él, no por nuestras obras, sino por pura voluntad
suya y por la gracia que nos ha dado en Cristo Jesús, desde
toda la eternidad, 10y que ahora se ha manifestado con la apa-

rición de nuestro Señor, Cristo Jesús, que destruyó la muerte
y ha hecho brillar la vida y la inmortalidad por el evangelio,
11del cual yo he sido constituido pregonero, apóstol y maes-
tro. 12Ésta es la causa de todos estos sufrimientos; pero no me
avergüenzo, pues sé en quién he puesto mi confianza y estoy
seguro de que él puede guardar hasta el último día lo que me
ha encomendado. 13Conserva como modelo de sana doctrina
lo que oíste de mí, con la fe y el amor de Cristo Jesús. 14Guar-
da este preciado depósito con la ayuda del Espíritu Santo, que
habita en nosotros.

**Los perseguidores de Pablo.** 15Sabes que me han abandona-
do todos los de Asia, entre ellos Figelo y Hermógenes. 16Que
el Señor tenga misericordia de la familia de Onesíforo, por-
que muchas veces me ha reconfortado y no se avergonzó de
mis cadenas, 17sino que, tan pronto como llegó a Roma, se puso
sin descanso a buscarme hasta que me encontró. 18Que el Se-
ñor tenga misericordia de él en el último día. Tú sabes mejor
que nadie los servicios que prestó en Éfeso.

2 **Luchar como buen soldado de Cristo.** 1Hijo mío, que la
gracia de Cristo Jesús te haga fuerte; 2y las cosas que me
oíste a mí ante muchos testigos, confíalas a hombres leales, ca-
paces de enseñárselas a otros. 3Soporta conmigo las fatigas,
como buen soldado de Cristo. 4Ningún soldado se enreda en
asuntos de la vida civil si quiere complacer al que lo alistó en
el ejército. 5El atleta no puede conseguir la victoria si no se
atiene a las reglas del deporte. 6Si el labrador quiere recoger
la cosecha, antes tiene que trabajar el campo. 7Creo que com-
prendes lo que te quiero decir. En todo caso, el Señor te lo
hará comprender.

**Sufrir con Cristo para reinar con Cristo.** 8Acuérdate de
Jesucristo, resucitado de entre los muertos, del linaje de Da-
vid, según el evangelio que predico, 9y por el que sufro estas

cadenas, como si fuera un criminal; pero la palabra de Dios
no está encadenada. [10]Todo lo soporto por los elegidos, para
que también ellos alcancen la salvación que tenemos en Cris-
to Jesús y la gloria eterna. [11]Esta doctrina es digna de crédito:
«si morimos con él, también viviremos con él; [12]si sufrimos con
él, también reinaremos con él; si le negamos, él nos negará a
nosotros; [13]si nosotros no le somos fieles, él seguirá siendo fiel,
pues no puede negarse a sí mismo» (cf Núm 23,19).

**Predicar valientemente la verdad.** [14]Recuérdales estas cosas
y adviérteles en nombre de Dios que se dejen de discutir por
cuestiones de palabras, pues esas discusiones no valen para
nada y hacen daño a los que las escuchan. [15]Esfuérzate por pre-
sentarte ante Dios como un hombre probado, como un obre-
ro que no tiene de qué ruborizarse, como fiel predicador de
la palabra divina. [16]Evita las palabrerías vacías y profanas, que
contribuyen cada vez más a la maldad, [17]y su enseñanza se ex-
tiende como gangrena. Éste es el caso de Himeneo y Fileto,
[18]los cuales se desviaron de la verdad diciendo que la resurrec-
ción se ha realizado ya, y pervierten la fe de algunos. [19]Sin em-
bargo, el sólido fundamento de Dios se mantiene firme bajo
este lema: *El Señor conoce a los suyos y que se aparte de la
injusticia el que pronuncia el nombre del Señor* (Núm 16,5;
16,26). [20]En una casa grande no sólo hay vajillas de oro y pla-
ta, sino también de madera y barro. Unos utensilios son para
usos nobles, y otros para usos vulgares. [21]Quien se conserve
libre de estos errores será un utensilio para usos nobles, santi-
ficado, útil a su dueño, dispuesto siempre a hacer el bien.

**Practicar las virtudes, especialmente la mansedumbre.**
[22]Huye de las pasiones propias de la juventud, y practica la
justicia, la fe, el amor, la paz con quienes invocan al Señor con
corazón puro. [23]Evita las discusiones estúpidas y tontas, cons-
ciente de que sólo engendran altercados. [24]Ahora bien, el que
sirve al Señor no debe andar en altercados, sino ser amable

con todos, saber enseñar y soportar los sufrimientos con pa-
ciencia, 25corregir con dulzura a los adversarios, para ver si
Dios les concede el arrepentimiento, llegar al conocimiento de
la verdad 26y retornar al buen sentido, libres del lazo del dia-
blo, que los tenía esclavizados.

3 **Vendrán tiempos difíciles.** 1Debes saber que en los últimos
días vendrán momentos difíciles. 2Pues los hombres serán
egoístas, amigos del dinero, altivos, orgullosos, blasfemos, re-
beldes con los padres, ingratos, injustos, 3desnaturalizados, des-
leales, calumniadores, desenfrenados, inhumanos, enemigos de
todo lo bueno, 4traidores, temerarios, obcecados, más amigos
de los placeres que de Dios, 5los cuales tienen una apariencia
de religiosidad, pero en realidad están lejos de ella. Apártate
de ellos. 6Pues los hay que se introducen en las casas y cauti-
van a mujerzuelas cargadas de pecados; que se dejan llevar de
toda clase de concupiscencias, 7que siempre están aprendien-
do sin poder llegar jamás al conocimiento de la verdad. 8Lo
mismo que Janes y Jambrés se opusieron a Moisés, así tam-
bién éstos se oponen a la verdad, hombres de mente corrom-
pida, pervertidos en cuanto a la fe. 9Pero no llegarán muy le-
jos, porque su insensatez, como la de ellos, será manifiesta a
todos.

**Perseverancia firme a ejemplo del apóstol.** 10Pero tú me has
seguido de cerca en la doctrina, en mi conducta, en mis planes,
en la fe, en la paciencia, en el amor, en la constancia, 11en las
persecuciones y en los sufrimientos que me sobrevinieron en
Antioquía, en Iconio, en Listra, donde tantas penalidades tuve
que sufrir; pero de todas ellas me libró el Señor. 12Es seguro
que todos los que quieren vivir como buenos cristianos sufri-
rán persecuciones. 13Los hombres malvados irán de mal en peor;
engañarán y serán engañados. 14Tú, en cambio, permanece fiel
en lo que has aprendido y de lo que estás convencido. Conoces
bien a tus maestros. 15Desde la infancia conoces las Sagradas

Escrituras, las cuales pueden darte la sabiduría que conduce a
la salvación por la fe en Jesucristo. [16]Pues toda la Escritura di-
vinamente inspirada es útil para enseñar, para reprender, para
corregir, para educar en la justicia, [17]a fin de que el hombre de
Dios sea perfecto, dispuesto a hacer siempre el bien.

4 **Fidelidad invicta al ministerio.** [1]Yo te conjuro ante Dios y
ante Jesucristo, que ha de venir como rey a juzgar a los
vivos y a los muertos: [2]predica la palabra, insiste a tiempo y a
destiempo, reprende, corrige, exhorta con toda paciencia y con
preparación doctrinal. [3]Pues vendrá el tiempo en que los hom-
bres no soportarán la sana doctrina, sino que, llevados de sus
caprichos, buscarán maestros que les halaguen el oído; [4]se apar-
tarán de la verdad y harán caso de los cuentos. [5]Pero tú estate
siempre alerta, soporta con paciencia los sufrimientos, predi-
ca el evangelio, cumple bien con tu trabajo.

**Pablo, apóstol ideal.** [6]Yo estoy ya a punto de ser ofrecido
en sacrificio; el momento de mi partida está muy cerca. [7]He
combatido el buen combate, he concluido mi carrera, he con-
servado la fe; [8]sólo me queda recibir la corona merecida, que
en el último día me dará el Señor, justo juez; y no sólo a mí,
sino también a todos los que esperan con amor su venida.

**Encargos y recomendaciones.** [9]Ven lo antes que puedas,
[10]pues Dimas, llevado por el amor a las cosas de este mundo,
me ha abandonado y se ha marchado a Tesalónica; Crescente
se ha ido a Galacia, y Tito a Dalmacia. [11]Sólo Lucas está con-
migo. Tráete a Marcos contigo, pues me es muy útil para el
ministerio. [12]A Tíquico lo envié a Éfeso. [13]Cuando vengas, trá-
eme el capote que me dejé en Tróade, en casa de Carpo; trá-
eme también los libros, sobre todo los pergaminos. [14]Alejandro,
el herrero, me ha hecho mucho daño; el Señor le dará su me-
recido. [15]Ten cuidado con él, pues está en abierta oposición a
nuestra enseñanza.

[16]En mi primera defensa nadie me ayudó; todos me abandonaron. ¡Que Dios no se lo tenga en cuenta! [17]Pero el Señor me ayudó y me dio fuerzas, de tal modo que la palabra ha sido anunciada cumplidamente por mí y oída por los paganos. Y yo he sido librado de la boca del león. [18]El Señor me librará de todo mal y me dará la salvación en su reino celestial. A él la gloria por los siglos de los siglos. Amén.

**Despedida.** [19]Saluda a Prisca y Áquila, y a la familia de Onesíforo. [20]Erasto se quedó en Corinto. A Trófimo lo dejé enfermo en Mileto. [21]Ven antes del invierno. Te saludan Eubulo, Pudente, Lino, Claudia y todos los hermanos.

[22]Que Jesús, el Señor, esté contigo. Que la gracia esté con vosotros.

# Carta a Tito

**1 Saludo.** 1Pablo, siervo de Dios y apóstol de Jesucristo para
dar a los elegidos de Dios la fe y el conocimiento de la
verdad de nuestra religión, 2basada en la esperanza de la vida
eterna. Dios, que no puede mentir, prometió esa vida desde la
eternidad; 3y ahora, a su debido tiempo, ha manifestado su
palabra mediante la predicación que me ha sido confiada por
disposición de Dios, nuestro Salvador: 4a Tito, mi verdadero
hijo en nuestra fe común, te deseo la gracia y la paz de Dios
Padre y de Cristo Jesús, nuestro Salvador.

**Los obispos-presbíteros.** 5Te dejé en Creta con el fin de que
pusieses en toda regla lo que faltaba que ordenar y constitu-
yeses presbíteros por las ciudades, conforme a las instruccio-
nes que te he dado: 6que el candidato sea irreprochable; casa-
do una sola vez; que tenga hijos creyentes, a los que no se les
pueda inculpar de libertinaje o indisciplina. 7Es necesario que
el obispo sea irreprochable, como administrador que es de la
casa de Dios; no debe ser arrogante, ni colérico, ni borracho,
ni amigo de peleas ni de negocios sucios; 8al contrario, debe
ser hospitalario, amigo del bien, prudente, justo, religioso, con
dominio de sí mismo, 9guardador fiel de la doctrina que se le
enseñó, para que sea capaz de animar a otros y de refutar a
los que contradicen.

**Conducta con los falsos maestros.** 10Pues hay muchos
insubordinados, charlatanes y embaucadores, sobre todo entre los
judíos convertidos, 11a los que es preciso tapar la boca. Revuel-
ven familias enteras enseñando lo que no deben, llevados por el
ansia de ganancias sucias. 12Ya dijo uno de ellos, su propio profe-
ta: «Los cretenses son siempre mentirosos, malas bestias, gloto-
nes y gandules». 13¡Y qué verdad es! Por eso, repréndelos con ener-
gía, para que se mantengan sanos en la fe 14y dejen de prestar
oídos a fábulas judaicas y a preceptos de hombres que vuelven
sus espaldas a la verdad. 15Todo es limpio para los limpios; pero
para los contaminados y los que no tienen fe nada es puro, por-
que tienen contaminada su mente y su conciencia. 16Hacen profe-
sión de conocer a Dios, pero le niegan con las obras, pues son
odiosos y rebeldes, incapaces de hacer nada bueno.

2 **Consejos para diversas clases de personas.** 1Tú, en cam-
bio, predica lo que está conforme con la sana doctrina.
2Que los ancianos sean sobrios, hombres ponderados, pruden-
tes, sanos en la fe, en el amor, en la paciencia; 3que las ancia-
nas, igualmente, observen una conducta digna de personas san-
tas; que no sean calumniadoras, ni dadas a la bebida, sino
capaces de instruir en el bien, 4a fin de que enseñen a las mu-
jeres jóvenes a amar a sus maridos y a sus hijos, 5a ser pru-
dentes, honestas, cuidadosas de los quehaceres domésticos,
buenas, sumisas a sus maridos, de modo que no den ocasión a
que se blasfeme contra la palabra de Dios. 6A los jóvenes, de
la misma manera, exhórtalos a que sean prudentes en todo,
7presentándote como ejemplo de buenas obras, un hombre ín-
tegro en la doctrina, de porte digno, 8de palabra sana, irre-
prochable, de modo que el adversario quede en vergüenza al
no poder alegar contra nosotros nada malo. 9Los esclavos, que
se muestren sumisos en todo a sus amos, que traten de agra-
darles, que no les contradigan 10ni les engañen; por el contra-
rio, que sean modelo de fidelidad perfecta, para hacer honor
en todo a la doctrina de Dios, nuestro Salvador.

**Fundamento dogmático de esta conducta.** [11]Pues se ha ma-
nifestado la gracia de Dios, fuente de salvación para todos los
hombres, [12]enseñándonos a renunciar a la maldad y a los de-
seos mundanos y a llevar una vida sobria, justa y religiosa,
[13]mientras aguardamos el feliz cumplimiento de lo que se nos
ha prometido y la manifestación gloriosa del gran Dios y Sal-
vador nuestro Jesucristo, [14]que se entregó a sí mismo por no-
sotros para redimirnos y hacer de nosotros un pueblo escogi-
do, limpio de todo pecado y dispuesto a hacer siempre el bien.
[15]Esto es lo que tienes que enseñar, predicar y defender con
toda autoridad. Que nadie te haga de menos.

3 **Obediencia y amor.** [1]Aconséjales que vivan sumisos a los
gobernantes, a las autoridades; que les presten obediencia,
que estén dispuestos a hacer siempre el bien; [2]que no hablen
mal de nadie, que sean pacíficos, comprensivos y sumamente
amables con todo el mundo.

**Regenerados por Cristo.** [3]Nosotros también en otro tiempo
fuimos unos locos, desobedientes, descarriados, esclavos de
toda clase de concupiscencias y placeres, malos y envidiosos,
odiados de todos y odiándonos mutuamente unos a otros. [4]Pero
Dios, nuestro Salvador, al manifestar su bondad y su amor por
los hombres, [5]nos ha salvado, no por la justicia que hayamos
practicado, sino por puro amor, mediante el bautismo
regenerador y la renovación del Espíritu Santo, [6]que derramó
abundantemente sobre nosotros por Jesucristo, nuestro Salva-
dor, [7]a fin de que, justificados por su gracia, seamos herede-
ros de la vida eterna, tal y como lo esperamos.

**Obras buenas y doctrina sana frente al error.** [8]Esta doctri-
na es digna de crédito; quiero que inculques constantemente
estas cosas, para que los que han creído en Dios sobresalgan
en buenas obras. Estas cosas son buenas y útiles para los hom-
bres. [9]Evita, en cambio, las cuestiones tontas, las genealogías,

las discusiones y polémicas sobre la ley, pues son inútiles y vanas. [10]Al hombre que fomenta la división amonéstale una y otra vez; y si no te hace caso, apártate de él, [11]pues está pervertido y, al perseverar en su pecado, se está condenando a sí mismo.

**Encargos y despedida.** [12]Voy a enviarte a Artemas o a Tíquico. En cuanto lleguen, vete a verme a Nicópolis, pues tengo decidido pasar allí el invierno. [13]Preocúpate de que Zenas, el abogado, y Apolo tengan todo lo necesario para el viaje. [14]Que nuestros hermanos sean los primeros en hacer el bien y en atender a las necesidades urgentes; así serán útiles para los demás.

[15]Te saludan todos los que están conmigo. Saluda a nuestros amigos en la fe. La gracia esté con todos vosotros.

# Carta a Filemón

*Te envío a Onésimo... para que lo tengas para siempre, no ya como esclavo, sino como un hermano querido* (10.15).

Un breve texto, lleno de ternura y de prudencia, constituye el escrito más breve del Nuevo Testamento. El autor es sin duda Pablo, que escribe desde la prisión. El destinatario es Filemón, rico propietario de Colosas, convertido al cristianismo por el apóstol, generoso con la comunidad cristiana. Un esclavo suyo, Onésimo, se ha escapado después de cometer un robo (18), ha coincidido con Pablo en la cárcel y, a su vez, se ha hecho cristiano. Pablo querría retenerlo a su lado para que le ayudase, pero comprende que debe advertirle previamente a Filemón, y hace que el esclavo lleve una carta de su puño y letra.

El contexto histórico y geográfico de la carta podemos ponerlo en relación con la Carta a los filipenses, cuando Pablo está prisionero en Éfeso, en torno al año 56-57.

El tema de fondo es el de la esclavitud, si bien el apóstol no encara el problema. Con sagacidad se limita a exponer el principio cristiano de la fraternidad (16) para que sea Filemón quien tome la decisión, renunciando a todo autoritarismo (8).

Podemos leer este breve texto a la luz de Gálatas, cuando Pablo proclama que ya no hay distinción entre judío o griego, esclavo o libre, varón o mujer; todos son uno en Cristo Jesús (Gál 3,28) y por tanto iguales ante Dios.

1 **Saludo.** [1]Pablo, preso por Cristo Jesús, y el hermano
Timoteo, a Filemón, amigo querido y colaborador nues-
tro; [2]a la hermana Apia, a Arquipo, nuestro compañero de fa-
tigas, y a la Iglesia que se reúne en su casa: [3]os deseamos la
gracia y la paz de Dios Padre y de Jesucristo, el Señor.

**Acción de gracias y elogio de Filemón.** [4]Te tengo siempre
presente en mis oraciones y doy gracias a Dios, [5]al oír hablar
del amor y de la fe que profesas a Jesús, el Señor, y a todo el
pueblo de Dios. [6]Yo pido a Dios que esta fe, que nos es co-
mún, se muestre activa y dé a conocer todo el bien que se reali-
za en nosotros por Cristo. [7]Tu amor me ha colmado de ale-
gría y de consuelo, porque, gracias a ti, hermano, el corazón
de los creyentes se ha tranquilizado.

**Petición en favor de Onésimo.** [8]Por lo cual, aunque tengo
plena libertad en Cristo para ordenarte lo que debes hacer,
[9]prefiero apelar a tu amor. Yo, Pablo, viejo ya y ahora, ade-
más, preso por Cristo Jesús, [10]te pido un favor para Onésimo,
mi hijo querido, al que he engendrado a la fe en mi prisión.
[11]En otro tiempo fue inútil para ti, pero ahora es bien útil para
ti y para mí. [12]Te lo envío como si te enviara mi propio cora-
zón. [13]Yo querría retenerlo a mi lado, para que me ayudase en
tu lugar en mi prisión por el evangelio; [14]pero nada he queri-
do hacer sin tu consentimiento, a fin de que me hagas esta bue-
na obra no a la fuerza, sino de buena gana.

[15]Tal vez por esto se separó de ti, para que lo tuvieras para
siempre, [16]no ya como esclavo, sino como un hermano queri-
do, que lo es muchísimo para mí, ¡cuánto más debe serlo para
ti como persona y como cristiano! [17]Si me tienes por amigo,
recíbele a él como me recibirías a mí. [18]Si en algo te ofendió o
algo te debe, ponlo a mi cuenta. [19]Yo, Pablo, lo firmo con mi
puño y letra; yo pagaré, aunque podría decirte que tú te me
debes a mí por entero. [20]Hermano, como cristiano que eres,
hazme este favor; dame este consuelo en Cristo. [21]Te he escri-

to confiado en que me atenderás, sabiendo que tú harás más de lo que te pido.

**Encargo y despedida.** 22A la vez ve preparándome el hospedaje, pues espero que, gracias a vuestras oraciones, volveré pronto a veros. 23Te saluda Epafras, mi compañero de prisión por Cristo Jesús; 24Marcos, Aristarco, Dimas y Lucas, mis colaboradores. 25La gracia de Jesucristo, el Señor, esté con vosotros.

# Carta a los Hebreos

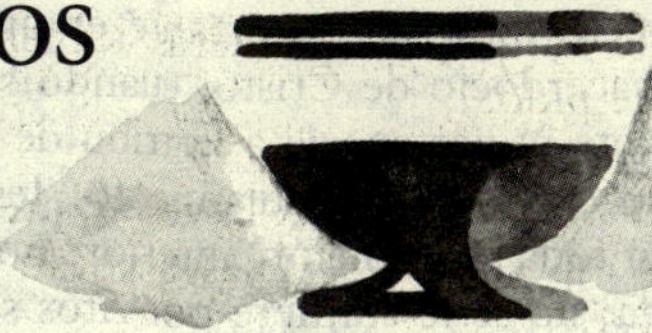

*Cristo entró una vez para siempre en el santuario, no con sangre de machos cabríos y de becerros, sino con su propia sangre, adquiriéndonos una liberación eterna* (9,12).

Documento atrayente y desconcertante a la vez, Hebreos se nos presenta en toda su riqueza y complejidad. El título común es engañoso, pues no pertenece al género epistolar; no es una carta sino más bien una pieza oratoria cercana a la homilía. El destinatario genérico 'hebreos' desconcierta igualmente, pues induce a pensar que está escrita para invitar a la fe a judíos no cristianos; un estudio detallado nos dice, más bien, que fue escrita pensando en animar la fe de los cristianos. Por último, tradicionalmente se atribuía a san Pablo; hoy se piensa más bien en un judío culto de formación helenista convertido al cristianismo, muy buen conocedor de la Escritura. Se han propuesto muchos nombres, pero sigue siendo un enigma.

El escrito gira en torno al Templo, al sacerdocio y a los ritos sacrificiales. Parece que son contemporáneos al autor y no hay ningún indicio de su destrucción; esto ha llevado a pensar que Hebreos es anterior al año 70, año de la catástrofe. Otros proponen una fecha posterior al año 70, indicando que estas referencias sacrificiales sólo se refieren a las realidades conocidas en el Antiguo Testamento, no a las contemporáneas

El aspecto más desconcertante es que propone explícitamente el sacerdocio de Cristo, cuando sabemos que Jesús no fue sacerdote ni pertenecía a la tribu de Leví. La genialidad y la novedad está en el planteamiento: Jesús es sacerdote pero rompe con toda la tradición anterior: no pertenece a una casta separada; no se le confiere por ritos sino por la aceptación obediente al Padre; su fidelidad a Dios no le hace romper con sus hermanos; su sacrificio supera todos los conocidos pues se ofrece a sí mismo, de una vez para siempre, consiguiendo la reconciliación.

A diferencia de otros textos neotestamentarios, Hebreos se distingue por su cuidada composición, su alto nivel lingüístico, sus ricos símbolos, y sus lecturas actualizadas de la Escritura.

**1 Dios nos ha hablado por medio de su Hijo.** [1]Dios, después de haber hablado muchas veces y en diversas formas a nuestros padres por medio de los profetas, [2]en estos días, que son los últimos, nos ha hablado por el Hijo, a quien ha constituido heredero de todas las cosas, por quien hizo también el universo. [3]Él, que es el resplandor de su gloria y la impronta de su ser, sostiene todas las cosas con su palabra poderosa, y, una vez que realizó la purificación de los pecados, se sentó a la derecha de la Majestad en lo más alto del cielo, [4]llegando a ser superior a los ángeles en la medida en que los aventaja el nombre que ha recibido en herencia.

## Cristo, Hijo de Dios, superior a los ángeles

**Prueba de Escritura.** [5]En efecto, ¿a cuál de los ángeles dijo Dios alguna vez: *Tú eres mi hijo, yo te he engendrado hoy* (Sal 2,7; y además: *Yo seré su Padre, y él será mi Hijo?* (2Sam 7,14). [6]Y de nuevo, cuando introdujo al Primogénito en el mundo, dijo: *Que le adoren todos los ángeles de Dios* (Sal 97,7; Dt 32,43). [7]Mientras que, cuando habla de los ángeles, dice: *Hace a sus ángeles como vientos, y a sus ministros como llama de fuego* (Sal 104,4). [8]Del Hijo, en cambio, afirma: *Tu trono, oh Dios, dura eternamente;* y: *el cetro de tu reino es cetro de justicia.* [9]*Has amado la justicia y odiado la iniquidad; por eso Dios, tu Dios, te ha ungido con óleo de alegría con preferencia a tus compañeros* (Sal 45,7-8). [10]Más todavía: *Señor, tú pusiste al principio los cimientos de la tierra, y los cielos son obra de tus manos.* [11]*Ellos perecerán, pero tú quedarás, todos se desgastarán como la ropa;* [12]*tú los doblarás como se dobla un manto; serán como la muda que se cambia. Mas tú eres siempre el mismo y tus años no terminan nunca* (Sal 102,26-28). [13]Y ¿a cuál de los ángeles dijo nunca: *Siéntate a mi derecha hasta que haga de tus enemigos estrado de tus pies?* (Sal 110,1). [14]¿No son todos ellos espíritus encargados de un ministerio, enviados al servicio de aquéllos que deben heredar la salvación?

2 **Exhortación.** [1]Por eso debemos prestar más atención a las enseñanzas recibidas, no sea que marchemos a la deriva. [2]Porque si la palabra promulgada por los ángeles estaba garantizada hasta el punto de que toda transgresión y desobediencia recibió su justo castigo, [3]¿cómo podríamos escapar nosotros si descuidamos una salvación tan grande? La cual, inaugurada por la predicación del Señor, nos ha sido transmitida con garantía por aquellos que le oyeron, [4]confirmando Dios su testimonio con signos, prodigios y toda clase de milagros, y con los dones que el Espíritu Santo reparte según su voluntad.

**El mundo, sometido a Jesús.** [5]Porque, de hecho, no sometió a los ángeles el mundo venidero, del cual hablamos. [6]Alguien afirmó en cierto lugar: *¿Qué es el hombre, para que de él te acuerdes; el ser humano, para que de él te preocupes?* [7]*Lo hiciste poco inferior a los ángeles, lo coronaste de gloria y dignidad.* [8]*Todo lo sometiste bajo sus pies* (Sal 8,5-7). Si se le ha sometido todo, no ha quedado nada fuera de su dominio. De momento, es cierto, no vemos todavía esta sumisión universal. [9]Pero al que fue rebajado un poco con relación a los ángeles, Jesús, le vemos coronado de gloria y dignidad por haber sufrido la muerte; de modo que, por la gracia de Dios, gustó la muerte en beneficio de todos.

**La redención realizada por Cristo.** [10]Convenía, en efecto, que aquel por quien y para quien todo fue hecho, queriendo llevar a la gloria un gran número de hijos, hiciese perfecto, mediante los sufrimientos, al jefe que debía guiarlos a la salvación. [11]Porque el santificador y los santificados tienen todos el mismo origen. Por lo cual no se avergüenza de llamarlos hermanos, [12]diciendo: *Anunciaré tu nombre a mis hermanos, en plena asamblea te alabaré* (Sal 22,22). [13]Y además: *En él pon-*

*dré mi confianza.* Más todavía: *Aquí estoy yo con los hijos que*
*Dios me ha dado* (Is 8,17-18).
[14]Pues de la misma manera que los hijos participan de la mis-
ma carne y sangre, también él participó de modo parecido,
para reducir a la impotencia mediante la muerte a aquel que
tiene el imperio de la muerte, es decir, al diablo, [15]y libertar a
todos aquellos que, por miedo a la muerte, estaban sometidos
durante toda su vida a la esclavitud. [16]Porque, cicrtamente, no
vino en auxilio de los ángeles, sino que vino en auxilio de la
descendencia de Abrahán. [17]Por lo cual debió hacerse en todo
semejante a sus hermanos, para convertirse en sumo sacerdo-
te misericordioso y fiel ante Dios, para alcanzar el perdón de
los pecados del pueblo. [18]Pues por el hecho de haber sufrido y
haber sido probado, está capacitado para venir en ayuda de
aquellos que están sometidos a la prueba.

## Cristo, sumo sacerdote

3 **Cristo, superior a Moisés.** [1]Por eso, hermanos, miembros
del pueblo de Dios, partícipes de una vocación celeste, con-
siderad al apóstol y sumo sacerdote de la fe que profesamos,
a Jesús, [2]modelo de fidelidad a Dios, que le dio tal nombra-
miento como lo fue *Moisés en toda la casa de Dios* (Núm 12,7).
[3]Él, en efecto, ha sido considerado digno de una gloria supe-
rior a la de Moisés, en la misma medida en quc la dignidad
del arquitecto de una casa supera a la casa misma. [4]Toda casa
ha sido construida por alguien, pero es Dios quien ha cons-
truido todas las cosas. [5]Moisés, cierto, fue fiel *en toda la casa*
*de Dios,* en calidad de siervo, como ministro, para dar testi-
monio de las cosas que debían ser manifestadas; [6]Cristo, por
el contrario, lo ha sido en calidad de Hijo, al frente de su casa.
Y su casa somos nosotros, con tal que permanezcamos inque-
brantables hasta el fin, confesando valientemente nuestra fe y
confiados en la esperanza que tenemos.

**La incredulidad israelita y nuestra fe.** 7Por eso, como dice
el Espíritu Santo:

*Hoy, si oís su voz,*
*8no endurezcáis vuestros corazones,*
*como ocurrió en la rebelión,*
*el día de la tentación en el desierto,*
*9cuando vuestros padres me desafiaron*
*y me pusieron a prueba,*
*aunque habían visto mis obras durante cuarenta años.*
*10Por eso me irrité contra aquella generación, y dije:*
*«Su corazón siempre anda extraviado;*
*nunca conocen mis caminos.*
*11Y juré en mi indignación:*
*No entrarán jamás en mi descanso»* (Sal 95,7-11).

12Hermanos, tened cuidado, que no haya entre vosotros un
corazón tan malo e incrédulo que se aparte del Dios vivo.
13Más bien, animaos mutuamente cada día mientras dura este
«hoy», de modo que ninguno de vosotros se endurezca por la
seducción del pecado. 14Porque hemos llegado a ser partícipes
de Cristo, si seguimos manteniendo inquebrantable hasta el fin
nuestra fe inicial. 15Cuando se dice: *Hoy, si oís su voz, no en-*
*durezcáis vuestros corazones, como ocurrió en la rebelión,*
16¿quiénes fueron los que, después de haber oído, se rebela-
ron? ¿No fueron todos aquellos que salieron de Egipto gra-
cias a Moisés? 17Y ¿contra quién se irritó Dios durante cua-
renta años? ¿No fue contra los culpables, *cuyos cadáveres*
*cayeron en el desierto*? (Núm 13,1-35). 18Y ¿a quién juró él
que no entrarían en su descanso sino a aquellos que habían
sido desobedientes? 19Vemos, pues, que ellos no pudieron en-
trar a causa de su incredulidad.

4 1Mientras sigue en vigor la promesa de entrar en su des-
canso, hay que tener mucho cuidado, no sea que alguno

de vosotros no lo consiga. 2Porque también nosotros, como
ellos, hemos recibido la buena nueva; pero a ellos no les apro-
vechó la palabra que habían oído, porque al escucharla no se
unieron a ella por la fe. 3Entremos, pues, nosotros, que he-
mos creído, en el descanso, según lo que dijo: *Y juré en mi
indignación: ¡No entrarán jamás en mi descanso!* Las obras de
Dios ya estaban acabadas desde la creación del mundo. 4Pues
en cierto pasaje dijo acerca del séptimo día: *Y Dios descansó
de todo su trabajo el séptimo día* (Gén 2,2). 5*Y de nuevo en
este lugar: No entrarán en mi descanso.*

6Y como, por una parte, es cierto que algunos deben entrar
en él, y, por otra, los primeros que recibieron la buena nueva
no entraron a causa de su desobediencia, 7de nuevo Dios fija
un día, un «hoy», diciendo por David, después de tanto tiem-
po, lo que ya ha sido dicho: *¡Hoy, si oís su voz, no endurez-
cáis vuestros corazones!...* 8Pues si Josué les hubiese procura-
do el reposo, (David) no hubiese hablado después de esto de
otro día. 9Existe, pues, un reposo reservado para el pueblo de
Dios; 10pues aquel que entre en el reposo de Dios, descansará
también él de sus obras, como Dios de las suyas. 11Esforcémo-
nos, pues, por entrar en este reposo, para que nadie sucumba
imitando aquel ejemplo de desobediencia.

**La palabra de Dios es Cristo sacerdote.** 12Pues la palabra de
Dios es viva y eficaz y más aguda que espada de dos filos; ella
penetra hasta la división del alma y del espíritu, de las articu-
laciones y de la médula, y es capaz de juzgar los sentimientos
y los pensamientos. 13Y no hay criatura alguna que esté oculta
ante ella, sino que todo está desnudo y descubierto a los ojos
de aquel a quien debemos dar cuenta.

14Puesto que tenemos un sumo sacerdote extraordinario, que
ha penetrado en los cielos, Jesús, el Hijo de Dios, permanez-
camos firmes en la fe que profesamos. 15Pues no tenemos un
sumo sacerdote incapaz de compadecerse de nuestras debili-
dades, ya que fue probado en todo a semejanza nuestra, a ex-

cepción del pecado. [16]Acerquémonos, pues, con confianza al
trono de la gracia, a fin de obtener misericordia y hallar la
gracia del auxilio oportuno.

5 **Jesucristo, verdadero sacerdote.** [1]Porque todo sacerdote es
elegido de entre los hombres para representar a los hom-
bres ante Dios y ofrecer dones y sacrificios por los pecados,
[2]siendo capaz de mostrarse comprensivo con los ignorantes y
extraviados, ya que también él está rodeado de debilidad; [3]por
esta razón debe ofrecer sacrificios por sus pecados, así como
lo hace por los del pueblo. [4]Y nadie puede arrogarse este ho-
nor si no es llamado por Dios, como Aarón. [5]Así también Cris-
to no se atribuyó la gloria de constituirse sumo sacerdote, sino
que la recibió de aquel que le dijo: *Tú eres mi Hijo, yo te he
engendrado hoy* (Sal 2,7). [6]Como dice también en otro lugar:
*Tú eres sacerdote para siempre, a la manera de Melquisedec* (Sal
110,4). [7]Él, en los días de su vida mortal, presentó con gran
clamor y lágrimas oraciones y súplicas al que podía salvarle de
la muerte, y fue escuchado en atención a su obediencia; [8]aun-
que era hijo, en el sufrimiento aprendió a obedecer; [9]así alcan-
zó la perfección y se convirtió para todos aquellos que le obe-
decen en principio de salvación eterna, [10]pues fue proclamado
por Dios sumo sacerdote *a la manera de Melquisedec.*

## El auténtico sacerdocio de Cristo

[11]Acerca de esto tendríamos muchas cosas que decir, difíci-
les de explicar, porque sois torpes para comprender. [12]Pues de-
biendo ser ya maestros por razón del tiempo, todavía tenéis
necesidad de que se os enseñen los primeros rudimentos de
oráculos divinos, y habéis llegado a tener necesidad de leche,
no de alimento sólido. [13]Ahora bien, aquel que se alimenta de
leche no puede gustar la doctrina de la justicia, porque es niño
todavía. [14]El alimento sólido es para los perfectos, que por ra-

zón de la costumbre tienen el sentido moral desarrollado para
distinguir entre el bien y el mal.

6 **Propósito del autor.** [1]Por eso, dejando aparte la doctrina
elemental sobre Cristo, elevémonos a la doctrina perfec-
ta, sin volver a echar los cimientos del arrepentimiento de las
obras muertas y de la fe en Dios, [2]de la doctrina sobre los bau-
tismos y la imposición de las manos, de la resurrección de los
muertos y del juicio eterno. [3]Esto es lo que vamos a hacer con
el auxilio de Dios.
[4]Los que una vez fueron iluminados, que gustaron el don
celeste, que fueron hechos partícipes del Espíritu Santo, [5]que
saborearon la dulzura de la palabra de Dios y las maravillas
del mundo venidero [6]y que a pesar de todo recayeron, es im-
posible que se renueven otra vez por la penitencia, ya que de
nuevo crucifican por su cuenta al Hijo de Dios y le declaran
infame. [7]En efecto, la tierra que absorbe el agua caída repeti-
das veces sobre ella y que produce frutos abundantes para
aquellos que la cultivan, recibe la bendición de Dios; [8]pero la
que produce *espinas y abrojos* (Gén 3,18) es tierra baldía, será
tierra maldita que terminará siendo pasto de las llamas.

**La esperanza, fundada en el pasado y en la fidelidad de Dios.**
[9]Queridos hermanos, aunque hablamos así, estamos persuadi-
dos de que vosotros estáis en una situación mejor y más favo-
rable con respecto a la salvación. [10]Porque Dios no es injusto
como para olvidar vuestras buenas obras y el amor que habéis
demostrado hacia su nombre en el servicio que habéis presta-
do y seguís prestando a los creyentes. [11]Deseamos solamente
que cada uno de vosotros demuestre el mismo empeño por
guardar intacta hasta el fin vuestra esperanza, [12]que no os des-
cuidéis y que sigáis el ejemplo de aquellos que por la fe y la
perseverancia entran en posesión de las promesas.
[13]Dios, al hacer la promesa a Abrahán, no teniendo otra per-
sona mayor por quien jurar, *juró por sí mismo,* [14]diciendo: *Sí,*

*te colmaré de bendiciones y multiplicaré tu descendencia* (Gén
22,16-17). [15]Y así, por la perseverancia, Abrahán alcanzó la
realización de la promesa. [16]Los hombres, en efecto, juran por
lo que es más grande que ellos, y el juramento es la garantía
que pone fin a sus controversias. [17]Por eso Dios, queriendo dar
a los herederos de la promesa una prueba nueva de que su de-
cisión era irrevocable, se comprometió con juramento, [18]para
que por estas dos cosas inmutables, en las cuales es imposible
que Dios mienta, tengamos mayor ánimo los que nos refugia-
mos en la adhesión firme de la esperanza a la que estamos des-
tinados; [19]esta esperanza es para nosotros como un áncora se-
gura y firme, que penetra más allá de la cortina del santuario,
[20]donde, como precursor nuestro, entró Jesús, convertido en
*sumo sacerdote para siempre a la manera de Melquisedec* (Sal
110,4).

7 **Melquisedec, figura de Cristo.** [1]En efecto, *este Melquisedec,
rey de Salén, sacerdote del Dios altísimo, que salió al en-
cuentro de Abrahán cuando éste volvía de la derrota de los re-
yes, y le bendijo,* [2]y a quien Abrahán dio *la décima parte de
todo* (Gén 14,17-20) cuyo nombre se interpreta en primer lu-
gar como «rey de justicia», y también como *rey de Salén,* es
decir, «rey de paz», [3]aparece sin padre, sin madre y sin ante-
pasados; no se conoce ni su nacimiento ni su muerte; a seme-
janza del Hijo de Dios, permanece sacerdote para siempre.
[4]Considerad, pues, la dignidad de aquel a quien el mismo
patriarca Abrahán dio la décima parte de lo mejor del botín.
[5]Aquellos que de la tribu de Leví reciben el sacerdocio tienen
el mandato, según la ley, de exigir la décima parte de todo al
pueblo, es decir, a sus hermanos, aunque también ellos
pertenezcan a la posteridad de Abrahán; [6]sin embargo, uno que
no desciende de él por generación recibió la décima parte del
botín conquistado por Abrahán y bendijo al portador de la pro-
mesa. [7]Ahora bien, está fuera de duda que el inferior es ben-
decido por el superior. [8]Además, los que aquí reciben la déci-

ma parte son hombres mortales; mientras que allí, uno de
quien se afirma que vive. 9Y, por decirlo así, fue el mismo Leví,
quien ahora cobra la décima parte de los bienes, el que, en la
persona de Abrahán pagó a Melquisedec esa décima parte,
10pues Leví estaba ya en las entrañas de su padre Abrahán cuan-
do le salió al encuentro Melquisedec.

**Imperfección del sacerdocio levítico.** 11Por consiguiente, si
la perfección hubiese sido realizada por el sacerdocio levítico
–ya que por su medio el pueblo recibió la ley–, ¿qué necesi-
dad habría entonces de que surgiese otro sacerdote *a la ma-
nera de Melquisedec,* y que no lo fuese según el orden de
Aarón? 12Ahora bien, cambiando el sacerdocio, se sigue nece-
sariamente el cambio de la ley. 13Porque aquel de quien se di-
cen estas cosas pertenecía a otra tribu, de la cual ningún miem-
bro sirvió nunca al altar; 14porque es sabido que nuestro Señor
nació de la tribu de Judá, la cual no es mencionada por Moi-
sés al tratar de los sacerdotes.

**Abrogación de la ley antigua.** 15Y esto se hace todavía más
evidente si, a semejanza de Melquisedec, surge otro sacerdote
16que no ha llegado a serlo según la ley de una disposición car-
nal, sino más bien según el poder de una vida imperecedera.
17Porque de él se ha dado este testimonio: *Tú eres sacerdote
para siempre, a la manera de Melquisedec* (Sal 110,4). 18Y así
queda abrogado el orden anterior a causa de su impotencia e
inutilidad; 19porque la ley no llevó cosa alguna a la perfección;
y en su lugar entra una esperanza mejor, por lo cual nos acer-
camos a Dios.

**Inmutabilidad del sacerdocio de Cristo.** 20Tanto más cuanto
que esto no se realiza sin juramento. Mientras que aquéllos
fueron instituidos sacerdotes sin juramento, 21éste lo fue con
juramento por aquel que le dijo: *El Señor lo ha jurado y no se
vuelve atrás: tú eres sacerdote para siempre* (Sal 110,4). 22Esto

es precisamente lo que hace que Jesús sea la garantía de una
alianza superior. [23]Además, mientras que aquellos sacerdotes
eran muchos porque la muerte les impedía permanecer en su
función, [24]éste, en cambio, posee un sacerdocio inmutable, por-
que permanece para siempre. [25]De ahí proviene que pueda sal-
var perfectamente a aquellos que por él se acercan a Dios, es-
tando siempre vivo para interceder en su favor.

**Cualidades del sumo sacerdote.** [26]Tal era precisamente el
sumo sacerdote que nos convenía: santo, inocente, sin man-
cha, separado de los pecadores y elevado más alto que los cie-
los; [27]que no necesita diariamente, como los sumos sacerdo-
tes, ofrecer sacrificios primero por sus propios pecados y
después por los del pueblo. Esto lo hizo él de una vez para
siempre cuando se ofreció a sí mismo. [28]La ley, en efecto, cons-
tituye sumos sacerdotes a hombres débiles; pero la palabra del
juramento posterior a la ley constituye sacerdote al Hijo, he-
cho perfecto para siempre.

8 **Superioridad del culto, del santuario y de la mediación
de Cristo sacerdote.** [1]El punto capital de lo que estamos di-
ciendo es que tenemos un sumo sacerdote que está sentado a la
derecha del trono de la majestad en los cielos, [2]como ministro
del santuario y del verdadero tabernáculo construido por el Se-
ñor, no por un hombre. [3]En efecto, todo sumo sacerdote es ins-
tituido para ofrecer dones y sacrificios; por lo cual es necesario
que éste tenga también algo que ofrecer. [4]Por tanto, si estuviese
sobre la tierra no sería sacerdote en modo alguno, porque ya
hay encargados de ofrecer los dones según la ley. [5]Éstos reali-
zan un culto que es la imagen y sombra de las realidades celes-
tes, según le fue advertido divinamente a Moisés cuando iba a
construir el tabernáculo: *Mira y hazlo todo según el modelo que
se te ha mostrado en la montaña* (Éx 25,40).

[6]Pero ahora Cristo ha obtenido un ministerio tanto más ex-
celente cuanto mejor es la alianza de la cual es mediador y más

ventajosas las promesas sobre las que está fundada. [7]Porque si
la primera alianza hubiese sido perfecta, no hubiese habido lu-
gar para buscar una segunda. [8]Sin embargo, les dice en tono
de recriminación:

*Vienen días, dice el Señor,*
*en que yo haré con la casa de Israel*
*y la casa de Judá una alianza nueva,*
*[9]no como la alianza que hice con sus padres*
*cuando los tomé de la mano*
*y los saqué de Egipto,*
*alianza que ellos violaron*
*y por lo cual los rechacé, dice el Señor.*
*[10]Ésta es la alianza que haré con la casa de Israel,*
*después de aquellos días, dice el Señor.*
*Pondré mis leyes en su mente,*
*las escribiré en su corazón,*
*yo seré su Dios y ellos serán mi pueblo.*
*[11]Ya nadie tendrá que enseñar a su conciudadano,*
*ni a su hermano,*
*diciendo: Conoce al Señor,*
*porque todos me conocerán,*
*desde el más pequeño hasta el mayor.*
*[12]Porque perdonaré sus crímenes*
*y no me acordaré más de sus pecados* (Jer 31,31-34).

[13]Al hablar de alianza «nueva», Dios ha declarado anticua-
da la primera. Ahora bien, lo que es viejo y anticuado está a
punto de desaparecer.

9 **Ineficacia del sacerdocio y culto antiguos.** [1]La primera
alianza tenía una liturgia propia y un santuario terrestre. [2]En
efecto, se construyó un tabernáculo, en cuya parte anterior se
encontraban el candelabro, la mesa y los panes de la proposi-
ción; es lo que se llama el lugar santo. [3]Después, detrás de la

segunda cortina estaba el lugar santísimo, [4]con el altar de oro para los perfumes y el arca de la alianza totalmente recubierta de oro, que contenía un vaso de oro lleno de maná, la vara de Aarón que había florecido y las tablas de la alianza; [5]y sobre el arca, los querubines de la gloria cubrían con su sombra el propiciatorio. No es éste el lugar para hablar de todo esto en detalle. [6]Dispuestas así las cosas, los sacerdotes entran a diario en la primera parte del tabernáculo para celebrar el culto. [7]En la segunda, por el contrario, entra solamente el sumo sacerdote una vez al año, y provisto de sangre, que ofrece por sus pecados y por los del pueblo. [8]El Espíritu Santo quería demostrar con esto que el camino del santuario no estaba abierto mientras subsistiese el primer tabernáculo. [9]Esto es una imagen del tiempo presente; significa que en su régimen se ofrecen dones y sacrificios que no tienen el poder de hacer perfecto interiormente al que celebra el culto; [10]se trata de normas externas referentes a los alimentos, a las bebidas y a los ritos purificatorios, válidos solamente hasta el establecimiento del nuevo orden de cosas.

**Eficacia del sacrificio de Cristo.** [11]Cristo, por el contrario, se presentó como sumo sacerdote de los bienes venideros, a través de un tabernáculo más santo y más perfecto, no hecho por mano de hombre, es decir, no de esta creación, [12]y entró de una vez para siempre en el santuario, no con sangre de machos cabríos y de becerros, sino con su propia sangre, adquiriéndonos una liberación eterna. [13]Pues si la sangre de los machos cabríos y de los becerros y la ceniza de la vaca, con las que se asperja a aquellos que están manchados, los santifica procurándoles la pureza del cuerpo, [14]¿cuánto más la sangre de Cristo, que por virtud del Espíritu eterno se ofreció a sí mismo a Dios como víctima inmaculada, purificará nuestra conciencia de sus obras muertas, para servir al Dios vivo?

**Necesidad de la muerte de Cristo.** [15]Por eso es el mediador de una nueva alianza, a fin de que, consiguiendo con su muerte

el perdón de los delitos cometidos en el tiempo de la primera
alianza, aquellos que son llamados reciban la herencia eterna
prometida. [16]Porque donde hay testamento, es necesario que sea
constatada la muerte del testador. [17]Un testamento no es válido
sino en caso de muerte, porque no entra en vigor mientras vive
el testador. [18]Por eso, ni siquiera la primera alianza fue inaugu-
rada sin derramamiento de sangre. [19]En efecto, Moisés, después
de haber promulgado ante el pueblo todos los mandamientos
según estaban escritos en la ley, tomó la sangre de machos ca-
bríos y de becerros, con agua, lana escarlata y el hisopo, y ro-
ció con ella el libro mismo y a todo el pueblo, [20]diciendo: *Ésta
es la sangre de la alianza que Dios ha establecido para vosotros*
(Éx 24,8). [21]Después roció también con sangre la tienda y to-
dos los objetos del culto. [22]Por lo demás, según la ley, casi todo
es purificado con la sangre, y sin derramamiento de sangre no
hay perdón. [23]Era, pues, necesario que las figuras de las cosas
celestes fuesen purificadas de esta manera, y las realidades mis-
mas celestes lo fuesen también, pero con sacrificios superiores
a los de aquí abajo. [24]Porque Cristo no entró en un santuario
hecho por mano de hombre, simple figura del verdadero, sino
en el mismo cielo, para presentarse ahora ante Dios en favor
nuestro. [25]No para ofrecerse a sí mismo más veces, como lo hace
el sumo sacerdote, que entra cada año en el santuario, con san-
gre ajena; [26]porque, de otro modo, hubiese tenido que padecer
muchas veces desde la creación del mundo; pero ahora se ha ma-
nifestado una sola vez, al fin de los tiempos, para abolir el peca
do por su sacrificio. [27]Y del mismo modo que está establecido para
los hombres que mueran una sola vez y después haya un juicio,
[28]así también Cristo, después de haberse ofrecido una sola vez
para quitar los pecados del mundo, aparecerá una segunda vez,
sin pecado, para dar la salvación a los que le esperan.

**10** **El sacrificio de Cristo, superior a los sacrificios mosai-
cos. Impotencia de los sacrificios antiguos en relación
con el pecado.** [1]En efecto, no siendo la ley más que una som-

bra de los bienes venideros y no la realidad misma de las co-
sas, ofrece cada año perpetuamente los mismos sacrificios sin
poder hacer perfectos a aquellos que se acercan a Dios. 2De
otro modo, ¿no hubiesen cesado de ofrecerlos, supuesto que
quienes ofrecían este culto, purificados una vez para siempre,
no tendrían ya conciencia alguna de pecado? 3Por el contra-
rio, estos sacrificios traen cada año a la mente el recuerdo de
los pecados; 4porque es imposible que la sangre de toros y ma-
chos cabríos quite los pecados.

**Cristo, ofrecido como víctima voluntaria.** 5Por eso, al en-
trar en este mundo, Cristo dijo:

*No has querido sacrificios ni ofrendas,*
*pero en su lugar me has formado un cuerpo.*
6*No te han agradado los holocaustos*
*ni los sacrificios por el pecado.*
7*Entonces dije:*
*Aquí estoy yo para hacer tu voluntad,*
*como en el libro está escrito de mí* (Sal 40,7-9).

8Primero dice que no ha querido sacrificios ni ofrendas y que
no le han agradado los holocaustos y los sacrificios por el peca-
do; 9y luego añade: *Aquí estoy yo para hacer tu voluntad,* con
lo que deroga el primer régimen para fundar el segundo. 10Y en
virtud de esta voluntad nosotros somos santificados, de una vez
para siempre, por la ofrenda del cuerpo de Jesucristo.

**Eficacia del sacrificio de Cristo.** 11Y mientras todo sacerdo-
te se presenta diariamente, oficiando y ofreciendo muchas ve-
ces los mismos sacrificios, que no tienen poder alguno para
quitar los pecados, 12él, por el contrario, habiendo ofrecido un
solo sacrificio por los pecados, *se sentó para siempre a la de-
recha de Dios,* 13esperando desde entonces que *sus enemigos
sean colocados como estrado de sus pies* (Sal 110,1). 14Porque

por una ofrenda única ha hecho perfectos para siempre a aque-
llos que santifica. 15 Esto mismo nos atestigua también el Espí-
ritu Santo; porque después de haber dicho: 16 *Ésta es la alian-
za que haré con ellos después de estos días, dice el Señor: Pondré
mis leyes en su mente y las escribiré en sus corazones* 17 *y no
me acordaré más de sus crímenes y de sus pecados* (Jer 31,33-
34). 18 Ahora bien, donde hay perdón de los pecados no hay
necesidad de ofrenda por el pecado.

**Exhortación a la perseverancia.** 19 Así pues, hermanos, puesto
que tenemos la gozosa esperanza de entrar en el santuario en
virtud de la sangre de Jesús, 20 siguiendo el camino nuevo y vi-
viente que él ha inaugurado a través de la cortina, es decir, de
su propia carne, 21 y puesto que tenemos un nuevo sumo sa-
cerdote al frente de la casa de Dios, 22 acerquémonos con un
corazón sincero, con fe perfecta, purificados los corazones de
toda mancha de la que tengamos conciencia, y el cuerpo lava-
do con agua pura. 23 Mantengamos firmemente la esperanza que
profesamos, pues el que ha prometido es fiel; 24 y miremos los
unos por los otros para estimularnos en el amor y en las obras
buenas; 25 no abandonéis vuestras propias asambleas, como al-
gunos tienen por costumbre hacer, sino más bien animaos mu-
tuamente, y esto tanto más cuanto que veis acercarse el día.

**Peligro de la apostasía.** 26 Porque si pecamos deliberadamente
después de haber recibido el conocimiento de la verdad, ya
no queda sacrificio alguno por los pecados, 27 sino una terrible
expectación y el *ardor vindicativo del fuego que consumirá a
los rebeldes* (Is 26,11). 28 Pues si el que viola la ley de Moisés
*es condenado irremisiblemente a muerte por el testimonio de
dos o tres testigos* (Dt 17,6; 19,15), 29 ¿de cuánto mayor casti-
go pensáis vosotros que será digno quien haya pisoteado al
Hijo de Dios y haya tratado como cosa profana la sangre de
la alianza por la cual fue santificado, y haya ultrajado el Espí-
ritu de la gracia? 30 Porque conocemos a aquel que ha dicho: *A*

*mí la venganza, yo daré a cada cual lo que merezca* (Dt 32,35).
Y también: *El Señor juzgará a su pueblo* (Dt 32,36). [31]Es es-
pantoso caer en las manos del Dios vivo.
[32]Recordad, en cambio, aquellos primeros días en que, des-
pués de haber sido iluminados, obtuvisteis grandes luchas de
sufrimientos, [33]unas veces expuestos públicamente a ultrajes y
torturas y otras haciéndoos solidarios de aquellos que eran así
tratados. [34]Porque vosotros habéis compartido las penas de los
presos, habéis aceptado con alegría el que os quitaran vues-
tros bienes, siendo conscientes de que estáis en posesión de
una riqueza mejor y permanente. [35]No perdáis vuestra espe-
ranza cierta, que tendrá una gran recompensa. [36]Es necesario
que seáis constantes en el cumplimiento de la voluntad de Dios,
para que alcancéis lo que os está prometido. [37]*Porque dentro
de poco, muy poco tiempo, el que ha de venir llegará sin retra-
sos.* [38]*Mi justo vivirá por la fe; pero si se acobarda, dejará de
agradarme* (Is 26,20; Hab 2,3-4). [39]Nosotros, sin embargo, no
somos de aquellos que se retiran cobardemente para la perdi-
ción, sino de aquellos que se salvan por la fe.

11 **Los grandes héroes de la fe.** [1]La fe es la garantía de las
cosas que se esperan, la prueba de aquellas que no se
ven. [2]Por ella recibieron testimonio de admiración los antiguos.
[3]Por la fe conocemos que el mundo fue creado por la palabra
de Dios, de suerte que lo visible tiene una causa invisible. [4]Por
la fe Abel ofreció a Dios un sacrificio más perfecto que el de
Caín; por ella fue proclamado justo, dando el mismo Dios tes-
timonio en favor de sus dones, y por ella, aunque muerto, si-
gue hablando. [5]Por la fe fue arrebatado de este mundo Henoc
sin experimentar la muerte; *nadie lo pudo encontrar, porque
lo había arrebatado Dios* (Gén 5,24). Y la Escritura dice que
antes de ser arrebatado *había agradado a Dios* (Si 44,16; cf
Sab 4,10). [6]Ahora bien, sin la fe es imposible agradarle; por-
que aquel que se acerca a Dios debe creer que existe y que
recompensará a aquellos que lo buscan. [7]Por la fe Noé, divi-

namente advertido acerca de las cosas que todavía no se veían,
movido de un religioso temor, construyó un arca para salvar
a su familia; por la fe condenó al mundo y se convirtió en he-
redero de la justicia que se obtiene por la fe. 8 Por la fe Abrahán,
obedeciendo la llamada divina, partió para un país que recibi-
ría en posesión, y partió sin saber adónde iba. 9 Por la fe vino
a habitar en la tierra prometida como en un país extranjero,
viviendo en tiendas de campaña, con Isaac y Jacob, herederos
con él de la misma promesa. 10 Porque él esperaba la ciudad
de sólidos cimientos, cuyo arquitecto y constructor es Dios.
11 Por la fe recibió también Sara el poder de concebir, fuera de
la edad propicia, porque creyó en la fidelidad de aquel que se
lo había prometido. 12 Precisamente por esto, de un solo hom-
bre, ya casi muerto, nació una descendencia tan numerosa
*como las estrellas del cielo y como los incontables granos de
arena que hay en las playas del mar* (Gén 15,5-6; 22,17; Éx
32,13). 13 Todos éstos murieron en la fe sin haber obtenido la
realización de las promesas, pero habiéndolas visto y saluda-
do de lejos y reconociendo *que eran extranjeros y peregrinos
en la tierra* (Gén 23,4; 47,9). 14 Ahora bien, aquellos que ha-
blan así demuestran claramente que buscan la patria. 15 Y si ellos
hubiesen pensado en aquella de la que habían salido, hubie-
sen tenido oportunidad para volver a ella. 16 Ellos, en cambio,
aspiraban a una patria mejor, es decir, celeste. Por eso Dios
no se avergüenza de ellos, de llamarse «su Dios», porque les
ha preparado una ciudad. 17 Por la fe Abrahán, puesto a prue-
ba, ofreció a Isaac; e inmolaba a su hijo único a aquel que ha-
bía recibido las promesas, 18 a aquel de quien le había sido di-
cho: *De Isaac saldrá una descendencia que llevará tu nombre*
(Gén 22,1). 19 Porque pensaba que Dios tiene poder incluso para
resucitar a los muertos. Por eso recobró a su hijo. Esto es un
símbolo para nosotros. 20 Por la fe Isaac bendijo a Jacob y a
Esaú con vistas al futuro. 21 Por la fe Jacob, al morir, bendijo a
cada uno de los hijos de José y *se postró ante Dios apoyándo-
se en la empuñadura de su bastón*. 22 Por la fe José, al fin de su

vida, refiriéndose al éxodo de los israelitas dio disposiciones
acerca de sus restos mortales. 23Por la fe Moisés, apenas naci-
do, *fue ocultado por sus padres durante tres meses, porque vie-
ron que el niño era hermoso y no temieron el edicto del rey*
(Éx 2,2; 1,22). 24Por la fe Moisés, siendo ya mayor, no quiso
ser tenido por hijo de la hija del Faraón, 25escogiendo más bien
ser maltratado con el pueblo de Dios que disfrutar de las deli-
cias pasajeras del pecado; 26con los ojos puestos en la recom-
pensa, consideró mayor riqueza el oprobio del ungido que los
tesoros de Egipto. 27Por la fe huyó de Egipto sin temor a las
iras del rey y se mantuvo firme como si viese al invisible. 28Por
la fe celebró la pascua y roció con sangre las puertas para que
el exterminador no tocase a los primogénitos de Israel. 29Por
la fe pasaron el mar Rojo como por tierra seca; e intentando
hacer lo mismo los egipcios, fueron sumergidos en las olas.
30Por la fe cayeron los muros de Jericó, después de dar la vuelta
a su alrededor durante siete días. 31Por la fe Rajab, la prosti-
tuta, no pereció con los incrédulos, por haber dado asilo a los
espías. 32¿Y qué más diré? Me faltaría tiempo para hablar de
Gedeón, Barac, Sansón, Jefté, David, lo mismo que de Samuel
y los profetas, 33los cuales por la fe subyugaron reinos, ejer-
cieron la justicia, alcanzaron las promesas, cerraron la boca
de los leones, 34apagaron la violencia del fuego, escaparon al
filo de la espada, convalecieron de la enfermedad, fueron va-
lientes en la guerra, pusieron en fuga a los ejércitos enemigos.
35Hubo mujeres que recuperaron sus muertos resucitados. Unos
se dejaron torturar, no aceptando la liberación, para obtener
una resurrección mejor. 36Otros soportaron burlas y latigazos,
incluso cadenas y cárceles; 37fueron apedreados, torturados,
aserrados, pasados a filo de espada, anduvieron errantes, cu-
biertos con pieles de ovejas y de cabras, desprovistos de todo,
oprimidos, maltratados, 38de quienes no era digno el mundo,
errantes por los desiertos, las montañas, las cavernas y cuevas
de la tierra. 39Y todos éstos, mártires de la fe, no alcanzaron
el objeto de la promesa; 40porque Dios había previsto para no-

sotros una suerte mejor, y aquéllos no debían llegar sin noso-
tros a la perfección.

12 **El ejemplo de Cristo, aliento en la lucha.** 1Precisamen-
te por eso también nosotros, envueltos como estamos
en una gran nube de testigos, debemos liberarnos de todo aque-
llo que es un peso para nosotros y del pecado, que fácilmente
nos seduce, y correr con perseverancia en la prueba que se nos
propone, 2fijando nuestra mirada en Jesús, el autor y
consumador de la fe, quien, para obtener la gloria que se le
proponía, soportó la cruz, aceptando valientemente la igno-
minia, y está sentado a la diestra del trono de Dios. 3Pensad,
pues, continuamente en aquel que soportó tan grande contra-
dicción de parte de los pecadores, para que no desfallezcáis
perdiendo el ánimo. 4Todavía no habéis resistido hasta el de-
rramamiento de sangre en la lucha contra el pecado.

**Pedagogía divina.** 5Habéis olvidado la exhortación que os
dirige como a hijos: *Hijo mío, no desprecies la corrección del
Señor, ni te desalientes cuando te reprenda;* 6*porque el Señor
corrige al que ama, y castiga al que recibe como hijo* (Prov 3,11-
12). 7El castigo que soportáis os sirve para educaros. Dios os
trata como a hijos. ¿Hay algún hijo que no sea corregido por
su padre? 8Si estuvieseis exentos de castigo, que a todos alcan-
za, no seríais hijos legítimos, sino bastardos. 9Además, si no-
sotros respetábamos a nuestros padres cuando nos corregían,
¿con cuánta mayor razón debemos someternos a nuestro Pa-
dre celestial para tener la vida? 10Nuestros padres nos educa-
ron lo mejor que pudieron para un tiempo limitado, mientras
que Dios lo hace para nuestro verdadero provecho, para co-
municarnos su propia santidad. 11Es cierto que todo castigo,
en el momento de recibirlo, es desagradable y motivo de dis-
gusto; pero después, en los que se han ejercitado en él, pro-
duce frutos de paz y de justicia. 12Por lo cual, enderezad vues-
tras manos abatidas y vuestras rodillas debilitadas, 13dirigid

*vuestros pasos por caminos llanos* para que el pie cojo en lugar de dislocarse se cure (Is 35,3; Si 25,23; Prov 3,26).

**Fidelidad a la gracia del Nuevo Testamento.** 14Buscad afanosamente la paz con todos y la santidad, sin la cual nadie verá al Señor; 15vigilad para que nadie sea privado de la gracia de Dios, para que ninguna raíz amarga vuelva a brotar y os perturbe, lo cual contaminaría la masa; 16que nadie sea lujurioso ni desprecie la religión, como Esaú, quien, por una comida, vendió sus derechos de primogénito. 17Sabéis bien que, como consecuencia, cuando quiso recibir la bendición, le fue negada, y no logró cambiar lo que había hecho, aunque lo intentó con lágrimas.

**Las dos alianzas.** 18Porque no os habéis acercado a una montaña que se pueda tocar con la mano, como los israelitas. No os habéis enfrentado al *fuego ardiente, al torbellino, a la oscuridad densa, a la tempestad,* 19*al sonido de la trompeta y al clamor de las palabras* (Éx 19,16; 20,18; Dt 4,11) que aquéllos oyeron, y suplicaron que no les volviera a hablar Dios, 20porque no podían soportar esta prohibición: *El que pise la montaña, incluso si es una bestia, será apedreado* (Éx 19,12). 21Y el espectáculo era tan terrible que Moisés dijo: *Estoy aterrado y temblando* (Dt 9,19). 22Vosotros, en cambio, os habéis acercado a la montaña de Sión, a la ciudad del Dios vivo, la Jerusalén celestial, a millares de ángeles, a la asamblea festiva, 23a la congregación de los primogénitos que están escritos en los cielos, a Dios, juez universal, y a los espíritus de los justos, que han sido hechos perfectos, 24a Jesús, mediador de una alianza nueva, que nos roció con una sangre, que habla más elocuentemente que la de Abel.

25Cuidado con no escuchar al que os habla; pues si aquéllos, por no escuchar al que promulgaba oráculos en la tierra no escaparon al castigo, ¡con cuánta mayor razón no escaparemos nosotros si volvemos la espalda a aquel que habla des-

de el cielo! [26]Aquel cuya voz conmovió entonces la tierra nos
ha hecho ahora esta promesa: *Una vez más conmoveré no sólo
la tierra, sino también el cielo* (Ag 2,6). [27]Estas palabras: una
vez más, indican que las cosas conmovidas serán cambiadas,
porque son cosas creadas, para que subsistan aquellas que son
inmutables. [28]Así pues, puesto que entramos en posesión de
un reino inmutable, retengamos firmemente la gracia, y por
ella ofrezcamos a Dios un culto agradable con reverencia y con
respeto. [29]*Porque nuestro Dios es fuego devorador* (Dt 4,24; 9,3;
Is 33,14).

13 **Últimas recomendaciones.** [1]Perseverad en el amor frater-
no. [2]No olvidéis la hospitalidad, ya que, gracias a ella,
algunos, sin saberlo, hospedaron a ángeles. [3]Acordaos de los
presos, de los que sufren torturas, como si estuvieseis en su
mismo cuerpo. [4]Que el matrimonio sea tenido en gran honor
y el lecho conyugal esté sin mancha, porque Dios juzgará a
los lujuriosos y a los adúlteros. [5]Que la avaricia no se apodere
de vosotros. Contentaos con lo que tenéis, porque Dios mis-
mo ha dicho:
[6]*No te dejaré ni te abandonaré;* de suerte que podemos de-
cir con confianza (Dt 31,6): *El Señor es mi auxilio; no teme-
ré. ¿Qué podrán hacerme los hombres?* (Sal 118,6).

**Fidelidad en el seguimiento de Cristo.** [7]Acordaos de vues-
tros jefes, aquellos que os anunciaron la palabra de Dios; y,
considerando el fin de su vida, imitad su fe. [8]Jesucristo es el
mismo ayer y hoy, y lo será por siempre. [9]No os dejéis enga-
ñar por doctrinas distintas y extrañas; porque es mejor afian-
zar el corazón con la gracia que con alimentos que no son de
provecho alguno para quienes se aferran a ellos. [10]Tenemos un
altar del cual no tienen derecho a comer los que sirven en el
tabernáculo. [11]En efecto, el cuerpo de las víctimas, *cuya san-
gre introduce el sumo sacerdote en el santuario para el rito de
la absolución de los pecados, es quemado fuera del campamento*

(Lev 16,27). [12]Por eso también Jesucristo, para santificar al pueblo por su propia sangre, murió fuera de la ciudad. [13]Salgamos, pues, a su encuentro, fuera del campamento, compartiendo sus ultrajes. [14]Porque no tenemos aquí abajo ciudad permanente, sino que buscamos la futura. [15]Por él ofrezcamos a Dios sin cesar *un sacrificio de alabanza* (Sal 50,14.23), es decir, *el fruto de los labios* (Os 14,3) que confiesan su nombre. [16]No os olvidéis de hacer el bien y de compartir vuestros bienes con los demás, pues ésos son los sacrificios que agradan a Dios. [17]Obedeced a vuestros jefes y estadles sumisos, porque ellos cuidan de vuestras vidas, de las cuales deberán dar cuenta, para que lo hagan con alegría y no con lágrimas, lo que no os beneficiaría nada.

**Despedida.** [18]Rezad por nosotros. Sabemos que tenemos la conciencia tranquila, resueltos como estamos a portarnos bien en todo. [19]Os ruego encarecidamente que lo hagáis, para que cuanto antes pueda estar con vosotros. [20]El Dios de la paz, que por la sangre de la alianza eterna resucitó de entre los muertos al gran Pastor de las ovejas, nuestro Señor Jesucristo, [21]os haga aptos para cumplir su voluntad en toda clase de obras buenas, obrando en vosotros lo que le es agradable a sus ojos por Jesucristo, a quien sea la gloria por los siglos de los siglos. Amén.

[22]Hermanos, os ruego que aceptéis estas palabras de exhortación, acompañadas de estas breves líneas. [23]Sabed que nuestro hermano Timoteo ha sido puesto en libertad. Si viene pronto, iré a veros con él. [24]Saludad a vuestros jefes y a todos los creyentes. Los de Italia os saludan. [25]¡Que la gracia esté con todos vosotros! Amén.

# Carta de Santiago

### Cartas Católicas

Un grupo de siete cartas forman capítulo aparte: una de Santiago, dos de Pedro, tres de san Juan y una de Judas. A diferencia de las paulinas que se conocen por la comunidad a la que se dirige, estas se presentan bajo el nombre del autor. Tienen todas en común que tardaron en entrar en el canon de la Iglesia. Reciben el nombre de católicas (para la tradición griega) y canónicas (para la tradición occidental) por ser aceptadas por toda la Iglesia.

* * *

*De la misma manera que el cuerpo sin alma está muerto, así la fe sin las obras está muerta* (2,26).

De nuevo encontramos bajo el título de *carta* un escrito que por su carácter exhortativo corresponde más bien al género homilético. El tono general es netamente sapiencial, pudiendo subrayarse cierto parentesco con el libro del Sirácida.

Sus destinatarios son todas las comunidades cristianas, como podemos deducir del título en el que se dirige a las doce tribus del nuevo Israel dispersas por el mundo (1,1). Su autor sigue siendo una cuestión no resuelta, pues si bien el nombre de Santiago hace que muchos piensen en el pariente del Señor que dirigió la comunidad de Jerusalén (Gál 1,19; 2,12; He 15,13), las dificultades tanto estilísticas (griego refinado) como de contenido (la carta presupone una controversia surgida a partir de la doctrina de Pablo) hacen que situemos su fecha entre los años 80 y 100. Podemos pensar en un judío helenista que conocía las tradiciones de Santiago y escribe bajo la autoridad que este tenía en importantes círculos eclesiásticos.

El propósito de la carta es corregir una interpretación errónea de la enseñanza paulina, extendida entre las comunidades, que reduce la fe a una experiencia intimista y que olvida su dimensión social (2,14-26). Pablo sostiene que la observancia de la Ley no rehabilita al hombre ante Dios, sino que esta es fruto de la fe (Rom 3,28), pero al mismo tiempo afirma que la fe ha de traducirse en amor al prójimo. Los destinatarios de esta carta han hecho una lectura parcial de Pablo, dejando a un lado esta segunda parte, reduciendo la fe a una relación intimista con Dios. Para Santiago la fe cristiana no madura hasta que no se expresa en la acción.

La preocupación social de este escrito es evidente; para la carta la exigencia del amor excluye la explotación, pudiendo leer en ella un duro pasaje contra los ricos explotadores (5,1-6) en línea con los textos proféticos del Antiguo Testamento.

1 **Saludos.** 1Santiago, siervo de Dios y de Jesucristo el Se-
ñor, a las doce tribus dispersas por el mundo, salud.

**Consejos para el tiempo de pruebas.** 2Hermanos míos, te-
ned como suprema alegría las diversas pruebas a que podéis
ser sometidos, 3sabiendo que la fe probada produce la cons-
tancia. 4Pero que la constancia vaya acompañada de obras per-
fectas, para que seáis perfectos, irreprochables, sin dejar nada
que desear. 5Si alguno de vosotros está falto de sabiduría, que
se la pida a Dios –que a todos da con generosidad y sin echar-
lo en cara–, y le será concedida. 6Pero que pida con confian-
za, sin dudar nada; porque el que duda es semejante a las olas
del mar, agitadas por el viento y llevadas de una parte a otra.
7Un hombre así no piense recibir nada del Señor: 8es un hom-
bre indeciso, inconstante en todos sus caminos.
9Que el hermano de humilde condición se sienta orgulloso
de su alta dignidad, 10y el rico de su humillación, porque pa-
sará como la flor del heno. 11El sol ardiente se levanta y *seca
el heno, se marchita la flor* (Is 40,6-7). y desaparece su belle-
za; así se marchitará el rico en sus empresas; 12dichoso el hom-
bre que soporta la prueba; porque si la ha superado, recibirá
la corona de la vida que Dios ha prometido a los que le aman.

**La tentación y la gracia.** 13Nadie diga en la tentación que es
tentado por Dios. Porque Dios ni puede ser tentado al mal ni
tienta a nadie, 14sino que cada uno es tentado por su propio
deseo, que lo atrae y lo seduce. 15Después su propio deseo, una
vez consentido, engendra el pecado; y el pecado, una vez co-
metido, produce la muerte. 16No os engañéis, mis queridos her-
manos. 17Todo don excelente y todo don perfecto viene de lo
alto, del Padre de las luces, en el que no hay cambio ni som-
bra de variación. 18Él nos ha engendrado según su voluntad
por la palabra de la verdad, para que seamos como las primi-
cias de sus criaturas.

**Deberes para con la palabra de Dios.** 19Mis queridos herma-
nos, sabed que todo hombre debe ser pronto para escuchar, pero
lento para hablar y para airarse; 20porque el hombre airado no
practica la justicia de Dios. 21Por eso, alejad de vosotros todo
vicio y toda manifestación de malicia, y recibid con docilidad
la palabra que ha sido plantada en vosotros y que puede salvaros.
22Cumplid la palabra y no os contentéis sólo con escucharla,
engañándoos a vosotros mismos. 23Porque si uno escucha la pa-
labra y no la practica, es semejante a un hombre que mira su
cara en un espejo 24y, después de haberla visto, se olvida en se-
guida de cómo era. 25Pero el que considera atentamente la ley
perfecta de la libertad y persevera en ella, no como un oyente
olvidadizo, sino como un activo cumplidor, será dichoso en prac-
ticarla. 26El que cree que es religioso, pero no refrena su len-
gua, se engaña a sí mismo y su religiosidad no vale para nada.
27La práctica religiosa pura y sin mancha delante de Dios, nues-
tro Padre, consiste en visitar a los huérfanos y a las viudas en
sus tribulaciones y en guardarse de los vicios del mundo.

2 **Los pobres.** 1Hermanos míos, no mezcléis con favoritis-
mos la fe de nuestro Señor Jesucristo glorificado. 2Si entra
en vuestra asamblea un hombre con anillo de oro y vestido ele-
gantemente, y entra también un pobre con vestido miserable, 3y
vosotros volvéis vuestra mirada al que viste elegantemente y le
decís: Tú, siéntate aquí, en el puesto de honor, y al pobre: Tú
estáte de pie o siéntate aquí, a mis pies, 4¿no hacéis así distinción
entre vosotros mismos, y no juzgáis con pensamientos perversos?
5Mis queridos hermanos, escuchad. ¿No ha elegido Dios a los
pobres según el mundo para ser ricos en la fe y herederos del
reino que ha prometido a los que le aman? 6Pero vosotros des-
preciáis al pobre. ¿No son los ricos los que os oprimen y los que
os arrastran a los tribunales? 7¿No son ellos los que blasfeman el
hermoso nombre que ha sido invocado sobre vosotros? 8Si cum-
plís la ley regia de la Escritura que dice: *Amarás a tu prójimo
como a ti mismo* (Lev 19,18), hacéis bien. 9Pero si tenéis favori-

tismos, cometéis un pecado, y la ley os condena como
transgresores. [10]Porque el que guarda toda la ley, pero peca aun-
que sólo sea contra un mandamiento, se hace culpable de todos.
[11]Pues el que ha dicho: *No cometerás adulterio,* ha dicho tam-
bién: *No matarás* (Éx 20,14; Dt 5,17-18). Porque si no cometes
adulterio y matas, te haces transgresor de la ley. [12]Hablad y obrad
como quien debe ser juzgado por una ley de libertad. [13]Porque el
juicio será sin misericordia para el que no ha tenido misericor-
dia; pero la misericordia triunfa sobre el juicio.

**No hay fe verdadera sin obras.** [14]Hermanos, ¿de qué le sirve
a uno decir que tiene fe si no tiene obras? [15]Si un hermano o
una hermana están desnudos y les falta el alimento cotidiano,
[16]y uno de vosotros les dice: «Id en paz, calentaos y alimentaos»,
sin darles lo necesario para el cuerpo, ¿de qué sirve esto? [17]Lo
mismo es la fe: si no tiene obras, está muerta en sí misma. [18]Por
el contrario, alguien dirá: «Tú tienes la fe, y yo las obras. Mués-
trame, si puedes, tu fe sin obras, y yo con mis obras te mostra-
ré la fe». [19]¿Tú crees que hay un solo Dios? Muy bien. Los de-
monios lo creen también, y tiemblan. [20]¿Quieres saber, oh
insensato, que la fe sin obras es estéril? [21]Abrahán, nuestro Pa-
dre, ¿no fue justificado por las obras cuando *ofreció a su hijo*
*Isaac sobre el altar*? (Gén 22,9-12). [22]Tú ves que la fe coopera-
ba con las obras y que la fe se hizo perfecta con las obras. [23]Se
cumplió la Escritura, que decía: *Abrahán creyó en Dios y le fue*
*tenido como justicia* (Gén 15,6) y fue llamado amigo de Dios.
[24]Veis, pues, que el hombre es justificado por las obras, y no
sólo por la fe. [25]¿Y Rajab, la prostituta, no fue también justifi-
cada por las obras, al recibir a los mensajeros y hacerles partir
por otro camino? (Jos 2,4.15-16; 6,17). [26]De la misma manera
que el cuerpo sin el alma está muerto, así la fe sin las obras está
muerta.

3 **Los pecados de la lengua y la verdadera sabiduría.** [1]Her-
manos míos, no queráis ser todos maestros, sabiendo que

tendremos un juicio más severo. [2]Todos faltamos de muchas
maneras. Si uno no falta en las palabras, es un hombre per-
fecto, capaz de refrenar también todo su cuerpo. [3]Metemos
el freno en la boca a los caballos para que nos obedezcan y
podamos así dirigir todo su cuerpo. [4]De la misma manera las
naves, que, aun siendo tan grandes y azotadas por vientos im-
petuosos, son dirigidas por un pequeño timón, según la vo-
luntad del piloto. [5]Así también la lengua es un pequeño miem-
bro que se atreve a grandes cosas. Observad que una pequeña
chispa puede incendiar un bosque inmenso. [6]La lengua es tam-
bién de fuego; el mundo de la injusticia. La lengua puesta en
medio de nuestros miembros infecta todo nuestro cuerpo y
prende fuego al curso de nuestra vida, cuando ella está in-
cendiada con el fuego del infierno. [7]Toda clase de bestias y
de aves, de reptiles y de peces es domable, y ha sido de he-
cho domada por los hombres. [8]Pero nadie ha podido domar
nunca la lengua: es un azote irrefrenable, llena de veneno
mortífero. [9]Con ella bendecimos al Señor, nuestro Padre; y
con ella maldecimos a los hombres, hechos a imagen de Dios.
[10]De la misma boca salen las bendiciones y las maldiciones.
Pero no debe ser así, hermanos míos. [11]¿Acaso una fuente echa
por el mismo caño agua dulce y amarga? [12]¿Acaso, herma-
nos míos, la higuera puede producir aceitunas y la viña hi-
gos? El agua salada no dará jamás agua dulce. [13]¿Quién es
sabio y experimentado entre vosotros? Que muestre, con su
buena conducta, su dulzura y su sabiduría. [14]Pero si tenéis en
vuestros corazones envidia amarga y espíritu de contradic-
ción, no presumáis ni mintáis contra la verdad. [15]Esta sabi-
duría no viene de arriba, sino que es terrena, sensual, en-
demoniada; [16]pues donde hay envidia y espíritu de
contradicción, allí hay desorden y toda clase de obras malas.
[17]La sabiduría de arriba, por el contrario, es ante todo pura,
pacífica, condescendiente, conciliadora, llena de misericordia
y de buenos frutos, imparcial, sin hipocresía. [18]El fruto de la
justicia se siembra en la paz para los que obran la paz.

4 **Origen de los litigios.** [1]¿De dónde vienen las luchas y los
litigios entre vosotros? ¿No provienen acaso de vuestras
pasiones, que luchan en vuestros miembros? [2]Ambicionáis y
no tenéis, entonces matáis; envidiáis y no podéis alcanzar nada,
entonces combatís y os hacéis la guerra. No tenéis porque no
pedís. [3]Pedís y no recibís porque pedís para malgastarlo en
vuestros caprichos.

**Consejos especiales.** [4]Adúlteros, ¿no sabéis que la amistad del
mundo es enemistad de Dios? El que quiere ser amigo del mun-
do se hace enemigo de Dios. [5]¿O pensáis que en vano dice la
Escritura: *El Espíritu de Dios, que habita en nosotros, ama has-
ta con celos?* (cf Éx 20,5). [6]Pero da una gracia mayor, según
dice la Escritura: *Dios resiste a los soberbios, pero da la gracia a
los humildes* (Prov 3,34). [7]Someteos, por tanto, a Dios; resistid
al diablo, y huirá de vosotros; [8]acercaos a Dios, y se acercará a
vosotros; lavaos las manos, pecadores, purificad vuestros cora-
zones, gentes de alma doble, y reconoced vuestra miseria; llo-
rad y clamad; [9]que vuestra risa se convierta en llanto y vuestra
alegría en tristeza. [10]Humillaos ante el Señor. Él os ensalzará.
[11]Hermanos, no habléis mal unos de otros. El que habla mal de
su hermano o juzga a su hermano, habla mal de la ley y juzga
la ley; y si juzgas la ley no eres cumplidor de la ley, sino juez.
[12]Uno solo es el legislador y juez, el cual puede salvar y perder;
pero tú, ¿quién eres para juzgar a tu prójimo?

**Contra la presunción.** [13]Y ahora vosotros, los que decís:
«Hoy o mañana iremos a tal ciudad, y pasaremos allí el año,
negociando y ganando dinero»; [14]vosotros, que no sabéis qué
pasará mañana (Prov 27,1). ¿Qué es vuestra vida? Sois humo,
que aparece un instante y luego se disipa. [15]Debéis decir, en
vez de eso: «Si el Señor quiere, viviremos y haremos esto o lo
otro». [16]En cambio, presumís de vuestras fanfarronadas. Esta
clase de jactancia es mala. [17]Pues el que sabe hacer el bien y
no lo hace comete pecado.

5 **Amonestaciones a los ricos.** [1]Y vosotros, los ricos, llorad
con fuertes gemidos por las desventuras que van a
sobreveniros. [2]Vuestra riqueza se ha podrido y vuestros vesti-
dos se han apolillado. [3]Vuestro oro y vuestra plata se han pues-
to roñosos, y su roña será un testimonio en contra vuestra y
devorará vuestra carne como fuego. Atesorasteis en los últi-
mos días. [4]El jornal de los obreros que segaron vuestros cam-
pos, defraudado por vosotros, clama, y los lamentos de los se-
gadores han llegado a los oídos del Señor todopoderoso.
[5]Habéis vivido sobre la tierra en delicias y placeres y habéis
engordado para el día de la matanza. [6]Habéis condenado y ha-
béis asesinado al inocente sin que él os opusiera resistencia.

**Paciencia en la espera del Señor.** [7]Tened paciencia, hermanos,
hasta la venida del Señor. Ved cómo el labrador espera el pre-
cioso fruto de la tierra, aguardando pacientemente hasta que
caigan *las lluvias tempranas y las tardías* (Dt 11,14; Jer 5,24).
[8]Aguardad también vosotros pacientemente; fortaleced vuestros
ánimos, porque la venida del Señor está próxima. [9]Hermanos,
no os quejéis unos de otros, para que no seáis condenados. Mi-
rad que el juez está a las puertas. [10]Hermanos, tomad como mo-
delos de constancia y de paciencia a los profetas, que hablaron
en nombre del Señor. [11]Mirad cómo tenemos por dichosos a los
que fueron pacientes. Habéis oído la paciencia de Job y habéis
visto el designio del Señor, porque *el Señor es compasivo y mi-
sericordioso* (Éx 34,6; Sal 103,8; 111,4). [12]Hermanos míos, ante
todo no juréis ni por el cielo ni por la tierra, ni con cualquier
otro juramento, sino que vuestro «sí» sea «sí» y vuestro «no»,
«no», para no incurrir en condenación.

**La santa unción.** [13]¿Está afligido alguno de vosotros? Que
rece. ¿Está alegre? Que cante. [14]¿Está enfermo? Que llame a
los presbíteros de la Iglesia para que recen por él y lo unjan
con aceite en nombre del Señor. [15]La oración hecha con fe sal-
vará al enfermo, y el Señor lo restablecerá y le serán perdona-

dos los pecados que haya cometido. [16]Confesaos los pecados
unos a otros y rezad unos por otros, para que os curéis. La
oración fervorosa del justo tiene un gran poder. [17]Elías era un
hombre de vuestra misma condición: oró fervorosamente para
que no lloviese, y no llovió sobre la tierra por tres años y seis
meses. [18]Oró de nuevo, y el cielo dio la lluvia y la tierra pro-
dujo su fruto.

**La conversión de los pecadores.** [19]Hermanos míos, si algu-
no de vosotros se desvía de la verdad y otro le hace volver al
buen camino, [20]sabed que el que hace volver a un pecador de
su camino equivocado le salva de la muerte y hace desapare-
cer una multitud de pecados (cf Sal 32,1; Prov 10,12).

# 1.ª Carta de Pedro

*Dispuestos siempre a contestar a todo el que os pida razón de vuestra esperanza* (3,15).

Como sucede con el resto de las cartas llamadas *católicas* el título del documento hace referencia al autor y no a los destinatarios. La atribución a Pedro como autor es muy antigua, remontándose a san Ireneo, escritor sagrado del s. II, y extendiéndose hasta el s. XIX. Si aceptamos esta hipótesis, Pedro habría utilizado a Silvano (Silas según Hechos) como secretario y la carta podría haber sido redactada en Roma (el texto dice Babilonia) un poco antes de la persecución de Nerón, lo cual la sitúa en torno al año 64. Si aceptamos la propuesta de quienes ven un escrito de un discípulo, podemos pensar en la década de los años 70, unos años después del martirio del pescador de Galilea; el discípulo escribe para mantener viva la tradición de Pedro.

Su forma literaria es la de una carta circular para ser leída en las celebraciones litúrgicas. No está pensando en una comunidad concreta sino en unas Iglesias que él sitúa en el norte de la península del Asia Menor (1,1). Son comunidades probablemente de origen pagano, o también de *temerosos de Dios* (paganos que estuvieron muy cerca del judaísmo y que aceptaron con agrado el mensaje cristiano). No sabemos mucho de ellas, sólo que están siendo sometidas a constantes tribulaciones y pruebas. Se han querido ver persecuciones oficiales, pero tanto las de Domiciano como la de Trajano son de una época muy posterior a san Pedro. Debemos pensar, por tanto, en calumnias, humillaciones y abusos a los que se veían sometidos por parte de sus conciudadanos.

El núcleo teológico de la carta descansa sobre dos textos cristológicos, que constituyen un credo primitivo: Cristo, no cometió pecado, cargó con nuestros pecados, sus heridas nos han sanado (2,21-25); en cuanto hombre sufrió la muerte, pero fue devuelto a la vida por el Espíritu (3,18). El creyente, confiado en la acción salvadora de Cristo, debe llevar una vida santa en cualquier situación o estado social y no debe acobardarse ante las dificultades de cualquier tipo.

El hecho de que la pasión de Cristo aparezca en las principales secciones de la carta sugiere que este tema pueda constituir su clave doctrinal: la última palabra de Dios no es la muerte, sino la vida.

Las numerosas alusiones al bautismo (1,3-2,10) han hecho que se llegara a pensar en una homilía bautismal, quizá destinada para la noche de Pascua, pero por distintos motivos (la insistencia en las tribulaciones de la comunidad y en los deberes domésticos, que el bautismo sólo se nombre explícitamente una vez) se descarta esta hipótesis. La primera de Pedro sí que es una exhortación a la constancia y a la esperanza que brota del compromiso bautismal.

1 **Saludo.** [1]Pedro, apóstol de Jesucristo, a los emigrantes
esparcidos por el Ponto, Galacia, Capadocia, Asia y Bitinia,
[2]elegidos por designio de Dios Padre para ser santificados por
el Espíritu, para obedecer a Jesucristo y ser purificados con
su sangre: os deseo la gracia y la paz en abundancia.

**Himno de alabanza.** [3]Bendito sea Dios, Padre de nuestro Se-
ñor Jesucristo, que llevado de su gran misericordia nos ha he-
cho nacer de nuevo mediante la resurrección de Jesucristo de
entre los muertos a una esperanza viva, [4]a una herencia inco-
rruptible, incontaminada e imperecedera reservada en el cielo
para vosotros, [5]a los que el poder divino asegura, mediante la
fe, la salvación que ha de manifestarse en los últimos tiem-
pos. [6]Por eso estáis alegres, aunque de momento os veáis obli-
gados a sufrir diversas pruebas, [7]para que la pureza de vuestra
fe, mucho más preciosa que el oro, que aunque acrisolado por
el fuego se corrompe, aparezca digna de alabanza, de gloria y
de honor cuando tenga lugar la manifestación de Jesucristo;
[8]al que amáis y en el que creéis sin haberlo visto; por el que
os alegráis con un gozo inenarrable y radiante, [9]seguros de al-
canzar la salvación, objeto de vuestra fe. [10]En esta salvación
centraron sus estudios e investigaciones los profetas que anun-
ciaron la gracia que Dios os tenía destinada. [11]El Espíritu de
Cristo, que estaba en ellos, les dio a conocer de antemano lo
que Cristo tenía que sufrir y la gloria que iba a alcanzar. Ellos
se esforzaron por investigar cuándo y cómo se iba a realizar
eso, [12]y Dios les hizo saber que lo que ellos anunciaban no era
para ellos, sino para vosotros; esto es lo que ahora os anun-
cian los que predican el evangelio con el poder del Espíritu
Santo enviado del cielo; esto es lo que los mismos ángeles es-
tán deseando contemplar.

**Exhortación a una vida cristiana santa.** [13]Por eso, estad
preparados, vivid sobriamente, y poned toda vuestra esperanza
en la gracia que se os dará el día de la manifestación de Jesucris-

to. [14]Como hijos obedientes, no viváis conforme a las pasiones
que os tenían esclavizados en otro tiempo, cuando caminabais
en la ignorancia; [15]antes al contrario, sed santos en toda vues-
tra vida, como es santo el que os ha llamado, [16]pues así lo dice
la Escritura: *Sed santos, porque yo soy santo* (Lev 11,44-45;
19,2; 20,7). [17]Y si invocáis como Padre al que juzga imparcial-
mente a cada uno según sus obras, comportaos respetuosamen-
te mientras estáis de paso en este mundo. [18]Sabed que habéis
sido rescatados de vuestra vida estéril, heredada de vuestros ma-
yores, no con bienes perecederos, como el oro o la plata, [19]sino
con la preciosa sangre de Cristo, el cordero sin tacha ni defec-
to, [20]predestinado desde toda la eternidad y manifestado en los
últimos tiempos por amor hacia vosotros, [21]los que por él creéis
en Dios, el cual, habiéndole resucitado de entre los muertos y
coronado de gloria, viene a ser por lo mismo el objeto de vues-
tra fe y de vuestra esperanza.

**Exhortación al amor fraternal.** [22]Purificados por la obedien-
cia a la verdad con el fin de llegar a una fraternidad sincera,
amaos entrañablemente unos a otros, [23]como quienes han na-
cido de nuevo; y no de una semilla corruptible, sino incorrup-
tible, la palabra viva y eterna de Dios; [24]pues:

*Todo mortal es hierba,*
*toda su gloria como flor del campo.*
*La hierba se seca,*
*la flor se marchita,*
[25]*pero la palabra del Señor*
*permanece por siempre* (Is 40,6-7).

Ésta es la palabra que os ha traído el evangelio.

2 [1]Desechad toda maldad, todo engaño y toda clase de hi-
pocresía, envidia o maledicencia. [2]Como niños recién na-
cidos apeteced la leche espiritual no adulterada, para que ali-

mentados con ella crezcáis en orden a la salvación, 3ya que *habéis experimentado qué bueno es el Señor* (Sal 34,8).

4Acercaos a él, piedra viva, *rechazada por los hombres*, pero escogida y apreciada por Dios (Sal 118,26; Is 28,16); 5disponeos, como piedras vivientes, a ser edificados en casa espiritual y sacerdocio santo, para ofrecer víctimas espirituales agradables a Dios por mediación de Jesucristo; 6pues dice la Escritura: *Yo pongo en Sión una piedra angular, escogida, preciosa; el que crea en ella no será defraudado* (Is 28,16; 8,14). 7Para vosotros, los creyentes, es piedra de gran valor. Para los incrédulos, en cambio, *la piedra que desecharon los constructores se ha convertido en la piedra angular* (Sal 118,26), 8*piedra de tropiezo y roca que puede hacer caer* (Is 8,14). Tropiezan precisamente porque no quieren creer en el evangelio; a eso es a lo que estaban destinados.

9Vosotros, por el contrario, sois *linaje escogido, sacerdocio real, nación consagrada, pueblo de su propiedad* (Éx 19,5; Dt 7,6; 14,2; Is 43,20,21) para anunciar las grandezas del que os ha llamado de las tinieblas a su luz maravillosa; 10los que en un tiempo no erais pueblo de Dios, ahora habéis venido a ser pueblo suyo; habéis conseguido misericordia los que en otro tiempo estabais excluidos de ella (cf Os 1,6-9; 2,21-23).

**En medio de los paganos.** 11Queridos hermanos, como a gente de paso en tierra extraña, os exhorto a que os abstengáis de las pasiones carnales, que hacen la guerra al espíritu. 12Comportaos ejemplarmente en medio de los paganos, para que lo mismo que os calumnian como malhechores, al ver vuestras buenas obras glorifiquen a Dios el día que venga a visitarlos.

**Sujetos a toda autoridad.** 13Sed sumisos a toda autoridad humana por amor al Señor: 14al emperador como a soberano, a los gobernadores como delegados suyos para castigar a los que obran mal y premiar a los que obran bien. 15Ésta es la voluntad de Dios: que reduzcamos al silencio la ignorancia de

los insensatos con nuestra conducta ejemplar. [16]Comportaos
como hombres libres, pero sin usar la libertad como pretexto
para encubrir la malicia, sino obrando como siervos de Dios.
[17]Respetad a todos, amad a los hermanos, reverenciad a Dios,
honrad al rey.

**A los esclavos.** [18]Esclavos, someteos con todo respeto a los
amos; no sólo a los buenos y amables, sino también a los de
carácter duro, [19]pues es algo hermoso soportar por amor a Dios
las vejaciones injustas. [20]¿Qué mérito tenéis en soportar los cas-
tigos que merecen vuestras culpas? Pero soportar pacientemen-
te los sufrimientos habiendo obrado bien, eso agrada a Dios.

**Ejemplo de Cristo.** [21]Más aún, ésta es vuestra vocación, pues
también Cristo sufrió por vosotros, y os dejó ejemplo para que
sigáis sus pasos. [22]*Él, en quien no hubo pecado y en cuyos la-
bios no se encontró engaño* (Is 53,9); [23]él, que, siendo ultraja-
do, no respondía con ultrajes; siendo maltratado, no amena-
zaba, sino que se ponía en manos del que juzga con justicia;
[24]él, que llevó en su propio cuerpo nuestros pecados sobre la
cruz para que, muertos para el pecado, vivamos para la justi-
cia: *por sus heridas hemos sido curados.* [25]Pues *erais como ove-
jas descarriadas* (Is 53,4-6), pero ahora habéis vuelto al pastor
y guardián de vuestras vidas.

3 **A las mujeres.** [1]Vosotras, mujeres, sed sumisas a vuestros
maridos, para que si alguno de ellos se muestra reacio a
la palabra, pueda ser ganado sin necesidad de palabras por
vuestra conducta [2]al ver vuestro comportamiento respetuoso
y honesto. [3]Lo importante no es el adorno exterior, compues-
to de peinados, joyas y vestidos, [4]sino el interior, que radica
en la integridad de un alma dulce y apacible; eso es lo que
tiene valor ante Dios. [5]Así se adornaban en otro tiempo las
santas mujeres que tenían su esperanza puesta en Dios y obe-
decían a sus maridos; [6]ejemplo es Sara, que obedeció a

Abrahán, llamándole señor. Vosotras podéis ostentar el título de hijas suyas si hacéis el bien sin dejaros atemorizar por nada.

**A los maridos.** [7]Igualmente, vosotros, maridos, comportaos sabiamente con vuestras esposas, como con un sexo más débil. Puesto que son herederas, con el mismo título que vosotros, del don de la vida, sed respetuosos con ellas, para que vuestras oraciones no encuentren obstáculos.

**En general.** [8]Finalmente, vivid todos unidos en armonía. Sed compasivos, fraternales, misericordiosos, humildes, [9]no devolváis mal por mal ni injuria por injuria, sino todo lo contrario: bendecid siempre, pues para esto habéis sido llamados, para ser herederos de la bendición. [10]*¿Quién es el que ama la vida y quiere vivir años felices? Guarde del mal su lengua y sus labios de palabras mentirosas.* [11]*Apártese del mal y haga el bien, busque la paz y corra en pos de ella.* [12]*Pues el Señor mira por los que practican la justicia y tiene los oídos atentos a sus súplicas; pero el Señor se enfrenta con los criminales* (Sal 34,12-16).

[13]¿Quién podría haceros daño si os empeñaseis en hacer el bien? [14]Si, a pesar de todo, os veis obligados a padecer por la justicia, ¡dichosos vosotros! *No temáis sus amenazas, ni os turbéis* (Is 8,12-13). [15]Glorificad en vuestros corazones a Cristo, el Señor, dispuestos siempre a contestar a todo el que os pida razón de vuestra esperanza; [16]pero hacedlo con dulzura y con respeto, con la conciencia tranquila, para que los que interpretan mal vuestra vida cristiana queden avergonzados de sus mismas palabras. [17]Mejor es sufrir por hacer el bien que por hacer el mal, si Dios así lo dispone.

**Ejemplo de Cristo.** [18]Pues también Cristo murió una vez por los pecados, el justo por los injustos, con el fin de llevarnos a Dios. Sufrió la muerte corporal, pero fue devuelto a la vida espiritual; [19]fue a anunciar la salvación incluso a los espíritus

que estaban en prisión, [20]los cuales se habían mostrado rea-
cios a la fe en otro tiempo, en los días de Noé, cuando Dios
esperaba con paciencia mientras se construía el arca, en la cual
unos pocos, ocho personas, se salvaron del agua (Gén 6,1–
7,24; [21]agua que presagiaba el bautismo, que ahora os salva a
vosotros, no mediante la purificación de la inmundicia corpo-
ral, sino mediante la súplica hecha a Dios por una conciencia
buena, la cual recibe su eficacia de la resurrección de Jesucristo,
[22]el cual, una vez sometidos los ángeles, las potestades y las
virtudes, subió al cielo y está sentado a la diestra de Dios.

4 [1]Por eso, si Cristo sufrió en su carne mortal, haceos la cuen-
ta de que también vosotros tenéis que sufrir; el que está
dispuesto a sufrir en su carne, ha roto con el pecado. [2]Los días
restantes de su vida mortal estarán al servicio, no de las pa-
siones humanas, sino de la voluntad de Dios. [3]Ya es suficiente
que hayáis empleado el tiempo pasado en vivir a lo pagano,
en groserías, liviandades, desenfrenos, orgías, borracheras y ne-
fandas idolatrías. [4]Extrañados ahora de que ya no os mezcláis
con ellos en ese desbordamiento de inmoralidad, os insultan.
[5]De todo darán cuenta al que está pronto para el juicio de vi-
vos y muertos. [6]Para esto se anunció el evangelio a los muer-
tos, para que los encadenados en la carne por los hombres vi-
van según Dios en el espíritu.

**Práctica de las virtudes.** [7]Se acerca el fin de todas las cosas.
Sed sobrios y dedicaos a la oración. [8]Ante todo amaos ardiente-
mente unos a otros, pues *el amor alcanza el perdón de todos
los pecados* (Sal 32,1). [9]Practicad de todo corazón la hospita-
lidad unos con otros. [10]Que cada cual ponga al servicio de los
demás los dones que haya recibido como corresponde a bue-
nos administradores de los distintos carismas de Dios; [11]el que
tenga el don de la palabra, que use de él como el que comuni-
ca palabras de Dios; el que presta un servicio, que lo haga
como mandatario de Dios, de manera que en todo sea Dios

glorificado por Jesucristo, al cual se debe la gloria y el poder
por los siglos de los siglos. Amén.

**Ante las persecuciones.** [12]Queridos hermanos, no os extrañéis,
como si fuera algo raro, de veros sometidos al fuego de la prue-
ba; [13]al contrario, alegraos de participar en los sufrimientos de
Cristo, para que, asimismo, os podáis alegrar gozosos el día en
que se manifieste su gloria. [14]Dichosos vosotros si sois ultraja-
dos en nombre de Cristo, pues el Espíritu de la gloria, que es el
Espíritu de Dios, alienta en vosotros. [15]Que ninguno de voso-
tros tenga que sufrir por ser homicida, ladrón, malhechor o por
mezclarse en asuntos ajenos; [16]pero si padece por ser cristiano,
no se avergüence, antes al contrario, dé gracias a Dios porque
lleva este nombre. [17]Pues ha llegado el tiempo de comenzar el
juicio de Dios por el pueblo de Dios. Y si el juicio empieza por
nosotros, ¿cuál será el fin que aguarda a los que se han mostra-
do rebeldes al evangelio de Dios? [18]Pues *si el justo se salva a
duras penas, ¿adónde irán a parar el injusto y el pecador?* (Prov
11,31). [19]Así pues, incluso los que sufren en conformidad con
la voluntad de Dios, que continúen haciendo el bien y que se
pongan en manos del creador, que es fiel.

5 **A los pastores y fieles.** [1]A los presbíteros que hay entre
vosotros los exhorto yo, presbítero también, testigo de los
sufrimientos de Cristo y participante en la gloria que habrá
de manifestarse en el futuro: [2]Apacentad el rebaño que Dios
os ha confiado y cuidad de él no a la fuerza, sino de buena
gana, como Dios quiere; no por una vil ganancia, sino con ge-
nerosidad; [3]no como dictadores, sino como modelos para el
rebaño. [4]Y cuando aparezca el supremo pastor, recibiréis la co-
rona imperecedera de la gloria. [5]De igual manera, vosotros,
jóvenes, vivid sumisos a los ancianos. Revestíos todos mutua-
mente de humildad, como servidores unos de los otros; por-
que *Dios se enfrenta a los soberbios, pero da su gracia a los
humildes* (Prov 3,34). [6]Humillaos, pues, bajo la poderosa mano

de Dios, para que os ensalce a su debido tiempo. 7*Descargad
*sobre él todas vuestras preocupaciones* (Sal 55,23), pues él cuida
de vosotros. 8¡Sed sobrios y estad en guardia! Vuestro enemi-
go, el diablo, como león rugiente, da vueltas y busca a quién
devorar. 9Resistidlo firmes en la fe, sabiendo que vuestros her-
manos, esparcidos por el mundo, soportan los mismos
sufrimientos. 10El Dios de toda gracia, que os llamó en Cristo
a su eterna gloria, él mismo os perfeccionará después de un
breve padecer, os confirmará, os fortalecerá y os consolidará.
11A él la gloria y el poder por los siglos de los siglos. Amén.

**Despedida.** 12Por medio de Silvano, a quien tengo por un fiel
hermano vuestro, os he escrito estas pocas palabras para
exhortaros y aseguraros que la gracia de Dios, en la cual voso-
tros os mantenéis firmes, es la verdadera. 13Os saluda la iglesia
de Babilonia, elegida por Dios lo mismo que vosotros, y Mar-
cos, mi hijo. 14Saludaos mutuamente con el abrazo del amor fra-
ternal. Que la paz esté con todos los que sois de Cristo.

# 2.ª Carta de Pedro

*Tened en cuenta que la paciencia de nuestro Señor es nuestra salvación* (3,15).

Espontáneamente relacionamos las dos cartas que invocan a Pedro como autor. La tradición que se remonta a san Pedro nos autoriza a que lo hagamos así. Sin embargo una lectura atenta del segundo escrito presenta serios problemas para considerar que estamos ante el mismo autor. A pesar de la insistencia en presentarse como el apóstol Pedro (1,1), que estuvo con el Señor en la Transfiguración (1,16-18), al que Cristo anunció su martirio (1,14), otros elementos fuerzan a que pensemos en un autor desconocido si bien perteneciente al círculo de la tradición petrina.

Como argumentos a favor de una datación posterior al apóstol podemos presentar, por una parte, su dependencia de Judas, en la que se inspira. Esta comparación se puede establecer de forma principal entre 2Pe 2,1-22 y Jds 4-16; se usan los mismos ejemplos: el castigo de los ángeles (2,4; Jds 6); Sodoma y Gomorra (2,6-8; Jds 7); Balaán (2,15; Jds 11). Se echa en cara a los adversarios los mismos vicios, el desprecio a los ángeles caídos y el libertinaje. La dependencia de 2Pe respecto de Judas es evidente, si bien suprime ciertos elementos difíciles de entender para los lectores no versados en tradiciones judías y reelabora otros aspectos. Un segundo argumento es que, si es Pedro su autor, no se puede comprender cómo ha caído en tal escepticismo sobre la venida de Cristo la comunidad de la época apostólica. Esta desilusión se comprende mejor si la situamos en la segunda o tercera generación. Si atendemos al vocabulario que presenta el escrito nos encontramos con términos que pertenecen a una época más avanzada en la historia de la tradición cristiana. Así podemos ver que el documento emplea términos como *virtud* (1,5), expresiones metafísicas tales como *partícipes de la naturaleza divina* (1,4) y otros. Por último el escrito mismo deja constancia de que ya conoce un corpus de escritos paulinos (3,15b). En definitiva, estamos probablemente ante el escrito más reciente del Nuevo Testamento.

La segunda Carta de Pedro tiene un fuerte carácter apologético, circunstancial en mayor grado que las pastorales, tratando de defender la primitiva escatología cristiana frente a los que ridiculizaban la esperanza en la venida de Jesucristo (3,4). Bajo la forma literaria de una *carta testamento*, en la que el apóstol daría sus últimas recomendaciones, el autor responde a una de las controversias que soportaron las primeras comunidades. No es fácil determinar quiénes son estos detractores; probablemente miembros cristianos de la comunidad que han derivado hacia posiciones gnósticas, en las que negaban que el Señor les había rescatado (2,1), que reducen la libertad cristiana a una liberación de lo transitorio, cayendo en el libertinaje (2,18-19), y desprecian toda autoridad (2,10). La carta retoma el tema de la segunda venida de Cristo con elementos apocalípticos, insistiendo en la destrucción de la realidad presente (3,11-13), subrayando la idea del premio de los justos (1,11) y castigos de los impíos (3,7), en una defensa ardiente contra los que hacían peligrar la continuidad de la comunidad.

1 **Saludo.** [1]Simón Pedro, siervo y apóstol de Jesucristo, a los que han alcanzado una fe no menos preciosa que la nuestra mediante la justicia de nuestro Dios y Salvador Jesucristo. [2]¡La gracia y la paz abunde en vosotros mediante el conocimiento de Dios y Jesús, nuestro Señor!

**Dones divinos.** [3]El poder divino nos ha otorgado todo lo necesario para la vida y la piedad, dándonos a conocer al que nos ha llamado por su propia gloria y su grandeza. [4]Por ellos hemos entrado en posesión de las más ricas y preciosas promesas para hacernos así partícipes de la naturaleza divina, una vez que hayamos escapado de la corrupción que hay en el mundo por causa de las pasiones.

**Practicad las virtudes.** [5]Por eso debéis esforzaros en añadir a vuestra fe virtud, [6]a la virtud ciencia, a la ciencia templanza, a la templanza paciencia, a la paciencia piedad, [7]a la piedad cariño fraterno, al cariño fraterno amor; [8]pues si estas virtudes se encuentran en vosotros y van en aumento, no permaneceréis ociosos y estériles en el conocimiento de nuestro Señor Jesucristo. [9]Al contrario, el que carece de ellas es ciego y miope, que se ha olvidado de purificar sus antiguos pecados. [10]Por consiguiente, hermanos, esforzaos más y más por asegurar vuestra vocación y elección; de esta manera no tropezaréis jamás [11]y se os abrirán de par en par las puertas del reino eterno de nuestro Señor y Salvador Jesucristo.

**La futura venida de Cristo.** [12]Por más que ya las sepáis y estéis incluso afianzados en la presente verdad, nunca cesaré de recordaros estas cosas, [13]pues considero un deber estimularos con mis exhortaciones mientras habito en esta tienda de campaña, [14]que pronto abandonaré, según me ha manifestado nuestro Señor Jesucristo. [15]Pero me esforzaré para que en todo tiempo, después de mi partida, podáis tener presentes estas cosas. [16]Porque no os hemos dado a conocer el poder y la

venida de nuestro Señor Jesucristo basados en fábulas hábil-
mente imaginadas, sino como testigos oculares de su majes-
tad. 17Él recibió de Dios Padre el honor y la gloria cuando des-
de la excelsa gloria se le hizo llegar esta voz: *Éste es mi Hijo*
*querido, mi predilecto* (Mt 17,5; Mc 9,7; Lc 9,35). 18Esta voz
bajada del cielo la oímos nosotros cuando estábamos con él
en el monte santo, 19con lo cual nos confirmamos más aún en
la palabra de los profetas. Por tanto, vosotros mismos hacéis
bien en poner en ella vuestra atención, como en lámpara que
luce en lugar tenebroso hasta que alboree el día y el lucero de
la mañana despunte en vuestros corazones. 20Ante todo sabed
que ninguna profecía de la Escritura es objeto de interpreta-
ción personal, 21pues los profetas nunca hablaron por su pro-
pia cuenta, sino que hablaron de parte de Dios movidos por
el Espíritu Santo.

2 **Habrá falsos maestros.** 1Como hubo falsos profetas en el
pueblo, también habrá entre vosotros falsos maestros, los
cuales enseñarán doctrinas de perdición, negarán al Señor que
los redimió y se buscarán una ruina fulminante. 2Muchos los
seguirán en sus desvergüenzas, y por su causa será maldecido
el camino de la verdad. 3Llevados de la avaricia, os explota-
rán con palabras llenas de falsedad; hace mucho tiempo que
la condenación los amenaza y su ruina no duerme.

**Su castigo es cierto.** 4Dios no perdonó a los ángeles peca-
dores, sino que los arrojó al infierno, y los encerró en las pri-
siones tenebrosas en espera del juicio; 5no perdonó al mundo
antiguo, sino que, reservándose sólo ocho personas, entre las
cuales Noé, como heraldo de justicia, desencadenó el diluvio
sobre el mundo de los que practicaban la injusticia; 6condenó
a la destrucción y redujo a cenizas las ciudades de Sodoma y
Gomorra para que sirviesen de ejemplo a todos los que en el
futuro practicaran la injusticia, 7y libró al justo Lot, entriste-
cido ante la conducta lujuriosa de aquellos hombres desenfre-

nados ([8]ya que, viéndose obligado a habitar en medio de ellos,
este justo sentía torturada su alma inocente día tras día a cau-
sa de las obras perversas que veía y oía...). [9]El Señor sabe li-
brar a los piadosos de la tentación y reservar a los criminales
para ser castigados el día del juicio, [10]especialmente los que
siguen los deseos impuros de la carne y desprecian la autori-
dad del Señor. Atrevidos y arrogantes, no tienen miedo en blas-
femar contra los seres gloriosos, [11]cuando los mismos ángeles,
aun siendo superiores en fuerza y en poder, no se atreven a
pronunciar contra ellos ninguna injuria en presencia del Se-
ñor. [12]Estos hombres son como animales irracionales, destina-
dos por ley natural a ser cazados y a morir; hablan mal con-
tra las cosas que no conocen, y morirán como los animales;
[13]ése será el pago merecido por su injusticia; encuentran su fe-
licidad en el placer de un día; hombres corrompidos e inmun-
dos, se gozan en sus engaños mientras banquetean con voso-
tros; [14]tienen sus ojos llenos de adulterio y no se hartan de
pecar; seducen a los inestables; tienen el corazón habituado a
la avaricia, son gente maldita. [15]Abandonaron el buen cami-
no, se extraviaron y siguieron el ejemplo de Balaán, hijo de
Beor, que habiendo buscado el salario de la injusticia, [16]encon-
tró la reprensión de su falta de honradez cuando una muda
bestia de carga habló con voz humana y frenó la insensatez
del profeta (Núm 22). [17]Éstos son fuentes sin agua, nubes azo-
tadas por el viento, a quienes les aguardan densas tinieblas.
[18]Con sus discursos pomposos y vacíos despiertan los deseos
carnales y el desenfreno de aquellos que apenas habían logra-
do escapar de los que viven en el error. [19]Les prometen la li-
bertad, mientras ellos son esclavos de la corrupción, puesto que
somos esclavos de aquel que nos ha dominado. [20]En efecto, si
después de haber escapado de la corrupción del mundo me-
diante el conocimiento del Señor y Salvador Jesucristo se de-
jan de nuevo envolver y vencer por ellas, su estado final viene
a ser peor que el primero. [21]Mejor les hubiera sido no haber
conocido el camino de la justicia que, después de haberlo co-

nocido, apartarse del mandamiento santo que se les había
transmitido. [22]Se cumple en ellos la verdad de aquel dicho: *El
perro vuelve a comer lo que había vomitado y la cerda lavada
vuelve a revolcarse en el cieno* (Prov 26,11).

3 **La segunda venida de Cristo.** [1]Queridos hermanos, ésta
es la segunda carta que os escribo. En las dos, mi propósi-
to es el mismo: conseguir, con mis consejos, que penséis rec-
tamente. [2]Recordad las palabras que os anunciaron los santos
profetas, y el mandamiento del Señor y Salvador transmitido
por vuestros apóstoles. [3]Sabed ante todo que en los últimos
días aparecerán charlatanes dominados por sus propias pasio-
nes, que, burlándose de todo, [4]preguntarán: ¿En qué ha veni-
do a quedar la promesa de que Cristo volvería? Nuestros pa-
dres han muerto y nada ha cambiado, todo sigue igual desde
que el mundo es mundo. [5]Intencionadamente quieren desco-
nocer cómo desde el principio existían los cielos y la tierra;
que, por la palabra de Dios, la tierra surgió del agua y se con-
solidó en medio del agua. [6]Aquel mundo pereció hundido en
las aguas del diluvio. [7]En cambio, la misma palabra de Dios
tiene reservados y guardados los cielos y la tierra actuales para
el día del juicio y de la perdición de los malhechores. [8]Queri-
dos hermanos, no debéis olvidar una cosa: que un día es ante
Dios como mil años, y *mil años como un día* (Sal 90,4). [9]El
Señor no retarda el cumplimiento de la promesa, como creen
algunos que le acusan de tardanza, sino que usa de paciencia
con vosotros, pues no quiere que nadie perezca, sino que to-
dos alcancen el arrepentimiento. [10]El día del Señor vendrá
como ladrón: los cielos se desintegrarán entonces con gran es-
trépito, los elementos del mundo quedarán hechos ceniza y la
tierra con todo cuanto hay en ella desaparecerá.

[11]Si todo ha de desaparecer de esta manera, no hace falta
decir que debéis llevar una vida santa y religiosa [12]mientras es-
peráis y aceleráis la venida del día de Dios, cuando los cielos
incendiados se desintegrarán y los elementos quedarán hechos

ceniza. [13]Pero, según su promesa, nosotros esperamos *unos cie-*
*los nuevos y una tierra nueva* (Is 65,17; 66,22), en los que rei-
nará la justicia (cf Is 60,21).

**Exhortación final.** [14]Por lo cual, queridos hermanos, en es-
pera de todas estas cosas, esforzaos por encontraros sin man-
cha, sin culpa y en paz en presencia del Señor. [15]Tened en cuen-
ta que la paciencia de nuestro Señor es nuestra salvación, como
ya os lo escribió nuestro queridísimo hermano Pablo, con la
sabiduría que Dios le ha dado; [16]de hecho, así se expresa en
todas las cartas cuando trata de este tema. Es cierto que en
éstas se encuentran algunos puntos difíciles, que los ignoran-
tes e inestables tergiversan para su propia perdición, lo mis-
mo que hacen con el resto de la Sagrada Escritura. [17]Vosotros,
sin embargo, queridísimos hermanos, avisados de antemano,
estad en guardia, no sea que, arrastrados por el error de los
libertinos, decaigáis de vuestra firmeza; [18]creced más bien en
la gracia y en el conocimiento de nuestro Señor y Salvador Je-
sucristo. ¡A él la gloria ahora y hasta el día de la eternidad!

# 1.ª Carta de Juan

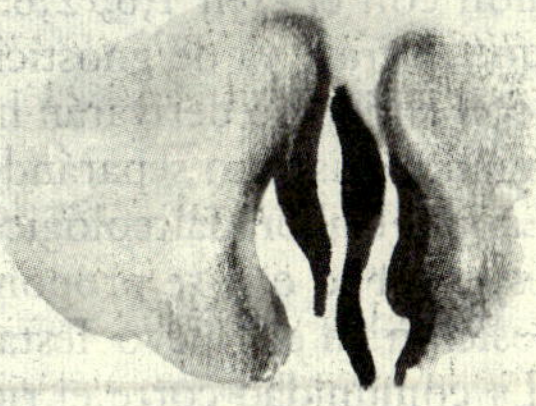

*El que no ama no ha conocido a Dios, porque Dios es amor* (1Jn 4,8).

Conocemos por *corpus joánico* o *tradición joánica* al conjunto de escritos formado por el cuarto evangelio, el Apocalipsis y las tres cartas atribuidas a san Juan. Es una tradición con personalidad propia, que en los primeros siglos vivió con tensión su comunión con la Iglesia apostólica o gran Iglesia. Las cartas joánicas, especialmente la primera, son un testimonio privilegiado de la controversia que vivieron estas comunidades; esta polémica se ve reflejada en la noticia de algunas escisiones que se produjeron (1Jn 2,19).

En el trasfondo del evangelio de Juan aparece la tensión con el grupo de fariseos que acabará por expulsar a los cristianos de la Sinagoga. Probablemente un grupo de cristianos pertenecientes a esta tradición joánica radicalizan sus posturas, lo cual provoca la reacción de la comunidad, que por medio de estas cartas hace frente a la nueva situación planteada.

El autor anónimo de las cartas se refiere a estos personajes con palabras ciertamente duras; los llama *anticristos*, (1Jn 2,18.22;4,3), *falsos profetas* (1Jn 4,1), contraponiéndolos a los creyentes que se caracterizan por *ser fieles a lo que oísteis desde un principio* (1Jn 2,24). Se vanagloriaban de conocer a Dios (1Jn 2,4; 4,8), de amarlo (1Jn 4,20) y de estar en íntima comunión con él (1Jn 1,6; 2,6.9). No tenemos datos para pensar que se trate ya de gnosticismo explícito, pero sí de grupos que con el tiempo derivarán hacia esta interpretación del acontecimiento cristiano separándose de la gran Iglesia.

La más elaborada teológicamente es la primera; parece una síntesis, por lo que se propone leerlas en el orden contrario a su posición en el Nuevo Testamento.

- La comunidad corre el riesgo de la escisión por la doctrina de algunos miembros. El autor exhorta a ser fieles a lo enseñado desde el principio (1Jn 2,24-26).
- La verdadera fe no se demuestra por un conocimiento superior, sino por el cumplimiento de los mandamientos de Dios, que toma forma en el amor (1Jn 2,3-4).
- No consiste sólo en invocar al Espíritu, sino creer que Dios se ha hecho hombre en la persona de Jesús. La encarnación es punto de discernimiento (1Jn 4,2) ya que los gnósticos consideraban que lo corporal era inferior y manchaba el espíritu.

La segunda y la tercera Carta pertenecen claramente al género epistolar a diferencia de la primera. Tienen en común que ponen en guardia a los miembros de las comunidades dispersas contra los miembros radicalizados que quieren ser los únicos intérpretes válidos de esa tradición. La segunda Carta personifica bajo el título de *distinguida señora* a una comunidad cristiana; el autor prohíbe todo trato con los impostores a los que combate en las cartas (2Jn 10-11). La tercera Carta presenta a personas muy concretas (Diotrefes, Gayo y Demetrio). A este último no se le reprocha ninguna doctrina errada sino un espíritu autoritario (3Jn 10).

1 **La palabra de la vida.** 1Lo que era desde el principio, lo
que hemos oído, lo que hemos visto con nuestros propios
ojos, lo que hemos contemplado, lo que han tocado nuestras
manos acerca de la palabra de la vida, 2pues la vida se ha ma-
nifestado, la hemos visto, damos testimonio de ella y os anun-
ciamos la vida eterna, que estaba junto al Padre y se nos ha
manifestado; 3eso que hemos visto y oído, os lo anunciamos
para que estéis unidos con nosotros, como lo estamos noso-
tros con el Padre y con su Hijo Jesucristo. 4Os escribimos todo
esto para que nuestra alegría sea completa.

**La comunión divina y el pecado.** 5Éste es el mensaje que le
hemos oído a él y os anunciamos a vosotros: Dios es luz, y en
él no hay tinieblas. 6Si decimos que estamos unidos a él y an-
damos en tinieblas, mentimos y no practicamos la verdad;
7pero si andamos en la luz, como él está en la luz, entonces
estamos unidos unos con otros, y la sangre de Jesús, su Hijo,
nos purifica de todo pecado. 8Si decimos que no tenemos pe-
cado, nos engañamos a nosotros mismos y no decimos la ver-
dad. 9Si confesamos nuestros pecados, Dios, que es justo y fiel,
nos perdona nuestros pecados y nos purifica de toda injusti-
cia. 10Si decimos que no hemos pecado, le hacemos mentiro-
so, y su palabra no está en nosotros.

2 1Hijos míos, os escribo esto para que no pequéis. Pero si
alguno peca, tenemos junto al Padre un defensor, Jesucris-
to, el justo. 2Él se ofrece en expiación por nuestros pecados; y
no sólo por los nuestros, sino por los de todo el mundo.

**La comunicación divina y los mandamientos.** 3Sabemos que
le conocemos en que guardamos sus mandamientos. 4El que
afirma que le conoce, pero no guarda sus mandamientos, es
un mentiroso y la verdad no está en él. 5Pero el que guarda su
palabra, verdaderamente es perfecto en él. 6En esto sabemos
que estamos unidos a él: el que afirma que está unido debe

comportarse como él se comportó. 7Queridos míos, no os es-
cribo un mandamiento nuevo, sino un mandamiento viejo, que
tenéis desde el principio: el mandamiento viejo es la palabra
que habéis oído. 8Es, por otra parte, también un mandamien-
to nuevo el que os escribo –que es verdadero en él y en voso-
tros–; porque se disipan las tinieblas y la luz verdadera brilla
ya. 9El que afirma que está en la luz y odia a su hermano está
aún en las tinieblas. 10El que ama a su hermano está en la luz,
y no hay en él ocasión alguna de caída. 11Pero el que odia a su
hermano está en las tinieblas, anda en las tinieblas y no sabe
adónde va, porque las tinieblas le han cegado los ojos.

**Condición religiosa de los destinatarios.** 12Hijos míos, os es-
cribo porque se os han perdonado los pecados por su nom-
bre. 13Padres, os escribo porque habéis conocido al que es desde
el principio. Jóvenes, os escribo porque habéis vencido al ma-
ligno. 14Niños, os escribo porque habéis conocido al Padre. Pa-
dres, os escribo porque habéis conocido al que es desde el prin-
cipio. Jóvenes, os escribo porque sois fuertes, la palabra de Dios
está en vosotros y habéis vencido al maligno.

**El amor del mundo y el de Dios.** 15No améis al mundo ni lo
que hay en él. Si alguno ama al mundo, el amor del Padre no
está en él. 16Porque todo lo que hay en el mundo, las pasiones
carnales, el ansia de las cosas y la arrogancia, no provienen
del Padre, sino del mundo. 17El mundo pasa, y con él sus de-
seos insaciables; pero el que hace la voluntad de Dios vive para
siempre.

**La verdad y los anticristos.** 18Hijos míos, estamos en la últi-
ma hora, y, como habéis oído, el anticristo viene; y ahora ya
han surgido muchos anticristos; por eso conocemos que es la
última hora. 19Han surgido de entre nosotros, pero no eran
de los nuestros; porque si hubieran sido de los nuestros, hu-
bieran permanecido con nosotros; pero ha sucedido esto para

que se manifieste que todos éstos no eran de los nuestros. 20Vo-
sotros, sin embargo, habéis recibido la unción que viene del
Santo, y todos tenéis conocimiento. 21No os he escrito porque
no conozcáis la verdad, sino porque la conocéis y sabéis que
ninguna mentira puede proceder de la verdad. 22Y ¿quién es
el mentiroso sino el que dice que Jesús no es el Cristo? Éste
es el anticristo, el que niega al Padre y al Hijo. 23El que niega
al Hijo, no tiene al Padre; el que confiesa al Hijo, tiene tam-
bién al Padre. 24Vosotros seguid siendo fieles a lo que habéis
oído desde el principio. Así permaneceréis unidos con el Hijo
y con el Padre. 25Ésta es la promesa que él mismo os ha he-
cho: La vida eterna. 26Os he escrito esto acerca de los que quie-
ren seduciros. 27Pero vosotros haced que la unción que habéis
recibido de él permanezca en vosotros; no tenéis necesidad de
que nadie os enseñe, ya que la unción, que dice la verdad y
nunca la mentira, os enseña todas las cosas; permaneced uni-
dos a Cristo, según ella os ha enseñado. 28Ahora, hijos míos,
permaneced unidos a Cristo, para que, cuando él venga, po-
damos sentirnos seguros y no nos avergoncemos de encontrar-
nos lejos de él en su venida. 29Si sabéis que él es justo, recono-
ced también que el que practica la justicia ha nacido de él.

3 **Derechos y deberes de los hijos de Dios.** 1Mirad qué gran
amor nos ha dado el Padre al hacer que nos llamemos hi-
jos de Dios y lo seamos de verdad. Si el mundo no nos cono-
ce, es porque no le ha conocido a él. 2Queridos míos, desde
ahora somos hijos de Dios, y aún no se ha manifestado lo que
seremos. Sabemos que, cuando se manifieste, seremos seme-
jantes a él, porque le veremos tal y como es. 3El que tiene esta
esperanza en él se purifica a sí mismo, como él es puro. 4Pero
el que peca se enfrenta a la ley, pues el pecado es el quebran-
tamiento de la ley. 5Y sabéis que él se ha manifestado para qui-
tar los pecados, y que no hay pecado en él. 6El que permane-
ce en él, no peca; el que peca, ni le ha visto ni le ha conocido.
7Hijos míos, que no os engañe nadie. El que practica la justi-

cia es justo como él es justo; [8]quien peca es del diablo, por-
que el diablo es pecador desde el principio. El Hijo de Dios
se ha manifestado para destruir las obras del diablo. [9]El que
ha nacido de Dios no peca, porque la semilla de Dios perma-
nece en él; y no puede pecar porque ha nacido de Dios. [10]En
esto se distinguen los hijos de Dios y los hijos del diablo: el
que no practica la justicia no es de Dios, ni el que no ama a
su hermano. [11]Porque éste es el mensaje que habéis oído des-
de el principio: que nos amemos los unos a los otros; [12]no
como Caín, que era del maligno y mató a su hermano. Y ¿por
qué lo mató? Porque sus obras eran malas, y las de su herma-
no justas.

[13]No os extrañéis si el mundo os odia. [14]Nosotros sabemos
que hemos pasado de la muerte a la vida porque amamos a
los hermanos. El que no ama permanece en la muerte. [15]El que
odia a su hermano es un homicida, y vosotros sabéis que nin-
gún homicida tiene la vida eterna en sí mismo. [16]En esto he-
mos conocido el amor: en que él ha dado su vida por noso-
tros; y nosotros debemos dar también la vida por nuestros
hermanos. [17]Si alguno tiene bienes de este mundo, ve a su her-
mano en la necesidad y le cierra sus entrañas, ¿cómo puede
estar en él el amor de Dios? [18]Amémonos no de palabra ni de
boquilla, sino con obras y de verdad. [19]En esto conoceremos
que somos de la verdad y tranquilizaremos nuestra conciencia
delante de él: [20]en que, si alguna vez nuestra conciencia nos
acusa, Dios está por encima de nuestra conciencia y lo sabe
todo. [21]Queridos míos, si nuestra conciencia no nos acusa, po-
demos estar tranquilos ante él. [22]Todo lo que pidamos, él nos
lo concederá porque guardamos sus mandamientos y hacemos
lo que le agrada.

[23]Éste es su mandamiento: que creamos en el nombre de su
Hijo Jesucristo y que nos amemos los unos a los otros, según
el mandamiento que nos ha dado. [24]El que guarda sus manda-
mientos permanece en Dios, y Dios en él. Por esto conocemos
que él permanece en nosotros: por el Espíritu que nos ha dado.

4 **El espíritu de verdad y el espíritu del error.** 1 Queridos míos,
no os fiéis de todos los que dicen que hablan en nombre
de Dios; comprobadlo antes. 2 En esto distinguiréis si son de
Dios; el que confiesa que Jesús es el mesías hecho hombre es
de Dios; 3 y el que no confiesa a Jesús no es de Dios, sino del
anticristo, del cual habéis oído decir que estaba para venir y
ya está en el mundo. 4 Hijos míos, vosotros sois de Dios, y lo
habéis vencido. Porque el que está en vosotros es más grande
que el que está en el mundo. 5 Ellos son del mundo, y por eso
hablan según el mundo, y el mundo los escucha. 6 Pero noso-
tros somos de Dios. El que conoce a Dios nos escucha; y el
que no es de Dios no nos escucha. En esto distinguimos el es-
píritu de la verdad y el espíritu del error.

**El amor de Dios y el amor del prójimo.** 7 Queridos míos,
amémonos los unos a los otros, porque el amor es de Dios; y
todo el que ama ha nacido de Dios y conoce a Dios. 8 El que
no ama no ha conocido a Dios, porque Dios es amor. 9 En esto
se ha manifestado el amor de Dios por nosotros: en que ha
mandado a su Hijo único al mundo para que nosotros viva-
mos por él. 10 En esto consiste el amor: no en que nosotros ha-
yamos amado a Dios, sino en que Dios nos ha amado a noso-
tros y ha enviado a su Hijo como víctima expiatoria por
nuestros pecados. 11 Queridos míos, si Dios nos ha amado de
este modo, también nosotros debemos amarnos los unos a los
otros. 12 Jamás ha visto nadie a Dios. Si nos amamos los unos
a los otros, Dios está en nosotros, y su amor en nosotros es
perfecto. 13 Por esto conocemos que estamos con él y él en no-
sotros: porque él nos ha dado su Espíritu. 14 Nosotros hemos
visto y testificamos que el Padre ha enviado a su Hijo, el Sal-
vador del mundo. 15 Si uno confiesa que Jesús es el Hijo de
Dios, Dios está en él y él en Dios. 16 Nosotros hemos conocido
el amor que Dios nos tiene, y hemos creído. Dios es amor; y
el que está en el amor está en Dios, y Dios en él. 17 En esto
consiste la perfección del amor en nosotros: en que tenemos

confianza absoluta en el día del juicio; porque como es él, así
somos nosotros en este mundo. 18En el amor no hay temor;
por el contrario, el amor perfecto desecha el temor, pues el
temor supone castigo, y el que teme no es perfecto en el amor.
19Nosotros amamos porque él nos amó primero. 20Si alguno
dice que ama a Dios y odia a su hermano, es un mentiroso. El
que no ama a su hermano, al que ve, no puede amar a Dios,
al que no ve. 21Éste es el mandamiento que hemos recibido de
él: que el que ame a Dios, ame también a su hermano.

5 **La fe en Jesucristo.** 1El que cree que Jesús es el mesías, ha
nacido de Dios; el que ama al que da el ser, ama también
al que ha nacido de Dios. 2En esto conocemos que amamos a
los hijos de Dios: en que amamos a Dios y guardamos sus man-
damientos. 3Porque el amor de Dios consiste en guardar sus
mandamientos, y sus mandamientos no son pecados. 4Porque
todo lo que ha nacido de Dios vence al mundo. Y ésta es la
victoria que ha vencido al mundo: nuestra fe. 5¿Quién es el
que vence al mundo sino el que cree que Jesús es el Hijo de
Dios?

6Es él, Jesucristo, el que ha venido con agua y sangre; no
sólo con agua, sino con agua y sangre. Y es el Espíritu el que
da testimonio, porque el Espíritu es la verdad. 7Pues tres son
los que dan testimonio: 8el Espíritu, el agua y la sangre, y los
tres están de acuerdo. 9Si aceptamos el testimonio de los hom-
bres, el testimonio de Dios es más grande; pues el testimonio
de Dios es que ha testificado de su Hijo. 10El que cree en el
Hijo de Dios tiene en sí mismo el testimonio. El que no cree
en Dios le considera mentiroso, porque no cree en el testimo-
nio que Dios ha dado de su Hijo. 11Éste es el testimonio que
Dios nos ha dado: la vida eterna, y esta vida está en su Hijo.
12El que tiene al Hijo, tiene la vida; y el que no tiene al Hijo
de Dios, no tiene la vida. 13Os escribo esto para que sepáis que
vosotros, que creéis en el nombre del Hijo de Dios, tenéis la
vida eterna.

**La oración y el pecado.** [14]Ésta es la seguridad que tenemos
en Dios: que si pedimos algo según su voluntad, nos escucha.
[15]Y si sabemos que nos escucha en todo lo que le pedimos, sa-
bemos también que poseemos ya lo que le hemos pedido. [16]Si
alguno ve a su hermano cometer un pecado que lleve a la muer-
te, rece por él, y Dios le dará la vida; esto lo digo para los
pecados que no llevan a la muerte. Hay un pecado que lleva a
la muerte; por éste no digo que recen. [17]Toda injusticia es un
pecado, pero hay pecados que no llevan a la muerte. [18]Sabe-
mos que el que ha nacido de Dios no peca; pero el Hijo de
Dios lo guarda, y el maligno no lo toca. [19]Nosotros sabemos
que somos de Dios, y que todo el mundo está en poder del
maligno. [20]Sabemos también que el Hijo de Dios ha venido y
nos ha dado inteligencia para conocer al Verdadero. Nosotros
estamos en el Verdadero, en su Hijo Jesucristo. Él es el verda-
dero Dios y la vida eterna. [21]Hijos míos, guardaos de los fal-
sos dioses.

# 2.ª Carta de Juan

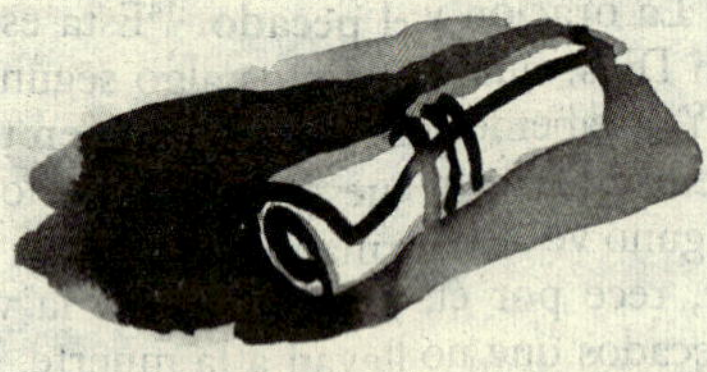

**1** **Saludo.** 1Yo, el presbítero, a la señora elegida y a sus hi-
jos, que amo de verdad –no sólo yo, sino también todos
los que han conocido la verdad–, 2gracias a la verdad que está
y estará siempre con nosotros; 3que la gracia, la misericordia
y la paz de Dios Padre y de Jesucristo, el Hijo del Padre, estén
con nosotros, junto con la verdad y el amor.

**El amor. Los anticristos.** 4Me he alegrado grandemente al
encontrar que tus hijos caminan en la verdad, conforme al
mandamiento recibido del Padre. 5Te ruego, oh señora –aun-
que no te escribo un mandamiento nuevo, sino el que tene-
mos desde el principio–, que nos amemos los unos a los otros.
6El amor consiste en que caminemos según sus mandamien-
tos. Y este mandamiento, tal y como lo habéis recibido desde
el principio, es que caminéis en el amor. 7Porque han irrumpido
en el mundo muchos seductores, que no confiesan a Jesús como
el mesías hecho hombre. Ése es el seductor, el anticristo. 8Es-
tad alerta, para que no perdáis el fruto de vuestros trabajos,
sino para que recibáis una recompensa plena. 9El que se so-
brepasa y no permanece en la doctrina de Cristo, no tiene a
Dios; pero el que permanece en la doctrina tiene al Padre y al
Hijo. 10Si alguno os visita y no lleva esta doctrina, no lo reci-
báis en casa y no le saludéis, 11pues el que le saluda participa
de sus malas obras.

**Despedida.** [12]Tengo muchas más cosas que escribiros, pero
no he querido hacerlo en papel y tinta, pues espero ir pronto
a veros y hablaros de viva voz, para que vuestra alegría sea
completa. [13]Te saludan los hijos de tu hermana elegida.

# 3.ª Carta de Juan

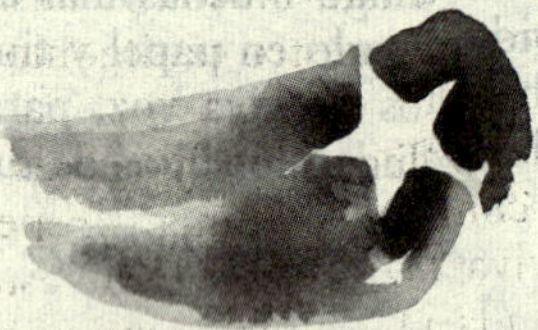

**1** **Saludo.** 1 Yo, el presbítero, al queridísimo Gayo, a quien
quiero de verdad. 2 Queridísimo, deseo que prosperen to-
das tus cosas y que tu salud corporal sea tan buena como la
espiritual. 3 Me he alegrado mucho cuando han llegado los her-
manos y han testificado que te mantienes firme en la verdad.
4 Mi mayor alegría está en oír que mis hijos caminan en la ver-
dad. 5 Queridísimo, obras fielmente en todo lo que haces por
los hermanos, aunque sean extranjeros; 6 ellos han dado públi-
co testimonio de tu amor ante la Iglesia. Harás muy bien en
darles todo lo que necesiten para el viaje, como Dios se mere-
ce. 7 Porque se pusieron en viaje por amor a Cristo, sin recibir
nada de los paganos. 8 Es nuestro deber acoger a estos hom-
bres, para ser así cooperadores de la verdad.

**Diotrefes y Demetrio.** 9 He escrito algo a la Iglesia; pero
Diotrefes, con su ambición de dominarlo todo, no me hace
caso. 10 Por eso, si llego a ir, no dejaré de recordarle su con-
ducta, pues anda diciendo desvergonzadamente cosas falsas
contra mí. No contento con esto, no recibe a los hermanos y
reprende y echa de la comunidad a los que quieren recibirlos.
11 Queridísimo, no imites el mal, sino el bien. El que hace el
bien ha nacido de Dios; el que hace el mal, no ha visto a Dios.
12 En cuanto a Demetrio, todo el mundo da testimonio de él,

aun la misma verdad. Nosotros mismos damos testimonio de él, y tú sabes que nuestro testimonio es verdadero.

**Conclusión.** 13Tengo muchas cosas que decirte, pero no quie-
ro hacerlo con tinta y pluma. 14Espero verte pronto, y habla-
remos de viva voz. 15Que la paz esté contigo. Te saludan tus
amigos. Saluda a los amigos uno por uno.

# Carta de Judas

*Asentaos en el cimiento de nuestra santa fe* (20).

Según la tradición se trataría de Judas Tadeo el apóstol, pero no está claro que sea el apóstol. Marcos y Mateo nombran a un tal Judas entre los parientes del Señor (Mc 6,3; Mt 13,55). El autor dice ser hermano de Santiago (Jds 1,1) y en consecuencia sería pariente del Señor (Sant 1,1; He 15,13; 1Cor 15,7; Gál 1,19; 2,9). Esta atribución de la carta a Judas no es, sin embargo, clara. Tanto razones estilísticas (el griego retórico del escrito no corresponde a un judío palestino) como de contenido (sus predicciones sobre los tiempos finales), lo desaconsejan. Podemos pensar en un judeocristiano que representa a la tradición de Santiago cuyo nombre invoca.

De nuevo estamos ante grupos de falsos maestros que alborotan a la comunidad con el riesgo patente de la escisión. El autor los acusa de charlatanes (16b), de arrogancia (8) y de libertinaje (4.10). Su doctrina rechaza la mesianidad de Jesús (4), aproximándose al problema ya conocido en la primera Carta de Juan. El autor les amenaza con el castigo divino inspirándose en modelos veterotestamentarios (Sodoma y Gomorra, los israelitas en el desierto, etc.) que posteriormente retomará la segunda Carta de Pedro.

Se trata de una comunidad que conoce bien la tradición judía y los escritos apocalípticos. La cita de textos apócrifos (la Ascensión de Moisés, v. 9; el Apocalipsis de Henoc, 14-15) retrasará su admisión definitiva en el canon del Nuevo Testamento.

Más que una carta al uso, se puede considerar un texto polémico, del género de la controversia, que denuncia a los instigadores y exhorta a los creyentes a no ceder ante los falsos maestros.

1 **Saludo y motivo de la carta.** [1]Judas, siervo de Jesucristo,
hermano de Santiago, a los elegidos y amados de Dios Pa-
dre y conservados para Jesucristo: [2]os deseo en abundancia la
misericordia, la paz y el amor. [3]Queridísimos, tenía un gran
deseo de escribiros acerca de nuestra común salvación, y me
he visto obligado a hacerlo para exhortaros a luchar por la fe,
que de una vez para siempre ha sido transmitida a los creyen-
tes. [4]Porque se han infiltrado entre vosotros algunos hombres,
destinados desde antiguo a caer en la condenación, gente mal-
vada que han convertido en libertinaje la gracia de nuestro Dios
y niegan a nuestro único dueño y Señor, Jesucristo.

**Los falsos maestros.** [5]Quiero recordaros, aunque conozcáis
perfectamente todas estas cosas, que el Señor, después de ha-
ber liberado al pueblo de la opresión de Egipto, a continua-
ción aniquiló a los incrédulos (Núm 14,29-35); [6]y ha reserva-
do en eterna prisión, en el fondo de las tinieblas, para el día
del juicio final, a los ángeles que no guardaron su condición
privilegiada y perdieron su propia mansión; [7]como a Sodoma
y Gomorra y las ciudades circunvecinas, que, al igual que aqué-
llas, se dedicaron a la lujuria y la homosexualidad y quedaron
como ejemplo, sujetas a la pena del fuego eterno (Gén 19,1-
11). [8]De un modo semejante, también éstos, alucinados en sus
delirios, manchan su cuerpo, desprecian la autoridad del Se-
ñor y blasfeman contra los seres gloriosos.

**Ejemplos del Antiguo Testamento.** [9]El mismo arcángel Mi-
guel, cuando luchaba con el demonio disputándole el cuerpo
de Moisés, no se atrevió a echarle una maldición, sino que dijo:
*Que el Señor te reprenda.* [10]Pero ellos injurian aun a lo que no
conocen; y lo que conocen por instinto, como los animales,
sólo les sirve para su ruina.

[11]¡Ay de ellos!, porque siguieron el camino de Caín, se precipi-
taron en el pecado de Balaán por ansia de dinero y perecieron
en la rebelión de Coré. [12]Éstos son una vergüenza para vuestras

comidas fraternas, comen y beben desvergonzadamente, cebándose a sí mismos. Nubes sin agua arrastradas por el viento; árboles infructuosos en el otoño, dos veces muertos, arrancados de cuajo; [13]olas bravías del mar, que arrojan la espuma de sus impurezas; estrellas errantes, a las que está reservada la oscuridad de las tinieblas por toda la eternidad. [14]Ya profetizó de ellos Henoc, séptimo patriarca después de Adán, diciendo: «Mirad, el Señor viene con miles y miles de ángeles [15]a entablar juicio contra todos y a condenar a todos los criminales por todos los crímenes que cometieron y por todas las blasfemias que estos pecadores pronunciaron contra él». [16]Son murmuradores, descontentos, que viven conforme a sus pasiones; su boca profiere fanfarronadas, adulando a las personas con vistas a su propio interés.

**Exhortación a los cristianos.** [17]Pero vosotros, queridos míos, acordaos de las palabras que os predijeron los apóstoles de nuestro Señor Jesucristo. [18]Os decían: *En los últimos tiempos habrá impostores que vivirán según sus deseos malvados* (1Tim 4,1). [19]Éstos son los que provocan discordias, hombres sensuales, privados del Espíritu. [20]Vosotros, en cambio, queridos, asentaos en el cimiento de vuestra santa fe, orad en el Espíritu Santo; [21]conservaos en el amor de Dios, aguardando la misericordia de nuestro Señor Jesucristo para la vida eterna. [22]A los que dudan, convencedlos; [23]a unos salvadlos, arrancadlos del fuego; a otros, tenedlos compasión, pero con cuidado, aborreciendo hasta la túnica manchada por su cuerpo.

**Conclusión.** [24]Al único Dios, nuestro Salvador, que es poderoso para guardaros sin pecado y presentaros intachables ante su gloria con alegría, [25]gloria, majestad, soberanía y poder con Jesucristo nuestro Señor, desde siempre, ahora y por los siglos de los siglos. Amén.

# Apocalipsis

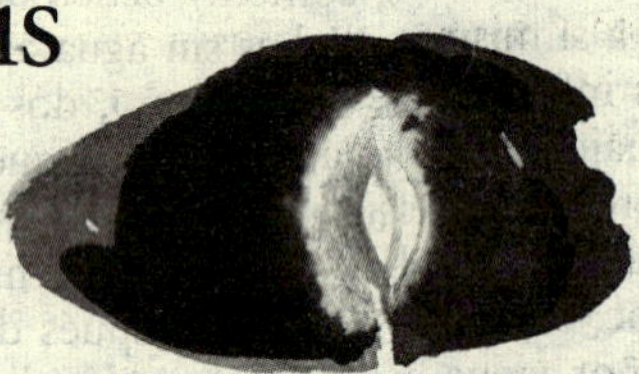

*Dichosos los invitados al banquete de las bodas del cordero* (19,9).

Revelación, crisis, historia, teología, simbolismo. Cinco palabras clave que nos ayudarán a introducirnos en la lectura de un libro que guarda celosamente su mensaje y que continuamente es leído por cada generación.

Apocalipsis es una palabra griega que significa revelación, manifestación de algo oculto. Dios quiere revelarnos un mensaje oculto que hace referencia a nuestra vida, y más en concreto a nuestra salvación. Es un libro que forma parte de un movimiento delimitado en el tiempo (del s. IV a.C. al s. II d.C.), propio de la tradición judía que posteriormente pasará a la Iglesia cristiana y con una amplia producción literaria. No es un movimiento que surge de repente, sino que se considera como heredero natural de la profecía.

El contexto histórico que da lugar y que favorece este tipo de lectura es el de la crisis. En medio de circunstancias difíciles, cuando no se ve salida a la historia, cuando todo parece anunciar el fin del mundo presente, el lenguaje apocalíptico es el más apropiado para transmitir un mensaje de esperanza, si bien de forma críptica y simbólica.

Podemos decir que el Apocalipsis es una teología de la historia. Lejos de transmitir mensajes ocultos que nada tienen que ver con el hombre ni con Dios; lejos de jugar al misterio que asusta y somete al espíritu humano, la verdadera apocalíptica abre su mensaje a la esperanza. La historia tiene un sentido; las fuerzas demoníacas del mal (la injusticia, la muerte, la opresión etc.) no tienen la última palabra. Su victoria es sólo aparente, porque el triunfo pertenece a Cristo, el cordero degollado (19, 6-9).

Uno de los atractivos mayores de toda la apocalíptica es el de la simbología. El símbolo utiliza colores, animales, fenómenos naturales, números, vestidos etc., con la finalidad de expresar una experiencia más profunda que desborda los límites de lo visible, mensurable, controlable. No basta conocer y saber explicar su naturaleza, hay que dejarse envolver por su atmósfera, dejarse impresionar por su fuerza, permitir que exprese su riqueza.

Leemos el Apocalipsis como una obra unitaria dividida en dos partes bien delimitadas. La primera es una llamada de conversión a siete Iglesias del Asia Menor; todas han recibido con gozo el evangelio de Cristo pero están pasando por momentos de turbación, relajación o confusión que incluso puede llevarles a la apostasía. Su mensaje es vibrante, delatador, provocando su vuelta a Cristo.

En la segunda parte las fuerzas demoníacas controlan el mundo pero su victoria es sólo aparente; después de un combate entre las dos fuerzas antagónicas (11,15-16,16) asistimos a la victoria del Cordero. En definitiva es un libro escrito para sostener, animar y dar esperanza a las Iglesias que viven en el mundo el combate de la fe.

1 **Prólogo.** [1]Revelación de Jesucristo, que Dios le ha dado
para mostrar a sus servidores lo que va a suceder en se-
guida; Dios la ha dado a conocer, por medio de un ángel, a
su siervo Juan, [2]el cual atestigua, como palabra de Dios y tes-
timonio de Jesucristo, todo lo que ha visto. [3]Dichoso el que
lea y los que escuchen las palabras de esta profecía y observen
su contenido, porque el tiempo está cerca.

**Saludos.** [4]Juan, a las siete Iglesias de Asia: a vosotros la gracia
y la paz de parte del que es, el que era y el que viene, y de
parte de los siete espíritus que están delante de su trono; [5]y
de parte de Jesucristo, el testigo fiel, el primogénito de entre
los muertos y el rey de los reyes de la tierra. A aquel que nos
ama y nos ha lavado de nuestros pecados con su propia san-
gre, [6]y nos ha hecho un reino de sacerdotes para su Dios y
Padre; a él la gloria y el poder por los siglos de los siglos.
Amén. [7]Miradlo, viene entre nubes; lo verán todos, aun *los
que lo traspasaron, y se lamentarán sobre él todas las naciones
de la tierra* (Zac 12,10; Dan 7,13). Sí. Amén. [8]Yo soy el alfa y
la omega, dice el Señor Dios, el que es, el que era y el que
viene, el todopoderoso.

**Visión preparatoria.** [9]Yo, Juan, vuestro hermano y vuestro
compañero en el sufrimiento, en el reino y en la constancia,
en Jesús, yo me encontraba en la isla de Patmos por haber pre-
dicado la palabra de Dios y por haber dado testimonio de Je-
sús. [10]Caí en éxtasis el día del Señor y oí detrás de mí una voz
potente como de trompeta, [11]que decía: «Lo que ves escríbelo
en un libro y mándaselo a las siete Iglesias: a Éfeso, a Esmirna,
Pérgamo, Tiatira, Sardes, Filadelfia y Laodicea». [12]Me volví
para ver quién me hablaba; y, al volverme, vi siete candela-
bros de oro, [13]y en medio de los candelabros como un hijo del
hombre, vestido con una larga túnica y ceñido con un cintu-
rón de oro alrededor de su pecho (Dan 7,13). [14]*Su cabeza y
sus cabellos eran blancos como la lana blanca, como la nieve;*

*sus ojos, como una llama de fuego;* [15]*sus pies, como el bronce*
*fundido a fuego; su voz, como el rumor de aguas caudalosas*
(Dan 7,9; 10,5-6; Ez 1,24); [16]en su mano derecha tenía siete
estrellas, y de su boca salía una espada aguda de dos filos; su
cara era como el sol que brilla en todo su esplendor.
[17]Al verle, caí a sus pies como muerto; pero él me tocó con
su mano derecha, y me dijo: «No tengas miedo; soy yo, el pri-
mero y el último, el viviente; [18]estuve muerto, pero ya estoy
vivo por los siglos de los siglos; y tengo las llaves de la muer-
te y del abismo. [19]Escribe lo que has visto, lo presente y lo que
sucederá en seguida. [20]Éste es el secreto de las siete estrellas
que has visto en mi mano derecha y de los siete candelabros
de oro: las siete estrellas son los ángeles de las siete Iglesias, y
los siete candelabros son las siete Iglesias».

2 **Carta a la Iglesia de Éfeso.** [1]Escribe al ángel de la Iglesia
de Éfeso: Esto es lo que dice el que tiene las siete estre-
llas, el que camina en medio de los siete candelabros de oro.
[2]Conozco tus obras, tus fatigas y tu constancia. Sé que no pue-
des soportar a los malos, que has puesto a prueba a los que se
llaman apóstoles sin serlo y los has encontrado mentirosos;
[3]que eres constante y que has sufrido por mi nombre sin des-
fallecer. [4]Pero tengo esto contra ti: has perdido el amor del
principio. [5]Acuérdate, pues, de dónde te has caído, arrepién-
tete y vuelve a obrar como antes. Porque, si no te conviertes,
iré a ti rápidamente y te quitaré el candelabro de su puesto.
[6]Tienes, sin embargo, a tu favor que odias las obras de los
nicolaítas, que yo odio también. [7]El que tenga oídos que oiga
lo que el Espíritu dice a las Iglesias. Al vencedor le daré a co-
mer del árbol de la vida, que está en el paraíso de Dios.

**Carta a la Iglesia de Esmirna.** [8]Escribe al ángel de la Iglesia
de Esmirna: Esto es lo que dice el primero y el último, el que
murió y ha vuelto a la vida. [9]Conozco tu sufrimiento y tu po-
breza (aunque eres rico) y las calumnias de parte de los que se

llaman judíos sin serlo, pues son más bien una sinagoga de Sa-
tanás. [10]No te acobardes ante lo que vas a sufrir. El diablo va
a encarcelar a algunos de vosotros; es para poneros a prueba;
sufriréis una prueba de diez días. Sé fiel hasta la muerte, y te
daré la corona de la vida. [11]El que tenga oídos que oiga lo que
el Espíritu dice a las Iglesias. El vencedor no será víctima de
la segunda muerte.

**Carta a la Iglesia de Pérgamo.** [12]Escribe al ángel de la Igle-
sia de Pérgamo: Esto dice el que tiene la espada aguda de dos
filos. [13]Sé dónde vives. Allí está el trono de Satanás; pero per-
maneces fiel a mi nombre y no has renegado de mi fe, ni si-
quiera en los días de Antipas, mi fiel testigo, al que mataron
en vuestra ciudad, donde vive Satanás. [14]Pero tengo algo con-
tra ti: tienes secuaces de la doctrina de Balaán, el cual enseña-
ba a Balac la manera de hacer caer a los israelitas (Núm 31,16),
incitándoles a comer carnes sacrificadas a los ídolos y a forni-
car (Núm 25,1-2). [15]Así también tú tienes adeptos a la doctri-
na de los nicolaítas. [16]Arrepiéntete, pues de lo contrario iré
cuanto antes y lucharé contra ellos con la espada de mi boca.
[17]El que tenga oídos que oiga lo que el Espíritu dice a las Igle-
sias. Al vencedor le daré el maná escondido y una piedra blan-
ca, y en la piedra escribiré un nombre nuevo, que sólo conoce
el que la recibe.

**Carta a la Iglesia de Tiatira.** [18]Escribe al ángel de la Iglesia
de Tiatira: Esto es lo que dice el hijo de Dios, que tiene los
ojos como una llama y los pies como el bronce fundido a fue-
go. [19]Conozco tus obras, tu amor, tu fe, tu servicio, tu cons-
tancia; tus últimas obras son más numerosas que las primeras.
[20]Pero tengo esto contra ti: dejas que Jezabel, esa mujer que
se dice profetisa, enseñe y seduzca a mis servidores hasta ha-
cerles vivir en la lujuria y comer las carnes sacrificadas a los
ídolos. [21]Ya le he dado tiempo para que se arrepienta, pero ella
no quiere convertirse de su lujuria. [22]La voy a tirar a un lecho

de dolores; y a sus compañeros de prostitución a una prueba
terrible, si no se arrepienten de sus enseñanzas; [23]y a sus hijos
los voy a herir de muerte; de este modo todas las Iglesias sa-
brán que soy yo el que penetra los sentimientos y los pensa-
mientos, y os daré a cada uno según sus obras. [24]En cuanto a
vosotros, los demás fieles de Tiatira, todos los que no com-
partís esta doctrina, que no habéis conocido los secretos de
Satanás –como ellos dicen–, declaro que no os impongo otra
carga; [25]únicamente permaneced fieles a la fe que tenéis hasta
que yo vaya. [26]Al vencedor, al que permanezca fiel a mi servi-
cio hasta el fin, le daré poder *sobre las naciones,* [27]*y las apa-*
*centará con vara de hierro, como se rompen los vasos de arci-*
*lla* (Sal 2,89); [28]así he recibido también yo este poder de mi
Padre; y le daré la estrella de la mañana. [29]El que tenga oídos
que oiga lo que el Espíritu dice a las Iglesias.

3 **Carta a la Iglesia de Sardes.** [1]Escribe al ángel de la Iglesia
de Sardes: Esto es lo que dice el que tiene los siete espíri-
tus de Dios y las siete estrellas. Conozco tus obras: tú pasas
por vivo, pero estás muerto. [2]Despierta y consolida lo que que-
da y está a punto de perecer, porque no he encontrado tus
obras perfectas delante de Dios. [3]Acuérdate de cómo recibiste
y oíste la palabra; guárdala y arrepiéntete. Porque, si no des-
piertas, caeré sobre ti como un ladrón, sin que sepas a qué hora
te voy a sorprender. [4]Pero tienes todavía en Sardes algunas per-
sonas que no han manchado sus vestidos; ellas caminarán con-
migo con vestiduras blancas, porque son dignas de ello. [5]El ven-
cedor será revestido de vestiduras blancas, yo no borraré jamás
su nombre del libro de la vida y reconoceré su nombre delan-
te de mi Padre y de los ángeles. [6]El que tenga oídos que oiga
lo que el Espíritu dice a las Iglesias.

**Carta a la Iglesia de Filadelfia.** [7]Escribe al ángel de la Igle-
sia de Filadelfia: Esto es lo que dice el santo, el veraz, el que
tiene *la llave de David, el que abre y nadie cerrará, el que cie-*

*rra y nadie abrirá* (Is 22,22; Job 12,14): [8]Conozco tus obras:
tengo abierta delante de ti una puerta que nadie puede cerrar,
porque, a pesar de tu debilidad, has guardado mi palabra y
no has renegado de mí. [9]Pongo en tus manos a los de la sina-
goga de Satanás, que se dicen judíos sin serlo, los mentirosos;
les haré venir a postrarse a tus pies para que sepan que te amo.
[10]Porque has guardado mi consigna de perseverancia, yo te
guardaré en la hora de la prueba que va a sobrevenir sobre
todo el mundo para probar a los habitantes de la tierra. [11]Mi
venida está próxima; guarda bien lo que tienes, para que na-
die te quite tu corona. [12]Al vencedor le haré columna del tem-
plo de mi Dios, y no saldrá más; escribiré sobre él el nombre
de mi Dios, el nombre de la ciudad de mi Dios –la nueva Je-
rusalén, que baja del cielo de junto a mi Dios– y mi nombre
nuevo. [13]El que tenga oídos que oiga lo que el Espíritu dice a
las Iglesias.

**Carta a la Iglesia de Laodicea.** [14]Escribe al ángel de la Igle-
sia de Laodicea: Esto es lo que dice el amén, el testigo fiel y
veraz, el principio de la creación de Dios. [15]Conozco tus obras:
no eres ni frío ni caliente. Ojalá fueses frío o caliente. [16]Pero
porque eres tibio, y no eres ni frío ni caliente, te voy a vomi-
tar de mi boca. [17]Estás diciendo: Yo soy rico, yo me he enri-
quecido, a mí no me falta nada; y no sabes que eres desdicha-
do, miserable, pobre, ciego y desnudo. [18]Te aconsejo que me
compres oro acrisolado en el fuego para enriquecerte, vesti-
duras blancas para vestirte, y que no aparezca la vergüenza de
tu desnudez, y un colirio para que unjas tus ojos y veas. [19]Yo
reprendo y castigo a los que amo; por tanto, sé fervoroso y
arrepiéntete. [20]Yo estoy a la puerta y llamo; si alguno oye mi
voz y me abre, entraré en su casa, cenaré con él y él conmigo.
[21]Al vencedor lo sentaré conmigo en mi trono, igual que yo,
que he vencido y me he sentado con mi Padre en su trono.
[22]El que tenga oídos que oiga lo que el Espíritu dice a las Igle-
sias.

4 **El trono de Dios y la corte celeste.** 1Después de esto tuve
una visión. Vi una puerta abierta en el cielo; y la voz del
principio, la que oí hablarme como con sonido de trompeta,
me dijo: «Sube aquí y te mostraré lo que va a suceder en segui-
da». 2Al instante caí en éxtasis, y vi un trono en el cielo y *uno
sentado en el trono* (cf Is 6,1). 3El que estaba sentado tenía el
aspecto de una piedra de jaspe y de sardónica. El trono estaba
rodeado de un arco iris, parecido a la esmeralda. 4Alrededor del
trono había veinticuatro tronos, sobre los que estaban sentados
veinticuatro ancianos, vestidos de blanco y con coronas de oro
en la cabeza. 5Del trono salían rayos, voces y truenos. Siete lám-
paras de fuego ardían delante del trono (que son los siete espí-
ritus de Dios). 6Delante del trono había como un mar transpa-
rente, como de cristal; en medio del trono y alrededor, cuatro
seres vivientes llenos de ojos por delante y por detrás. 7*El pri-
mero* era *parecido a un león, el segundo,* a *un toro; el tercero*
tenía *la cara parecida a la de un hombre;* y *el cuarto,* parecido
*a un águila* que vuela (cf Ez 1,5-21; 10,14). 8Los cuatro anima-
les tenían cada uno seis alas, y alrededor y en el interior esta-
ban llenos de ojos. Y repetían sin cesar día y noche:

*Santo, santo, santo es el Señor,*
*el todopoderoso,*
*el que era, el que es,*
*el que viene* (Is 6,2-3).

9Cada vez que los cuatro seres vivientes dan gloria, honor y
acción de gracias al que se sienta en el trono y que vive por
los siglos de los siglos, 10los veinticuatro ancianos se arrodi-
llan delante del que está sentado en el trono, adoran al que
vive por los siglos de los siglos y arrojan sus coronas delante
del trono, diciendo:

11*Señor, Dios nuestro,*
*tú eres digno*

*de recibir la gloria,*
*el honor y el poder,*
*porque tú has creado*
*todas las cosas,*
*por tu voluntad existen*
*y han sido creadas.*

5 **El libro de los siete sellos.** 1Vi en la mano derecha del que
está sentado en el trono un libro escrito por las dos caras,
sellado con siete sellos. 2Vi un ángel poderoso que exclamaba
con voz potente: ¿Quién es digno de abrir el libro y de rom-
per los sellos? 3Y nadie, ni en el cielo, ni en la tierra, ni deba-
jo de la tierra podía abrir el libro y leerlo. 4Yo lloré mucho,
porque no se había encontrado a nadie digno de abrir el libro
y de leerlo. 5Uno de los ancianos me dijo: Deja de llorar, que
ha vencido el león de la tribu de Judá, el vástago de David; él
abrirá el libro y sus siete sellos. 6Entonces, junto al trono, vi
un cordero rodeado de los cuatro vivientes y de los ancianos.
Estaba de pie y como degollado. Tenía siete cuernos y siete
ojos (éstos son los siete espíritus de Dios enviados por todo el
mundo). 7Se acercó y tomó el libro de la mano derecha del
que estaba sentado en el trono. 8Entonces los cuatro seres vi-
vientes y los veinticuatro ancianos se pusieron de rodillas de-
lante del cordero, teniendo cada uno en la mano un arpa y
copas de oro llenas de perfumes (las oraciones de los santos).
9Ellos cantaban un cántico nuevo:
Tú eres digno de tomar el libro
y de abrir sus sellos,
porque has sido degollado
y has rescatado para Dios
con tu sangre
a los hombres de toda raza,
lengua, pueblo y nación.
10De ellos has hecho para nuestro Dios

un reino de sacerdotes,
que reinarán sobre la tierra.
[11]En mi visión oí la voz de una multitud de ángeles que es-
taban alrededor del trono, de los seres vivientes y de los an-
cianos; eran miles de miles, millones de millones. [12]Y de-
cían con fuerte voz:
El cordero degollado
es digno de recibir poder, riqueza,
sabiduría, fuerza,
gloria y alabanza.
[13]Oí que todas las criaturas del cielo, de la tierra, de debajo
de la tierra y del mar decían:
Al que se sienta en el trono
y al cordero
la alabanza, el honor,
la gloria y el poder
por los siglos de los siglos.
[14]Y los cuatro seres vivientes decían: Amén. Y los ancianos
se pusieron de rodillas en profunda adoración.

6 **Apertura de los cuatro primeros sellos. Caballos y jinetes.**
[1]Tuve una visión en el momento en que el cordero abrió
el primero de los siete sellos. Oí al primero de los cuatro se-
res vivientes, que gritaba como con una voz de trueno: Ven.
[2]Vi aparecer un caballo blanco; el jinete tenía arco, se le dio
una corona y salió como vencedor y para vencer. [3]Cuando el
cordero abrió el segundo sello, oí gritar al segundo ser vivien-
te: Ven. [4]Y salió otro caballo rojo; a su jinete se le dio poder
para quitar la paz de la tierra y hacer que los hombres se ma-
taran unos a otros, y se le dio una gran espada. [5]Cuando el
cordero abrió el tercer sello, oí gritar al tercer ser viviente:
Ven. Y vi aparecer un caballo negro, cuyo jinete tenía en la
mano una balanza. [6]Y oí como una voz que salía de los cuatro
seres vivientes, que decía: Un celemín de trigo por el salario
de un día; tres celemines de cebada por el salario de un día;

pero el aceite y el vino no tocarlos. [7]Cuando el cordero abrió
el cuarto sello, oí el grito del cuarto ser viviente: Ven. [8]Y apa-
reció un caballo pajizo, cuyo jinete se llamaba muerte (el abis-
mo le acompañaba). Le fue dado poder sobre la cuarta parte
de la tierra, para matar con la espada, con el hambre, con la
peste y con las fieras de la tierra.

**Apertura del quinto sello. La oración de los mártires.** [9]Cuan-
do el cordero abrió el quinto sello, vi debajo del altar vivos a
los que habían sido degollados por proclamar la palabra de
Dios y por el testimonio que habían dado. [10]Gritaron con voz
potente: «¿Hasta cuándo, tú, el maestro, el santo, el veraz, vas
a esperar a hacer justicia y a vengar nuestra sangre de los ha-
bitantes de la tierra?». [11]Dieron a cada uno una vestidura blan-
ca, y les dijeron que tuvieran paciencia aún por un poco de
tiempo, hasta que se completase el número de sus compañe-
ros de servicio y de sus hermanos, que iban a morir como ellos.
[12]Cuando el cordero abrió el sexto sello, se produjo un terre-
moto violento, el sol se oscureció como un tejido de crin, la
luna se hizo toda como de sangre, [13]y las estrellas del cielo se
cayeron sobre la tierra, como una higuera deja caer sus higos
verdes sacudida por un viento fuerte; [14]el cielo desapareció
como un volumen que se enrolla, y todas las montañas y to-
das las islas fueron removidas de su sitio. [15]Los reyes de la tie-
rra, los príncipes, los generales, los ricos, los poderosos, to-
dos los hombres, esclavos y libres, se escondieron en las
cavernas y en las rocas de las montañas. [16]*Y decían a las mon-
tañas y a las rocas: Caed sobre nosotros y ocultadnos* (Os 10,8)
lejos de la cara del que está sentado en el trono y de la ira del
cordero; [17]porque ha llegado el gran día de su ira, y ¿quién
podrá resistir?

7 **Los sellados.** [1]Después de esto vi cuatro ángeles en pie en
los cuatro ángulos de la tierra, que retenían los cuatro vien-
tos de la tierra para que no soplase el viento ni sobre la tie-

rra, ni sobre el mar, ni sobre ningún árbol. [2]Después vi otro
ángel, que subía del oriente y llevaba el sello del Dios vivo; y
gritó con voz potente a los cuatro ángeles a los que se les ha-
bía dado el poder de dañar la tierra y el mar: [3]«No toquéis la
tierra, ni el mar, ni los árboles hasta que hayamos sellado en
la frente a los servidores de nuestro Dios». [4]Y oí el número de
los sellados de todas las tribus de Israel: ciento cuarenta y cua-
tro mil: [5]de la tribu de Judá, doce mil; de la tribu de Rubén,
doce mil; de la tribu de Gad, doce mil; [6]de la tribu de Aser,
doce mil; de la tribu de Neftalí, doce mil; de la tribu de
Manasés, doce mil; [7]de la tribu de Simeón, doce mil; de la tribu
de Leví, doce mil; de la tribu de Isacar, doce mil; [8]de la tribu
de Zabulón, doce mil; de la tribu de José, doce mil; de la tri-
bu de Benjamín, doce mil.

**Los elegidos.** [9]Después de esto vi aparecer una gran muche-
dumbre, que nadie podía contar, de toda nación, raza, pueblo
y lengua. Estaban en pie delante del trono de Dios y delante
del cordero, vestidos con vestiduras blancas y con palmas en
sus manos. [10]Gritaban con voz potente:

La victoria es de nuestro Dios,
que está sentado en el trono,
y del cordero.
[11]Todos los ángeles estaban en pie
alrededor del trono,
de los ancianos
y de los cuatro seres vivientes.
Cayeron de rodillas ante el trono
y adoraron a Dios, diciendo:
[12]Amén.
La bendición, la gloria, la sabiduría,
la acción de gracias, el honor,
el poder y la fuerza a nuestro Dios
por los siglos de los siglos. Amén.

[13]Uno de los ancianos tomó la palabra y me dijo: «Esos que

están vestidos con vestiduras blancas, ¿quiénes son y de dónde han venido?». [14]Yo le respondí: «Señor, tú lo sabes». Él me dijo: «Ésos son los supervivientes de la gran persecución, y han lavado sus vestiduras y las han blanqueado en la sangre del cordero. [15]Por eso están delante del trono de Dios, y le sirven día y noche en su templo; el que está sentado en el trono los cobijará bajo su tienda. [16]Ellos ya *no tendrán más hambre ni sed; no sentirán más el fuego ardiente del sol* (Is 49,10) [17]porque el ángel que está en medio del trono *será su pastor y los conducirá a las fuentes de las aguas de la vida; y Dios enjugará todas las lágrimas* de sus ojos» (Sal 23,1-2; Is 25,8; Ez 34,23).

8 **El séptimo sello.** [1]Cuando el cordero abrió el séptimo sello, se hizo en el cielo un silencio como de media hora. [2]Entonces vi a los siete ángeles que están en pie delante de Dios; les dieron siete trompetas. [3]Después vino otro ángel, que se paró de pie junto al altar, con un incensario de oro; le dieron muchos perfumes para que los ofreciese juntamente con las oraciones de todos los santos sobre el altar de oro colocado delante del trono. [4]Y de la mano del ángel, el humo de los perfumes se elevaba delante de Dios con las oraciones de los santos. [5]Después el ángel tomó el incensario, lo llenó de fuego del altar y lo lanzó sobre la tierra. Entonces se produjeron truenos, relámpagos, voces y terremotos. [6]Y los siete ángeles que tenían las siete trompetas se dispusieron a tocarlas.

**Las siete trompetas.** [7]El primero tocó la trompeta, y cayó sobre la tierra granizo y fuego mezclado con sangre; la tercera parte de la tierra quedó abrasada, la tercera parte de los árboles quedó abrasada y la tercera parte de la hierba verde quedó abrasada. [8]El segundo ángel tocó la trompeta, y una enorme mole de brasas, como una montaña, fue lanzada al mar; la tercera parte del mar se convirtió en sangre, [9]pereció la tercera parte de los seres del mar y la tercera parte de las

naves fue destruida. 10El tercer ángel tocó la trompeta, cayó
del cielo una gran estrella, ardiente como una llama; cayó so-
bre la tercera parte de los ríos y sobre las fuentes de las aguas.
11El nombre de la estrella es ajenjo. Y la tercera parte de las
aguas se convirtió en ajenjo, y muchos hombres murieron por
estas aguas, que se habían vuelto amargas. 12El cuarto ángel
tocó la trompeta, y la tercera parte del sol, la tercera parte de
la luna y la tercera parte de las estrellas quedaron heridas de
muerte de tal manera que se oscureció la tercera parte de las
mismas y el día perdió una tercera parte de su esplendor, lo
mismo que la noche. 13En mi visión oí un águila que volaba
por medio del cielo y gritaba con voz potente: «¡Ay, ay, ay de
los habitantes de la tierra tan pronto como suenen las trom-
petas que los tres ángeles van a tocar!».

9 **La quinta trompeta.** 1El quinto ángel tocó la trompeta, y
vi una estrella que había caído del cielo sobre la tierra; y
le dieron la llave del pozo del abismo. 2Cuando ella abrió el
pozo del abismo, subió del pozo un humo como de un gran
horno, de suerte que el sol y la atmósfera se oscurecieron; 3del
humo salieron langostas que se esparcieron sobre la tierra, y a
las que se dio un poder semejante al de los escorpiones de la
tierra. 4Pero se les ordenó que no hicieran daño a la hierba, al
verde y a los árboles, sino solamente a los hombres que no
tuvieran la señal de Dios en la frente; 5pero que no los mata-
ran, sino que los torturaran durante cinco meses con un dolor
semejante al que produce la picadura del escorpión. 6En aque-
llos días los hombres buscarán la muerte, pero no la encon-
trarán; desearán morir, pero la muerte huirá de ellos. 7Las
langostas se parecían a caballos preparados para la guerra: en
sus cabezas tenían coronas como de oro, y sus rostros eran
como los de los hombres; 8tenían los cabellos como los de las
mujeres y los dientes como los de los leones; 9su pecho, como
una coraza de hierro, y el rumor de sus alas, como el ruido de
carros de muchos caballos que corren a la batalla; 10sus colas,

como las de los escorpiones, con aguijones, tienen el poder de
dañar a los hombres durante cinco meses. [11]Tienen como rey
al ángel del abismo; su nombre en hebreo es «Abaddón», y en
griego «Apolión», el exterminador. [12]El primer «ay» ha pasa-
do; quedan todavía dos «ayes».

**La sexta trompeta.** [13]El sexto ángel tocó la trompeta, y oí
una voz que salía de los cuatro ángulos del altar de oro que
está delante de Dios, [14]la cual decía al sexto ángel, que tenía
la trompeta: «Suelta sobre el río Éufrates a los cuatro ángeles
que están encadenados». [15]Y fueron soltados los cuatro ánge-
les que estaban dispuestos para la hora, el día, el mes y el año,
a fin de exterminar a la tercera parte de los hombres. [16]El gran
ejército de caballería constaba de doscientos millones: yo oí
su número. [17]Así vi a los caballos y a los jinetes: éstos tenían
corazas de color de fuego, de jacinto y de azufre; los caballos
tenían las cabezas como las de los leones, y de su boca salía
fuego y azufre.

[18]La tercera parte de los hombres fue exterminada por es-
tas tres plagas, fuego, humo y azufre, que salían de las bocas
de los caballos. [19]Porque el poder de los caballos está en sus
bocas y en sus colas; sus colas, parecidas a las serpientes, tie-
nen cabezas, de las que se sirven para dañar. [20]Los demás hom-
bres que no fueron exterminados por estas plagas no se arre-
pintieron de las obras de sus manos, ni cesaron de adorar a
los demonios y *a los ídolos de oro, de plata, de bronce, de pie-*
*dra y de madera, que no podían ni ver, ni oír, ni caminar;* (Dt
32,17; Sal 115,4-7; 135,15-17; Dan 5,4). [21]no se arrepintie-
ron ni de sus homicidios, ni de sus maleficios, ni de su luju-
ria, ni de sus robos.

**10** **El librito comido.** [1]Después vi otro ángel vigoroso, que
bajaba del cielo envuelto en una nube; sobre la cabeza
tenía el arco iris; su rostro era como el sol, y sus piernas como
columnas de fuego. [2]Tenía en la mano un librito abierto. Puso

el pie derecho sobre el mar y el izquierdo sobre la tierra, 3y gri-
tó con voz potente, como el rugido del león. Cuando gritó, los
siete truenos hicieron oír sus voces. 4Cuando hablaron los siete
truenos, me dispuse a escribir; pero oí una voz del cielo, que
decía: «Ten en secreto lo que han dicho los siete truenos, y no
lo escribas». 5El ángel que había visto en pie sobre el mar y so-
bre la tierra *alzó la mano derecha hacia el cielo* 6*y juró por aquel
que vive por los siglos de los siglos –el que creó el cielo y lo que
hay en él, la tierra y todo lo que contiene, el mar y todo lo que
hay en él–* (Dan 12,7; Dt 32,40; Éx 20,11; Neh 9,6; Sal 146,6):
«Se acabó el plazo»; 7cuando suene la trompeta del séptimo án-
gel, Dios cumplirá su plan secreto, anunciado a sus siervos los
profetas. 8Después, la voz del cielo que había oído me habló de
nuevo y me dijo: «Anda, toma el libro abierto en la mano del
ángel que está en pie sobre el mar y sobre la tierra». 9Corrí ha-
cia el ángel y le dije que me diera el librito. Él me contestó:
«Tómalo y cómetelo; te amargará las entrañas, pero en tu boca
será dulce como la miel». 10Tomé el librito de la mano del án-
gel y me lo comí; era dulce como la miel en mi boca, pero en
cuanto me lo comí se me llenaron de amargura las entrañas.
11Entonces me dijeron: «Es necesario que profetices aún acerca
de muchos pueblos, naciones, lenguas y reyes».

11 **Los dos testigos.** 1Después me dieron una caña como
de una vara, y me dijeron: «Levántate y mide el templo
de Dios, el altar y a los adoradores que hay en él; 2pero el pa-
tio exterior del templo déjalo, no lo midas; porque ha sido en-
tregado a los paganos, que pisotearán la ciudad santa durante
cuarenta y dos meses. 3Yo haré que mis dos testigos profeticen
vestidos de saco durante mil doscientos sesenta días». 4Éstos son
*los dos olivos y los dos candelabros puestos delante del señor de
la tierra* (Zac 4,3.11-4). 5Si alguno intenta hacerles daño, sal-
drá fuego de su boca, que devorará a sus enemigos. Así perece-
rá el que intente hacerles daño. 6Ellos tienen poder para cerrar
el cielo con el fin de que no llueva durante los días de su predi-

cación; tienen asimismo poder sobre las aguas para cambiarlas
en sangre, y poder para herir a la tierra con toda clase de pla-
gas todas las veces que quieran. [7]Cuando hayan acabado de dar
su testimonio, la bestia que sube del abismo les hará la guerra,
los vencerá y los matará. [8]Su cadáver quedará tendido en la plaza
de la gran ciudad, que simbólicamente se llama Sodoma y Egipto
(donde también ha sido crucificado su Señor). [9]Gentes de toda
raza, pueblo, lengua y nación contemplarán durante tres días y
medio su cadáver, y no se permitirá que sus cuerpos sean se-
pultados. [10]Los habitantes de la tierra se alegrarán de esto y ha-
rán fiesta de tal modo que se intercambiarán regalos, porque
estos dos profetas eran su tormento. [11]Pero, después de tres días
y medio, un soplo de vida que venía de Dios entró en ellos;
ellos se pusieron de pie, y los que estaban mirándolos se que-
daron aterrorizados. [12]Y oyeron una voz potente que venía del
cielo y que les decía: «Subid aquí». Entonces, a la vista de sus
enemigos, subieron al cielo en la nube. [13]En aquel momento se
produjo un gran terremoto y se derrumbó la décima parte de
la ciudad, y en el cataclismo perecieron siete mil personas. Los
supervivientes, llenos de terror, dieron gloria al Dios del cielo.
[14]El segundo «ay» ha pasado, y el tercero viene en seguida.

**La séptima trompeta.** [15]El séptimo ángel tocó la trompeta,
y se oyeron en el cielo voces potentes que decían:

El imperio del mundo
ha pasado a nuestro señor
y a su mesías;
él reinará por los siglos
de los siglos.

[16]Y los veinticuatro ancianos que estaban sentados en sus tro-
nos delante de Dios cayeron de rodillas y adoraron a Dios,
[17]diciendo:

Te damos gracias, Señor,
Dios todopoderoso,
el que es, el que era,

porque has tomado posesión
de tu gran poder
y has entrado en tu reino.
[18]Los pueblos habían montado
en cólera;
pero ha llegado tu ira
y el momento de juzgar
a los muertos;
de dar la recompensa
a tus siervos los profetas,
a los santos
y a los que veneran tu nombre,
pequeños y grandes,
y de exterminar
a los que destruían la tierra.
[19]Entonces se abrió el templo de Dios, el que está en el cie-
lo, se vio en su templo el arca de su alianza en medio de ra-
yos, voces, truenos, terremotos y fuerte granizada.

12 **La mujer y el dragón.** Una gran señal apareció en el
cielo: una mujer vestida del sol, con la luna bajo sus pies
y una corona de doce estrellas en la cabeza. [2]Estaba encinta, y
gritaba con los dolores de parto y las angustias de dar a luz.
[3]Otra señal apareció en el cielo: un dragón color de fuego, con
siete cabezas y diez cuernos; sobre sus cabezas, siete diademas;
[4]su cola arrastraba la tercera parte de las estrellas del cielo y las
lanzó sobre la tierra (cf Dan 8,10). El dragón se puso delante
de la mujer en trance de dar a luz, para devorar al hijo tan pron-
to como le diera a luz. [5]Ella dio a luz un hijo varón, el que de-
bía regir a todas *las naciones con una vara de hierro* (Sal 2,9).
El hijo fue arrebatado hacia Dios y a su trono. [6]Y la mujer huyó
al desierto, donde tiene un lugar preparado por Dios, para ser
alimentada allí durante mil doscientos sesenta días.

[7]Entonces hubo una batalla en el cielo: Miguel y sus ánge-
les lucharon contra el dragón. El dragón y sus ángeles comba-

tieron, [8]pero no pudieron vencer, y ya no hubo lugar para ellos
en el cielo. [9]Y fue precipitado a la tierra el gran dragón, la
serpiente antigua, que se llama «Diablo» y «Satanás», el seduc-
tor del mundo entero, y sus ángeles fueron precipitados con
él. [10]Oí una voz potente en el cielo, que decía:

Ahora ha llegado la victoria,
el poder, el reino de nuestro Dios
y la soberanía de su mesías,
porque ha sido expulsado
el acusador de nuestros hermanos,
el que día y noche
les acusaba ante nuestro Dios.
[11]Ellos le han vencido
por la sangre del cordero
y por el testimonio que proclamaron,
y han despreciado su vida
hasta sufrir la muerte.
[12]Por eso, alegraos, oh cielos,
y vosotros, los que habitáis en ellos.
¡Ay de la tierra y del mar,
porque el diablo ha bajado
hasta vosotros con gran furor,
sabiendo que le queda poco tiempo!

[13]El dragón, al verse precipitado sobre la tierra, persiguió a
la mujer que había dado a luz al varón. [14]Pero dieron a la mu-
jer dos alas de águila real para volar al desierto, el lugar don-
de es alimentada por un tiempo, dos tiempos y medio tiempo
lejos de la vista de la serpiente. [15]La serpiente arrojó de su boca
como un río de agua detrás de la mujer para que el río se la
llevase. [16]Pero la tierra vino en ayuda de la mujer, abrió su boca
y se tragó el río que el dragón había arrojado de su boca. [17]El
dragón se irritó contra la mujer, y se fue a hacer la guerra al
resto de su descendencia, a los que guardan los mandamien-
tos de Dios y son fieles testigos de Jesús.

[18]El dragón se plantó sobre la arena del mar.

13 **Las dos bestias.** 1Entonces vi surgir del mar una bestia
que tenía diez cuernos y siete cabezas; sobre sus cuer-
nos tenía diez diademas, y sobre sus cabezas nombres blasfe-
mos. 2La bestia que vi era semejante a una pantera; sus pies eran
como los de un oso, y su boca como la de un león. El dragón le
dio su poder y su trono con un gran imperio. 3Vi una de sus
cabezas como herida de muerte, pero su llaga mortal había sido
curada. Toda la tierra, maravillada, seguía a la bestia. 4Adora-
ron al dragón, porque había dado su poder a la bestia, y adora-
ron a la bestia diciendo: «¿Quién es semejante a la bestia y quién
podrá luchar contra ella?». 5Le dieron una boca que profería
palabras arrogantes y blasfemias, y poder para hacerlo durante
cuarenta y dos meses. 6Abrió su boca para blasfemar contra Dios,
contra su nombre, contra su santuario y contra los que habitan
en el cielo. 7Y le permitieron hacer la guerra a los santos y ven-
cerlos; le dieron poder sobre toda raza, pueblo, lengua y na-
ción. 8La adorarán todos los habitantes de la tierra, cuyos nom-
bres no están escritos desde el principio del mundo en el libro
de la vida del cordero degollado. 9El que tenga oídos, que oiga:

10*Si alguno está destinado al cautiverio,*
*irá al cautiverio;*
*el que mata con la espada,*
*a espada morirá* (Jer 15,2; 43,11).

Aquí la perseverancia y la fe de los santos.
11Vi otra bestia que subía de la tierra; tenía dos cuernos,
como los de un cordero, pero hablaba como un dragón. 12Ella
ejerce todo el poder de la primera bestia en su presencia y hace
que la tierra y sus habitantes adoren a la primera bestia, cuya
llaga mortal había sido curada. 13Hace grandes prodigios, hasta
hacer descender fuego del cielo a la tierra a la vista de los hom-
bres. 14Con los prodigios que le ha sido concedido realizar en
presencia de la bestia seduce a los habitantes de la tierra y les
dice que hagan una estatua a la bestia (la que fue herida con

espada y revivió). 15Le dieron el poder de dar vida a la estatua
de la bestia hasta el punto de hacerla hablar y que hiciera ma-
tar a todos los que no la adorasen. 16Hizo que todos, peque-
ños y grandes, ricos y pobres, libres y esclavos, recibieran una
marca en la mano derecha o en la frente, 17de forma que nin-
guno pudiera comprar o vender si no había sido marcado con
el nombre de la bestia o con la cifra de su nombre. 18Aquí la
sabiduría. El que tenga inteligencia, que calcule la cifra de la
bestia, una cifra de hombre. Su cifra es 666.

14 **El cordero y las vírgenes.** 1Después vi al cordero, que
estaba en pie sobre el monte Sión, acompañado de cien-
to cuarenta y cuatro mil personas que tenían escrito en las frentes
su nombre y el nombre de su Padre. 2Oí una voz que venía del
cielo, semejante a la voz de aguas caudalosas y al ruido de un
gran trueno. El sonido que oí era como el de citaristas que to-
can sus cítaras. 3Cantaban un cántico nuevo delante del trono,
delante de los cuatro seres vivientes y de los ancianos. Ninguno
podía aprender el cántico, a excepción de los ciento cuarenta y
cuatro mil rescatados de la tierra. 4Éstos son los que no se han
manchado con mujeres, porque son vírgenes; éstos siguen al cor-
dero adondequiera que va; fueron rescatados de entre los hom-
bres como primicias para Dios y para el cordero; 5en su boca
no se ha encontrado mentira. Son irreprensibles.

**Los tres ángeles.** 6Vi otro ángel que volaba por medio del
cielo y tenía una buena nueva eterna que anunciar a los habi-
tantes de la tierra, a toda nación, raza, lengua y pueblo. 7De-
cía con voz potente: «Reverenciad a Dios y dadle gloria, por-
que ha llegado la hora de su juicio; adorad a aquel que ha
hecho el cielo y la tierra, el mar y las fuentes del agua».

8Y lo siguió un segundo ángel, que gritaba: «Ha caído, ha
caído Babilonia la grande, la que ha abrevado a todos los pue-
blos con el vino de su ardiente lujuria».

9Los siguió un tercer ángel, gritando con voz potente: «Si

alguno adora a la bestia o a su estatua y recibe su marca en la
frente o en la mano, [10]beberá el vino de la ira de Dios, que ha
sido vertido sin mezcla en el cáliz de su cólera, y será ator-
mentado en el fuego y en el azufre en presencia de los cuatro
ángeles y del cordero. [11]El humo de su suplicio sube por los
siglos de los siglos, y no tienen reposo ni de día ni de noche
los que adoran a la bestia y a su estatua y los que reciben la
marca de su nombre».
[12]Aquí la paciencia de los santos, los que guardan los manda-
mientos de Dios y la fe de Jesús. [13]Oí una voz que venía del
cielo y decía: «Escribe: Dichosos desde ahora los muertos que
mueren en el Señor. Sí, dice el Espíritu, para que descansen
de sus trabajos, porque sus obras los acompañan».

**El hijo del hombre.** [14]Después vi una nube blanca, y sobre
la nube sentado como un hijo del hombre, con una corona de
oro en la cabeza y una hoz afilada en su mano.
[15]Salió otro ángel del templo, gritando con voz potente al
que estaba sentado sobre la nube: «Echa tu hoz y siega, por
que ha llegado la hora de la siega, pues está seca la mies de la
tierra». [16]Y el que estaba sentado sobre la nube echó su hoz
sobre la tierra, y la tierra quedó segada.
[17]Salió luego otro ángel del templo que está en el cielo, te-
niendo también una hoz afilada.
[18]Salió todavía del altar otro ángel, el que tiene poder sobre
el fuego, y gritó con voz potente al que tenía la hoz afilada:
«Echa tu hoz afilada y vendimia los racimos de la viña de la
tierra, pues la uva está madura». [19]El ángel echó la hoz afilada
sobre la tierra y vendimió la viña de la tierra, y arrojó las uvas
en la gran cuba de la ira de Dios. [20]La cuba fue pisada fuera de
la ciudad, y de la cuba salió sangre hasta los frenos de los caba-
llos sobre una distancia de unos trescientos kilómetros.

15 **Los ángeles de las siete plagas.** [1]Vi en el cielo otra se-
ñal grande y maravillosa: siete ángeles, que tenían en

las manos las siete últimas plagas, porque con ellos se termina
la ira de Dios. 2Vi como un mar de cristal, mezclado con fue-
go, y los que habían vencido a la bestia, a su estatua y a la
cifra de su nombre estaban de pie sobre el mar de cristal con
las cítaras de Dios. 3Y cantaban el cántico de Moisés, siervo
de Dios, y el cántico del cordero, diciendo:

¡Grandes y maravillosas son tus obras,
oh Señor, Dios todopoderoso!,
¡justos y verdaderos son tus caminos,
oh rey de las naciones!
4¿Quién no te respetará, oh Señor,
y no glorificará tu nombre?
Porque tú solo eres santo,
y todos los pueblos vendrán
a postrarse delante de ti,
porque se han publicado
tus justas sentencias.

5Después vi abrirse en el cielo el templo, la tienda del testi-
monio; 6y los siete ángeles que tenían las siete plagas salieron
del templo vestidos de lino puro y brillante y ceñidos con cin-
turones de oro. 7Entonces uno de los cuatro seres vivientes dio
a los siete ángeles siete copas de oro llenas de la ira de Dios,
que vive por los siglos de los siglos. 8El templo se llenó del
humo que salía de la gloria de Dios y de su poder. Nadie po-
día entrar en el templo hasta la consumación de las siete pla-
gas de los siete ángeles.

16 **Las siete copas.** 1Oí una voz que salía del templo y de-
cía a los siete ángeles: «Id y verted sobre la tierra las
siete copas de la ira de Dios».

2El primero fue y vertió su copa sobre la tierra, y una úlce-
ra cruel y maligna sobrevino a los hombres que tenían la mar-
ca de la bestia y adoraban su estatua.

3El segundo vertió su copa sobre el mar, que se hizo como san-
gre de un muerto, y perecieron todos los seres vivientes del mar.

4El tercero vertió su copa sobre los ríos y sobre las fuentes
de las aguas, que se hicieron sangre. 5Y oí al ángel de las aguas
que decía:

Tú eres justo;
tú, el que es, el que era;
tú, el santo,
al haber castigado así.
6Ellos han derramado la sangre
de los santos y de los profetas,
y tú les has dado a beber sangre:
se lo merecían.

7Y oí a otro que decía desde el altar: Sí, Señor, Dios todo-
poderoso, tus sentencias son objetivas y justas.

8El cuarto vertió su copa sobre el sol, al que le dieron po-
der para quemar a los hombres con el fuego. 9Los hombres
fueron quemados con terribles quemaduras, y blasfemaron con-
tra el nombre de Dios, que tiene poder sobre estas plagas, en
vez de arrepentirse para darle gloria.

10El quinto vertió su copa sobre el trono de la bestia; su reino
quedó sumergido en las tinieblas; las gentes se mordían la len-
gua de dolor, y 11blasfemaban contra el Dios del cielo por los
dolores de sus úlceras en vez de arrepentirse de sus obras.

12El sexto vertió su copa sobre el río grande, el Éufrates, y
sus aguas se secaron, dejando paso libre a los reyes del orien-
te. 13Después vi salir de la boca del dragón, de la bestia y de
la del falso profeta tres espíritus inmundos, como ranas: 14los
espíritus de demonios que hacen prodigios y van a reunir a
los reyes de toda la tierra para la guerra del gran día del Dios
todopoderoso. 15«Mirad, vengo como un ladrón. ¡Dichoso el
que está dispuesto y con la ropa puesta, para no tener que an-
dar desnudo y dejar ver sus vergüenzas!». 16Y los reunieron en
el lugar llamado en hebreo «Harmagedón». 17El último vertió
su copa en el aire, y salió del templo una voz potente que ve-
nía del trono: «Está hecho». 18Y hubo relámpagos, voces y true-
nos, con un gran terremoto, como no lo hubo nunca de vio-

lento desde que el hombre está sobre la tierra. 19La gran ciu-
dad se despedazó en tres partes, y las ciudades de las naciones
se hundieron. Y Dios se acordó de Babilonia la grande, para
darle el cáliz del vino de su ardiente ira. 20Huyeron todas las
islas, y desaparecieron las montañas. 21Granizos enormes
–como adoquines– cayeron sobre los hombres, que blasfema-
ron contra Dios por la plaga del granizo, porque esta plaga
era muy grande.

17 **Babilonia, sentada sobre la bestia.** 1Uno de los siete án-
geles que tenían las siete copas vino a decirme: «Ven, que
te voy a enseñar la sentencia de la gran prostituta que está sen-
tada sobre las vastas aguas, 2con la cual han adulterado los re-
yes de la tierra, y la que ha emborrachado a los habitantes de
la tierra con el vino de su lujuria». 3Y me transportó en espíritu
a un desierto. Y vi a una mujer sentada sobre una bestia escar-
lata, llena de nombres blasfemos, con siete cabezas y diez cuer-
nos. 4La mujer estaba vestida de púrpura y de escarlata, de pie-
dras preciosas y de perlas; tenía en la mano una copa de oro
llena de cosas horrorosas y de las inmundicias de su lujuria; 5so-
bre su frente, un nombre escrito –un misterio–: «Babilonia la
grande, la madre de las prostitutas y de las monstruosidades de
la tierra». 6Y vi a la mujer emborracharse de la sangre de los
santos y de los mártires de Jesús, y al verla me quedé estupefacto.
7El ángel me dijo: «¿De qué te extrañas? Yo te explicaré el mis-
terio de la mujer y de la bestia que la soporta, que tiene siete
cabezas y diez cuernos. 8La bestia que has visto era, pero ya no
es; va a subir del abismo y a encaminarse hacia su ruina. Los
habitantes de la tierra, cuyos nombres no están escritos en el
libro de la vida desde la fundación del mundo, se llenarán de
estupor cuando vean reaparecer a la bestia que era y ya no es.
9Aquí la inteligencia y la sabiduría. Las siete cabezas son siete
montañas, sobre las que se sienta la mujer. 10Son también siete
reyes, de los cuales cinco han caído, uno vive y el otro no ha
venido aún, pero cuando venga durará poco tiempo. 11Y la bes-

tia, que era y que ya no es, es el octavo, uno de los siete, que camina hacia su ruina. 12Los diez cuernos que has visto son diez reyes, que no han recibido aún el reino, pero que recibirán con la bestia el poder de reyes por una hora. 13Están todos de acuerdo en poner a disposición de la bestia su fuerza y su poder. 14Harán la guerra al cordero, y el cordero los vencerá porque es el señor de señores y el rey de reyes; y con él vencerán los suyos, los llamados, los elegidos, los fieles». 15El ángel me dijo: «Las aguas que has visto, sobre las que se sienta la prostituta, son los pueblos, las muchedumbres, las naciones y las lenguas. 16Los diez cuernos que has visto y la bestia odiarán a la prostituta, la despojarán de sus vestiduras toda desnuda, comerán sus carnes y la quemarán. 17Porque Dios les ha inspirado la resolución de ejecutar su propio designio y ponerse de acuerdo para poner a disposición de la bestia su poder real hasta que se cumplan las palabras de Dios. 18Y la mujer que has visto es la gran ciudad, que reina sobre los reyes de la tierra».

**18** **Caída de Babilonia.** 1Después de esto vi a otro ángel bajar del cielo con gran poder; la tierra fue iluminada con su esplendor. 2Gritó con voz potente:

«Ha caído, ha caído Babilonia la grande
y ha venido a ser morada
de demonios,
guarida de todo espíritu impuro,
refugio de toda ave inmunda y odiosa;
3porque todas las naciones han bebido
el vino de su ardiente lujuria,
los reyes de la tierra
han adulterado con ella
y los comerciantes de la tierra
se han enriquecido
por su lujo desenfrenado.
4Oí otra voz que venía del cielo y decía:
Sal de ella, oh pueblo mío,

para que no seas solidario
de sus pecados
y no participes de sus plagas;
5porque sus pecados
se han acumulado hasta el cielo
y Dios se ha acordado
de sus crímenes.
6Pagadle con su misma moneda,
dadle el doble de lo que ha hecho;
en la copa en que ella ha vertido,
verted el doble;
7cuanto se ha procurado
de gloria y de lujo,
dadle de tormento y de duelo.
Porque ella dice en su corazón:
«Estoy sentada como reina,
y no soy viuda;
no conoceré jamás el duelo»,
8por eso en un solo día lloverán sobre ella las plagas, la muer-
te, el duelo y el hambre; ella será consumida por el fuego, por-
que es un poderoso señor el Dios que la ha condenado.

9Los reyes de la tierra, que han adulterado con ella y han
participado del orgullo de su lujo, cuando vean el humo de su
incendio llorarán y se lamentarán sobre ella, 10permaneciendo
a distancia por miedo a sus tormentos, y dirán:

«¡Ay, ay de la gran ciudad,
Babilonia, la ciudad fuerte;
en un instante ha llegado tu sentencia!».

11Los comerciantes de la tierra lloran y se lamentan sobre
ella, porque ninguno comprará ya sus mercancías: 12mercan-
cías de oro y de plata, de piedras preciosas y de perlas, de lino
y de púrpura, de seda y de escarlata; toda clase de maderas
olorosas, objetos de marfil, de maderas preciosas, de bronce,
de hierro y de mármol; 13de canela, cinamomo y perfumes,
mirra e incienso, vino y aceite, flor de harina y trigo; bestias

de carga, ovejas, caballos y carros, esclavos y otros seres hu-
manos.

[14]Los frutos que tanto deseabas
se han alejado de ti;
todos los productos
delicados y magníficos
se han perdido para ti
y no se volverán a encontrar.

[15]Los comerciantes que se enriquecían con este comercio se
mantendrán a distancia por miedo a sus tormentos, y lloran-
do y lamentándose, dirán:

[16]«¡Ay, ay de la gran ciudad,
que estaba vestida de lino,
de púrpura y escarlata,
adornada de oro,
de piedras preciosas y de perlas,
[17]y en un momento
tan gran riqueza ha sido destruida!».

Todos los pilotos, todos los navegantes, los marineros y los
que trafican en el mar se mantuvieron a distancia [18]y gritaron
al ver el humo de su incendio: «¿Qué ciudad hubo nunca se-
mejante a la gran ciudad?». [19]Y echándose polvo en sus cabe-
zas, gritaban; y llorando y lamentándose, decían:

«¡Ay, ay de la gran ciudad,
que con su opulencia enriqueció
a cuantos tenían naves en el mar,
y en un momento ha sido desolada!
[20]Alégrate sobre ella, ¡oh cielo!;
y vosotros, santos,
apóstoles y profetas,
porque Dios, al condenarla,
ha vengado vuestra causa».

[21]Después un ángel vigoroso tomó una piedra, como una
gran piedra de molino, y la tiró al mar, diciendo:

«Así, de un golpe,

será tirada Babilonia, la gran ciudad,
y no se la encontrará jamás.
22 Y ya no se oirán en ti
las voces de los citaristas,
de los músicos,
de los flautistas
y de los trompeteros;
y no se volverá a encontrar en ti
artífice de cualquier arte;
ni se oirá más el ruido de la muela;
23 la luz de la lámpara
ya no brillará en ti,
ni se oirá jamás en ti
la voz del esposo y de la esposa,
porque tus comerciantes
eran los grandes de la tierra
y tus sortilegios
han seducido a todas las naciones;
24 y en ella se ha encontrado la sangre
de los profetas, de los santos y de
todos los que han sido degollados
en la tierra».

19 1 Después de esto oí en el cielo la voz de una gran multitud que decía:
«¡Aleluya! La victoria,
la gloria y el poder
a nuestro Dios,
2 porque sus sentencias
son objetivas y justas,
porque ha castigado
a la gran prostituta
que corrompía la tierra
con su prostitución;
él ha vengado en ella

la sangre de sus siervos».
3Después continuaron diciendo:
«¡Aleluya!
Su humo sube
por los siglos de los siglos».
4Entonces los veinticuatro ancianos y los cuatro seres vivien-
tes cayeron de rodillas y adoraron a Dios, que está sentado
sobre el trono, diciendo:
«Amén. ¡Aleluya!».
5Y una voz que salía del trono, decía:
«Alabad a nuestro Dios
todos sus siervos,
todos sus fieles,
pequeños y grandes».
6Luego oí como una voz de potentes truenos, que decía:
«¡Aleluya!
El Señor, nuestro Dios, todopoderoso,
ha establecido su reino.
7Gocémonos y alegrémonos,
y démosle gloria;
porque han llegado
las bodas del cordero,
su esposa está ya preparada,
8y a él le ha concedido vestirse
de lino fino, limpio y brillante».
(El lino fino son las obras de justicia de los santos). 9Y el
ángel me dijo: «Dichosos los invitados al banquete de las bo-
das del cordero». Y añadió: «Estas palabras de Dios dicen la
verdad». 10Yo caí a sus pies para adorarle, pero él me dijo: «No
lo hagas; yo soy un siervo como tú y tus hermanos, que dan
el testimonio de Jesús. Adora a Dios» (dar testimonio de Jesús
es tener espíritu de profecía).

**Exterminación de las bestias.** 11Luego vi el cielo abierto, y
apareció un caballo blanco; el jinete se llama el fiel, el veraz, y

juzga y lucha con justicia. 12Sus ojos son como una llama de fue-
go; sobre su cabeza tiene muchas diademas; tiene un nombre
escrito, que él solo conoce; 13está vestido con un manto teñido
de sangre, y su nombre es la palabra de Dios. 14Y los ejércitos
celestes lo acompañan sobre caballos blancos, vestidos de lino
fino, blanco y limpio. 15De su boca sale una espada afilada para
herir a las naciones; él las regirá *con vara de hierro* (Sal 2,9); él
pisa el lagar del vino de la ardiente ira del Dios todopoderoso.
16Lleva sobre el manto y sobre su muslo un nombre escrito: «Rey
de reyes y Señor de señores». 17Después vi un ángel puesto de
pie en el sol, que gritó con voz potente a todas las aves que
volaban en el cielo: «Venid y reuníos para el gran banquete de
Dios, 18para que comáis la carne de los reyes, la carne de los
generales, la carne de los valerosos, la carne de los caballos y
de sus jinetes, la carne de todos, libres y esclavos, pequeños y
grandes». 19Y vi a la bestia y a los reyes de la tierra y a sus ejér-
citos reunidos para hacer la guerra contra el que estaba monta-
do en el caballo y contra su ejército. 20Pero la bestia fue apresa-
da, y con ella el falso profeta, que con sus prodigios ante la otra
bestia había seducido a los que llevaban la marca de la bestia y
habían adorado su estatua. Y fueron arrojadas vivas las dos a
un estanque de fuego, de azufre ardiente. 21Los demás fueron
matados con la espada que salía de la boca del que estaba mon-
tado en el caballo; y todas las aves se saciaron de sus carnes.

20 **El milenio.** 1Vi un ángel que bajaba del cielo; tenía en
la mano la llave del abismo y una gran cadena. 2Pren-
dió al dragón, la antigua serpiente –que es el diablo, Satanás–,
lo encadenó por mil años, 3lo arrojó al abismo, que cerró y
selló después, para que no pudiese seducir más a las naciones
hasta que no se cumpliesen los mil años, después de los cuales
debe ser soltado por poco tiempo.

4Vi también unos tronos; a los que se sentaron sobre ellos,
les dieron el poder de juzgar. Vi a los que habían sido dego-
llados por dar testimonio de Jesús y por la palabra de Dios,

los que no habían adorado a la bestia ni su estatua y no ha-
bían recibido la marca ni en sus frentes ni en sus manos. És-
tos vivieron y reinaron con Cristo mil años. 5Los otros muer-
tos no vivieron hasta que no se cumplieron los mil años. Ésta
es la primera resurrección. 6Dichoso y santo el que tiene par-
te en la primera resurrección; sobre éstos no tiene poder la
segunda muerte, sino que serán sacerdotes de Dios y de Cris-
to, con el que reinarán mil años.

**Fin de Satanás.** 7Cuando se hayan cumplido los mil años,
Satanás será liberado de su prisión 8y saldrá a seducir a las *na-
ciones que están en los cuatro ángulos de la tierra, a Gog y
Magog* (Ez 7,2; 38,2), con el fin de reunirlos para la batalla,
en número tan grande como la arena del mar. 9Subieron a la
superficie de la tierra, y rodearon el campamento de los san-
tos, la ciudad amada; pero cayó fuego del cielo y los devoró.
10El diablo, que lo seducía, fue arrojado al estanque de fuego
y de azufre, donde están la bestia y el falso profeta, y serán
atormentados día y noche por los siglos de los siglos.

**El último juicio.** 11Vi un gran trono blanco y al que estaba
sentado sobre él. El cielo y la tierra huyeron de su presencia,
sin que se encontrase su lugar. 12Vi los muertos, grandes y pe-
queños, en pie delante del trono; entonces fueron abiertos los
libros; fue abierto también otro libro, el libro de la vida. Y los
muertos fueron juzgados según el contenido de los libros, cada
uno según sus obras. 13El mar devolvió los muertos que guar-
daba; la muerte y el abismo devolvieron los muertos que guar-
daban, y cada uno fue juzgado según sus obras. 14La muerte y
el abismo fueron arrojados al estanque de fuego: el estanque
de fuego es la segunda muerte. 15Y el que no fue encontrado
escrito en el libro de la vida fue arrojado al estanque de fuego.

21 **La Jerusalén celeste.** 1Vi un cielo nuevo y una tierra
nueva, porque el primer cielo y la primera tierra habían

desaparecido; y el mar ya no existía. 2Y vi a la ciudad santa, la
nueva Jerusalén, que bajaba del cielo del lado de Dios, dispues-
ta como una esposa ataviada para su esposo (cf Is 52,1). 3Y oí
venir del trono una voz potente que decía: «Ésta es la morada
de Dios con los hombres; él *habitará con ellos, ellos serán su*
*pueblo* (Lev 26,11-12; Ez 37,27) y Dios mismo morará con los
hombres. 4*Enjugará las lágrimas de sus ojos* y no habrá más
muerte, ni luto, ni llanto, ni pena, porque el primer mundo ha
desaparecido (Is 25,8; 65,19)». 5Y el que estaba sentado en el
trono dijo: «Ahora hago nuevas todas las cosas». Luego me dijo:
«Escribe que estas palabras son fieles y veraces». 6Y añadió: «Está
hecho. Yo soy el alfa y la omega, el principio y el fin. Al que
tenga sed yo le daré gratuitamente de la fuente del agua de la
vida. 7El vencedor heredará estas cosas; *yo seré su Dios, y él*
*será mi hijo* (2Sam 7,14). 8Pero los cobardes, los incrédulos, los
depravados, los homicidas, los lujuriosos, los hechiceros, los idó-
latras y todos los mentirosos tendrán su herencia en el estan-
que ardiente de fuego y de azufre: ésta es la segunda muerte».

9Uno de los siete ángeles que tenían las siete copas llenas de
las últimas plagas se acercó a mí y me dijo: «Ven, que te voy a
mostrar la esposa del cordero». 10Y me llevó en espíritu sobre
un monte grande y alto, y me mostró la ciudad santa, Jerusa-
lén, que bajaba del cielo de junto a Dios 11con la gloria misma
de Dios: su esplendor era como el de una piedra preciosísima,
como el jaspe cristalino. 12Tenía un muro grande y alto con doce
puertas; sobre las puertas, doce ángeles y nombres escritos, *los*
*de las doce tribus de Israel.* 13*Al oriente, tres puertas; al norte,*
*tres puertas; al mediodía, tres puertas; al occidente, tres puertas*
(Ez 48,31; cf Éx 28,21). 14El muro de la ciudad tenía doce fun-
damentos, y sobre ellos doce nombres, los de los doce apósto-
les del cordero. 15El que me hablaba tenía una medida de una
caña de oro para medir la ciudad, sus puertas y su muralla. 16La
ciudad es un cuadrado, y su largura es igual que su anchura.
Midió la ciudad con la medida: dos mil doscientos veinte kiló-
metros: su largura, su anchura y su altura son iguales. 17Midió

su muralla: setenta y siete metros, medida de hombre, que es
también medida de ángel. [18]La estructura de su muralla es de
jaspe, y la ciudad es de oro puro, semejante al del puro cristal.
[19]Los fundamentos del muro de la ciudad están adornados de
toda clase de piedras preciosas: el primer fundamento es de jas-
pe; el segundo, de zafiro; el tercero, de calcedonia; el cuarto,
de esmeralda; [20]el quinto, de sardónica; el sexto, de sardio; el
séptimo, de crisólito; el octavo, de berilo; el noveno, de topa-
cio; el décimo, de crisopasa; el undécimo, de jacinto; el duodé-
cimo, de amatista. [21]Las doce puertas son doce perlas: todas las
puertas están hechas de una sola perla. La plaza de la ciudad es
de oro puro, como cristal transparente. [22]No vi en ella ningún
templo, porque su templo es el Señor, Dios todopoderoso, y el
cordero. [23]La ciudad no tiene necesidad de sol ni de luna que la
iluminen, porque la gloria de Dios la ilumina, y su lámpara es
el cordero. [24]*A su luz caminarán las naciones, y los reyes de la
tierra llevarán a ella su gloria.* [25]*Sus puertas no se cerrarán nun-
ca, pues en ella no habrá noche.* [26]*A ella llevarán la gloria y el
honor de las naciones.* [27]*En ella no entrará nada impuro* (Is
60,3.5.11.19-20; Zac 14,7; cf Sal 72,10-11) ni quien comete
abominación o mentira, sino únicamente quienes han sido ins-
critos en el libro de la vida del cordero.

22 [1]El ángel me mostró un río de agua viva, transparente
como un cristal, que manaba del trono de Dios y del
cordero (Ez 47,1; Zac 14,8). [2]En medio de la plaza de la ciu-
dad, y *a un lado y otro del río, hay árboles de la vida, que dan
doce frutos al año, una vez al mes. Las hojas de los árboles
sirven para curar a las naciones* (Gén 2,9; 3,22; Ez 47,12). [3]*Ya
no habrá maldición alguna* (Zac 14,11). El trono de Dios y
del cordero estará en la ciudad, y los servidores de Dios lo ado-
rarán; [4]verán su cara y llevarán su nombre en la frente. [5]No
habrá ya noche, no tendrán ya necesidad de la luz de una lám-
para ni de la del sol, porque el Señor Dios los alumbrará, y
reinarán por los siglos de los siglos.

**Epílogo.** [6]Y me dijo: «Estas palabras son ciertas y auténti-
cas, y el Señor Dios de los espíritus de los profetas ha enviado
a su ángel a mostrar a sus servidores lo que va a suceder en
seguida. [7]Voy a llegar en seguida. Dichoso el que guarda la pa-
labra de la profecía de este libro».
[8]Yo, Juan, soy el que he oído y visto estas cosas. Cuando las
oí y vi, caí a los pies del ángel que me las había mostrado para
adorarlo. [9]Pero él me dijo: «No lo hagas, pues yo soy un servi-
dor, como tú y tus hermanos los profetas y los que guardan las
palabras de este libro. Adora a Dios». [10]Y me dijo: «No selles
las palabras de la profecía de este libro, porque el tiempo está
próximo. [11]Que el pecador continúe pecando, que el inmundo
siga en su inmundicia, pero que el justo continúe practicando
la justicia y que el santo siga santificándose. [12]Yo voy a llegar en
seguida, y llevo conmigo la recompensa que voy a dar a cada
uno según sus obras. [13]Yo soy el alfa y la omega, el principio y
el fin. [14]Dichosos los que lavan sus vestidos para tener derecho
al árbol de la vida y a entrar en la ciudad por las puertas. [15]Fuera
los perros, los hechiceros, los impuros, los homicidas, los idó-
latras y todos los que aman y practican la mentira.
[16]Yo, Jesús, he enviado a mi ángel para testificar estas cosas
acerca de las Iglesias. Yo soy la raíz y la descendencia de Da-
vid, la estrella radiante de la mañana». [17]El Espíritu y la espo-
sa dicen: «Ven». El que escuche, diga: «Ven». El que tenga sed,
que venga; y el que quiera, tome gratuitamente del agua de la
vida (Jn 4,13). [18]Yo aseguro a todo el que escucha las palabras
de la profecía de este libro que si alguno hace añadiduras a
esto, Dios le añadirá a él las plagas descritas en este libro. [19]Y
si alguno quita algo de las palabras de este libro profético, Dios
quitará su parte del árbol de la vida y de la ciudad santa, des-
critas en este libro. [20]El que afirma estas cosas dice: «Sí, yo
voy a llegar en seguida». Amén. ¡Ven, Señor Jesús! [21]La gracia
de Jesús, el Señor, esté con todos. Amén.

MAR MEDITERRÁNEO
Sidón
Sarepta
FENICIA
SIRO-FENICIA
M. LÍBANO
M. HERMÓN
ABILENE
Damasco
Tiro
Cesarea de Filipo
TRACONÍTIDA
ITUREA
BATANEA
Guiscala
Merón
GALILEA
Tolemaida
Baca
Corozain
Cafarnaún
Betsaida
Zabulón
Genesaret
Mar de Galilea
Gergesa
Magdala
Caná
Hippus
M. CARMELO
Tiberíades
Dium
AURANÍTIDE
Séforis
M. TABOR
Gadara
Abila
Nazaret
Naín
DECÁPOLIS
Cesarea
Escitópolis
Ginaea
Pella
LLANURA DE SHARÓN
Salín
Río Jordán
Samaría Sebaste
Sicar
Gerasa
SAMARÍA
Siquén
M. GARIZÍN
Antípatris
Joppe (Jaffa)
Efraín
Arimatea
PEREA
Lida
Arquelais
Filadelfia
Jericó
Jamnia
Emaús
Betania (al otro lado del Jordán)
Qumrán
Betfagé
Jerusalén
M. Nebo
Betania
Azoto
Ascalón
Belén
Maqueronte
JUDEA
Mar Muerto
Gaza
Hebrón
Río Arnón
Rafia
Masada
IDUMEA
NABATEA
PALESTINA
EN EL TIEMPO DE JESUCRISTO

VIAJES DE SAN PABLO
Primeros viajes
Primera misión
Segunda misión
Tercera misión
Misión de Roma
PONTO EUXINO
(MAR NEGRO)
MOESIA
DALMACIA
TRACIA
ITALIA
MAR ADRIÁTICO
MACEDONIA
ACAYA
BITINIA Y PONTO
GALACIA
REINO DE POLEMÓN
CAPADOCIA
ASIA
PANFILIA
LICIA
REINO DE ANTÍOCO
CILICIA Y SIRIA
ARABIA
EGIPTO
CIRENAICA
SICILIA
CRETA
CHIPRE
MAR EGEO
MAR MEDITERRÁNEO
Río Tíber
Roma
Tres Tabernas
Foro Apio
Pozzuoli
Nápoles
Tarento
Brindisi
Mesina
Regio
Siracusa
MALTA
Dirraquio
Apolonia
Aulona
Nicópolis
Filipos
Anfípolis
Neápolis
Tesalónica
Apolonia
Berea
SAMOTRACIA
Corinto
Céncreas
Atenas
Tróade
Asos
Adramicio
LESBOS
Mitilene
Pérgamo
Tiatira
Sardes
Filadelfia
Esmirna
QUÍOS
Éfeso
Laodicea
Hierápolis
Colosas
Magnesia
Samos
SAMOS
Mileto
PATMOS
Cos
COS
Cnido
Rodas
RODAS
Patara
Mira
Atalía
Perge
Antioquía
Iconio
Listra
Derbe
Tarso
Dorilea
Pisidia
Ancira
Tavium
Sínope
Río Halys
Seleucia
Antioquía
Río Orontes
Salamina
Pafos
Lasea
Sidón
Tiro
Tolemaida
Cesarea
Joppe
Jerusalén
Gaza
Damasco
Alejandría
Río Nilo
Cirene

# LAS CARTAS DE SAN PABLO

### ROMANOS

Carta escrita a la comunidad de Roma, desde Corinto, en su tercer viaje misionero, en los años 57/58. Tema: La salvación por la fe.

### FILIPENSES

La comunidad de Filipos respondió de manera extraordinaria a la predicación de san Pablo. Tal vez fue la comunidad más amada del apóstol.

### GÁLATAS

Pablo escribió esta carta entre los años 49/50. Dirigida a las comunidades de la región de Galacia. Tema: superar la crisis de los predicadores judaizantes.

### TESALONICENSES

Tesalónica, actual Salónica, era una ciudad cosmopolita y populosa cuando fue evangelizada por Pablo (años 49/50). A ella dirigió dos cartas.

### EFESIOS

Pablo permaneció en Éfeso casi tres años en su tercer viaje misionero. La carta tiene una parte dogmática y otra moral.

### COLOSENSES

Colosas era una pequeña ciudad en tiempos de Pablo. En la carta el apóstol responde a las noticias que le llegan sobre falsos predicadores y doctrinas peligrosas.

### CORINTIOS

Comunidad fundada por san Pablo (año 50) y muy vinculada al apóstol por sus estancias allí y su contacto epistolar.

# LAS PARÁBOLAS DE JESÚS

| | Mt | Mc | Lc |
|---|---|---|---|
| LÁMPARA DEBAJO DEL CELEMÍN | 5,14-15 | 4,21-22 | 8,16;11-33 |
| CASA SOBRE ROCA Y CASA SOBRE ARENA | 7,24-27 | | 6,47-49 |
| PAÑO NUEVO Y MANTO VIEJO | 9,16 | 2,21 | 5,36 |
| VINO NUEVO EN ODRES VIEJOS | 9,17 | 2,22 | 5,37-38 |
| EL SEMBRADOR | 13,3-8 | 4,3-8 | 8,5-8 |
| EL GRANO DE MOSTAZA | 13,31-32 | 4,30-32 | 13,18-19 |
| EL TRIGO Y LA CIZAÑA | 13,24-30 | | |
| LA LEVADURA | 13,33 | | 13,20-21 |
| EL TESORO ESCONDIDO | 13,44 | | |
| UNA PERLA DE GRAN VALOR | 13,45-46 | | |
| LA RED | 13,47-48 | | |
| LA OVEJA PERDIDA | 18,12-13 | | 15,4-6 |
| DOS DEUDORES | 18,23-24 | | |
| LOS JORNALEROS DE LA VIÑA | 20,1-16 | | |
| LOS DOS HIJOS | 21,28-31 | | |
| VIÑADORES PERVERSOS | 21,33-41 | 12,1-9 | 20,9-16 |
| INVITADOS A LA BODA | 22,2-14 | | |
| LA HIGUERA PRECURSORA DEL VERANO | 24,32-33 | 13,28-29 | 21,29-32 |
| LAS DIEZ MUCHACHAS | 25,1-13 | | |
| LOS TALENTOS - LAS ONZAS | 25,14-30 | | 19,12-27 |
| OVEJAS Y CABRAS | 25,31-36 | | |
| SIEMBRA Y RECOLECCIÓN | | 4,26-29 | |
| ACREEDORES Y DEUDORES | | | 7,41-43 |
| EL BUEN SAMARITANO | | | 10,30-37 |
| UN AMIGO EN NECESIDAD | | | 11,5-8 |
| EL RICO NECIO | | | 12,16-21 |
| LOS CRIADOS VIGILANTES | | | 12,35-40 |
| EL ADMINISTRADOR FIEL | | | 12,42-48 |
| LA HIGUERA ESTÉRIL | | | 13,6-9 |
| LOS PRIMEROS PUESTOS EN LA BODA | | | 14,7-14 |
| INVITADOS QUE NO ACUDEN AL BANQUETE | | | 14,16-24 |
| CÁLCULO DE GASTOS | | | 14,28-33 |
| LA MONEDA PERDIDA | | | 15,8-10 |
| EL HIJO PRÓDIGO | | | 15,11-32 |
| EL ADMINISTRADOR INFIEL | | | 16,1-8 |
| EL RICO LÁZARO | | | 16,19-31 |
| EL DUEÑO Y SU CRIADO | | | 17,7-10 |
| LA VIUDA Y EL JUEZ | | | 18,2-5 |
| EL FARISEO Y EL PUBLICANO | | | 18,10-14 |

# ÍNDICE

Siglas Bíblicas ..........
Evangelio según san Mateo ..........
Evangelio según san Marcos .......... 72
Evangelio según san Lucas .......... 118
Evangelio según san Juan .......... 181
Hechos de los Apóstoles .......... 232
Carta a los Romanos .......... 298
Primera carta a los Corintios .......... 328
Segunda carta a los Corintios .......... 356
Carta a los Gálatas .......... 375
Carta a los Efesios .......... 386
Carta a los Filipenses .......... 397
Carta a los Colosenses .......... 406
Primera carta a los Tesalonicenses .......... 415
Segunda carta a los Tesalonicenses .......... 423
Primera carta a Timoteo .......... 429
Segunda carta a Timoteo .......... 440
Carta a Tito .......... 446
Carta a Filemón .......... 450
Carta a los Hebreos .......... 453
Carta de Santiago .......... 477
Primera carta de san Pedro .......... 486
Segunda carta de san Pedro .......... 496
Primera carta de san Juan .......... 503
Segunda carta de san Juan .......... 512
Tercera carta de san Juan .......... 514
Carta de san Judas .......... 516
Apocalipsis .......... 520
Mapas .......... 555

# ÍNDICE


| | Págs. |
|---|---|
| **Siglas Bíblicas** | 5 |
| Evangelio según san Mateo | 7 |
| Evangelio según san Marcos | 72 |
| Evangelio según san Lucas | 113 |
| Evangelio según san Juan | 181 |
| Hechos de los Apóstoles | 232 |
| Carta a los Romanos | 298 |
| Primera carta a los Corintios | 328 |
| Segunda carta a los Corintios | 356 |
| Carta a los Gálatas | 375 |
| Carta a los Efesios | 386 |
| Carta a los Filipenses | 397 |
| Carta a los Colosenses | 406 |
| Primera carta a los Tesalonicenses | 415 |
| Segunda carta a los Tesalonicenses | 423 |
| Primera carta a Timoteo | 429 |
| Segunda carta a Timoteo | 440 |
| Carta a Tito | 446 |
| Carta a Filemón | 450 |
| Carta a los Hebreos | 453 |
| Carta de Santiago | 477 |
| Primera carta de san Pedro | 486 |
| Segunda carta de san Pedro | 496 |
| Primera carta de san Juan | 503 |
| Segunda carta de san Juan | 512 |
| Tercera carta de san Juan | 514 |
| Carta de san Judas | 516 |
| Apocalipsis | 520 |
| Mapas | 555 |